Михаил Михайлович Пришвин

プリーシヴィンの日記

1914-1917

ミハイル・プリーシヴィン
太田正一編訳

成文社

8歳のミハイル（ミーシャ）・プリーシヴィン

家族　左から、立っているのが次兄ニコライ、長姉リーヂヤ、三男ミハイル、坐っているのが母マリヤ、長兄アレクサンドル、弟セルゲイ

故郷フルシチョーヴォの菩提樹の並木道

ワシーリイ・ローザノフ（1902）

従妹ドゥーニチカ（エウドキーヤ・イグナートワ）、情熱のナロードニク

妻エフロシーニヤ・パーヴロヴナと継子ヤーシャ、プリーシヴィン、左は民俗学者のオンチュコーフ

ノーヴゴロドのプリーシヴィン（1910年代末）

レーミゾフの妻セラフィーマ・ドヴゲッロ

アレクセイ・レーミゾフ

イワノフ＝ラズームニク

ドミートリイ・メレシコーフスキイ

ワレーリヤ・ドミートリエヴナとモスクワ川の岸辺で（1950）

目次

プリーシヴィンの日記　一九一四―一九一七

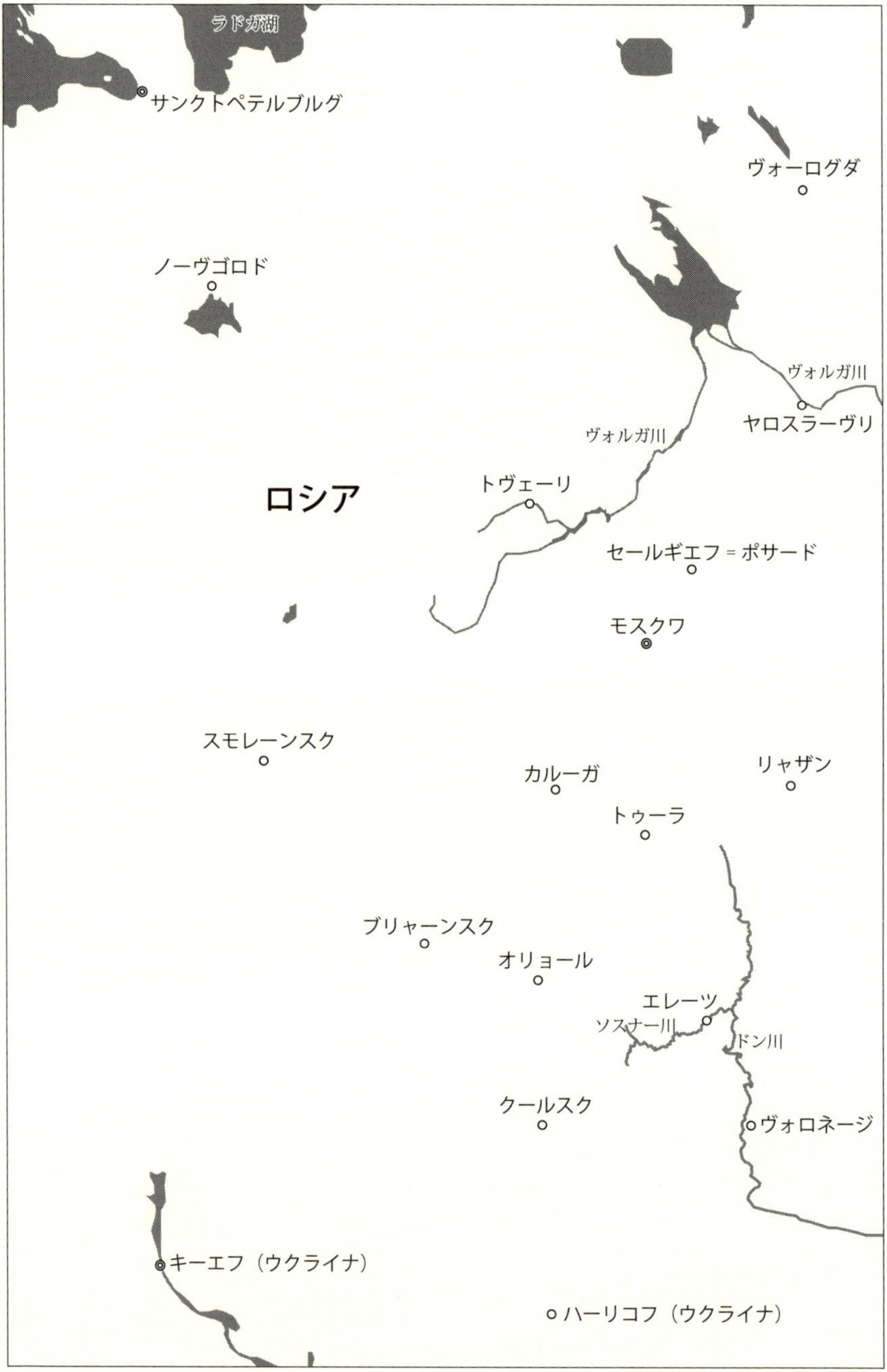

ラドガ湖
サンクトペテルブルグ
ヴォーログダ
ノーヴゴロド
ヴォルガ川
ヤロスラーヴリ
ヴォルガ川
ロシア
トヴェーリ
セールギエフ＝ポサード
モスクワ
スモレーンスク
カルーガ
リャザン
トゥーラ
ブリャーンスク
オリョール
エレーツ
ソスナー川
ドン川
クールスク
ヴォロネージ
キーエフ（ウクライナ）
ハーリコフ（ウクライナ）

編訳者まえがき

作家ミハイル・プリーシヴィンの「日記」と称されるものは、一九〇五年から一九五四年までの日々の記録、メモ、夢見のノート、そして何より「個人生活の糧、生ける肉体そのもの」（のちに妻となるワレーリヤ・ドミートリエヴナのことば）であり、三十路を過ぎて書き留められた、ほぼ半世紀にわたる厖大なもの。そこには、戦争、革命、民衆、そして自分……いつでもそれを見つめる自分がいた。「自由であるべき個人」の思索が、本音が、包み隠さず語られている。「一瞬一瞬変化する、活気と緊張に満ちた、探求し成長する人間の『日記』」（ワレーリヤ・ドミートリエヴナ）であった。

日記の本格的な翻刻は一九四〇年ごろから進められていた。それまで家族とともに過ごしたザゴールスク（現セールギエフ＝ポサード）から単身、モスクワのラヴルーシン横町の〈作家の家〉に居を移したころ、その「もうひとりの〈わたし〉」――彼は自分の日記をそう呼んだ――の整理に本格的に取りかかる必要と欲求に烈しく駆られている。

同居人は二人。一人は思想家で文芸学者のイワノフ＝ラズームニク（一八七九―一九四六）。イワノフ＝ラズームニクはそのころ出獄したばかりで、おそらくどこへも行く当てがなかった。プリーシヴィンとのことはあまり知られていないが、じつはいい意味で関係が深い。もう一人は、作家の身の回りの世話をしていた中年女性――名をアリーシャといい、ザゴールスクに居残った妻（エフロシーニヤ・パーヴロヴナ）の遠い親戚で、何とか説き伏せてお手伝いさんになってもらった。彼女はすでに三八年三月のヴォルガの旅に同道、オーチェルク『裸の春』[*]（一九三九）にも登場する。

＊　邦訳『裸の春』・群像社刊。副題を「一九三八年のヴォルガ紀行」とした。

〈作家の家〉の書斎の隅の大きな木箱――その中に収められた、山のような記録＝日記を「もうひとりの〈わたし〉」と称したのは、それが自分の生きてきた人生そのものであったからにほかならない。すでに六十五歳。自分はこれまで何をしてきたか。いったい何が残るのか。いま死ねば、残るのはおそらく悔いだけだ。そう思いつつ、古色蒼然たる分身を幾つか、仕事机の上に並べてみる。

　書いた当の本人にとっても、それは手に余った。数え切れないほどのノート類――普通大のものから小さな手帳、日付もページも欠けた紙片の束。まったく記憶にないもの、ただ放り込んで置いただけのもの、色褪せ、インクが滲んで判読不能なもの、すでに文字が消えかけているものさえある。思い返せば、書き始めたのは日露戦争のころだった。主要都市から地方へ波及していくデモや騒乱、最初の欧州大戦、ロマーノフ王朝三百年の崩壊もあったし、ケーレンスキイの熱弁も、口角泡を飛ばして次々と檄を発したレーニンという男もいた……そしてスターリン。それらはどれもこの国の歴史になったし、民衆の、また自分自身の生活となり運命となった。なんと激しい社会の動きだったろう。誰もが渦中にあり、翻弄されずには済まなかった。

　長の年月を放浪者のように生きてきた。細かな字でびっしりと書き込まれた日記は、読み返すのも容易でない。イワノフ＝ラズームニクにも手伝ってもらっているのだが、思ったほど捗らない。判読し翻刻するその道のプロを雇ったほうがいいのではないか。ただのタイピストでは駄目だ、ちゃんと文学の解る人間でなくては……

ワレーリヤ・ドミートリエヴナ

　のちにプリーシヴィンの二度目の妻となるワレーリヤ・ドミートリエヴナ（一八九九―一九七九）の回想*には、スターリン独裁体制下の暗鬱な時代的背景が、人生を狂わされた人びとのそれぞれの暮らしが、さりげなく語られている。辛く厳しい生活を強いられていた。彼女をプリーシヴィンに紹介したボリス・ウーギンツェフ（ウラルの作家＝マーミン＝シビリャークの甥）もまた、スターリン獄からの生還者だった。

　ワレーリヤ・ドミートリエヴナが友人のウーギンツェフに付き添われて〈作家の家〉に面接にやって来たのは、例年にない寒波に見舞われた一九四〇年の一月十六日だった。それが、彼女と「日記」との、いや作家プリーシヴィンとの出会いの始まりだった。

「カーメンヌイ橋《モスト》で風に吹かれたら、ボリス・ドミートリエヴィチ〔ウーギンツェフ〕のオーヴァーシューズがかちんかちんになって曲がらなくなり、靴からはずれてしまいました。それが歩道の敷石に当たって、まるで氷のかけらのような厭な音を立てるのでした。わたしの足も次第に感覚が無くなってきました。でも、前を行くオーヴァーシューズの音はリズミカルなのです。彼に悪い気がして、自分だけ逃げ帰るなんて、とてもできません。……トレチヤコーフ美術館の真向かいに出現した新しい建物――それが〈作家の家〉であることも知らなかったわたしは、ただただ驚きました。まして、自分がそのうちそこへ通うことになるなんて、ついこのあいだまで、思ってもいませんでした」

「『あなたにやってもらうのは、こういったことですが……』と、ノートがぎっしり詰まった事務机の抽斗をひっぱり出しながら、作家が言いました。『これはわたしの生活記録です。読むのはあなたが最初ということになります』――『でも、どうして見ず知らずの人間を信用なさるのでしょう？』思わず、わたしは訊いてしまいました。プリーシヴィンはじっと待ち受けるように、こちらを見ています。わたしはすっかり気圧《けお》されてしまい、こんなことまで言ってのけました。『そういう仕事をする、つまり、それをお引き受けする以上、わたしたちはお友だちにならなくてはいけませんわ』――『友情の話はさておいて、ともかく仕事の話をしましょう』。プリーシヴィンの言い方はいかにもあっさりしていて、情け容赦ありません。そのあと、わたしたちは熱いお茶にコニャックを入れて飲みました。それで暖まろうとしたのですが、どうにもなりません。いっこうに悪寒が去らないのです。わたしは迂闊にも詩人のクリューエフ（一八八七―一九三七）との自分の出会いを話題にしてしまいました。『わたしは詩のことはわかりません。本物の散文というのははるかに詩的なものですからね。たとえば、わたしの作品……』――作家はずばり言ってのけます。そのとき、ふと、わたしは思いました――この人はわざとこんなふうに勿体ぶっているのではないか、ひと皮剝いだら、まったく別の人間が出てくるかも。でも、それは見えてきませんでした。こちらは少しも気が休まりません。三日したら仕事を始めると、わたしは約束しました」

初め、仕事は必ずしもしっくりいかない。ロシア文学の教師もしたことのある彼女は、それまでプリーシヴィンの作品をあまり読んでいなかった。「人間の目をした鹿……大波が打ち寄せるたびに、生きた人間の心臓のように震える石の心……空に浮かぶ白鳥の胸そっくりの白い雲……思い出せたのはそれだけでした。もうこれ以上、この作家のことは何も知りません」。この作家についての彼女の知識

＊「出会い」。邦訳は『森のしずく』所収・パピルス刊。

は、極東の密林を舞台に繰り広げられる不思議な精神世界を描いた中編『チョウセンニンジン』（一九三二）と、連作エッセイ『自然の暦』（一九三二。邦訳『ロシアの自然誌』）の、おそらく「春」の出だしの一部だけだった。ともあれ、出会いが、踏み出された最初の一歩が、作家にとっても彼女にとっても大きな人生の転機となったのは間違いない。ときにプリーシヴィン六十六歳、ワレーリヤ・ドミートリエヴナ四十歳だった。

仕事

「わたしが独り、タイプライターと原稿の山を前にしていると、アクシューシャ（アリーシャ）が、盆の上にお茶をのせて恭しく差し出しました。でも、それで儀式が終わったわけではありません。傍らに腰をかけます。わたしは彼女の打ち明け話を聞かなくてはならないのです。彼女は田舎に住んでいたのですが、たいそう困窮し、ちょうど作家が家族と離れてモスクワに住むことを思いついたとき、呼び寄せられました。そういうわけで、彼女は作家の世話係なのです。『まるでね、小さな子どもみたいですよ。あの人はどんな人にもあけっぴろげ、心もお金もね。ワーシャ（あたしのことをこう呼ぶんです）、干草《ほしくさ》を少し持って来てくれ、あそこにあるから！　それはね、お金を持って来てくれということなの。鍵を掛けることも、数えることもしないの。もちろん、あたしは一コペイカだって盗りやしませんよ。あの人もあたしも、こんな暮らしに満足してますからね……』。その晩、わたしはいろいろなことを知って、なんだかひどく気詰まりでした……マホガニーやアンピールや牧羊神《パーン》の後ろに、何が隠れているやら、さっぱりわかったものではありません！」

　ちょうどこのころ、プリーシヴィンは次男のペーチャと猟にでかける準備をしていた。ペーチャという人物は、ワレーリヤ・ドミートリエヴナには、これまで知ることのなかった、まったく新しいタイプの人間のように思われた。ちょっとそそっかしくて、身なりなど少しも気にしない、気立てのいいざっくばらんな性格の持ち主だった。前々年の春まだきには、父子でヴォルガへ旅をしている。それについても、その後次第に深まっていくワレーリヤ・ドミートリエヴナと作家の関係についても、今はあまり立ち入らない。

「日記」の仕事は、断続的に、しかし確実に進んでいった。ワレーリヤ・ドミートリエヴナが非常に真面目で信頼できる、気性のしっかりした女性であることが、プリーシヴィンにもわかってきた。それにしても、そんな請負仕事が自分の生涯の仕事になろうとは彼女自身、思ってもみなかった。

作家の生前に公刊された「日記」は無い。日記は本音、この体制下でどうして本音を人目にさらせよう。瑣末な日々の暮らしのメモ、収支計算、愚痴、懺悔、正論、絡み合った人間関係から性生活まで、洗いざらい吐露して、なおそれ以上にこれは創造の泉——「ベレンヂェーイの井戸」[*1]なのである。

しかし、作家の死後、「日記」は人目にさらされた。出会ったその年に作家と結婚し、五四年に未亡人となったワレーリヤ・ドミートリエヴナが、単行本として出版したのである。ちなみに、以前から筆者の手元にあったのは、プリーシヴィンの八巻選集（文学出版所・一九八三）のうちの「日記」とプラウダ出版所の「日記」（一九九〇）だけだが、それだけでないこともわかっている。たとえば、映画監督のアンドレイ・タルコーフスキイ（一九三二—一九八六）が自分の日記の中で言及しているプリーシヴィンの「日記」[*2]。「日記」はプリーシヴィンのさまざまな作品を生んできた。そのままの形で公刊されることはなかったものの、紹介はされている。エッセイの『森のしずく』（一九四〇）も『茸の話』[*3]（一九五一）も、多くは「日記」を読み返す作業中に、ひょいとページとページのあいだから飛び立った小鳥たちだった。

木箱に収められた日記が一九〇五年から五四年までの五十年の日記であると書いたが、これから取り上げるのは、〈おそらく〉最初で最後となるだろう本格的な日記——〈モスクワの労働者〉出版社（一九九一）のうちの第一巻（一九一四年一月一日）から第二巻（一九一八年一月二日まで）である。

日記帳として使用された、大小さまざまなノートの筆跡はすべて照合されており、作家本人のものであると鑑定された。リーリャ・リャザーノワ（校訂責任者）とヤーナ・グリーシナは長年ワレーリヤ・ドミートリエヴナの助手を務めた人たちである。

---

*1　ベレンヂェーイの泉とも。プリーシヴィンにおける「創造の源泉」の意。

*2　ソ連時代、何種類かの日記が単行本として世に出ているが、いずれも当局の目をはばかったもの（編者の自己検閲）である。タルコーフスキイが読んだプリーシヴィンの「日記」については未詳。

*3　邦訳『裸の春』所収。

一九一四年の日記

▼一月一日

ノーヴゴロド近郊のペソチキ村。[*1]

自分の運命、ワルワーラ・イズマルコーワ[*2]の年を取った顔が夢に出てきた。辛いが、わたしは手を差し延べた。そして、こう言った――「わかった、さあ一緒に行こう」。夢覚めて新年。一日中苦しむ。耐え難いトスカ（憂愁）に襲われる。翌日、夢と新年のトスカの意味がわかった。

「運命に逆らってはならないのだ……」

幸福のすぐ近くまで行きながら、すぐにも手が届くというのに、次の瞬間、幸福の代わりに、それ在るところへぐさりとナイフが突き刺さる。幾年かが過ぎて、わたしはその痛みにも慣れた。それは和解したというのではなく、別なふうにこの世のいっさいを理解しだしたということ――以前のように「広がり」ではなく「深さ」において。わたしにとって、世界全体が変わった。人びとは全き存在としてわたしの方へ近づいてくる。

「旧きわがインテリゲント〔知識人〕の心にとって、あれほど懐かしいロシア農民の共同体精神は、かつて農奴をひとつに結んでいた十字架から生じたものである」

「十字架は、自由を奪われた人間にとって、光であり自由の最上の贈り物である」

「この光を放射したのは、かつてのロシア農民の顔《リーク》（イコンの顔また聖者、天使の群れ）であり、この光によって、以前の民衆愛《ナロドリュービエ》は生きていた。そして光は、過ぎしわれらの歴史の中に保たれている」

*1　ミハイル・プリーシヴィンは放浪の人。

ひとところに居を定めなかったので、おおむね家族もそうならざるを得なかった。一家は四人——妻であるエフロシーニヤ・パーヴロヴナ、レフ〔愛称リョーヴァ〕とピョートル〔愛称ペーチャ〕の二人の息子。エフロシーニヤ・パーヴロヴナは混じりっけなしの農民の娘（スモレンスク県ドロゴブーシ郡スレドヴォ村出身、旧姓はバドゥイキナ）で、柔順な、辛抱強い〈大地の人〉とも言うべき女性である。彼女は、男の赤子（ヤーシャ）を抱いて、暴力をふるう夫（農民）から逃げたものの、路頭に迷い、偶々《たまたま》、独身だったプリーシヴィンに雇われ（賄い婦として）、やがて同棲。正式な結婚は十月革命後だった。自分の子のように可愛がって育てた継子のヤーシャは、のちに国内戦で戦死する。二人のあいだの第一子（男児）は夭逝した。ちなみにエフロシーニヤ・パーヴロヴナの実母は、村で魔法使い《コルドゥーニヤ》と呼ばれる、善き力を持った呪術師だった。

エフロシーニヤ・パーヴロヴナ（一八八三―一九五三）については、長男レフ〔リョーヴァ〕の嫁による聞き書き「ミハイル・ミハーイロヴィチとの生活」（『森のしずく』所収）に詳しい。二人の戸籍上の結婚が晩かった理由の一つに、身分違いの結婚を母（マリヤ・イワーノヴナ）が許さなかったということがある。

一家は一九一一年から一五年までをノーヴゴロド県下の村々で暮らし、時おりペテルブルグや故郷のエレーツ（母親の領地のあるフルシチョーヴォ村）へ出かけたりした。転々とはしたが、それでも比較的長く滞在した村が、日記の最初（一月一日）に描かれているペソチキである。なぜかこの村が気に入った。村や村人たちの描き方ひとつを見ても、新しい土地にすんなり「ポエティックにとけこんでゆく」プリーシヴィン一流の生活術がよく読み取れて、ペソチキ村そのものがひとつの文化空間ないし固有の風土文物《レアリア》を成しているように感じられる。

この村落が持つ歴史と宗教と自然のレアリアについて、作家はすでに一九一一年の日記にこう記していた——

「ノーヴゴロドの古戦場だったシェローニ川（イーリメニ湖に注ぐ）の高い岸の上に、ペソチキという小さな村がある。近くには昔からの保護林があって、その中に苔むした古い礼拝堂が遺されている。礼拝堂はまるで樹のよう。冬、雪が降って樹々を純白に染めると、礼拝堂も真っ白だ。春になり、雪が解け、暖かい雨に幹の苔が青く色づきだせば、礼拝堂もやはり青々としてくる。礼拝堂の屋根には小さな黒っぽい十字架が立っていて、その周囲の松の木はどれも、蠟燭みたいに真っすぐで、じつに清楚である。見ていると、それらの松が遠い昔、ここへ祈りに集まり、だんだん土地に慣れ親しんで、ついにそのまま蠟燭のように立ってしまった、とそんなふうにさえ思えてくる」

「松は蠟燭」は、「木々は清らかで真っすぐな蠟燭のよう」というだけの比喩ではない。この作家の発した言葉は、小暗い世界を照らす松明《たいまつ》のように、村人たちの相貌や生きた暮らしを明々と照らし出す。

＊2　初恋の人。留学中にパリで知り合い、リュクサンブール公園で別れた。プリーシヴィンの永遠の人。夢と日記に最後まで出続ける。

▼一月六日

冬の夜明け。日は出かかるが、ついに昇らず。靄がすべてを覆い尽くした。豪雪。出口なし。凄まじいその威力。こんなのは後にも先にも経験がない。

「家主と、蒸し風呂小屋《バーニャ》の裏の一本の小さな槲の木を見ようとしたが、道を挟んで十サージェン〔二十メートル強〕しかないのに、そこまですら行き着けずに戻ってきた。連日の吹雪。家から一歩も出られないようになるかも。目を覚ますと、真っ暗で、どの窓も雪で塞がれている。村を取り巻く難攻不落の荒野。小径、垣、畦が縦横にめぐる馴染みの場所や野原が、まるでたった今この世に出現したかのよう。ウサギや獣の足跡だけがてんてんと、人間の跡など、まったくどこにも見当たらない。

冬、厳しい寒波にさらされたロシアの農民ほど、哀れで、衰弱した、無力な存在はない。ロシアの馬鹿でかい、しかし情けないほど頼りない煖炉《ペーチ》＝竈。

厳寒《マロース》以上にヒトは一酸化炭素中毒で死ぬ。その構造上の問題。助かり方——往来《おもて》に飛び出して、二時間ほど夜空の星を数え続ける。そのとき、雪の上にひざまずいて、月と十二の禿頭《はげあたま》を求める。《明るい月よ、十二人の禿頭よ、マロースを打ち砕きたまえ！》。これはアルハーンゲリスク地方の迷信だ。寒さの厳しい日、おもてに出て、通行人の中から十二人の禿頭の男を数えれば、最後の（十二人目の）その男の鼻にマロースは乗り移るらしい。

わが国に技術革命（鋳鉄製のストーヴ）が起こって、ガス中毒がなくなった。もう中毒は起こらない。捜してみたが、それがなかなか見つからない。アヴドーチヤが煖炉に火を入れ、娘のリーザ（十二歳）をよこして、煙突を閉めさせた。結果、自分もリーザもガス中毒だ。

「爺さん、どうやらわたしはあの世に行ってきたようだよ。でも、何でもない……」みなが笑う。なぜ笑うんだ。みなが言う——「そうさ、死ぬのはそんなに怖くねえ。中毒死なんて楽なもんだ」。クリューコフ爺さん——「生きてゆくのは大変だがな、死ぬのは楽だよ。死んだら、もう苦しまなくて済むんだし」。この老人は、教育ある人間と見れば、議論を吹っかけてくる。なんにせよ、相手との共通点を見いだすのが目的なのである。「死は楽なのに、じゃ、なんで恐怖が？」——「恐怖は人間どものせいさ。熱に浮かされ、気を失いかけながら、何かぶつぶつ呟けば、それだけでまわりの者は恐怖に駆られる。それはそれでいい。恐怖ってものは誰をも従順にさせる。屈した人間は、その屈した目で他人を見るのさ、そいつがどうするかを、な」

「われわれはみなばらばらである。獣のように穴に隠れる。恐怖がうろつきまわると、他人を見る……恐怖、こいつがみんなの共通点。歓び、家族の中、森のモミの木の下、大雪の下、どこか雪に埋もれた百姓家にいる自分。歓び、夢、その共通点のそばに自分もいると信じて……」

「わがロシア。ストーヴを何度も焚くが、また冷えてしまう小屋。熱と寒さと、それで中庸（中間）というものが無い。雪に埋もれたわがロシアそのものだ」

哲学者のカントが出てくる……。ちぎれ雲のあいだを明るい月が飛ぶ。膝まで雪。老婆が祈っていた。「明るい月よ、十二人の禿頭よ、マロースを打ち砕きたまえ！」老婆。月に祈り、それから明かりを手に暗い部屋の隅々をめぐって、白い小さな十字架を置いた。

シベリア出の養蜂業者のアレクセイ・エフィーモヴィチが語る――「アルタイで巣枠を用いた養蜂術がいかにして始まったか」。アルタイはズメイノゴールスク郡のチョールヌィ・イルトゥィシのどこか。ベロヴォーヂエ（白水境）。「そこでは十七世紀、白水境を求めた古儀式派のグリゴーリエフ某が、皇室領に住み、養蜂と農耕を始めた。この時代、皇室領は書類上のものにすぎず、アルタイ地方では誰でも耕作できたのだ。アレクサンドル三世のころ、グリゴーリエフ家の家族は四十八名、養蜂場も大規模なものになっていた。一家の主《あるじ》がツァーリにアルタイの蜜を献上しようとペテルブルグへ上京。ほぼ一年待って、この旧教徒は謁見を許された。場所はカザン寺院の近く。ツァーリが長時間、アルタイと養蜂業について下問。ところで、間もなく、そのグリゴーリエフ一家に災難が降りかかった。皇室領が使えなくなり、養蜂場が役人どもに取り上げられてしまったのだ。再びペテルブルグへ。陛下に戴いた署名入りの本を手に。当然ながら、面会は許されなかった。そこで天才的ひらめき……先帝の后にとりなしてもらおう。皇太后がギリシアへ行かれたと聞いて、さっそく旧教徒のカフタンを着、手縫いのシベリアふうの長靴を履くと、グリゴーリエフもギリシアへ向かった。彼の地で面会に成功する。

▼一月十二日

ペソチキには未婚の女が多い。それもオールドミスを運命づけられている美しい娘たちだ。彼女たちを見ていて、つくづく思う――社会的変化が人間を不具にし、その犠牲者たちは〈移り変わる時代〉のはざまに取り残されていくのだ、と。学業（講習会や専門学校）その他の方法もあるのに、時代の流れを見ようとしない父親たちは、娘たちをそういうところにはやらない。もう一つの出口は身を持ち崩す（春をひさぐ）ことだが、しかし娘たちは娼婦ではなく、生まれついての女房であり母親だ。農家に嫁ぐしかないのだから。それは「運命ではない」。そこには「運命などない」、人間は自由ではないということだ。

▼一月十三日

村をいろいろ見て歩く。郵便配達夫のニコライは、以前は牧童で、今は配達夫。大変な出世である。牧童というのは村では阿呆扱いだ。いったい誰が郵便配達夫なぞになるだろう？　もちろん阿呆だけ。

郵便配達夫になったとき——つまり他の階層の人間と衝突したとき、突然ニコライは変身した。それで今、彼の親戚たちは元の牧童仲間の誰かに「……ところで、あの阿呆、まだおまえさんのとこにおるんかね？」などと訊かれると、ひどく腹を立てるのである。

ポシャワ（疫病）が流行っている。わたしも罹ってしまった。

冬のペテルブルグを沈めるかと思うような大波が、ネヴァの氷上を疾駆する。凄まじい暴風雨だ。そいつに取っ捕まってしまったわたしは今、独りノーヴゴロド（県）の松林のそばの小屋に臥せっている。熱がある。このちょっと前、腸チフスで一家が全滅しかかったこの小屋に偶々《たまたま》やって来たのだが、熱が出始めたとき、ふと一家のことを思い出して、「ああチフスだ！」と観念した。すぐに頭に浮かんだのは、早く荷物をまとめてペテルブルグへ戻らなくては、ということだった。しかし、荷物の数やら馬の手配やら、でこぼこ道を突っ走る橇のことやらを考えただけで吐き気がし、悪寒がますますひどくなった。そのとき、暴風雨が松林を襲い始めた。まるで大しけの海上のよう。そう、まさにあの音、あの恐怖、あの凄まじさである。

▼一月十九日

ローザノフ追放のための〈宗教・哲学会〉[*1]の集会。かつてはローザノフがわたしを中学から追い出したのだが[*2]、今度はこちらが彼を追放しなくてはならなくなった。議決には定数不足だ。でも、闘士たちはやる気満々——メレシコーフスキイ[*3]の目論見が功を奏して、ローザノフへの怒りが爆発したからである。押し合い、混乱、ごたごたあり。あるアルメニヤ人などは、いよいよ表決というときに意見を求めて、「宗教・哲学会に拍手採決はない」と言おうとしたし、条項の改変を求める者もいた。ギッピウス[*4]は（一

＊1　一九〇八年十月、プリーシヴィンは『森と水と日の照る夜』（一九〇六）と『魔法の丸パンを追っかけて』（一九〇七）の二著をひっさげて、〈宗教・哲学会〉の会員になった。この会は彼にとって二つの観点から非常に重要だ。第一に、同時代の宗教意識の問題が取りも直さず〈宗教・哲学会〉の活動（一九〇七〜一九一五）の主要なテーマであり、奥ヴォルガ（『キーテジ——湖底の鐘の音』・一九〇

九）〔邦訳『巡礼ロシア』〕の旅で明らかになった民衆運動への関心が、ペテルブルグの知識層に新たな衝撃を生んだからである。奥ヴォルガ行きのそもそものきっかけは、メレシコーフスキイ夫妻の旅――妻で詩人のギッピウスの旅日記（「スヴェートロエ湖」）は、彼らの機関誌である「新しい道」（一九〇四）に分載された――にあったのだが、民衆の土着の胸奥に一歩も二歩も踏み込んだプリーシヴィンの〈魂の巡礼〉は、上流人士たち〔メレシコーフスキイ夫妻〕の単なる「訪問」などとは似ても似つかぬものになった。ちなみに、奥ヴォルガの田舎町ヴェトルーガ（コストロマー県）は、〈宗教・哲学会〉の重鎮ワシーリイ・ローザノフ（一八五三―一九一九）の生まれ故郷でもある。

第二には、ペテルブルグのシンボリストたちとの付き合いが、プリーシヴィンにとって必要欠くべからざる〈学校〉、また〈シンボリズムの《火と霊の洗礼》（ブローク）〉であり、それが彼の芸術のスタイルを決定する重要な要素となったからである。芸術におけるリアルなものとその役割へのかかわり方では、彼らとのあいだの大きな隔たりを十分意識していたプリーシヴィンだが、シンボリストたちによって〈理論的に〉示されたポスト・シンボリズム文学進化の展望、たとえばヴャチェスラフ・イワーノフ言うところの〈リアリスティックなシンボリズム〉などは、十分以上に受け容れている。その〈宗教・哲学会〉が、この日（一月十九日）、ローザノフを会から追い出す集会を開いている。除名追放という険悪な動議が持ち出されたのは、彼の論文――「血へのユダヤ人の嗅覚的触感的関係」（ペテルブルグ・一九一四）のためである。彼はこれまでにもたびたびユダヤ人排斥のキャンペーンを起こしていた。

＊2　ローザノフは若かりしころ、エレーツ男子中学の地理の教師で、そのときの教え子がプリーシヴィンだった。一八八九年にローザノフと衝突して、未来の作家は退学させられている。〈宗教・哲学会〉での二人の出会いは、この両者を結び付けている複雑かつ深い関係（近しさと反発）のみならず、プリーシヴィンの作品におけるローザノフの哲学的美学的達識と文学上のスタイルの継承という観点からも、大いに興味をそそられる。

＊3　ドミートリイ・メレシコーフスキイ（一八六六―一九四一）――作家、宗教思想家。詩と評論から出発し、ロシア象徴派の先駆けとなったが、次第に宗教色を強めていった。〈宗教・哲学会〉や月刊誌「新しい道」を中心に活動し、十月革命後に亡命。二〇年からパリに住んだ。キリスト教と古代の神々、霊と肉の対立など、一時その独特の弁証法的思考法がもてはやされた。代表作に『背教者ユリアヌス――神々の死』、『レオナルド・ダ・ヴィンチ――神々の復活』、『ピョートル大帝――アンチキリスト』などの歴史小説がある。

＊4　ジナイーダ・ギッピウス（一八六九―一九四五）――詩人。メレシコーフスキイの妻。デカダン派の代表的存在。一九〇三年、夫とともに〈宗教・哲学会〉を創設した。夫の神秘的宗教理論には同調しなかったが、一九〇五年から一七年まで、ペテルブルグの彼女のサロンは文壇の重要な中心となり、若い象徴派詩人たちに大きな影響を与えた。詩集のほかに小説『悪魔の人形』（一九一一）。一九二〇年に夫とともに亡命、パリで客死。

語判読不能）目を細めて、雌猫のような顔付き。カルタショーフ[*1]は眼鏡をぐいと上げ、メレシコーフスキイは腹を立てている。ヴャチェスラフ・イワーノフ[*2]はスキャンダルを起こす気だ。チュルコーフ[*3]は二律背反について語り、スタホーヴィチ〔プリーシヴィンの知人〕は二律背反とはそもそも何かと問いただす。神智学の老婦人、女子専門学校の学生たち、教授連、文学者、（一語判読不能）、バプティスト派、僧侶、東方の人と、誠実この上ないユダヤ人の学者たち。わたしはどうかと言うと、耳に入ってくるものを観察し思考し理解し保持する能力をあらかた失っていた。まったくのカオス。これこそメレシコーフスキイの社会的目論見の結果なのだ。五年ほど前、わたしはその〈輝ける異邦人〉[*4]を賃借りしたのだが、今はもう返そうと思っている。どうも違うのだ。

キーエフのセイヨウミザクラと旧約の無花果《いちじく》。

メレシコーフスキイがローザノフに惚れ込んでいたのは周知の事実で、ローザノフ自身がそのことを書いている。『孤立せるもの』[*5]――「彼〔メレシコーフスキイ〕は何故わたしを愛するか？」。ところが今、そのメレシコーフスキイがローザノフを〈宗教・哲学会〉から追い出しにかかっているのだ。脱会させて、彼をロシア社会の一隅（ローザノフはそこから素顔をさらけだしていたのに！）から放逐するという、言ってみれば、まともにその顔面を殴りつけるに等しい、そんな大胆不遜な考えが、いつどこから芽生えたのか、（誰もが彼に憤慨していながら）誰ひとり知らないのである。会議の決定に団体が、いわば世論の処女地が動揺を来してしまった。そして、さまざまな党派・宗派の者たち（そこにはローザノフを目の敵にしている連中がごまんといた）がこぞって腹を立てたのだ。要するに、このちっぽけなペテルブルグの蟻塚――しばしばロシアの最高の知識人、それもじつに多種多様な人士が顔を見せた――の社会的基盤の完全な崩壊が起こってしまったのである。

メレシコーフスキイと彼の取巻きたちのことがとてもよくわかる。信じている者、あるいは信ずることを強く願い、それと同時にこの会で本気で死人たち（死人も立ち上がるにちがいない、でも、それはいつだろう！）を説き伏せたいと思う人たちの苦しい気持ちが、わたしにはよくわかる。メレシコーフスキイは、若い、もっとアクティヴな人たちから成る支部を組織しようとしたのだが、それは（二語判読不能）神について語るばかりで、どんな行動も起こさなかった。なぜか？ 今は答えられない。だが、ここで時宜にかなった事件――ベイリス事件[*6]が発生した。それで会もおしまいかと思われたが、べつに抗議行動は起こらず、旧約がキーエフの事件とごちゃごちゃになり、なんだかごたまぜの、キーエフのセイヨウミザクラと旧約の無花果のヴィネグレット〔ごたまぜサラダ〕みたいな、滑稽なくらい哀れな集会になってしまった。で、まさにそのとき、わざとのように、ローザノフは、みなが怒り心頭に発するような論文を書いたのだった。

もちろん、すべての責任はローザノフにある。彼とはやっていけないし御免こうむる、除名しなければこちらが出て行く、というわけである。

＊1　アントン・カルタショーフ（一八七〇〔一説に一八七五〕―一九六〇）――哲学者、教会史家。

＊2　ヴャチェスラフ・イワーノフ（一八六六―一九四九）――詩人、文芸理論家。ベルリンに留学し、ローマ史を専攻。詩集『導きの星』（一九〇三）と『透明』（一九〇四）で、象徴派詩人として登場。ニーチェやウラヂーミル・ソロヴィヨーフの影響を強く受け、いわゆる〈銀の時代〉における後期印象派の指導的理論家である。発行誌である「金羊毛」や「天秤座」その他の雑誌に多くの論文を発表した。ディオニュソス信仰の再考、神話の核をなす〈象徴〉の発見、〈神話創造〉行為としての演劇などがその理論の中核。神秘的宗教的傾向が強い。ペテルブルグの彼のサロン、通称《塔《バーシニャ》》は一九一〇年まで、多くの詩人、画家、学者たちの交流の場であった。一九二四年にローマへ亡命、カトリックに改宗した。ダンテやペトラルカの翻訳がある。

＊3　ゲオールギイ・チュルコーフ（一八七九―一九三九）――詩人、作家。若いころに政治活動で逮捕され、シベリアへ流刑。のちペテルブルグに戻って第一詩集を刊行。「金羊毛」、「新しい道」、「天秤座」などの雑誌を編集した。

＊4　メレシコーフスキイのこと。〈輝ける異邦人〉という表現は、一九〇九年から一九一一年の日記によく見られる。「その特異な洗練された優雅さと高い教養から、メレシコーフスキイの思想の信奉者たちは、彼を〈輝ける異邦人〉と称した。〈輝ける〉というのは、わがロシアにヨーロッパ文化の華ではなく競争の刺、すなわち普遍的真理と分離を持ち込む〈暗い異邦人たち〉とを峻別した言い方なのだ」

＊5　これはプリーシヴィンの誤記。『孤立せるもの』ではなく『落葉』（一九一三）の「第一の籠」。

＊6　「ベイリス事件」は、有名なでっちあげの血の中傷事件。一九一一年三月、キーエフ郊外の洞穴で十二歳の少年アンドレイ・ユシーンスキイの遺体が発見されたが、それをユダヤ人による儀式殺人であるとして、煉瓦工場の監督のメヘナム・メンデル・ベイリス（ユダヤ人）が逮捕された。ユダヤ教徒が生血を過越の祭りのマツォット（種なしパン）に入れるというデマは、ヨーロッパでは旧くからユダヤ人苛めに使われている。これに対して国内外を問わず多くの知識人が抗議し、一九一三年の判決で、ようやくベイリスは無罪となった。

「ローザノフはここではいちばんの重要人物かも！」メレシコーフスキイがそう言うと、すぐさま誰かが――「それはあなたの思い過ごしでしょう！」

（一語判読不能）そうだろうか、わたしにはメレシコーフスキイの言うことが――その気持ちも、脚を折られた椅子のことも、よくわかる。除名の一字にみなが烈しく動揺したけれど、それは単に除名だけの問題ではなく、おそらく新しいセクトのごときものの創設に関係があるのだろう。なんと言っても、そのことでメレシコーフスキイ自身、自分の最も愛する人を切り捨てようと決意したのだから。メレシコーフスキイにとってローザノフは単なる個性《オーブリク》ではない、〈世界的な天才作家〉だ。アンチキリストの先触れであり、大地であり、牧羊神《パーン》であり、何でありかんであるのだ。そうした一切の不浄なものから今や彼は切り離されようとしており、一方の〈宗教・哲学会〉の会員たちの憤慨はまことにもって（純粋この上なく）俗物根性まるだしである。メレシコーフスキイはまるで生活を知らない。観念の人。肉と血の人ではない。彼があるとき社会民主党員である労働者と議論したときのことを、わたしは決して忘れない。人間におけるおのれの不死の意識の必然性という問いに対して、その労働者はこう言い放った――「とにかく腹いっぱい食わせてくれ」。すると、いかにも野卑なこの応答にメレシコーフスキイは思わずカッとなって、こう怒鳴り返した――「ええいクソ、碌でなしめ！」

それはもちろん純粋に哲学的な意味での〈碌でなし〉――屍肉《パーダリ》、すなわち斃れ死ねということだったから、労働者はそれをまったくの悪口雑言と思い込んだ。これにはどうも参ってしまった。最低である。

今まさに起こっているのは、これとそっくり同じことなのだ。〈宗教・哲学会〉全体が決まり切った倫理の法則どおりに行動するだけで、メレシコーフスキイを理解しようとしないし、彼について行こうともしない。でも、俗物どもをあまりやり込めることはすまい。というのは、今回のアピールには、われわれが叡知《ムードロスチ》と呼ぶところの、人間の必要欠くべからざる環がひとつ足りないことは明らかだからである。

▼一月二十三日

今日は誕生日。四十一歳だ。

ときどき自分の人生の〈宗教〉時代――メレシコーフスキイを初めて訪ねたときからギッピウスを最後に訪ねたときまで――に回帰する必要を感ずる。その間にわたしが手にし今も手にしている価値あるもの、それはロシア国民における宗教理解だ。

朝の祈り。主よ、どうか助けてください、心に清澄と静寂と理解とを保《も》ち続けたいのです。人びととの出会いにはこの祈りを忘れず、人生の嵐にも再びそのような自分に立ち返ることができますように、どうかお力をお貸しください。

▼日付のない、一月二十三日と二月八日の間に書かれたと思われる記述――

感情には二つの極がある――明と暗だ。〈心の安らぎとバランスの時〉というのは、まわりのすべてが明瞭であり、とりわけ〈その時〉を、なぜか永久に留めおくことができるような気がするものである……そう、宗教的人間の〈その時〉は祈りによって強化されるのだ。そしておそらく、宗教はそれを保持するために必要不可欠なものとなる。要するに、純粋に動物的な充ち足りた歓びというのではないが、同時におのれの官能を喜ばしく感ずる状態なのである。エクスタシーの烈しい魂の歓喜はないけれど、一切のものがバランスと調和のうちに、穏やかな光を放っている。

もう一つの〈時〉は、それとは対照的で、ナイフでぐさりとやるように、なぜか不意にやってくる。跳ばなくてはならない断崖の下、暗黒の淵を覗いて、否も応もなく落ちてゆく感じと言っていいだろう。なにか償いきれない（どうにも仕方のない）罪――それを犯したのがこの自分なのか、それともずっと以前に誰かが自分に代わって犯したのか、ともかく否応ない破滅の感じ。こうした〈時〉のあとに、ときには鈍麻と完全な無気力に陥らせる鬱状態（トスカ）がやってくる……それは、いかなる法則も無きがごとくに、まったく不意にやってくる。

〔断片的に綴られている以下の走り書きは、構想中の長編である『カシチェーイの鎖』のためのノートであり、アルパートフはその主人公。邦訳（一部）あり、『アルパートフの青年時代』（蔵原惟人訳・新潮社刊・一九二九）。自伝的長編『カシチェーイの鎖』は生涯書き続けられたが、最初の章の完成は一九二〇年代に入ってから。〕

アピス*――流刑囚の日記から

＊　エジプト神話のアピスへの崇拝は、太古のメンフィスに始まる。メンフィスの神プタフの、また太陽神ラーの魂（バー）であるアピスは、角と角の間に太陽を戴く聖なる黒い雄牛＝豊饒の神のシンボル。アピスが駆ける大地は肥沃となり豊かな実りを約束すると信じられた。アピスはまた冥界の支配者〈オシリス〉のシンボルでもある。プリーシヴィンにとって〈永遠の女性〉はアピス。アピスは人間の歴史とは無縁の、自然な生の、永久不変のリズムのシンボルだ。主人公アルパートフの烈しい感情のうねり。翻弄。バランスと調和、憂愁（トスカ）。明と暗のリズム。

そのころ、アルパートフは、月三ルーブリで農家の中二階の一室を借りた、冬の間は母屋へ移るという約束で。秋、〈わたし〉は独りぼっちで、次第に付き合いにくい人間になっていった。雨はよく降ったし、風はひっきりなしに吹きまくった。雨粒が中二階に夜も昼も落ち続けたので、その雨というのがなんだか自分自身を、もっと正確に言うと、なにかこう、生きていて自分がしていることを十分に承知している雨――つまり、岩たちを洗い、わが心中の石や岩を洗い流し、おのが行為の限りなき目的と知識があることを十二分に自覚しているのでは、とそんな気さえする雨なのだった。でも、そのことで〈わたし〉のためになることはない。風雨が岩を打ち砕くあいだに、〈わたし〉はそうした岩の下で一千回（一語判読不能）も破滅するだろうからだ。〈わたし〉はまるで墓の中の生ける屍のようだった。だんだん荒れていった。岩の下で見た夢を話すのはとても難しい。もちろん、彼女が出てきた。あの限りなく遠く、また限りなく近しい存在である〈わたし〉のまぼろしの女人、ソーンナヤ・グレージツァ（夢幻の女《ひと》。ソーンは夢、眠り。グリョーザは幻想の意）が。

その素顔を一度も見ていない。緑の鳥に姿を変えてやって来ることがある。それが彼女であることはわかっている。また、公園の石の彫像みたいな姿で立ち現われることもある。そんなときは、石をとおして彼女と会話を交わすのだが、いかにも異様な雰囲気だ。それでも、そんな醜怪さをとおして彼女と話をし、イプセンふうの簡潔な、含蓄に富む言葉を交換し合うのである。

ソーンナヤ・グレージツァはぜったいに素顔をさらさないので、こちらとしては、醜い石像と会ってるようなものだった。そのうち目が覚める。聞き耳を立てれば、聞こえてくるのは雨の音。それで〈わたし〉は、ああ、こいつは洗って洗って（無駄なことだが）ソーンナヤ・グレージツァの身体を洗い流そうとしているのだな、などと思ってしまうのである。あの夢の彼女、あの幻影の立っていた場所だが、あれはどこだったのか――考えるだに恐ろしかった。本物の彼女は遠いどこか土の下なのかも。そこへ行くには天国と地獄の間を通らなくてはならないが、またその道が深いふかい川に行く手を阻まれていて、橋などは架かっておらず、当然、アブラハムも、聖母もいない。で、その底知れぬ川とは、要するに傲慢心のことなのだった。彼女はこうしたいと言い、〈わたし〉はああしたいと言い張って、たちまち二人は別れてしまった。もうそれは遠い昔。したがって、流刑や森の中の孤独な生活がなければ、〈わたし〉の夢にソーンナヤ・グレージツァが出てくるわけがない。もしかしたら、〈わたし〉はすぐに彼女から身くれた。青インクでしたためられた住所と宛名……[*]おお、なんとその筆跡、紛れもなく〈彼女〉のものだった！　わたしは彼女と手紙のやりとりをしなかった。二通か三通は交わしたはずだが、決してそれ以上ではないし、いずれにせよもうずいぶん昔のことだ。それに、彼女と最後に逢ったのはパリだったから、自分としては、彼女はあのままずっとパリで暮らしていると思っていた。そして何より彼女、生きている本物の彼女がわたしのことを憶えているなんて、まったく考えたこともなかった。ソーンナヤ・グレージツァは夢に出てくる女だった。ところが、いきなりそこへ、生きている本物の彼女からの手紙が舞い込んだのである！　こう記してあった――「明日、あなたの町の駅を通過します。十五分だけ（もしかしたらもうちょっと）時間があるかもしれません。すべてはあなた次第です」

　消印を見る。血の気が引いた。明日の今日だ、今日なのだ！　時計に目をやった。まだ時間がある。超人的な努力をすれば、間に合うかも。（一語判読不能）必死に自転車を離して、何かよそごとに没頭するとか、農民たちに自分にも土地を分けてくれと懇願したり、自分で家を建てたりしたかもしれない。もっといろんなことを思いついたにちがいないのだ。しかし、この秋の小雨は、岩を持ち上げて、〈わたし〉の上に乗っかってしまった。〈わたし〉はどうすることもできず、何を何のために始めるのかもわからずにいる。ただそんな夜の逢瀬を待つだけの生活だった。そしてその時期、〈わたし〉はどれほど、その（本性と言うのか）ありのままの姿とひとつになったことか！　束の間の逢瀬の場合はすぐに目が覚め、ふたたび天の蓋は閉じてしまう。そのとき見えるのは、死んでいるこの〈わたし〉だ。ぎりぎりまで（一語判読不能）で、解き放たれるかと思うと、また閉じてしまう。そうして太陽に向かって歩めば、奇跡が、復活が……

　じっさい、そうしたことが起こったのである。突然、奇跡が……。そうだ、それはまさに奇跡だった！　ひとりの老人が駅からだといって〈わたし〉宛の手紙を持って来て

＊「青インクでしたためられた」は、蜜のとれる青い草、ファツェーリヤを連想させる。「青い鳥たちが遠い国から飛んできて、そこで一泊、翌あさ飛び立った跡がそのまま青く染まって野原になった」（「交響詩ファツェーリヤ」から）。十二年前、パリのリュクサンブール公園で別れたきりの若いロシア娘。それが続けざまに夢に出てくる。輪郭も目鼻立ちもはっきりしないけれど、でも、それが「彼女」であることはわかっている。

漕いだら、なんとかなるかも。〈わたし〉はすっ飛ばした。横なぐりの風だが、なに、大したことはない（湖畔の小径）。わたしは谷底へ下りる。ひょっとしたら、これは夢の中なのかも。でも、そうかもしれないが、そうでないかもしれない。奇妙なのは、この時間。時間というやつ！　なんだか何もかもが夢の中の出来事みたいなのである。

「ナンラカの理由でムショ暮らし」というのは、まあよくあることだ！　ミハイル・アルパートフは未来の女性のことで刑務所の厄介になった。ただしこれは秘密である。ぜったい漏らしてはならない！　部屋のテーブルの上の壁に、「国事犯」の文字。そして、何か重大な罪を犯そうとしていることを十分に自覚していたが、でも……その秘密は他人だけでなく自分自身にとっても一番の秘密。未来の女性だ。それは、まだ若い学生たちを社会主義について書かれたある発禁本の翻訳に当たらせたころのこと。キャリアを積もうとしている検事の若い友人が、その翻訳と労働争議（スト）とを関連づけて、わたしたちの中から国事犯をでっちあげたのだ。

何ゆえかくも甚だしき夢想は生まれるや？　外に監獄、内にはあまりに強すぎる要求……。

春――いいなずけ――甚だしき夢想の誕生――獄中。

母。永いあいだわたしにとって謎だったのは――なぜ最もつらい困難な時期に母がわたしに手を差し伸べることなく、わたしたちのために生き、来るべき日に備えて掻き集め、蓄え、守ろうとしていたのかということだった。そしてその未来がやってきた。わたしはもう結構な齢だが、母はまだあらゆるものを来るべき日のために大事に仕舞い込んでいる。それで、たえずこんな思いにとらわれた――もし自分らが飢え死にしてしまったら、その蓄えはどうなるのか？　今ではわかっている――彼女はわたしの息子や孫たち（たとえわたしに家庭がなくても）のうちに未来を見ており、その未来は彼女の手の内にあった。それはこちらの見つめていた人間の魂、つまり内なる未来ではなかった。最も精神的な緊張を強いられていた時期にわたしが期待していたのは援助の手だった。なのに彼女の方は〈安らぎとバランスの時代〉のためにそれを用意していたのだ。わたしにとって貴重なのはその瞬間その〈時〉。なのに母にはその先の世紀が大事だった……。母はもう齢である。「母の悲劇」だ。息子のためと思って働き、蓄えてきた。でも、その息子は無思慮で無分別。そんな子がしっかりした人間になれるとは思っていない。息子が飢えて死んでしまえば、彼女には何も残らない、つまり、もはや存在しない者を護るための蓄財なんか何の意味もないのである。町人根性の悲劇（町人根性と悲劇だ！）。息子は海軍軍人となり、貴族社会へ、しかし結婚の相手〔エフロシーニヤ〕は農民の娘だった。母は息子の家族を認めない。

「母の悲劇」のメシチャンストヴォ（町人根性）。それはエレーツやノーヴゴロドの商人《あきんど》の蓄財の道。たとえば、百姓から身を起こしたカールポフ、何でも掻き集めるチェレシチェンコ爺さん、そういう欲求がまるでないその息子。それと、女の王国《バービエ・ツァールストヴォ》だ。（霊の）ヒーローへの挑戦。

アンケートを求められたらこう答えよう——これまで自分が書いた本はすべて駄目である。ただし、良いのはひとつ——これから書かれる一冊だ、と。

その第一章——わがヒーローの誕生。

わたしの主人公は××年に、このわたし（ヒーローでない）から生まれた。生年については、今、思い出せない。それは、フルシチョーヴォの小さな領地で父が亡くなった年……そこには並木道や何やかやがあって（青いビーバーを見よ！）……遺されたのは、わたしに未来を拓こうとしていた母であった。父は青いビーバーのタイプ*だ。そしてここから、まったく異なる二人の人間、今あるこのわたしと青いビーバーの人間が出てくる。後者はぜんぜん別の人間なので、わたしが彼を〔一語判読不能〕別の名で——C《エス》でも某でもかまわない——呼べば、なおいいし、それでわたしは彼の人生の〔二語判読不能〕、彼の秘密の、唯一最も親しい証人なのである。

▼二月八日——女性公開討論会で

ネーフスキイ大通りのいちばん目立つ場所に建てられた

＊ 父は青いビーバーのタイプ——亡き父の面影とひとつになったシンボル。息子への父の独創的な約束（遺訓）というにとどまらない。少年における個性と意識の誕生を示す、ある運命の徴でもある。『カシチェーイの鎖』で〈青いビーバー〉と呼ばれているのは、主人公アルパートフの幼年時代そのものだ。編訳者には、幼いレフ・トルストイが兄のニコーレンカから聞いたという蟻の同胞団や、すべての人間を幸福にせずにはおかぬ例の〈魔法の緑の杖〉が思い出されてならない。それと不死身のカシチェーイのおとぎ話のことも。「アルパートフは成長してカシチェーイの鎖が不正、貪欲、悪意、隷属、貧困を鍛えてつくったものであることを知る。この鎖のために人間らしい幸福な生活が妨げられている以上、それを断ち切らねばならない。若いアルパートフは鎖を断ち切る手段を探す。彼はどうしたらこの大目的に接近することができるかわからぬまま、革命家たちに共感し逮捕されるが、同時に彼は政治活動だけが完全な答えではないことを感じている。経験を積むうちに、彼はひとつひとつの創造的努力、ひとつひとつの役に立つ行為こそ憎むべき鎖に対する打撃であることを知る」（マーク・スローニム『ソヴェート文学史』第一八章ミハイル・プリーシヴィンから）。

傑出した女性の記念像、と言えば、当然、エカチェリーナ（二世）である。賢明な女帝にして文化啓蒙の友たるエカチェリーナは、女性にとって、フェミニズムの擁護者やどっかの著名な婦人参政権論者よりはるかに多くのことをわたしに語ってくれる。

▼二月八日

ロシアのナロード〔民また人びとまた青人草《あおひとぐさ》〕のことは、わたしもよく知っている。女房を殴るのは亭主でない、悲哀、大酒、困窮、それと無知なのだ。ある夏の日、村の子どもたちが息せき切って駆けてきて、こんなことを言った――

「あっちの原っぱの白樺の木に女が登ってるって。血だらけだってさ、牧童がそう言ってたよ」。立会人を引き連れて、村長自ら現場へ向かう。そして牧童に――

「この木に血まみれの女が登ってたって、本当か？」

「はあ、たしかに。でも、女じゃねえす、マダムなんで」

彼の言う〈マダム〉とは自由婚をした女のこと。近ごろはよくそんな言い方をする。

わたしは〈ペテルブルグの婦人問題〉の公開討論会へ出かけようとしていた。外套を掛けるハンガーになぜか箒が立てかけてあったので、アーンヌシカに訊いた――これは何だね、何のためにこんなのがうちにあるんだね？　すると、こんな答えが返ってきた。ああそれは、うちの亭主（屋敷番のイワン）がここにきたとき、忘れていったんです。

それでわたしは、ほんの冗談のつもりで、こう言った――「ひょっとしたら、この箒は〔一語判読不能〕イワンがおまえの教育に使ってるやつかもしれんなあ」

「いいえ、そんなことしませんよ、うちのひとは！」

「それでも、ひょいとそんなことを思いつくかも」

「いいえ、教育なんかしませんとも。殴られるなと思ったら、あたしはもう姿を消してますから」

「逃げて、いったいどこへ行くんだね？」

「洗濯女になるんです！　きょう日は、そんな、ヒトを殴る権利なんて誰にもないんです」

婦人問題の討論会に行こうとしていたこちらの関心は、当然ながら〔一語判読不能〕の権利に向けられている。

「アーンヌシカ――」わたしは真顔になっていた。「じゃあ、子連れの場合はどうなる？」

「簡単ですよ。女の子なら父親に、息子ならあたしに。今どきはそんなこと、簡単なんです！」

「でも、夫が男の子がいいと言ったら、どうするんだね？」

「とんでもないわ、そんなこと！　今じゃ法律はすっきりしたもんです。男の子は女親に、女の子は男親に、ってね。それでおしまい！　それで解決なんです」

階段を下りて行こうとすると、アーンヌシカが戸口までついてきて、まるで興奮した雌鶏みたいに、またぞろ同じことを繰り返した――

「息子はこっちに娘はあっちに、ですからね！」

そこでわたしは思った――亭主が呑んだくれたら、彼女はまず間違いなくあの箒で亭主を打ちすえるにちがいない、と。

そんな印象を抱きながら、わたしは討論会に参加したのだが、見れば、すでに壇上では、堂々たる大女が口角泡を飛ばしているではないか！　ぶんぶん振り回すその太い二の腕。吐き出す罵言の一語一語に込められているのは、殊更なる憎悪と、とくべつ強調された意味・ニュアンスであるようだ。

「世の男どもよ！」

会場を埋め尽くした女たち。割れんばかりの拍手。まるで箒で武装した怒れるアーンヌシカたちが、憎むべきイワンをぶっ叩くために集まったかと思うばかり。どうもなんだか、そのイワンが男どもの代表として槍玉に挙げられている凄まじい家庭劇、といった感じである。

人垣を押し分けて、わたしは会の主催者（女性）の方へ行く。彼女は落胆しまくっていた。まわりの人間もみなやはりがっくりきていて、同じことを何度も繰り返している――「来るかしら、あの人？　やっぱり来ないわよね？」

「あの人とは？」

「あの人よ。あなた、Nを知らないの？　Nはね、頭のいい婦人運動の反対者。彼が来なくちゃ、どうにもならないわ」

電話をかける。通じない。大至急使いを走らせる。しかし、駄目だ。彼は来ない。ああ、どうしよう！

だが、会場は拍手の渦。大女の激白が続いている。

「これは、いいですか、男どもの勝手な一方的な政治ですよ！　男どもが抱いている宿年の偏見なのです！」

ところで、わたしがやってきたのも、その有名な反対者が今日ここで話をするというのを耳にしたからなのだ。なぜなら、自分も、現代の婦人運動にあまり共鳴（一語判読不能）していないからである。

「せめてあなただけでも、何か話してくださいよ！」女たちが、かなり陰気な顔をした青年に声をかける。

「僕が婦人運動に反対ですって？」若い男はびっくりしている。「ペテルブルグのいちばん目立つところに（二語判読不能）賢明な統治者たるエカチェリーナ女帝が立っておられるというのに、どうしてこの僕が婦人運動の反対者でいられるでしょう！」

反対者なんて！　男たちはいずれ劣らぬ人物だ。シンガリョーフや（二語判読不能）——これらはみな雄弁な女性擁護者だ。

「たしかにそうですけど」と、ひとりの女性が反論する。「そういう人は誰も発言しません。きっと自分の考え（官僚主義）を論理的につなげる能力に欠けているんでしょうね。それで、その人たちは（一語判読不能）」

若い男は頭を絞って語り始める——

「この問題では、人類共通のものを楯に取っておられますが、僕などにはそれはただの空念仏にすぎません。存在するのは、M《エム》（男）とЖ《ジェ》（女）の生物学的仇敵だけです」

口笛、ブーイングの嵐。なんとも言いようがない。もう誰にも話させない気である。しばらくして、ようやく嵐がおさまる。

「反対者の意見を最後まで聴きなさい」

「僕は反対者なんかじゃありませんよ」と、若い男。「反対者じゃない、擁護者です。ただし、男女同権ではなく、男女の自立を擁護する立場です。Жは、Mとはまったく似るところのない新しい文化を創造しなければなりません。僕はただ革命に、婦人参政権論者に反対なだけです」

「でも、わたしたちだって革命や自立ということを（一語判読不能）。もう女性は一人前ですから……」

入れ替わり立ち替わり（一語判読不能）が意見を述べる。反対者が一人もいないって！

いいや、反対者はごまんといるのである！　きょう会場に来ている男たちの胸中に、とりわけ女たち自身の〈男ども〉への対抗意識の、その秘められた心の隅に、じつに多くの反対者が巣食っているのだ。でも、女性の権利を、正当な内容の（一語判読不能）を敢えて愚弄するような、容赦のない反対者は存在しない。捜しているのだが、見つからない。

個人主義とは殊更の弱さであること。

▼二月十日

経年とは必ずしも一致しないが、おのれの年歯にふさわしい感情というのがある。自分と同年代の人たちはどんな仕事をし何を求めているか、そうしたことを思って、いやでも自分の齢に気づかされる。ああ、そういう齢になったのだと、改めて注意を促されたりする。たとえば、自分には今、メレシコーフスキイやゴーリキイやイワノフ＝ラズームニク*1といった人びとが最後の力を振り絞って力（権力）を得ようとしているのがわかる。もう十分遊んだんだ。幕は下りたんだよ、もう穴に引っ込んだら。社会生活万歳！　個人主義なぞクソ食らえ！

フトゥリスト（未来派）たちを相当ビッグな才能を有する誰かが拾い上げなかったら、ゴーリキイやメレシコーフスキイのような人間は、却って無気力に陥っていたかもしれない。
　人間としてのレーミゾフ[*2]というのは、まったく存在しない。おそらく存在そのものがセラフィーマ・パーヴロヴナ[*2]のうちに収まっているからだ。彼女は彼をまるごと呑み込み、教え導いた。今では彼に自殺を勧めている、が一方で、わたしに向かっては、なにどうせ生は続くのだからと、自殺行為の無意味さについて語るのである。いったいどういうこと？　まあしかし、セラフィーマ・パーヴロヴナはそういう、つまり〈魂で〉語る人なので、それがみな好意として受け取られる。彼女が「あなた、可哀そう」と言えば、この同情は決して侮辱的なものではなく、天与の恵みとなってしまう。そして最も驚くのは、あれほどの容姿と品格（内面的な貫禄とでも呼ぶべきもの）にもかかわらず、というかそのせいで、彼女を前にすると、いかなる肉欲もまるで今にも死にそうな人のそれのように勢いを失くし、同時になぜか一切を達観してしまうこと、である。まことにそれは遥かな雪の山巓にそそり立つ難攻不落の砦、谷間の住人たちはそこへ登ろうなどとは思ってもみない。
　短編『いいなずけ』[*3]のヒロイン――あれはまさしく〈マ

---

*1　イワノフ＝ラズームニク（筆名、一八七八―一九四六）――は社会思想家、文芸学者。本名ラズームニク・ワシーリエヴィチ・イワーノフ（ラズームニクの名は三世紀のローマの聖人に由来）、グルジアの小貴族の出。ペテルブルグ大学数学科在学中（一九〇一）に反政府デモで逮捕・流刑の経緯は、レーミゾフ（モスクワの商家の出、モスクワ大学物理数学科中退）とほとんど同じ。以後、文筆活動を開始。早くからプリーシヴィンについての評論――『偉大なる牧神』（一九一〇―一九一一）を書いている。ペテルブルグでの社会・文学活動に積極的に参加し、多くの雑誌の出版にかかわった。社会・文学生活のさまざまな問題に対する彼の合理主義は、プリーシヴィンとは相当肌合いの違うものだが、なぜか気が合った。一九三九～四〇年と、プリーシヴィンのアルヒーフ（主に日記）の整理と目録作成に携わった。その生涯は、帝政ロシアからソヴェート独裁体制に至るまで、文字どおり〈監獄と流刑〉の繰り返しだった。二人の友情は一九四一年に彼がドイツへ出国するまで続いた。大戦後にミュンヘンで餓死。回想録『監獄と流刑』（一九五三）には、獄中の彼にプリーシヴィンがこっそりとお金を差し入れていたことが記されている。

*2　アレクセイ・レーミゾフ（一八七七―一九五七）とセラフィーマ・パーヴロヴナ（一八七六―一九四三）については、巻末の付録三題を。

*3　レーミゾフの作品のように読み取れるが、これに該当するものは知られていない。

ルーハ〔情婦また仲を裂く人の意〕〉、セラフィーマ・パーヴロヴナそのものである。つまり、娘はあの雪の山頂から下りて来たのだ。下りて来て、彼女はおのれの秘密の、最も神秘的なものとのつながりを感知し、ほんのしばらく軟化する。それというのも、いずれまた一瞬にしてその同じ場所に難攻不落の雪山が出現する（つまり、自分が聳え立つ）とわかっているからだ。そこへ至る道は二つ——修道女となるか、マルーハ（雪の山）となるか。シャモルヂノ〔この女子修道院はオープチナ僧院から十四キロ離れたところにある〕のインテリ出身の誇り高い修道女と、柔和なフェヴローニャ。尼僧は真実、柔和、キリスト。マルーハは傲慢、フェミニズム、死のごとき英国銀行頭取[*1]、そう、まさにその死がセラフィーマ・パーヴロヴナにあっては明々白々だ！

　誰ひとり登ったことのない雪の頂。その麓の村からは、「登りたいのにかなわない」という声が聞こえてくる。

　麓のその同じ小道で、春にはナイチンゲールが歌をうたっていたのに、今はそうでない。きらきら光っているのも、明るい日差しの中のねばつくような木々の緑ではない。見えるのは黄葉に蔽われた黒い幹、聞こえてくるのは蓄音機の、泣くようなジプシーのメロディーばかり。

　自分は何でもできる。でも、彼女はそうでない——わたしはそうしたいが、それはかなわない。そうなんだ、わたしはしたい、わたしはできる。で、それ以来、わたしの胸のどこか深いところで始まったのだ、新しい音楽が。そう、自分は何でもできる！

　肝心なのは、すべてこれがひとつの小さな誤解であること。ただ彼女（雪の頂）に対して二言三言、いや、話す必要などないか……逢って、見つめ合ったら済むのだから。でも、どうして？　どうして逢えない？　逢いに行けないんだ？　いや、大丈夫、いつかきっと逢う！

　……自然が、あの厄介な山の周辺の自然が、破滅的な終末に向かっている。わたしのロマンは四季折々のそれ〔マルーハ〕を描くこと！

　なにやら滝を登る魚のよう。凄まじい高さから水が流れ落ち、魚が銀鱗をきらめかしながら岩から岩へ、上へ上へと登って行く。ジャンプに失敗し、腹を上にして泳いでいくもの、体が千切れてしまったもの、岩の上で猛禽のオジロワシに啄まれているもの、子どもに網で掬い取られるもの。だが、止めることはできない。どうしても上流へ、産卵場所まで行き着かなくてはならない。当然だ、魚の利は繁殖にあるのだから。

　ペテルブルグの春。

　太陽——火の鳥、そしてそのあとすぐに北方の光と店頭に並ぶニースの花（ミモザ）の記述が続いて、いよいよ春の到来となる。鳥たちの渡り。街からケナガイタチが移動を始めた。都会と羨望――生活の充実。これができない。羨ましげに自動車を眺める。車に乗ってる連中は空っぽで、宮殿も河岸通りもただもう退屈。退屈でふさぎ込んでいるけれど、それでもやっぱり素晴らしいもの、本当に無くてはならぬものはある……（水族館）。都市と環境。沼沢地――オーフタ地区。[*2] やくざな林、キャベツ畑。住人はせむし女とその花婿。

現代における最大悪、文化の最大の悪は、馬鹿と破廉恥が大手を振って歩いていること、そしてそういう手合いにかぎって自分を天才かなんぞのように思っている……いやまったく手がつけられない。以前はおとなしい羊で、ただもう神に祈るばかりだったのだが……賢い人間はそう簡単に祈りはしなかった。

身分の高い人物の前で、自分が恥ずかしくて落ち着かなくなるのは、やはり本物の紳士ではない証拠。恰好だけ取り繕っているのだ。

《真の仕事》に呼び寄せられると、ヒトは目覚め始めた自分（個我）を抑えたいと思う。それで他人の赤ん坊を引き取って養育に一生を捧げようと思ったりする。為したいのは英雄的な献身、なのに、なぜかいつも何かに〈身をゆだねる〉ようなことになってしまう。滅私奉公。引き取るのではなく、身をゆだねてしまうのだ。

＊1　プリーシヴィンはこの時期、英国に渡った初恋の人ワルワーラが〈銀行の頭取〉になったと思っていた。なんとも烈しい思い込み！

＊2　ペテルブルグ市外のオーフタと呼ばれる地域は、ボリシャーヤ（大）とマーラヤ（小）の二つの地区から成る。一九〇六年にプリーシヴィンが移り住んだのは、比較的貧しい人たちの住むマーラヤ・オーフタ。ここで本格的に文学活動が開始された。両地区の当時の人口は約二万九五〇〇人。上記の断片は、失われた初期の短編（『霧の中の小屋』）の登場人物とその背景と思われる。初期作品の特徴をひとことで言えば〈ドストエーフスキイとの対話〉である。自分を含めたペテルブルグ界隈の『虐げられし人びと』を描こうとした。一九〇九年から一九一一年にかけての日記に――「『地下生活者の手記』を読む。〈骨身にこたえる何か大きなもの〉。それは消えてもまたぞろ現われるが、でも、それが何なのか言うことができない。自分のテーマ（〈わたしは小さな人間だ〉）からすると、レストランのあのシーン（『地下生活者の手記』の印象深いあのシーン！）は、なんと自分に身近であることか？」ついでに言えば、レーミゾフとの親交にも互いのドストエーフスキイ体験が大きく働いている。レーミゾフの述懐――「わたしはドストエーフスキイに魂の奥の奥底まで苦しめられた」。地下室の男はレーミゾフそのもの（？）だ。

それは、わが心の女性的な、さほどに女性的な側面が顔を覗かせる瞬間である。女性の手記を読んでも、たいして目新しいものには出食わさない。本来の男性的なものとはまったく別の、〈内なる女性〉を感ずる瞬間……

どんな運動でもそうだが、婦人運動は個人的かつ社会的な運動である……

堕胎の不可罰に関して刑法学者たちが下した注目すべき大会決議。国家の現行原則を認めず、個人の絶対的自由とそれへのまったき信頼が認められる理想的な社会が存在するなら、決議には賛同できる。この観点に立てば、売春の今後の成り行きも慶賀すべきものとなるだろう。なんといっても、売春婦やヒモやであふれ返っているネーフスキイ大通りというのは、立派な建物の内に秘め隠された悪の鏡なのである。ブルジョア家庭の密かな悪徳、隠された不和があまりに多すぎて、それらが一斉に光を求めて大通りに這いずり出てきたのだ。どういうことか——誰もが今の自分の家庭を捨てても、つまりそれ以外の場所でも生活できるようになったために、悪徳を家庭や結婚によってカムフラージュする必要がなくなった、ということである。この観点に立てば、環境が悪化すればするほど良くなるし、堕胎の不可罰にも賛同できる。

わたしは捨て子。わたしはレールモントフ（このテーマを発展させること）。「さあ、小枝よ、教えておくれ」*

社会主義者と国家主義者を溶接するのは可能だが、社会主義者と宗教家の改鋳は無理である。

革命——それは夢想の恨みを晴らすこと。

この自分の右手を、わたしは、筋肉、骨、それと何かよくわからないもの、名状し難いものによって感じている。でも、子どものころ、わたしはその右手で十字を切った。右方には天使たちがいたから、そっちに唾を吐いてはいけない、おしっこも駄目（三語判読不能）、右で天使が泣き、左で道化が踊っている。右に唾を吐いたら天使は泣きだし、道化は笑いだす。だからわたしはまだ、自分の右手が何であり左手が何であるか（一語判読不能）わかっているが、ドイツ語の学校に通っているリョーヴシカ（長男レフ）の右腕に赤いものが巻いてあるので、それは何だねと訊いたら——「包帯です」

きのうやあすを自分は知っている、と思っている。本当だろうか？　確かに「きのう」は往ってしまった。でも、「あす」は最後の審判の日で、空が真っ赤に燃えだすかもしれないではないか。

汚れなき美（ミロのヴィーナスのごとき無性の美）は、芸術家によって獲得される。

春。日の出とともに目覚めさせてくれるのはシャンパン色の朝の光だ。その光に酔い痴れ、気狂いじみた歓喜に浸って、わたしは苦しさから逃れようとする。そして急いで街へ飛び出す。さあ何でも手に入れてやる、何もかもひったくってやるぞと、ひたすら焦りまくるが、じつはこの焦りこそ曲者、自滅への道なのだ。やがて力尽き、へとへとになり、ただもう打ちひしがれて……。夜が青い。雪も青い、空も青い。いっこうに沈もうとせぬ青い光に愛撫された窓に目をやれば、すでに灯がともされていて、いまだ温もらぬ夜の、霧と湿気から守ってくれるのは、ほら、あの人家の明かりだけである。

婦人問題は偉大な芸術家たちによってすでに表現し尽されている。巨匠はミロのヴィーナスの像を造る過程で、男女の組成分量をすべて試みて、ついに絶妙の、ハーモニックな配合を発見したのだ。すなわち、女性は元のままでも、それは行動する女性――ただ身を焦がしてまわりを照らすだけではなく、昼の明るい意識をも混濁させない女性なのである。

われわれの婦人問題は選れた芸術作品として、また未来への志向として受け入れられているけれど、しかし目の当たりにしているのは、絵具の下手な混ぜ合わせと中途半端な様式、つまり、ヴィーナスの顔がいきなり女商人やその亭主に変わったりして、なんともかんともそれは凄まじい変化を見せつける。

婦人問題の醜い側面は、新しい女が身内に多量の男性服薬量を摂取し過ぎて中毒を起こし、その意識の光を浴びて、神秘的女性的なるものを残らずさらけ出すことだ。裸の、動物的で淫蕩な（日曜ごとに）……（その女は）痛みを恐れるあまり、高度の愛を引き合いに出すことでおのれを正当化する。痛みを、犠牲を恐れて……触ってみたいし棘は痛いし……叫び声、突然叫びだし……頭に思い描いた痛みから叫び声を発するのである。

個々の女性が何を求めているかを知らずに、〈婦人問題〉を論じてはいけない。

わたしをローザノフに近づけたのは、思想的空っぽ（脳の崩壊）の悪夢に対する恐怖と、その空っぽを救ってくれる自然への感謝。

〈翔んでる人びと（前衛）〉を創造へと運び去る波は、その引きぎわに、創造を夢見つつ来るべき海へ顔を向けている多くの者たちを常に置き忘れるのである。そうした者たちの中からギムナジウムその他多くの学校の教師が生まれ

＊　ミハイル・レールモントフの詩「パレスチナの枝」。

る。そうしてそこにはいつも何かしら外因が存在するようだ。邪魔をする何かと支える何か。気がついたときには、引き潮に取り残されている。追い散らされる白い波頭。波の行く先はもう神のみぞ知るである。
Л《エリ》（男、不詳）がЖ《ジェ》（女、不詳）とくっついたのは、弱さのせいだ。男が弱みを見せたとき、女は男をわがものとした。それは法則――女が撃つアキレスの踵。彼女の力はその踵をよく知ることにある。知は力なり。男はときに非常に雄々しい、あらゆる点において非常に尊敬すべき存在であり、その並はずれて奇妙な結びつき（情交）でみなを驚かす。だが、踵のことさえわかっていれば、驚くようなことは何もない。たいていこの踵を通して、健全性やこの先ずっと生きてゆく能力も生ずるのだ……

ここ、この男の弱点にこそ女の力は存する。

妻帯した詩人。よくあることだが、〈生活〉への完全な埋没。（プーシキンは忘れられて、おいグリーシャ〔ペテルブルグで知り合った同郷人（エレーツ出身者）、ホテルのドアマン〕、プーシキンて何だっけな?）。それから、傲慢なるもの思想的（観念的）なるものをことごとく呪って、その〈生活〉を聖なるものとして祝福するときがある。おそらくそれが極め付きの傲岸不遜であって、アンチキリストに（ローザノフみたいに）向かわせるものこそ、それ。聖書はローザノフにとって単なる仮面にすぎない。

聖書のポエジー家庭のポエジーであって、聖書そのもの家庭そのもの、ではない。まさに然り。ローザノフの家庭は身もひっちぎれそう、罪業のコレクションだ。しかし、実際にインテリの、つまり知的（一語判読不能）には何かもっと大きな罪――自殺という罪がある。それで自殺とローザノフ（これらは平均的な人間にとって、同様に恐ろしい二つの極）を取り上げれば、大論争になってしまう。だからこそローザノフを分析しなければならないのだ。中庸というのがまるで無い――自分を殺すか、それともすべてを受け容れるか。

知識人たちはローザノフを、健全な大衆が彼を憎悪するように憎悪している。

社会における革命の挫折はまさに画期的な出来事だ、心理学的に。ローザノフとその著作『理解について』と『孤立せるもの』。ファウストとマルガレーテ。

『ローザノフのマルガレーテ』。耳たぶのない、傷心の天才とでもいった顔つきのその神経質な紳士と山のごとき麗しきドイツ女をレストランで見かけるたびに、なにやら秘密めかした自嘲的な声――「ドイツ女と暮らしてるんだよ」という声が聞こえてくる。わたしは思い出す――ローザノフとそのマルガレーテ。巨大なヒップの持ち主である聖書の女。『理解について』に粉骨砕身のローザノフはファウスト、聖書の女はそのマルガレーテだ……がそれは、夢を持たぬローザノフ、裸のローザノフ……裸のマルガレーテだ。

ローザノフ——狡猾によって乗り越えられた弱さ。あらゆる人を——自らを、そして妻をも子どもたちをも欺いた男。

大尉は肩から下を失くしているのに、ときどき（無いはずの）小指に痛みを感じるという。母もちょうどそれと同じだ。自分はいま母とは遠く離れて暮らしている。わたしには家族がいるのに、母はそれを認めようとしない。[*1] でも、彼女の小指はいつでもずきずきしている。小指の先には息子が一人おり、彼女は息子の子どもたち、つまり想像上の、理想的な孫たちのために生き、蓄財にも励んでいる。もしわたしにカタストロフィーが生じても、彼女は自分を責めはしないだろう。彼女は公明正大だ。自分のためではなく、想像上の孫たちのために生きていたのだから。以前と比べれば、ずいぶん状況は良くなっている。まあでも、そんな気がするだけかも——うちの息子たちが母の思い描く孫たちであることに変わりはないのだ。

ドゥーニチカ[*2]と試験官。スターホヴィチ〔ミハイル・アレクサンドロヴィチ（一八六一—一九二三）、プリーシヴィン家の領地と境を接する地主。この一家のことが日記によく出てくる〕が子どもらを試験しにやってきて、ドゥーニチカの学校を褒め上げた。彼女は子どもたちを教えながら、いつも期待しているのだ——スターホヴィチがまたやってきて、〔自分の仕事を〕認めてくれるだろう、と。

母性愛はかくして他者への愛へと移ってゆく。愛の本質には、本能的動物的なそれが人間的な愛になるということがある。何がそうさせるのか？　愛の苦しみがそうさせるのだ。だからこそ春には、暗い夜もどんどん明るさを増してきて、一晩中、光と人間の誕生（分娩）の痛みに満たされる。そしてその痛みと哀しみから新しい天空が生まれるのだが、はるか遠くの深みにとどまったままの南国の空は、

＊1　妻のエフロシーニヤ・パーヴロヴナは父なしの貧農の娘、子連れの再婚者。プリーシヴィンの母はなかなかこの身分違いの結婚を認めなかった。

＊2　ドゥーニチカ——従姉のエウドキーヤ・イグナートワ（一八五二—一九三六）は、生涯を農村の子どもたちの教育に捧げた熱烈なナロードニク。

そのあいだも闇の中で眠っている。こちらへは歓喜に満ちた太陽が昇ってくるのに、南の昏い空の下では光は、嬉しくもまた淡々と集まり散じていくだけである。大地は緑なり。でも、それは嘘だ。昏い空の下の植物は、花は、とうに枯れてしまって、いま横たわっているのは、黄色い、死の大地。（青い鳥が北の大地で白い鳥を産んだのだ）。

ドゥーニチカは（使徒のごとくに）子どもたちを産み育てている。彼女は教育者だ。思うに、これらはいずれも、幸福をめぐる運動、新しい情況下で生まれたありふれた女性たちである。しかし真のヒロインであるジャンヌ・ダルクは、純粋無垢の力を授かった乙女（チェーヴァ）――処女性の誉れなのだ。

自然は、森は、われわれ人間に対し、なんという不思議な一体感、なんという緑の興奮をもたらすことだろう！ なのに、ちっぽけな存在というものは盛んに自己流ばかり発揮して、まわりの緑など見もしない知りもしない。百姓《ムジキー》はあらゆるものに生きものを見るような視線を注ぐ――石にも、水にも、木にもみな。ところが、この未開人がひとたび詩人となって、全体を外界を一般を小さな小窓――ここでは必ずや小窓か通風孔のようなものであるはず――を通して見つめだすと、小窓の向こうはどこも緑の世界！ 獄舎を出たとき、わたしも（彼らと同様）最初に目に映じたのは〈森〉だった。

修道女アントーニヤ・フルシチョーワ。ロシアのジャンヌ・ダルク。その一途な〔生き方〕。つりあがった眉が鼻梁の上でひとつにつながっている。女子高等専門学校生。トルストイ主義へまっしぐら。一切を捨てた。それからもっと何か……そう、芸術すら捨ててしまって、花を〔売っている〕。母親の悲劇。上流社会の貴婦人である母とその娘。娘は老師アムヴローシイ〔オープチナ僧院の長老。俗名アレクサンドル・グレンコフ（一八一二―一八九一）〕のところへ送られた。そして戻らなかった。〔母親〕の不安、恐怖、屈辱。娘は自ら修道女になることを選んだ。

最初の女性革命家（ペローフスカヤ、フィーグネル）*1 その他の人たちの人生を――その心と心の結びつきを知る必要がある。問題は、彼女たちの行動がまったく純粋無垢から生まれたのか、それともどこかに〈女〉が隠されていたのか、ということ。

海軍省のあたりで弾丸が唸りを上げた一月九日、*2 その周辺が至美の建築群の屹立する場所であるということに、誰ひとり気づかなかったのだろうか！ 今頃になって自分たちは、街をぶらつきながら、ペテルブルグが世界で最も美しい都市の一つであることを発見する。ペテルブルグが美しい街であるという発見は、まったくもってごく最近のことにすぎない。すべてが落ち着いて、革命の波が芸術に覆いをかけることのない今にして、そんなことがわかったのだ。

壮麗な宮殿もその内部は退屈だ。美しい建物は書物にされてこそ素晴らしい。白い光沢ある上質の紙、美しく端然とした装丁、正しく組まれた活字の物語となるからだ。しかし現実にそれらを見ることは不可能である。状況と時（夜か昼か）と、たとえば夕方四時のカザン寺院……

B《ヴェ》〔永遠の女性ワルワーラ・イズマルコーワ〕とΦ《エフ》〔妻のエフロシーニヤ・パーヴロヴナ〕。Φがいなかったら、自分は破滅していたろう（マルーハ）。肉化されなかった霊のごとく〔メレシコーフスキイのことか?〕。Bがいなかったら、自分はただの生活者〔個人的利益のみ考える俗物〕、つまりマテリアルになっていただろう。救い、それによってわたしが在ると

＊1　ナロードニキの有名な女性革命家たち。

ソフィヤ・リヴォーヴナ・ペローフスカヤ（一八五三―八一）は名門貴族の出身。一八七一年にナロードニキの秘密政治結社（チャイコーフスキイ団）へ、〈ヴ・ナロード（民衆の中へ）〉運動に参加、逮捕され、セーヴェル（北ロシア）地方への護送中に逃亡。以後、地下活動へ。〈ゼムリャー・イ・ヴォーリャ（土地と自由）〉党の執行委員、党分裂後は〈ナロードナヤ・ヴォーリャ（人民の意志）〉党をリードした。二度失敗したが、八一年三月、ついにアレクサンドル二世を暗殺。事件の十日後に逮捕され、処刑。ロシア史上最初の女性政治犯の公開処刑となった。

ヴェーラ・ニコラーエヴナ・フィーグネル（一八五二―一九四二）も貴族出身、同じくナロードニキである。一八七〇年に結婚、夫とともにチューリヒ大学医学部へ、しかし祖国の革命運動に献身するため七五年に帰国、挫折を味わったのち、七九年より〈ナロードナヤ・ヴォーリャ〉党の執行委員となった。同じくアレクサンドル二世の暗殺に参加。八三年逮捕、翌年死刑を宣告されたが、のち無期懲役に。二十年間、シリッセリブルグ要塞監獄（独房）へ。釈放後に亡命、一九一五年に帰国した。一七年の革命時には一貫して政治犯救援運動を支援、クロポトキン記念館（民営）の責任者でもあった。三〇年代にはスターリンの粛清に抗議する手紙を書く。回想記に『忘れえぬことども』（一部邦訳あり）。

＊2　一九〇五年一月九日の〈血の日曜日〉事件のこと。ガポーン神父に率いられた首都の労働者の平和な誓願デモに警察と軍隊が発砲、数百名の死傷者が出た。この事件をきっかけに民衆の皇帝に対する「親愛なる父」というイメージが大きく損なわれ、第一次革命の因となった。

ころの救いは、人と人とのつながりから生じた。つながるためには信頼が、（赤子を慈しみ育てる）自然の聖性を感受することが必要だ。カールポフ〔ノーヴゴロドの知人で商人〕の結婚はチャン（чан）、すなわち柔和・従順にある。[*1]これは衷心からの告白だが、人間はみな平等なのである。で、それが同時に悩みの種。そう、彼女。心はひとつ（霊的にも）になった。そこへものを書く仕事である。つまり、Bは内へ孤独へ、Φは外へ社会へ関係へとなるわけだが、現実にはその逆――Φが孤独（日々の暮らしでは交際嫌いの遁世者）、Bは社会（文学という）である。

わが文学上の処女作。それ以前のものはただのガキの手《て》遊《すさ》びにすぎない。わたしは病気だ。彼女〔B〕の手紙に――――あなたは気が狂っている、と。クルーモワ〔ライプツィヒ大学留学時の知人〕も、わたしの顔を見て、こう言ったものだ――「あなた、病気よ」。それは最悪の声、廃墟のような……人にあるべきいかなる権利も自分にはないのだと宣告されたような……そのときだ、その廃墟の下から、つつしみの感情が、全民衆的で全世界的な改悛の感情がほとばしり出た。それで自分は、小さき者でいい、何か小さな仕事でみんなに奉仕しよう、みんなのようになろうと心に決めた。さあ、あとはおのれの罪と秘密を医師に書き、すべてを白日の下にさらそう。それで今こうして、自分が何者かを書き記しているところだ――自分自身を偽らず、徹底的に、詳しく。医師の命ずることはすべて実行する！

医師は読みだす。読みつつ、いろんな箇所で質問する。たとえば、「わたしは貴族ではない」とあれば、「あなたは貴族ではないのですね？」「ええ、貴族じゃありません」。チェックし、さらに先へ。「働いているって？　そんな状態で働けるのですか？」――「沼地の干拓をしていました」――「干拓ですか？」チェックし、また先へ。そんなふうにしてすべてが終了。読み終わると、四つに折って、針で留めた。その同じ針にはすでに何枚か似たような紙が留めてあった。わたしには憤慨したり大声を上げたりする力がない。なにせ病人なのである。身も心も捧げている。わたしはわたしじゃない。医師にとってわたしはマテリアル〔物質、データ〕なのだ。そしてそれがわたしの新たな屈辱の道への第一歩だった。わたしは医師にお金を提示した。彼は受け取りを断った。で、わが文学上の処女作は四つに折られて、針で留められたままである。まるで採集家にピンで留められた生きた昆虫だ。

「さあ、〈チャン〉へ飛び込みなさい。われわれがあなたを復活させて上げます」――レフコブィトフ[*2]はそう言った。

復活を信じて飛び込む。サタンの誘惑と比較対照する。トルストイの逃亡〔家出〕。誰かにとって必要なのは、おのれを捨ておのれの小さな意志（自由）を捨てて、それを世界の意思のうちに発見すれば、こうした心理学が――苦しみ、憎悪、悪念その他の感情が、もう今はつまらぬものに思えてくる。（旅にあるときのあの）幸福にも似た情が愛が烈しく波立って、なんだかもともと何もなかったかのよう。あの大波はいったい何だったのだろう？　もちろんそ

*1　チャンとは、フルィスト（鞭身派）の重要な属性、象徴。この一派を研究していた時期にプリーシヴィンは、これがスチヒーヤ、すなわち個の原理をあっさりと呑み込んでしまう民衆の、自発的かつ盲目的な暴威またエネルギーの象徴であることを知った。革命後、チャンは革命解明のキーワードに。詩人ブロークへの返信「見世物小屋のボリシェヴィーク」にチャンについてのコメントあり（論集『花と十字架』所収）。

*2　レフコブィトフの名は略年譜の一九〇八、九年に出てくる。パーヴェル・ミハーイロヴィチ・レフコブィトフ（一八六三―一九三七）は、あまたある宗教セクトのうちのフルィスト、いわゆる鞭身派の流れの一つである〈世紀の初め〉また〈新イスラエル〉の創始者のひとり。プリーシヴィンと彼との出会いは、一九〇八、九年ごろ。場所はペテルブルグ。親しく話を交わし、〈宗教・哲学会〉での講演まで依頼している。講演のテーマは「民衆の宗教意識のスチヒーヤ、すなわちその潜在的本能的猛威について」であった。

　以下はフルィスト＝キリスト者について。

　まずフルィストとは細くしなやかな枝また鞭のこと。十七世紀末に起こった〈霊的キリスト者〉のセクトで、聖書と聖職者を認めず、精霊との直接的な交わりを求めて、熱狂的に踊り、歌い、互いに体を鞭打ったところから、その名が生じた。神の化身である複数の〈キリスト〉、〈聖母たち〉あるいは〈母君《マートウシカ》たち〉のもとに集まり、祈り、祈りの最後に執り行なわれる独特の儀式《ラヂェーニエ》。それが始まると、宗教的エクスタシーに達するまでみなが踊り狂ったという。自らを〈神の人びと〉と称した。旧タムボーフ、旧サマーラ、旧オレンブールグの各県、北カフカースやウクライナに彼らの小さな共同体が存在した。メレシコーフスキイには彼らの生態を作品化したもの（歴史三部作の第三部で長編小説『アンチキリスト――ピョートルとアレクセイ』（邦訳は『ピョートル大帝』・河出書房新社刊）がある。宗教上の探求に並々ならぬ関心とシンパシーを抱いていたメレシコーフスキイにしても、世間の暗い噂話、根拠も立証もなされていないフルィストへの非難（堕落した淫らなオージイ集団という）を額面どおりに受け取って、ずいぶん興味本位に書いている。面白いがインチキ臭い。プリーシヴィンはそういう彼らに対しても本気で真剣に向き合っていたようである。ローザノフにも『黙示的セクト』（副題はフルィストと去勢派）と題するフルィスト村探訪記（一九一四）が、またプルガーヴィンにもかつてフルィストだった人たちへのロングインタヴュー（『鞭身派ノート』）がある。いずれも大してこの派の核心には迫っていない。

れは孤独からの脱出だ。

それは何か？　革命？　掠奪か？

そっくり同じ彼が、監獄にも、彼女〔ワルワーラ〕にも、文学にも、ステップにも向かおうとする。罪のあとの魂の拡張だ。

社会主義（本物の）の姿そのものが、救世主のことばによって表わされている。いわく「隠れているものであらわにならないものはなく、秘められたもので公にならないものはない〔マルコによる福音書第四章二二節〕」。個々人（秘密）がおのれの至上の完成に達するとき、個々人は自分一個のため（秘密）ということをやめて、すべての人のために明るみに出る（公然となる）はずである。これは為されんとしている。これからだってそうなる。いつだってそうだったのだ。社会主義だったし、これからもそうである。今日の普通の（ありきたりの）社会主義について言うなら、これは単なるファクトの登録にすぎない。ファクトに関心があって記録しだしたのだ。概して、いわゆる社会主義は、〈社会活動家たち〉が〈自由〉を口にしながら、その何たるかを理解しないで、ただ異常な正確さでもってつけた出納簿にすぎない。それ以外の何ものでもない。

わが内なる良心の鏡に照らして、〈オーフタの聖母〉[*1]に罪はない（ダーリヤ・ワシーリエヴナ・スミルノーワ）。なんでまた低級なジャーナリズムはああまで彼女を責め立てるのだろう？　芳しくない呼称（フルィスト、鞭身派）まで使って。おかげで、フルィストを不道徳な人間であると思わせる、悪意に満ちた噂がひろがっている……ところがそれには、いつかアンドレイ・ベールィ[*2]がある講義でギッピウスを聖母と呼んだ以上の意味はないのだ。そこにはいかなる鞭身派もない――〈新イスラエル〉においてかのボンチ＝ブルエーヴィチ[*3]が証明してみせたように。わたしはダーリヤ・ワシーリエヴナ〔数語解読不能〕……と知り合いになった。わたしの知るかぎり、世評とはまったく逆の人である。だからそれを百パーセント信じて、自分は傍聴するつもりでいる。法廷でわれわれはひとりの傑出したロシア女性を見出すだろう。

ときどきアレ〔クサンドル〕・ミハ〔ーイロヴィチ〕[*4]は、ぐっしょり無力の汗〔性的不能？〕をかいて空想に耽ることがある。いわば夢想の汗まみれ。身体の内側から光が出ている感じ。恍惚状態。眼前に故郷エレーツがブリュッヘ〔ベルギーの都市、フランス語でブリュージュ〕のごとくに立ち現われるのである。ミハイル・エフチーヒエヴィチ〔エレーツの商人、知人〕やマリヤ・イワーノヴナ〔実母〕のような老いぼれたちが庭の盛り土に腰を下ろしている。断崖、それと樹木。もう〔とうに〕誰もいなくなったことに気づかない。

まわりの荒涼たる風景をバックに、見よ、この絶妙の舞台装置！　ノーヴゴロドの天才たち、イーゴリ・グラバーリ、[*5]古儀式派、民族誌学。そして市中には、古い本物の教会などひとつもない。美しい家もなく、ただどこか愛しくも懐かしいものがあるばかり。アレ・ミハは夢想の汗をかきかき、周囲の新しい波、新奇なものを軽蔑し憎悪している。

まだ若いのに、頭は白くなり、無力な夢に耽っている。掲げる旗《スチャーグ》がない。グラバーリ。故事旧習と、あとは概ねブリュッヘだ。

タルホーフカ村〔ノーヴゴロド近郊〕を見てまわる。家を買いたくなった。何のために？

ブロークとギッピウス。ブロークには二つの顔がある。

＊1　ペテルブルグの宗教セクト〈オーフタの聖母〉の創立者。プリーシヴィン自身、マーラヤ・オーフタ地区に住んだことがある。ダーリヤ・スミルノーワは正教徒を異端に引き入れ、かつまた正教への聖物冒瀆、誹謗、非難、誇りを繰り返したとして裁判にかけられた。審理は一九一四年三月七日から一七日まで続いた。下された判決は全財産没収の上、シベリアへ流刑。プリーシヴィンのルポ『アストラーリ』（一九一四）はスミルノーワ裁判の傍聴記である。

＊2　アンドレイ・ベールィ（一八八〇―一九三四）は詩人、小説家、批評家。本名ボリス・ブガーエフ。数学者の息子。モスクワ大で自然科学と哲学を学んだ。ウラヂーミル・ソロヴィヨーフの神秘主義の影響を受け、詩人として出発し、ブローク、ヴェチェスラフ・イワーノフらとロシア後期象徴派の中心的存在として活躍した。二十世紀前半のロシア文学には、彼の文章・文体の影響がしばしば見られる。フルィストについての論考もある。

＊3　ウラヂーミル・ブルエーヴィチ（一八七三―一九五五）は政治活動家、歴史家。ボリシェヴィキ系新聞の発行や出版物を組織統括、また人民委員会議を指導（一九一七〜一九二〇）した。二十世紀初頭のロシアの宗教的社会的な民衆運動に関する多くの著作がある。ここでは、外国で企画し、国内では一九〇八年から続けていた『ロシアにおける宗教的セクトの歴史と研究のための資料』を指す。

＊4　アレクサンドル・ミハーイロヴィチ・コノプリャーンツェフは、エレーツ高等中学時代からのプリーシヴィンの親友のひとり。大学を出て省の役人になり、未来の作家にしきりに上京することを勧めた。彼の大いなる読者・良き理解者であった。一九四九年十二月十三日の日記に、「コノプリャーンツェフは親友だった。スラヴ主義者の雰囲気が漂っていた。アクサーコフからレオーンチエフ、ローザノフまで」。彼はコンスタンチン・レオーンチエフの研究家で、論文もある。

＊5　ペテルブルグの人、遺跡の保護・保存協会の会員で、一九一四年から一七年までノーヴゴロドにおける歴史的記念碑の研究調査隊で活動した。

一つは、石のごとく美しい顔、そこからふいと真情味あふれることばが飛び出す……かと思うと、突然げらげら笑いだす――まるでルナ・パーク〔ペテルブルグのオフィツェールスカヤ街にあった劇場〕の、ドッテコトナイ優男《やさおとこ》である。ギッピウスもそうだ。聖母がいきなり巻きタバコをくわえた娼婦になる。

　またよく訊かれるのが――「なんでフルィストはああいつも酔っ払ってんだね？」それは彼らに表裏があるからだ――高く舞ったり、墜落したり……墜落とは酒場《カバーク》のこと。カバークとは何か？（これこそローザノフのテーマである）。メレシコーフスキイの家は、だいたいが宗教とカバークがひとつに（それと絶え間のない喫煙）なるものだから、それがモロカン派のプロハーノフ*1には大変なショックだった。ひょっとしたら、メレシコーフスキイたちの議論や社会主義は、ある意味でフルィストーフシチナ〔フルィスト一派の人びとの意。語尾のシチナは、主義・流派、ある社会現象ないしその傾向を表わす〕からの知的な脱出法だったのかも。

　ギッピウスに恋するマリエッタ・シャギニャーン嬢*2――スカートがバタバタいっている。

　フルィストーフシチナの怖いところは、人間の生命が荒廃してゆくこと。自由気ままな（勝手な）夢想に至上の歓びを与えて……そのあとでいっさいが平凡で陳腐なものになってしまうのである。だが、わたしがメレシコーフスキイのところへ行きだしたころ、すでに彼はデカダン主義＝フルィストーフシチナと闘っていたのだ。クニージニク〔クニーガは本、〈本の虫〉の意、ここではむやみと聖書や神学書に詳しい、セクトの狂信的な神学家のこと〕は躍り回るが*3、メレシコーフスキイはそんなことはしなかった。レーミゾフなら喜んで躍りだしたかも。まあでも、誰もが喜んで踊りの輪に加わったにちがいない。だから、あんなにフルィストたちを持ち上げてちやほやしたりしたのだ。〈インテリたちは躍りたがった〉が、フルィストのほうは全然そうでなかった。躍らなかった。フルィストにとってインテリ連中〔ここではインテリの求神主義者たち〕などみな〈お調子者〉にすぎない。メレシコーフスキイは〈肉化したキリスト〉なるものを説きだした。

　メレシコーフスキイとフルィストは、エロスをとおして文化を救済しようとした。個性はその第一歩。

　もしかして、デカダン主義の時代くらい文学が民衆《ナロード》に近づいたことは一度もなかったのではないか。神々と倫理のタイプの評価、その特質をあきらかにすること。いちばんの特徴は何か？　美学だと主張する者、宗教だと主張する者、いろいろだ。それこそが特色である。

ロシアの光景（共通の）――酒場、教会、墓地などなど――その共通した風景画を研究すること。

目標――書くことの難しさを技術的に克服せねば。感受から表現へ。ローザノフ。

ヴォロヂーン家〔プリーシヴィン家と付き合いのあったエレーツ市在住の一家〕の姉妹は三人とも、彼女らの年老いた伯母（その昔、うちの父〔ミハイル・ドミートリエヴィチ〕が言い寄ったらしいがうまくいかなかった）のイースト〔素質〕を受け継いでいる。その伯母さんは、うちの父よりツィターの金属製の弦を選んだのだ。大成して優れたアーティストに、いやそういうことではなかった。彼女の情熱は何かを完全に極めてある境地に到達すること、だった。わたしの父と付き合っていたころはツィターをマスターすることだったし、そのあと絵画に熱中し、その次は英語、その次は……というふうに、ありとある努力と成果の一覧表が続いて、最後にまた――もうかなりの老齢だったが、ツィターに戻った。ツィターに戻ったのは自然の流れで、父に口説かれた娘時代の思い出などかけらもなかった。

ヴォロヂーン家の大きな屋敷には、わたしの知らない部屋があって――部屋の数が多すぎたから、いや、それがどの部屋かを知らないのは自分ひとりだけだったのかもしれないが、その部屋に内から鍵をかけ、ひたすらツィターの極限をめざしていたのだ。われわれの前にはめったに姿を現わさなかった。つねに何かに達しようとする気概、自足

＊1　モロカン派とはキリスト教異端のセクト。聖霊キリスト教に属す。十八世紀後半にドゥホボールから分離し、農民・商人のあいだに広くひろまった。一時、信徒百万とも言われた。正教、教会、儀式、聖礼、聖職者を否定し、聖書のみを信仰の基盤とした。迫害を受けて、タムボーフ、サラートフ、ヴォローネジの各県およびカフカース地方に移住。分派が多い。イワン・スチェパーノヴィチ・プロハーノフ（一八六九―一九四八）は、ペテルブルグに住むモロカン派の神学家、出版人。首都でモロカン派の雑誌『聖霊キリスト教徒』を発行。プリーシヴィンは、鞭身派のレフコブィトフと同様、彼をも〈宗教・哲学会〉に招いて喋らせている。

＊2　マリエッタ・シャギニャーン（一八八八―一九八二）はモスクワ生まれ。十六歳で詩人としてデヴュー。父はアルメニヤ人で医師、大学教授。本人は高等女子専門学校で歴史哲学を、モスクワで鉱物学を学んだのちハイデルベルク大学へ（第一次大戦の勃発で中断を余儀なくされた）。ロシア各地に移り住み、アルメニヤに住んで小説を書いた。革命前は、革命をキリスト教神秘主義の一事件として捉えていたようだが、革命後は社会主義政権を支持し、社会主義建設に積極的に参加。第二次大戦中に共産党入党し、作家同盟幹部に。

＊3　踊ること跳躍すること（ラヂェーニエ、またクルジェーニエ）。聖なる霊と合体するためのフルィスト派の秘密の儀式。

し充実したその様子は、われわれに、恐ろしいまでに不幸な人という印象しか与えなかった。

彼女の精神の一端はヴォロヂーン家に受け継がれた。姪たちはみなそれぞれ何かをものせんと頑張っていた。長姉のソフィヤ・ニコラーエヴナはすでに中年に達していたが、ずっと独身主義を貫いていた。甲虫《こうちゅう》の研究に没頭し、美しい標本類をあちこちの村の小学校へ送り届けてきた。次女のマリヤ・ニコラーエヴナは結婚を目前に、一方的に降りてしまった——理想の相手でないと思ったのだ。現在、三つ目の講習〔帝政下の女子高等専門学校〕を終了しようとしている。末の妹のエウゲーニヤ・ニコラーエヴナは歌の道に進み、高等音楽院を卒えて、その分野で得られるすべてを手にした。そして新たな目標にチャレンジしようとした矢先に、自分にぴったりの青年と出会ってあっさり結婚してしまった。男の子（ワーシャ）を産んだが、乳母の手は借りずに、つまりヴォロヂーン家伝来の育児法ではなく、哺乳はもちろん何もかもすべて自分ひとりでした。育児にのめり込んだのだ。そして完全に母性の虜になって、自分で自分がわからなくなってしまった。そんな妹に手を差し伸べたのは、二人の姉である。姉たちは妹に絵を描くよう勧めた——育児に夢中になり過ぎて、持って生まれた才能を涸らしちゃダメ、子どもの将来にとっても良くないわ、と訴えた。姉たちの意見は尤もである。それでエウゲーニヤ・ニコラーエヴナは、不安を覚えながらも、ほんのしばらく、母性一辺倒を改めた。夫が子育てを手伝ってくれなかったら、とても芸術の世界へなど入り込む気にはなれなかっただろう。夫は、何時間でも赤ん坊の相手をし、おしめも洗ってくれた。子どもが信頼できる人に抱かれていることがわかってくると、母親は徐々に絵の世界にのめり込んでいった。夫が揺すってあやし、妻が絵筆を振るう。今や彼女はみごとに母性本能を克服し、絵画の妙技をわがものとした。さらに情熱は彫刻へ建築へと向けられた。新たな挑戦のたびに、精気が、生きる歓びが戻ってきた。

わたしたちはいつも、次から次へ話題が〔四語判読不能〕、冗談まじりの会話ばかり交わしていたけれど、それでもつねにわたしは、ヴォロヂーン家の姉妹たちのうちに、ずっと離れた奥まった部屋に閉じこもってしまった、あのどこか恐ろしげな伯母さんの存在を感じ取っていた。そしていつもそこから、ツィターのかすかな爪弾きが聞こえてくるような気がしていたのである。

原理の原理——根源の探求。古代人の火、水、あるいは個性。われらがマルクス主義者にあるのは経済的な必要性。で、突然の大変革。すべては愛の力の下にある。原理の原理、その根源を成すものは〈わたし〉、つまり個性だ。

「わたしは小さな人間だ」とは、自分だけの〈わたし〉の殻を破って、みなに共通の世界的な民衆的な〈わたし〉、その真の〈わたし〉に到達するまでの、綿密にして周到な作業を意味する。融合が始まる。社会の層の仕切りと小さな目的のロジックは打ち壊されて、巡礼が、道が、わたし自身の旅が始まるのだ。懐かしき山河に迎えられ力を授けられて、〈わたし〉は新たな旅仕度（文学上の）を始める――生まれ変わる、か？

わが旅とデカダン派芸術家たちとの違いは何か？　デカダン派にはこの融合がないのではないか？　地下室か？　わからない……（打ちひしがれながらも、わたしは、自分が確固として存在し、その個性は砕かれも消されもしないことを証明しようとしているのです〔この一文は構想中の小説に組み込むつもりだった書簡の一部か?〕）。デカダン派はおそらく文学研究家にちがいないが、わたしは文学研究家などではない……彼らの〈わたし〉は張子の神だ。*

メレシコーフスキイにあっては、この〈紙でできた〉存在が〈文化的な〉存在に変えられて、文化そのものが本に化ける。その本のヒーローはキリストである。要するにこうだ――おのれの情熱では愛が得られないので本を書きだし、書き続け、書きながら年老いていけば、自分の燃えるような愛の本を自分の恋人に捧げることができる。メレシコーフスキイがやっているのはそういうことだ。彼はそんなふうにわれわれに自分の張子のキリストを供しようとしている。

彼のところへやってくるのはフルィストたち――キリストの人たち。歴史上の人格（また個性）への信仰を失い、おのれの内なるキリストの人格を主張しだしたキリストの人たち、である。メレシコーフスキイが彼らに語るのは、唯一のキリストについてであり、両者の違いは〈文化〉だ。考えるところは同じだが、一方には文化がない。張子のキリストはメレシコーフスキイの文化を救っているし、文学者としての彼をも救っている。（なにせ〈お調子者〉だから！）

精進であれ、祈りであれ、懺悔であれ、試練であれ、それらはみな手段であり方法であって、すべての基礎――それは、心臓の最初の神秘に満ちた運動、夜の一番鶏《いちばんどり》の鳴き声だ。

＊　メレシコーフスキイとギッピウスの奥ヴォルガへの旅についてのプリーシヴィンのコメントが思い出される。『巡礼ロシア』第二部キーテジ――湖底の鐘の音。

夜の町。電灯がしつこく叫んでいる――『光へ、光へ、光へ！』と。空は赤みがかってきて、その赤らみの上に、ぽつんと小さな星ひとつ。そうして電灯の明かりとともに、心臓の最初の不思議な運動が始まる。それが何を意味するかは神のみぞ知るだが、ふいにどこかで鳥が鳴く。たしかに愚かしげな声ではあるが、その愚かさ《グルーポスチ》加減は強さ《クレーポスチ》。そうしてまたもや静寂につつまれる。でも、わたしの耳には聞こえてくる、聞こえてくるのだ――どこかはるかに奥深いところから、人間の暮らしの時計のチクタクが。一日の最初の重たい車輪のガラガラと、一斉にあちこちで鳴りだす工場の始業のホイッスルが……

▼四月一日（火）――土曜日にペソチキ村へ。

引越しだ！

フローシャ〔妻〕にはことさら引越し仕度など要らないのだが、それでも何かしらやっている。それで溜息をつき、ぼやいたりしながら、あちこち駆け回っている。わたしは出発を遅らせたくなくて、じりじりいらいら。そしてついに出立――手間ひま要らず、あんまり荷物も積まずに。

自分は母にそっくりだ。せかせかして気短である。いちばんの特徴は、とにかく急ぎ慌てまくること。攻撃にかかったら（一語判読不能）。われわれみたいな人間には重い錘《おもり》をつける必要がある。母にはリーヂヤ〔長女で姉〕を、わたしにはエフロシーニヤ・パーヴロヴナ〔フローシャ〕を。まったく、気の短いところは母親ゆずりだ。リーヂヤとフローシャはよく似ている。急いで動き回るのは男の仕事だろうが、仕度ののろくささと計画性の無さ、やれ縄がないやれピンがないと騒ぎ立てるが、肝腎要をすぐに忘れてしまうのは女である。この女の真面目《しんめんもく》は気短とせっかちの矯正にある――なにも急がなくたっていいのだから（もっとも、母とリーヂヤの性格と痛ましいまでの情愛を描くためには絶対欠かせないものではあるのだが）。

道中、厭なことがあった。リョーヴァ〔長男レフ。このころ八歳〕が窓の外を見ている。わたしが彼の耳の後ろをくすぐってやると、息子は癇癪を起こした……わたしはさらにくすぐる……息子は振り向きざま、いきなりわたしの顔を拳で打った。それを見ていても、フローシャにはどうってことないらしい。で、わたしのほうも数分後には忘れている。それほどわれわれはもう慣れっこになっていたのだ。世間の人間はみな憤慨している。どっかの町人女はリョーヴァに向かって説教するし、どっかの親父はリョーヴァと一度話し合ったほうがいいなどと言ってくれる。誰もがこれ以上ないほど自尊心を傷つけられている。裁判所を持ち出す御仁さえいた……たしかにそのために裁判所はあるわけだが……一方、フローシャは他人のいる前でわたしを責める――「あんたが悪いのよ。あんたが子どもを甘やかしたんだから」。彼女はそういうことをリョーヴァのいるところでは口にしない。こちらは、じゃあそれをあの子の前で言ったらどうだとは切り返せない。それで苛立ち、癇癪玉を破裂させる。そんなときは地面がぐらぐらしてきて、なんだか自分の罪障を摑まれたかのように、厭な、じつに厭な、避けがたい一族の血が一気に沸き立ってくる。まるで自分がたえず演技し秘密を隠しながら、世間に向かっては「見たまえ、われわれはみなそれなりの暮らしをしてきた。みなちゃんとした人間なんだ」と言っているような。ところが突然この始末。わたしは母にも似たようなところがあったのを憶えている。まあどこの家庭もこんなものだろう。深い窪地に橋が架けられ土手が築かれる。それは人びとの善意の賜物である。誰しも善を為さんと思っている。そうした精神がいくつも橋を渡してきたのだが、しかし不可避なもの、必然性の上にわれわれが架けようとする橋というのは何なのだろう！　時が来れば、ばらばらになって崖の下だ。

わたしが憶えているのは、突然来客があったときのあの空騒ぎ、ドタバタ、皿のがちゃがちゃ、パニック、そう、母の本物のパニックだ。客たちはわが家に、自分たちとは違う何かを見つけてしまうだろう、わが家の秘密（深い窪地）が明らかになってしまうではないか！

窪地などはどこにでもあるのだが、ただし入念に埋め塞がれている。とはいえ、往時は〈野の〉家族――たとえば、ロパーチン一族〔プリーシヴィン家の隣人〕のブラトーフカ村、ルィソフカ村――というものがあった。それらは何もかもあけっぴろげだった。自分らは、そういうものは〈貴族の家庭〉だけ（こちらは商人）のことのように思っていた。彼らにはあけっぴろげにする権利のようなものがあった。つまり、開放された家族である。そうした家族の理想を何から得たかと言えば、昔語りやアクサーコフ、[*]『戦争と平

＊　セルゲイ・アクサーコフ（一七九一―一八五九）――作家。ウファー（バシキール地方）の古い貴族地主の家に生まれた。十九世紀三〇～四〇年代には、彼の主催する〈土曜の会〉に、作家のゴーゴリ、歴史家のポゴージン、教会論者のホミャコーフ、批評家のベリーンスキイらが顔をそろえた。ゴーゴリの勧めで書かれた『釣魚雑筆』、『オレンブールグ県の銃猟者の手記』。自伝的長編『家族の記録』とその続編『幼年時代』（原題は『バグローフ家の孫の幼年時代』）は代表作。息子のコンスタンチンとイワンはともに有名なスラヴ派の思想家・文学者である。

和』に出てくるような大家族、フレーンニコフ家、ロストーフツェフ家〔いずれもプリーシヴィン家と境を接する地主一族〕での外泊、フョードル・ペトローヴィチ〔コールサコフ、やはり隣の地主一家〕のところでの体験だ。

だが、それは嘘。どこにもそんなものは存在しなかった。あのフョードル・ペトローヴィチのところでも、あとでは亀裂が生じた。ワルワーラ・アレクサンドロヴナは生涯、夫を愛していないことを隠し続けたし、スターホヴィチ家はたぶんうちの母に取り入ろうとしたか、開放家族に幻想を抱いたかしただけなのだ。どこにも亀裂は走っていたのである。

わが家の不和は、家でのエフロシーニヤ・パーヴロヴナの二言三言で終わりを告げる。

「あなたはあたしを馬鹿だと思ってる。あたしたちは夫婦じゃないの？　でももう遅い。手遅れだわ……」

ああ、なんと無駄な一日！　川向こうに見知らぬ国の青い岸辺が見える。雲雀が歌い、人びとは会えば互いに挨拶を交わしている――「なんと好い日ですこと！」復活祭の挨拶みたいだ。三度の接吻もしかねない。キリストの甦りと祭りを祝うそんな喜びが春の日差しの中から飛び出し、人びとは太陽に歓喜し、叫ぶ――「フリストース・ヴァスクレース〔主は甦られた〕！」

われわれにとっては光明の日〔復活祭〕どころか、不満の出まくり。馬の件ではごたごたばかりだ。

ペテルブルグで冬を越す人は、内なるロシアと新たにひとつになるために苦しい経験をしなければならないようだ。もっとも、それはペテルブルグに限ったことではない。わたしは子どもの時分から、この恭順の病については知っている。屈服し、あの凄まじい泥濘を引き受け、内なるものを見つめる必要があるのだ。そこが基本。外からでは駄目だ。屈服し恭順の意を示すなら、外側は何の役割も演じない。いっさいは内なるものに在る。道徳性とはそのようなものであり、わが国の人民主義《ナロードニチェストヴォ》と現在の宗教の道徳性がそうなのである。ただし信心深い普通の生活人にとって、内から外へ出るいかなる抜け道もないが、インテリには出口がひとつだけある。それは外的な生活習慣《ブィト》を打ち破ること。でも首都から逃げ出そうというときに、そんな些細なことにまで気が回らない。

現代におけるペテルブルグの生活、暮らしはどんなであるか？　すべてが押しボタンひとつで済む。ボタンを押せば、リフトが上がってくる。下に降り、電車に乗って「取引通報」を読み終えたら、またボタンを押して誰かのアパートへ。移動するのにほとんどエネルギーを費やさずに済む。

　しかし、それがペテルブルグから百露里か二百露里離れるとなると、まったく話は別である。こちらはペソチキ村へ行くので、そこから来た馬を雇おうとする。でも、そんな馬はまず見つからない。なぜかペテルブルグへはやってこないのだ。こちらの窮状を見すかして、御者たちは十二露里〔一露里は一・〇六七キロメートル〕で八ルーブリはどうかと吹っかけてくる。そこであっさり手を打ったら、それこそ醜態！　ゼームストヴォ〔地方自治体〕の宿駅に問い合わせると、五ルーブリでオーケイ——そうでなくては！　馬たちがやってくる。御者たちは大いにぼやく——そりゃ安過ぎると悪態ついて。こちらが「親方のとこへやってくれ！」と言うと、以前わたしが雇ったことのある御者たちが出てきて、そりゃあ安過ぎると嘲り罵る。「いいから親方のとこへやってくれ！」とまた言う。ソロドゥイに着く。だが親方はすでに道の真ん中に突っ立っている。

「安いんだよ！」

「ではなぜ五ルーブリでいいと言ったんだね？」

「たしかにそう言ったが、道が乾いていると思ってたのさ。でも、ぐちゃぐちゃの泥道なんだ」

「おたくらはどこに目をつけてるんだい？」

　会話が始まる。脅しをかけたり、やさしく出たり、人間としての良心に訴えたり……しかし、どうにもならない。近くに警察署もない、ほかの御者もさがせない。それに家族を人質に取られているようなありさまだから、始末書云々で脅しても駄目なのである。泥濘と恐怖——一家して南京虫のいる安宿〔トラクチールは飲食店兼業の旅籠〕で一夜を過ごさなければならない恐怖や、何やっても無駄という絶望感から、宿駅の経営者であるクラスノバーエフ某がペテルブルグの住人であるわたしにはただの強盗にしか思えない。ところが実際は、この男、なかなかしっかり者の善人で、警察署長の親友なのである。さて、どうするか？　ひとつだけ手があった。自分が友だちになればいいのだ。この地で身内になることだ。自分が旦那《バーリン》で、力があれば……ああ、力とは権力とはなんといいものだろう！　残されているのは権力だけ、ほかに出口はない。クラスノバーエフが気に入るようなことを、誘って一杯やるというのはどうか。ああでも、それはこちらの人格を辱めるだけだ。力だ、やはり力を行使することだ！　しかし、このクラスノバーエフが屈服するだろうか、ぺこぺこ頭を下げるかな……一緒に呑んだからって、うまくいくとはかぎるまい。

　泥の海の中に、孤立無援の自分はしゃがみ込み、力だ権力だと空想を逞しくしている。すると、クラスノバーエフが口をひらいた。

「フェーヂカ、馬をはずせ！」

「それはないでしょう」わたしは言葉やさしくクラスノバーエフに語りかける。「家族をどうしたらいいんだね？　わたしには家族がいるんだよ。おたくは約束した。それ以上何が要るんだね？」

「割増をつけてくれ！」と、クラスノバーエフ。

「いくらだね？」わたしはびくびくしている。

「あと三ルーブリ」

　彼はこちらが値切りにかかると思っていたようだが、わたしはなんだか急に愉快な気分になり、じゃあそれでいいと同意した。クラスノバーエフはすぐには信じない。わたしが騙すのではないかと疑る様子。そこでわたしは代金を前払いし、あっさり一件落着。彼は非常に満足であった。愛想がよくなり、ぺこぺこしだした。わたしは言った――

「ありがとう、ほんとに助かったよ！」

「とんでもねえ、お礼なんか」

「いいや、三ルーブリぽっきりで済むんだ。盗賊に身ぐるみ剝がれるより、どれだけいいか」

　ロシア人はこんなひと言がたまらなく好きなのだ。わたしたちはもう完全に〈友人〉だった。こんど会うときは〈知り合い〉になっていることだろう。そのときは〈昔からの知り合い〉ということで、もっとずっと安く運んでくれるはずである。


　馬車が動きだす。肉屋の店先から男の子が出てきて、牛の膀胱や動物の内臓の薄い皮みたいなものを路上に放った。ふとこちらに目が行った。次のを投げようとしたが、一瞬ためらい、腕を振り上げたなり、固まってしまう。前方を、黒い車輪を二つ結わえ付けられた馬が行く――なぜともいずこへとも知らず、ただ引きずって、黙々と泥の中を前へ前へ。泥んこ道を一時間でたったの二露里。途中何度か、道端に佇む巡礼たちを見かけた。前方に乾いた小道。そこを彼らは歩いていた――のろのろ進む馬たちをどんどん追い抜いて。こちらは十二露里にきっかり六時間……

　ペテルブルグから二百露里、ヴァリャーグ時代*のように、文化のブの字もなく、何ひとつ与えられずに骨の髄までしゃぶられた、原始自然のままの村むら。ペテルブルグの生活はこんな村よりずっと安上がりである。だいたい価格が低い。ペテルブルグでは仔牛肉一フントが十六コペイカだが、ここでは三十コペイカもする。バター〔また油、何グラムなのか?〕はペテルブルグで三十五コペイカ、ここでは四十コペイカ。卵は二十五コペイカ、こっちは三十コペイカ。いずれもそんな感じだ。何のためにこんなところに住んでいるのか？　ある村で訊いてみた――「どうしてここに住んでいるんだね？」「そりゃあ空気のせいさ。ここの空気はからだにいいんだ」。そう言いながら、誰もがペテルブルグへ逃げ出そうとしている。小さな村から大村《スロボダ》へ。

親父さん〔親しみをこめて言ってるだけ〕から小さな一軒家を借りた。ズボールナヤ通りの住人はみな彼の井戸から水を汲んでいるが、今は、家も庭も井戸も、借りたわたしのもののはず。でも、村人たちは相変わらず、あたりまえのようにわたしのところに水汲みに来る。井戸端にたまに顔なじみが集まれば、世間話に花が咲き、その花はしぼむことがないのだが、それが独りのときは、桶の音と車輪の軋む音しか聞こえてこない。うまく水が汲めないときは、「おお、イエス・キリストよ！」と天を仰いだり罵ったり、かと思うと「えいクソ、この……」などと、一転して悪魔に与する者さえ出てくる。誰もが幸せな気持ちになっているときは、互いに「おかげさんで！」を言い合っている。そうした言葉のやりとりから、少しずつわたしの中に、この住人たちの精神世界を支配する三つの異なる存在（のイメージ）が形づくられてきた。「おお主よ！」とは幸福な人たちの神のこと、イイスース・フリストース〔イエス・キリスト〕は不運な人たちと従順な人たちの神であり、悪魔さえ呼び招かんとする「えいクソ、この！」というのは、不運で不幸で反抗的な（つまり従順でない）人たちの神なのである。そんな言葉がわが窓のすぐそばであまりにも頻繁に繰り返されるので、何かが起こると、その三つの神のカテゴリー――すなわち幸福な人びとの神、不幸だが従順な人びとの神、不運で不幸で反抗的で傲慢不遜な人びとの神――にすぐさま反応し対処する自分に気づくようになった。それでわたしは、この三つの神（本質）から自分のミロズダーニエ（宇宙）を打ち建てようとした……

氾濫――それは惑星《プラネット》の変容。最初の地の耕作者はモグラである。森のしじまを一匹のミズネズミが泳いでいる。水溜まりの向こう岸めざして。見えているのは、小さなそ

＊ ノルマン人の古代ロシア名。西ヨーロッパではヴァイキングともデーン人とも呼ばれた北方系ゲルマン部族。バルト海（主として現在のスウェーデンの湖水地帯）を本拠地として世界の各地へ遠征。略奪と交易を繰り返した。ノルマンディー公国、ノルマンのイングランド征服など。ロシア北部地方への遠征については、『過ぎし歳月の物語』（『原初年代記』）の八六二年の項に、内乱に苦しむスラヴ諸族の招きに応じて到来した半伝説的な三兄弟とその一族郎党のこと〔いわゆるリューリク招致説話〕が記されている。長兄リューリクがノーヴゴロドを、さらに南下してキーエフを一族のオレーグが占拠・支配し、そこにリューリク王朝（キーエフ・ルーシ）の礎が築かれた。以後、ヴァリャーグ出のリューリクの子孫がキーエフ国家の統治者（公）となる（イワン雷帝まで）。

の黒い頭部と長く尾を引く航跡。

水溜まりと藪がどこまでも続いていて、なんだか新しい惑星にでも降り立ったよう……海はわが国では毎年春にやって来る〔春の氾濫〕。そのたびに何もかもが一大変容を遂げるので、新しい惑星にでも舞い降りた気がするのである。自然の至純、何ものにも代えがたい融雪の匂いの汚れなさこそ、神聖にして侵すべからざる至上の美——美しすぎて、清浄《しょうじょう》無垢な白いスズランの薫りでさえ、侮辱されたみたいに、あたかも自分を都会のどぎつい香水か何かのように思うのではないか。それからかすかに樹皮が匂い始める……

響きわたる沈黙……春先、とはいえまだ名のみの春だが、太陽と冬とが戦端を（それも日没前に）開く。鳥たちはまだ口を噤んでいる。冷たい濃紺の雨雲が太陽を隠すと、忽ち冬も闇も舞い戻ってくる。そのうえ雨まじりの風でも吹きだせば、森羅万象死に絶えたかと思うほどである。朝焼けはなく、冬と夜がごちゃまぜだ。と、不意に分厚い雨雲の下へ突き抜けた大鎌の刃一閃。ぴかっと光って、ついに姿を現わす。何が？　もちろん太陽が。切り裂かれた空の青を静かに流れて行くのは、眠れるプロメテウスの頭とも紛う雲……森に静寂が、力みなぎる朗々たる沈黙が、音なう〔訪れる〕。そんなとき、わたしはなぜかいつも、どこかでカッコウが鳴いているような気がするのだが——ふと我に返れば、なにそんな気がしただけのこと！　でもなぜか、歓びが、嬉しさがこみあげてくる。カッコウが鳴きだすにはまだたっぷりと時間があり、山なす緑の奇蹟がつぎつぎ起こるのはもう明らかだ。

良心——それは人間の社会的関係において害を為す現象だ。ヒトは自分自身と不和であるが、最後まで自責の念と戦い、因を外部に求めようとする。そうして怒りにかられて、まわりの何の罪もない多くの人間が身を滅ぼす——それが自身に及ぶまで。おのれの身に及ぶと、卵が潰れるときのように、まず殻にひびが入るが、その殻の下からまた殻が現われて、それを破ればまた次から次に殻が、まるで複雑きわまる復活祭の卵のごとく現われ、開けても開けても、どんどん新しい殻が出てきて、ついに最後まで行き着くと、大きさは小さなエンドウ豆ほどになり、もうそれでおしまい。それでもまだいいのだ。少なくとも最後まで行き着いたわけだから。次の日、何かいいことを思い出すかもしれないではないか。じゃそれは何だろう？　そう、それは最後に残った小さな小さな卵。次の次の日にはもっといいものが……なぜ「もっといいもの」なのか？　わたしは自分がどんな人間であるかを知っているのだ！　そうであるのに、最初の殻はすでに閉じ、次の殻も次の次の殻も閉じて、すでに卵が複雑きわまる鎧で覆われていることに、誰も気づかない。そして良心の新たな爆発にまで、最終的な暴露と新しい人びとの破滅にまで行ってしまうのである。自分自身の小さな卵をもっておのれの良心に他人を巻き込むことがなければ、ようやく人間は人間としてとどまって、愚かしさと手を切ることができるのだ。

　女性問題は本質的には男性の問題、われわれ男性の意識の問題である。なぜなら、大多数の人間にとって、意識の目覚めのときは〈生命《ジーズニ》〉の、すなわち女性の必要欠くべからざる要求の瞬間であるからだ。で、そのとき、〈幸せな人間〉だけは生の識閾《しきいき》が横へ広がるのに、〈不幸せな人間〉の場合はそれが縦に（垂直に）深化するのである。幸と不幸は単に異なる生の二つの次元にすぎない。わたしは〈深く〉不幸せだったし、外への広がりも持たず、最初の意識の閃きとともにすでに自分の内へと沈み込んでしまい、一緒にいたのは一度も具体的な形を与えられたことのない青い許婚《いいなずけ》だったのだ。わたしはただ外へ広がる幸福の予感を味わっただけで、たった一度、二つの道、二つの世界の境界にいたにすぎなかった……それか、ときどき脳裡をよぎったのが、途轍もなく大きな湖、いやもっとどこかに巨大な鏡が――澄んだ水を湛えた静かな湖そっくりの鏡がかかっていて、その水鏡に万物が映っているという図であった。そうしてそこにこそ本物の美しいものがあると思い、それで、ここが、今いるところが全然よくなく、貧弱で、理解がいかないときには、そちらの湖にちらと目をやるだけですべてが氷解するのかも――そう思っていた。そういうわけで、わたしがやってきたのは、オタマジャクシの泳ぐ粘土質の池のフルシチョーヴォ〔故郷の村〕からではなく、そっちの湖からなのである。何よりだったのはわが家に庭があったこと。夢によくその庭が出てきた。なぜか丘の斜面を歩いている。木々はまばら。なのに一本一本が遠目にもきらきら光っていて、鳥がいた。メソポタミアのどこか、まるで天国にでもいるようだった。今でもそんな夢を見続けている〔ということは〕、小さなわたしが、庭の、どこにでもあるそんな林檎の木が本当に好きだったということだ。

　わたしは自分の母親を――聖母のような母を憶えている。全身黒づくめで、わたしの小さなベッドで話してくれる。「今夜、ひかりのお子がお生まれになって、夜空に鐘の音が響き渡るのよ……」でもそれは母、わたしの母親だった。ただの、商家に生まれた女の子……そのあとは何も、聖母の記憶など、まったくない。

　しかし、なぜいつも自分のことばかり……不慣れな人には、わたしがいつもいつも自分のことばかり書いているように思われるにちがいない――自分のことばかり！　いいや、全然そうではない！　この〈わたし〉は大いなる世界の〈わたし〉の一部であり、自由に誰彼に変身し、あれやこれやに肉体化され得る存在なのだ。

この〈わたし〉は、ありとあらゆる穴ぼこ、河谷、小山、丘の、無数の〈わたし〉の上に引かれた稜線だ。この〈わたし〉は、黒土地帯の森なき平野でこちらが生まれたときにはすでに存在していたのだ……

大いなる孤独こそが天の星々に手を触れ得るのである。破滅した碌でなしが森の荒野をさまよいながら、こんなことを思っている——おれみたいなダメ人間は二度とよみがえることはなく、過去には気取りと見栄のほかには何もない、と。だが、ひょいと天を仰げば、思いがけずその目に映る星影ひとつ。エゾマツの梢の先のその先の、冷ややかにして荘厳なる空焼けにきらきら光る大きな星。
▼四月十五日
朝、小雪……昼は風、冷ややかな黄色い夕焼け。驚いて、蛙はぴたり鳴き止んだが、かわりにフクロウたちが勇壮に羽ばたいた。

ペテルブルグのアパートに泥棒が入った。おかげで、ペソチキ村に腰を据え、一家してそこで冬を越す決心がついた。リョーヴァの〔入学〕試験の準備は小学校の先生がやってくれるだろう。ヤーシャ〔継子〕も一緒だ。ペテルブルグで家族は養えない。それにエフロシーニヤ・パーヴロヴナは都会人ではない。彼女はどんなに子どもたちによって鍛えられていることか。子どもたちにぴったり寄り添うことで、その未来は確かなものになる——彼女と三人の後ろ盾。彼女への同情など笑止千万。自分なんかよりずっと豊かだし、へこたれない人間だ。自分の子どもたちが悪の道に走るなんて思ってもいない。彼女は国家なのである。国民はみな立派。だから国家を侮辱しない。子どもたちがひどいことをしても叱らず、うまいこと誤魔化して無かったようにしてしまうのだ。国家の起源が雌鶏にあるというのは確かな事実らしい。

ヨーロッパに行きたい、逃げたいのかも。

五月初め、木々が枝葉をいっぱいに広げるころ、ときおり森の中から、真っ白な、着替えをすっかり忘れてしまったらしい小さな野ウサギが飛び出してきて、青い草の上をまるで生きている雪みたいにぴょんぴょん跳ねていたりする。

真っ昼間、フクロウがびっくらこいて、えらくぶざまに翼をはばたかせ、自分でもわからぬまま、とにかく前方へ飛んだ。銃声が轟いたのだ。それで反対方向へ。だが、そっちは伐採の真っ最中である。驚いたのなんの。逃げ場がない。ばさばさ羽を鳴らして、垂直線を描くように、どんどん空に舞い上がっていった。こちらはそれがほとんど消えそうになるまで見つめていた。目の見えないフクロウは光をめざして飛び続けた……まさか、こんなことってあるのだろうか——フクロウがたった一羽で、しかもたった一度のあんな飛翔が！

　権力、栄誉、概して何かそういう特別なものが欲しいと思う人間は、たとえいちばん簡単で容易なもの、たとえば結婚などを願っても、その望みが全存在を満たすほどに願っても、うまくいかない。それで結局のところ、結婚しないのである。こうした異常な願望は、失敗者の心理学をつくりあげてしまう。

　すべてがうまくいく幸福な人間は、決して骨の髄まで望まないが、失敗者は因循姑息な頭で願望する。幸せな人間はぶるっと体をゆするだけですべてを手に入れてしまうが、不幸な人間は死に物狂いだ——どうしてそうなるのか？そんな特別の願望でもって、彼は群れから出ようとするけれど、しょせん単独者、うまくはいかない。なぜか。独りだから。一方、欠けるところのない人間には常に共鳴者、同調者が現われる。そしてそこには、みなと共通した、理解し合える何かがある。それゆえ誰もが手を差し伸べる——『みんなと一緒《ナ・ミール》なら死も恐るるに足らず』というわけだ。

　幸福者の不運はみなと一緒の〔共通の〕不運である。だが、失敗者の不幸は単独の不幸、自分だけの不幸だ。そしてさらに厭なのは、すべてが見え見えである——骨格が透けて見えている——こと。たとえば、権力を志向するのは勝手かもしれないが、失敗者はそのことには一言も触れずに（いったい権力者の何が悪いのか？）、隠したまま、みなと同じように振舞うという点だ。その取る態度も行動も高飛車でじつに高圧的……無作法で……そんな奴が権力を握るなど、もってのほか。権力を握るとは、人びとの幸福《ブラーゴ》を護る覆いとなることでなければならない……そうでなければ、あまりにちっぽけであまりに卑しい……だが、失敗者はみなちっぽけで卑しいか？　そうは言ってない。ただ最後の最後で傷ついて、骨がずきずきするだけである。

　失敗には背を向けよ……幸福に顔を向けること……人生は戦いだ。

　人生は戦い。戦場にいるのは二つの神——幸せな勝利者の神と不運な敗残者の神だ……勝利をめざす人間は仆れる人間のことなどどうでもいい。戦闘中なのだ。そんなふうにして、最後に戦場は不具者と勝ち組に二分される。そしてその両立こそが大問題！

　これはべつに失敗を運命づけるその異常な願望の分析ではない。

「人類の未来——それは失敗者たちの勝利。思想と骨とが勝利し、肉は腐って悪臭を放つだろう」とは誰かの言〔哲学の結論だ〕。

だが、肉の幸せ……彼らは、その勝利者たちは自然を憎悪するにちがいない。それが彼らの復讐だ。

えいこん畜生め、角無きものよ呪われよ(ついカモに悪態をついてしまった)〔弾が当たらなかった?〕。

先祖追善の土曜日、親の供養[*1]が村の墓地であった。これは立派な、特別なロシアの習慣である。

ひょっとしたら、人間は無意識のうちにキリストの事業を行なっているのかも。協同組合、社会主義、科学、これらすべてを。ひょっとしたら、必要なのは、中心に目を据えるのではなく、周縁をめぐって、それから中心へ向かわなくてはならないのかもしれない。(二人の聖職者―スピリドーン神父とニコライ神父〔エレーツの人〕)。さらに言えば、それは、これまでのように(長老、隠者という)個にではなく、社会性〔公共的なもの〕にこそ見るべきなのではないか。議論すべきはこの一点。

針葉樹の森で育った丈高い松、カーンカーンと音のよく通る松の大木。それで家を建てて、余計な壁紙など一枚も貼らなければ、家での会話は全部、おもての通りへ筒抜けである。こちらが移り住んだのはまさにそうした家だったのだが、そんな造りであることを全然知らずにいた。

芸術家となるのはヒトが幻影と化す、まさにそのときである。ロマンとしてのわが私的生活は終わったなどと言う作家たちがいるけれど、そんなことだからロマンが書けないのだろう。おそらく才能が無いのだ。

芸術家となるのはヒトが幻影〔非現実〕と化す、まさにそのときだ。そうした状態(エゾマツその他[*2]――どうしてそれを描かずにいられよう?)をわたしは経験している。ベールィの『ペテルブルグ』[*3]もまさにそこから生まれている。世界の非現実性――それは芸術家の魂の個人的(主観的)な状態であり、そこから現実《リアリティ》へは移行できない(もし〈わたし〉がリアルでないなら、いったいリアリティなどどこにあるだろう?)。非現実性――それは結び目〔複雑に絡み合ったもの〕を露わにすること。

われわれには都市と農村の生活面を交互に取り込むという大いなる習慣〔習性〕があり、もっぱらそうすることで、われわれのバランスは保たれているのだ。

〈生けるお荷物〉――独立農家《フートル》を所有する個人主義者は、オープシチナ(共同体)のかつての仲間たちをそう称している。連中に必要なのは、棒か鞭かはたまた学習――そう、これまでのやり方とは違った何か特別の、それもフートルの個人主義者が有するような能力をちゃんとひとりひとりに賦与する訓練だ。弁護士とか医者とか技師とか、要するに人の役に立って、各自が目標に向かって進めるためのさまざまな訓練学習が必要である。それがない農民は駄目だ。なんとなれば、すべての農民が農業をしたいと思っているわけではないから。仕事をちゃんとこなしている者もいるけれど、実態は十人中九人までが〈生けるお荷物〉。こうしたお荷物には法もしくは訓練学習があって然るべき――そうフートルの個人主義者は思っている。

▼五月一日――フルシチョーヴォ

帰りなんいざ。断ちがたきもの〔故郷〕をめざす足の軽さと浮き立つ心。懐かしい道を、ああ、ほら今、小さな男の子が歩いている……

村のオーチェルク〔ルポ〕を書く。

エレーツ市は炎熱地獄。石灰質の細かい埃がまんべんなく積もっている。なにやらここのインテリたちは帽子屋にでもなってしまったようである。エレーツのカルトゥース〔固い前庇の帽子〕製造人のタイプ。チュイカ〔裾の長い男物のラシャ上衣〕がコートに造りかえられている。穴居人である黒百人組[*4]もいまだにいる。この町の店舗の事務所みたいなところが、黒百人組のクラブと旗持ちたち〔教会旗を掲げて十字架行進などで先頭に立つ〕の社交場になっている。九月になると、百姓たちが町にやってくる。穀物を売るためだ。地主連はゼームストヴォ〔地方自治体〕の会合に、商人たちは取引所で息を吹き返す（この時期、必ず町に来て状況を把握し、実務上の問題、たとえば相場などのことをちゃんと勉強しなくてはならない）。

＊1　正教で親族記憶のスボータ（土曜日）。断肉のスボータ、大斎の二、三、四の土曜日に親族（死者）記憶の儀式を行なう。五旬祭前のスボータにも行なわれる。

＊2　プリーシヴィンの、とくにミニアチューラ（小品）には、自然への生への没入忘我＝エクスタシーが横溢している。「流れの生ずるさまを、わたしは陶然として見守っていた。丘に木が一本立っていた――かなり背の高いエゾマツである。雨のしずくが枝をつたって幹に集まり、大きく膨らんだかと思うと……」（「別れと出会い」）、「……生のまったき充溢がわたしをとらえた。（中略）漲る涼気とやさしい雨の伴奏にうとうとと微睡んで、次第に自分が宇宙とひとつだと感じていくのは、いかにも心地よい」（「サギ」）。

＊3　アンドレイ・ベールィの代表作。二十世紀ロシア象徴主義の鬼才の異常なまでの想像力。

＊4　二十世紀の帝政ロシアに存在した右翼反動団体の総称。一九〇五年に結成された〈ロシア国民同盟〉が最有力組織。政府からの密かなバックアップもあって、知識人やユダヤ人を迫害した。

▼五月十八日——トロイツェ・セールギエフ大修道院[*1]

どうしたら正気を保ちつつ恋に落ちることができるか……それを知っているのは悪魔だけだが、でも本当にそうだったのである。肝腎なのは、おのれ自身をまるごと評価判定する基準が存在するということ。女はまだそこに居続けるが、男は去ろうとしている。救いがあるとすれば——女のほうがこれからもずっと男と一緒にいたいと願っていることだ。男は自分の人生をやり直すつもりでいるが、でもどうだろう、じっさい女はもともとそういう人間だったのか、それともただの思い込み？　女はたしかに平凡な人間だったが、それでもその平凡さが、まことの自身の凡ならざる価値を発揮した——そういうことではないかと思う。平凡さとは、ここでは家族、仕事、定常性（いつものこと）、世間、祖国、国民（全世界）との関わり合いのこと。〔女のテーマ。エフロシーニヤ・パーヴロヴナのこと〕

家霊（ドモヴォーイ[*2]）がキリスト教と少しも解け合わなかった〔融合しなかった〕のは驚くべきことである。

▼五月十八日

トロイツァの日〔三位一体祭また五旬節、復活祭後五十日目〕。

どういう風の吹きまわしか、トロイツァの日にトロイツェ・セールギエフにやってきた。

二つの建物をつなぐ塹壕みたいな回廊が走っていて、ここから見えるのは黒いゴキブリのような人間たち〔黒衣と黒のプラトーク〕、それとフィラレート[*3]時代からの精神《ドゥーフ》だ。ありとあらゆる物質と非物質のごたまぜ——禁欲の、茸のまた香《ラーダン》の、ライ麦の——要するに、小麦粉と百姓臭さとビザンチンとをブレンドしたあの独特の匂いや精神が、ここにあるすべてのものに染み込んでしまっているのだ。

世俗の十全的受容。修道院のホテルでは堂々とヴォトカが売られている。

巡礼たちがラーヴラを仰ぎ見ては、しきりに十字を切る。階下《した》には食べ物が溢れ返っており、女たちが群れなす黒いゴキブリよろしくそっちへ向かっている。

ラーヴラの修道士は粗雑で少々乱暴だ。

ポサードの家屋は小さいがどっしりしていて、霊力ある腕が良質の木材を選んで建造したという感じ。修道司祭だけがそのような家と家族を持っているわけではない。修道司祭の給料は六百ルーブリ。一人前になるとすぐ、仲立ちする女性がしゃしゃり出てきて結婚を勧める。なかにはもう神学校を卒えた子のいる司祭もいる。問題はそういう司祭がどんな懺悔〔告解〕をするかということだ。いやはや。だが、それは心理学的に解決されている。結婚すれば罪力が消えてその罪は棘を失う。つまり聖書で言う堕落とは逆のことが起こるから、というのがその理屈。それはわかる。

罪悪感は孤独から生ずるのだから。それで孤独であることをやめたら、途端に罪も消滅してしまった。そんなことは、ポサードと修道院をひとわたり見て回ったら、すぐにもわかるはず。ここの修道院のほかと違うところは、還俗する修道士が人びとにとってじつに嫌悪すべき存在であるということ――世人は修道院の壁の内でこそ彼らを敬うが、一旦外に出た者に対しては同じエネルギーで憎悪するからである。わたしは、農業従事者〔土を耕す農民〕が修道士をまさに蛇蝎のごとく忌み嫌っていることを知っている。ここでは、還俗が日常的に行なわれていて、住人たちも慣れっこになっている。いわばそれがラーヴラの特色だ。

正教の人間なら誰でも知っている場所である。鬱蒼とした森より高い山の上、流れる雲の下に、古きロシアの聖地があって、その下方に……ドモヴォーイだ。そう、わたしはこれまで、その善なるロシアの霊《ドゥーフ》から吹いてくる風より強烈な印象を、かつて一度も受けたことがなかったのである……

停車場から何歩も出ないうちに、女のなりした、いや巨大な黒いゴキブリ、いやいや、いちおうそれでも人家を住《すみ》処《か》としている生きものたちにぐるりと取り囲まれてしまった。それら大型ゴキブリどもは互いに相手をさえぎっては、「さあ、茸だよ！」――「さあさあ、ブリン〔クレープ〕だよ、美味いよ！」

「こっちもブリンだよ！」さらにもうひとりが声を張り上げる。

「こっちには鮒のスメタナ漬だってあるよ！」新たに大ゴキブリが割り込んでくる。

ちょっと若い、ずっと可愛い娘は、小母さんたちには割

＊1　モスクワの北北東七十キロにあるロシア正教の総本山。セールギエフ・ポサード。一三四五年ごろに、尊者セールギイ・ラドネーシスキイが起こした修道院。ラーヴラ＝《大修道院》と呼ばれる男子修道院で、初め総主教にその後シノード（宗務院）に直属した。この大門前町は、革命後の一九三〇年に、革命家（ザゴールスキイ）の名をとってザゴールスク市と改称されたが、体制崩壊後もとに復した。モスクワ神学大学と神学校がある。プリーシヴィンは一九二六年から十年ほどこの修道院町で暮らした。木彫りの民芸品、人形、とくにマトリョーシカが有名。

＊2　東スラヴ族の民間信仰で、家の守り神。家の霊（家の精、ダマヴォーイ）。

＊3　俗名ワシーリイ・ドロズドーフ（一七八二―一八六七）。モスクワ府主教（一八二六年〜）。聖書のロシア語訳と農奴解放のマニフェスト作成（一八六一）に加わる。

り込まず、いきなり歌をうたいだした。得意の民謡を次から次と百も織り込んだところで――「はい、あたしの歌はこれでおしまいよ！」

ひと夏、町や村を旅してまわったわたしは、つい最近、晩餐のテーブルを囲んで、元気いっぱい朝まで――《はたしてドモヴォーイのキリスト教への改宗は可能か》を議論し合っていた人たちに出くわした。そういうときは必ずといっていいほど二つの組ができあがる。左派は「そりゃ無理だ」と言って、教会史家のスミルノーフ教授の有名な著作『神の掟に背く女たち《バーバ》』の「真のキリスト教はつねに敵対的だった」などの文句（よくパンフレットに載っている文言だ）を引用する。

もう一方は、もちろん右派で、その逆を熱くなって証明しようとする――正教が素晴らしいのはドモヴォーイをキリスト教に改宗させたからである、と。

「ほんとにおたくら、知らんのかね？　真の正教徒はドモヴォーイと復活祭のときのような挨拶〔三度の接吻〕をしとるのですぞ、まず最初に坊さんと、それからドモヴォーイと」

それに対して左派が反駁を加える。

次の日、わたしは修道院へ向かった。

ベレンヂェーイの沼地とは、石の女[*1]のある場所で、現在そこへは石の女《バーバ》を拝みに、村の女たちがツルコケモモの細道をたどって行く。

白鳥、ツァーリ〔ロシア皇帝〕、ゴドゥノーフ[*2]。

黄金の皿の凝った渦巻き模様。繊細優美なラストレッリ[*3]の鐘楼の最上部。

徹夜禱の始まる前、一天にわかに掻き曇り、あたりは真っ暗くらのくら。雷雨の天にラストレッリの金の皿でも突き刺さったか。すると雷鳴ひとしきり轟き渡ると同時に、ロシア最大級の鐘の縁に舌がぶちあたって、轟音ひとつまたひとつ、地響きはすでに超弩級である。まさに鐘と雷鳴の一騎打ち。そのときアーチの方に向かっていたわたしは、ちょうど門のところで、トロイツェ・セールギエフ大修道院が天に向かって祈る姿を見たのだった。

▼六月一日

暖かな好い天気である。森のどんな茂みの中でももう夜泊まりはオーケイだ。

聖なるプラズマとサタンの誘惑。聖者がいた。さまざまな誘惑を乗り越えて、ようやく完全な聖性を得るばかりのところで、突然、眼の前に、新たな最後の誘惑が姿を現わした。聖者の住まいへそいつはこっそりと忍び寄ったので、誰も気づかなかった。彼には逃げ出さねばならぬサタンも駆け下りねばならぬ山[*4]もなかった。すべてがあまりにも平凡だった。川のほとりの井戸の中。彼の井戸……（エゴール神父）[*5]。あるとき、この井戸で彼は水を飲み、コップの半分ほどを飲み残した。それを井戸の持ち主が聖なる水として売り出した……エゴールは禁じたが、誰もが喜んで買っていくようになった。そこで彼は、井戸を祓い清めて《聖なる井戸》と名づけた……すると、すぐ近くに別の井戸。そこでも彼の名を騙って水を売り出した……彼自身は一度もそこの水を飲んだことがなかった。怒りがこみ上げてきた。腹が立ったのは、自分が神格化され崇め奉られたからではなく、一度もそこの水を飲んでいなかったからである。それがわかっていたから、厭な気分になった。人びとをまともに見ることができない――あれは人間などではない、プラズマだ。たちまち彼は嫌悪と苛立ちの虜になった。プラズマは〔偶像〕をつくる。嫌悪の誘惑（みなが平等たらんとして）。二律背反だ――対等な人格は必要不可欠なものだが、同時に人格は聖なるプラズマなくしては、崇め奉る原理なくしては、存在し得ない。聖なる肉（欲）は蝗《いなご》に似て、選り好みせず、あらゆるものを崇め奉る。そうしてわたしも神聖化の穴に陥ってしまう。誘惑はそうした群衆への蔑視にあるのだけれど、彼らを蔑視しながら、彼は自分自身を軽蔑しているのだ。なぜなら、自分が群衆によってつくられたから。でも彼はそれを否定する――そ

＊1　ユーラシアのステップの小高い丘や塚《クルガン》に遺る古代遊牧民――スキタイ、ポーロヴェツ、フン、タタール人などの女性（また男子戦士）の石像。カーメンナヤ・バーバ。高さ一～四メートルほど。
＊2　いずれもセールギエフ・ポサードの教会の有名な大鐘の名。革命後、一九三〇年代になってすべて破壊された。プリーシヴィンは息子とともにその破壊のさまを写真に収めている（三〇年一月四日以降の日記に詳しい）。イワン雷帝の遺子フョードル一世亡きあと、后イリーナの兄のボリス・ゴドゥノーフが帝位に。ボリスの治下に、大災害や大事件（偽のドミートリイ）が発生した。ラーヴラ内にゴドゥノーフ一族の墓所がある。
＊3　プリーシヴィンの間違い。ラーヴラの鐘楼の建設にあたったのは、ラストレッリではなく、建築家のイワン・ミチューリンとドミートリイ・ウーフトムスキイ。
＊4　荒野での悪魔の誘惑（マタイによる福音書一―一一）
＊5　オリョール県ボールホフ郡スパス＝チェクリャク村のゲオールギイ・コーソフ神父のこと。ニコライ・ウーソフ著『生ける水の起源――聖殉難者・長司祭ゲオールギイ・コーソフ』（モスクワ・二〇〇四）。

うではない、わしはそんなものによってつくられたのではない。そう言って、その場を立ち去る。

▼六月二日

ソフィヤ・ウラヂーミロヴナ〔未詳。ペソチキ村の住人か？〕の小さな家は見晴らしのいい場所に建っていて、夕景色がじつに美しい。フランス人の神父が立ち寄ったので、みなして日没を見に出かけたことがあった。まだ登りきらないうちから、神父は手を叩いていた。誰に向かって〔手を叩いているのだろう〕？　振り返ったら、なんとそのフランス人、今まさに沈まんとする太陽に向かって拍手していたのである。

〔ペソチキの〕うちの近くに教育家のレーベヂェフが移ってきた。彼はこの土地が気に入って、歓声を上げている――植物学的にも地理学的にも美学的観点からも、ここは讃嘆すべき土地である、と。

ウラヂーミルの妻が窓から拉致された。この一家は大変な金持ちで、農民などには手が出なかった。ウラヂーミル家の家風に誇り高さを持ち込んだのは、その妻だった。そんじょそこらの農家の若者がこの家の娘たち――ウラヂーミルには娘がたくさんいた――に近づこうと思っても、まったく無駄だった。農民に嫁がせる気はまるでないから、誰も窓から忍び込もうなどとは考えないのだ〔ウラヂーミルとその家族については未詳〕。

失敗者は失敗したから失敗者になるのではない。成功した幸福な人間も失敗者（ヨヴ〔旧約・ヨヴ記〕）になるのだ。失敗者――それは一種特別な尺度――哲学、タイプ、現実認識、である。わたしの失敗は失敗でない。なんとなれば、わたしは〔個人として〕生涯、取り組みかつ突破しなければならない大きなものを感じているからだ。

▼六月十日

ほとんどの人間は自分のスカースカ[*1]を持っている。必要なのは選ぶ仕事ではなく、そのおのれのスカースカを理解する〔摑む〕ことだ。

▼六月十一日

地〔バック、背景〕（一字判読不能）、原因、物自体〔カント哲学でいう〕――これが創造の個（個性）であり、信念〔信仰〕はそれをめぐるもの。作品は作品、信念は信念、つまり別のものである。作品と信念。そこで問う――創造の個たるゴーゴリはトルストイは、なぜ道を説き始めたとたんに創造を停止したのか？　彼らの伝道が不完全なのか？

河川の氾濫のあと水が引くと、どうして浅瀬にあれだけ多くの島々が出現するのだろう？　水と土。そんなとき自分は、新大陸の希望の岸を目のあたりにした気持ちになる。すぐにもその岸のことを土のことを誰かに喋りたくてたまらなくなる。冠水前の同じ土が姿を見せただけなのに、自分らの土地がただ水に取り囲まれたにすぎないのに、誰もが面白がって、いつも繰り返すのである――あそこは今や特別の土地になったが、なぁに、まわりの水はただの水にすぎないのだよ。

もし自身が悲しみの因なら、その悲しみはどうでもいい。信念が個性をつくるのだ――プラズマがフォルムを得ようとするように。

つまり、創造の根底にはフォルムがあるということ。個性が群集と大きく異なるところは、個性はフォルムの秘密をわがものとしているが、群集はフォルムにその内容物を注ぎ込むばかりで、彼ら自身はその信ずるところに従って器を聖なるものとする――ただそれだけである。したがって小さな器が自分のものでない中身を繰り返し唱えてもどうなるものでもない（繰り返しは意味がない）。

不幸が生ずるのは、創作そのものが信念の身体を動かしているからである。

信念は身体とフォルムを有している。身体は信ずるもの、フォルムは創造者。

そこで（一語判読不能）のテーマあり――他人の名を騙る者《サモズヴァーン》もしくは神の使命を担う者《ボゴズヴァーン》。

これまで尊崇の対象だった石の女《バーバ》のあのベレンチェーイの沼地からツルコケモモの小道をたどってトロイツェ詣でにやってきたのは、ひとりの老婆であった。

人間はすべて二つに分かれる。信仰の海へ流れ込む（それを願う）者たちと、創造者たらんとする者たち。二種類のヒト――水と牧人〔司祭〕。

▼六月十三日

アジーモフ・フョードロヴィチ老人〔プリーシヴィン家の領地の隣家の地主〕の名の日[*2]は五月十二日。この日にはアジーモフ家の全員が集まる。郡内だけでも相当の数だ。この一族は昔、ヨーロッパを脱してこの地へやってきた。家

＊1　スカースカは、おとぎ話、昔話、民話、童話、世にも不思議なこと、夢物語、作り話、でたらめ、といろいろ翻訳できる言葉だが、プリーシヴィンは、これを単なるフィクションとしてではなく、夢を現実のものとする人間の〈創造的な夢見る力〉として、〈この現実を変革する力〉としてとらえている。

＊2　名の日（また聖名日）――ギリシャ正教で自分の洗礼名にあやかった聖人の祭日にあたる個人的祝日（聖名祭）。

紋は、絶滅しかかっている希少動物のビーバー。青いビーバーだ。[*1]だが、アジーモフ一族がロシアであまりに増えすぎたため、イワン雷帝は、彼らの青いビーバーの紋章を剝奪してしまう。

「貴様たちは豚のように繁殖した」そう言って、彼らの家紋をイノシシにするよう命じた。

懐疑論者は神聖な存在だ。創造的個と信ずる個との間の存在――あれでもないこれでもない、と。懐疑論者は失敗者から生まれる。そのミッションは信ずる者たちの道を清めること。

▼六月十七日

ペテルブルグ

公爵家の屋敷〔敷地が高等農業専門学校に〕。公園、樹木〔菩提樹、オーク、ここには稀なトネリコ、広葉樹〕。ロシアでは樹木は唯一の記念碑だ――北方におけるオークとトネリコとは、〔一語判読不能〕と同じく人間の創造物である。

ある宮殿がスターラヤ・ルーサに移され、それが療養所《クルガーウス》になった。〈宿営《ラーゲリ》〉と〈兵舎《カザールマ》〉は今や、クイナが持ち前のしつこい説教を〔これまでどおり〕のどかにぶつ草地と化しつつあって、その先の草木が豊かに生い茂る並木道の角には、露里標まで建っている。アラクチェーエフ[*2]の並木道だ。これまで〈古い兵舎〉と称した広場は、ステーブト女子高等専門学校[*3]になっている。

農業に盛んに振り出される貸付金のおかげで、今ではいろんなものがあっと言う間に出来上がる。一方には堂々たる植物実験所、一方には施設長たちが自力で建てた厩舎をもモルモットやアナウサギのための飼料槽をもまるごと収容してしまう巨大な畜産実験棟。以前はアナウサギだったが、今は十四頭の乳牛を使って同じ実験をしている。飼料の消化吸収に及ぼす酵母《イースト》の力等々の実験である。園亭から森の番小屋へ移動する。

測地用の器械とどこかの令嬢。道端にコートを広げて横になっている。器械の存在に気づかなければ、高等専門学校の学生とはわからない。水準器。馬もただ繋がれているわけではなく研究対象そのものであるし、小屋の周辺も単なる周辺ではなく面積、容量すべて測定の対象となる。熱心が過ぎて、屋根によじ登っている女学生もいた。フライパンもただなんとなしに叩いているのではない、山羊をおどかしているのだ。屋内では乳腺の秘密に挑んでいる。おどかすことで分泌に大きな変化が生じるらしく、若い山羊のそばで、ひとりの学者が不意に「わあ!」とか叫んでいる〔山羊をびっくりさせてプレッシャーをかけているのだ〕。

中等師範学校のデッサン〔線画〕の授業では、メンデレーエフの法則のチェックだ。ダーウィン以前になされた搾乳の実験が最近また見直されている。驚くべき個性（特徴）の発生・出現についての説明は、雑種が死滅し、一方でははるか昔の先祖たちが生き残り、概して異種混合や中間物が〔完全に〕姿を消すというものである。

　コスチューム。幅広の紺のズボンと紺の仕事着が小柄な身体にぴったりの、痩せっぽちの少年ミーシャ。女の子なのに農民たちはしきりに「ミーシャ、ミーシャ！」と声をかける。日本製の、歩きにくい窮屈そうなスカート。ズックのズボン、ズックの上着も見える。かと思うと、紺のズボンを穿き、長い髪を肩まで垂らした女性がいかにも誇らしげに歩いている。向こうでは秤を使って糞の重さを量っている。肥やしの匂いだ。封をしてペテルブルグに運び出す作業もある。禁欲者ナロードニキの娘。顎鬚男とそうでない男。ウローツトヴォ（奇形）は知恵が備われば、ひょっとすると、ユローツトヴォ（聖愚）に変ずるのかも。特殊な自分のいつもの気配を察知し、〔意識的に〕それを利用するだけでいいのだ。スカートを穿いたディオゲネスを自称する学生は仔馬を馴らし、仔馬を連れてどこへでも出歩く。講義のあいだ外で待たされている仔馬がひづめでドアを蹴ったりし始めると、教授が止めさせなさいと注意したりする。タイプ——地味なつくりの赤い小さな帽子が、露にぬれたクローヴァーの原をどこかへ向かっている。はだしで。担いでいるのは測量の器械だろうか。あれこそベストゥージェフカのタイプ[＊4]である。あれとこれを（母親と

＊1《青いビーバー》は『カシチェーイの鎖』のヒーロー（アルパートフ）の幼年時代そのものを指すかのように記されている。

＊2　祖国戦争（一八一二）のあと、ロシアは広大な農業地帯に屯田兵制（農民を軍務に就かせて国の守り手とする）を導入。アレクサンドル一世の側近で、国政を左右した反動家アレクセイ・アラクチェーエフ伯爵（一七六九—一八三四）が強行し、それに反対する農民を弾圧した。ノーヴゴロド県下の村々も免れなかった。

＊3　ペテルブルグに一九〇四年創立、正式名は帝室農業博物館付属高等女子農業専門学校。農学者イワン・ステーブト（一八三三—一九二三）が主導したので、その名がある。モスクワのペトローフ農林アカデミー教授。長年にわたって女性の農業教育に力を尽くした。プリーシヴィンは一九〇四年の一時期、モスクワのペトローフ農業大学のプリャニーシニコフ教授の植物実験所で働いたことがある。

＊4　ベストゥージェフ女学院の女子学生のこと。一八七八年にペテルブルグに創設された女子高等教育施設。初代校長である歴史家コンスタンチン・ベストゥージェフ＝リューミン（一八二九—九七）の名から。ちなみに、レーミゾフの妻セラフィーマ・ドヴゲッロも、逮捕と流刑に遭うまでこの女学院の学生だった。

進んだ女を〕ひとつに繋げるのは不可能だ。とどのつまりは挫折して神経衰弱――そんなことが言われる。

ソースニツィ村〔ノーヴゴロドの南、イーリメニ湖の西岸の村か?〕の祝日。雹《ひょう》が降った日。明日のモレーベン〔教会の短い祈禱〕は聖三者に対するもの。ずっと昔、祖父たちがまだ生きていたころのことだ。天に黒雲が現われ――おおこれぞ神の思し召し!――雹で畑はめちゃくちゃになってしまった。畑を見てまわって、祖父たちは口々に「ああ、たまらん、たまらんなあ!」以来、聖幡《せいばん》を掲げて聖三者に誓ったのだ――雹の降る日には必ずモレーベンを捧げますと。「ああそれにしても、くそっ、たまらんなあ!」

「もうへとへとですか、親父さん?」

それには答えず、親父は言う。

「ああ、くそっ、たまらんなあ!」

お茶を飲もうとサモワールで湯を沸かす。でも、話題が何に移ろうと「ああ、たまらんたまらん!」

ソースニツィ村。各戸が入江で隔てられている。小さな筏のロープを手繰って往き来しているのだ。坊さんが乗ったとき、そのロープがぷっつり切れた。流された筏は見当ちがいの岸に着いてしまう。修理を待つあいだ、坊さんは歌をうたった。「父なる聖者ニコーラよ[*1]、われらがために主に祈り給え!」〔村の〕百姓たちも合唱でもってそれに応える。「父なるニコーラよ、われらを主に祈り給え! 至聖聖母よ、われらを救い給え!」

「われらを救い給え!」

わたしは、かつて反抗心を起こしてこのモレーベンを嗤ったことがあったが、今ではどんな音楽もこれほどの感動をもたらさないのである。

「至聖聖母よ、われらを救い給え!」

と不意に、どこからか〔烈しい〕ざわめき。何の騒ぎだ? 小川の方を見た。牧草地にも目をやったが、〔まわりには〕何もない。と今度はどこの子か――少年が声を上げた。

「ああほら、黒尾[*2]が飛んでる!」

黒尾に関して疑い深い面々は口々に言った――

「ありゃあ〔一語判読不能〕が飛ばしたやつじゃないか」

よくよく見れば、たしかに飛んでいる、コウノトリそっくりの黒いやつが。しかも一羽や二羽でない。

「アエロプラン〔飛空器? 初めは飛行機《サマリョート》をそう呼んだ〕じゃあ!」

村中に叫び声。空を見上げていた坊さんがまた歌いだした。

「父なる聖者ニコーラよ、われらがために主に祈り給え!」

お百姓のひとりは激しく魂を揺さぶられている。概して中農は中農らしい反応だ。暦で物事を判断する癖がついているから、中農を驚かすことなどどだい無理。「鳥がいつ飛んで来るか暦を見りゃあわかるだろ！」――これだもの。彼らが驚いているのは、今にも〔飛空器に〕問いかけそうな様子の男のほうだ。

　わたしは、その驚いている男のそばへ寄って、こう言った――

「もしあれが爆弾を投下しようと思ってるなら、どうするかね？」

「そりゃ爆弾を落とすだろうよ」

「落としたければ落とす、か！　そうなったら、うちの小屋は燃えちゃうな」

「なんのなんの小屋どころか、村は火の海さ」

「そうだ、村全部だ！」

「畑も焼けちまう」

「畑も丸焼けだね」

「やりたい放題さ！」

　男はそうとうショックを受けているようだが、坊さんは歌をうたっている。

「父なる聖者ニコーラよ、われらがために主に祈り給え！」

　飛空器――新たな事実、あからさまな。そいつが墜ちたという噂、苦しい体験の始まりだ。つくられる数々のレゲンダ――〔村の〕そばの野菜畑に墜落して、たくさん人がやられた、飛空器乗りは瀕死の状態でこう言った――畑は補償するが、死んだ人間の責任まではとらない、と。

　結論の前に。町から来た女性農業技師、大半は都会の人間。都市のミッション〔援助すること〕。農民階級についての議論――ほとんどが土地所有者でないこと。

　で、それ以来、モレーベンを耳にすると、自分を放蕩息子のように感じたものだ。

＊1　西暦二七〇年ごろ、小アジアの半島南岸のパタルで生まれたニコラウス（ニコーラ）は、（ロシア人は容易に信じないが）生涯一度もロシアの地を踏まなかった。祈りと実践とで人びとを貧困と飢餓から救った慈愛の人は、リキアのミラ市の大主教であったことから、《ミラ・リキアの奇蹟者ニコライ》と呼ばれている。イェルサレムへの巡礼中、船に入ってきた悪魔を幻《み》、荒れ騒ぐ海を静めて、たびたび神の声を聞く。ロシアでは名もなき民衆の第一の守護聖人だが、ロシアにかぎらず聖人の概念を持つすべての教派で聖人として崇敬されている。サンタクロースの元となったといわれるローマ帝国の聖人・大主教。
＊2　クロオドリまたコウノトリ。昔からの言い伝えに、鳥の姿をして遠い異国から来る者のことを〈黒尾〉と呼んだ。

▼六月二十一日

（女の）創造はレゲンダ、すなわち意味ある宗教的創造としての〔噂話〕。空飛ぶ器械はレゲンダ。墜落（野菜畑も人間もめちゃくちゃにされた。畑は弁償しよう、でも人間にはしない）……。

女性はレゲンダを創り、男性は懐疑論者だ。創造するタイプと否定するタイプ。

パニヒーダと人波のざわめき。大地に身を投げつつ歌う泣き女たち〔職業上の〕。それと岸には恐怖に駆られた女や子どもばかり、男たちの姿はない。

人間について考える。宗教――それはおのれの人間的感情（意識）に対する答えを宇宙に発見せんとする、気狂いじみた試み。

比較対照すること。モレーベン――泣き歌（宗教）と医師たち（科学）のその後の活動。

きょう自分は、多くの遺体を目にし多くのレゲンダに耳を傾けた。一日が悪夢のように過ぎた。

▼六月二十三日――イワンの夜〔の前日〕

よくツァーリが閲兵したクルガン〔高塚古墳〕で、今は大学教授がメンデルの法則を講義している……

初めは妙な感じがした。農業技師がなあ!と。しかしそれからは、ごく普通に見かける光景になった。じっさい、その普通の女教師と女学生たちが、じつにさりげなく女性部隊のような日常生活を送っているのである。

入江の方まで土手が延びている。アラクチェーエフの百姓〔農奴〕たちが築いたものだ。少し崩れたところは、土をかぶせて踏み固めてある。入江を鶏の嘴に似た筏が往き来している。夜は、北では一瞬の間も足を止めることはなく、暗くならないうちは、南でもずっと魔法の覆い布が掛けられている。そこに彼ら〔彼女たち〕の不安な心がある。私がここ数年暮らしているノーヴゴロド県のアラクチェーエフの移住地には、古老たちのこんなレゲンダが遺っている。ほんの些細なことでも鞭を喰らわされたのだが、叩かれる百姓はその鞭を自分で原っぱ〔刑の場〕に持って行かされたという。

イワン・クパーラ[*1]の前夜に、ステーブト育種場の経営陣は、クパーラの火のために小さく束ねた薪を半サージェン放出している。ウグルィやボールィから人びとがやってきて、ランタンに明かりがともされ、テーブルが並べられ、寮の建物にも食堂にも白樺の花輪が飾りつけられ、あっちで大コーラスならこっちではオーケストラという具合である。土手と小さな林の間で火が焚かれ、その火をペアになった若い娘たちが〔ぴょんぴょん〕飛び越す。

水中からはヴォヂャノーイ〔水の魔〕が――川漁師たち

がヴォヂャノーイのからだに触ろうとする。

　扮装もさまざまだ——階段口には小悪魔が、花をつけた羊歯[*2]だの、蝙蝠だの……

　仔馬を連れた娘、〔子羊〕や子豚と一緒の娘たちもいる。シムビールスク県のクルムィシの公爵令嬢がチュヴァーシのグースリ[*3]でワルツの《帰らざる時》を弾いている……

　白夜である。火を飛び越す女たちの頭上に、星は唯ひとつ——愛と美の女神ヴィーナス〔金星〕だ。

永遠はつねにひと瞬き
子らは永遠の瞬間を生きる
愛は永遠の一瞬
永遠の渇望は死に臨む母の祈り
永遠の感情は死の床にある人の母性、そうではないか？

（禁欲主義の起源—永遠崇拝、肉欲の抑え）

　周知のごとく、われらが庶民は自らの未来図を今ある地上の暮らしのうちに思い描いている。焼いたり煮たり揚げたりと何でもこなす巨大な竈《ペーチ》、またの名を悪魔の調理人、炎熱地獄。食卓に向かっているのは殿方で、地獄の竈で料理されたものを次から次と平らげている。

　致命的敗北と決着（自殺、自傷、失踪）の渇望という観点、その他の〔地獄の〕竈の向こうの驚嘆すべき創造という観点。

　はるか遠くの他の惑星からも見える——徐々に死につつある地球が宇宙空間の〔闇〕に向かって（それこそ〈あちらに向かって〉だ！）永遠の光を放っているのが。〈あの世〉——神秘的概念。

＊1　露暦六月二十三日から二十四日にかけての夜。イワンの夜とも、洗礼者ヨハネ（ロシアふうに発音すればイォアン（イワン）、クパーラは水に浸す人の意）の生誕祭とも呼ばれる。もとはロシア、白ロシア、ポーランド、リトアニア、ラトヴィア、エストニア、ウクライナなどで祝われた夏至祭（太陽神の祭り）だったのが、時とともにキリストの教会が洗礼者ヨハネの伝説に豊穣・健康・平安を祈る俗間の農業儀礼をマッチさせていった。この夜、草が薬効を持つとして採りに行く。

＊2　イワンの夜に花ひらくという不思議な羊歯の言い伝え。夜中の一二時に蕾が弾けて真っ赤な熾《おき》となり、《炎の花（ツヴェト・アゴーニ）》が現われる。それを引き抜くことができたら、どんな願い事でも叶うという。森の樹木が勝手に移動を始め、葉と葉が囁き合い、動物も（草さえも）仲間同士で会話を交わすこの夜、若い娘たちは火のついた木っぱか蠟燭を立てた花冠の小舟を小川に流して、恋占いや人生占いに興ずる。高等女子農業専門学校生たちの大はしゃぎはイワン・クパーラの夜にこそふさわしい。

＊3　膝の上に置いて爪弾く古楽器。吟遊詩人が英雄叙事詩《ブィリーナ》の伴奏に用いた。

敵にすべてを差し出しながら勝利するもまた可なり……何があっても停滞は許されぬ。ぐずぐずすれば、他のもの（生命）を逸することになる。

文明への来るべき隷属。技術上の発明は、新たな国の発見――最初の発見は軍人の、そののち僧侶階級。高位聖職者は〔宙を飛んで〕、穂の出たライ麦を祝福する。

飛空器とモレーベン――健康・幸福――新しい土地（健康）と〔旧套の〕墨守――空飛ぶ高位聖職者で決着。

地上は恐ろしいが、空中なら怖くない。

地上の人びとは、不幸で貧乏なうちは祈ることをやめない。

ナショナルな個性美は政治によってではなく、その全般的な暮らしぶりから創出されるものであり、そうした社会環境に生きる者に、美は一切の努力なしに賦与される――美は自らを顕わす。ナショナリズムが嫌悪の対象になるのは、生活〔いのち〕の美を滅ぼすからだ。美それ自体がナショナリティーなのである。

全般的な人間の暮らしを、善なるもの《ドブロー》を、より高度な自覚が滅ぼすことはない。独眼はもう一方の健康な目にも影響を及ぼすが、駄目になるのは全体の一部にすぎない。ナショナリストは歪んだ人間だ。驚きかつ呆れるのは、そのナショナリストが政治にたずさわらぬ者たちから自分の富を得ていることだ（ひん曲がった角をつけた悪魔）。

▼七月一日

猟に出ていちばん愉しいことの一つは、七月の夏の静寂の中、苔むした沼のほとりで、へとへとになるまでクロライチョウを追ったあと、不意に森の向こうから子どもたちの叫び声が聞こえてくるときだ。エフロシーニヤ・パーヴロヴナが子どもたちを連れて露営地にやって来たのだ（荒涼たる孤独の端と俗界の隙間）。

オクローシカ〔刻んだ肉や野菜をクワスに浸した夏の冷たいスープ〕の鉢。みなして食べるが、母親は待っている。いつもそうだ。自分はお腹が空いていても、最後のパンの皮を子どもたちに与える。他人から教わったのではない、生まれついてのものなのだ。きょうオオタカの巣に近づいたら、すぐさま母鳥が宙に舞い上がった。そして不意の急降下――銃の先にぶつからんばかりの勢いである。身を挺して威嚇したのだ。まあ鳥でも人間でも、母親というのはそうしたもので、エゴイズム……母親のエゴイズムだ。エゴイズムはこの世の骨組み〔現世の骨格〕であり、人間が〈エゴイズム〉と言うときは、単にスケレット〔根幹、ギリシア語で skeletos、乾き切ったもの〕のことを言っているのだ。〈聖なる〉人にもスケレットはある。でも彼はエゴイストではない。ものみなおれのもの、ならば〈おれのもの〉など存在しない。ある人が「それは〈おれの〉だ！」と言う。すると全世界が「いいや、それは〈われらのもの〉」。世界のこだまが〈われらのもの〉と呼応する。

わたしが「おれのだ」と叫ぶと、こだまは「われらの」と応え、わたしが「われらのだ」と叫べば、こだまは「おれの」と返してくる。

若者が「おれのだ！」と叫んでも、返ってくるのは「われらのだ！」

広野《ひろの》は目ざとく、暗い森は耳ざとい。森に向かって叫べば、こだまは返ってこよう。森の口で若者が、「おれのだ！」……でも森のこだまは「われらのだ！」森の隠者が「われらのものだ！」と叫んだら、森は黙ってしまった。

すべての創造物のもとは個によって実現されるところの意欲である。この意欲する個……個の特性とは選択、選ぶこと……。

創造的意欲とは自分のもののみを自分のものと呼ぶ才能、おのれのより良きもののためにおのれのより低きものを犠牲に供するところの才能だ。そのより良きものとは同時に、誰の目にも見え誰もが手に取ることのできる、無料の、つまり天与の美しいもの（美はみんなの無償のもの）でもある。

この自然の禁欲主義《アスケチズム》はかつて体系化されていた。わたしのおばはまったく神の存在など信じない人だったが、あるとき、わたしと一緒にシャモルヂノの僧院へ行った（おばは心を静めるために秋をそこで過ごす予定だった）。で、そのとき、驚いたことに、修道尼たちが口にしたのは──「そのままでよろしいですよ、何も要りません。修道生活に接すれば、必要なものは向こうからやってきます。修道生活における親和と平等はそのように出来ておるのですから」

修道院の実体を捉えるには、現代の出家生活でのナイーヴな修練法に目を向ければいい。現代における真の生活の創造者とは誰であるか？　修道僧では、苦行者ではないのか？

「ロシア通報」紙に載った「カインの伝説」*の感想──著者は何を言いたかったのだろう？　ひょっとすると、個が

＊「ロシア通報」──一八六三年から一九一八年までモスクワで発行された有力紙の一つ。一八七〇年代からリベラル派インテリ層の機関紙のごときものになり、綱領は政治的経済的改革。一九〇五年以降は立憲民主党（カデット）に移って、十月革命後、廃刊。「カインの伝説」は、前年に載ったレオニード・アンドレーエフの戯曲を指すか？

分泌される創造的プラズマについてだったのかも。プラズマ（それはナロードだ）というものは、空きを埋めれば（愚と死を和解させれば）いいとばかりに、適当にレゲンダをでっちあげる。プラズマはその創造において邪悪な手を用いる。つまり、創造する蝗《いなご》〔駆逐できない貪欲な群れ〕だ。問題は〈蝗〉がどう創造するか——群れをなしてか、それとも〈個によってか〉？　もしかして、〈プラズマ〉などまったく存在しないのかも。どんなプラズマも〈個〉に分解するのかも。プラズマの根底には、よく似たプラズマ的個——女の個（たとえば女は、誰かが川にはまって死ぬと、あれは溺れたんじゃない殺されたのよ、と言う。女は原因となる人（罪人）をつくる。それが女性に特有のエレメンタルな個であり、ナロード的創造的個）が存在する。

プラズマ的個と本来の個とは本質的に異なる。後者は個性（人格、individuality）の土台の上にしっかりと足を据えているが、前者は個性を持たない（女はいつも誰それが悪いと言う）。女のプラズマ的かつ受容的なものと男の個性的かつ否定的なもの——換言すれば、女のスカースカ〔作り話また物語〕と男のスケープシス〔懐疑説〕だ。意欲、意志、創造、個は男性（純粋に個的なもの）とプラズマ的な個（女の）と。

意欲とは節制、抑え（精進）であり、独身を通す（ロシアのインテリゲンツィヤ）ことで女性なるものを抑えることが可能だ。

禁欲主義《アスケチズム》は男のカルト、修道僧は〔女の〕——。

ロシアはただのデブ女——そう侮られているのはわかっている。なにごとも議論する神秘家たちは、異口同音に、ロシアにおける女性的原理（パッシヴな基盤）を口にする（ラスプーチン[*1]の成功）。

暦が個性ある創造を圧殺した。[*2]

飛空器にわたしは全然興味がない。飛ぶ鳥については熟知しているし、想像力の翼がはるかに複雑なマシーンにわたしを乗せて、いともあっさりと別の惑星へ移住させてくれるからである。わたしの関心は、新しい事実《ファクト》から新しい信念《ヴェーラ》をつくりだす人間たちにあるし、それも、個としての人間でさえない個——自然の諸法則をつくりだす、あのナロード的かつプラズマ的な女の個にあるのだ。その意味において、わたしは、それが個であって、その新たな勢力が人間に対して責任を負わない〔と考えるのである〕[*3]。

七月に入ると、自然にわたしの足はライ麦畑に向く。実の熟した、黄色い、乾いた、美しい畑。穂の一本一本が銀の小鈴を振っている。目に見えない何千匹ものキリギリスが歌っているが、どうも熟れた実のほうはすぐにも外へ飛び出したがっているようだ……。立ち寄ったのはほんの一分なのに、まる一年も、いやそれ以上そこにいた気がする。轟く雷鳴にちょっとびっくり。だが、襲ってきそうな雨雲はそれほどでもない。雄鶏どもは怖じけたが、虫たちはさも嬉しそうに声を張り上げ、請合っている――なぁに、きょうは雨も雷も大したこたぁないよ、と。

夏。七月。鳥たちは口を噤む。七月の空で囀る鳥は、秋を約束するシギである……亜麻――海波の色〔の畑〕。血の色をしたニワトコのブーケ。

セミョーン・カールポヴィチ・ザベーリンがやって来た。労働者、電気技手。三時間ぶっ続けで自分の世界観を喋りまくる。諸原理だの創造的個性だのいろいろ飛び出す。あれこれ作家の暮らしから例を引いて――しまいには、自分にとって生きるのは困難だが、作家は生きるのが面白くて楽なんだなどと文句を言って、つい本音が漏れ出る。その妬ましさの響きは労働運動一般に共通したもので、宗教運動とは最も際立った特徴である。

＊1　グリゴーリイ・エフィーモヴィチ・ラスプーチン（本名ノヴイフ、生年は一八六四年か六五年、七二年とする説もある）――〈怪僧〉とあだ名された。トボーリスク県の農民だったが、各地の修道院を遍歴した。貴族と知り合って皇室に接近。皇太子アレクセイの不治の（当時）病（血友病）を祈りによって治癒し、ニコライ二世と皇后アレクサンドラの信任を得た。この年（一九一四）から一六年まで絶大な権力をふるう。国権に関与し、大臣の任命・罷免まで取り仕切った。その不思議な怪しい力に魅せられた上流階級の婦女子（皇后も含むラスプーチン信者たち）とのスキャンダルは当時、新聞雑誌の格好のネタになった。ドイツとの交戦がロシア帝国の破滅への道であることを説くが、一九一六年十二月十六日の深夜、彼を憎むフェーリクス・ユスーポフ公爵（妻はニコライ二世の姪）、ドミートリイ大公（ニコライ二世の従弟）、プリシケーヴィチ（極右の君主制主義者で国会議員）らによって殺害された。

＊2　ロシアの暦、とくに汎用カレンダーと呼ばれるものは、正教会の年間行事、聖人の〈名の日〉から、諺、一日一善式の教訓、簡単な科学知識、歴史読物、皇帝一家の紹介、電報の略語までを網羅した、生活一般のためのいわば実用書。長い間に人びとの生き方やものの考え方に大きな影響を及ぼしたと考えられる。

＊3　ちょうどこの時期、ヨーロッパのど真ん中で重大事件が起こっているのだが、日記にはそれについての具体的な記述がない。「黒尾」、「飛空器」、「致命的敗北と決着」、「宇宙空間の〔闇〕」、「敵」、「勝利」は、もちろんこの事件を暗示している。一九一四年六月二十八日（六月十五日）、サライェヴォで、オーストリア＝ハンガリー（ハプスブルグ）二重帝国のフェルディナンド皇太子夫妻が暗殺され、それがそのまま人類未曾有の大量殺戮戦（第一次世界大戦）へ。〈プラズマ的個〉論、女性論、自然のメモのほうはもう少し続くが、いずれにせよ帝国ロシアの参戦は時間の問題である。

われわれの運動に特徴的なのは、大衆《マス》の労働者が農民の心を抱いていることだ。アレクサンドル・クズネツォーフ――二十年ペテルブルグ暮らしをして自分のフートルに帰ったが、本物の百姓《ムジーク》よりずっとムジークのムジークたるところを残している。その間に村の男たちは、都市住民であったクズネツォーフよりはるかに多く都会の影響を受けていたのである。

労働者大衆は農民大衆と同様、顔の無い〈個性・特徴の無い〉プラズマ――それは巡礼（創造的蝗）のごとき、希望するプラズマ、ヒーローを待望するプラズマである。

〈宗教・哲学会〉でのセミョーン・カールポヴィチ・ザベーリン、それとその貴顕紳士たちへの憎悪。未来の労働者はあんな要求を学者たちに突きつけまい。教育ある人びとの社会では、彼らはもう労働者では、〈政治的動物〉ではないであろう。政治は今、労働者の基本的特性であるかのようだ。

労働者階級のこのマテリアリズムには多くの確かなものがある。穀物生産者としてムジークが自分の麦一俵《クーリ》でぎりぎりイデアリストであるように、労働者もまた自分の〈価値〉の生産でぎりぎりイデアリストなのだ。ムジーク（巡礼）とプラズマ――創造する肉体との不可分性の新たな証明。そしておそらく宗教的背景《プラン》における労働者階級の役割は世界の更新なのである。彼らの〈哲学的〉マテリアリズムは、物質《マテリア》の、プラズマの、土地の社会的役割（価値）への指摘であるにすぎない。労働者は土地の使者《ポスラーンニキ》――ムジークと労働者は互いに敵視し合っているけれど。

わたしは労働者を土地の使者と見なしている……。

新しい女、不和対立。神聖にして不可侵の内なる個は突きとめられたが、女性の生の仕組みを言えば、それはおのれを捧げることにある（また、巧くずるく振る舞えないことにもあるだろう）。夢想家にめぐり会う。女はその夢想家が好きなのだが、自分にリアルな欲求が起こる時点でもう相手に我慢できないのがわかっている。その欲求（男女がひとつに結ばれること）が実行不可能だと最初からわかっているからである。彼女は男と同様、女として満足を求めている。にもかかわらず、男に行動の自由を与えてしまう。で、そのあと、（おそらく）自分の気持ちを犠牲にして、男のために姿を消すのだ。あとは男の遍歴。男にはすべてが可能だ。結果、女は銀行頭取、男は（牛蒡《ごぼう》の中のボボルィキン[*1]）。

賢者の幸福とは愚。賢い人間の愚かな状態にある僅かな時が、のちのち幸福として想起されるのである。だからといって、愚鈍と幸福が同じものだなどと勘違いしてはならない。幸福それ自体は存在する。だが、それを誰よりもたやすく手に入れるのは愚者たちだ。

▼七月十四日

七月には、涼気を孕んだ、澄明な、物思いに誘うような日があるものだ。川面や、昨日までに半ば取り入れの済んだ畑、路傍の森にも、そんな同じ静寂が。

肉親たちへ遺言をしたためる。十字架にはこんな墓碑銘を――『わが亡骸のかたみに』

▼七月二十七日

街中。事件[*2]について車掌が語る。三色のリボンを付けた白馬の代表。しかし警察はいなかった。最高位にある人間の光景。在郷軍人は礼儀正しくそこらをぶらぶら（酒は飲んでいない）……赤毛のムジークが訊ねている――ところでツァーリは戦場に行かれますか？　酒の販売所は閉鎖。国営ヴォトカ専売所での営業のみ。酔っ払いの姿はほとんど見られなかった。日蝕時における太陽の如し。「ヴォトカ販売禁止とは、陛下よ、よくぞご決断を。どうか恙《つつが》無くあられますように！」そんな声を聞いた。

すべてこれ最期〔死〕の前兆。ある古儀式派の人物との出会いも、森林火災や日蝕やストについての会話も、すべてこれ年代記作者が口にする最期の前兆。

戦争の兆し――森林火災、大旱天、ストライキ、飛空器。おかげで娘たちを嫁にやらなくなった。ラスプーチン（ペテルブルグの伝説）が刺された。[*3] 赤い雨雲、雷雨。森と古

＊1 「銀行頭取」は、この時期プリーシヴィンが抱いていた妄想。二月十日の日記にも記されている。英国に渡った（らしい）初恋の人ワルワーラが「死のごとき英国銀行頭取となった」と。ボボルィキンはこのころ構想中のロマンの登場人物。牛蒡の棘まみれの男とは間抜けの意。

＊2 一九一四年七月、ハプスブルグ帝国とセルビアとの戦争が始まったとき、ロシア政府内に二つの立場――長期戦への準備不足を理由に部分動員にとどめるべきだという立場と、直ちに総動員令を出すべきだという立場があった。セルビアの保護者を任じるニコライ二世は自らの決断で総動員令を発した。八月一日、ドイツがロシアに宣戦布告、それに対して翌日（露暦七月二十日）、ロシアもドイツに宣戦布告した。

＊3 この殺人未遂事件は、六月二十九日の昼過ぎに起こった。場所はラスプーチンの故郷のポクローフスコエ。犯人は若い女性で、名をヒオニヤ・グーセワ。隠し持っていた短剣でラスプーチンの腹部を一突き。数日の間、ラスプーチンは生死の境をさまよった。犯人はトームスクの精神病院へ強制入院。背後に反ラスプーチン派の修道士イリオドールらがいたことがわかっている。サライェヴォでの発砲事件とほぼ同じ時刻に発生した。

儀式派。退屈な日常生活からの解放の喜び――台所と下級飲食店＝家と戦争。

　ときどき新聞を読み、通りを歩き、ふと自問する――「今の季節は？」夏だということを忘れている。自然も同じ。無人の、反響するアパートは奇妙な音に満ちている。

　否。この戦争のあとで世界はもちろん、しばらくは戦争からわが身を守るだろう。だが、可能性はそれを排除しない。で、一方にイギリスの優位、教養人の鎧だ。戦争を廃棄するには生きた勤労者大衆が戦争の可否を決定する必要があるのだが、でもそうなったら、社会主義者の声などはたと聞こえなくなる。ケーレンスキイ[*1]は非常に機敏に苦境を脱した――賢い男だ。まあそうしか言いようがないではないか。にもかかわらず、この嬉しさ、この元気！　通りは活気に満ち、誰もがその喜びを〔戦争による〕一体感の源泉から汲み上げている。一方、民衆への感情（計画的な愛国主義）――そこには多くの心地よい嘘がある。ひょっとしたら〈すべて欺瞞〉ということも。

　メーニシコフ〔ミハイル・オーシポヴィチ――時事評論家（一八五九―一九一八）〕はすでにすべてを調べ上げて、オーストリア＝ハンガリーを分割している。彼のことば――「嵐とは自然の贅を尽くして言い表わされた現象。雷鳴が轟く――なんという清々しさ、オゾンの塊だ！」彼は異民族やユダヤ人についてもこう語る――「彼らの魂のさなぎの中に、目に見えぬかたちで、なにやら蝶のごときものが生まれて、まったく新しい生きものとして飛び出そうとしている」

　ともかく訊いてまわった――誰が何を知っているのかを。そして考えた。こうした大事件が起こって、運命はかくも小さな目撃者を選んだ。みな子どもと同じで、何がどうなるかわかっているわけではない。子どもみたいにただ嬉しがっているのである……

　国会議員のコーリャ[*2]はふとあることに思い至った。戦争が完全決着して武装解除になるといったようなことだ。以来ずっと考え続けているが、それでどうなったわけでもない。いずれにせよ決断するのは武装勢力だし、つまり軍備が必要なのである。だがそれでも〈最終戦争〉という思いが多くの人の脳裡にあることを知っておく必要がある。動員を妨げるものはたくさんある。〔事件の〕あまりの速さ、その唐突さだ。恐怖に駆られたが、思い直して、走りだした。そして誰もが異口同音に――「順調に進んでいる、露日戦争のときとは全然ちがう」と。

▼八月一日〔ペテルブルグ〕
　シェストーフ[*3]が来て、わたしの考えと予感をすべて是認して、言った――ドイツ人たちは、われわれが戦争の原因であると信じており、ロシア人たちもまったく同様に、ド

イツ人こそ戦の元凶であると思っている。また、残虐さについても、そこにはことさらの野獣性など聊かもなく、単に戦時における苛酷なつらい旅程にすぎない、と。

ピョートル・ストルーヴェ[*4]がマニフェストを出版し、そこでストルーヴェの愛国主義に敵対する古いインテリゲンツィヤの存在を暴露した。夕食の席で、愛すべきД《デ》・А《ア》〔未詳〕が、半ば目を閉じて、予言を始める――「いま自分に見えているのは大国がひとつ、すなわち野蛮なロシアと、全欧に散った小さな共和国（かつての大国の残骸）だけである。それら細分化された国家群がやがて連合を組んでロシアを粉砕し、ひとつの共和国となるだろう――」

共和国でなければ、ただの集団社会だ。

ナロードは賢くなった！

電報を受け取って、亭主に何かあった〔召集令状〕と思い込んだ〔村の女房は〕、字が読めないので、わたしに読んでくれと持ってきたが、しきりに「お蔭様で！」を繰り返す。〔亭主に令状が来たことが〕嬉しいのだ。

まずは勝利だ！　武者震い？　いいや、ぶるっときたの

＊1　アレクサンドル・フョードロヴィチ・ケーレンスキイ（一八八一―一九七〇）は政治家。ペテルブルグ大卒。政治裁判で弁護士として有名になり、一九一二年に第四次国会議員に。トゥルドヴィキ（勤労党）のリーダー。エスエル（社会革命党）右派に属し、一七年の二月革命でペトログラード・ソヴェート副議長、臨時政府に入閣。はじめ法相、ついで陸海相、七月事件後に首相、のちに最高司令官も兼任した。ボリシェヴィキによる十月革命によって排除され、フランスへ亡命。

＊2　国会議員のニコライ（コーリャ）・ロストーフツェフはプリーシヴィン家の領地と境を接する一族のひとり。ロストーフツェフ家は日記にたびたび登場する。

＊3　レフ・シェストーフ（一八六六―一九三八）――宗教哲学者・作家。本名レフ・イサアーコヴィチ・シワールツマン。裕福なユダヤ人の商家に生まれ、モスクワやベルリンの大学で学んだ。代表作に『トルストイとニーチェの教説における善』『ドストエーフスキイとニーチェ・悲劇の哲学』など。革命後に亡命、パリで客死。一世を風靡したロシア最初の実存主義哲学者。

＊4　ピョートル・ストルーヴェ（一八七〇―一九四四）は経済学者。ペルミ県知事の息子、ペテルブルグ大法科卒。「ノーヴォエ・スローヴォ」誌を編集、合法的マルクス主義を主張した。またロシア社会民主労働党創立大会の宣言を起草したが、のち右傾化して解放同盟を結成、やがてこれが立憲民主党（カデット）に発展し、その中央委員、第二次国会の議員に。ソヴェート革命に反対して国内戦では白軍を支持、パリに亡命。著書『ロシアの経済的発展問題の批判的考察』（一八九四）、『農奴制経営―十八―十九世紀ロシア経済史の研究』（一九一三）。

は、わが内なる自然感受（また受容）[*1]のためである。見上げれば、雲の下ではミヤマガラスが大乱舞——列を組むかと思えば、ぐるりと大きな輪を描く。凄まじいその数。（グレープ[*2]よ、棺に覆い《ポクローフ》が掛けられて、聖母庇護祭《ポクローフ》はもうおしまい！）。で、いずれまたそこは絢爛たる花園に、冬麦畑の黒土に。おお、だがそもそもそこには、敗残のわが戦死者などよりはるかに多くの屍が転がっていたのではなかったか。

「勝つぞ、ぜったい勝つぞ！」と誰かが言っても、返ってくるのは「そんなこと誰にもわからんよ！」

旅の途次、若い学生と話す——「戦場に向かう」気持ちなどを。橋〔一線を越える〕——意志。飛空器——矢。空飛ぶもの〔鳥〕を墜す——死の鳥。

太陽の、月の、星辰の流れに沿って営為し、あたかもそれらをわれらの血を分けた肉親でもあるかのように感じ、個人的な感情——現代のわれわれとはまるでかけ離れた感情だが——を抱くほどにも馴染んだ、その運行において変わることなき天体との蜜月の牧者の時代に、こんな言葉——『日よ、とどまれ！』（イイスス・ナヴィン〔ヨシュア記〕一〇章一二節）は生まれたのである。

今まさにそのことが国家と国家の間で起こっているのだ。なにやら憎むべきドイツ国なるものが現われ、個人的に近しい〈血を分けた〉セルビア、〈英国女が援けてくれる〉、友好的なフランス〔一語判読不能〕国家の名の——人が人を奴隷としない、天体の運行のごとき〔三語判読不能〕、世界的な人間関係の徴《しるし》、その徴に意識的な人間の活動が付け加えられようとしている。それらが……総なだれ式の狂気が人びとをとらえて歌われだしたのがこんな歌——「ドイツ人、ドイツ人こそは誰よりも！」途方もなき発光体（天体）をめぐる輪舞が、ビールのジョッキを片手に、くわえタバコで、「ドイツ人、ドイツ人こそは誰よりも！」輪舞のさなかに新しき洗礼を受けて、人びとは国家的人物、すなわち頭を悩まさぬ天体の、通常の運行に対する〔一語判読不能〕無人称的存在となるのである。

家でみんなでデザートにミルク入りのサクランボのキセーリ〔果汁やミルクに澱粉を加えて煮たもの〕を食べていた。偶然、皿のキセーリがヨーロッパ大陸の形になったので、わたしはさらにスプーンでその輪郭を整えてみた。すると、いま交戦中の大国——本物みたいなフランス、ベルギー、ドイツ、オーストリア、ロシアが出現した。そのことを子どもたちに話し始めたら、面白がって見ていた女中までが、こんなことを訊いてくる——「セルビアってのはどこにあるんです？　それからドイツは？」そこでわたしは、いかにドイツという国が世界から〔一語判読不能〕されたかを説明し、地球のあと半分、つまりアメリカを描くために、皿をもう一枚使わなくてはならなかった。わたしの全世界は二枚の皿の中にあった。

　ネーフスキイ大通りで、一ルーブリするウスペーンスキイ[*3]を十コペイカで売っていた。ヨーロッパの地図――作戦地域〔戦場の〕……つらくなる。

　日蝕が始まった――八月八日。クリュチコーフ〔ドンのカザーク。一等ゲオールギイ十字勲章所持者〕にわたしは言った――「ほら、太陽を見ながら将校が兵たちに説明してる――『なにも恐れることはないぞ』」

　すると、クリュチコーフも――「なんも怖くはないさ。月が太陽を隠しただけだ。人間とは関係ない。そういうことは暦にちゃんと書いてある」

　「ではなぜ聖書に『日よ、とどまれ、すると日はとどまった』と書いてあるのかね？」

　「聖書にはいろいろ書かれてるが、ともかく自然は変化しないんだ。エクレシアス[*4]にはこうある――動物はものを食って生きている。自分もそうだ。動物は生きている。自

＊1　外的自然を内なる自然として捉え得た瞬間のこと。「森に入ると、その人は自分自身になった」――ウラルの作家マーミン＝シビリャーク（一八五二―一九一二）も自然感受をそう表現している。戦争への武者震いよりずっと強い振動は、空を覆い隠す（ポクローフのごとき）ミヤマガラスの乱舞から起こった。

＊2　グレープ（？―一〇一五）はムーロムの公、ウラヂーミル一世の子。スヴャトポルク一世の命によりスモレンスク近郊で殺された。やはり殺害された兄のボリースとともに〈ロシアの大地の守護者〉として敬われている。兄弟は正教会によって聖列に加えられた。ここはおそらく、空を覆うがごときミヤマガラスの群れを目にして、大地の庇護聖人グレープと聖母庇護祭の連想を呼んだものだろう。聖母庇護祭は正教十二大祭のひとつで旧暦十月一日。ポクローフは大地を覆う白い布＝黒土を覆う白雪（時すでに十月！）であり、戦場の累々たる屍の幻景である。

＊3　グレープ・ウスペーンスキイ（一八四三―一九〇二）――作家。「現代人」誌の編集同人。代表作は「大地の力」（八二）。農民生活をドキュメンタリータッチで描いた最も力あるナロードニキの作家だったが、晩年発狂し、精神病院で死んだ。

＊4　旧約聖書コヘレトの三章一八節にこうある。正しく引用すれば――人の子らに関しては、わたしはこうつぶやいた。神が人間を試されるのは、人間に、自分も動物にすぎないということを見極めさせるためだ、と。人間に臨むことは動物にも臨み、これも死にあれも死ぬ。同じ霊をもっているにすぎず、人間は動物に何らまさるところはない。すべては空しく、すべてはひとつのところに行く。

分も生きている。動物は死ぬし自分も死ぬ……魂は人間にも動物にもある。男と女は子を産み、子もまた同じ霊によって生きている。つまりは魂だけである。魂は形を持たず、魂は霊であって、よく言われるように、羊の魂にも山羊の魂にも形はない。が、理性は形を有するので、われわれにこう教えている――自然は万古不易、日をとめることはできないと」

……雷鳴と稲光。深夜の大雨の中。男がひとり駆け込んできて――「村長、村長！」みんなは寝てたり寝ていなかったり。聞こえた者もあれば、そうでない者もいた。農夫は夢を見ていた。雨雲の色がどんどん赤くなっていく。農朝になって、〈戦争が始まった〉と聞いて、農夫は夢に見た真っ赤な雨雲のことを話した。「それだ、それだ！」と、みなが相槌を打つ。そうさ、赤い雨雲ってのは戦争の前兆なんだよ。

夜、村長が書類を受け取った。受領書を書く必要があるのと、〔目に一丁字も無いので〕パーヴロフのとこの十二歳になる娘を起こしてサインさせると、自分はランプの硝子を外して、蠟を爈り〔融かして〕封をしたのだった。

死の馬車が走りだした。

民兵〔徴募〕。

団長は民兵に関する書類の送付を忘れてしまう。年齢・階級・証票の別を記した肝腎要の書類ではなく、同封されてきた印刷物――〈予備役〉が赤鉛筆で抹消されて、代わりに〈民兵〉と記されてあるほうだけを送付してしまった。村長はそれを見て、〈民兵だけを〉と判断したのだった。あらゆる年齢から成る民兵――緑も、青も、白も〔色分けされた証票で、順次、未成年者、老齢者、徴兵免除者〕が召集された。みなに応えて村長が言い放つ――「総動員だぞォ！」

志願兵のラーコフ〔知人〕は徴発された自分の馬を救い出すために戦地へ行った。兵士になれば馬は戻るにちがいないと考えたのだ。さらに、輜重《しちょう》隊にくっついていれば何かと儲け口があるらしいということも耳にしていた。それで出征したのである。

頑固で片意地な産婆。

馬車で年寄りの産婆と一緒になった。

この婆さんが言い張る――「松という木はいつだって砂地に生えとります！」こちらは話し相手になりたくない。馬が足を止めて、鼻嵐を吹いた。そのあとまた馬車が停まる。

どの馬も足を止めるちゅうのは〈戦争だ〉ってことだ、などと言い出す。

「鴉がいないことに気がつかれたかね？」

「いや」

「じゃあ、おたくらの目は節穴だってことだ。鴉がいなくなったのだよ」

「どこへ行ったんだろう？」

「わからんのだね？　不思議な話だが、戦争になると鴉は姿を消すのさ」

「いったいどこに？」

「ほんとにわからんのですか？」と、今度は御者が言う。

彼にはわかったらしい。「ほら、あっち。もの凄い数ですぜ」

「だから、どこに？」

「戦場に決まってるじゃねえですか……」

将軍と看護婦が話している。

「でもやっぱり、戦争は軍人さんのお仕事ですわね、ああ怖い！」

「生きていたいんじゃ、人間は！」

「人を殺《あや》めなくちゃなりません」

「たかが命……」

「でも、昔の聖者さまのような生き方だってありますわ……」

「あのおめでたい人のことかな？　みんなおめでたい聖者になりたいのかね？　人間なんて血に飢えた生きものだよ」


「ほんとにもうここは人間らしい匂いがしない！」

ドイツからやって来たフランス野郎が、下手なロシア語で、今のドイツの様子を話していた。

「呆れるです、塩一フントが一マルクなのですから！」

「こっちは二分の一コペイカだ！」と、若い商人。

「肉も一マルク」

「こっちの市での説明だと、肉は一フントで二十五コペイカだがね」

「卵が一ピャターク〔五コペイカ〕」

「卵はこっちじゃ三十コペイカだ」

「ミルクが二十コペイカ……これ、食費」

「こっちにゃ何でもある。何だって好きなだけ買える」

国営ヴォトカ販売店が閉鎖になって喜んでいる――呑んだくれもが。

ロシアは膨れた泡になり――戦争へ突入、膨れに膨れて、しまいにパチン！

フローシャが最終的に底意地悪いクサンチッペに変身を遂げた今、思い出されるのは、わたしが大好きだった昔の彼女の、可憐な立ち居振る舞い。サラファン、プラトーク、水の上の櫂、森、茸、それとあらゆるものとひとつになった優しさ、飾り気なしのあの言葉の数かず。だがそれが今や、不平不満のふくれっつらで、友人知人をわが家から遠ざけて、愚かしい要求ばかり繰り返す存在になってしまった。

みなが徴〔前兆〕のことを思い出したのは、すべて〔戦争の勃発〕を知った日の翌日のこと。そういや空の雲が赤かったな、と。徴、表象としての――ニーチェその他。

何か新しいものが――最後の戦争が、生まれるにちがいない。

そもそも最初からロシア人は侮辱を忘れ、恨みを忘れ、手で蚊を追い払うようにそれを払って、新たな巧い生き方を、それも立派に始めている。プリシケーヴィチ*1などはヨーロッパ人に赦しを乞い、そして上層部は――どうだい、有難いことに、蚊なんていやしないんだ、と思っている。

ロシア人は侮辱や不信を抱いたままではいられない。自分がへとへとになってしまうのだ。

夕刻。品のいい奥さんが、きのうの新聞を一部一コペイカで売っている。

「誰もが抱いている感情は、最も厳粛なこの戦争が、計り知れない規模を有する、恐ろしく重大な世界的事件であるということ。戦後は、新しい世界、新しいヨーロッパ、新しいロシア、新しい人びと、新しい心理学、新しい芸術が出現するだろう」（タヴリーダ宮殿での演説――これは七月二十六日か六月の記事）。

「株式通報」紙の記事――国境辺の憲兵の目に映ったロシア軍の装備のひどさ、その負けっぷり、多くの兵がヒステリー状態に陥った、と。

ペテルブルグに来てもう一週間近くになる。慣れてきた。市内は軍のキャンプ地だ。戦時下にもかかわらず、生活はずいぶん自由な感じを受ける。ならず者と乞食はどっかへ行ってしまったし、雑多、ピンからキリの暮らしの花々、予想外のことはあらかた姿を消して、誰もが同じ顔付き、互いによく似た顔になってしまった。ペテルブルグそのものが車馬の行き交う大道、つまりは戦場に直結する一本の通りなのである。今では目下の敵を〈打ち砕く〉などとは言わない。逆にやられなけりゃいいがと密かな懸念も生じている。もしやられたら、待っているのはそら恐ろしい革命だからだ。

コーリャ〔前出。国会議員のニコライ・ロストーフツェフ〕によれば、姿を見せた国王〔ニコライ二世〕は青ざめていた、次第に生きいきした美しい顔にはなってきたものの、泣きだしたいのをなんとか堪《こら》えてるといった話し方で、とても好感が持てた――まさに英雄ツァーリの現身《うつしみ》の始まりである、と。

コーヒー店にいると、わたしの方へとても顔色の悪い売春婦がやってきて、こう言った――

「ケーキがないの！」

わたしはその女を見つめた。

「イーストが高いんだわ」

「そんなに高い？」

「高いわよ。だからケーキをご馳走して！」

わたしは女に十五コペイカ玉をあげた。女はケーキを三つ平らげた。まったくがっついて〔一語判読不能〕。

ところで、ソログープ*2は、すべてわかっているし、ヒーローは収まるべき棚にみな収まっていると言う。したがって、このさき新たにわかるようなことは何もない、思いはいつでもわれらが歴史の英雄たるウィルヘルム〔ドイツ皇帝ウィルヘルム二世〕に、いやまったく、あいつはどういう人間なんだ、あいつの狂気を解く鍵はどこにあるんだ――に還ってゆく。

「面白おかしく暮らせたらいいのに！」と、女〔売春婦〕が言う。


「大丈夫。本気〔戦争に対して〕じゃないもの」

「もういいかげんにしなさい！」――修道女が叫ぶ。「必要なのはほんのわずかな希望なんです。あとはわたしたちが頑張れば」

兵士たちの場合も同じだ。その希望の一滴からパトリオティズムが生まれ、放浪生活への憧れや一片の衝動からミリタリズムが生まれるのだ。それで一瞬にして農夫が兵士に変身する。

乞食もならず者もどこかへ消えてしまった。出会った二人の乞食が言っていた――

「もう人さまを当てにはできん。みんな自分のことで精一杯だからな」

でも、実際はその逆のようだ、そんなに自分にかまけてはいない。乞食の言い分が正しいのは、今はもっとずっと自分にかまけているが、しかしそのかまけ方が、気まぐれや突拍子もない馬鹿げたものではなくなったという点だ。

*1　ウラヂーミル・プリシケーヴィチ（一八七〇―一九二〇）――一九〇五年十月に結成された極右団体〈ロシア国民同盟〉及び〈ミハイル・アルハーンゲル同盟〉のリーダー。この団体は、国内のインテリやユダヤ人を攻撃、ポグローム〔ユダヤ人などへの組織的虐殺・略奪〕を引き起こす引き金となった。プリシケーヴィチは怪僧ラスプーチンの殺害にも加担した。十月革命以後は反ソ組織の首魁。
*2　フョードル・ソログープ（一八六三―一九二七）――作家・詩人。前期シンボリズムを代表。現世を嫌悪し、幻想の世界に逃避、唯美主義的傾向に走った。モダニズム文学といわれるもので、代表作に『小悪魔』。

カザン寺院の主任司祭が、この六月二十八日に、総司令官ニコライ・ニコラーエヴィチ大公[*1]を電報で祝福した——「深くふかく感銘。深くふかく感謝。カザンの聖母〔イコン〕の庇護により御国の必勝これあらんことを！」

ドイツによる宣戦布告。七月十四日の会議で国王〔皇帝ニコライ二世〕は戦争反対を表明。そのときサゾーノフ[*2]が戦争の必要性を主張した。意見を求められた陸相の答え——わが軍の準備は決して高い段階にはない。

大道ネーフスキイ、その大通りをどんどん進む。銃剣がきらめく。兵士はそれぞれ物思いに耽っているので、まわりのものなど目に入らない。どうやらすべてが兵士とともに一方へ、開かれた市の門へ向かって行進しているようである。その先には、輝く太陽とそれを迎える銃剣の果てもない列が見えてくるはず。

人気のないアパートの通風孔。どこだろう、戦闘の気配。女の立場〔銃後〕にあるわれわれは、その闘争については何も知らずに生きながら、読めるものは何でも読んで、そんなものがことごとく思想となってしまった。自分の亭主にぞっこんのソコローワは、夫のために奔走して、ペテルブルグの近くに住めるようにした。わたしに向かってじつに正直に、こんなことを漏らした——「あたしたちはついてるわ、幸せよ」。一方、医師である夫のために縫った見事なルバーシカを見せながら、女房のラーピナが言う——「うちの人をこんなに愛してるなんて思ってもみませんでした」。一緒になって十五年くらいだという。ソコローワの夫はマルクス主義者だったが、今は本気で家族の世話を焼き、昇給もしたと。

幸せが顔を見せるのは、ほんの一瞬。それを摑むには、なるべくものを考えず、なるべく早く何かにキスし、愛撫し、抱擁し合って、おのれを忘れる必要がある……

何世紀にもわたって実現できなかったことが一瞬にして成就した。すべてがうまくいったとき、ロシアはふと思い当たる——そうだそうだ、ロシアは、奴隷であった過去の時代に自分たちの財産〔全価値〕を貯め込んでいたんだ。

レーミゾフ夫妻がやって来た。ドイツ人の獣性はやっぱりたわごとだったのだ。国外にいるロシア人たちは同胞のために力を尽くしている。

進歩《プログレス》の友は今や、大いなる試練を受けることになるだろう。わたしには予見できる——万事（内政外交ともに）順調に事が運べば、ロシアは体制を堅持して、そのままどんどん突き進むにちがいない。

「シーリン」[*3]でのソログープのお喋り——いかに奇妙であれ、ソログープはいつだってお喋りだ。例によって、戦争・アナーキスト・社会主義者についてのナンセンスだが、テーマ〈最後の戦争と社会主義者たち〉は、それでもやはり興味深いものだ。

　これを書いている最中にも、窓からは、凄まじいグラモフォンの音、女の泣き声、遠ざかってゆく兵士たちの歌声が飛び込んでくる。

　それはさておき、社会主義者はなぜひとりも戦争反対を叫ばず、わざわざ銃殺されに出向いていくのだろう？　П《ペー》・Н《エヌ》・ラーピンなどは、こっちが戦争反対を口にしようとしたら、それこそ目ン玉をひんむかんばかりの形相である。なんという変化！

▼八月二十六日〔この日付は推定〕
　ドイツ兵の残虐性についてわたしは言った。「ロシア兵の中には、ひょっとしてドイツ側に走る者もいるかもしれない。でも彼らが本当にケダモノだと知っていたら、そんな馬鹿なことはしないはず——とまあ、そんな子どもだましは聞き飽きたろうがね。ドイツの兵たちだって、ロシア人はケダモノだと教えられているんだが、互いに会ってみれば、どうしてどうしてロシア人はケダモノなんかじゃない、全然そんなことはない……ということになる」

「あんな奴ら、吊るしちまえ！」という声があった。わたしが、それを言った長身の赤毛の男に、何事だねと質すと、相手はわたしの口真似をして、からかった。「何事だって？　何事なんてもんじゃない。卑劣そのものだからさ。あいつらオーストリア野郎がわが連隊を全滅させたってのに、

＊1　ニコライ・ニコラーエヴィチ・ロマーノフ（一八五六—一九二九）はニコライ一世の三男ニコライ・ニコラーエヴィチ大公の息子。父子は同名にして大公。根っからの軍人、ニコライ二世の大叔父にあたる。一八九五年から一九〇五年まで騎兵総監、一九〇五年から近衛およびペテルブルグ軍管区の総司令官（同時に〇八年まで国家防衛評議会議長）。第一次大戦では最高司令官（一四〜一五）。途中でニコライ二世にとって替わられ、カフカース軍の総司令官に（左遷）。一九一九年に亡命、余生をイタリアとフランスで。一九二四年からロシア全軍人同盟（РОВС）最高指導者。

＊2　セルゲイ・サゾーノフ（一八六一—一九二七）——一九一〇年から一六年まで外相を務めた。親英仏路線をとり、バルカン問題で独墺と対立、第一次大戦の一因をなす。革命後パリへ亡命し、白衛軍政府の代表となる。

＊3　民間の出版社「シーリン」は実業家のチェレシチェンコとその姉妹によって一九一二年に創立（一四年まで）。ブローク、ベールィ、ソログープが関わり、ソログープ（一六巻選集）、レーミゾフ（八巻）、ブリューソフ（八巻）、文芸作品集（三巻）などを出版した。

こっちは奴らを……おれはこの目で見たんだよ、うちの将校が——まったくとんでもねえ将校がいたもんだ——奴らと握手するところをよ。吊るしやいいのさ、握手なんてとんでもねえ」

ほかにも何人かわたしに、オーストリア軍がわが一連隊を全滅させた話をした。「話の出どころは？」と、わたしが問うと、すぐに指さして「ほれ、あの兵隊だ」。その兵士のところへ行って、訊いてみた。「オーストリア軍はどんなふうにロシア兵を全滅させたんだね？」すると「まだよくわかりません」と言う。そして戦闘のあと、腹を空かせたオーストリア兵が畑の林檎を食い尽くしたという話までする。「それをきみは見たのか？」「見てやしません。こっちは行軍中だったし」「じゃ、全滅させたなどと誰が言い出したのだろう？」「あいつですよ！」そう言って、兵士は、さっきの赤毛の男を指さした。赤毛の男は、一方の隅で、止むことなく、その舌っ足らずの、しかし悪意に満ちた、人間らしいところが少しもない言葉で、オーストリア兵の残忍非道をまくし立て、何とかいう将校が握手した、わが軍にはそんなとんでもない将校がいるんだ、とそればっかりを繰り返している。

明らかにそれは、ヒトの子が人間の腐敗堕落を焼き尽くそうと〔その証拠を〕捜し回っている図である。

現代人は心からマス的人間たることができない。ある者にとってドイツ人への民族的な憎しみの感情に完全に身をゆだねることを許さないのがキリストであり、またある者にとっては通商関係、イリヤー・ニコラーエヴィチ[*1]にとってはそれがロシア政府だった（ここには〈個人〉がある）。

十日の間（八月十五日から二十六日まで）にモスクワは一変した。大変な変貌ぶり！ 辻馬車に乗ってすぐに感じた——ああどこもかしこも負傷兵でいっぱいだ、と。はっきりと確かめたわけじゃない。ただ何とはなしに、いや御者とのやりとりからそう感じたのである。その顔はじつに悲しげだった。生きているのは目だけ、というような不幸な人たちがいる、と彼は言った。彼は傷病兵の恐ろしい光景をさんざん目撃してきたのだ——砲弾で頭部を吹き飛ばされた者、同胞戦士の共同墓に葬られた者、飛来した凄まじい数の鳥たち、ロシアからも列強からもありとあらゆる鳥が戦場に押し寄せたため空が真っ黒になった等々。話をしているあいだ、御者はずっと堪えに堪えていて、鳥たちのところまできて、思いきり号泣したのである。[*2]

スモレンスクの駅で、わたしは傷兵たちに出遭った。近くまで寄ろうとしたが、止められた。学生たちが自動車のある方へ担架を運んでいるのが見える。躓きながら兵隊たちが歩いている。路面電車の方へ行こうとしているのだ。

なかでもぞっとしたのは、灰青色の外套を着たドイツの傷兵たちが、ふらつき、びっこをひき、ぴょこぴょこ跳ねたりして歩いている姿だった。ロシア人もドイツ人もオーストリア人もみな一緒くたに、赤十字の車輛に突っ込まれている。たまに別の車輛に重傷者が運ばれていく。そしてずっとそのままそこで待たされていた。人間がみな哀しくせわしい小さな兵士にでもなったよう。彼らはあそこで何を待っていたのだろう？　赤ん坊を抱いた女に訊いた――「何を待ってるんです？」「ええ、その……」口にするのが恥ずかしそうだった。駅に行けば夫に会えるかも、そう思ってやって来たのである。身内と出会える確率はゼロに近い。覆いをかけた車輛はあっと言う間に通り過ぎてしまう。予告もなくいきなり発車するから、われわれに見えるのはせいぜい最後尾の、包帯をぐるぐる巻きにした顔だけである。と不意に、その女が声をあげた――「ああ、ああ、うちのひとが！」夫を認めたのだ。みなが振り返る。女は赤ん坊を抱えて、電車のあとを追う。

なんとか駅までたどり着く。一隅に人だかりがあって、銃を持った一人の兵士を取り囲んでいる。士官たちの荷物の番をしているようだ。その兵士が何か話していた。背高のっぽのその兵士の怒りは相当なもので、しきりに喚き立てる。「まったくひどいもんだ、くそっ、碌でなしめ！　なんでわしらがあんな碌でもない捕虜どもの世話を焼かなきゃならんのだ！　そんな馬鹿なことがあるか！　あんな奴らはやっつけちまえばいいんだ……」

ロマーンはクワスの中に落っこちた〔この一文に下線あり。ロマーン・キュトネルとは留学中にベルリンで知り合う。日記にほんの数回この名が出てくるが、未詳。クワスはロシアの愛国的清涼飲料。クワス（すなわちロシア）にはまってしまってロシア化してしまった外国人の意〕。ナポレオンの侵攻以来、キュトネルの一族はモスクワ暮らしである。ロマーンはあまりにロシア化してしまったので、学生時代を監獄で政治史の勉強に打

＊1　プリーシヴィンの母方（イグナートフ）の従兄、「ロシア通報」紙の共同経営者の一人で社会政治評論家（一八五八―一九二一）。

＊2　プリーシヴィンは「ロシア通報」紙（従兄のイリヤー・イグナートフの要請による）の戦地特派員として、一四年の九月後半から十月半ばまでを前線近くで過ごした。レーミゾフの回想によれば、この従兄は、記事の結論を明確に書くよう何度もしつこく忠告したが、プリーシヴィンはしきりに、〈チェーホフみたいに〉、つまり結論なしに書きたいと漏らしていたという。

ち込み、そのあと女商人と結婚、モスクワに惚れ込み惚れ抜いて、誰もが認めるパトリオットになった。それで、古くからの友人はよく言い言いしたものだ——ロマーンはクワスん中に落っこちた、と。その彼が今、ドイツ国民として兵舎《カザルマ》に送られようとしている。彼と一緒に刑務所に入れられているのは、いずれもスプーンを長靴の胴に挟み込むまでにロシア化した〈ドイツ人たち〉だった。婆さんがひとり彼らの鉄格子に近づき、じっとドイツ人たちを眺めている——「ドイツ人とはいかなる生きものなりや？」婆さんはいちどこの目で確かめてみたかったのだ。ロマーンはここを出られたら、ぜったい自分の祖国愛を証明しようと思っていた。そして考えた——志願兵になるか、自分のアパートに負傷兵を住まわせるか、どうしたものか？　結局、負傷兵を受け入れた。つい熱を入れ過ぎてイコンまで飾った。彼らといろいろ話をした。ひとりは指を一本、もうひとりは二本、失っていた。ひとりは以前、刑事課にいて、もうひとりは憲兵だった。イコンはまったく意味がなかった——カトリックの信者だったから。

▼九月四日

　敵を愛するとはそもそもどういうことか？　汝の敵の天晴れ見事さに向けられたオマージュなのか、それとも優れた敵なら何か（それが何であれ）優れたものを創り出すことを認めることから、いやこの世には悪をのみ取り込む生きものなど存在しないと確信していることから、起こるのか？　悪魔のための祈りもそこに根拠があるのではないだろうか？　アファナーシイ師〔故郷フルシチョーヴォの聖職者〕は、悪魔のために祈ることができるとは考えない。なぜなら、悪魔は絶対的な悪であって、悪と一緒にすべてが滅びるからである。だが、言い伝えによれば、かつて悪魔は天使であったのだ。

　わが愛すべきA《ア》・Π《ペー》〔アレクサンドル・ペトローヴィチ・ウスチイーンスキイはスターラヤ・ルッサの、のちノーヴゴロドの長司祭（一八五四—一九二二）〕よ、あなたは人類の敵をも愛する心を知れと教えてくださった。ということは、人類の敵のために祈ることができると思っておられるのですね。

　わたしは、絶対的な敵ではない日常生活における敵という意味では——そいつが何も知らずに〔無自覚に〕事をなすかぎり、キリスト教の〈汝の敵を愛せ〉ということは理解できる。わたしは絶対的悪への愛の根拠を知らないし、祈りという行為がその本質上、どう万古不易のものへ向けられるのか、〔わたしには〕わからない。

　モスクワからの列車が遅れてノーヴゴロドへの乗換えができない。チュードヴォ〔ノーヴゴロドの北北東〕で停車したまま、ここで二十四時間じっとしているよりはと、一旦ペテルブルグへ行ってまた戻ることにした。チュードヴォではペテルブルグまでの切符を買う暇がなかった。車掌はリュバーニで買えばいいと言ってくれた。ところがリュバーニに着くと、同じ車掌が料金を二倍徴収されるかもなどと言い出す始末。抗議したら駅の当直のところに連れて行かれたので、わたしはそこで領収書を出すよう頼んだ。するとと思い出したように車掌が、「この人〔わたし〕のお金を預かっている」と言った。確かにわたしは三ルーブリ預けていた――リュバーニで両替してピロシキを買ってもらうつもりだったのである。当直の男はその三ルーブリからさっさと料金分を差っぴき、残りをわたしに戻した。ずいぶん勝手なこと〔差っぴくだけで領収書を書こうともしない〕をするので、わたしは彼らに説明しようとした。それは横暴というものだよ。他人の金を勝手に流用するのは法律違反じゃないか。二人はきょとんとした顔をしている。こっちの言うことが全然わからないようだ。そのとき列車が動きだしたので、わたしは自分の席へ急いだのだが、その出来事を同室者たちと話しているうちに、自分の敵を愛するという意味がちょっとわかりかけてきた。ああドイツ人なら、あれの不法性がわかるだろうになあ。「じゃあ、どうしてあなた、ドイツにお住みにならないの？」――白い顔した丸ぽちゃのマダムが訊いてくる。わたしはもういちど説明した――自分が車掌に預けていた金のうちから、駅の当直の男が未払い分を勝手に差っぴいて受取りすら書かなかったこと、抗議したが、ぜんぜん無駄で、当直の男にはわたしの言ってることがまるでわからなかったようだ云々。それでついでにこう言い添えた――それでね、どうすれば自分の敵を愛せるかがわかってきたのですよ。平和な時代のドイツ人にはあれが不法行為だということがわかるでしょうね、と。「あなた、じゃあどうしてドイツにお住みになりませんの？」太った、白いまん丸顔のぽっちゃりマダムが言いつのる。そんなにドイツがお好きならドイツに住めばいいのに、そう言いたいのだ。「ロシアに住んでるから仕方ありませんね」と、わたし。が、相手は一向にひるまない。「わたしたちの国じゃいつもそんなふうに身内に罵声を浴びせるんですわ」――「何をもって〈身内〉とおっしゃられるのかな？」わたしは言い返す。「あなたが着ておられるのはドイツ製の衣装じゃありませんか？」――「いいえ、これはパリ製です！」マダムは大いに憤慨し、むくれて、声を荒立てる。「まあまあ、モードというのは趣味の問題ですから」。年配の大佐がマダムの援護にまわった。「もちろん、そうですわ」マダムは感激し、「モードが存在するのはパリだけざますから……」。わたしは〔余計なことを言ってこれ以上〕火に油を注がぬよう、それからはずっとドイツ人の獣性と違法行為について語り続けるマダムと大佐の聞き役に専念するしかなかった。[*1]

▼九月二十四日

シポーフ〔ドミートリイ・シポーフは立憲民主党（カデット）の指導者の一人（一八五一―一九二〇）〕が着いたかどうか問い合わせる。もう来ているという。頭がいいから、やって〔救い出して〕くれるだろう。みなして彼のところへ出向いたが、さすがのシポーフをもってしても、どうにもならない。いやはや。誰もが自分のことで精一杯なのである……これじゃキセル〔ただ乗り〕しかない、そう思っていたとき、突然、レオニーラ・ニコラーエヴナ〔未詳〕が助け船を出してくれた。〔出発が〕三日ほど延びる。

新聞でベヌアーとヴラーンゲリ[*2]が論争している――「旧時代」誌を廃刊にすべきか否か？

何なのだろう、決定的な失敗にもかかわらず、この嬉しさは？　自己消耗あるいは自分自身への回帰なのだろうか？　С《エス》・Л《エリ》〔不詳〕は書いている――戦闘地域の村で、農婦が脂身《サーロ》を盗まれたと、とにかくどっかでパンを手に入れたい――そればっかりである。

▼九月二十五日〔キーエフ〕

病院列車に女性が押し込まれたという、ガリツィアでの事件（П《ペー》の話）。どうやらその女は自分の夫を捜していて、リヴォーフへ連れて行ってくれるようしつこく迫ったらしい。女はとても興奮していて、泣くかと思えば笑ったり、挙句にはルシーン人〔オーストリア＝ハンガリー帝国の支配時代に用いられた、ガリツィア・ザカルパチア・ブコヴィナにおけるウクライナ人の呼称〕の歌までうたうのだった。そのうちの一つがとても気に入ったので、Пはポケットから手帳を取り出し、ルシーン女のそばに坐って歌詞をメモし始めた。それで相手はひどくびくついてしまった。Пは宥めにかかるが、女はよけい不安になり、デッキの方へ逃げようとした。Пは心配になった。急いであとを追ったが、女は列車の開いたドアから野原へ身を躍らせた。

不変にして永遠の魂、それを前にしては如何なる歴史的事件も無きに等しいが、しかしそれでも戦争というものには何か意味がある。

これはロランとハウプトマン[*3]の論争（ハウプトマン――射抜かれた胸、打ち壊された寺院）。

軍事看護所副司令で農業技師でもあるウラヂーミル・スチェパーノフは役人になったが、すぐに自分が役人向きでないとわかる。職業がヒトを片輪にする例だ。

Д《デー》はドイツふうの姓を有する貴族。

「わたしはペシミスティックにものを見ている。ウィルへルム〔二世〕は狂人ではない」

彼は、もしヴィルヘルムが勝ったら世界連邦が誕生して戦争はなくなるだろうと夢想するタイプの役人と同等だ。〔徴兵される〕息子のことで絶望に陥ったK《カー》、目を覚ました社会人が訊いてくる——「どうしてこんな蛮行を許しているのか、なんで戦争なんだ？」

女がひとり軍の診療所の中を駈けずり回っている。負傷者を捜しているのだ。

アウグストフ[*4]近郊でゲルマン人を撃破。ソフィア寺院の鐘の響き、まず役人が駆けつける。勝ったぞ、勝利だ、勝利だ！　みんなおもて通りへ。ランデヴーの家〔売春宿〕が閉鎖になったので、女たちも残らず歩道に出てきた。

領事と言い合った——もともと平和は存在していて、それは人間によって押し開かれるのだ。いやそうではない、逆である。人間はゼロから平和を創造するのだ云々。

小商人《こあきんど》の女房たちが、警備兵の頭越しにオーストリア兵〔捕虜〕にパンや煙草を投げてやると、オーストリア兵たちは犬ころみたいに飛びつくが、ドイツ兵たちはじつに軽蔑しきった顔でそこらに捨ててしまう——少なくともそういう話である。

戦時下の〈自然〉の姿——森が砲撃されているのだ。でも、〈そは如何〉と問う想像力も、感情も、今はない。

国内改造においてロシアが英国に義務を負ったというレゲンダ。

「われわれがドイツを負かしたのか、それともドイツがわれわれを負かしたのか？」

▼九月二十六日

朝、霧と雨。昼ごろ晴れ間が見えたが、夜はまた雨。

＊1　戦地特派員としていよいよガリツィア〔前線〕へ。ガリツィアは現在のリヴォーフ、イワノ・フランコーフスク、チェルノーポリ、一部にポーランド南東部を含む地域。記事は「ロシア通報」「談話」「株式通報」各紙に載ることになる。

＊2「旧時代」は芸術と古事旧習愛好者のための月刊誌。ペテルブルグ＝ペトログラードで一九〇七〜一六年まで。画家で美術評論家のアレクサンドル・ベヌアー（一八七〇—一九六〇）と芸術学者のニコライ・ヴラーンゲリ（一八八二—一九一五）は同誌の編集者。戦時下での雑誌発行の適否をめぐる論争は一四年八月、首都の新聞紙上で戦わされた。

＊3　フランスの作家・思想家ロマン・ロラン（一八六六—一九四四）はスイスに滞在中に第一次大戦を迎え、反戦平和を主張。対するゲルハルト・ハウプトマン（一八六二—一九四六）はドイツの劇作家・詩人。代表作に『沈鐘』、自伝的小説『情熱の書』。

＊4　ポーランド北東部の森。短編『水色のトンボ』（『プリーシヴィンの森の手帖』（成文社）所収）の舞台である。

外交政策と諸事件についてのあれこれ。一、二週間もすれば、何もかもはっきりするだろう。
何かのために何かを捨てたなどと、わたしはなんというたわごとを書いたものか。にもかかわらず、首尾よくいけば恥も恥ではなくなるだろう。成功と幸せは恥辱をも悔しさをも覆い隠す。幸福、勝利はすべてをあがなうのだ。
十月一日――夜十二時、リヴォーフ。七時、ピドガイニキ。昼十二時、ズラーチェフ〔ゾーロチェフ〕。朝九時、ズボーロフ。
九月三十日――夜九時、ズボーロフ。昼二時、タルノーポリ。八時、ヴォロチースクを出る。
九月二十九日――ヴォロチースクからポドヴォロチースクへ。そして引き返す。
九月二十八日――朝九時、ヴォロチースク着。ホテル・スラヴャンスカヤに投宿。
九月二十七日――十二時、キーエフを出る。[1]
村――ズボーロフからズラーチェフまで森。古い教会と橋を有する村。タルノーポリ――葦原から一羽のカモ、ミヤマガラスの群れ、鵟鳥が飛び立つ。槲、バラ、ヒヤシンス。ズボーロフには軍馬の待機。戦雲暗く垂れ込めたポドヴォロチースクからタルノーポリまで、さながら缶詰の箱、マホルカの梱包を追うかのごときその様は、わが野と黒土とかすかに波立つ地平の海波。カザーク騎兵中隊の陣列、それはすでに一幅の絵である。地平線上にアリエルガルド（後衛）の騎士、アヴァンガルド（前衛）にはユダヤ人ふう恐懼の尻込み。馬がよく暴れる。
蒸気脱穀機。（一語判読不能）が破壊された。この絵の陰に何が隠れているのか。ライ麦の収穫は〈まだ〉なのか〈もう済んだ〉のか、このあと種を蒔くだけなのか、まったく蒔いてないのか――なぜか放置されたままの穀類もある。
タルノーポリ。写真、最初のロシアの小店、最初のロシア人の巡査。一団《クーチカ》のユダヤ人――彼らの仮庵《クーチカ》の祭りの最終日、ファナティックな帽子〔ケナガイタチの毛皮帽〕、ユダヤ人の弁護士、判事、インテリ――彼らの間には深い溝があって、つまり、われわれのような結束、一致団結というのがない。ポーランド人たちはユダヤ人の債権者だ。湖はロシア民族の魂であり、そこに映るのはポーランド人、ドイツ人、ユダヤ人。
タルノーポリまでは、ホホール〔ウクライナ人〕、タルノーポリのあとはルシーン人。彼らとの会話はヴォリャピューク語[2]だ。ロシアの商人たちは何語でも話す。
ズボーロフからは、かつて知ったるワガモノの、つまり主《あるじ》の感覚。監督官は自信をつけてくる。ポドヴォロチースクの犬たちは村から逃げて、みな原っぱにいる。

　監督官の心理学。すべてに対して自分の意見と〔一語判読不能〕を持つというこの心理学！　浅はかなものが深く根を下ろし意義を生ずるこの、自信というのか確信の力というのか、そんなものが、カルパチア山脈を登るにつれて、いよいよ増してくる。たとえば、この恐ろしい（いたずら好きの）もったいぶった小ロシア語〔ウクライナ語〕、たとえば、ロシア式の罵声〈この馬鹿野郎《ドゥラーク》！〉。と同時に、へりくだった傾聴と、おのれの愚かさ加減のなんとも頼りない自覚がある。解放計画――キリスト教的のそれ。出会っても、巡査（たまに敬礼する者もいるが）も村の駐在も、礼の何たるかがわかってないから、黙って素通りだ。右だ左だと罵り合う（ロシア人の習慣は左側通行だが、いきなり「右だ！」と怒鳴ったり）。自動車は恐ろしい。泣き声、悲鳴……

　わたしは、動揺する（この動揺は地位や身分からくるのではない）監督官に、公僕たらんとすれば国というものを知らなくてはと諭した。

　リヴォーフ市。ドイツの町あるいはキーエフ。高層の城館。看護婦、売春婦、女衒《ぜげん》、〔一語判読不能〕たちが、夜の八時を過ぎると集まってきて、赤十字の灯火の下で小さなオルガンを鳴らす。開けっ放しの路面電車で重傷者を運ぶ。黒眼鏡をかけた盲目の女がひとり、下手くそなアコーデオンを演奏している。幻滅顔の請負人たち、誰にも無視されている民兵、どこかで何かを割るような音。木を盗んでいるのだ。積み上げられた切株。城館では、女が二人、こっそり柵を壊している。わが監督官がそれは駄目だと言う。おのれの力を示したのだ。誰もが密かに前任者が戻ってくることを願っている。ある将校は、ルシーン人のどっかの村で自分たちがオーストリア人と間違えられたと語る（民衆にとっては、オーストリア兵だろうとロシア兵だろうと構わない、早く片がついてくれればいいのである）。

＊1　路線はキーエフ～ヴォロチースク～ポドヴォロチースク～チェルノーポリ（日記ではタルノーポリ）～ズボーロフ～ゾーロチェフ（日記ではズラーチェフ）～ピドガイニキ～リヴォーフ。以上のメモから、これが記憶をさかのぼって記されたものであること、一度ポドヴォロチースクからヴォロチースクへ引き返し、翌日ズボーロフまで行って、もう一度ヴォロチースクに戻っていることがわかる。ただしキーエフからヴォロチースクまでの行路については未詳。考えられる妥当なコースとしては、キーエフ～ジトーミル～ヴィーンニツァ～フメリニーツキイ～ヴォロチースク。

＊2　ヴォラピュークが正しい。ドイツ人司祭シュライエルが一八七九年に作った人工国際語、ちんぷんかんぷんの意でもある。

小銭が身を縛る。コーヒー店で役人たちが、安食堂を一食七十セントでやっていけるようにしたなどと話している。でも、その七十セントをどこで手に入れるのか？　重い大砲を運んでいる。

全員、ミツキェーヴィチ*の記念碑のまわりに。

ロシアの軍隊が町へ。住人はみな通りへ。パレードさながらだ。こんなことを口々に言う――カザーク兵には林檎とぶどう酒を差し上げましたし、花なんかもう数え切れないくらい……。

窓辺にイコンが――「そうなんです、あたしはイコンを通りからも見えるように置きましたよ」

傍らを車が疾走……

キーエフでわたしはあれこれ書類を用意し、すっかり安心しきってガリツィアに赴いたのだが、いきなり国境ぎりぎりのところで足留めを食らった。

准尉はわたしを通さなかった。

軍に物資を供給する請負業者、商人、役人たちがターミナル駅で侃侃諤諤――口汚く罵る者、がっくり肩を落とす者、どうしていいかわからずしょげ返っている者。それぞれ（一語判読不能）は搬送されているのに、荷降ろしする人間がいないことになる。ああこん畜生、絶望だ。悪いのは軍の上層部じゃない、上からの電報を至上命令と思っているこの准尉なんだ。しかし、われわれはまだ希望を失ってはいない。若い将校を説得する方策をさぐっていた。すると市警察分署の署長に――

「どうしました、あなたも通行禁止ですか？」

「そうなんだ。わたしも通してもらえんのですよ」と署長。

「もうおしまいだ！」これは請負業者たち。

警察も足留めを食っているなら、どうにもならない。

リヴォーフまで馬で行くしかない、つまりは考えられる最悪のガタクリ馬車で戦場と化した国を百五十露里、ということ。

わたしは署長に同道を持ちかけたが、彼は乗ってこなかった。この旅は危険きわまりない無分別なもの。わたしにとっては大いに魅力ある（さまざまな心理的モチーフ）旅も、署長にとっては沽券にかかわるもののようで、不愉快かつショックなのだ。彼はガリツィアで警官が不足していることを新聞で知っていた……。

わたしは少々姑息な手段に訴えた。なんとしてでも警官と一緒に移動したかった。拳銃を所持していなかったし、それに〔警官の〕制服だってかなり効き目があるはず。加えて、占領国でキャリアをつくろうとする人間の運命にも関心があった。たとえ地位は低くとも、役人にとってそういう国を知っておくことはぜったい必要である――わたしはそんなことを諄々と説いた。

「そうすれば、あなたにはまったく別の視界が開けます。これまでとはぜんぜん異なる業績ですよ。そういうことをよく知っているのは県知事たちです。彼らだって、こうした巡察からキャリアを始めたわけだし……どうしてあなたもそこから始めないのかなあ？」

要するに、わたしは彼を篭絡しようとしたのだ。なんとしてでも先へ進みたかったのである。

「わたしは知事になんてなろうと思ってませんよ」

「どうしてなろうと思わないいんです？」

拳銃を所持する分署長を二人の請負業者ともども同じ荷馬車に乗せようと、わたしは頑張るのだった……。

今、わたしはリヴォーフ市内にいる。これを居心地のいいホテルで書いている。窓から町の暮らしが見える。大都市ならどこの国でも見られる光景だが、それは表の顔――不思議な心的体験を経た顔にすぎず、新占領国を経めぐったら、大都市のそんな外貌は忽ち煙ごとく消え失せてしまうにちがいない。

そうした困難な旅を受け入れてくれた運命に感謝している。ようやく今わかってきた――着飾った群衆の中に（窓からよく見える）丸太の切れ端を引きずっている貧しい女がいて、きょろきょろあたりの様子を窺っている。女はどっかからその丸太を盗んできたのだ。小麦粉は手に入れたのに、焚きつけがないので火が起こせないのである。

だが、わたしは先走りしすぎたようだ。ヴォロチースクはオーストリアと国境を接する駅である。ここでわれわれは通行許可証を手に入れようとした。わたしはここヴォロチースクから、新占領国における自分の尋常ならざる旅の記録を開始しようと思う。ここはありとあらゆるユダヤの窮民が身を寄せ合っているメスチェーチコ。薄汚い南西部によくある大村だ。ここでちょっとした戦闘があった。森の向こうの沼地には、わが同胞の墓の最初の十字架が建てられた。税関、給水塔、それとオーストリア軍侵攻の第一報が入ったときにわが軍が爆破した建物が幾つか。その爆破でかなりの数の農耕具が失われた。

われわれは鉄道医師と一緒にその台無しにされた農具の山を見てまわった。医師は、自分は通信士と二人でしんがりをつとめた（一語判読不明）誇らしげに語った。その後、

＊ アダム・ミツキェーヴィチ（一七九八―一八五五）――ポーランドの詩人、文学・社会批評家。学生時代にロシアへ追放（一八二四～二九）され、当地でプーシキンらと交わり、のちヨーロッパ各地を転々。代表作『クリミア＝ソネット』（一八二六）。

戦場に戻ったとき目にした凄まじい破壊の跡も、彼を驚かすことはできなかった。彼より先に戻った兵士たちはしかし、度肝を抜かれたようである。割られたガラス、街の無法者どもに荒らされたアパート、もうそれだけで気持ちが萎えてしまった。女たちは、鍵や箪笥や盗まれて畑のどっかに埋められてしまったクッションのことをぶつぶつ言っている。こうしたカオスにあっては、まず心を落ち着かせること、ついで、増え続ける厖大な負傷者たちを収容する必要が。当初、負傷者たちは戦闘直後に直接ここへ（一語判読不能）。ヴォロチースクの補給・包帯所がロシアの地における最初の中継宿舎《エタップ》となる。

「包帯はいい。ちょっと待ってくれ」――負傷者たちは口々にそう言った。「まずお茶だ、お茶をくれ！」

あっと言う間に、文字どおり無から、ゼロから、エポックメーキングな《補給・包帯所》が立ち現われた。力を貸そうと、無料奉仕のサポーターが次から次にやって来た。地元の若い娘たちの中には、大きなサモワールを二つも持参する者、八時間お湯を冷まさず供給できるサーモスタットを工夫する者、義捐金を募る者、ヴォルコーンスカヤ公爵夫人に参加を呼びかける者、さまざまな人たちがいて、それはもう誰もがきっぱりと迅速に対処したのである。

こうしたことをわたしに話してくれたのはひとりの高等中学の学生だった。彼はつい先日までドイツの捕虜だったのだ。ドイツでの負傷者の後送は想定内のことで、有能な役人たちの手腕に委ねられていた、という。ドイツの市民生活のほうがわが国のそれより被害が大きいし、障害者の数も多い。にもかかわらず、路面電車を使ってやって来る赤十字の面々をかなり冷静に迎えている。わが方はどうかと言えば、公徳心とかこれまで発揮されなかった社会的感情がここにきて一気に罹災者たちに向けられるようになった。

わたしはヴォロチースク駅の近くのユダヤ人村――警察分署長はその村をしつこいくらいフョードロフカと呼んでいた――に宿泊した。

早朝。オーストリア人の捕虜たちの短靴は泥に（一語判読不能）。

「これでも兵隊か！」わたしの道連れのひとりが言った。

「パンをくれ、パンをくれ！」と、オーストリア兵たち。

「なにが兵隊だよ、長靴もはかんで」蔑むような一瞥を投げる分署長。それでもパンは与えていた。

文学部出身の准尉がもうひとり同宿した。彼は自分の輜重部隊から落伍したのだ。宿の主のユダヤ女はしきりにわれわれに、自分がユダヤ人ではなくモルドヴァ人だということを訴え、捕虜たちのことを《あいつら碌でなしども》

と言い言いした。要するに、例の戦争のカオスが始まったのである。ぼろをまとった雲霞のごとき〔捕虜の〕群れ、日常生活の諸事実のもつれ、混乱。ヴォルィニじゅうがそうなのだ、新占領地、もう恥も外聞もない。

▼十月二日――二日目のリヴォーフ市。

高等中学生《ギムナジスト》の話――いつもロシアのことを夢見ていた。ロシア語もこっそり勉強し、自身、非合法のサークルで教えてもいた。勝つとは思っていなかった。というのも、ヴェレサーエフ*を読んで、ロシア崩壊のイメージができてしまっていたから。宿の女中が真面目な顔して中学生にこんなことを訊いている――「モスカーリ〔ウクライナ、白ロシアに住む大ロシア人や兵士の卑称〕は一つ目だってことだけど、尻尾があるってのは本当かい？」中学生は革命家だった。ロシア語の蔵書はすべて（二百五十冊）灰になり、ロシアの地図を所持できなかった（権利がなかった）。音楽に関心があって、礼拝歌も作っている。文献学者になるのが夢だが、今は神学校への入学を勧められている――聖職者はガリツィア人でなければいけないので。リヴォーフ市民は八月二十一日まで、ロシア軍が百五十キロ先へ追いやられたと思っていたらしい。二十二日に三人のカザーク、そのあとまた何人か、そしてついに軍隊が入ってきた。花とぶどう酒で迎えたが、顰め面をした人間もいたことを忘れてはならない。自身、軍隊を目にしてすぐに気がついたのは、なんと強そうな元気潑剌たる兵士たちだろうということだった。リヴォーフでよく歌われたのは、口笛まじりの《誰があたしの捲毛を》である。

M《エム》によると、П《ペー》では子どもたちが教会のまわりで吊るされ、ジョールコヴォ村でも子どもたちが銃殺されたという。ボーブリンスキイ伯〔占領地の新任総督〕自ら、ポチャーエフスキイ大修道院詣でゆえに牢屋にぶち込まれた七十五歳の老婆と女とその赤子、その他を解放した。こういった事実から、ガリツィアの民衆には、実際にロシアに対する信頼のようなものがあることがわかる。

ポドヴォロチースク。

われわれが乗っていたのは、ごく普通の大型荷馬車《フーラ》である。上の方が幅広く、下が狭い。分署長と二人の請負業者、それとわたしの四人。藁山に体を沈めたままではよかったが、どうにも居心地が悪い。

＊ ヴィケーンチイ・ヴェレサーエフ（一八六七―一九四五）――作家・医師。早くからの非合法マルクス主義者。ナロードニキ運動の破産とマルクス主義の正当性を主張。

「なに、大丈夫！」と、ホホール〔ウクライナ人〕。「ああ、でもやっぱり崩れてくるかな」

　じっさい、藁山はすぐに崩れてきた。わたしたちは隅の方に身を寄せ合うようにして、ともあれ《リヴォーフへ向けて》出発した。

　四露里ほどを、ヴォロチースクの大村の家並みを抜け、野を越えて、ようやくロシアとオーストリアの国境にたどり着いた。そこは自然の境界だ。川があり、右にぐうっと広がって、池と水車小屋。左手にも小さな川。釣り人がいる。二人、三人、いや四人か。戦争など知らぬげに釣糸なぞ垂れている。わが国の境界柱、オーストリア側の境界柱、打ち壊された〔防柵〕、侵犯された国境。わたしたちは今、新占領国にいる。まさにここから無残な破壊の光景が始まるのだ。焼け落ちた家屋、砲弾で崩れた壁、壁に残る弾丸の痕。弾痕は至るところにある。なのになぜか、そんな痕跡《きずあと》をもっともっと見たくなってくる。弾痕のない壁に出会うと、悔しくて、目はすぐに別の壁に移っていく。あとで聞かされたのだが、破壊された大邸宅は砲弾によるものではなく、地元の略奪者たちが〔犯跡をくらますために〕火をつけたのだ。軍隊に続いて現われたのがギャング集団――降って湧いたようなそんな輩が一切がっさい盗み出してそれはロシアで売り捌いたり畑に埋めたりしたのである。それは碌でなしどもが徒党を組んで火事場に現われたようなもの。とことん不幸な、とことん破壊し尽くされた人たちから、最後のものを掻っ攫っていったのだ。

　わたしが最初に見たウニアト教会[*1]は、まるで西と東の粘土を捏ねて造ったような見事なもので、カトリックの寺院〔ポーランド〕か正教会の教会かすぐには見分けがつかない。

　通りは破壊されて、がらんとしている。ぶらついているのはユダヤ人の小さなかたまり《クーチキ》。仮庵の祭り《クーチキ》ということで、みな、独特の、ブリンみたいな円い毛皮帽をかぶっている。

「狂信者《ファナーチキ》だ！」

　そう言い放ったのは、同道するわれらが巡査である。どうして連中が狂信者だと思うのかという問いに、彼は答えた――

「あいつらはハシドでツァディクだからね[*2]」

　ハシドでツァディクというのは何だろう？　巡査はわたしにこう説明した。

「要するに、狂信者なんですよ」

　それから後も、道みち話題はそればかりである。その奇妙な帽子、独特の垂れ髪、丈の高い黒のフロックコートに身を包んだ本物のユダヤ人を目のあたりにして、巡査の声は少しも収まらない――

「狂信者だぁ、どいつもこいつも！」

説明といっても、ハシドだツァディクだと、ただそればっかり。

そのハシドでありツァディクである人たちと目が合うのは、なんともばつが悪かった。目が合えばお辞儀をしてくる――敗戦国の人間の歓迎の挨拶だからだ。そんなユダヤ人のひとりに、警察分署はどこかと訊いたら、市役所《ラートゥシャ》〔小さな町では裁判所を兼ねる〕を指さした。警察署では通行証が発給されず、徒に引き留められて焦ってしまう。思ってもみなかったが、まさしくそれが現実である。市役所の前には荷を満載した馬車が何台も停まっていた。入口の段々にもえらい数の立ちん坊。じつにさまざまな人間――ロシア人、ルシーン人、小ロシア人、モルダヴィア人、トルコ人、アルメニア人、それもほとんどが年寄りの商人《あきんど》――が、何かを待っていた。あとでわかったのだが、彼らはみな通行証を手に入れるために郡の責任者を待っていたのである。役所の中はさらにごった返していた。しかし小さなデスクに向かっていたのは、まだ若い二人のユダヤ人――エンジニアと商人《コメルサント》だけ。今は仕事にあぶれているので、〔警察の〕書記がやるべき通行証の発給を一枚いくらで引き受けているのだという。

わたしたちは待った。朝から晩までずっと、うんざりするほど待たされて、話の種も尽きてしまった。トルコの臣民は、ハルワ〔落花生、糖蜜、砂糖などを固めた菓子〕、葡萄、林檎、レーズンその他をあきなう店（ブズニャ）を開くためにリヴォーフ*3へ行こうとしていた。黄色い顔に燃えるがごとき黒い瞳のモルダヴィア人は、レストランで運試しをするのだ。馬車には食料品やお茶、砂糖、穀粉（これがいちばん多かった）が山と積まれている。納入先は軍とホテルがほとんどである。そこにたむろしていたのは、ありと

＊1　東方帰一教会。ギリシア正教会固有の言語と典礼を保持しながら、ローマ教皇〔カトリック〕の首長権を認める。

＊2　ヘブライ語のハシドは純粋、敬虔の意。ハシディズムとは合理主義に反対し神秘主義的な神の認識を可能とするユダヤ教の新思潮。ポーランドの東部に十八世紀半ばに登場。次第に中・東部ヨーロッパに普及した。ハシディズムはタルムード（ユダヤ教の重要経典。トーラーの解釈を記す）の学識をあまり重視せず、代わりに熱い祈りや神への喜ばしい奉仕、日常の敬虔さを強調した。ハシドの共同体を率いたのがツァディク（ヘブライ語で賢者、奇蹟をなす者）。その権威は神秘的な秘伝と奇蹟をなす力への信仰に由来する。

＊3　ガリツィアの州都。リヴォーフはロシア語読み、ドイツ語でレムベルク、ポーランド語ではリヴィウ。

あらゆる納入業者だった。昔ながらの小ロシア人の本物のチュマーク[*1]の姿もあった。あるとき、どこか田舎町を移動中のこと。川のほとりで軽く食事を済まし、食べ残しを流れに捨てたところ、どこからともなく鴉が現われた。一羽また一羽、あっと言う間にもの凄い数！　どうやって鳥たちは知るのだろう？　仲間同士の情報の伝達。まったく驚かされる。いくら醜い厭な生きものでも、ちょっと話をしてみたくなるではないか――でもまあ、そう深い話にはならないだろうが。そこは声のいい美しい鳥も同じ。鴉だって単に喰いたい、要するに飢えているにすぎないのだ。ともあれ凄まじいのはその数である。いったいどこからそんな情報を得たのか。なんとも素早いその適応力！　人間そっくりだ。わたしは、純朴そうなチュマークのひとりに問うてみた――いったいなぜ、どうして戦場なんかへ出かけるのか、それで荷の中身は何？

「玉葱を運んどります」

とさか頭のホホールが答える。

戦争だというので、まず真っ先に玉葱を掻き集め、麦粉と砂糖も少々積んで出たという。彼はまた〈新しきロシア〉についても話した。〈新しきロシア〉が始まったらしい。ついでにそれも見てみたかった。とにかくそこへ行ったら自分の仕事も見えてくる――そういうことであるようだ。

依然として通行証の発給責任者は姿を見せない。

「大丈夫、やって来ますよ！」

と、ユダヤ人の書記たち――

「ただし、ロシアとはそこが違うところです」

ようやく許可証を手に入れる……

許可証がポケットに収まってしまうと、ほっとして、きのうのことはもう記憶の彼方である。

「まあいいさ、たった一日だ！」

きのうのことを思い出したのは年配の請負業者。それですぐにこう言い添えた――

「なんてったって歴史の現場だからなあ」

警察官はぶるっと体を震わせる。

「現場だって？　いったい何を言っとるんだ？」

「行ってこの目で確かめてみる。ひょっとしたら、そういう現場になるかもしれんから」

▼十月五日

ポーランド人に教会の場所をたずねた。

「ほら、そこ。ロシアの教会ですよ」

「あれかな？」

今度はロシア兵に訊く。

「あれがそう？　ロシアの教会だろうか？」

「いや、違うね。あれはロシアの教会じゃない」

　東方帰一教会（ウニアト）のプレオブラジェーニエ教会をさがしていると、カトリックの教会にぶつかった。その先にまたカトリックの教会、さらにまた同じ教会が……そしてついに唯一の正教、ウスペーンスキイ寺院に辿り着く。輔祭、法衣。イコンの後光。

　ウニアト教会には、カトリックから正教までの多彩な、変化に富む内陣、舞台装置、それと雰囲気がある。シェプチーツキイ[*2]のカトリック〔教会〕。プレオブラジェーニエの座席と壁。聖幡《せいばん》が壁の低位置に。珍しい天使たちの御姿があり、後方に控える合唱隊は手に手に祈禱書を。法座。真っ赤な帽子をかぶった司祭。法王《パパ》のように髭を剃っているが、輔祭のほうはさしずめ歌手のシャリャーピンかソービノフというところ。その輔祭が魂の平安について説教している——さりげなく、賢く、優美に。祈りのことばはウクライナ語。司祭が手を組む。聖歌隊、それに続く信者たちのコーラス。聖餐式。聖餐拝受者の輪。ここへ旧教徒《スタロヴェール》を連れてきたら、どういうことになるか？　怖気をふるうにちがいない！　わたしにとって、しかしそれは合同の可能性の喜び、いやそれ以上、すこぶるつきの美であった。神の僕たち、慰めと喜びを与える儀式——『長寿万歳《ムノーガヤ・レータ》、ロシア皇帝ニコライ・アレクサーンドロヴィチ！』

　リヴォーフ市は戦争のバロメーター。きっと好くない状態が続いたのだ。どの店もお釣りを払ってくれず、小銭ならおたくが政府に要求すりゃあいいだろう、などと宣う。厭な感じ。業突張《ごうつくば》りの屁理屈だ。品性も何もない。通りは掃除もされずゴミだらけ。町に汚物が溢れだしている。

　女が柵を引き抜いた。銃殺だぞと兵士。

「じゃあ撃てば！」

　女がやり返す。

　銃後のヒーローたち。赤十字社〔ロシアでの創立は一八六七年〕はボヘミヤン。イリヤー・リヴォーヴィチ〔レフ・トルストイの次男〕、ヂーマ伯、A・スターホヴィチ〔ロシア赤十字社員〕……

　旅（つづき）

　深く、しっかりした黒土。森。ちゃんとペンキが塗られ

＊1　鉄道開通以前、クリミヤやドン地方へ牛車で穀物を、帰路に塩や魚を運んだウクライナ、南ロシアの運送業者。
＊2　アンジェイ〔アンドレイ〕・シェプチーツキイ伯（一八六五—一九四四）はウニアト教会の長。後出の「ガリツィアにおけるウニアト教会の府主教」についての注を併せて参照のこと。

たガードレール。裂け目どころか罅《ひび》ひとつ見当たらない。なぜだろう？　木のへりを丹念にタールで塗り固めているからだ。

先へ行くほどに冬麦畑が少なくなる。タルノーポリ〔チェルノーポリ〕あたりは芽を出したばかり。黒土、風景は〈波打つロシアの県〉といったところか。戦闘の跡は見当たらないが、タルノーポリの道端に花で飾られた同胞たちの墓があった。どこか畑の片隅に蒸気式の脱穀機。

われらが請負人の親方タイプ――なにせあらゆる言語を知っている。軍隊が通過する大道のごとき人種。ことばの戦争でもある。ことばとことばの交戦だ。そこへいくと、商人《あきんど》などは単なる交通路にすぎない。

路傍。明らかに缶詰とマホルカの箱を運んだと思われる轍《わだち》、それと聖人の立像。像は一体も倒されていない。

タルノーポリ――爆破された兵舎、弾痕。何の変哲もない普通の町だが、こうして通りをぶらつく奇態な人間のかたまりを見ていると、ああ今はどの家もからっぽだな、と。

ペストから来た婦人と食堂車で言い合う。ドイツ女は市警察分署長や請負業者といかにして手を結んだか？　二週間もすればペストの町だ。葡萄、花、ドイツ式の型どおりのお愛想とぐらりと揺れた心のうち。誰しもこう思っている――老皇帝〔フランツ・ヨーゼフ〕のためにオーストリアがまず宣戦布告したのだ、と。

市場で見かけた最初のロシア人（巡査）は誰かの襟首を引っぱっていた。その巡査を分署長が摑まえて、問いただす――この町の長官〔直轄市行政長官〕はどういう人物かね？　巡査がオーストリアの巡査を紹介し、そのオーストリアの巡査にくっついて調練場へ。そこで巡査はルシーン人〔ガリツィア、ザカルパチア、ブコヴィナに住むウクライナ人で、とくにオーストリア・ハンガリー帝国の支配時代に使われた呼び名。前出〕の年寄りに向かって、慇懃に、だが高圧的に「行け！」と命じる。ルシーン人は戦々恐々だ。

町に残っているのはたったの一パーセント。ほとんどが逃げ失せた。

▼十月六日

リヴォーフから数十露里の地点にかなり大きな戦場があり、その先では今もドンパチが。戦闘地域から遠く隔たっているわれわれには、電文が何と伝えてこようと――自軍の小さな後退も前進も大した問題ではない。

リヴォーフ市では小銭が払底。ロシアのバロメーターが高いレヴェルにあるときは、釣銭もにっこり恭しくロシアかオーストリアのお金で返ってくる。〔小銭が〕なければ、わざわざ隣の店から借りてくるとか後でまとめて清算するとかいろいろだが、ひとたび〔バロメーターの〕目盛りが下

がり始めると、態度は一変、厚かましい答えが返ってくる
――「文句があるなら、政府に言え！」

　ガリツィアにもう二か月も主人づらして居坐っている支配者たちの、素朴で自然な感情のことではない。わたしが言ってるのは人の道のこと。こちらが恐れているのは、ガリツィアの地にもしまた戻って来れば、オーストリア軍が間違いなく縛り首にするだろうわがルシーンの朋友たちの運命なのだ。

　開戦当初から、わたしは多くの残虐行為の噂を耳にしていたが、正直言って、あまり実感はなかった。飛び込んでくる他人の感情も大きな動揺も、ほんのちょっと頭の隅に置いていたにすぎない。だがガリツィアの地でいま味わっているのは、まったく別の感情だ。わたしが嗅いだのは、変幻自在な〈異端審問の時代〉の匂いである。それは、報道でもなく、ゲルマンの俘虜となった者たちの〈物語〉でもない。すべてを失った人間たち……いったい何のためだ？

　オーストリアの軍隊が、たとえばルシーン人の司祭が所有する畑か何かを占拠したとする。司祭は心配なので様子を見に行く。そしてその場で逮捕されてしまう。ポケットから、戦争に行っている息子からの手紙が見つかる。そこには地形やら地物《じもの》が記されている。証拠は十分――司祭は首をくくられる。今や村は荒れ放題だ。聖職者がひっきりなしに逮捕され、国の奥へ送られていく。ために、村によっては正教に改宗せざるを得なくなる。ガリツィアの住人はロシア人よりずっと宗教的な人間だから、こんな大きな不幸に見舞われれば、宗教への要求はいや増すばかりである。加えて、正教の儀式はウニアトのそれと大差がないので、いよいよもってそちらへ移っていく。

　もちろん、傷つけられて恨みを抱く人びとをひとり残らず救うことは〔できない〕――次から次に吊るされているのだ。でも、わたしを動揺させるのはそのことではない。わたしには夢《メチター》が痛ましい……ガリツィアには〈偉大にして純粋この上なき素晴らしきロシア〉というメチターがあるからである。

　兵士の歌が聞こえてくる。どこからだろう、清廉潔白なロシアの奥地からでも聞こえてくるような――

ああ　誰があたしの捲毛を　誰がこの
亜麻色のあたしの髪を　梳いてくれるのかしら？

　こちらのバロメーターが落ちてくれれば、ロシア人より傷つくはず。当然だ。創造的なメチターにとってそれは苦痛ましいこと。

　十七歳の高等中学の学生と一緒にリヴォーフの町を散策する。純粋なロシア語だ。ロシア語の学習のことをしつこ

く追及されたと話す。ロシアの地図は所持することさえ許されなかった、と。戦前には、プーシキンも、レールモントフも、トルストイも、ドストエーフスキイも焚書の対象に。ロシア語自体が迫害された。あす、中学生が使うことを禁じられた単語のリスト〔ロシア語の単語表〕を持ってきます、と言った。

「きみはどんなふうにロシア語を勉強したの？」

「祖父がこっそり教えてくれました。祖父は捕虜になりました。それで、こんどは僕がほかの人に教えていたんです。僕らは革命家のように行動しました。僕らはいつでも革命家でしたから」

もうひとつ悲しいエピソード——七十歳の老司祭はロシアびいき。だが、息子は戦場でロシアと戦っている。司祭にとってキーエフに住むのが生涯の夢だった。やっと通行許可証を手に入れたと思ったら、市の許可が下りず、結局、キーエフ市民にはなれなかった。

「誰が許可しないんです？」

「ロシア人です。当時はなぜかウニアトの聖職者を恐れていましたから」

似た話はいくらでもある。リヴォーフの町を見下ろしているのは高い城の丘、その丘の盛り土はリュブリンの教会合同（ウニヤ）の記憶。[*1]

通りでロシア人が口をひらけば、決まってユダヤ人の噂だ。ほれ、何か買い込んだ、〔ポーランドの〕地主が牛を（家ごと）売り払ったらしい。ユダ公め、とんずらしやがったぞ。ロシア人たちがひとりのユダヤ少年を養い育てたら、その子はのちのち彼らに対して無利子で融資した、とか。

互いにやり合っている——露軍は府主教を、墺軍は修道士＝神学生とシェプチーツキイ派の教師たちを連れ去った。[*2]

何も動かず、そよともしない。チュールのカーテンも降りたまま。イコンの影像《ようぞう》、比類ない面立ち。そこでようやく、どの家も蛻《もぬけ》の殻であることに気づく。家のまわりには花、ジャスミンの茂み、バラさえ植えてある。そこらじゅうゴミだらけだが。

ロシア人が恐れるもの。恐れるのはどういうロシア人か？　さて、〔ポーランドの〕地主たちはどこだ？　もうとっくにとんずらだ。

ズボーロフに宿泊。夜、ユダヤ人、居酒屋《コルチマー》。分警察署長は危うく主婦のベッドに寝るところだった。商人のことばの知識は素晴らしい。人馬ひとつ屋根、粘土壁の厩《うまや》泊まり。あきんど語、ルシーン人のことば。

▼十月七日

士官の体は土の匂い。三月《みつき》も戦場で過ごしたのだ。負傷して、オーストリア製の施条銃にすがって歩いている。

将校集会場で、新聞を読み、たっぷりと食事を摂っている。電話もオーケイだ。塹壕。小さい穴まで距離があるから、〔背中を丸めて〕機関銃のタッタッタの下を走り抜ける。塹壕に滑り込めるのは幸運な少数者。そうでなければ、しようがない、後ずさりするしかない。

「怖いものなしだが、機関銃だけは駄目だった」

榴散弾は怖くない――自分はずっと離れたところで横になっていた。敗走した部隊は少ない。多いのかもしれないが、あまり見ていない、という。

「負傷者を見かけました？」

「いいや、彼らは後方に残ってる」

「死者は？」

「ちょっとだけ」

概してわたしたちは、死というものを実際よりもずっと多く想像の中で見ている。何といっても凄まじかったのは駅の構内。大変な数の兵士が床に横たわっていた。敷いた外套の上で膝にひっついたガーゼを剝がそうとしている者。担架に横たわったまま、身じろぎもせずもっぱら〈おのれにかまけて〉いる者。ひとり裸の男が立っている。背中に小さな赤い円いもの。腰を下ろす。手をまわしてその赤い傷口をさぐる。そこへ看護婦が小さな四角いものをかぶせる。人間の修理だ。修理されるほうはもっぱら〈おのれの世界に浸って〉いる。円い毛皮帽をかぶったクバーンのカザーク兵。短い革鞭を手に、ひとりの女を突き刺すような目で睨みつけている。誰もがこの男を怖がっている。でも、何事も起こらない。ここでは兵士も将校も一緒である。兵士たちは上官に敬意を払わず、会話もざっくばらんで、至って開放的。騎兵隊も歩兵隊も同じカーキ色。

　ミコラーエフでの噂。ユダヤ人の逃亡――奴らは臆病者さ、というまことしやかな風評。駅から撤収すれば必ずや勝利する（らしい）。兵士たちは何も知らないが、勝利を感じている。ユダヤ人は何も知らないが、こう言っている

＊1　一五六九年にポーランドとリトアニア大公国がひとつの国家――レーチ・ポスポリータヤ〔ポーランドの貴族統治形態〕となった協定のこと。

＊2　ガリツィア（一九〇一―一九四四）におけるウニアト〔ギリシア・カトリック〕教会の府主教アンドレイ・シェプチーツキイについての叙述。彼は第一次大戦中、帝国ロシアの宗務院（シノード）の権力に抵抗し、ロシア教会からの分離とウクライナ指向による主教職任命制の確立のために戦ったが、キーエフでの反政府運動（煽動罪）によって追放された。一九一四年にオーストリア政府に宛てて書かれた彼の極秘メモ――ウィーンの後ろ盾によるウクライナ＝ゲトマン国家創立の必要を説く――は有名である。

――ロシアは負ける、さあどう逃げようか。

とはいえ、われわれだって、戦場で何度自分たちの運命が崖っぷちに立たされたか、知らないのである。

ミコラーエフから戻ったマクラコーフの話*1――飛行機から爆弾が投下されて、硝化綿《ピロキシリン》の爆発で〔生じた有毒ガスのため〕危うく命を落とすところだった。夕方近くに砲声が止んだ。カルパチア山地に二列の砲火――上が墺軍、下が露軍。昼夜の別なく砲撃が続いていた、と。

夕方。マホルカ、箱……穴、廃墟。ペレムィシ〔プシェミシル?〕。哨兵の誰何《すいか》があった。味方だ味方だ！ 自動車からのサーチライト。右に行け！ だが、ルシーン人は左に寄る。ここでは左側通行が原則。どうしてまた？ 道路はいよいよ穴だらけ。すべて塹壕だ。露軍と墺軍、塹壕が互いに向き合っている。暗くなってきた。どうしてまたそんな恰好になったのか？ 自軍が追い立てて、それで塹壕が入れ替ったのだ。目を凝らす――ロシア側の塹壕にはマホルカ、オーストリア側の塹壕には缶詰。闇が迫ってくる。しかし塹壕は途切れない。天の川が現われた。大熊座、そのまわりを……

「あれは何だろう？ 彗星？」

上級監督官が（一語判読不能）した士官に訊いている。

「彗星です。ああ、ほら、やっぱり彗星だ。（一語判読不能）でも何度か見たことがあります」

穴が途切れた……もう無い。爆裂音。右前方で戦闘再開。彗星も同じく右。戦場は右前方だ。

小さな十字架、四角い土地、ぼろぼろの土。わたしたちは血を、馬みたいに、動物みたいに、横目でちらり。〔遠くに、〕贅を凝らした（一語判読不能）の庭園。リヴォーフはおとぎの国の兵隊の町……夜更けて（一語判読不能）泊まり。夜のリヴォーフ。金満家が現われた。リヴォーフで出会った最初のロシア人である。眠れる無人の町。廃墟に焚火。贅沢な寝床で眠る。薪も無く、かなりの寒さだが、暖かい毛布の下はいいものだ。

深夜になって、士官が従卒を連れて戻った。壁の向こうで話し声がする。

各自勝手に喋っている――ロシア語が聞こえてくると、キーエフにでもいるような、ポーランド語だとワルシャワに、ドイツ語だとライプツィヒにでもいるような気がしてくる。

グゥツール〔カルパチア山地のウクライナ人〕の挨拶――何事もありませんように《ミーラム・ミール・ヴァーム》！
▼十月九日
ガリツィアへ――先ごろ戦場だったところ。近づくにつれて、次第に妙な気持ちになっていった。そこでの戦闘に

ついて聞かされたとき、わたしはなぜか家のこと故国のことをこまごまと異常なほど詳細に思い出したのだった。それで、家や故国のことに対しても今度の戦闘に対しても、空中偵察の高みからの、いわば鳥瞰的な新しい視点が出来上がった。

おととい、ポーランドの中学生が話してくれた――きのうまで誰まごうことなきロシア人であった司祭が、きょうはもうガリツィアの大学教授です、と。それを聞いて、わたしの脳裡に、異端審問時代の完全なイメージが。もちろん、昔のあの恐ろしいほど念の入った拷問というのはないのだが、代わりに民族〔国家〕主義的抑圧による尊厳（人間の尊厳）の蹂躙は度はずれたものになっている。

きのうまで誰まごうことなきロシア人であった司祭がきょうはもうガリツィアの大学教授です、と〔中学生に〕陰口を叩かれている当の教授が、ナロードニキ系の政党によく似たある社会主義政党の話をしてくれたのだが、わたしにはそれがとても面白かった。その党は戦前から少しずつ〔ポジションを〕変えてきたのに、ついに譲歩・撤退が避けがたいものになったという。

数十露里先で砲声が轟き、停車場には今では知らぬ者のいないサン川の川幅より数倍も広い人間（ぴったり体を寄せ合ってる負傷兵）の川ができているときに、「面白かった」は不謹慎の誹《そし》りを免れないが。

教授はあのジェズイットがバ〔ジリアン〕僧団を取り込ん[*2]だあたりから始めたらしく、話の最後を「自分の妻はモスクワ人云々」で締めくくった。モスクワ生まれの女と結婚しているという、最も平凡な（おそらく）事件が史的事実となるとき、どうして人生面白くないことがあろう。モスクワ生まれの女房のせいで、危うくオーストリアの異端審問の餌食にされるところだったのだから。

戦争が始まる二年ほど前、すでに教授は（戦争ありと）予感していた。必要欠くべからざる日用雑貨の流れがぱたりと止んで、なぜか野良犬の数が増えてきた。ふとサライェヴォの殺人がロシア人の仕業のように思えてくる。悪の糾明、捜査、それとあのロシア軍のリヴォーフ進駐まで続けられた政府の作り話。そうしたこと一切をありありと

＊1　ワシーリイ・マクラコーフ（一八六九―一九五七）は、立憲民主党（カデット）の指導者の一人。

＊2　十七世紀以来、ポーランド、のちガリツィアにあった聖大ワシーリイ・グレコ＝ウニア修道士団。十七世紀百年にわたってこの僧団に送り込まれたジェズイット教団（イエズス会）によるカトリック化政策（東方独自の儀式典礼その他の漸進的消滅）のこと。

心に思い浮かべるのは非常に興味深い。

教授には、毎朝〔誰もいないときに〕博物館で仕事をするという習慣があった。今では妻と二人で散歩をするし、女中がいなくなったので、自分でバザールへ行くようになった。勝利よ、おお歓びよ！　ガリツィアにモスカーリ*なんかひとりもいなくなるだろう……ところが、〔三語判読不能〕何もかもが混乱を〔きたして〕、その混乱ぶりは「神のみぞ知る」だが、にもかかわらず、この有頂天！

逮捕、捜査が始まって……博士の会話はドイツ語だけになった。疑わしき人物になったからである。捜査が〔直接個人への〕脅迫に。縛り首だ、やれ銃殺だ。聖職者が三百人吊るされた。銃殺、銃殺、銃殺。妻はモスクワ生まれなのです……耳元で囁くように言うのだが、そんなことは（その筋どころか）もう誰でも知っている。高等中学の学生は蔵書を火中に投じた。ロシア語の使用禁止。まさにそんなとき戦争が勃発したのである！　一つ目伝説だって？　われわれのような人間がなんでまた？　甦る伝説――「モスカーリは一つ目だ、おまけに尻尾までついてるんだぞ！」

要するに、ロシア語を話す聖職者だ（それ自体が犯罪！）ということ。聖職者イコール敵。税の取立て。

▼十月十八日

土曜朝八時、ヤロスラーフ〔サン川沿いの町〕の正面陣地からリヴォーフへ戻る。十二日にリヴォーフを出発、夜八時に駅着、構内に深夜の二時までいた。ロプーヒン〔ロシア赤十字社員〕は必死で自分の車輌を捜している。こちらはその間ずっと負傷兵たちに包帯を巻く作業を眺めていた。ソペーシコ教授〔医学部教授〕はちょっとしたアーティストである。マゼッパ似のふっくらした初老の紳士、生一本の男。足を負傷した若い将校に看護婦が靴下を履かせようとしているが、なかなか巧くいかない。見ていた教授が冗談を言う――「どうやら亭主持ちじゃないようだ」

兵士の大きな松葉杖。教授自ら鋸を引き、自ら歩いて確かめる。それを見て、みなが笑う。なかなか愉快な男なり。重傷を負った兵士がわたしを呼びとめた。胸部貫通銃創。ダムダム弾で片肺が飛び出しているのに、ただじっと何かを見ている。もう一人は担架に横たわったまま空中の何かを捕らえようとしている。さらにもう一人、恐ろしいまでに顔が変形した男は、歪んだ口でしきりに何か話そうとするが、獣みたいに吼えるばかりである。そのとき思った――いずれ自分はもっと凄まじい地獄を見て、もっともっとひどいショックを受けるだろう、と。「戦争」に近づき過ぎた。近づき過ぎて、もう何も怖くない。それでも、なんだか嵐の海で船酔いの恐怖と戦いながら、無我夢中で甲板を歩きまわってるような感じがしている。われわれ五体満足な者と傷ついた者とをはっきりと隔てているのが何かと言えば、後者にはどこか生きいきした官能的なもの、出産を終えたばかりの女性が感ずるような、これぞわが身体といった「感覚」があることではないだろうか。包帯をぐるぐる巻かれて、それまで味わった苦痛がすべて去ってしまうと、一転して今度は白い布でぐるぐる巻きの新生児のごとく、白い大きな外的物体と化すのである。

だが、教授は、新生児たちへの対応で、こちらの平静な観察を台無しにしてくれた。負傷者の大半が〈パーリチキ〉であると言い張ったのだ。パーリチキ？　いったい何ですか、それは？　どうやらこれまでなかったタイプの戦争の悪夢らしい。敵の弾丸から遁れるために、兵士が自分で自分を（とくに指を〔パーリチキは指の意〕）撃つのだという。恐ろしいのは自傷行為そのものではなく、それが事実かどうか疑うことなのだ。もしそれが真実でなかったら、どうするのか？　しかし、〈パーリチキ〉の伝説は、たとえそれが真実であれ作り話であれ、ともかく息づき始めたら、身の置きどころがない。手に包帯を巻いた人間は、まず間違いなく、蔑んだ疑わしい目で見られてしまう——この男は英雄かそれとも犯罪者か？

「パーリチキです。犯罪者に決まってますよ！」と、ソペーシコ教授。「あの男の目を見たらいい。犯罪者の目ですよ。あなた、馬はお好きですか？　馬の目をじっと見たら、わかります。馬も人も同じ。犯罪人と英雄は紙一重ですからね。戦争なんか始めても、新しいことは何も起こりませんよ」——「新しきもの自ずから明らかなり」です、とわたし。どうやら彼はそれがとても気に入ったようである。

教授はすでに科学的な正確さでもって自傷行為の研究を進めていた。実験もいろいろ——連日町の外へ出て、そこらに転がっている死体の手を撃っている。手のひらを至近距離から撃つと、ほとんどの負傷兵と同じ星形の銃創と火傷が残る。指骨の損傷も至近距離からしか生じない。自傷行為は増える一方で、今では日に六百件も起きている。こ

＊　大ロシア人＝モスクワ人、すなわち帝国ロシアの人びとに対する蔑称。ロシア語のモスカーリには否定的なコノテーション（言外の意味）、また皮肉や冗談のニュアンスあり。文書資料に出てくるのは十七世紀から。十八、十九世紀に、とくに白ロシア（東部）人やウクライナ人がロシア帝国の軍人、兵士、役人をこう呼んだ。ウクライナ語ではモスカリ、白ロシア語ではマスカリ、ポーランド人はモスカル。

れは教授の発見だ。ずいぶん嬉しいらしく、第一発見者の喜びを隠しきれない様子だが、同時にそれがもたらす恐ろしい結果――〈パーリチキ〉の銃殺。〔心配で〕堪らない。彼自身が事実（秘密）を洩らすことはない。どの程度の処罰になるかはっきりしないうちは、結果を公《おおやけ》にはしない。治療が済んだら兵は前線に戻される。ただそれだけだ。それが人道的で正義にかなっている。なぜなら、〈パーリチキ〉に罪ありとされるのは生存条件の平等性に違反――額に一発と指の骨折では比較にならない――しているからである。教授は自分の〈人間性〉について、なぜか喋り過ぎた。自分が悪いことをしたみたいに釈明までした。そして、自傷行為を非難する者たちに向かって、それじゃ食糧無しの塹壕暮らしを数昼夜やったあとでヒトを裁いたらいいだろう、などと言い出した。しかし彼が何を言おうと、パーリチキ伝説はもうわたしの心に深く入り込んでしまっていた。

「ほれまた負傷兵だ！」と誰かが言う。

間髪入れずに、わたしが――

「軽傷者かな？」

すると返ってくるのは――

「なに、またパーリチキさ」

わたしの道づれは、顔こそ若者だが、唇は薄くて老人のよう。薄い青い目、ひん曲がった脚、感覚のない指先。藁束か老いぼれ爺さんか、まあそんなところだが、まだ三十二歳である。

「おたくはいったい何者だね？」

あるとき、わたしは訊いてみた。彼は自分のことを〈全権代表〉と名乗っていた。

「僕が何者かって？」彼は嬉しくなった。「僕が何者か、彼らに訊いたらいい。僕は自分が何者か何をしているか、自分でもわからないんだ。僕は〔傷兵のために〕それなりに金を遣ったし仕事もしてやった。有り金ぜんぶ賭けたことだってある。でも、それでもやっぱり今でも自分が何者かわからない」

「なんでそう自分のことがわからないのだろう？」

「なんでかって？　そりゃ簡単ですよ。僕は前線に出たい、でも出してくれない」

あたりが、大停車場が、薄暗くなってきた。物資を運ぶ車輌の列。まるで太いワイヤーだ、ぴりぴりと神経ばった巨大な生きもの。その中のどこかにわれわれの貨車があるはずだが、さてどこだろう？

やっと入ってきた。四番線か、トンネルのようなところを通ってそちらへ移動。わが全権代表はふらふら状態だ。あちこちぶつかっては悪態をつきまくるが、同時に「うう」だの「ああ」だのと呻いている。何かを演じているようで、口の利き方がいかにも全権代表である。それで、あっちからもこっちからも——「もううんざり！」、「やりきれんなあ！」

貨車はからっぽ。毛布が百枚ほど、伝票が数束、ガーゼが少々。ここから脱するために仕組まれた移動であることは明らかだ。全権代表は戦闘地域を目指している。

深夜、もう何時間も突っ立ったまま。じめじめしている。将校連と曹長が一人やってくる。彼は補給廠の責任者だ。（初めは口を噤んでいた）わが全権代表が突然、その責任者に向かって自分のことを喋りだした——自分は全権代表でありこれは自分の貨車であります。が、将校の一人も、いやこれはこっちの貨車だと〔言う〕。将校の貨車には榴散弾が積まれているが、全権代表の貨車はからっぽだ。

急拵えの苦行用寝床。旅客列車。コニャックが一杯ずつ配られる。何か読むものはないか？　行軍用ベッド、作業着、スリッパはすでに役立っている。

移送作業——前線には砲弾が、前線からは負傷兵が。夜の砲火、人の声。列車が待避線に入って停まる。明かり、また声が飛ぶ。看護婦たちが見てまわり、食事の世話をしながら訊いている——「軽傷ですか？　重傷の方はおられますか？」藁の上に何やら灰色のどんよりしたものが層を成している。そんな中から声がかかる——「薄めの榴散弾《シラプネリ》〔大麦の固めのカーシャ〕はあるかね？　やっぱし余っちゃいねえな、ここでも」

カーメンカの朝。地面に一サージェン〔二メートル強〕ほどの漏斗状の穴。水が溜まってきらきらしている。そんな小さな湖があっちにもこっちにも。（灰色の看護服よろしく）どんよりした顔の将校は病院からの原隊復帰。快復したのだ。彼は戦場と砲弾に詳しく軍事技術方面の話もできる。背嚢、機関銃の弾薬帯の山。こちらは雷管を埋める作業だ。

ラヴァ・ルースカヤ〔リヴォーフの北西の町〕。戦闘はラヴァを迂回した。負傷兵で満杯の〔列車〕。例の将校が一二七連隊を見つける。彼の古巣だ。第三中隊の子どもといった兵士たち。将校は怖じけている。仲間の消息を訊こうとしない。全員〈パーリチキ〉なのだ。

将校連は行ってしまったが、わたしたちは駄目だ。全権男がわたしを自由にしない。こっちはからっぽだから動かすわけにはいかない。指揮官はラヴァに住む叔母さんのところへ消えたが、温かいミルクを飲んだら、また自分の貨車に戻ってきた。貨車はやはり動かない。夜、闇、小雨、寒さ、負傷兵、弾丸——灰色。巨大堆積物と雪と忍耐——こんなものをどんな巨大な人格が鼓舞し双肩に担って運び去るというのか？　ロプーヒンはぐったりしている。水が手に入らない。負傷兵たちが有るだけ飲んでしまったのだ。孤立無援。いつものことが行なわれない。

深更。銃声か。でも、わたしは出ていかなかった。本格的な撃ち合いだった。悪夢。角灯が消えた。ああまずい、明かりをなんとかしなくては！

ボブローフカ、早朝。軍医のアレク〔セイ〕・パーヴ〔ロヴィチ〕・シテイン〔病院列車の医師〕に会った。傷病兵支援組織のプラン。ロビンソン・クルーソーのテント、大鍋、カーシャ、看護婦クジミーナ。夜戦のあと負傷者が運ばれてきた。山、人間の山。軍医マリーニンと〈パーリチキ〉、軍医ペシリン、ゲンリフ・ギーマ、アレクセイ・ホミャコーフ、学生ドミートリエフ。まさに退却の図なり。なぜ陣地は明け渡されたのか？　最前線の村。先頭車輛。引込み線。車内で〔食事は〕乾パンだけ。寒い。凄まじい湿気。神父は聖礼を行なわず、輔祭が部隊の中へ。森の傍らに同胞の墓、われわれもそっちへ向かう。志願兵たちがぶらついていて、話題はいつでもオーヴァーシューズとダムダム弾、〈パーリチキ〉の処罰のこと。ただぶらぶら。

ヤロスラーフの陣地。退却、逃亡。どうしてヤロスラーフの要塞を見捨ててサン川の先へ撤退したのか。問題はそれ。敵はヤロスラーフから四方八方へ砲撃を開始した。九月二十八日以来、〔軍は〕粉砕されて半分に。

補給所の貨車。燭台は壊れた拳銃で、灰皿は榴散弾の薬莢で〔できている〕。貨車のまわりは空の薬莢の山。薬莢のイリュミネーション。車室に四人、朦々とタバコの煙。ほどよい温《ぬく》さ。ガラスが汗をかいている。野原に常時、歩哨がひとり。

教育も地位も身分も関係なく、余計なものはみな取っ払われて、およそ雑多な人間が一堂に会している。大きく分けて二つの階級――指揮官連と「もううんざり！《トーシナ・ターク》」組である。

砲撃の振動で手製の燭台がずるりずるり、窓がガタガタいっている。誰もが「トーシナ・ターク！」

墓地の方へ輔祭が歩いてゆく。戦場から送られてくる負傷者たち捕虜たち。

また新たな生活、砲撃の中で交わされる新たな会話。大鍋の脇の箱に腰かけて、新たな会話の始まり。砲声と一脈相通じた新たな生活よ！　新聞が回ってこない。カルルが死んだ――どこのカルルだろう？　知らなかった。

警報が鳴る。負傷者なし。負傷者は別のルートでここを発った。左右の翼、地平線上の包囲環。邪魔なのは右手前の薪の山、林、左手前の木立、輜重、それと包帯所の建物だ。

夜戦のあと、みなが話しかけてくる。負傷者を待っているのだ。輔祭が僧服に着替えた。準備完了。突破できるだろうか。

「いずれ突破できるさ、一時間かそこらで、必ず！」

弾けるような音がした。すぐにはわからない。何だろう？　銃声？

行ってみたい気もしないではない。外套は先頭車輌に置いたままである。銃撃戦らしい。どうする？　行ってみようか……やってるやってる！

おお、この奇妙な嬉しさ……

曇り。靄がかかってる。靄さえなければ、ヤロスラーフの町が見えるのだが……いや、カトリックの教会は見えている。靄がどんどん流れて、横っちょを兵隊が――負傷兵だか浮浪者だか。兵士がひとりミルクの壺を抱えて原っぱを横切る。

「こぼしてやがる！」

榴弾砲が側溝に。

「なんてこった！」

樹の上で小鳥たちが歌っている。灰色のシャコ、雛の大家族。小さな林、苗木と茸の。今では誰も塹壕のことなど気にしない。牝牛がうろつき、人間は働いている。サン川に架かる橋。そうだ、橋の方へ行こう！　サン川を渡る。

銃声がした。谺《こだま》だろうか？　森の右っ方。

男の子が歌をうたっている。その子を襲っているのは恐怖と歓喜。羽ばたく鳥の群れ。何もかもが海のよう。波が打ち寄せる。割れる音、叩く音。橋を造っている。機関銃のタッタッタ。命中！　機関銃は一人あて七発まで。ああまた海が揺れだした。みな大波の方へ引き寄せられていく。次第につのってくる船酔いの予感。恐怖。

村の教会の上空にぽっかり浮かぶのは、堅牢なること要塞のごとき雲。だが、徐々にそれは解けだしてくる。右隣の桃色の雲にも漏斗状の穴があいた。なにやら細い棒杭のようなもの。鉄条網、堡塁。電線は四列、切通し。塹壕、薬包、コンクリート小屋。そこは死の空間。砲弾が小屋に命中して、兵士がひとり吹き飛ばされた。我に返ったときには全身血だらけ。必死に血を拭うが、肉も髪もみな他人のそれ。いったい何が起こったのか。訳がわからず、今ようやく自分自身と出会ったみたいな顔付きである。

フガス地雷が爆裂。ばらばらの農婦の体。〔鉄条網の〕針金を引っぱっていたのだ。

男の子が銃弾をいじっていて、目を火傷した。弾はそこらじゅうに転がっている。

背後で轟音。すでに砲台を通り過ぎていたので、こちらは何事もなかった。前方でピカッ。塹壕に歩兵部隊。塹壕は狭く細くどこまでも続いている。これが延々四百露里？
ザモーイスキイ伯爵の城。
貨車住まい。夢。榴散弾で起こされた。
戦争はちょうどシベリアの密林《タイガ》にでもいる感じ。わたしは圧倒され、息が詰まって、無力だ。でも、タイガなら誰かしら定住者も見つかるだろうが、戦場に住人などあり得ない。ここでは誰しもわたしのように圧し潰されている。[1]

▼十一月三日〔ペテルブルグ〕

夜の八時に電報を受理——十一月一日に母が死んだ、と。葬式は四日、明日だ。間に合わない。

今日がフルシチョーヴォでの彼女の最後の夜になる。母と最後に会ったのは八月だった。林檎の花が……庭に咲き誇っていた……歯をむき出し……痩せ細って……母の最後の手紙はキーエフで受け取った。スターホヴィチ〔実家の隣人〕の人たちにわたしに手を貸してくれるよう頼み、林檎はどこ宛に送ればいいか訊いたという。

▼十一月九日〔フルシチョーヴォ〕

追善供養《ポミーンキ》が考え出されたのにはそれなりの理由がある——死後九日目に夢に出てくるのだ。[2] 奇妙な夢だった。どこかのホテルの一室で、母と姉〔長姉リーヂヤ〕に会うが、自分は母が死んだことを忘れていた。何か話していて、ふとそのことを思い出し、ぎょっとする。「お母さんは死んだんだよ！」——が、母は何事もないように応じる。わざとそうしているのだ。「どういうつもり？　どうしてみんなを苦しめるの？」——母はちょっと狡るそうな笑みを浮かべると、リーヂヤの方を見た。「ひょっとしたら、お母さんは遺産のことで僕らを試そうと思ってるのかな。じつは今日、そのことでリーヂヤに手紙を書いたんですよ。自分の相続分には興味がない、領地は母が生きてたときのままにしておいてくれたらそれでいいし、あなたはお母さんのようなプリーシヴィン家の主婦でいてくださいってね」。すると母は、また何か妙な目でリーヂヤの方を見た……

この日の夜（九日目の晩）、夢に出てきた母は菩提樹の下のテーブルでお茶を飲んでいる。そこにもうひとり誰かいた。わたしたちはドストエーフスキイとカチェリーナ・イワーノヴナ[3]の話をした。

生きて還りたいと母に書き、それを書留で送ったその日に、母は亡くなったのだ。

▼十二月十五日

明るい朝。大きな星。炉に火が入る。家並みが白くなった。これすべて戦時下初の平和の朝、初めての平和の感覚なり。一方、きのうの新聞には、わが軍がクリスマスプレゼントを満載したドイツ軍の輸送車を大量鹵《ろ》獲したという記事。夢の中でわたしは致命傷を負った人たちの方へ歩いて行き、仰向けに寝転がった。そして世界に向かって何か叫ぼうとするのだが、舌がしびれて動かない。声になったのは、芝居じみた「おお慈悲深き神よ！」だけで、それもすぐに途切れてしまった。

▼十二月二十三日

母が夢に出てきた。生き返って、またぞろ齷齪《あくせく》しだす。町へ行って本当の遺言状を作ってきた。以前の〔遺言状の〕間違いは、公園〔プリーシヴィンの実家の庭園〕が誰かわからぬ相続人の手に渡って売却される可能性があったこと。所有権をはっきりさせるために共有財産とし、たとえば学校などに供与する云々。わたしには――「ところであなたはもう大丈夫やっていけるのね？」――そう言って、母はなぜか照れくさそうな顔をした。

▼十二月二十四日

繰り返し見る同じ夢。本当に何度も見てるのだろうか？自分はよく空を飛ぶ。飛ぶと言っても、飛行機ではなく自分の腕で、腕を振って空を飛ぶのだ。今夜、ひょいと通りで舞い上がった。下の方で驚きの声――「まあ素敵、最高だわね！」

ローゼンベルグとかいう医師のところに立ち寄り、この自分の飛行を科学的に調べて、その結果を世界に発表してくれるよう頼んだ。医師はわたしの脈を取り、わたしは彼にすべてを話し、飛行は純粋に心理的なものであるかのように語った。ついては完全にこれに没頭する必要がある――すれば必ず飛べるようになる。まるまる二時間も医師を独り占めしたので、医師の奥方が二度三度と診察室に入ってきては、わたしに診療時間についてほのめかす。ついに医師が腰を上げ、わたしと一緒にトロイツカヤ通りの腸詰屋〈トレイガ〉へ。そこでわたしに見事なハムを見せてくれた。

母がわたしに遺してくれた庭――それで母に対する気持に変化は起こったか？　だが、いつだって、わたしたちの

＊1　九月二十四日に始まった戦地特派員としての仕事は十月十八日をもってひとまず終了。戦地での最後のノートには日付がないが、「ロシア通報」「談話」「株式通報」各紙には着実に記事を送っている。

＊2　正教の追善供養は、死後三日目、九日目、四十日目に。

＊3　ドストエーフスキイの作品には二人のカチェリーナ・イワーノヴナが出てくる。マルメラードフの妻でソーニャの義母（『罪と罰』）と、カラマーゾフ家の長男ドミートリイに裏切られた婚約者（『カラマーゾフの兄弟』）だが、プリーシヴィンの日記には後者への言及が多いようだ。

土地への愛には小さき庭があったのである。死ぬほどに愛された者たちは崇高なるおのが思いを語り、その崇高なる思いはいつでも小さき庭の歌なのだ。

村の冬。絶たれた世界との接触の道——吹雪が吼え、何もかもがどんよりと曇っている。そんなときだ、なぜか少しずつ少しずつ母の思いが、村での暮らし、子どもらの行く末を案ずる人の思いの深さが、わかりかけてくる。

母はよく言っていた——「こんな時代に、たとえ小さくても自分の土地を持つのは、いいことだわね」。わたしは驚いて言い返す——「世界戦争が起こっているこんなときに、ひとかけらの土地のことなどどうして考えられるんです?」ところが母は平然と——「いつだって戦争は土地の奪い合いから起きてるじゃないの」

母が死んで土地が遺された。ちっぽけだが公園あり森ありの素晴らしい土地。何かあると、わたしはよくその歓喜と平和の感情世界へ還っていった。わたしにもそんな小さな〈はげ山〉《ルイスイ・ゴールイ》*1があるのだ。それが戦時下に分配された。

領地の分配——見事なテーマではないか。

▼十二月二十七日

この戦争の意味を探るには、地球儀の地殻をなぞって大地の相貌《かお》を見きわめる必要がある。試みに自分の家宅《フートル》から地球儀に思いを馳せ、ここぞとおぼしき箇所に微視的一点を打つ。はたして戦時下の世界(の地球儀)に自分の家宅たる点《トーチカ》が浮かび出た!

▼十二月二十九日

家族争議はさながら荒野を渡る疾風《はやて》のごとし。だが、子どもたちは荒野の防風林だ……。いくら言っておいても、、ボタンが付いていない——そんな些細なことが、ボタンならいつでもちゃんと付いているはずの(いつでもそうでなくてはいけない)世界に、いきなり入り込んでくる。そこで、その幸福の想像世界に苛立ちと非難が生じてしまう。一方、女の口からぽんぽん雪つぶてのように「屁理屈」が返ってくるに及んで、ついに生活の場たるわが家はすっぽり雪に埋まってしまうのである。おお吹雪よ!

それでどうなるかというと……驚くべきものは母性なり! 雪嵐が過ぎたら、けろりとして何事もなかったかのようだ……。

生活の縫い目がほつれ始めている。たとえどうなろうと、家作*2をきちんと整えるまでは辛抱しなければいけない。生活の目処《めど》が立ったら、たぶん自分はここを出ていくだろう。あとは勝手にやってくれ、こっちは漂泊の人生だ。

アレク〔セイ〕・ミハ〔ーイロヴィチ〕が死にかけている。気狂いじみた花卉《かき》園芸家。婿選びで悩んでいたリュボ〔ーフィ〕・アレク〔サーンドロヴナ〕*3は、長老アムヴローシイのことを女中から聞いて、さっそく会いに出かけた。（長老《スターレッツ》の真髄とはすべてを預けること）。長老は結婚をとどまるよう忠告したが、彼女はそれを無視した。その怪物（狂人アレク）と暮らし始めて一週間後に、彼女は長老に後悔の手紙をしたためた。それに対する回答は「耐えよ《チェルピー》！」のひと言だった。それからは一切を長老の裁量に任せて迷わなかった。つまり、耐え抜いたわけだ！

驚くのはその暮らしぶり、エゴイズム（すべては自分のため！）。そんな状態から抜け出すいい方法はないものか。離婚？

ヤーシャ〔妻の連れ子〕が学校に行かなくなった。「ヤーシャを家族とは見なさない。学校に行かないなら、田舎へ帰す」と言ったら、妻は「それなら子どもたちを連れて出ていきます」ときた。で、そのあとは例によって、身に覚えのない非難、ありったけの女のたわごとを臭い汚水みたいにぶちまけられた。生活の縫い目がほつれ始めている。でも……

＊1　『戦争と平和』（レフ・トルストイ）に描かれている、ロシア屈指の名門ボルコーンスキイ公爵家の領地。はげ山はその通称。
＊2　フートルに同じ。財産分与で入手した故郷フルシチョーヴォの土地の一部（三十ヘクタール）。作家はそこに家を建てて畑を耕すことを決意した。
＊3　ロストーフツェワはプリーシヴィン家と領地を接する地主の娘。

一九一五年の日記

▼一月一日〔ノーヴゴロド近郊ペソチキ村〕

時計が止まってしまったので、時刻を明かりの加減で知る。目安は向かいの婆さんのペチカの火である。夕方、息子が〔兵隊に〕取られて——呻き声が。翌日、火が弱くなる。あれは燈明のかぼそい明かり。ペチカに火を入れなかったのだ。

新年の第二日に徴兵があった。通りは呻き声、泣き喚き、罵声が飛び交う。女たちは泣きながら、酔っぱらいみたいによろけて、雪の中に倒れ込む。徴兵された男は、女たちを避けて橇に乗り込むのだが、その身のこなし、すでに未来の戦士である！　女たちを遠ざけることで特別の存在となり、あっぱれ陣地で変身を遂げるのだ。

朝早く（五時前後？）目が覚めた。時計の針はやっぱり止まったままである。サモワールの用意をと思ったが、壁を叩いたものか（わからない）。この家主の一家はまだ夢の中かも。いつもは窓から向かいの家のペチカの火が見えるのだが、徴兵騒ぎから三日も経っているのに、ペチカは焚かれず、明かりといえば燈明ばかりである。

人間に鉄の箍《たが》。生きている二人、うち一人が箍になるほうか、それとも箍そのものか？〔ここでは徴兵の苛酷さ〕。どっちがいいか？　さほどに国家の強制は怖いし厭なもの。でも必要であり、死と同様に避けることができない。そうして兵士の数は増えてゆく。それは人間を喰らう巨大な怪物だ。命あるかぎり生長し続ける。地図を見れば、忽ち食欲が湧いてきて、どうしてもダーダネルス[*1]を獲得せねばと思ってしまうのだ。

▼一月五日

何とかいうアメリカ人の研究者の報告——ドイツ人、この比類なき民族には祖国〔くに、母国、ローヂナ〕の感覚が欠如している、と。それが真実なら、わたしには、ドイツ人は自分のローヂナをいつでもどこでも持ち歩いていて、ほかのもの他人のものなぞ眼中になく、おのれをおのれのものと切り離すことなく、したがってホームシックに陥ることがないように思われる。

戦争は世の中に意味ある〔本質的な〕ものをもたらすのか、わたしにはわからない。ただロシアにとって戦争はまったく新しい生活の稜線《グラニ》となるかも。

新聞にこんな記事――この戦争で明らかになった最も興味深い現象の一つは、国家権力、つまり支配勢力に対する民族の、たとえばイギリス人への回教徒の、またオーストリア人その他へのトランシルヴァニア人の、ルーマニア人の、敵意むき出しの忍従ぶりである、と。こうした現象は、今日の生活において、民族的宗教的ファクターに対する経済的ファクターの圧倒的な意味、重要性の結果であるのかも。

一月十二日から三十一日までペテルブルグに。原稿の整理と戦地への出立準備。

記憶に残ったこと――ソログープのところでヨーロッパ問題を侃侃諤諤《かんかんがくがく》。アンドレーエフ*2とゴーリキイに会った。ソログープの家にはブローク*3も顔を出した。ユダヤ人攻撃。

---

*1　ダーダネルス海峡――中央ヨーロッパ列強側（独墺軍）についたトルコによりダーダネルス海峡が占拠されて、ロシア帝国は世界市場から締め出された。過去一世紀にわたってロシアとイギリスによって交互に保護されたり嚇かされたりしてきたトルコ（大仰に言えばオスマン帝国）は、今やこの両国を一度に撃破したい誘惑に駆られたのだ。トルコは露軍攻撃のためまず全軍をカフカース地方に、一方でにわか仕立ての軍隊をスエズ運河にも差し向けた。カフカースでの戦いは凄惨をきわめる。補給もままならぬ真冬の戦闘で、数千名のトルコ兵が一夜のうちに凍死した。相対した露軍も烈しく追い詰められて、英軍に救援を要請する。

*2　レオニード・アンドレーエフ（一八七一―一九一九）――小説家・劇作家。性、恐怖、死をテーマにした病的で幻想的な作品で一世を風靡。十月革命に反対し亡命。代表作に『七死刑囚物語』。

*3　アレクサンドル・ブローク（一八八〇―一九二一）――シンボリスト詩人。メレシコーフスキイ、ギッピウスの雑誌「新しい道」でデヴュー。ウラヂーミル・ソロヴィヨーフの神秘主義の影響を受ける。革命を肯定。代表作『十二』『スキタイ人』。プリーシヴィンとの論争あり。革命後、プリーシヴィンの初恋の人、ワルワーラ・イズマルコーワがブロークのもとで仕事をしていたことがある。作家自身はそれを知っていたかどうかは詳らかでない。

ペトロフ＝ヴォートキン[*1]、チュコーフスキイ[*2]、カルタショーフ。

「ロシア通報」紙の特派記者としてカルパチアへ向かうことになった。

今回は次なる作品のための資料収集ではない。直接現地から記事を書き送るので、これまでとはぜんぜん違う性格のものになる。

もう文学の旅とは縁切りだ。

レールモントフの『仮面舞踏会』は失敗したデーモンの体現化。このデモーニッシュな感情は、俗悪なおのれ自身の存在を罰する必要から生まれたものだ。俗悪への解毒剤を見つけること。〈俗悪〉の死刑執行人への愛が悪魔主義《デモニズム》を生みだすのだが、もちろんそのとき、最もデリケート（繊細にして明敏）な美との接触が生ずるにちがいない。

チュコーフスキイ（コルネイ・イワーノヴィチ）は才能ある不運な男だ。

ソログープのサロンは俗悪の権化。音声再生と共鳴装置付きの、常に論理的な死の仮面……博すること、人気取り……（ゴーリキイ、ラズームニク、それとだらしない裸女）。

ブーニン[*3]――ペテルブルグの官僚を真似た地方官吏といったところ（マナーも話しっぷりも）。

カルタショーフは自分の正義感の中にどんどんはまり込んでいく。

フィロソーフォフ[*4]は暖かいジャケツにご執心である。ブロークは常に上品。

戦地報道の日記

わたしのある知り合いが戦争とお産を比べて論じた……行く必要もない余所者が戦場に出向くのは恥ずかしいことだ、と。見事な比較ではないか。わたしは戦争を見てきた。そして、人間を丸ごと呑み込む生と死の問題を、その認識を、わたしはまさに（出産の）現場で得たのである。

戦地から戻ったわたしは、しばらく、銃後の人たちとうまくいかなかった。どうでもいいようなことばかり議論し合ってるようだった。彼らの前には帳《とばり》が降りていて、こちらはちらと覗き見するだけだった。

村では、初めのうちこそ緊張して仕事も捗ったが、そのうち不活発になり気持ちがしぼんで、とうとう怠惰と鬱がやってきた。どん詰まりの状態がやってきたのだ。もうどうにもならなくなったところで、ふいと新生活が始まったのである。それは自分本来の素晴らしい生活……あの空虚あの病的な時期は、たしかに町でも旅の途中でもあったわけだが……（グリーシャ〔ペテルブルグのホテルの玄関番。同郷人〕などは、おそらくいつでもそういう状態でいるのだろう……とはいえ、そんなからっぽのどん底から、動物的本能の世界は始まるのである。そういうわけで、グリーシャのような人間の内部では、たいていペシミズムと楽天主義ががっちりひとつに噛み合っているし、そこへ外的自由やらお金やらが投げ込まれたら、当然〈デモーニッシュな〉生きものが出来上がってしまう）。

自由の意味を知る者は古代の賢者たち。外界と関係を絶つことが自由の条件なのだ。問題はマテリア（外の世界）にのみある――それをどう崇高な精神で満たすか自由にするか、である。物質的《マテリアル》な問題を恐ろしく感ずるのは独りであるときだけ、みなが結束すれば怖くないし、まったく問題はない。つまり物質的問題とはヒトとヒトとの関係、これに帰する。すべては人間のうちに在る。

▼一月十二日

若いカップルが歩いている。とうの昔に消えてしまった光景と思われたが、現にこうして歩いている――あまりにあっけらかんとしているので、ずっとそうだったような気がしてくる。自分個人の幸福で世界を幸福にする、永遠の、無鉄砲な試み。

＊1　クジマ・ペトロフ＝ヴォートキン（一八七八―一九三九）――画家。リズミカルでコンパクトな構成と開放的な鮮やかな色彩が特徴。代表作に『アンナ・アフマートワの肖像』『赤馬の水浴び』。

＊2　コルネイ・チュコーフスキイ（一八八二―一九六九）――ソヴェートの詩人・批評家・児童文学者。ペテルブルグ大学卒。早くから前衛的な文学運動に参加、新聞・雑誌を編集。児童向け物語詩『ワニ』（一九一六）、子どもの言語感覚を分析した『二歳から五歳まで』（一九二八）は有名。晩年は多くの回想記を。長男は作家のニコライ・チュコーフスキイ（一九〇四―六五）、長女のリーヂヤ・チュコーフスカヤ（一九〇七―九五）も作家――中編『ソフィヤ・ペトローヴナ』、『廃屋』などのほかに、詩人のアフマートワやツヴェターエワを語った回想記、日記、父との往復書簡。

＊3　イワン・ブーニン（一八七〇―一九五三）――作家・詩人。ヴォローネジの没落貴族の子。エレーツ高等中学を十五歳で自主退学。同校を退学させられたプリーシヴィンの数年先輩にあたる。『落葉』（一九〇一）でプーシキン賞。ゴーリキイと知り合い、〈水曜会〉に参加。代表作に『村』（一〇）、『サンフランシスコから来た紳士』（一五）。一九二〇年にフランスへ亡命し、『ミーチャの恋』を発表。一九三〇年、ロシア人初のノーベル文学賞を受賞。

＊4　ドミートリイ・フィロソーフォフ（一八七二―一九四〇）――社会政治評論家。ロシアの古い貴族の生まれで、父は政府高官、軍法会議の長を務めた。〈天才を発見する天才〉と評された興行師セルゲイ・ヂャーギレフ（パリでロシア・バレー団を結成）は母方のいとこにあたる。

▼一月二十二日
家庭のことで大いに苦しんでいる――堪らないほど。マルーハ〔情人、または仲を裂く人の意、一九一四年二月十日に、セラフィーマ・パーヴロヴナに関してこの言葉が使われている〕の出現の可能性。もしマルーハが現われたら、すべては終わる。しかし、マルーハは現われない。したがって、生活そのものは、どっかこそこした、仮の、偶然のようなものになる。それで、この偶然の玩具みたいなやつが唯一最高の、つまり自分の権利を主張する。それは他者の権利への侵害。侵せば自分自身を卑しめることになる。頭の中はいよいよ宿無しと「杖ついた」孤独な漂泊人生ばかり（漂泊は最後の最後）。

▼二月七日
ヴェレビーツイ[*1]
戦地特派の決定。
雑記帳、ことばとテーマ。日誌は欠かさず付け、そこから五日ごとに、送るべき記事を選び出す。
記事は戦争に関するもののみ。基本は（戦場視察による）実体験。古いものは採らない。新しい発見だけを書き送ること。

▼二月九日
波浪《ヴァルナ》のごとき噂話《マルヴァ》に聞き耳を立て、それを真実と思いたがっているが、そんな波はもはや存在しない。いま交わされているのは、まったく違う会話である。ただ近親者だけには、その目の先、人波の果てを一望できる高い目線のせいで、大波の流れる方角はほぼ見当がついている。

▼二月十一日
祈り。どの家もまだ寝息を立てている朝まだき、薄闇の空を鳥たちが飛んでゆく。手の指はひとりでに祈るかたちに組まれて、被造物たること永遠なることの喜びが人をしてこの世界の一員たらしめる。

で、新しいもの、最も偉大な（偉大ですらある）新しいものとは何か？〈新しい〉とは、古き時代の永遠なるものをさらに深く覗き見ることによってのみ〈新しい〉にすぎない。そのように一日を始めて、わたしは祈る――夕べには自分の仕事に自分自身を発見できますようにと。

ゴーリキイは情熱的に苦悩と格闘している。[*2] まるで何者かの苦悩が存在目的ででもあったかのように。いいや、そうではない。苦が避け難いからなのだ。われわれが苦を受け入れようとするのは、世界をではなく、神を慮《おもんぱか》ってのこと。神への慮りは苦の咎人《とがにん》を見出すが、世界への慮りは咎人そのものをつくり出す。そして苦悩する人間はこう告白する――悪いのは自分だと。だが、苦は避けられない！

経済とは現代の商取引であり、貴族はその商人《あきんど》である。

未来の建設を可能ならしめるには、その土地の暮らしを研究せねば。古臭く有害なものをいかに何を用いて改良するか、また新しいものがどこからどのようにして現われるか、を。

戦時における創造的かつ建設的な労働（《花咲く庭》）に繰り込まれ表現された国民の労働の総計が、あり得べき幸福のあり得べからざる展望を明らかにする。死と破壊は今や人間の心にひたすら地上の幸福を願うさまざまな勢力を産みつつある。

この戦争の最後に出現するのは、ひょっとすると、地上の宗教のようなものであるかもしれない。たしかに人間は、ここのこの地上の生きものにちがいないのだから！

過去。何もかもが完全に過ぎ去った――もう二度と会いたくないと思うまでに。もともと無理なのだ。彼女としては〈結婚は無し！〉、ただそれだけ。[3] 詩人は結婚できても、ポエジーが夫婦生活を始めないのだ。

いい給料を貰っている組織化されたロシアと、組織化されない〔ローマの〕剣闘士のような奴隷たちのロシア。地方自治体および都市の団結、それといつもながらの村落ルーシ。国内経済、銃後のこの暮らしの絵がいかに困難であろうと、この困難の中で……もがいているのはわれわれではない、ドイツ人たちのほうがよほど苦しいはずである。この暮らしの意味は、愚痴らず、不満を漏らさず、人間（剣闘士）たちを〔国家に〕捧げる能力にある。そこから意味がかたちづくられ、敵へ返す言葉も生まれてくるのだ。数では負けない！　われわれにはあらゆる苦難に最後まで耐える覚悟がある！

ある声。われわれは神人＝キリストの体をばらばらにしてしまった。〈神〉を取ったのは僧侶たち。〈人〉は社会主義者たちが取った。素朴な民衆が宗教と袂を分かつのは、なんと簡単なことか！

＊1　ヴェレビーツイ――ノーヴゴロド県下の村か？　「ロシア報知」紙による戦地への特派は二月十五日から三月十五日までの一か月間と決定。プリーシヴィンにとっては二度目の前線視察である。ペトログラード出発まで余すところ八日。

＊2　ゴーリキイとの出会いは、彼がプリーシヴィンの初期作品『黒いアラブ人』『鳥の墓地』（一九一〇）を絶賛したのがきっかけ。手紙はよくやりとりしたが、じかに会って話したことはさほど多くない。

＊3　ワルワーラ・イズマルコーワがいきなり出てくる！

民衆から借り受けた、言うならば〈賃借された宗教〉、それがもう不要になったのである。社会の上層が自分たちの新たな関心を民衆宗教に向けた時代。それで、いつ民衆は心安く値も安くそれを賃貸ししてくれるのか？

自分はよく知っているが――銅貨で教育を受けた〔貧乏のためろくな教育を受けなかったの意〕おばさん〔作家自身の母のマリヤ・イワーノヴナのこと、息子はときどき彼女を〈おばさん〉とか〈侯爵夫人〉などと呼ぶ〕は、七十五の歳までずっと進歩《プログレス》を信じていた。彼女はその進歩に対する信仰ゆえに、古儀式派の父祖たちに背いた〔母方のイグナートフ家は代々分離派＝ラスコーリニキ〕。そして老境に至って、自らのナイーヴな信仰ゆえに、累々たる屍の山を目の当たりにし、「この信仰に神はおられるのか？」という問題に絶えず悩まされているのである。

戦争で決してヒトはヒトを殺さない。兜や軍服を狙うだけで、戦争に罪人は存在しない。

年寄り連は気力体力衰え、自分の息子のことで悩み（ロシアは粉砕された容器だ、などと）、〈内〉に不満をぶつけている。国が牛を高値で買い付けると、こんなことまで言いだした――「政府はドイツのために牛の買占めをやってんだ（本当はな、ドイツの奴らが買占めてんだよ。あいつら、こっちの秘密なんかなんでも知ってるんだぞ）」

自分は、地上の暮らし、地上の住人、定住生活者である。だから、いつもこう考えている――定住生活に侘しさはつきものだが、それでもやはり愉しい。ここに都市生活者が――労働者あるいは職工がいる。暮らしぶりはまずまずだが、でも何かが、何か大事なものが欠けている。それは何か？　土地を持たぬ人間の、拠って立つところのもの。空飛ぶ鳥と同じだ！

時は過ぎる、取り返しがきかない。自分はもう四度の戦争を生きている。物価はずっと低く抑えられてきたが、近ごろまた高騰しだした（それで物資はみなドイツへ流れていくなどと囁かれている）。

「われわれロシア人は、ドイツ人や他の民族のように、他人の稼ぎで暮らすことを良しとしない……」。〈産業とは他人の金で暮らすこと〉

ポーランドとガリツィアでは足踏み状態だ。じつにやるせない。君主《ゴスダーリ》がすぐにも〔軍を〕進めたら……なんにせよ銃後には、空気を読みながら、ああでもないこうでもないと考えるだけの余裕がある……

以前は、若者たちを満載した輸送隊だったが、このごろ通過するのは女と年寄りばかり――返品された不良品のような。

年配者は、なぜ自軍が足踏みしているのか、戦争はいつ終わるのか（肝腎なのはそのこと）を知りたがっている。ある者はこの戦争がフェアであるかを問い、ある者は塩漬け胡瓜を積んだ貨車の到着を訊きにやってくる。また、以前の戦争ではいつも物価はずっと低かったのに、どうして今はこんなに高いのか――これはドイツの奴らが、わが国を迂回してスウェーデン経由で運び込んでいるためではないか。わが国の物資を密かに買い占めているからにちがいない……

　こうしたやりとりから、わたしは確信した――重苦しい現状と先の見えない未来に悶々としている人たちの士気を鼓舞しなければならないと。彼らは負傷兵の話を疑ってかかっている（亡くなったとされた兵士がじつは捕虜になっていた）。目撃者が――しっかりと証言してくれる第三者がぜひとも必要だ（傷病者の目にはすべてが最悪の状態に映っているから、彼らの話を聞くと、限りなく士気は低下する）。ピーテル〔ペテルブルグ〕の空気と赤十字社員のそれの、なんという落差。赤十字社員がもたらすものは、銃後では夢にも見ないぜんぜん別の士気である。

　士気を高めて敵を打ち砕かなければ。

　村の農家を借りた。借りるとき、こう言われた――酒を呑んだら出て行ってもらう。呑むと人間が変わるからね、今はなんでもないが……。男は四人も娘のいる男やもめだ。以前は、大酒くらっては娘たちを物置に追いやった。暴れまわり、通りに出ると、石に腰を下ろして、あたり散らし、イヌみたいに吼えたらしい。今は見たところすっかりおとなしい人間のようだが、なに、これでなかなかの吝《しわ》ん坊、しかも気分屋である。小銭を貯めこみ、出し惜しみして、いちいちくだらぬことでしつこくお金を要求してくる。ほんとにうんざりする。娘たちには小言ばかり。娘たちは働き過ぎでへとへとだった。息子がいなかったから、戦争犠牲者も出ず、何ひとつ失わなかった。古い自宅の小さな隙間に、ただ干からびた南京虫みたいにじっとしている。

▼二月十五日

　ペトログラード出立の日。ここ数日、準備がてら友人知人を訪ねている。なんだかみんな急に老けた感じ。精進中かなと思ったほど。

　必要なものを買うために店をまわって歩いたが、ずっと変だった――どうもここは首都の商店じゃない。値段を掛け合うのがあたりまえの、どっか田舎の売台の前にでもいるみたいだ。軒並み物価が上がったので、売り手は買い手の様子や態度や顔色を見ながら値を言ってくるのである。

　文学者たちのなかにも大変動が起きている。洗練されたかつてのデカダン主義者たちは、以前は道徳派の例外であった問題を解決しようと額を集めている。美学が戦争にへばりついた恰好だ。ある大物画家〔クジマ・ペトロフ＝ヴォートキンのこと。プリーシヴィンとは当時いい仲だった〕は、戦争に走ろうとして、会派をすべて捨て去った。

戦争終結の予感あり。大丈夫、勝利はわが方にある。誰もがいちだんと年を取った――これを意気消沈とわたしはとらないが。ある大画家はわたしに言った――自分はまだ一度もこれはと思う仕事をしていない。ただ、来るべきより良き生活を信じて生きている。それは仕事に新たな活力を与えてくれるし、社会活動においても然りである、と。

知り合いの女性（外科医）に会った。悩み、疲れて、いかにも老けたという顔をしている。文学の副業は放擲したが、その代わり事業の計画はいっぱいある。そうした計画のひとつ――全ロシア療養所（国民サナトリウム）の組織化――が実現しつつある。集められた巨額の資金。近いうちにその準備作業の成果が公表されるはずだという。全ロシア療養院、別名国民サナトリウムは、英国のをモデルにしている。事業は純粋に社会的……〔一語判読不能〕なものだが、役人の思い付きが、ただの〈勤勉の家〉で終わってしまわなければいいが。いやそうにはならないという期待はある。何かもっと良い別のものへの……。銃後にこそ憐れみが〔あって然るべきなのに〕、でも、そこには苦しむ人との和解がない。

東プロシアにおける諸々の事件が、こちらの旅程に若干の変更をもたらした。わたしの行く先は前線だ、ガリツィアの〔一語判読不能〕。

ヴィリノへの途次、ピーテルで（大停車場で）別れのキス、車輌、すべて終わり。女と子どもたちが戦地へ赴く者たちへ最後のキス。自分も狩場でこれとそっくり同じことを経験している。瀕死の鳥の最後の痙攣だ。狩猟家はそれを知っているから、目をつぶる。みんなが喜びに浸っているのだ、つまらんことさ（大したことじゃない）。だが、非常に多くの人間がこの「つまらんことさ」のせいで狩猟を完全否定するのである。

見送りに来てくれた友とわたしは、顔を背けて黙ったままだ。友がぼそっと――「たまらんね」と言う。わたしはなぜかばつが悪かった。しかし列車が動き出すと、すべてが一変。さっきまで泣いていた若い志願兵がもう幸せな狩人の顔になっている。

対日戦役〔日露戦争〕で授かった三つのゲオールギイ勲章と有名なメダル――《主が時を得て汝を召されんことを》と彫り込まれている――を胸に飾った砲兵を、将校たちが取り囲む。ゲオールギイは彼がその戦いでまさに「時を得て」授けられたもの。まだ実戦を経験していない若い将校たちは、かしこまった顔で砲兵（斥候）の話に聞き入っている。話題の中心は、最近の対東プロシア作戦である。口角泡を飛ばすが、砲兵はただにこにこ笑って聞いている。

「そういうことには——」と、砲兵。「わが軍はまったく疎《うと》い。肝腎なことが何ひとつわかっていないのです。ドイツ人はわしらの敵じゃない。とてもとても相手じゃありませんよ」

わたしはどっかで読んだあること——ドイツ人などロシアの敵じゃないというのは、要するに、国家機構と苛酷な大軍事教練によって個人が抑圧され、散開隊形なるものによって個人のイニシャティヴがまったく発揮されていない（その点はロシア兵も同じなのだが）という意味なのか——そこのところを確かめたかった。

「嘘ですよ、そんなことじゃありません」砲兵はそう言うと、熱くなってドイツ兵の優秀さを立証し始めた。

「それでは、なぜロシアの敵じゃないのだろう？」

「なぜって？　そりゃあ敵じゃないからです。どう言ったらいいのかな。ま、たとえば、わが軍の兵ですが、みなぐったり、疲労困憊だ。しかも怖気づいています。でも、『突撃！』の号令がかかれば、雄々しく立ち上がって敵に突進するんです。ドイツ兵にはそれができない」

「それはなぜ？」

「いや、わかりません……」

またもや砲兵を質問攻めにする。彼の方もまた何かわからないものに逢着する。そうした未知量（こちらも全員感染しつつある）に対する彼の信仰とこれまでの批評とは、どうやら銃後の弱気のように思えてくる。わたしはそれを経験で知っている——この気分は反対の立場に近づくにつれて少しずつ増大して、とどのつまり、〈友軍のフロント〉と〈分析する銃後〉の間にあの大きな差が生じてくるのである。

女との別れが瀕死の鳥の痙攣のようだと〔さっき自分は〕書いたが、書かれた当の若者も、今では興奮の面持ちで、砲兵（斥候）の話に聞き入っている。騎兵ではあるけれど、彼もまた斥候兵なのである。斥候というのは普通の兵隊よりずっと危険な任務だ。青年は実科学校を卒えたばかりで、やはりゲオールギイの受勲者ということだった。

その彼が話してくれたのは、内容からいうと、狩猟そのものだ。まず巡邏《じゅんら》。音を立てずに歩を進める。自分が足を止めれば、後続も足を止め、それが隊の中核に伝えられて、部隊全体が停止する。地面に目をやれば、かなりの数の足跡！　野営、待ち伏せとなる。そこで考える……この先に小さな塹壕らしきものあり。進むべきか否か？　足音忍ばせて進みながら、まだ考えている。塹壕？　それとも雪か何かだろうか、と。おっと二十歩先に何か見えてきた！　兜《かぶと》だ、そこで一斉射撃……

「みなさんは死について話をされてますが、どう言ったらいいかな、おれは〔一語判読不能〕だったので、こう思うのですよ。なんだか自分はまだ子どもで……後備軍、そう、あれから何年になりますか、ついこのあいだのことみたいです……こんな調子でどんどん時は過ぎてゆくのでしょうね。ほんとにあっと言う間で……今も昔も大した違いはないです。でも、今は面白い！　今が面白くてしょうがない！　おれは自分が騎兵であることにとても満足しています。砲兵隊や歩兵隊にいたら、どうだったでしょうね。でも、ここは面白い、断然面白いんです」

そこで砲兵が口を挟む――

「おたくら、いつもラッパばかり吹いとるね！」

「ラッパを吹く、結構じゃないですか。恰好わるいですか？　おれはこの目で――本に書かれたものじゃなくて、ちゃんと自分の目で見る。たとえば、監視哨です、一時間二時間と注意深く目で追う。藪、小川、それから風車――もうほかには何も、それでもおれは目を光らしている。と、ふいに見えてくるんです。そう、風車の羽が、ちょっと動いた。ほんのちょっと……しまった！　すぐに電話で報告、ほんの二言三言。で、何か音がしたかと思うと、もう風車は姿も形もない！　どうして面白くないことがあるでしょう？　じゃ、こんなのはどうだろう。一本の道が見えている、くねるように進む荷馬車の列。次の瞬間、すべてが一変する。馬たちが頭を下にして吹っ飛んでゆく。人間も、馬車も、積んでいた大量の荷物も。それを自分はじっと見ている。おかげで今では、死は少しも怖くない。自分は死なないとわかってるから。たとえ殺されてもこんなのは無駄死にじゃない〔自分の命を高値で売りつけるんだから！〕。どうしてこれが面白くないことがありますか？」

談論風発。わたしたちは朝まで喋り合ったのだが、当然ながら、たった一晩で話し尽くせる内容ではない。幸せな斥候兵は、朝方、グロドノ*に去った。わたしは居残った――〔前線に〕近い、銃後のヴィリノに。なんだか申し訳ない気がして仕方がなかった。

▼二月十六日

リトーフスキイ・イェルサリム。ペトログラードからせいぜい一晩だが、すでに戦場である。北西部地方にとってヴィリノは、西側〔ドイツ帝国〕にとってのワルシャワのようなところだ……。

グロドノ行き。

軍人たち、これら灰色の人影はもう何時間も列車を待っている。立ったままの者、坐ったままの者。そばに寄ってその肩章に敬意を表すれば、話すこともできる。大半が実戦を体験しているから、誰かひとりくらいは質問に応じてくれるだろう。

　将校用の車輌。赤鼻のシベリア連隊の大尉は――「わしはもう五十の坂を越した……半世紀も生きたってことさ。教えることなんてできない。生きて、ただ黙りこくってるんだ。誰もナンも知らんよ。話すこたぁないな。命じられたことをやり、曹長の話を聞いてるだけさ」

　アウグストフ〔ポーランド北東部の森林地帯〕とライスボールの間の街道を、自軍の縦隊が進んでいた。その脇の道をドイツ軍の縦隊が――双方ともおのれの使命を果たさなければならないが、発砲する暇《いとま》がない。だが、すぐそばまで来ている。われらがミチューハ〔間抜けの意。兵卒への蔑称〕たちの手巻きタバコに火がつく（ミチューハは煙草なしでは済まない）。一方、向こうにも懐中電灯の明かりがともる。

　人間ひとりが亡くなるように軍団ひとつが消えていった。戦闘音。死に物狂いの一斉射撃。われわれが進めば向こうも進む。わが軍のあとを整然とドイツ兵が、ドイツ兵のあとに自軍の輸送隊が……

　ぱたりと戦闘が止む。カザーク兵が連隊旗を持ってきた……もう一旗……連隊は救われた。司令官が〔旗竿から〕旗をはずし、それをカザーク兵が運び去る。

疲れきった灰色の人影。闇に包まれている……各自、小型の懐中電灯を所持しているようだ……

　ドイツ人について。悪意でも憐憫でもなく、ただ驚き。分別も狡さも持ち合わせていないといったふうに、さっさと殺しにかかる。病院《ラザレート》では泣きごとひとつ言わず、何の要求もしない。攻撃となると極めて冷酷だ。

　夢を見た。わたしはアウグストフの森のほとりに立っている。すぐ近くから、救いを求める声が聞こえてくる。声の主は、とても通り抜けられない大きな沼（のような水溜り）に、今まさに沈もうとしている。わたしもはまってしまいそうだ。もう頭しか見えないが、わたし自身も沈んでいくので、声を出す。頭を後ろに反らして、この世での最後の空気を吸い込もうとする。そして最後の助けを喚《よ》んだ……。

　目覚めてすぐにわかったのは、死につつあるわが友――

＊　グロドノは白ロシア（現ベラルーシ共和国）の北西端に位置する河港都市。ポーランドとリトアニアの国境に近い。ここを流れるネマン川は白ロシアに源を発してバルト海に注ぐ大河（リトアニアでの呼び名はニャムナス）である。

それが敵に包囲された第二〇軍団であったこと、わたしの魂が、隣の軍団の将校の話に応答したのである。包囲した敵の一斉射撃。それが聞こえてきたときの苦しい胸のうちを、その将校は語ったのだ。わたしを驚かしたのは、部隊の、純粋に個人的な関係だった。愛する身近な人を喪って、その目は涙でいっぱいだった。

大佐は竿から連隊旗をはずすと、それをカザーク兵たちに手渡した。彼らは敵陣を突破し、旗を無事に持ち帰った。それはつまり連隊が救われたということ。普通われわれは連隊を〈数〉と思っているが、彼らにとってそれは〈旗〉なのだ。旗を奪取されたら、全員無事でも、連隊はもはや連隊ではない。しかしカザーク兵の一人が旗を守って突破したら、それは連隊が救われたということだ。銃後と戦場ではまったく事情が異なる。夢がそれを見抜いた——死に瀕した第二〇軍団をわたしは、沼にはまった友というかたちで夢に幻《み》たのである。

町全体が戦争そのものに圧し潰されていた。辻馬車を雇っても、ホテルまで行き着けるかどうか、わからない。通りの一方に干草を積んだ車馬の列。もう一方には、がらくたを満載した避難民の馬車。どちらも詰まって動けない。にっちもさっちも。避難民の馬たちが車馬の干草に首を突っ込んで盗み食いしている。「ああ!」だの「おお!」だの叫ぶ中に混じる悪罵の凄まじさ。

兵站《へいたん》部*の少尉補が、笑いながら、避難民の馬が官の干草を食っているのを眺めている。兵站部については彼に訊くべきだろう。エタップの任務は戦闘とは直接かかわらないのだが、そんな馬たちを眺めながら彼が話してくれたのは、人間の目をした、灰色の雌馬のことだった。総撤退が始まり、ある部隊を除いて順調に進んだ。第二〇軍団の不幸さえ起こらなかったら、《輝かしいもの》でさえあったはず。それでも、退却は緊急を要したから、馬のことなどかまっていられない。灰色の雌馬がいた。素晴らしい馬だ。脚が血にまみれていた。どうにもならない。脚に藁を巻いてやったが、動けない。曲がらないのだ。ただ突っ張って立っている。鞭を食らわせても、動かない。さて、どうしよう? 少尉補は拳銃を取り出し、馬の耳に押し付ける。すると、馬が彼の方を、人間のような目でじっと見た。だめだ、とても殺せない。〔大きな〕荷車があった。ぐいぐい脇腹を押し、強引に荷台に押し倒して、兵站本部の中庭まで運んだ。そこには敵から捕獲した軍馬が二十頭ほどいた。どれも十五ルーブリはするようなやつばかりだ。本部長は、そんな馬すぐに殺しちまえと怒鳴る。そうしますと言いつつ、少尉補は雌馬を厩舎の仕切に押し込んだ。傷さえ治れば大した駿馬になる——そう思って。毎日こっそり厩舎に忍んでいった。

馬は夜も昼も立ったままだった。せめて横になってくれたらなあ。脚は鉄のように硬くなって、まったく曲がらなかった。三日くらいして、ついに倒れてしまった。

　わたしは退却のことや彼のエタップでの仕事のことを訊き出そうとしたが、不満を述べたり誰かのことをぼやいたりするばかりで……結局、真情を吐露したのは、その灰色の雌馬のことだけだった。

　心的体験による茫然自失。それは人間にだって〔起こること〕。話しながら、少尉補は涙があふれて止まらなかった。

「きみは平時には何をしてたの？」

「会計士でした」少尉補が答えた。

「何も知らない、何も知りたくない。とうにこんなつまらん仕事に興味がなくなりました。今はただ命令されたことだけ聞いてるんです。こんなむなしい仕事はやめたほうがいいです……。誰も何も知っちゃいないんだ！」

　そう言ったのは、初老の、体格のいい、でっかい赤紫の鼻をした――平時には大酒呑みだったのだろう――シベリア出身の大尉である。

「呆れるね、どうも――」と、彼。かなり興奮している。

「五十年も生きてるんだ。軍務に就いてからでも三十年、大尉にまでなったが、わしの精神教育なんか誰もどうとも思ってないんだ。ミチューハなんぞクソ食らえ、ミチューハはミチューハさ、こちとらは大尉なんだ」

　相当腹を立てている。

「ほらな、ドイツの奴ら、まる見えの塹壕ん中で呑んだり声を張り上げたりしてる。まったくとんでもない豚野郎だ！　棒の先に壜をひっかけて塹壕から――『こっちへ来いよ、ビールを飲もうぜ！』ときたもんだ。下司野郎だ！　酔っ払ったのがひとりわが軍の塹壕に落っこちてきた。正気づいて、あたりを見まわす。ロシアの〔兵〕だらけ。逃げようとして――『ロシア人、立派《ハラショー》！　ロシア人、立派《ハラショー》！』などと自信たっぷりに胸を叩く。こっちも負けずに――『ドイツ人、とても立派《ゼール・グート》！』」

　あるとき、丘の向こうで敵情視察をした。見ると、五人のドイツ兵が〔電話線の〕巻枠を転がしている。その前を丸々と太ったドイツ兵が。まるでビア樽だ。奴らが来るまで待って一斉射撃を食らわした。三人が倒れ、二人が姿をくらました。近寄ってみたが、太っちょがいない。壕を見ると、そこに仰向けになっていた。壜を口に突っ込んだまま。ごぼごぼごぼ。まったくの無傷。馬が一頭死んだだけ。

＊　作戦軍の後方で車輌・軍需品の輸送・補給・後方連絡線の確保を任務とする機関。エタップ。

ミチューハたちは奴が何か飲んでいるのに気づいて、すっ飛んでいく。口から壜を引き抜く。中身は何だったと思う？　そいつがなくっちゃ、このさき話も進まんやつさ」

「アルコール……」

「シュストフのコニャック*だよ。みんな一口ずつお相伴にあずかった。太っちょは捕虜にした」

▼二月二十一日

夜。ホテルの部屋、がさごそいう音。多くの住人の臭い。自分のものでない何か苛々させるもの、赤ん坊の泣き声のする部屋、ベッドの軋みが聞こえてくる部屋。きのう、その部屋には大佐がいて、家族の生活があった。奥さんらしき人がいて、ひょっとしたら彼の女房だったかも。それと従卒。従卒は一晩中、新聞を読んでいたものだが、きょうは誰か、雄馬のような声の持ち主がでっかい声で笑っていて、その奥さんも同様だ。彼らは今は何も読まず、奥さんがワルツを口ずさむと、亭主がそれに合わせて口笛を吹く。

深夜、子どものころのように目を覚ました。耳元で誰かが童謡を歌ってくれていたようだった。いやそうでない。通りを軍隊が行進していたのだ。歌っていたのは彼らだった。そうだっけ、今は戦争の最中なんだ――やっと我に返る。それで、この戦争のいかにも威嚇的かつ仮借のなさが、今やわが人生の時の時、今日あるわが成長の年の年であるように思われた。それにしても、こんな厳しい戦のさなかに、なぜ童謡なんかが飛び込んできたのか？　わたしは窓から通りを眺めた。一つしかない街灯が、行進する軍隊を照らしていた。兵士の姿こそ見えないが、暗いその影は、向かいの家の壁をどんどん移動してゆくのがわかった。白い壁を過ぎる黒い死の影たち。腕を振り、口が開いたり閉じたりしている。まる見えだ！　死体の群れがわたしの幼いころの懐かしい歌をうたっていたのである。

朝、まだ行進は続いていた。二つの中隊の間に、なぜだか葬列が入り込んだ。短い葬列で、簡素な棺、カトリックの司祭〔ポーランドの〕、半ダースほどの親戚。病院の上の窓から行進する兵と葬列を眺めているのは、白衣の医師と看護婦たち。

駅に行く。壮麗なヴィリノの包帯・補給所を見てまわった。将官服をまとった重要人物らしき代表者は、いろんなものをわたしに示しながら、こう言った――わたしは清潔の徹底をはかりました。炊事場などは素晴らしいものです。設備も万全です。独立義勇部隊も組織しました。わたしはあらゆる方面に過酸化マンガン〔過酸化水素か？　消毒殺菌剤〕を送付する責任者でして、軍の機関と赤十字社の友好関係の維持に日々心を砕いています。現在そういったことを編集してまして、いずれ出版するつもりです。

「ヴェチェールニャヤ・ガゼータ（夕刊）」紙の編集部でのドイツ人論。わたしの持論が裏付けられた感じ。ベロルーシ人〔白ロシア人、現ベラルーシ人〕は物静かだ。はにかむような微笑。薄青の目をした森の人（女性の手にキスをする習慣がある）。ベロルーシ人は心理的にはウクライナ人よりロシア人に近いと言われている。キーエフ（キーエフはステップ）よりモスクワに近い。彼らの文化に対する迫害と強制的なロシア化政策が、植民地化を促進している。ベロルーシ人たちは個人主義者であるかのようだ。

飛行士は爆弾投下ゆえに良心の呵責に苦しんでいるが、英雄だったのだ。もし捕虜にならなければ、勲章を授けられていただろう。正しい行為ゆえに滅びようとしているが、同時に彼は正しくない……彼が罪ありとされるのは、自らの意志で飛ばずに、盲目的におのれの感情に身をゆだねたためである。

揺籃期よりわれわれに秩序と法と、概して物事の〔配列法〕を教えてきたドイツ人、そのドイツ人が、おのれの原則を曲げること、無秩序な散開隊形（縦隊の破滅）を組むことを潔しとせずに今、全縦隊が滅びようとしている。

▼二月二十二日――グロドノへ。

▼二月二十三日

きょう二十三日、グロドノにそそぐ春の陽光。看護婦たちの朝のティータイム。

グロドノでは、郵便局を見下ろす赤十字の予備隊内に宿泊。そこが宿泊所になったのは、委託を受けたもののひとつに、赤十字の前線施設の視察というのがあったからである。看護婦と医師たちは現在ここの移動病院のスタッフだが、最近までルィクで何事もなく活動していたのだ。ルィクから退却するさい、持っているものをすべて失くしてしまったので、看護婦も医師も自分の着るものは何でも自分で縫ったり繕ったり、また新たな攻勢に備えて必要なものはみな自前で購入しなくてはならないような状況にあった。どうやらしかし、その準備は整っているらしく、消毒殺菌器さえ入手できれば明日にも移動可能のようである。そんなわけで、誰もが春には以前いたルィクに戻りたいと思っていた――看護婦長のイリーナ・イワーノヴナを除いては。

「わたし、全然ついてませんわ……従軍看護婦として三度目の戦争も、なぜかまた退却……」

ルィクには何とかいう美しい湖があるそうで、みなしきりに恋しがって、たえずそこでの暮らしをロシアの暮らし

＊　二十世紀初頭、商人シュストフ一族のコニャック〔商標は鐘〕は宮廷御用達、国内外で広く知られたブランドだった。

と比較する！　ひとたび陣を構えれば、しっかりとそこで暮らす覚悟ができたはずなのに、春はルィクの城館で迎えることを夢見ていた。そして何日かして突然、所持品も医療器具もなく仕事もなく、ほとんど手ぶらでグロドノの、郵便局を見下ろす坂のあたりに移ってきたのである。

最初の攻撃のとき、ルィクの住民は、ロシア兵を待ち伏せと機関銃とで出迎えたが、報復を恐れてすぐに町を捨ててしまった。ロシア軍は物資の豊かな町に進駐したものの、しかし、そこには人影ひとつなかった……そこで発揮されたのがドイツ式の組織力だった！　移動赤十字病院の主任医師（とその心理学）には、どこかちょっぴり家庭教師を連想させるところがある。看護婦たちの勇敢さについて何を語ろうと、やはり彼女たちは女であり……疲れて言い合いを始める。医師のほうはもちろん、できるだけ便利で快適な自分のパンシオンを設けようと精を出す。

ともかく真っ先に飛び込んで一等地を確保しなければ。ルィクで医師は湖を見下ろす城館に目星をつけ、数人の看護兵と視察に出かけた。日が暮れ始めたが、町に明かりはつかず、電気も水道も停まったまま。ただ店はあいていて、馬車も走っていた。蠟燭を手にその城館に足を踏み入れる。何でも揃っていた。なんだか人が住んでいて、どこかそこらの戸棚か奥の部屋にでも隠れているのではないか——そんな感じがした。子供部屋には壊れた古いおもちゃまで——ついさっきまで遊んでいたのでは、そう思われるほど散らかっていた。医師は家庭人として、そうしたおもちゃが何を意味しているか、わかっていた。できれば早くそれらを子どもたちの手に届けたいと思ったことだろう。でも、彼らはどこに……いや、彼らはここに、この城館のどこかにいるのだ。寝室には豪華なベッドがあった。戸棚には下着類が、食堂のテーブルには出されたばかりのメインディッシュが……食堂にカミンがあったので、火を熾し、口も利かずに、腰を下ろした。暗い町の暗い部屋の、ちょっぴりカミンの明かりはあるものの、物悲しく、どっか薄気味悪い、奇妙な感じでもあった。と、不意に、何かの爆ぜる音。火だ！　真っ赤な炭が破裂したようで、煙が充満する。火薬だろうか。そのあともう一度ボンと爆発音がし、あたりは真っ暗くらのくら。

きのう医師が話してくれたことをそのまま記す。

「大袈裟ですが、なんだか城館そのものが吹き飛んだ気がしました。でも、爆発したのは炉の炭、燃料である炭だけで、とくべつ何もありませんでした。炉を丹念に調べて、火をつけ直しました。暖かくなり明るくなった。食事を済ませ、寝床をこしらえたのですが、なかなか寝付けません。まだ何か起こりそうな気がしてならない。起き出して、館の中をじっくり見て回りました。屋根裏にも上ってみました。何もありません。それでまた横になりました。でも、駄目です。移動であれほどへとへとになっていたのに、眠れなかったのです。すると今度は、暗い窓の外で何かが烈しく燃え上がりました。窓辺に寄ってよく見ますと、隣の大きな屋敷に〔ロシアの〕部隊が突入し、部屋という部屋に火を放っているところです。そうしてその火が闇の中のあらゆるものを照らし出していたのでした。なんだか嬉しくなって、ほっとしたのを憶えています。それでわたしたちは落ち着きを取り戻し、各自、自分の寝床で深い眠りに落ちました」

「翌日、兵隊の中に技師やあらゆる技能を有する職人たちがいることがわかりました。水道も電気も復旧し、路面電車も動き出しました……どの店にも無料の備蓄品が並びました。生活が始まったのです。」

「ああ、ルィクは本当に素敵ですよ！」と看護婦たち。「あの湖の美しいこと！　春になったらあそこに行くんですよ、わたしたち」

ただイリーナ・イワーノヴナだけは頭を振っている。

「わたしは運がありません。今度もまた退却……」

朝、目を覚まして、まず医師たちが考えることは、消毒器はどうかな、もう殺菌器は届いているか、出立できるか、まだ待機かと、それればかり。なんとしてでもここを出たい。お茶を飲みながら、看護婦のひとりが思い出したように言う――「きょうはお日さまが照って、まるで春の陽気だわね」

わたしは元来、この二月の光というやつ――まだ浅いけれど〔しかしすでに春〕の日差しにはとても敏感なのだ。なのに、どうでもよくなったのは戦争のせいである。何もかも圧し潰されてしまった。もう春がどんなものか、わかっている……漂う死臭を思い出しただけで恐ろしくなる。いずれやって来るあらゆる疫病との英雄的な戦い……それが春というものの正体だ。いったいどこのどんな太陽が歓びをもたらすというのか！

だが、もうひとりの看護婦は――

「ああ、でも、ルィクのあたしたちの湖の……あの太陽なら！」

わたしは窓の外に目をやった。みなが空を見上げていた。「あれはドイツ軍の飛行機かもね」冷めた声である。わたしはこれまで一度も、自分の目で敵機の爆弾投下を見たことがない。興奮していた。そわそわしだした。

「どうします？　そう、あれはもうじきこっちへ飛んで来ますよ、窓から見えるでしょう？」いやはや、なんとも冷静なものだ。

わたしはしかし、そうはいかない。おもてに飛び出した。太陽はきらきら輝いて、何もかもがにっこり微笑んでいる。眩し過ぎて、なかなか空を見上げることができない。次第に死の鳥（爆撃機）の影が見えてきた。一斉射撃が出迎えた。どこから迎撃しているのか、わからない。町は軍人でいっぱいで、至るところに巡邏隊がいる。どこからでも迎え撃てるのだ。

さらにもう一機。あれも敵機かも。続いて何かが爆発する。何発かほとんど同時に炸裂した。わたしたちは煙が上がった方へ駆け出していた。だが、どうということはない。窪地の岩の上に、黒く大きな穴ができている。焼夷弾だ。どこかに落ちた二発目には宣伝ビラが入っていたとか、三発目のやつで馬がやられたとか言っている。わたしは空を仰いだ。一機も見えなかった。不意にもう一機が〔現われ〕たかと思うと、ネマン川の向こうへすうっと墜ち始めた。全員そっちへ走る。阻止線が張られる前に見届けようと、わたしも後に続いた。カザーク兵、自動車部隊。

「墜ちたのはどっちの飛行機だね？」

「友軍だ、いやドイツのだと言い合っているが、わたしにはまったくわからない」

予備隊宿舎に戻ったときには、すでに誰もが墜落のことを知っていて、〔敵機か友軍機かで〕議論は空中戦。とはいえ、口調はいたって穏やか。ようやく消毒器が届き、きょう中にも病院の移動が可能だとわかっていたからである。それから何時間かあとに、わたしは、赤十字旗を立てた四台の輸送車と医師たちを見送った。

平和時の装い〔軍服ではなく〕での再会を期して、わたしたちは別れた。みんな飛行機のことなど忘れていた……ペンを走らせながら、自分も、ああそうだっけと改めて思い出したくらいである。

前方に、黒い遮蔽物による境界線のようなものが見える。後退したり近づいたり。移動を繰り返す〔軍隊の〕劇場だ。聞きたければ、偉い人物たちの会話さえ聞き取れそうだが、でも、誰にも本当の〔意味〕を知ることはできないだろう。

自分もきょう、汽車で少し移動しなくてはならなかった。戦場という劇場のすぐそばを移動するのは厄介だったが、何時間か待ったあと、タバコの煙で充満したぎゅう詰めの車室で待っていたのは、軍務にじかに関わる〔ところの人物〕との出会いであった。若い将校のほかに、今回、同じ車室に乗り合わせたのは、砲兵大佐と、年は取ってるが近ごろ下士卒から少尉補に昇進したばかりの、胸に四つもゲオールギイ勲章をさげた古参のカザーク兵である。彼は弱い（一語判読不能）の話をしていた。

若い将校のほうは、最近のグロドノ近郊での戦闘中のエピソードを披露している。
会話はかなりはずんでいた。そのとき、ひょいとわたしたちの車室に男の子が――十三歳ぐらいだが、軍服に上等兵の袖章が付いている。

▼二月二十八日

ポーランド北東部、アウグストフの森の戦場では危うく捕虜になるところだったが、そのあと、たまたまカトリックの修道院にぶつかった。修道士はまだぜんぜん若い親切な人で、わたしに部屋を提供してくれた――おかげでそこで戦場の印象を書き留めることができたのだ。十七世紀の創建になる修道院の壁の中でのカトリック僧とのやりとりから始めよう。話の根幹は、混沌の巷からわたしが自分で持ち来たったもの、すなわち『苦もて苦を克服す』であった。わが部隊が死を運命づけられた四百人ほどの人間を戦火から救ったこと、三日のあいだ、食べるものもなくへとへとになりながらも負傷者に包帯を巻いていた医師たちの姿を〔自分がこの目で〕見続けたこと、彼らのどこからそんな気力がわいてくるのかと、しんそこ驚いたこと。それから、敵の手中に落ちるか、騎兵斥候隊のために破滅するか、そんな恐怖と戦いながら、アウグストフの森を抜けて逃げようと、凄まじい厳寒《マロース》の中を歩き続けたこと。ようやく安全地帯に逃げ込んで仕事を開始したとき、わたしは自問自答した――どこからこんな活力が湧いてきたのだろうか、と。それは苦痛そのものだった。でも、その苦痛でもって他人《ひと》の苦痛を贖ったのではないか。仕事を続けながらヒトはどんどん上に登ってゆく、近づくことすら叶わなかった山の頂めざして。苦が力を与え、苦で苦を乗り越えようとしたのだ。神父はわたしの話を聞きながら、叫ぶように言った。

「ああそれは『死もて死を正せ！』*ということですね」

彼はよほど驚いたようだ。同時にわたしも、その突然の発見に驚いた。わたしたちは幼いころから、その『死もて死を』という言葉を繰り返してきたのだ。わたしがただ自分の経験を自分の言葉――「苦もて苦を」を口にしたとき、たちまちその意味が明らかになったのである。おかげでつい話し込んでしまい、結局その晩は、一行も書けなかった……

数百年後、アウグストフの森でのこの民族同士の戦いは、どんな語られ方をしているだろう？　人間の血に染まったあの太い幹は大方死んでしまって、そこにはまた別の木々

＊　パスハの奉神礼における讃詞（トロパリ）――祭日や聖者を讃える短い聖歌の一つ。

が生えていることだろう。〔新しい木々の〕新しい幹はしかし、往時の軍人《いくさびと》を思ってざわめくか？　いや断じてそんなことはない！

きょうまだ人間と動物の（一語判読不能）した死体は放置されたままである。今も白旗をつけた二本の木が見えるはず――そこで最後のロシアの部隊が降伏したのだ。そこに埋められた軍旗も近日中に届けられるはず。敵は勝利こそすれ、多くが餓死しており、その後、飢えた兵士は全員が捕虜になった。森を出るとき、いくつかのロシア兵の小さな集団が、数百人の敵の捕虜を連れていたこと、彼らも飢えに苦しんで、捕虜たちを見捨てようとしたこと、いくら追い払っても、パンのかけらが欲しくて、どこまでもついてきたことを、わたしは知っている。飢えが祖国を忘れさせたのだ。主人のあとを、腹をすかせた犬のように。

そんな人間の屈辱を樹々は耐え忍ぶにちがいない。何百年か過ぎれば、新しい幹が新しい世界を語り出すだろう――しかしはたして、新しい樹々は遠い昔の人間たちのことを思って葉をそよがすだろうか？

工兵将校――大佐、四十を越えたあたりか、禿頭、長い顎鬚、いかにも神経質そうな顔。砲弾が〔彼の〕そばに転がっている。叫び声。彼は何か（一語判読不能）を憶えていて、ずっと考え続けていた。傷はどうってことない、包帯は要らない、脚に破片が突き刺さっている。服を脱がされた。肩甲骨がやられている。もしかしたら致命傷かも。いや、そんなことは誰にもわからない。「くそ、忌々しい。おれはなんも手当てをしなかった。これはただの傷ではないのかも」――ともかく傷が彼には似つかわしくないものだった。それで（一語判読不能）など見たくもなかった（子どもじみた怒りの始まり）。

きょう感じたことをきょう書き付けておかなければ、あすはもう書けなくなるだろう。来る日も来る日も、新しい体験がわたしの〈きのう〉を責めた。なんだかわたしは、新しい地平線に驚きながら、山を上へ上へと登って行くようだった。そしてきょうもまた、新しいものが発見されるのだ。麓のどこかであれほど〔感動した〕ものが、上に行くたびに、どこか奇妙な、失われた時間のようにさえ思われるのである。

森が〔人間の声で〕溢れ返る――電信技手がやってきたのだ。巻枠が運び込まれ、〔電話線が〕大枝にかけられ、警護はとかれた。焚火のそばに男がひとり立っている。あっちの森の中では、敵がこっちの騒ぎが収まるのを待っているのかも（最後に町を出るのは電信技手たちだ）。

ロシアの部隊が東プロシアでとったような行動を、わたしたちはしないだろう。平和な住民とは争わない。でも、命令の実行は要求する。

事件のクロノロジー

二十二日の夜、グロドノに到着。予備隊宿舎。二十三日、朝十時、クラーキン公爵〔赤十字社〕のところへ出向いて話を聞く。「どうぞ、何でも聞いてくれたまえ。すべて順調ですよ。ミハ〔イル〕・アレ〔クサーンドロヴィチ〕*の紹介とあればご協力しましょう。宿舎はサラートフ移動病院がよろしいかな」

だが、医師への連絡はなく、病院は移動の真っ最中。宿舎どころではない。仕方がない。もう一人の人物——アンプリイ・クロポトキン公爵〔こちらもロシア赤十字社〕に当たってみる。

クラーキンとのやりとり。彼が言う——「ドイツ人を見る目が変わりました」。いいほうにですか、とわたしは言おうとしたが、クラーキンは「恐ろしいほどの野獣性だ」。それで、こちらの意見は差し控えた。彼はさらに続けて——「あんな獣じみた行為は見たことがない、自分の目で見たことは一度もない」(クラーキンの妻はドイツ人)。ともかくいろんな公爵がいた——ドイツ人のあら探しばかりする公爵、彼らのいいとこしか口にしない、明らかに浅薄で、勇ましい、幸せいっぱいの公爵。わたしを移動しない病院に世話する公爵もいれば、車の中で寝起きさせようとする公爵もいた。

二十四日、朝九時。幸せな公爵の寝床近くで——「ここでの戦闘はないというその根拠を聞かせてください」「三日後にスヴァルキはわが軍の手に落ちるだろう。そのときは真っ先にいちばん立派な建物を占拠しよう。あなたは十二時までここにおるように。わたしが本部に出向いて確かめるから」

きのう、遺体を片付けた。そのさまざまなポーズ——〔拳を〕振り上げた腕、子どもみたいに怒っている男の微笑、銃剣を突き刺した傷口に包帯を巻いている兵士。

修道院近くのソポツキン〔グロドノの北西部の町〕に、四、五日。(前夜、修道院で人間の獣性について書かれたものを読んだ——ほかに読むものがない)。学校がサラートフ野戦病院に早変わり。部屋を見てまわって火を焚く。ピョートル・ロマーノヴィチ・マーリツェフ〔野戦病院の主任医師〕。凍えた看護婦。

夕方、セイン〔ソポツキンからさらに北西部の町〕をめざす。森の中から「おおい!」と呼ぶ声。竜騎兵だ。「スヴァル

＊ 大公。皇帝ニコライ二世の末弟(一八七八—一九一八)。

キ*は占領だ。輸送車を捨てて、みな逃げた。行けばわかる。おれは今、リガの部隊に進撃命令を下しているんだ」。馬の死体の並木道（あとで伝染病のせいと判明）。

スヴァルキへ、スヴァルキへ！　夜、活人画。二つの連隊、台所、ジャガイモを紛失。何とかいう小さな村に参謀部。捕虜になったゲルマン人――ごく普通のドイツ人だ、哀れな。将校を見かける。男爵らしい、許婚〔がいるとかどうとか〕。痛みを装っている。公爵がかぶる鉄兜。みながそれを売りたいと思っている。食わせてやったらいい、腹一杯とはいかないが。
▼三月五日〔ペテルブルグ〕
三日に着いた。同じ日――ヴィレーンスキイ〔ドミートリイ・ゲルモゲーノヴィチ、友人〕、ラズームニク〔イワノフ＝ラズームニク〕。四日にグリゴーリイのところへ移る。五日、最初のルポ「アウグストフの森」を送付。

誰しもよく知ることだが、モノというのは所定の位置（つまり予め計画された秩序の下）に置かれるのが好きでない。なぜなら、モノの自然な状態はカオスだから。ドイツ人のイデアはモノの配置・配列である。わたしはそうした観点から、〈ゲルマンの獣性〉などという言葉を耳にすると、いつもこう自問してしまう。「そうだとすると、秩序のためにそうする必要があるということなのかも？」普通ならそれは、獣性のカテゴリーないしは高度な合目的性のイデアから出てくるものである。通常のカフカース的獣性ならわたしはまったく興味がないが、合目的的な獣性は熟考を強いる。わたしはドイツ人によるカフカース的獣性を信じないし、どんな新しい事実にも合目的性を探してやまない。

日に〔一度飛来して〕爆弾を投下してゆく。誰もこの爆弾を怖がっていない。特別な破壊行為というわけではないから。死んだのは、馬一頭、犬、小さな女の子。どこに合目的性があるのか？　パニックを引き起こす？　そんなものは起きてない。橋の破壊？　あんな高いところから命中させるのは無理である。しかし、あの根気、しつこさ、投下時間の規則性（一日一回、決まって午前十一時前後だ！）には、単なる獣性ではない、よくよく練られた計画と意志の力が感じられる。いったいこれはどういうことか？

これを〈獣性〉という言葉で片付けるのは全然正しくない。

自動車はとある丘の上で停車した。この丘のことは誰もがよく知っていた――自陣になったり敵陣になったりしていたので。　同行者であるN公爵は、なんとしてでもゲルマンの銃剣と〈旅行用のトランク〉を見つけようと心に決めていた。それで塹壕近くで車を降りた。

▼三月七日

胸に十字章《クレストウィ》か頭を薮《クストウィ》にか。ありがたいことに、若者は生きて胸にゲオールギイのリボンを付けている。十字章はひっちぎれて、最後の攻撃のときに、どっかへいってしまった。

「残念なことに、〔十字章の〕番号を忘れてしまった。報告書を書かなくては。殺し合いが七か月。あの感覚、思い出すのは手が覚えてるあの最初の感触だ」

マフ〔手にはめる筒状の毛皮製品〕。軍人的な世界観のあと。ごく普通の旅をしたあとみたいに、こまごましたことをよく思い出し、同時にそれらを障害物でも越えるように克服して、自分の経験を、一幅の絵を描こうと努力しているが、あきらかに力量不足である。これは常軌を逸した旅だ。最も奇妙なのは、三日のうちにすべてが起こったこと。まるで三年間の出来事のようだった。非常な短期間に、いや一瞬のうちに生の意味を悟ってしまって、あとは空しくただ上へ上へとよじ登るだけであるのは明らかだ。世界的課題の解決にかくも苦しみながら、なぜ解決できないのか。われわれは、充実した生を生きていないばかりか、自らの献身によっても生の何たるかを理解するまでには至っていない。

そしてむろん戦争は、個々人によってではなく、すべての人間によって理解されるべきものだ。

わたしは、その三日の間に自分が味わったものを一枚の絵にしようと頑張っているが、でも、眼前に浮かんでくるのは……一枚のマフ。そう、まったくどうということもない平凡なマフと、やんごとなき奥方《ダーマ》、気品あふれる既婚婦人なのだ。その女人は停車場でわれわれに背を向けて、何か考えごとをしながら、じつに静かにスプーンを口に運んでいた。茶を嗜んでいるのである。ぼろをまとい、騎兵の靴を履いて、胸に例のひっち切れたゲオールギイのリボンを付けた若者が、その奥方をわれわれに指し示した。

「どうです、女ですよ、本物の女……しかしまあ、なんて豪華なマフだろう！」

激戦場は目と鼻の先、〔ほんの〕ひとっ走りだ。場所も場所、そんな危険地帯でわれわれが最初に目にしたのがマフ、貴婦人のマフと〈本物の女〉なのである。自分もその場に居合わせたので、いろいろ思い出した——移動病院、叩き割られた窓ガラス、看護婦たちの顔、その表情、凍えてどす黒くなった看護婦がよく走り回っていたこと……。そう

＊　ソポツキンからさらに北西へ。アウグストフの北に位置する比較的大きな町。

だ、アウグストフの森では、壊れた自動車に出会って、中を覗き込んだら、「マーラさん！」と看護婦を呼ぶ声。そうだ、よく憶えている。荷馬車に女の子みたいな少年兵が乗っていて、にこにこしながら、わたしに向かって敬礼をした。わたしが返すと、少年兵は何度も何度もそれを繰り返した。引き返すとき、またその荷馬車と出会った。少年兵がまた何度か敬礼した。そのとき自分は思ったものだ――あれ〔マフと貴婦人のこと〕は、（驚くべきことだが）どうかした事情から戦場の真っ只中に身を置いてしまった、女冒険家のひとりだったのかも。

だが待てよ、女、あのマフ、ほんとの話だろうか？　本物の女なんか戦場にいるわけはないし、あり得ない。どうも変だ……

世間知らずの令嬢が――小鳥みたいな娘たちが戦場への道を模索している（余すところなき生を求めて）のだ。

もしかしたら、誰もが戦争を直視する必要はないのかも。なにもわざわざ戦争画を衆目にさらす必要などないのかもしれない。ことさら用もないのに、閉ざされた部屋（いま分娩中の女性の）に入る必要があるだろうか？　閉ざされた扉の向こうの愛すべき人びとは、それで、より強力なより深い経験を積むことができるのだろうか？　思うに、戦場に身を置かずとも、深く感ずる人間は、閉ざされた部屋近くの人間よりずっと多くのことを理解するにちがいない。だが、多くはそれほど強い感受性を有してはいないだろう。大半は似たような生き方をしている。しかし、彼らにとって戦争を身近に感ずることは非常に有益だし、われわれ報道人の本分もそこに、彼らが一歩でも戦争に近づけるよう手を貸すことにあるのだ。

▼三月十五日

ヴェレビーツイ。きのう、十四日に着く。ほぼ一か月の旅だった。十三日の金曜の夜、ザミャーチン[*1]のところに行った。十二日にゴーリキイと会った。ゴーリキイの話――なぜ神を認めないか？　この世が素晴らしいのに、別世界の約束なんか。まるで居酒屋の商売人の話しぶりではないか。ヨーロッパと東方。戦争などぜんぜん必要ない。反戦。トルストイの肖像を見て落涙。戯曲――レーミゾフとゴーリキイ。

ゴーリキイ。なにゆえ宗教を認めず神を拒絶するのかという問いに、彼はこう答えた――宗教が、この世ではなく来世を約束するからだと。

▼三月十九日

夜。誰しも人前で（自分をよく見せようと）気取ったり勿体ぶったりしたがるもので、それでそのためにたいてい自分のテーマというやつを選ぶのだが、しかしすべてのテーマが自分の自由になるわけではない。ときには少しも思いどおりにならなくて、さらに過激に勿体ぶりたいと思うようになる。幸いにも才能が――気取ったり勿体ぶったりするちゃんとした才能があれば、自分もいっぱし気取って、他人に対して「どうだ、おれは立派だろう!」と調子に乗るかもしれないが、そもそも当初のテーマに立ち返ったら、すぐにも「ああ、とんだたわごとだ!」と叫んでしまうだろう。僕にとって〈あなた〉*2は抑えきれない永遠のテーマなのだ。

最近、自分の最後の手紙〔ワルワーラ宛の〕を読み返して、自分をそんなふうに感じた。関心がよそに向いているときはいいと思うけれど、ひとたび自分自身に向かうと、ただのたわごとになる!

〈あなた〉は常に僕にとって鏡だった。手紙を書く、書けば後悔するに決まっている。書いているのは下らぬことばかりで、本当のことは言わずじまい。そうしか思えない。どうしたらそうでない生き方が、あるいは自分のためでない生き方が、できるのか。後悔もしたし、廓清《かくせい》もした。ねえほら、もうあのころの僕じゃない、別人だよ。しかし時を経て、またぞろ〈あなた〉に手紙を書き、鏡の自分を見つめる。そしてそのつど、さあ今度こそ本心を、と思うのである。深夜、金色の、電気的に赤みを帯びた空に一瞬の小さな星……何かそんなものを見つけたときには、その明るい一刹那について何か話したいと思うのだけれど、眼前に容赦のない〈あなた〉の姿が立ち現われるや、もう何も言えなくなってしまう――すべてはねつけられると思って。

＊1　エヴゲーニイ・ザミャーチン（一八八四―一九三七）――ロシアの作家。事実上の処女作は『郡部の物語』（一九一一）―地方色豊かな〈スカースカ〉の文体を生かした新しい試みによって批評家たちから絶賛された。のちにレーミゾフ、プリーシヴィン、セルゲーエフ＝ツェーンスキイ、アレクセイ・ニコラーエヴィチ・トルストイ、チャプィギン、シシコーフらとともに〈ネオ・リアリズム〉の作家と称されるようになる。造船技師として英国滞在中（一九一八）に中篇『島の人々』を書きあげ、革命後にはゴーリキイやブロークらと精力的に文学活動を展開、またシクローフスキイとともに文学団体（セラピオン兄弟）を結成した。二〇年、アンチ・ユートピア小説『われら』を発表したが、悪質な反ソ的作家であるとの烙印を押され、これが外国で出版されたことで、さらに激しい弾劾を受けた。三一年、フランスに亡命、パリで客死。ゴーゴリ、レスコーフ、レーミゾフらの影響を受けたその特異な言語感覚――対象をデフォルメして真実に迫ろうとする実験――は、次世代の作家たちを大いに刺激した。

＊2　二人称複数がここではすべて大文字（Вы）。永遠の女性ワルワーラ・イズマルコーワ。

こういうことだ。その峻厳な姿は、〔とても〕自負心の勝った聖なる星ではあるが、それでもやっぱり強烈なプリテンションであることにちがいはない。それでわずかなミスでも犯せば、受け取るものは光ではなく、抛られたただの石ころ。ああしかしそれでも、光への新たな、絶望的な試みにはちがいないのである。

これが書かれているのはまさに今——何日間か続いたぞっとするような殺し合いの現場の、ひりつくような死の感触を味わい尽したあの一瞬一瞬のあとのことだということを、今もその男は十二年前のあの束の間の出会い〔パリでの〕を生きているのだということを思うべし。何にせよおのれのものを創造したいと願う男の欲求は、それほどまでに強いのだ。

人びとは自分を取り巻く世界にさほどの驚きを示さない。きょう自分は川辺を散歩した。堅土《かたつち》だったが、あしたはきっと泥んこ道に変わっているだろう。そんなことには誰も驚かない。あたりまえじゃないか！　しかし、星だって草だって蜜蜂だって、子どもたち、いや大人たちだってみな、どれも不思議そのものではないか？〈あなた〉と出会ったとき、すべてが驚きだった。まるで全世界が〈歌う樹〉のように見えた。それはとてもあり得ないことだった。日ごろから自分はそういうことを大事に思っている。まわりの人間があまり驚かず、よくあることと思ってくれたらいいのだけれど……でも、もし自分が誰かに向かってはっきりと、この世における僕のいちばんの秘密はずっと昔に起こった束の間の出会いに端を発しているなどと告げたら、理解するどころか、気狂い扱いするだろう——なにせ〈あなた〉自身がそうだったのだから。

支えてくれるものは何もない……でも、〈あなた〉はわかっている、〈あなた〉に書いた言葉を僕がすべて神聖なものとみなしていることを。そんなもの他人が読んでも何の意味もない。なんだねそりゃ、まるでからっぽ、払底のきわみじゃないかとこきおろすに決まっている。それにしても妙な世界だ……手紙を送ることも、打ち明けることもできない。生の根底、その深みを——じつはその生のうわっつらを、幸福を尺度に測ろうとする人間の要求の奥の奥底は、空疎にして無目的の、絶望的な最終決定地であるのに、一方、深さの尺度となる不幸は決して表面《おもて》には浮上しないのだから。不幸は自身のため、もっぱら自分自身のためだけにあって、つまり出口なしなのだ。

▼三月二十一日

死は最大の失敗。失敗はどれもちっぽけな死と同じ。失敗すれば、どんなに幸福な生活も物質的な障害につきまとわれて（障害物が立ち塞がって）、幸福な霊的生活を送ることができない。

自分の場合、最大の失敗が崇高な感情と低劣な〔感情〕の混同から生じたと、これは自分でもはっきりと跡づけできる。運命の力に自分の全〔生命〕を委ねて、そこから何が起こるかを待っていた。私は不正なものを感じつつも、良きもの〔感情〕をもって先回りし、〔性急さの諸原因〕を凌駕しようとした——そして凌駕し、異常な光〔世界〕の視力を獲得したのだが、そいつはわたしに追いつきわたしを追い越して……生の骨格《スケレット》が露わになった、つまり、わたしを虜にしてしまった。幸福のために必要なのは、力のバランスであり、善悪の意識であり、献身の覚悟であって、自分自身たらんとする志向や渇望ではなかったのである。時どきわたしはものが見えるようになって、自分は彼女〔ワルワーラ〕のためにだけ生き、頭を使い、行動しようと思い、結果、素晴らしい答えを得るようになった。その後、自尊心が勝ったり、すべてがぼんやり曖昧になったりした。現在の目標はまあソコローフ〔イワン・ソコロフ＝ミキトーフとは別人か、未詳〕のように、幸福の達成、ということにしておこう。それはもしかしたら、別の、未完成な何かであるかもしれない……人生の踏み段が落っこちなければいいのだが。

概してポエジーはせっかちだ。それは不幸な作業、個人的な仕事だ。ポエジー自体、その存在の合法性という問題も同様である。ポエジーはおいでおいではするが、実行しない。問題はそのことにあるのではない。われわれは生〔活〕がポエジーを素通りしていくのを、たえず目にしている。

▼三月二十二日

復活大祭《パスハ》。新聞にこんな記事——「コンスタンチノープルの安定確保〔支配権の確立〕は、ロシアを広大にして世界的な活動舞台へ導くだろう。その道を突き進むことは、民族主義的なイデオロギーを打ち壊すにちがいない」（コトリャレーフスキイ、「ロシア報知」一九一五・一二三号）*
そのことからはっきりとわかるのは、いつも仮面をか

* ロシアの南の出口としてのダーダネルス・ボスフォラス両海峡の獲得と、英国のインドとの通路としてのスエズ運河の防衛確保は、この大戦において非常に重大な問題だった。ダーダネルス・ボスフォラス両海峡突破によってロシアの東部戦線と連絡しようとしたガルポリ半島への英仏軍の上陸作戦（これを主張したのは英国海相チャーチル）は、一五年四月に開始されたが、ドイツ＝トルコ（独土）連合軍の巧みな戦術の前に大敗を喫した。英仏軍の戦没者十一万人、戦艦七隻（のほかに艦船十隻余）が沈没。セルゲイ・コトリャレーフスキイ（一八七三―一九三九）―歴史家、リベラル。著名な立憲民主党員（カデット）。

ぶっている政治家——リベラル派の姿が見えてくること。ひょっとしたら、未来の県知事たちの姿さえ。

誰かがさらに書いている——アルコールが戦争よりも多くの犠牲者を出すこと（疫病についても同じ論調だ）を認めなくてはならない、と。これは、じつに恐ろしい、じつに不道徳な、まるで戦意を挫かんとする言い草ではないか。戦争の犠牲者たちをこの目で見、その苦を胸にしみこませた身には、統計上の計算なんかで証明された顔のない死は、あまり意味がない……

それでもやはり、そうしたものが、社会の疲労やあらゆる個人的災難、個人的恐怖ないし恐慌の印象であり感想であるにもかかわらず、われわれ（つまりロシア）にいま必要なものについての国家的レゲンダ〔ありそうもない作り話、伝説〕が、連日紙上をにぎわせている。たえず目にするのは、われわれ人間の心とはまったく別個に、無性無縁の魂、存在——すでにみながそれを神と崇めだし、あたかもその名においてありとあらゆる非人間的なことがなされているかのごとき——すなわちロシア国家のレゲンダの濃い影である。そんなレゲンダに救いを求めるのは、死ぬまで、ある〈人間〉に仕えることを繰り返してきた人びとなのだ。

これに似たものを見つけよう。まず社会から兵士の個人的な運命を隠しているカーテンを、逆に、兵士の個人的な運命から社会生活を見えなくしている遮蔽物を撥ね上げなくてはならない。そこにあるのは、全体の完全な不明〔性〕、戦争のディテールのまったき不明性である。一方に、個人の運命を見落とし自らを生贄に供する怪物的なレゲンダを作り出す能力があるかと思えば、また一方には信仰が——個人の運命にあたかも社会が本気になるような信仰が生ずるのだ。母、妻、姉妹はただひとつこと——近き者〔近親者〕を殺さぬようにと祈る——これは犠牲者（抹殺者たちの神話である！）についてのレゲンダとは逆のこと。そのあとに贈り物が、暖かい綿入上衣が——これらは善き人びとの慰めとなる——バラの花、キャンデー、煙草、共同の追善供養、死亡通知書が続き、そして最後の最後に、「国家の拡大」「海への進出」などという戦意高揚のための檄や訓示が調子よく登場する。そんなざわめきの中で、幾百万の貪欲な人間たち——商人、納入業者、請負人、警察、知事、財界有力者たち——は、自分らの未来の〈戦争犠牲者〉に対する権力の、新しい堅牢な礎を築いていくのである（ところでユダヤ人——人間的感情をあれだけ搾り取られながらも、言うところのわがインテリゲンツィヤの揺るぎなき基盤であるユダヤ人もまた、磐石の基盤を築いているのだ）。

ユダヤ人とは、根がむき出しの水耕栽培の植物のような、土のない人たちである。他の民族にあっては、撒かれた土くれの下に根は隠れているのに、ユダヤ人のそれは地上に露出したままなので、こちらからは見えない、こちらとそっくりな同じものを彼らの鏡の中に見てしまう。ただそれだけで憤慨したりする。土地を持たない（奪われた）ユダヤ人は、不幸な人びとなのだ！

「彼らは幸せではないか！」わたしが思う幸せな人間とは、ツァーリがおらず、上官上司がおらず、居住地もない人びと。ユダヤ人は幸せな人びと……

　ロシア人を表わすキーワードは、はにかみ屋、内気、引っ込み思案。

　以下はテーマ。老人の息子はいま戦場だ。彼のいのちは細い一本の糸（戦地からの手紙）でつながっている。息子が死んだら、老人は羽の抜けた鳥のようになるだろう。息子のいのち、過去とのつながり。彼のいのちは、わが軍がコンスタンチノープルを奪取し海へ出るという希望ひとつにかかっている。

　深夜、お百姓が七頭の馬を駆って泥棒みたいにこっそりとノーヴゴロド県からペトログラードへ燕麦を運んでいる（燕麦はノーヴゴロドやペトログラードで一クーリ〔約九プード≒一四七キログラム〕いくらで取引されている）。お百姓はノーヴゴロド県からペテルブルグ県への持ち出しが禁じられていることを知っているのだが、それでもやはりやめられない――戦火のガリツィアとまったく同じだ。馬鹿な法律がつくられれば、頭のいい精力的な〈一家の稼ぎ手〉はどうしたって犯罪者になる。

「何もやらんよ」老人が声を上げる。「何ひとつな！」

「じゃ、ガリツィアは？」

「そいつはやってもいいさ。もういっぺんポーランドの一部を切り取って、それでボロ布団でもこさえろって言ってやりゃいいんだ。ああそれよか、君主が自分の持ってるポーランドのひと切れをドイツの奴らに投げてやったらもっといいかもな。さあ食え、この腹ぺこの雄犬ども、もう二度と入ってくるんじゃねえぞってな。そうなりゃロシアにはもう、ドイツ人もポーランド人もユダヤ人もひとりもいなくなるさ」

　母は誰かに対して怒っているときは、きまって別の誰かの前で自分の正しさを弁明し、その人と同盟を結ぼうとする。どういうことか？　われわれのうちの誰かに不満を覚えると、もうひとりの誰かに度を越した優しさを発揮し始める（その種の優しさを〈ペーチキ・ラーヴォチキ〉*と称

＊〈ペチカ・壁椅子〉――よからぬことに悪用される〈親密な関係〉、また悪事をなすために手を組む（気脈を通じ合っている）の意。

する)。自分の黒い目で、それでもやっぱり女の目で、彼女はいっさいを——ヘアスタイルからひょいと目線を逸らす仕種まで——一瞬にして見抜くことができた。そして相手の動きが彼女の中で快か不快か、ともかく一本の鎖のようなものが形づくられ、もしそれが快であれば不快の方は忘れられ、不快であれば快が忘れられて、最後にはまったくつまらないものから〔自分が〕溜め込んでいる悪意の全エネルギーないし、喜ばしくも寛大な全幅的好意が流出するのだった。これには例外がなかった。怒っているときの母にうれしい補佐役がいないことはなかったし、嬉しいときには不審の念はまったく生じなかった。そんなふうにして彼女はたえず誰かと同盟を組んで、要するに、まるで子どもたちの仲を裂こうとして、いつも誰かの噂を言い触らしていたのである。

戦傷者や瀕死者の苦悩は、どうもこっちが想像しているほど恐ろしいものではないと思う。しかし、他人の苦を見続けると、わたしたちは無意識に自分の心にその苦のための苦を受け入れ、そしてその苦を贖おうとするわれわれの苦がまた、人間の心の玄妙不可思議な法則を通して、自然の苦より恐ろしいものになるのである。苦のための苦がより大きいのだ——これが人間の法則! 自然な苦の多さから言えば、現在の戦争は歴史上類がない。この戦争で受けた精神的な苦痛ほど大なるものはない。前代未聞、まさに未曾有の苦であるにちがいない。にもかかわらず、大多数の人間は、歓び(戦争のオゾン、雷雨の電気、海峡)を期待しているのだ。

羽の抜けつつあるミハイル・エフチーヒエヴィチ老人と息子のミハイル・ミハーイロヴィチ。手紙が届けば、海峡〔ダーダネルス〕は息を吹き返し活気を帯びてくるのだが、手紙は来ない。呪うべき戦争だ。

▼四月二日

空色の春。自然の法則に叶ったエゴイズム——絶えざる侮辱と不公正の意識の源。不公正をしんから〔われわれは〕感じており、ほかのことは信じていない。このエゴイズム、この殻、この戸惑いを打破するために一生を使い切る必要がある。

彼女(難攻不落の人〔ワルワーラ〕)、真実の鏡、わたしには手の届かぬ、永遠の存在。すべては——手紙は手渡されている。今やいっさいが違ったものになるだろう。自分はもはや、これまでの自分としては存在せず、あらゆるものがひとつの流れとなって——空色の、水色の女神。

リョーヴァ〔長男のレフ〕の二本の前歯は大きくて美しい。わたしのは今、壊疽を起こしているが、やはりかつてはあんなだった。だいたいリョーヴァはわたしをそっくり繰り返しているようだ。他人《ひと》を怒らせるようなことをし、われわれ親から罰を受けたあと、とても腹を立てる――まるで世界正義の根本問題にでも抵触したみたいな怒り方をする。わたしもかつて、おまえが中学を退学になったのは当然だ、まったく手がつけられない奴だったからなあと、ある中学生から言われて驚いたことがある……自分《ヤー》〔Я〕を宇宙的なЯ〔大文字〕と思い込むナイーヴなエゴイズムで、要するに、このエゴイズムには根〔土台の感情〕ってものがない。リョーヴァのそれは感情の伴ったエゴイズムで、その道は破断の道――これは土台を理解したエゴイズム、大道だ。わたしがそいつと真っ向からぶつかったのは、パリだった。その結果が、個人的な不幸と文学である。文学に惹きつけられたのは、わたしがわたしたらんとする衝動ではなく、もうひとつ別の〈я〉を創造（これのモメント、すなわち殻とあの手紙――僕は僕と僕の持てる一切とを貴女の裁量に委ねる所存です。敬具云々）しようとする衝動だったのである。はっきりしているのは、世界理解のために何をなすべきかということ。おのれ（エゴイズム）を断つ必要があるのだ。そうすれば、魂は輝きだす（ポエジーこそ魂の光！）。奴隷たちは常に輝いているが、統率者は厚顔無恥にも人を押しのけ、しゃしゃり出る。鳥や獣のいのちは困窮を絵にしたようなもの。でも、そのおかげで（春の）彼らは素晴らしいのだ。

世界《コスモス》は人間によって形を与えられた〈自然《プリローダ》〉。なぜ戦時に自然は消えてなくなるのか？ なぜなら、それが新しい人間の事業だから。人間はいまだカオスの中にシンボルを見つけていないが、いずれそれも見つけ出すだろう。

〈見えざる城市《まち》〉*1――（『ヒト怖じしない鳥たちの国』*2のときも同様だが）への旅でわたしを導いたものは、情熱《ザドール》だった。わたしにはよくわからないある未知の感情――自分はそれを有しており、それを本物のあらゆる学問研究にとって欠くべからざるものと思っている――の力を借り、そのザドールの力によって学問上の発見をするのでは、という思いがしきりにした。そしてじっさい、現地に着いてすぐに確信した。自分はこれまでの分離派《ラスコール》や宗教的セクトの〔学者たち〕専門家たちよりずっと多くのことを知って

*1　スヴェトロヤール湖（キーテジ）への旅のあとで書かれた紀行文『見えざる城市のほとりで』（一九〇九）のこと。詳しくは『巡礼ロシア』（邦題）の「湖底の鐘の音」を。
*2　『森と水と日の照る夜』（邦題）のこと。

いる（自分はラスコールやセクトの人たちの内部にまで踏み込んだのだ）と。同じことを、もっと大きなスケールで、たとえば、地球を外的対象としてではなく魂の一部に繰り込むために、地理学の分野でそれができないだろうか？

戦争への神の〔プロヴィデンシャルな〕視点。避けられぬ破断を破断すること。国家のナイーヴなエゴイズムと国家的フェティシズムは相互作用（世界の帝国主義化）によって作られるだろう。不滅の個人と世界（コスモス）……それが作られるために引き起こされるのが戦争なのだ。それなしにはあり得ない――これこそドイツの悲劇（土地を持たないアダム）。

わが人生のロマン――ドイツとロシアの衝突。わたしはすべてをドイツから得た[*1]のだが、今そちら（ライプツィヒ、チューリンゲン）に向かっている。

「ロシア通報」とは離婚した[*2]。この新聞はわたしにとっていつも〔二語判読不能〕だった。結婚がそもそも打算だった。わたしは農民たちについて書いた、彼らはそれに対してわたしの庇護者となった。だがそこには、かつて自分が〈惚れ込んで〉参加したような社会的事業など、何ひとつなかった。ゼームストヴォ勤め[*3]、省での珍奇な仕事[*4]と、「ロシア通報」への寄稿――間断なき偽善的行為、「ザヴェートィ[*5]」にいたっては全然、とてもとても自分の仕事とは言えない。最初は青春時代に、二度目は社会的急変（変革）の前夜に、そして三度目は文学において――時に自分とみなに共通した仕事に参加してきたのだが、それらはいずれもこの上ない緊張を強いた。とても自分はまともな社会活動家にはなれない。

▼四月六日

思いついたのだが、『黒いアラブ人』[*6]を「エキゾティックな」一巻本にし、『鳥の墓場』をロシア民話の土に降ろし[*7]、『見えざる城市』を宗教探求の書に、『戦争の書』[*8]その他を……

『鳥の墓場』を四季の本に改編[*9]すること。

キリスト教の不幸は――その教え〔たとえば隣人愛〕を引き合いに出すこと自体が、弱さと愚かさから敵対勢力〔キリスト教団〕とまともに対峙できない狡猾な猛獣＝略奪者たちの強力な武器になってしまうことにある。

わたしは宇宙《コスモス》の一部、わたしは生きる――みんなと一緒に（それへの平衡錘、自己評価における諸々の誤差）生きているが、わが生涯を貫く信念〔あるいは信仰〕は善なるもの《ドブロー》に向けられるはず（ラズームニクもゴーリキイもみなそうである）で、そうでなければ、そんなもの〔信念〕は完膚なきまでに打ち砕かれてしかるべきなのだ。〈あの世〉はまた別の信仰に属する。

ロシア人の暮らしにおける東方《ヴォストーク》の面立ちは、宿泊先がホテルではなく知り合いの家だということ。

▼四月九日

針葉樹の林の向こうの風もない日向に一本の白樺。そこをはだしの女の子が駈け抜け、小枝を折った。折られた白樺の傷から樹液が滴った。

女の子は走り去り、一本の白樺が残された。そして、去年の黄色くなった葉の上に絶え間なく樹液が落ち、やがて日が中天に達するころには、もう枯葉の上はきらきらと匂い立つような白樺の血溜まりになっていた。

白樺はその血溜まりのことで、音ひとつ呻き声ひとつ発しなかった。自分をこの世に送り出したものの意思にあま

＊1　ライプツィヒ大学哲学部（農学科）留学時代（一九〇〇―一九〇二）、プリーシヴィンは、自然科学の教養や職業としての農学だけでなく、カント、ニーチェ、リヒャルト・ワーグナーに夢中になった。その世界観形成の上で最も重要な部分を成しているのがドイツの文化的伝統であることは間違いない。

＊2「ロシア通報」の記者となったのは一九〇七年のこと。この新聞社の編集人の一人が母方の従兄のイリヤー・ニコラーエヴィチ・イグナートフ（一八五八―一九二一）。

＊3　プリーシヴィンは一九〇三年、モスクワ近郊のクリン市のゼームストヴォ（地方自治会）で農業技師として働いた。

＊4　一九〇二年に短期間勤めたペテルブルグの農業関係の省のことと思われる。

＊5　雑誌「遺訓」（発行は一九一二年から一四年まで）。詩人のアレクサンドル・ブロークの日記（一九一二）に――「この雑誌に掲載される小説のテーマは人間の苦の描写を扱って、多彩である」。これに載せたプリーシヴィンのルポや短編類もそうとう多彩だ。「イワン・オスリャニチク―七人兄弟塚の伝説から」（一九一二・二号）、「町から村から」（一九一二・八号）、「父なる法のうちに」（一九一三・三号）、「スラーヴヌィ・ブーブヌィ―悲喜劇と題して」（一九一三・九号）、「クマネズミ」（一九一三・一一号）、「アストラーリ―オーフタの聖母の裁判を傍聴して」（一九一四・四号）。

＊6　中篇『黒いアラブ人』は一九一〇年に初版が、さらに書き続けられて、一九二五年に第二版が、一九四八年に第三版が出ている。

＊7　この計画は実現されなかった。『鳥の墓場』の最初の題は「村のスケッチ」（一九一一）。

＊8　書かれていない。

＊9　暦を通してヒトの生の時の〈時〉を創造する自然のリズム――最も重要な惑星のリズムを知るという構想は、のちのち『自然の暦』（邦題で『ロシアの自然誌』）（一九三五）となって実現する。

りに従順だったから、痛みさえ感じなかったのである。この世はすべてそうなのだ——そもそも自然が、のしかかるくびきの十字架に耐えている。

　そして人間もまた自然であり、その一部、つまり奴隷であるので、救いは、自然のそれと同様、沈黙のうちにある。だがヒトはことばを話す……音がことばに転じた〔発話の権利を得た〕聖なる一瞬、その境を越え、さらに沈黙の、すなわち苦悩の限界を越えて発せられたことばこそは、厳しい冬のあとの楓の葉そのものである。苦悩と発話の権利の限界を明知《ラーズム》によっていかに見出しいかに定着させるか？　ヒトの権利の表明のその一瞬は奈辺にありや？

　あるいは、声はカオスの苦痛の継続、その喜びの〔表現〕であるのかも。しかしそれは自然の声であって、そのときヒトなどなにものでもない〔無〕。

　ヒトは自由意志と迅さ〔性急〕の生きもの。さらなる迅さを求めれば、それは自然に反して、求め欲し在ること自体が不可能、さらなる加速はさらに不可能だ。

「鳥の墓場」は四季の書だ。小品集「爺さんたち」[*1]、「霧の中の小屋」[*2]その他もまとめて一冊にする。これらの短編は概して喪われた価値を描く物語集——人間臭い一巻だ。

　一）鳥の墓場　　二）黒いアラブ人　　三）ヒト怖じしない鳥たちの国[*3]　四）丸パン[*4]　五）見えざる城市　六）戦争の書。

▼四月十二日

　生活創造のモメントとしての戦争。それを個の問題として監視追跡する。個なしに進めれば、まったく意味がない（が、では国家の成長発展は？）。ともあれ、戦時における孤立（孤独）は愚かというか問題外だ！　独りで戦うなど不可能である。そこから見えてくる二つの道、二つの結論。一つは国家建設の必要性、もう一つは苦のための苦に沈潜すること。して一方は苦のための苦に終結を宣して新世界の創造をめざし、もう一方はその国家建設（綿入上衣を縫う——〈これぞロシアでありロシアである〉曰くローザノフ……聖物エトセトラ）を承認する。

　だが、これ〔この声〕は自然のもの（質的に高い生きもの）とは一線を画している。この声には不屈の力と（自然の）法があって、それは〈生活の〉ないしは〈大地の宗教〉と呼ばれる。祈り——ことばの喜び、悲哀は、針葉樹林の音楽そのもの、鳥の歌、草のそよぎ（人間の声は自然の音楽からつくられる）。だが、それらはみなまだ人間ではない。人間は大地に、新しい、自然の延長でない、まったく新しい、人間的な法規を与える。新しい声、新しい、贖われた世界、新しい空、新しい大地——それを認めようとしないのは〈生活の〉宗教の予言者たちだ。

もしかしたら、かつて鳶は白鳥になったことがあるのかも？　鷹からメボソムシクイが生まれたのかも？　自然は創造のただ一つの方法（道）であるのかも？　では人間の声を作る方法とはいったいいかなるものか？　個の心的体験を描き、他者の経験を叙する方法。そのやり方で個人と社会とがひとつになるのだ。個人的なものは生活、社会的なものは言い伝え《プレダーニエ》。声のモメントとは自分の声と言い伝えとの合体、自然の言い伝えと人間のそれとの。

人間の経験は自然（生活）の中にしかあり得ない。生あるものは死に行くもの、人間的なものは不死である。死すべきものから不死が生まれる――それは不可能だ。死すべきもののうちに不死不滅の〈ことば〉が具現するのである。

新世界が旧世界の証明にしかならない人びとと、新しい未来世界が実際に新しい世界になると信ずる人びと。

あるとき――少し前のことだが、自分は村を通り抜けようとしていた。村びとたちはこっちが戦場から戻ったことを知っているから、みんな寄ってくる。戦場《むこう》の様子は？　戦況は？　これからどうなるのか、としつこく聞いてくる。自分が語るどんな些細なことも、深く彼らの胸に刻まれる。ところが今、村を通り抜けようとしても、誰も近寄ってこない。何も訊かない。もういいと思っている。自分なりに納得してしまって、戦場から戻った者からニュースや自分の痛みを改めて知りたいと思っていないかのようである。ただ、ある小屋からひとりの老婆――少し緑がかった顔色の、血の気のない老婆が出てきて、わたしにこう言った――

――

「倅《せがれ》は戦死してしもうたですがの、あたしは何か戴けるのでしょうか？　ゲオールギイ〔勲章〕を四つも貰って少尉補まで昇進しとりましたので。どんなお手当てが戴けるんでしょうかの？」

老婆は力を貸してくれとすがる……息子さんはなんという連隊にいたのかね、とわたし。

「ゲローイスキイの連隊でした」老婆が答える。

ゲローイスキイ〔ゲロイ＝ヒーローの形容詞。英雄的な勇まし

＊1　この短編集は「スタリチキー（爺さんたち）」というタイトルで「ロシア通報」紙に掲載された（一九一四・六・二十二）

＊2　見つかっていないプリーシヴィンの最初の作品。しばしば日記で言及。

＊3　単行本となった最初の作品、邦題で『森と水と日の照る夜』。

＊4　『極北地方とノルウェイ』（一九〇八）―邦題で『巡礼ロシア』。その第一部「ソロフキ詣で―魔法の丸パンを追いかけて」のこと。

い連隊の意〕ではわからない、連隊や部隊には名称があるのだと言ってきかせる。老婆はしばらくじっとしていたが、こちらの説明がさっぱりわからない。将校から手紙を〔受け取った〕。それには――ご子息は名誉の（ゲローイスキイ）戦死をなされました、と。わたしが、その手紙は今ここにあるの、と訊くと、いや、遠いところにある、隣村に、と老婆。

「将校さんは書いとったです」老婆は繰り返す。「ゲローイスキイ連隊だとね。ほかには何《なぁ》も」

人里はなれた場所に、ひと月、ふた月、み月とどこにも出かけずに閉じこもっていると、素朴な村人でさえ、徐々にだが成長をとげて、なかなか興味ある存在になってくるのがわかる。教育のある人間に特有のあの、人間を等級分けする癖が、少しずつ失われてゆく。そんなふうにして山の上から見下ろせば、いかにも小さく見える人間が、近寄ってみると、けっこう大きな人物になってくる。

▼三月十五日――〔ここで日付がもう一度三月に戻っている〕

厳寒《マロース》、豪雪、きしみ雪。昼ごろ、道は人参色だ。照りつける太陽。目を閉じれば、目蓋の裏は光がいっぱい。暖気なし。

ナヂョージャ〔ナヂェージダの愛称、未詳〕のとこの息子がこんなことを――なんでもドイツの一中隊が全滅した戦場というのがあって、現場を見たい人は格安の三ルーブリで行けるとかどうとか。

▼三月十六日

きらきらと日の照るマロース。昼になって再び暖かくなる。みなして〔村の衆のことか？〕川沿いのアイスバーンの上を散策。誰もが厳しい春になると思っている。厳しい春は村を水が襲い、穀物小屋は流されてしまうだろう。雄鶏たちはひとかたまりになって水の上にじっとしている。捕まえるどころか、近づくこともままならない。

▼三月十七日

なんという陽光！　鳩たちが朝から気張っている。これは本物の冬だ。目にするものはただ光、光のみ。散乱する光の時の〈時〉。

▼三月十八日

長靴をイワン・コンスタンチーノヴィチに注文した。〔手早い〕確かな仕事をする男だと言ったのは、ゴールキのブリャーンツェフ。親切な男――「わし、行ってこようか？」

まるでクリスマスのころのマロースである。大きな月明かりの夜。議論が始まる――「こいつぁ厳しい春になるぞ」――「なぁに、そうはならんさ、寒さにはうんざりするだろうがな」

凍った川のふちを歩く。世間はめったなことでは驚かない。いま固い地面を歩いている。一、二週間後にはぬかるみになるのだが、そんなことには誰も驚かない。戦争も同じだ。爆弾にだって死体にだってすぐ慣れてしまう。それでも、人それぞれが（個々に）出遭う驚きは不思議なほどだ。

▼三月二十日

深夜に西南の風。嵐になり吹雪となって、これが一日中吹き荒れて、どっか〈ひっちぎれた〉みたいだ。体のネジがぐらぐらしだした。道が暗くなり、島が暗くなりかけ、夕方近く、風は北に方向を転じた。雪が吹き払われ、夜に入って、冬がまた古い爪を地面に引っかけた。

突飛なことをする坊さん――金曜の早朝の祈禱《ザウートレニャ》で十二の福音書を講じた*という。戦時下だし、本当はどっか暗い暗い隅の方にでも身を隠していたいところだが、なんせ煌々と明かりは灯り、夥しい数の聖像がじっと目を凝らしてこっちを見ているから大変だ。わたしはといえば、脇の方に腰を下ろして、パイプを吹かしている。

▼三月二十二日

復活大祭《パスハ》。粉雪。狐狩りにはもってこいの日だ。パスハの星月夜。家々はきらきらと輝いて、これは奇蹟ではないか！ キリストは甦りぬ！ 神父さんの門口には旗が。プロメテウスの火がシチー〔シチュー〕用の二つの土鍋の中で燃えていた。二つの火と火の間で、キリストは甦った。なんとも不思議なのは、哀しみ（苦しみ）を抱えた人間が精進と祈りのあとで味わう晴れやかな喜び。それは心の打ち上げ花火さながらで、輔祭の姿もなかなか立派である。そうして神父と輔祭たちの声が、〈キリストは甦り給えり《フリストース・ヴァスクレッセ》！〉が、中空に高らかに響きわたる。そのあいだ、坊さんたちを受け入れる主婦たちはてんてこ舞いだ。ほぼ三日がかり――パン生地を捏ね、クリーチを焼く。ときには焼き方のことで（言い合いになったり）。やることがいっぱいあるのだ。床を洗い、あっちこっちをごしごし擦り、蜘蛛の巣を払ったり……ついに坊さんがやってくる。坊さんは腰を下ろそうとしない。坊さんは坐らないし、雌鶏も卵を抱かない。

▼三月二十三日

待ちに待った坊さんたちのご到着。輔祭は少しもじっとしていない。口から発せられるそのことばはまるで手提げ香炉《カヂーロ》。パッパッと煙を吐いてはどこかへ行ってしま

＊ いつもは復活大祭前の洗足木曜日の夜の祈禱のさい行なわれる。

うので、あれもうお仕舞いか火は消えたのか、と思っていると、また戻ってきて、またまたパッパパッパと煙を吐き出す。輔祭は坊さんにはひとことものを言わせず、坊主は輔祭に遠慮している。要するに、びくびくしているのである。卵ののっかった皿が出された。坊さんが玉葱みたいな卵を置くとすぐさま、輔祭はそれを手にとって、しばらくじっと観察——割れたやつは要らないとばかりに。それでようやく、木でできたような、小さい、形のいい卵を選ぶ。そのときは誰も気にしなかったが、あとになってみなは、輔祭がそれを〔勝手に〕持ち去ったことに気がついた！

▼三月二十五日

聖母受胎告知祭。朝も夜もマロース。夜半にちょっと冷え込むと、そのあとズズンと厳しさが増し、必ず雨。雪が尻込みするのだ。ペソチキ村へ移る準備をしている。

ミヤマガラスの飛来〔ミヤマガラスは春告げ鳥〕。もう夕方だ——これでは昼などなかったみたいではないか！　張った氷の上を水が流れていて、穴〔釣り用の〕までたどり着けない。岸近くのうっすらと青みがかった針葉樹の森は、進出してくる白樺のせいで、いよいよ影が薄くなる。大気に平安《ミール》の気配——漂っているのは、人間の平和《ミール》ではなく、とことわのミールの予感。川の向こうで男の子たちが何か叫んでいる。艀の陰に女の子たちが隠れている。かくれんぼだ。凍土がようやく融けだした。ミヤマガラスの群れが、水を呑もうと、土手づたいに低空飛行している。

樹は孤立しヒトは孤独だが、いちめんの冬の雪の上をさ迷い歩く孤独な最初の春との出会いは、みな一緒なのだ。ちっちゃな孫娘はたいしたものだ——馬に小枝のムチをあてて、立派にお婆さんを運んでいった。まるで春が冬を連れて行くようだった。わたしが「まだ小さいのに、おまえさんはえらいねえ！」と褒めてやると、お婆さんはぷっと吹き出し、こんなふうなことを言ったようである——「なぁに、孫がえらいんじゃねえ、〔馬が〕勝手に連れてってくれるんだよ」。婆さんなどは自分に始末をつけたら〔冬の終わり〕、あとは驚いたり喜んだりするしかないのである。

保守主義者とは、より良き破壊のための条件（環境）をつくる人たちのことである。保守主義者の目に永遠のハーモニーや秩序のかたちで映るところの、破壊のための合法的かつ理想的な何らかの条件（環境）が存在する。彼らが夢見ているのは破壊の法と秩序なのだ。ちゃんとした保守主義者は、因循姑息の保守性などでは全然ない、法の理想を生きているのである。彼にとって、新しいものがすべて本質的には嫌な〔わけではなく〕、ただそれが理想的で新しいということそれ自体を羨んでいるにすぎない。保守主義者は偉大な理想主義者《イデアリスト》なのだ、むしろ革命家よりも。保守主義者はつねにイデアリスティックであり、革命家はプラクティカル。だからこそ革命家はつねに勝つのだ。
してまた、高く堂々たるそれらの峰々があくまで高く堂々としているのは、彼らが観念論的で理想主義的だからなのだ。それら高い不動の山々を取り崩そうとするのは、高いもの、観念論的で理想主義的なものなどではなく、ただもっぱら生気に満ちた、広大にして自由奔放なもの、すなわち水と風なのである。

▼三月二十六日

春の新しいエタップ。最初にヒバリが囀りだし、原っぱの雪の融けた地面に舞い降りたが、うち一羽が早くもぐんぐん昇っていった。コクマルガラスは、ミヤマガラスを迎えるときも見送るときも、群れでやる——まるで冬のあいだの出来事を報告でもするかのように。何かぺちゃぺちゃ喋り散らしながら、鴉を追い払ってしまう。水の音。川へ落ちる水の音——不意に列車が通過するような。

「ヒバリ、ムクドリ、ミヤマガラス、ハヤブサ、トビ——ここにはなんでもいるね。なぜまたこうも一気にやってきたのかな？」

「いや、もともとこいつらはここにいたんだ。姿を見せんかっただけさ」

▼三月二十七日

深夜に雨。朝方、お百姓たちは薪を担いでなんとか川を渡ろうとするが、できなかった。彼らの頭上をカモメが舞っていた。

ペソチキ村へ移る。リョーヴァと歩いた。風が光っている。鋳鉄炉。遊牧民。ズアオアトリは一羽残らず広葉樹の小さな林の中だ。原っぱの雪の融けたところには、ヒバリが黒雲のようにかたまっている。ムクドリの群れと、そのあとにカモの群れ。

▼三月二十八日

深夜、マロース。朝、雪の中を〔這いずって〕森に入る。正午の雨、夜まで降り続いて、夜っぴて（土砂降りだ！）

▼三月二十九日

朝、日が照って、涼しい。北西風。川面に氷が、岸の青い水に最初の恐るべき氷塊が、浮上。小川の氷の上につくられた道、若いエゾマツ、氷にあけた穴——どれも冬の思い出（冬の道が消えようとしている）。

▼三月三十日

夜半のさほどでないマロース。午前中ずっと融解を押さえ込んでいたが、正午には日差しが勝ちを制した。風、さわやかに踊る。針葉樹の林のあたりは、とても日当たりがいい。

きのう、フィラートコヴォ村をあちこち巡った。雪はほろぼろ、あっちの森こっちの森と深く分け入った。沼地は崩れた穴が二重になっている。クロライチョウのフィウーフィウー〔鳴き声〕、ネコヤナギ〔ヴェールバ〕の花、真っ赤な空焼け、長靴、スキー履き。

「ヤマシギってのはな、窓の下のイラクサが伸びだしたら、そりゃ間違いなく、列をなして飛んでくよ」

ユキノウサギがぼろぼろの雪をほじくっている。全身すでに灰色で、尻のあたりにほんのちょっぴり白い毛。

きょう、六時から七時のあいだに氷が流れ始めた。確かな流氷だ。クームの水（洗礼親《クーム》になるの）は氷を迎える水で、渦巻は逃げようとする水。流氷の堆積《ザトール》。対岸の根かせ〔土手の補強杭〕に（詰まってしまった）。雄鶏が泳ぐ――大した雄叫びだ。これぞわがヴェレビーツカヤ村の街道〔流氷の川のこと〕、氷穴からピューッと噴水が上がる。ずっと向こうを流れていくのは、丸太と馬鍬《まぐわ》。

「氷が行くぞォ！」ありがたい。流れはきわめて順調なり。旧いものがどんどん流れ下っていく。音だけ聞いていると、はるか向こうで合戦か？

干戈の響き？　なにやら遠くの戦場を思い出させるような音だ。世界戦争……どうやら防衛線を突破された旧世界が押し流されていくようである。根かせのあったあたりで、小川と小川が合流した。そこは水がひょいと身を隠すので、それで〈潜り込み〉と呼ばれている箇所。ポポフの島〔坊さんの島〕というのもある。お百姓にとっては役立たずの川洲だった――そんなものは坊主にでもくれてやれなどと嗤っていた――が、次第に大きくなって、坊さん一人分の川洲が今では坊さん三人分の大きな島になっている。

流氷開始の瞬間を誰も見ていない。あっちこっちで三角網を沈めていた川漁師たちは、泡を食って岸に戻った。

自然科学を学ぶ人間〔プリーシヴィン自身もそうである〕の歓びはどこから来るのか？　彼らはじつに陽気で楽天的――その歓びは彼らの特権だ。

▼三月三十一日

どこかに流氷の山ができているのだ。水が草地全体を浸し、こちらの根かせに、百姓家の方に、迫ってくる。氷は川の淀みという淀みをみな越えて、草地を浸した。ついさっき生まれたばかりの小さな氷塊まで流れ込んでいる。魚を釣るためにあけた氷穴は噴水さながらである。

冬と太陽の〈春の決闘〉が始まった。空が明るいと昼も夜もさして変わらない。同じ条件下では深夜にマロースがすべてを凍りつかせる――冬の王国だ。満天の星。朝、灼けた火の玉が昇って、深夜に凍結したものをことごとく打ち砕く。

太陽がいっぱい！　餌をやるために雄牛を小屋に追い立

てている。その牛がじつに音楽的な声で啼き始める。そこらじゅう陽光の縞々模様。牛たちの音楽的才能にはびっくりだ。

熱せられた窓。熱いガラスの上で羽音をブーンブーン、これは一番に目を覚ました蝿……融けた地面から立ち昇る湯気が根かせの方に流れていく。

日が強く当たるところに蒸気が沸いて、水色の有翼天使たちが残らず天国の入口に集まってきた。上流の白一色の氷原——春の氾濫のうす青い空々獏々《プラストール》がうごめいている。

遠くとおく森と森とが手をつなぎ、野の地平を荘厳な半円劇場《アンフィテアトル》のごとくに取り囲んで今、大祝典の真っ最中である。黒い男が根かせに立って三角網を降ろしている。別の男は流れてくる重い丸太を引き揚げるのに懸命だ。嬉しくてたまらない——暗くなる前にあと何本か手に入れるだろう。たとえへとへとになっても、これは嬉しい。ぼろぼろの雪の中から、わたしはやっと這い出た。日差しを浴びた地面に足の先が触れた！　初顔合わせ。なんという歓び——野の初花の香りのように清らかな、言葉にならない歓びだ。

いま自分は生きている、いま誰よりもそれを感じている。そして誰もわたしを亡ぼすことはできない。わたしは信じているのだ——唯一知られざるわが財産〔ここではフェノーロクとしての、すなわち生物季節学的な自然の推移を的確に表現する自分の才能〕がもうすぐみんなの歓びとなるだろうことを。

▼四月二日

春の第二段階（雨）。風立ち、鳥たち、すっきり浄められたあとに、水のざわざわ。

▼四月三日

暑い一日。マガモ撃ち。最初のタシギ。寒夜。寒さ厳しくなる（第三段階）。切株に腰かけていた。日が落ちたとたん、ものみな凍りつく。真の闇、聞こえてくる水の音。起ち上がってなにやら祈るような恰好。勤行のイメージ、ずうっとイメージし続ける——丘の上に立つ司祭の姿まで。しかし身内の人間たちを思い描いたところで、すべてが停止し、すべてお芝居になってしまった。

▼四月四日

炎暑のあと、夜は厳寒《マロース》。鳥は鳴かずに姿を消した。今、霧が立ち込めている。雨しとしと。冬と春の格闘だ。ついに最後の決戦。明るい窓が暑い昼とマロースの夜を手招く。姿を見せぬ冬の攻撃は深夜、春の行動は明るい日中である……夜更けにわたしは、床の中で雄鶏の声を聞いた。もうわかっている——夜半前に鶏が鳴けば熱と霧が出て春が勝利し、夜半過ぎに鶏が鳴けば冬とマロースの勝利である。寒暖計など見なくても。寒い。

どこへやらこの日初めてのヤマシギが飛んでいった。きのう、最初のタシギは一羽、きょうは群れなして……小雨の空焼け《ザリャー》はふさぎ込んでいる……鳥たちも歌おうとしない。日没後、雨がやんだらヤマシギが飛び立った（地の底が融けだしている）。以前道だったところは、赤茶色の薄い膜みたいになっていて、その下を水が流れている——氷解、大きな決定的な。フクロウ。

▼四月五日

晴れ。夜もだいぶ遅くなって、少し凍る。

▼四月六日

晴れ。夜に入って少々凍る。冬の死にもの狂いの抵抗。すぐそこの広葉樹の林に、カモ。クロライチョウが鳴いている〔求愛〕。

▼四月七日

霧が立ち込めて、夜雨。渡り、かなり大きな（夜八時、最初の本格的な渡りがあった。それが八時半まで）。ハンノキと胡桃の花。白樺の蕾が青みを増した。イラクサの登場。

▼四月八日

ようやく四月らしい春の一日。自然界全体が（内部にまで熱が浸透して）暖かい。雪に圧しつけられていたゼムリャニーカ〔オランダイチゴ〕が葉をひろげる。イラクサがはびこり、雄鶏が喧嘩している。ひょいとはだしの女の子。いま赤髭男が通り過ぎた——あれこそ四月馬鹿（赤髭男を忘れるな！）*

六日、蛇を殺した。湿ったところから乾いた方へ這い出てきたのだ。

八日、どの水溜りにも蛙たち（みな口を噤んでいるが、かすかに鼻息）。蝿が自由に飛び始めた。日没前、真っ赤な夕焼けを背に鳥たちの大コーラス。日没後、（日陰は）たしかに春寒だがマロースではない。クロライチョウがしきりに鳴く。暗くなるまで小鳥たちが歌い、この日初めての甲虫《こうちゅう》がジージージー。冬の格闘で水溜りには細い氷の針。ドゥルーク・ストゥーク、ドゥルーク・ストゥークと押韻の尻取りゲームが始まったら、それらの韻と韻とが重なりひとつになって殷々《いんいん》、川のごとくに流れ去る。

あれは何だろう？　音楽だよ。

風——汽車。

八日、ハンノキの花が咲く。冬麦畑に薄い膜。

九日、窓下のイラクサが伸びに伸びた。日中はからりと晴れて暑いほど。夜になって雨。

▼四月十日

小窓に日差し。奥に隠れていた太った雌鶏が、ドミートリイの小屋からひょこひょこ出てきて、昔の思い出に浸りきったオールドミスみたいに、路傍の四月の藪の淡い霞の中にしゃがみ込むと、雄鶏たち――強そうなのや赤いのや小さいのや黒っぽいのが、その雌鶏を追いかけるように姿を現わし、騎士《ルイツァリ》さながら互いに戦いを始める。黒っぽいのが転《こ》け、起き上がってはまた転けて、ついに全身ぼろぼろにされて退散した。強い雄鶏もどうやら自分の勝利でへとへとになって戦線離脱の体《てい》。雌鶏なんかそっちのけで何かを啄ばみだす。やっつけられた黒っぽいいたずら好きの雄鶏は、その勝利者の方を振り返り振り返りしながら、ゆっくりと雌鶏に近寄っていく。それに気づいて、雌鶏はさっさと小屋の中へ。やられて面目を失った雄鶏も、こうなってはもう霞のかかった四月の藪の中で微睡《まどろ》むしかない。太った雄鶏は相変わらず何かを突《つつ》き、突きまくっては羽を膨らませて、いよいよでっかくなっていく。

▼四月十一日

潑剌とした夏の空焼けだが、そのあとこの日初めての霧が草原の上にかかる。蛙の、これもこの日最初のグワッグワッグワッの大合唱（喧騒というより小川のせせらぎ）。森は白樺の濃い霧に包まれて、視界はあまり利かない。緑が濃くなっているように見えるが、あれは針葉が光を透しているのだ。若い白樺の上に緑がかった霧が降り、蕾の頭はグリーン一色。甲虫の鈍く弱い連続音。

今もし暖かい雨がざあと降ったら、窓の前の白樺は一気に開花だ。これが四月――黄金の、最良の春の月だ。ムクドリたちが白樺の枝にとまったので、夜間はとりあえず、あの喧しい鳴き声に悩まされることはなかった。この日最初の甲虫。ブヨたちのダンス。黄色い花。アミガサダケ。キュウリウオとアセリナ〔鰭に大きな刺のある淡水魚〕が動きだした。もうすぐ牧童のラッパが聞こえ、家畜（牛）が、人間が、姿を見せるはず。気が触れたような野ウサギたちは出水に呑み込まれるのが怖くて、日中は草むらにじっとしている。月光を浴びてまず霧が、それから（これはきのうのこと）白樺の森に樹液の匂いが。どの木も生気に溢れ、樹液でぱんぱん。小枝がちょっと傷ついても、ぽたぽた垂

＊『裸の春』（一九三九）に赤髭男のことが出てくる。ヴォルガの解氷期に上流のコストロマーから馬に乗ってやってきた「アッシリア人のごとき黒髪黒髭男」、しかし地元の男たちからは「ああほれ、いいあんばいに赤毛（ルィジイ）のお出ましだ」とからかわれる。プリーシヴィンはこれこそロシアの民衆の独特の言い回しであると。ルィジイには「劣った人あるいは間抜け」の意あり。それで「赤毛野郎に押し付けてやれ、奴ならたいてい我慢するからな」と、赤毛でもないのに赤毛にされたりする。

れるにちがいない。夜の草原にマガモ。渡りの音は汽笛のようだ。コガモもずっと騒いでいた。黒い大地に月が顔を出す。自分が日没前にいた茂みにピカッとこの日最初の稲光。これには音がなかった。蟻塚のある丘にはもうだいぶ前から動きがあった。
　猟人と川漁師――目で追えば捕まえたくなるし、耳を澄ませばやはり仕留めたくなる。ゼムリャニーカの葉が立った。暗い大地に最初の月、最初の霧。立っているネズの木は黒い糸杉のよう。そのまわりに白く残雪。

▼四月十二日
　午後三時、この日最初の雷鳴と雨。それは白樺の照明に映える大粒の雨。あす、白樺の森はグリーン一色になるだろう。

　寝る前に降りてくるのは、小さな黄金《きん》のイヤリング〔尾状花序〕をつけた長い枝《し》垂れ白樺の細枝だ。

▼四月十三日
　家畜の群れが野に放たれていた。森の中からは牧童のラッパ。

▼四月十五日
　きのうは雪だった。夜になって晴れたと思ったら、にわかにマロースの到来。春は足踏みか……

▼四月十六日
ずっと風、寒気、夜は氷点下。春が足を止めてしまった。でっかいほうは岩盤、崩落、轟音。小さいのは割れて砕けてぱらぱら降りかかる。

▼日付なし――
　山（過去という山）の粉砕――生活。新生活を始めるには、ひと山そっくり粉砕されなくてはならない。

　自然を観察しながら自分をまるごと描くことができる。たとえば、〈わたしは小さな人間だ〉という意識は何を意味するか。それは粉砕、それは部分的な死（不首尾）。

　わたしの大きな崩壊とそのあとのこっぱ微塵。何かが一滴また一滴、止むことなくぽたりぽたり。そして時おり光が差して、生あるものが造られる。

　破壊と創造に架かる橋はどこにある？　誕生、結合、春。

▼四月十八日〔ペトログラード〕
「株式通報」紙と近東。編集者の振舞いとこちらの愚行。Γ《ゲー》〔未詳〕とのやりとり。ダーダネルスは愉快で結構だが、しかしロシアは燕麦でひと儲けした婆さんではないか。ロシアの青年革命家たちは埒外に出始めた。

目的は立派。ツァリグラード*1へ船を進める必要あり。

路面電車に乗っていた。太陽を（光線をではなく）まともに見たら、太陽は真っ黒なのだろう。

▼四月十九日

シャリャーピン[*2]と過ごした夜。N[*3]に似た若い女性と出会って、ふと記憶が甦る。自分は彼女に何を望み何を夢見たのかを。昔かたぎの地主たち[*4]。彼女を母に、プリヘーリヤに変えること。そして彼女の方にも〈変わりたい〉という本望があったこと。しかし自分たちはすでに以前の世界の壊れ残りであって、さらに細かく砕かれなくてはならなかったのだ。

（神によって）造られた世界が存在し、人間がその魂《ドゥシャー》であると〔そう自分は〕信じている。

四月二十六日

ペルシャへ行かずにペソチキ村に帰ってきた。ピーテルでの死んだような〔成果なしの〕一週間。その間に自然界では何が起こっていたか？

エゴーリイの日[*5]、ツバメが飛んできた。電線にとまってから冬麦の畑の方へ……カッコウは森の中だが、まだ裸同然の森は口をつぐんで、何も応えない。春の装いに忙しく、まるきし余裕がない。蜜蜂が飛びまわっている。

ここずっと冬との戦争は続いているが、すでに多くは、いや大半がきっちり体勢を整えていたのである。朝は牧童のラッパ、なかなか終わらない女たちの井戸端会議。目に飛び込んでくるのは、路傍の緑と水溜まりをかこむ草――草はエメラルド。白樺の黄金《きん》のイヤリングとその小さな小さな胡蝶の葉陰。

▼四月二十八日

わたしはいつも自分をまるで天与の才の不足した不完全な存在であるかのように思っていた。自分がどんな存在か、そんなことはとても言えたものではない。なぜなら自分などは……なにもゲーテやシェイクスピアやトルストイを引き

＊1　ビザンチン帝国の都であるコンスタンチノープルを昔のロシア人たちはこう呼んだ。コンスタンチノープル（ダーダネルス海峡）の獲得は第一次大戦でのロシア帝国の主要目的の一つであった。
＊2　ロシア生まれの世界的バス歌手フョードル・シャリャーピン（一八七三―一九三八）はプリーシヴィンと同い年。ゴーリキイを介して二人はこの年の一月に顔を合わせた。
＊3　ワルワーラ・イズマルコーワ。
＊4　ニコライ・ゴーゴリの短編『昔かたぎの地主たち』の主人公である老夫婦。プリヘーリヤは妻の名。
＊5　エゴーリイの日（祭日）は四月二十四日、預言者エレミヤの日は五月一日。昔から春の種まきの目安にされた。

合いに出すような話じゃないのだ。自分が思い描く存在とは、そんな立派な人物たちではなく、ただの（と言っては失礼だが）年長者——学校の先生、堅実な家庭人、実務家、労働者その他の人たちのこと。だが、日々の暮らしの中で彼らの方へ近づこうとすると、すうっと消えてしまって（誰が？ 彼らが）、実際には、そうした存在が、高級にして完全なる存在——誰もが恐れ、恥じ、気おくれするような——要するに、人びとの中ではなく人びとの上にあぐらをかいている存在にすぎないことは、明らかなのである。

たとえば神について語るときの気おくれや圧迫感といったもの——。ロシア人なら、もっぱら神を信じて黙りこくるか、喋り散らすかのどちらかだろう。

七月の静かな空焼け《ザリャー》。かすかに耳の中でキリギリスが鳴いているような静かな人生の空焼けに、過去の、間然するところのない面影がふと立ち現われることがあった。マーシャ〔年長の従姉、若くして逝った〕、ドゥーニチカ、母、リーヂヤ〔姉〕、リュボーフィ・アレクサーンドロヴナ〔ロストーフツェワ〕。それぞれの人生についてあれこれ考えると、彼女たちがみなしっかりとつながっていることに改めて気づかされる。

兄弟たちの立場（位置）と母の関係。その焦点《フォークス》としての〔フォークスはフォーカスに同じ。ロシア語には奇術・手練・仕掛けの意味も〕母が死んで、すべてが消えた（遺言状は母の妄想、われわれの妄想なのだ。母が消え、つながりも消えて、もう誰に遠慮が要るものか、それで相続争いである。堕ちるところまで堕ちて、いよいよ最後の妄想＝遺産の懇請）。

間然するところのない面影、今は亡き人たちへの思い。

イーリメニ湖の水の逆流。水と増大——土地は水ならず。自分の土地を拡げるようにはいかない。だが水は、向かうところがこの世のすべて。森は今、耳の奥でキリギリスが鳴くほどの静寂に包まれている。どこから流れてくるのか、白樺の小枝を揺するそよ風の（音楽のような）声は心地よい。きょう、森の中で、冬には知ることのなかった新しい話し声がした。木々（葉と風）が喋り始めた。

さらに新しいもの——水溜まりのぴちゃぴちゃ、茂みがざわめく。何かでっかいやつがひょいと跳び退いたような。変だぞ、何かな？ カモ？ 穴熊？ 狼か？ いきなり嘶《いなな》いた——馬だ！ 森に入った最初の馬たち。シャンシャン鳴る小鈴。

▼四月二十九日

四月半ばから五月一日までは、黄金の白樺の〈時〉、そのあとに、輝く緑の〈時〉……

ブリーム〔コイ科〕が動きだした。農夫が畑に向かうように、川漁師たちが水辺に下りてくる——あっちの岸からこっちの岸から。すると、教会区域であるあたりからも輔祭がひとり、姿を現わした。輔祭はみんなと巧くやっていて、銀行《バンク》を開き、子どもたちを教え、勤行も抜かりない。酒を飲み、遊びもやり、小魚を獲っては岸辺でウハー〔魚スープ〕をつくりもする。

▼五月一日

すべての過去はこんな一日を創造するためにあったのだ。これ以上望むべくもない一日だ。神は冬麦の緑を、ライ麦の緑を見てまわっている。ツバメは奇跡そのもの。森を、裸の白樺を、針葉樹の森をへめぐる神がいて、夕べにはその暗い樹幹に射し込む真っ赤な空焼け、眠る川――これを奇跡と言わずになんと言おう！　やがて神もお休みになった……（神は悩まず）

おとぎ話一巻、すなわち春、夏、秋、冬の物語。夏は『女の水溜まり』、秋は『鳥の墓場』*。

▼五月二日

ついに来た、〈春〉創造のすべての基となる天国の一日が。わたしは自問した――こんな一日を創造された神はどんな気分でおられるのだろう、それでこの先はどうなるのだ？　それから自らに答えた――神はお休みになられた、造物主としての神はもうおられない、神はすでに被造物である、と。とはいえ、その安息期間はそう長くない。誇らしげな五月晴れ。だが地平線には早くも煤のような霞がかかり始める。そして夕方、太陽を黒雲が覆った。落ち着きを失くし、いくらか混乱をきたした神は、地平線上に身を横たえながら、自らお造りになった一日をいかにも不満そうに眺めていた。

リョーヴァが訊く――どうして僕らは、春には冬が嫌いになり冬には秋が嫌いになるんだろうね？　ずっと好きでいられるものがないのは、どうしてなの？　わたしもやはりほんの子どものころに、ぜったい壊れない永遠の玩具はないのかと自問したものだが、答えはいつも「そんなものあるわけがない」だった。

そんな問いを繰り返しながら大きくなっていくのだ。わたしたちは、永遠なる玩具が存在することも、永遠なる一季節がほかならぬ自分の内部に植え付けられていることも、知らない。ただざまざまな環境での成長があり、そのさまざまな環境で、われわれは各人各様の成長の姿を見ている

＊『女の水溜まり』（初出「談話」紙／一九一二年十二月二十五日）、『鳥の墓場』（副題「村のエスキース」初出「ロシア思想」誌／一九一一年第七号）

ということだ。

人間は幼年から老年に至るまで、生まれたときとさして変わらないが、森の小さいエゾマツは成長とともにさまざまな気層を突き抜けて、どんどん高く高く移動していく。

針葉樹の森では例によって、松は白樺に取って代わられ、白樺はエゾマツに駆逐されて、エゾマツが生えていた場所にはニワトコやネズやハンノキが繁茂している。そんなふうにしていずれヒトの属も死滅するのだ。

商の族が死に絶えるのは、そこでは精神的財貨が育たないからではないのだろうか？　その一方で、貴の族では良き伝承《プレダーニヤ》が世代から世代へ伝えられていく。

親愛なる友よ、よろしいか、わたしはたった今、生の秘《ひ》鑰《やく》を手に入れたのだ。生きるために一人びとりが国家たることを学ぶ必要があるし、ヒトとモノとを自らの市民と呼ぼうという心構えが、そして決して自分とこの市民をごっちゃにしないことが必要なんだ。まあ落ち着いて、心の臓をぎゅっと引き締めて、冷静に自分の周囲を見まわし、その冷静な瞬間《とき》を捉えて、身のまわりのモノを並べ（置き）換えてみる——自分がツァーリであるかのように行動を起こすのはそのあとだ。まわりにあるモノはどれも臣下であり、それらがすべてあなたたちの国家であるかのように——モノを配置し、彼らの声を心ではなく知力《ラーズム》で聞くこと。そうでなければ、必ずやあなたたちは自分と自分の臣下たちとをごっちゃにして、彼らに敗れ、彼らによって尊厳を踏みにじられてしまうだろう。自分の周囲を見渡して——時代の予言者のうち誰が自分の国家を持たずに生きているかを見よ。たとえばメレシコーフスキイは国家の敵ではないか、彼の私生活を見れば、彼が自分の私的な国家のいかに複雑な網を利用しているかわかるはず。それは怪しい新聞とも関係しているし、それは洗練された〔優雅な〕仲間社会（付き合い）への道や何やになっている。夢見る〔ロマンチックな〕人物はいずれもきっと、自分の私的な国家の網に覆われている。わが国の詩人たちは二つのグループに分けることができるだろう。一つは狡猾漢たちによく見られるように、国家の〔権力〕を認めずに網を利用するタイプ、一つは偽善者がよくするように、〔利益〕のために〔権力〕を認めるタイプ、もう一つ挙げれば皮肉屋のごとく……要するに、一方はこの矛盾の〔不可避性〕を信じないし、もう一方は、信じてはいるが生活のために利用しているだけなのだ。

われわれにとっては他民族によって国家を破壊されるほうが、むしろ善いのかもしれない。だが、まずいのは、彼らの破壊が、外部のものにとどまらず、われわれの心や人格にまで及ぶこと。じつにそのために自分はドイツ人の敵なのだ。わたしは敵である、なんとなれば、わたしの個性・人格は、いずれにせよ国家そのものと結びついているし、私的な国家に基礎を置いているからである。そのうえ、わたしが自分の国家と内的につながっていれば理論的にも、私的利益でつながっていれば実際的にも、敵である。つまり、われわれはみな敵対的勢力であるということだ。

戦争をそうした角度から研究するのも一興ではないだろうか。かつて登場人物はみなそれぞれが私的国家のツァーリであった。では、そうした私的国家のツァーリたちがなぜ互いに手を結び、強大なロシア国家となって、戦争に突き進んだのか？

概して社会主義者たちは、肥え太ってから国家の一員となった。それで戦争に加わった。

あるいはこうも言える――祝福されるべきものが傷つけられた、それで自分は敵に向うのだ、と。モノ・国家・臣下への完全拒否は反戦に一票を投ずるものだが、しかしそれはすでに死〔死票〕と称されている。

妻――初恋の永久《とわ》の記憶。[*1] どういう妻でもかまわない、初恋の相手であってもそうでなくても同じこと。過ぎし日はどの日もあの初めての日とは違うだろう。過ぎし日があの日でないこと――そのことがその日とその女性の記憶を永遠に呼び起こすのだ。このテーマを創出するのは夢である。まさに大いなる民衆出の奇蹟劇《ミステリヤ》。なぜか、深い皺を刻んだ、全身黒づくめの老婆が登場する。そばに寄るほどに、老婆はどんどん若返っていく。奇蹟が起こる。老婆は、若々しいふっくらしたロシア女に、いや厚く白粉を塗ったオーフタの聖母そっくりのロシア女に、変身する。そんな夢心地のうちに始まるのが〈謎解き〉である。老婆は自分が結婚した（くなかった）女教師で、[*2] 若い聖母はフローシャだ。それでそのあとひょいと浮かんだのが、今ある唯一の結婚と偶然の結婚という考えなのだった。

亡き母への手紙

故郷フルシチョーヴォに腰をすえて家族を安心させなさい――そう言われるだろうことはわかっています。はじめ自分もそうしようと思ったのですが、自分にはある疑い――あなたがわたし〔の分として〕遺してくれた土地を兄弟たちがちゃんと公平に分けてくれるだろうか――そんな不信感があったのです。そういうわけで自分はまた別のプラン

＊1　永久《とわ》の記憶とは、葬式の結びの歌あるいは弔辞・祈禱の決まり文句。「永久に追慕されんことを！」の意。
＊2　母が薦めた結婚相手。

を考えました。それは、グリーシャの提案を受けて、ペテルブルグ近郊に土地を買って彼の隣に移り住むことでした。どちらを選択するかは兄弟たち次第なのです。近いうちにフルシチョーヴォへ行こうと思っています。そうすればだいたいのことがわかります。一家してペテルブルグに住むのは不可能です。小説で月三百ルーブリ稼ぐなんてとても無理。秋までに片がつかなければ、冬はピーテルに部屋を借りて暮らすことになるでしょう。わが国が直面している事件〔第一次大戦〕は大事《おおごと》で、それは個々人の運命に直結しています。現にセリョージャ〔弟〕は戦場です。そのためなかなか話が先に進まないのです。時どき森の中であなたのことを思い出します。風が鳴ると、それがみなあなたたち〔今は亡き人たち〕が一緒に暮らしている——そんな気がするのです。あなたは今、みんなと一緒にそこに、森や風や水の中にいるのですね。人間の十字架を負うとは、なんと奇妙ななんと苦しいなんと厄介なことでしょう。自分はこれまで、まだ死と和解していません、自分は死を乗り越えられるだろうと思っているのです。それが生の欺瞞であることは知っています。でもその欺瞞を最後まで心に留め置いて、それがより多くの真実《プラウダ》を生むようにすればどうなのでしょう？　あなたがわたしにどんな忠告をするだろうかとずっと考えています。そしてわたしがあなたにいちど

小部屋の洗面台のそばで熱弁をふるったことなどを思い出します。こんなことでした——そんなこと（外面的な生活の確立）はつまらない、そんなつまらぬことは踏み越えて、創造の、普遍的生活の広大な空間に向かって邁進すべきなんだ……何かそんなようなことを弁じたのでした。するといきなりあなたはわたしを——生活の資はこつこつ働いて得るという自分のいつもの信念を忘れて——熱烈に支持してくれたのです。そうです、あなたはそんな平凡な暮らしを憎悪していたのです。あなたはちょっとした旅に出るときでも、別人のようになり、心が大きくなったものです。そんなにも喜ばしくそんなにも広いあなたの雅量に、わたしは最後まで自分を支えてくれるという期待を見出していたのでした。

最近、夢見や家庭内のいざこざから、あることを——あなたが自分をある女教師と結婚させかねまじき行動を起こし、こちらはそれを断固ことわって自分の道（突飛な道）を突き進んだことを、思い出しました。現在の自分の暮らしを見れば、そっちの結婚のほうがはるかに有益だったことがわかります。子どもたちの教育、世間との付き合いその他のことは言うに及ばず、自分の個人的成長さえ望めたでしょう。なにしろそんなひとと所帯を持てば個人所得だって十倍も増えるのですからね。でもその女性は夢の中

に老婆の姿をして出てきたのです。自分は常日頃から彼女に何かしら老婆じみたものを感じていました。ああ自分にはわからなかったのです――あなたの選択がわたしの二つの極端の中間にあったことが……しかし息子のためにその暮らしを支える中間の道を望まぬ母親などいるはずがありません……自分は後悔していない、でも、よく気が滅入ります。そんなトスカが、ふさぎの虫が、自分を文学に、夢想に追いやっているのです。夢を書くことで自分は、熟練した人間ならまあまあ中ぐらいの生活ができる程度のお金を得ています。何か馬鹿々々しいようなもの――中ぐらいの財産への憧れ、それとそういうものへの根深い軽蔑――も得ています。とはいえ、余計な自負や自惚れと戦えというあなたの遺戒は今でもずっと心にとどめています。

あなたにもっと自分のことを話したい――本当に自分は支えなしでは生きていけない。とても困難なのです。自分はなんだか他の作家を前にするとびくついているようで、何かに寄りかからなくては倒れしまうのでは、と思ったりします。でも、彼らが以前に書いたものをよくよく検証してみると、自分が間違っていることがわかるのです。彼らもやはりイリュージョン（霊感）を頼りにし、〔似たような〕支えなしの状態を味わっているのです。傍《はた》から見れば、自分も民衆や大地や自然その他を頼りにしているように見えるかもしれません。支えなしに生きるのは苦しいけれど、よくよく考えれば、支えの探求そのものが人間の最大の弱点のように思えてきます。何かに頼りたいという気持ちは弱さに由来します。そしてたえず感じているのは自分がとても弱い人間だということです。結局、支えとなるのは、親しい人たちとのひょいと交わされる、心こもった会話なのですね。それでそうした心のやりとりが何によって得られるかといえば、個人的な温良さからなのです。力があたかも弱さにあるかのように。そこでわれわれの〔遺産の〕分配の問題なのですが、それを自分は今この方法で解決しました。どんなことになっても、喧嘩にはなりません。コーリャ〔次兄〕にすべてを委任するつもりです。

弱いが負けない！　倒れつつもドゥープ（オーク）の枝はたわんでいる（あっちとこっちへ――碌でもない方向といい方向に）。

秘密の病がわたしの喜びを咬んでいるが、それについては誰にも話せない。その病気はわたし自身であるから。自分は自分の生をつくり上げる。わたし自身とは、すなわちわたしのごとき人間はわたしのまわりにいるし、わたしがわたしでない別の人間であっても、わたしのまわりにはわたしでない別の人間たちがいるにちがいない。もし別の人間がわたし自身であるなら、他者を見、他者を引き合いに出すことに何の意味があるだろう。自分を苦しめているものすべてに対して自分は責任を負っている。

　そうして突然の難局乗り切りだ。それがどんなふうに行なわれたか、出口がどこにあったかについては、まったく予測も理解もできないだろう。家の中が寒かったので外に出た。外の寒さはさほどでなかった。小高い丘の小道を歩きだす。増水している川に青々とした小島が出現。高みから見ると、そんな小さな島が至るところにある。まるで地球の大陸が水の底から姿を現わしたかのよう。それで自分の気持ちも一気に高まって、自分を苦しめていたものが何であったかを思い出した。恥ずかしくなった。苦の正体？　ああ、そんなことだったのだ！　口にするのも恥ずかしい。いったい自分は何を……手で払ったみたいに謎が解けて、わたしは現実世界に、自由な地上に、舞い戻った。

　心浮き立つ祭日に、時おり、散文的客人が平日然とやってきて、せっかくのお祭りムードは消えてしまうのだが、その逆に、平凡この上ない平日に、思いもかけない祭日のような来客があったりして、一日じゅう明るい光で満たされることもある。

　然りまた然り。世界は美しい。完全な創造世界だというのに、人間はどうだ！　まったくその裏返し、すべての創造物の病巣であり苦である。苦悩が人間に、世界創造そのものに近いことから生ずるのだ。

　森が衣をまとった。いま森の中だ。鳥の声に満ちみちた暖色の空焼け《ザリャー》に身をゆだねようとしたとたん、いきなりピシャピシャ、嘶き、音、罵言。馬の群れが〔こっちへ〕近づいてくる。そしてすべてが消えたと思ったら、今度は空いっぱいに、嘶き、罵り、わいわいがやがや。

　そのあとそんな雑音はどんどん遠くへ去って、小鈴の音も気にならなくなった。すると今度は森の奥からだろうか、みごとな歌が……合唱団が子守唄を歌っているのだ。何だあれは？　変だぞ、鈴の音も同じトーンでこっちに向かってくるようだ！　まるで第二パートを受け持っているみたい。何だろう、何だろう？　不意に謎が解けた。森が衣服をまとったので、音の響きがよくなったのである。遠くの小鈴が森の中でシャンシャンと〔美しい〕合唱のように繰り返し、それが第二パートをさらに第三パートを生みながら、わたしがいたすぐ近くで、ついにひとつに融け合ったのだ。世界創造はそうして過ぎた。向こうでは素晴らしい合唱団が歌い、こっちでは合唱団を創るために苦しんでいた……

　自然における人間の始まりが不首尾と苦悩と労働であったことは明らかだ。ただもしその来るべき苦を前もってわが身に引き受けるなら、素晴らしい世界について語ることができるだろう——そうするためには、恐れず、死への準備をし、死を通して「世界を創造されたものとして」見るというところにまで達しなければならない。

父と息子——ツァリグラードと苫（聖地を解放すること）。その途次、民衆のうちに生きているツァリグラード〔の言い伝え〕を蒐めること（僧侶たちと語ること）。

イサイカ。シャリャーピン。イサイカがシャリャーピンを管理している。彼は大歌手の秘書。心配ごと、不快、災厄、あらゆる面倒を一手に引き受けているが、シャリャーピン自身は王様であり旦那《パン》であり歌手である（ちょうどニコライ神父とイワン・リーシン（経理や雑事をすべてこなしていた輔祭）のような関係だ）。妻のソフィヤ・アンドレーエヴナに文学の仕事の一部を担わせていたトルストイみたいに、神父自身はただ聖職者の役目を果たしていればいいのだ。ヴィリノ〔一九三九年までのヴィリニュスの正式名〕のあるユダヤ人がこんなことを言った——「あんたには才能があるが、厚かましさとどこへでも潜り込む狡さが足りない。もし秘書を雇うんなら、喜んであっしがやってあげますよ」。イサイカはシャリャーピンのために働き、シャリャーピンのためだけに献身すべきだ。イサイカには養わなくてはならない家族がいる。シャリャーピンは声が駄目になっても生きていける資産があるが、彼には何もないということを忘れてはいけない。シャリャーピンは打《ぶ》つ。彼が怒ると誰も近寄れない。そんなときはイサイカが唯一の頼りだ。

世の中はそうしたものだ。嫌な汚いものは誰か（労働者、百姓、女房）にやらせる。この秘書的なマテリアルなものは万人に平等で、精神的主《あるじ》などという特別席はない。それは、夢想家やウズラ撃ちにとって家族が無慈悲であるように、トルストイにとっても家族は情け容赦がない——そこにあるのは、顔のない盲目的なものである。だからこそ、社会主義者たちはその盲目的な力をわが身に引き受けようとする。集団大衆《マス》には旦那衆を打ち負かす十字架がある。この十字架を（無意識的に）マルクス主義者たちはわが身に引き受けようとしているのだ。ひとの好い主人は奴隷のために懺悔や教育その他で額を血だらけにしたが、マルクス主義者たちはそうした行為をすべてあざ笑った。主人自身は、ひょっとすると、自分の破滅が避けられないこと、奴隷マスの勝利が間違いないことを知っているばかりか、奴隷マスの勝利が自分の支配権と深い関係があることさえ承知しているかもしれない。それで〈あの世〉が出てくるのだ。（未来は《あの世にある》、つまり《未来にある》——現在を引き受けているのは主人だが、未来を引き受けるのは奴隷なのである、と。（レフコブィトフは未来を待ちきれずに《復活》を宣言した――一方、マルクス主義者たちも同様に、復活を宣言している。[*1]

主計官のレフコブィトフ――オレンブールグで知らぬ者なきあのパーヴェル・イワーノヴィチ・レフコブィトフ！――を、われわれはずいぶん陽気な、喜色満面の人間みたいに思っていた。[*2]こんなことがあった――高等中学の生徒らは、教会で左右二列に並ばされ、だらけてもぞもぞしたり足踏みなどして、つい通路を塞いでしまったところへ、ちょうどこの身ぎれいな、まるまっちいパーヴェル・イワーノヴィチが姿を現わしたのだった。なんとも優雅に、フランス語の〈アントレ・ス〉[*3]という単語を繰り返しくりかえし、われわれの間を歩いたものである。彼は几帳面に生徒の家庭を訪問した。われわれはその〈アントレ・ス〉をよく嘲り、パーヴェル・イワーノヴィチがそのことをひどく気にしてるのを少しも疑わなかった。あるときわたしは、彼の仕事場である出納局にコーヒーを飲みに立ち寄った。コーヒーを飲みながら、背嚢から本（ダヴィドフの代数学）を取り出して復習を始めた。それを目にしたパーヴェル・イワーノヴィチがわたしに〔代数について〕説明してくれないかと言ったので、わたしは解説を試みた。

次に取り出したのはエンサイクロペディア……そこでまた説明だ。彼は辞典を一冊まるごと覚えてしまった。そんなことが一年間つづいた。人相が変わった。パーヴェル・イワーノヴィチは痩せてきた。彼はどっかでフェラーリやルナンや[*4]〔一語判読不能〕の本を手に入れた。信仰の話もした。すると突然、姿をくらました。誰もが逃亡したのだろうと噂した。なんにしても異常な出来事だったので、不幸な恋だとかどうだとかそんな話にされてしまった。そのうち主計官にまつわる噂も記憶も徐々に消えていった。そしてそれっきりだった。

だが、パーヴェル・イワーノヴィチは、ロシアのステップを測量（まあどうだろう、ロシア全土をだ、しかも徒歩で！）するために〔要するに巡礼〕杖を手に町を去ったのである。シチェチーニン[*5]との出会いもあった……彼のうちに内なるロシアが見えてきたのだ。こうして二人は世界征服のためにピーテルへ上った。

▼五月十二日（火）

朝の七時にペソチキを出てフルシチョーヴォへ、十四日（木）昼の十二時着。

▼五月十五日

フルシチョーヴォの問題解決には幾多の葛藤が待ち構えている。ニコラーエスク鉄道での出会い〔人物不詳〕。学生が言っていた――「目に見えぬことを為さねば。見えるようなものは自分のほうからやってくる」と。

▼五月十七日
フートルへ行ってみた。なんとも厚かましい煉瓦造りの家（ニヒリストふうの）。百姓じみている。まわりに大きな雨溝《オヴラーグ》*6が広がったものだから、救いようのないその家宅を大きく迂回しなくてはならない。ステップ、畑——空の詩情《ポエジー》。キジバト、オオタカ、ウズラ、クイナ、ヒバリの声。

▼五月十八日
〔裁判所の〕言い渡しの日。

▼五月十九日
自らは住まず、他人にも住まわせない。リーダ〔独身の長姉リーヂヤ〕との話し合い。互いに恐れている。現実＝行動＝土地の占有。占有するが勝ち〔正しい〕。

母——「ミーシャ、あんたはいま自分の土地を持ったほうがいいわ」

「いま？　こんな戦争をやってるときに？　なぜ？」

「だって〔どの国も〕土地のことで戦ってるんじゃないの」

▼五月二十日
黒雲が濃さを増してくる。直答を得るのは不可能。旧くからの隣人のリュボーフィ・アレクサーンドロヴナがやってきて、調停人を選ぶことを提案する。境界の杭の打ち直

*1　独立教派集団《セクタンツトヴォ》とマルクシズムの類型的近似については、初期の日記（一九〇三—一九一三）で多く論じられている。参考文献としては、アレクサンドル・エトキンドの『フルィスト』を。
*2　奇妙な記述。パーヴェル・レフコヴィトフ（一八六三—一九三七）が、ペテルブルグ時代にプリーシヴィンが深く付き合ったセクト（フルィスト）の指導者であり、そうとう魅力ある人物であったことは確かだが、事実とはだいぶかけ離れている。「高等中学の生徒たち」も「わたし」も創作上の単なるスケッチであろう。
*3　entrez（ノックに応えて《お入りなさい》の意）。entreの二人称複数形の命令の言い間違い。
*4　フェラーリ（正しくはファーラー）——フレデリック・ウィリアム・ファーラー（一八三一—一九〇三）は英国の作家で神学者。主著に『キリストの生涯』。ジョセフ・エルネスト・ルナン（一八二三—九二）はフランスの思想家で宗教史家。主著に『イエス伝』。
*5　アレクセイ・シチェチーニンはペテルブルグの異端宗の一人。初期の日記（一九〇五—一九一三年の日記のこと）にプリーシヴィンは彼のことを「フルィストと革命家と警察局特捜部の間を往き来していた人物」とメモしている。
*6　降雨時また雪解期に流水の浸食によってできた深く長い窪地または小谷。雨溝、雨裂、谷間などと訳されている。チェーホフの傑作『谷間』（В овраге）の谷間がこれである。

し。小事に大事あり――戦時の諸事件。
▼五月二十一日
最後通牒を準備。返答せよ、さもなくば、こちらの代理人を送るぞ。

昔からの使用人であるイワン・ミハーイロヴィチが言う。

「土地を利用されたらいいでしょう、貸してくれますよ」

するとリーザヤが。

「あたしは自分の部屋、建てますからね」
▼五月二十二日
リーザヤはいきり立ったが、そのあと、おとなしくなった。よし、これで勝った！

彼女は裁判と家屋敷《ウサーヂバ》の売却を恐れているのだ。二十一日にドゥーニチカのところへ行った。ドゥーニチカの庭園――隣人たちの目にそれは彼女の〔教育〕事業の証しと映っている。

天なる母、マーシャとドゥーニチカ。少しずつ心をひらいていった母――思い出すのは、その葛藤とこころ模様。*1
▼五月二十三日
名の日の祝い。埃だらけのエレーツ地獄……お役人的な国立銀行その他の重要性――すべてがこれ類型化。ごく普通の、どこにでもいそうな人間がここにもいるというのは、なんと嬉しいことであるか。公証人のヴィチェープスキイ。お役人はみなエレーツ高等中学の劣等生でありわが旧友である――顎鬚なんぞ生やして。
▼五月二十四日
モスクワ。クレムリン。クレムリンの並木通り。「左へ寄れ！」――急き立てられた歩行者たちの中から、こんな声――「まったくなぁ、惨めなもんだ！」
▼五月二十五日
グリーシャがアルコールを蒸留している。小型発動機を使っているので、〔うるさくて〕何も読めない。モーターの音ばかり。戦時下にアルコールの蒸留だ。

地球回転の夢。停車場に人が集まり、世の終わりを前にして、旅行かばんの上に腰を下ろしている。どうして誰も倒れないのだろう？　みなそれぞれ地面にひっついてしまっているのだ。以前はそれだけで侮辱されたような気持ちになったのだろうが、ひょっとすると、死を目前にして（自由を目前にして）恐怖に駆られているのかも。それで各人に自己保存本能が目覚めて、それぞれ藁《わら》にすがったということか。いいや藁なんかじゃどうにもならないぞ。しかし彼ら一人びとりの目には、しっかりした藁に、自分だけの藁に見えているのかもしれない、そう、自分だけのとっておきの藁に。そしてその瞬間《とき》から、一本の藁しべとしての世界を思い浮かべられるようになってきた――そうだ、摑まれ、その藁にしっかりと摑まっていろ！　そうしてそれぞれが厚かましくもぴったり地面に癒着してしまったのだ。もう自分のことしかわからない。これこそ揺るぎなき権利であり、したがって、《汝は汝自身の藁を捨てよ、されば全人類が幸福になれるであろう》などと説いたところで、誰も藁を捨てやしない――なぜか。それは不公正に思われるから。藁はご先祖様の努力によって、自分らの労働によって手に入れたものである。世界に抗してヒトは立ち上がるのだ、自分の藁を捨てはしないのだ（コーリャ〔次兄〕と人類――「人類のために自分の土地の杭を負けてやれよ」〔安値で譲っちゃどうなんだい？〕の意）。

▼五月二十六日

わが国の軍事上の失敗についてのやりとり。国会《ドゥーマ》の召集、国民防衛、それと〈自らの手に〉等々について何らかの会合がもたれた由。コノプリャーンツェフ〔官僚、中学時代からの親友〕は、わが国の規律・秩序・体制の下らなさをしっかりと認めている。

▼五月二十七日――ペソチキへ

故郷フルシチョーヴォのリーポワヤ（菩提樹）並木通りでの、ある朝の記憶……日は昇り、凄い数の鳥が歌っている。鳥たちの大合唱に〔人間の〕泣き声は掻き消されそうだった。嫌な感じがした。でもなぜかそこにはハーモニーがあった……ずっとあとになってわかったのだが、それは民兵徴募を嘆く村人たちの声だった。

新兵たちを総出で村はずれまで見送るのだが、それが野辺の送りと同じくらい大きな声でおいおい泣き叫びながらやるのである。

▼五月三十日

忘るるなかれ。エレーツ人のタイプとは、たとえばグリゴーリイ〔グリーシャ〕――ペテルブルグのホテルの門番、女子中学生、ナイチンゲールの愛好家とスメルヂャコーフシチナ。[*2]

＊1　母のマリヤ・イワーノヴナは、ことプリーシヴィン家の財産その他に関して、三男ミハイルにはなかなか厳しかったが、晩年に至っていくらか寛大になった。経済的にいつまでも頼りない息子とその家族の行く末がそれほど案じられたということだろう。

＊2　ドストエーフスキイの長編『カラマーゾフの兄弟』の登場人物。長男ドミートリイと次男イワン三男アレクセイは母親が違うが、スメルジャコーフはそれとはまた別の異母兄弟で父フョードルが町の白痴女に産ませたとされる人物（下男扱いされている）。父親殺しの真犯人。～シチナとは、主義、気質、～的傾向などを表わすロシア語の派生語尾。カラマーゾフシチナ、オブローモフシチナなど。

話題はドゥーシェチカ*1とメーイエルシャ*2のこと。ドゥーシェチカがいかにしてメーイエルシャに（ソフィヤ・アンドレーエヴナ〔レフ・トルストイの妻〕に）変身するか。彼女と子どもたち、子どもたちのために、夫から子どもたちを受け取って、父親の役目も果たす。彼はもう存在しない。彼は有名人、哲学者、社会主義者……すべて彼のコピー、彼と同化している。すべては子どもの養育のためなのだが、平凡な生活になんとか思想を取り入れたくて仕方がない。

▼五月三十一日

X《ハー》〔未詳〕の家で集まりがあった。戦争のこうした欺瞞そのものに真の正義が、世界革新の源泉が隠れているのに、誰にもそれがわかっていないようだ。

▼六月一日

あらゆる法は恐怖のもしくは自由の感情から出てきている（ただ問題は――法が自由のためにあったためしがあったかということ、《法はほんとにそんなに神々しいほど素晴らしいものなのか？》ということ）。

宙ぶらりんな暮らしの中にも非常に活発な決定的一瞬というのがある。そのあとその人間は大人っぽくなって、小さな人間にとってはいっそう謎めいた存在になる。大人の秘密は自分が大人になって初めてわかることだ。そうした秘密のまわりにはたいてい瞞着がある。彼らには何か（大人だけの秘密、受胎などなど）ある、何か持っている――そう感じられるだけなのだが。それで、道徳の本などいくら読んでも、どのみちそれを体験することも理解することもできないのである。人間がいきなり宙ぶらりんになるその運命的な一瞬に、ほとんどの人間はびくつき、恐怖に駆られて、何かにすがりつく。そしてそのままの恰好で居つづける。とてもまともでない小さな島（しがみついた小島）に固まっていくのだが、所詮それは小島でさえなく、ただの一本の藁しべ（溺れる者は藁をも摑む）にすぎない。摑まったままじっとしている――摑まっていろ、離すんじゃないぞ！　そこで始まるのが、ファンタスティックな、偶然の〈生の結び目〉で、このファンタスティックな一点を実体＝現実と思っている（驚き、恐怖の根底に突然、何かが見つかったりすると、誰もが昂然と頭を上げて〈おれは、おれは生きているんだ！〉とこうくる）が、実際はリアリティなどとうになくなっており、気づかぬままに生は通り過ぎて、もはや過去のことなのである。手に残ったものは何だろう？　自らやってきたのは、偶然通りかかった効き目のないもの、たとえばそれは、司祭の娘《ポポーヴナ》*3、工場《ファーブリカ》、〔二語判読不能〕、狭隘で、部分的で、細かく、インディヴィデュアルで、偶然的なもの、専門化、ルーティン、軽さ、安穏、体制、身分地位――だいたいそんなもので、大人たち（大いなる騙りの例としてはミハイル・スターホヴィチ）は騙すのだ。そしてそこから社会〈生活〉、現実、『真の人生は！』などという、ファンタスティックな不思議千万の糸玉ができてくるのである。なぜファンタスティックかと言えば、いま挙げたいっさいが、初めは驚きの、次には自己欺瞞の、そして気づいたときには他人の欺瞞の土壌の上に建てられてしまっているからなのだ。

それでもまだ自分には最後まで〈藁しべ（小島）〉出現の正体が摑めない。それは取るものではなく与えられるもの、本源は自分にではなく他にある——これが基本原則。他のものとは旧套墨守であり、かつてみなが生きたような過去であって、肝腎なのはおのれのまったき喪失（完全自己滅却）だ——原罪。

マテリア（実体）の本性とはかくの如し。縋《すが》りつくことのできる何か他のもの（司祭の娘）が現われ、そのモメントは死のモメント、つまり死の腐敗の始まりである。たとえば、息子への遺産相続がずっと旧い時代になされていたのなら、問題は財産そのものにではなく、父親が息子にどうかかわったか（その関係）に、そのかかわり方にあるのだ。そのかかわり方は宗教的であり腐朽しない。だから宗教が駄目になったあとも、財産自体は遺産というかたちで継承され続けたのである。この譲渡は家族の堕落につながった。現在、賢い人間は家族の暮らしを守るために自分の財産を子どもたちの教育に投じている。これはより確かな方法だ。確かだというのは、教育そのものが価値あることだからではない、父親が教育なるものを信じているがゆえに確かなのである。父親の教育観は宗教的なものであり、それは時とともに質を変ずる。そこでその恐ろしい破滅的

*1　チェーホフの短編『可愛い女』のヒロイン。本名はオーレンカ（オリガ）だが、男女を問わず町では誰もが思わず「可愛い女《ひと》ねえ（ドゥーシェチカ）！」と言ってしまう。

*2　メーイエルシャの語尾のシャは女性の個人名の愛称。本名はクセーニヤ・ポーロフツェワ（一八八六—一九四八）、線描画家にして建築家。一九一五〜一七年までペトログラード〈宗教・哲学会〉の書記を務める。同じ〈宗教・哲学会〉の会員だった哲学者・宗教思想家のアレクサンドル・メーイエル（一八七五—一九三九）の妻。一九一三年にペソチキ村を訪ねたこともあって、そのころ彼女はプリーシヴィンにとって〈ドゥーシェチカ〉だった。

*3　親友アレクサンドル・コノプリャーンツェフの妻であるソフィヤ・パーヴロヴナ（一八八三—？）を指すと思われる。旧姓ポクローフスカヤ——この女性については後述。

な痕跡（悪変）の正体を暴くというのも一興ではないだろうか？　宗教が消滅しその精神が消えたというのに、なぜ退化物だけが残って、肝を冷やした人たちを惹きつける力を持ち、彼らに藁（過去の藁しべ）を供するのか？（ところで、母親の意思に反して子どもたちが自分の分を裁判によって受け取る——これは恐ろしい話ではないだろうか）。もしそういうことがあるとすれば、それはつまり、モノへのわれわれ人間のかかわり方のほかに、さらに独自のモノの作用（感化）、たとえば自分の意志は文書のかたちで表明されているけれど、たとえそれを破棄したとしても、モノ自体は文書なしでもその意義を失わず、何らかの力が——モノに金銭を封じ込めるという力が生じてくるので、それの運用によって母親の意思に逆らうこともできるのである。では、このモノの力はどこから出てくるのか？　力学上から言えば、まずモノはヒトの意思によって動かされ、意思が消えれば、モノはそのまま分解してしまう。ではそのときどんな力がモノを動かすのか？　いかなる力がモノをあるべき場所へ引っぱっていくのか？　惰力？　分解の、死の力か？　それとも罪の力だろうか？　今や明らかなのは——もし相続者があらかじめ意思を受け入れなければ、モノは意思を引き戻して自分の意思を押し付けようとする、それでその場合の最良の方法が〈遺産相続の拒否〉だということである。わたしは遺産を受けいれない、わたしはインテリゲントだ。すべてを新たに始めようとしている。

あらゆるモノを活用すること（ローザノフが「ノーヴォエ・ヴレーミャ」を利用したように[*1]）、モノの力、財力の裏をかくことも可能である。モノがヒトを占有するとき、特有の現象が見られる。それは魅せる力だ（ドイツ人がカイゼルに魅せられ、カイゼルはゲルマニアに、アレクサンドル・ミハーイロヴィチ（コノプリャーンツェフ）は司祭の娘[*2]と家具調度に、イヴは林檎に、アダムはイヴにというふうに）。魔力の発生——意思は狭量、灰色、ぱさぱさで、休息は甘く、無精は詩的で、華麗で、軽く、ほんの一分意思をゆるめただけで、心地よい暖気がやってくる。そして花いっぱいのマテリアが出現する。

誇りは利息なしの資本、あるいはもぎられた利札の地代《レンタ》。

わたしの根本的なしくじりは、敵対するいくつかの存在《もの》を自らのうちに混在させてしまったこと。そして各自勝手に欲するものを欲し、各々充足しまた自由になって、勝手に生き始めた。愛して何も得られないということもある。なぜなら、愛には相対する二つの面があるから。一つは同族的血肉的な面、すなわち関係・社交、セックスであり、こちらはもう一方との戦いを始める。それでどちらも価値を下げてしまう――これは墓穴を掘った例。何がしたいかわからないのだ。解釈は結婚にあるらしいが、フローシャはそれ〔結婚〕を信じないし、わたしも〔信じていない〕（結婚に縛られているのは、人の子の親であり過去であって、自分らは放り出されたのだ）。結婚――それは正実なるもの。コーリャ〔次兄ニコライ〕の突然の宣言。[*3]（交際嫌いの）彼が親戚を残らず招んで大宴会をやる、と。

▼六月四日

わたしの病める胃腸を二人のじゃじゃ馬女――リーヂヤ〔姉〕とソフィヤ・ヤーコヴレヴナ[*4]が悩まし、そのあとそれにイギリスが合流した。それは――全面的に戦争反対を唱えているかのごとき国が今もし兵役義務の制度を導入するというのであれば、それはもう軟弱さの露呈以外の何ものでもない。ドイツとロシア、富農と貴族の庭。だが、いつでもどんな時代でも、最悪のものが勝利するのかも……人生においてはそうだ……善の勝利も悪の勝利。ロシアの勝利（善）もおそらく悪の勝利であることだろう……そのほかの夢もみな。

社会は私的生活の出納簿、社会道徳は個人道徳の出納簿である。

▼六月六日

近々の計画（仕事の）、生活の資を汲むべき井戸、家政その他（亡き母への手紙に）。

悔悟せるインテリゲンツィヤの時代から中篇（テーマは

＊1　ワシーリイ・ローザノフはあらゆる傾向（右から左まで）の出版物にかかわったが、とりわけ保守的傾向の強かった「新時代」紙に手を貸し、利用した。

＊2　たびたび言及される女性である。親友コノプリャーンツェフの妻。

＊3　「兄のニコライはわたしとよく似た心情の持ち主だったが、ただついてなかった。彼は友人（男女の別なく）との神聖な出会いを期待していた。しかし驚くことに、自分のハートを射止めた淑女から承諾のことばをもらったとき、この病的に内気な人間は、「結婚式は大宴会だ」と宣言したものである……その神聖なる宴会場へ向かう途中……どっかの駅での乗換えのさい、わざわざ大宴会のために新調したフロックコートを車内に置き忘れてしまい、それがもとで突然、結婚そのものを解消してしまった……」（ワレーリヤ・プリーシヴィナ『ことばへの道』より）。

＊4　母方の従兄イリヤー・イグナートフの妻、ゲルツェンシテイン家の出。

〈誘惑〉を。[*1] 著作集出版の準備――わが部屋の壁を埋め尽くすような。

八月半ばまでの生活費はなんとかなる――ピーテルへ家族を移す日、自分がフルシチーョヴォへ発つ日。
▼六月九日
六月六日に立てた計画はすでに変更。わざわざフルシチョーヴォへ出かける理由がないし、こんな時期に家のことでエネルギーを浪費することはない。冬はまたペソチキ村。リョーヴァの勉強は自分がみることにしよう。

なんだかまだ春夏が冬との戦いを続けているような天候である。空焼けの寒さと雨とが、正午の陽だまりに思いがけない日照に、取って代わる。たまに、白夜に立ちこめる赤い霧。

戦争が新しい局面に。ドイツ軍がわが軍を叩き、何か宣戦布告時の最初の高揚のようなものが起きつつある。ただしあの時は軍隊を鼓舞して送り出す必要があったが、今は社会全体が立ち上がることを要求し始めている。さらに感じられるのは、つまるところ、ドイツ野郎は精根尽きて最終的にへたばるという大変な自信と鼻息、しかしすでに、富農《クラーク》たちがサクラの園[*2]を切り倒しにやってくるかのような不安に駆られているのも、また事実である。富農の何が悪いのか？　農民大衆の、あらゆる技術《テクニック》で武装した都市住民との戦争……

どこへ行ってもどっちを見ても、ほんとにびっくりして自問してしまうのだが――こんなどこにでもいるような平凡な人間ばっかりで、なんだなんだ、こんな連中ばっかりで官僚主義はできているのか、と。

母が夢に出てきた。わたしは母に自分の遺言をちゃんと実行してくれるよう頼んだ。夢はキリストの出現といった感じで、まことに夢らしくはあったけれど、下世話な土地問題まで引きずっている。
▼六月十三日
鳥――あらゆる鳥が子を産んだ。ひと組がうちのバルコニーの下に巣をつくり、しばらく卵を抱いていた。お茶のときも食事のときも、いくつも小さな嘴が見えていた。親鳥も今では庭の柵の柱にとまってハエを狙っている。別の杭には雄が――そちらは少々体が重そうである。餌を巣に運び、大きくあけた口の中へ代わるがわる突っ込んでいる。雛たちはびっくりするほど醜い。小鳥は美しいものだが、一生ずっと綺麗なわけではないのだ。
宗教――それは義《ただ》しき生の自然光。
空の鳥を見よ。気楽に生きているとお思いか？　翼の下の球果を啄《ついば》み、春一日を陽気にはしゃぎ、巣に戻れば、じっとして、もう身じろぎひとつしない。子が産まれれば、ひがな一日せっせと虫を運んでくる。餌をあげ、巣を飛び出し、翼の下の松毬をつついている。飲ませたり食べさせたり——べつに喜んでやっているのではない。なにせまわりは敵だらけ。啄んではあたりを見まわし、きょろきょろしてはまた啄む。しかし、そんな鳥たちをあらためて観ていると、地上に鳥ほど美しいものはない、こんなに自由な生きものはどこにもいないことがわかってくる。「鳥のように自由」とはよく言ったもの！

　ライ麦の花が咲き、草の花が咲き、いまヤグルマギクは真っ盛り。森の中でお百姓たちが干草を分配したり籤を引き合ったりしている。朝、大気は澄みわたり、露が降り、空は空焼け——雲ひとつない空、秋にはこんな日がよくある。夜がいつまでも明るい。夜の九時過ぎだ。松の森、樹幹が落日に燃えている。夕べのミサの最中か。日が落ちて、森の中は静まり返っているが、まだまだ明るい。どこもかしこも明るい。一晩中こんなふうである。星が見えない。月は昇るが、照らない。濡れた草はらでは朝までクイナが鳴いている。

　こうしたすべてのものに、これまでずっと、わたしは頭を垂れてきた。こうしたものをみなわたしは愛したのだが、今はたまにあたりを見まわして〈神の世界〉に目をやるだけである。なんだかとても多くの近しい人たちが死んでしまったような——自分には墓の数さえかぞえられず、やがて時至れば自分独りが地上に取り残される——そんな思いがしきりにする。

　リヴォーフがドイツ軍の手に落ちたことを、きのう知った。

　ライ麦実り、花咲く草原の草ぐさ。巣の雛たちに羽毛はえ、ときに羽ばたく音。照る日の雨に暖気もどり、森の中は温室さながらだ。雨に摑まりエゾマツの根もとでしばしの宿り、かと思えばすぐまたお天道さまのお出ましである。虹の下、きれいさっぱりと洗われた樹々はくっきりと（ミナレットか宮殿か）、じつにすっきりと（回復期に入った患者かはたまた出獄直後の人間か）新鮮な顔をして立って

＊1　温めていた中篇の構想。『世紀の初め』というタイトルまで決めていたようだが、完成には至らなかった。初期の日記には『求神主義者』のタイトルも。

＊2　チェーホフの四幕喜劇『桜の園』。そのサクランボの果樹園を買い取った商人（新興階級）エルモライ・ロパーヒンが念頭にあるだろう。

いる。春を待つ町の住人は、そんな晴ればれとした顔を一日も早く見たいと願っている。ライ麦の熟れる今の今こそ北の自然の真っ盛り——それでその先からはすべて下り坂となる。

▼六月二十一日

ロープシンの『青白き馬』[*1]を思い出した。あれには二重の罪がある。まず芸術に反している——芸術が生活に縛られている。また、生活に反している——生活が芸術に隷属させられているのだ。結果として人間は生活よりも紙に書かれたものを取ることになる。率直に言って、この作家には才能がないし、芸術とはいかなる掛かり合いもない。

NB　なぜ自分の作品にはいつも次のようなサイクルが生ずるのか？　テーマを設定する段階で、素材自体がだんだん民俗学的な（外面的な）ものと心理学的な（主観的な）ものに分裂したあとは、その主観的なもの、つまり自分を私的生活の「未完の、表現し難いサイクル」に引き込む主観的なものに怖気をふるって、ついエトノグラフィーに逃げようとする。それで結果として、それまで考えていたものとはまったく裏腹の物語をつくってしまうのだ。これについてはじっくり考える必要がある。

人間が苦しんできたのは、世界の臍の緒から剥離し、単なる一部になり、全一的存在[*2]——それを自分は〈神〉と呼ぶのだが——を感ずることができないからだ。

本の注文——サバーシニコフ〔書籍出版社〕のところでソフォクレス（廉価本）その他の古典が出ている（イワノフ＝ラズームニクに頼むこと）。

▼六月二十六日

自由を渇望して生まれたヒトは、晩かれ早かれ、珍奇な蝶と同様、針に貫かれる運命にある。どうもがいても、針が心の臓を貫けば、これまで抱いていた愚かしくも貴い自由へは戻れない。死ぬまで羽をぱたぱたさせるだけである。心の臓を貫かれて羽をぱたぱた——これがわれらが自由についての歌と思想の原点だ。しかしそれはどんな歌だろう、地を覆うヒトの黴《かび》のどんな歌だろう！

ひとはひとたび生を享けると、暴かれることも打ち明けることもない小さな秘密を抱えて生きるのだが、しかしその秘密こそがお互いを区別し合うもととなって、おそらくはそうしたものから、すべての「認識不能な」世界の秘密はつくられるのだろう。もしその秘密を、じつはそれは顔から逃げ出した鼻〔ゴーゴリの中編小説『鼻』〕——とはいえ鼻の振舞いはとうに暴露されている——である、それこそが人間の生活なのだなどと言ったら、秘密もまあずいぶんと滑稽なものになるにちがいない。

知らなかったし今も知らないでいる存在《もの》との、どこか馬鹿げた偶然的な出会いが自分をも針で留めてしまった。こちらがどうもがいても、深夜はそのものの支配下にある。そしてときどきそいつは、驚くほど醜怪な姿でわたしの目の前に現われる。その出現のなごりはどうかと言えば、甘美なる絶望感。何もかも倒錯の極みである。

今夜、彼女〔どうやらワルワーラの幻影らしい〕はパレ・ロワイヤルでわたしと過ごした、それもお嬢さま然とした恰好で。彼女は、自分のフェリエトンを本にしたい、つまり最も嫌らしいものを世に問うから文学仲間のところへ連れていってくれとわたしに頼むのである。こっちは、そんな空疎なそんなリアルなものに嫌悪を抱いているくせに、それでもそいつに向かって、平然とこんなことを口にする——この出会いこそは自分という人間が幸福のために創造されたことを証明するものだ、これは神の御心〔摂理〕になっている、などと。

その意味するところは、自分がすでに針を刺されて羽をばたつかせていて、自分の本性の基本的輪郭、すなわち幸福は生存の唯一欠くべからざる条件であり不幸を無と見なしている——ということだ。事実は如何ともしがたく〈不幸〉なのだが、それでも（羽をぱたぱたさせて）生きている。自由の歓びが、歴然たる不幸の事実の大いさが、夢の中では互いに透過拡大し合う意味を、「甘美なる絶望感」を、たっぷりと味わわせてくれる。

▼六月二十八日

アウグストフの森での経験から。何かにびくついている——なぜかずっと得体の知れない不安に駆られているのだが、しかし恐ろしげな岸と岸の間をこわごわ船を進めているうちに、次第にどうでもよくなってきて、ある無人の小島に上がったときには、もうすっかり恐怖感からは解放されていたのだった。低い空と沼沢地——ちょうどペテルブルグ郊外の秋のよう。ほんとにそっくりだ。そういうどんよりした灰色の気分は以前にもよくあった。無力感にとらわれているときに、まったく異なる二つの潮流が自分の中でぶつかってできる、鈍く重たいあのどんよりした感じ。

＊1　ロープシンは筆名（本名ボリス・サーヴィンコフ（一八七九—一九二五））、革命家・テロリスト。邦題『蒼ざめた馬』（一九〇九）。
＊2　ドストエーフスキイが短編『おかしな人間の夢』（一八七七）で、主人公である〈可笑しな男〉に言わせた「宇宙の全一的存在」と同じもの。

小さな〈老い〉の島々（の幻影）が現われるのは、決まってそんなときなのだが、〔それは〕すぐに消えてしまうので、そこを脱出不能の土地――雄鶏さえ歌をうたわぬ土地――のように感じたことは一度もなかった……

「幸福が微笑んで」致命的な危機は過ぎ去ったとしても、それが何だろう？　過ぎし日の思い出からいかにして逃れるか、いずれにせよ、これからの生活に徐々に小さな島々は姿を見せてくるだろう。だが問題は、それとどう和解するかだ――いよいよ深くいよいよ濃くどんよりした灰色の空を持つあのきわなき大地と、ついにはひとつになってしまうのか。

どこからか音楽が聞こえてくる。言いようもなく美しく、かつ素朴で飾り気のない明るいもの出口のようなものが、ぱっと開いた感じがした。そのときふと頭に浮かんだのが、凍えて今にも死にそうな医師や看護婦たちの姿だった。彼らは全員、負傷兵たちの護送に付き添い、しっかりと落ち着いた足どりで、飛び交う弾丸の下を進んでいた。

その楽の音は、波のように高まってはまた静かに引いていった。どこかで誰かがオルガンを弾いているのだ。彼〔プリーシヴィン自身〕はそっちへ歩いていく。カトリックの教会だった。堂内へ足を踏み入れる。オルガンの音はシンプルそのもの、永遠そのものを響かせていた。彼はじっと、最後の信者が立ち去るまで耳を傾けていた。司祭がこっちへやってくる。

「素晴らしい音ですね。じつにシンプルだ」

「そうです、大いなるものはすべてシンプル、『死もて死を正せ』……」

▼七月十八日

戦時下にある今、僧院はおのれの顔を閉じ、またその声も、十字架の労苦を味わい尽くさぬままに傍らを過ぎる万人のために黙《もだ》し、静まっている。黄ばんだ茎と薄青の小さな花にひかる濡れた亜麻《あま》は今のところ、ここでのこの地上でのありふれた幸福の可能性について、ふつうに昔どおりの暮らしをしている人びとの心に語りかけることはない。なんぴとをも欺かぬゆえに。

こんなやりとり――

「ウィルヘルム〔二世〕だよ。奴はもう駄目だね」

「なにが駄目なもんか、勝利に継ぐ勝利じゃないか。奴は絶好調だろ」

「それがどうしたい……連戦連勝か？　まあ勝利にもいろいろあるからな。奴が駄目なのはその勝利のせいさ」

「要するに、友好〔関係〕を裏切ったんだ」

ドイツ的メカニズムと救いようのないロシア的野蛮〔向こう見ず〕がもろに出ている。それらを打破するには、とにかく根本的な変化が必要だ。そこらの丸太を引っこ抜いて向かっていくようでは話にならない。もうちょっと熱を下げ、もうちょっとまともにならなくては。

　田舎暮らしと子どもたちの養育とを余儀なくされた未亡人である母は、概して義務なるものを好まぬながらも、それを受け入れた。徐々に家屋敷《ウサーヂバ》の周囲もやもめ暮らしのそれらしくなってくるが、柵の向こうには、いかにも自由そうに見える美しい生活が広がっているのだった。柵の向こうの人間たちには、日々の暮らしの、こせこせした、つまらぬ煩いごとなど少しもないように思われた。そんな〈世界〉を想像しただけで、自由な草原の風に吹かれているような気になった。そしてただもう堪らなく嬉しかった。まるで人間が変わってしまうのだった。どんな好奇心をもって自分の周囲を眺めたことだろう。どんなつまらぬ小さなことにも目を輝かせた。そんなことがどれも自分なりの意味を持ち運命を持っていたのである。なのにあちらもこちらも大した違いはなかった。それは、彼女の心に消えることなく灯り続けていたものが、ときどきぱっと光っただけのことだった。

　才能豊かな作家というものは、なにかしら独特なアトモスフェアの層に――要するに、魅惑に満ちた嘘に取り囲まれている。そこで思い浮かぶのが、その嘘を憎む〈正直で誠実な〉人間、たとえばイワン・イグナートフだ。彼は本質的には芸術の敵なわけだが、多くのそうした誠実な批評家たちの批評家になった。ゴーリキイ、チュコーフスキイ、レーミゾフ、ローザノフ、ソログープ――これらの面々はきわめて魅力的かつ相当に〈嘘をつく〉人たち（裁判にかけるとか弾劾されるというのではなく、まあいわば才能）だ。したがって、真実《プラウダ》については無能で、嘘についてはいつでも才能豊かということである。

　今わたしの心を占めているのはゴーリキイの〈嘘〉だ。たとえばローザノフ、こちらはその嘘の必要性を承知しているから、当然、嘘が足場になっている。世間は彼を皮肉屋《キニク》と呼んでいる。アレクセイ・ゴーリキイ〔本名はアレクセイ・マクシーモヴィチ・ペーシコフ、筆名マクシム・ゴーリキイ〕は意識せずに自分の嘘を信じ、聖者と認められている。まあ詩人みたいな聖なる存在も、やはり嘘をつく人、やはり欺瞞によって行動している。それら欺瞞の総和が宗教とされ芸術と称されているのだ。その無能のプラウダの総和がナウカ〔科学ないし学問一般〕である。しかしそれでも、知は、嘘ではないやはり有能なもの、知は有能な嘘（神秘主義）と無能なプラウダ（理性論）の戦いの、永遠の記念碑なのだ。二×二＝四を維持するために多くの天与の才能が必要だろうが、人びとに二×二＝五を示すのにどれほどの天賦の才が要るだろう。二×二＝四のタイプとは、ゴロヴァーノフ、[*1]「ロシア通報」のイグナートフ、ヴェーンゲロフ[*2]その他。〔橋梁、ドイツの軍事作戦、教科書、〈世論〉〕。二×二＝五のタイプとは――クカーリン、[*3]ローザノフ。

死んだらわかるだろう。

小さな野ウサギの死。赤い獣〔キツネ〕、霧、痙攣その他の最期の兆候――死にぎわを描くさいのストーリーテリングの力、それに続く変容の一瞬。野ウサギも赤い獣と大して変わらない姿形――目も、耳も、生きものに備わっているようなものはみな有しているのだが、それだけでない何かがある。そのため〔土壇場の野ウサギに〕赤い獣はひどく怯えるのである。

ゴーリキイを噛み砕く〔とことん理解しようとする試み〕のは、とても面白い。六翼天使セラフィームの陰にちっぽけな敗れざる自尊心が隠れているとしたら、どうだろう？　天使の最高位《セラフィームストヴォ》は自己欺瞞なのだ。作家としての彼はレヴィートフ[*4]並みであるのに、崇拝者たちが彼をトルストイのレヴェルまで持ち上げている。本人はそれを知っているのだろうか？　『幼年時代』はたしかに見事な書かれ方をしてはいる。でもモノトーンだ。そこには地上の描写ばかりで天上は何ひとつ描かれていない。トルストイの『幼年時代』と比べてみよ。風車の羽は青々とした大地と青空をとらえてぐるぐる大きく回っている――しかし、これはトルストイの風車。一方、ゴーリキイのそれは風車というよりは脱穀機、羽が天を引っかくこともない。描写こそ見事なものだが、最後までなかなか読み通せない。せいぜい六十ページどまりか。これじゃ読者も堪らない。

▼七月二十日

イリヤーの日。[*5]去年と同様、この時季は小暗い枝を透して、熟れた穂と畑と幼子《おさなご》のごとく清らかな亜麻が、荒地の砂のように明るく光って見える。虫の声と最後の雷雨のゴロゴロ。近づく秋に思いをひそめて、しきりに刺すのは棘ある北の光だ。

母は家にいない。誰か階段を駆け上がってくる。そして大声で――

「皇帝陛下が殺されたぁ！」

乳母が号泣している。[*6]

「ああ、いまに斧を手に百姓たちがやってくるよぉ！」

政府と社会の和解の問題、社会による国家的義務のまた政府による社会的事業の承認の問題が持ち上がっている。戦争や革命〔一九〇五〕以前の自分というものを考えると、どうもあれはこの自分ではなく、可哀そうな幼児が五里霧中の状態にあったとしか思えない。それがどんなに奇妙に思われても、今まさに、これら大事件〔戦争〕のさなかに、最も価値あるインチームな承認の時が到来したのである。歴史的諸事件が今日的方法で、すなわち機械的自動的に記録されるに及んで、事件に直接かかわるかその周辺を眺めやるかしていただけのこれまでの年代記作者は、仕事から解放されて、今後はまったく個人的な運命にその大いなる興味と関心とを示すことになるかもしれない。すれば、その個人的な運命は人間共通の運命とどうかち合うことになるのか？　必ずやひとつに結びつくはずである。それが証拠に——ちょうどインクが足りなくなったので、一コペイカ（そのころは一コペイカで間に合った）とインク壜を持たせて店にやったところ、意外やからっぽのまま戻ってきた。

「五コペイカでなきゃ売らないって」

「どうしてだろう？」

「戦争のせいだわ！　何もかも値上がりしたもの……」

「そりゃあ嘘だ！」インクについては嘘に決まってるが、ああ、でもそれだとこっちはお手上げだ——自分なりの承

＊1　ゴロヴァーノフはセクタント。一九〇九年にノーヴゴロドの居酒屋《カペルナウム》で開かれた宗教集会で知り合った。「子どもは社会的存在。人中で生まれ育つ（信仰は……思惟の不明瞭性。しかしすべてを為すところのもの）。」——ゴロヴァーノフの意見の要約と思われる箇所（プリーシヴィンの初期の日記から）。

＊2　セミョーン・ヴェーンゲロフ（一八五五—一九二〇）は文芸学者。

＊3　クカーリンともノーヴゴロドの宗教集会で知り合った。民間の宗教家でセクタント。「クカーリンは個我の人。魂はきびきびとたえず動いている。どうしても捉えられない」（プリーシヴィンの初期の日記から）。

＊4　アレクサンドル・レヴィートフ（一八三五—一八七七）は作家。貧困にあえぐ農民や鉱山労働者たちの悲劇的運命を多く描いた。『懲罰』、『村の裁判』、『宿無し』など。

＊5　予言者エリアの祭りは、旧暦七月二十日（新暦八月二日）、暑い盛りの祭日である。イリヤー（古形）は慈雨をもたらす農業の庇護者とされ、この日で草刈りは終了、このあと麦刈りが始まる。

＊6　一八八一年三月一日、ナロードニキの〈人民の意志派〉による皇帝アレクサンドル二世の暗殺事件。当時八歳のプリーシヴィンはのちのちこの大事件を自身の意識的生活のまた個性発現の始まりと見なしていたようだ。プリーシヴィンの回想の中にも、幼子におとぎ話を聞かせロシアの古い民謡をうたって聞かせたニャーニャ——ロシア文学の伝統とも言うべき〈乳母〉のエウドキーヤ・アンドリアーノヴナがいた。

認（社会と政府についての）をそんな高価なインクで書かなきゃならないのなら。

　嘘まみれの世界と縁を切って逃げるのではなく、世界を一八〇度回転させたい誘惑についい駆られてしまう。国家も今のようなものとはまったく違うものになるだろう。〈未来の国家〉だ。未来の国家の背後には〈未来の女性〉が隠れているから。そうではないか？　それは大いにあり得る。意志と思惟とにもうひとつ最後の努力が為されれば、自分は彼ら〔彼女ら〕とともにある――いやЯ《ヤー》〔わたし〕はもはやЯではなくMы《ムイ》〔われわれ〕だ。それでそのあと世界的なカタストロフィーが起こって、国家はMыになる。

　しかし、どこかふだんは日も差さない心の隅に疑念が湧いてきて、いきなり、艦隊《フロート》が姿を現わす――どうするのか、艦隊は必要だろう、艦隊は国家にとって必要不可欠なものではないのか――そんな唐突この上ない問いが発せられる。友だちはみな笑っている――「どこの国家だい？　古臭いブルジョアジーの国家かね？」するとまたいきなり、それも驚くほどの明瞭さと視感度でもって、艦隊の無用無益論が飛び出した……なにひとたび世界的カタストロフィーが生じれば、どんな艦隊も役には立たない、そんな国家に艦隊なんか要らない。

　目の中にちらちら火のようなものが。遠い昔に聞いたある老婆の声――「ほらな、地面が燃えとるぞ……」

　暗い窓の外に目をやる。ああほんとだ、地面が燃えてる、燃えてる……世界の破滅、みんなも自分も！

　だが、カタストロフィーでなく、すぐにこの世と縁を切るのでないのなら、国家防衛への手段を拒むいったいどんな演説があるというのか。現在の国家を享有しつつ生きているなら、どうして国家を拒否できようか……

▼七月二十五日

へえ、それで真実《プラウダ》の大半がわかったってわけかい……そりゃ結構なことだ。

　真実は嘘を打破する――まったく何度聞かされたことだろう。揺籠にゆられていたころから誰でも知っていたが、そういうことばに何か意味があるのなら、やはり何か今日的プラスアルファーが必要なのではないか。今ようやく自分たちは片田舎で、〔七月〕一日の〔国会の《ドゥーマ》〕代表者たちの演説を読んだばかり。印象は驚くべきものだ。ヴェリーキイ・ポスト〔大斎、復活祭前の七週間〕が終わって、ピローグが食卓の上に――さあどうぞ召し上がれ！　で、どうなんだい？

　いま農民たちは畑で目いっぱい働いている。彼らのところに新聞が届くのはずっとあと、だから自分がまずドゥーマの話をしてやることになる。自分からそうしたいと思ってやっている。ドゥーマの真実が庶民にいかなる印象を与えるか、真実のあとにどうなるか、知りたいからだ。

　複雑怪奇で苦しみの多い現代とはほど遠い若かりし日々、われわれは、農民百姓《ムジーク》を一般国民《ナロード》と思って、そのことばに尋常ならざる意味を背負わせていたのだった。ナロードへのそうした〈接近方〉は、個人がムジーク階級の陰に消えていった農奴時代の遺物にすぎないのであって、今ではまったく意義を失っている。そしてそういうアプローチの欺瞞を誰も信じていない。草場や畑にいる十人か二十人のお百姓の中に自分の演説でもってムジーク階級の幻想を撃破できる人間が一人もいないなんてことは、とてもわたしには想像できないのである。一人でもいるところには二人いるし、ぐるりと見まわせば、そこにはじっさいさまざまな人間がいるのだ。いや、ナロードとムジークは一緒にならない。だがそれでも自分はムジークたちのいる方へ出かけていく――なんといってもここには新聞が届かないし、自分が持ち帰る印象が、ムジークからのではない、まさしく処女地の土壌がもたらす生《なま》の印象だからである。

　荷馬車の日陰に腰を下ろしている草刈りたちは、朝飯の最中だ。

「おいしく召し上がれ《フリエープ・ダ・ソーリ》！」

「さあ、どうぞどうぞ《ミーラスチ・プローシム》」

どこでも同じ人間の暮らし。悩みは思ったほど表情《かお》には出ていない。新たな特徴は〈友誼的なロシア〉といったところか――銃後も前線も同じだ。以前は両者の間に深い溝があった。ある村人は〔わたしに向かって〕十九日に息子が〔兵隊に〕取られた、またある村人は、またある村人は……

労働と知のあいだのバランス。それに必要なだけの汗を支払ってこそ両者のバランスは獲得されるのだ。

　欲求と行動だけでは足りない、何がしたいのかをさらに見究める必要がある。見究められなければ、幻影を追い求めるだろう（ドン・キホーテのように）。

　生の濃密な一瞬。そのとき、たいてい人間は観念的世界にびっくりし度肝を抜かれて、咄嗟に何かの切れっぱしに掴まって漂いだす。やがてそれに慣れてくると、「そう、もともと人生とはこんなもの、これから先もそうにちがいない」などと考える。

　大多数の人間は、なにやら生〔生命ないし生活〕の唯一の観念のごときものをぼんやり意識しているが、それを獲得するおのれの力量不足をも十分すぎるほど感じながら、何かに、いやまったく別のものにしがみついている。そして、いかにも驚いたという顔で生きている。

　女たちの言い合い。男は一般的なもの共通共同のものはそのままそれとして受け容れるが、一方、女は〔本来的に〕

分解不能のエレメンタルな共通項を分解して私的な個人的なものにまとめたがる傾向から、観念論争あるいは科学的事実論争が激情的かつ本能的な言い合いの様相を呈してしまう。「スモレンスク県〔妻の生まれ故郷〕は碌でもないところだが、わがオリョール〔プリーシヴィンの出身県〕ときたら、じつに立派なものだ」――「いいえ、あなたのところよりスモレンスクの暮らしのほうがずっといいですよ！」――「いや、暮らしのことを言ってるわけじゃないんだ、土地《ジオグラフィー》だよ。オリョールは黒土地帯に入るが、スモレンスクなんて砂と沼地じゃないか」――「あなたのところよりひどい土〔土壌〕を、あたし、見たことありませんよ。畑の取り入れだってまるで気がないみたいにだらだらやるし、それに比べるとスモレンスクではどこの農家も乳牛を十頭は飼ってますからね」と、こんな調子。馬鹿らしい言い合いだ。どうも、女の心にはいつも刺が突き刺さっているらしい。今のはわたし個人に向けられたもの。自分は教育を受けた人間だが、彼女に言わせると、教育ある人間が無教育な人間〔つまり彼女〕より駄目なのは――「あなたが持っているのは領地《イメーニエ》だけど、こちらは分与地《ナヂェール》*1ですからね」。妻は領地の暮らしより分与地での暮らしのほうが上等だと思っているのだ。それでジオグラフィーなんかどうでもよくなって、とどのつまりはスモレンスクの沼地のほうがオリョールの黒土よりずっと立派になってしまうのである。

▼八月一日

歴史とは絶対的正義と絶対的不正義（悪）の力の現われ〔闘い〕だ――これがまあ自分の歴史観と言っていいものなのだが、ではこれの基を形づくったのは何だったのだろう？　イロヴァーイスキイの教科書*2か？　ひょっとしたらドゥーニチカ〔ナロードニキの教育家だった従姉〕の倫理観だったかもしれないし、ひょっとしてひょっとすると、単なる修学上の教えか道徳かお説教みたいなものだったかも。闘う二つの力だってどっちも正しい、のかもしれないのである。しかし、そういうことは誰も教えなかった。もしかしたら、そんな目〔歴史を見る目〕を養い育てたのは、われわれ生徒が教育者たちに悪を見たギムナジウム*3という制度そのものだったかもしれない。未来のセクタント、〔一語判読不能〕、アナーキスト（文官）たちを産んだ教育システムだ。

父親殺し。居酒屋でひとりの馬喰《ばくろう》が父親を殺そうとしている。自由にさせてくれないからだ。あるインテリゲントもまた自由の名において、父親らしいもの、父親の生き方《ブィト》を亡きものにしようとしている。（貴族のローヂチェフと商人のイグナートフ*4が手を組むのだ）。じつは、彼らがやっつけようとしているのは、父親の生き方ではない。その日常生活に非日常的な何かをこね混ぜようとしているのである。では何を？ 自由をか？ いやヴィト〔父〕は死ぬどころか、フロックを着込み、駝鳥の羽飾りなぞ付けて、今も出歩いている。

▼八月五日

新聞を読み終わって、そのあと恐ろしい夢を見た。突進する傷だらけの赤い雄牛。巨人が近づき、拳銃をズドン、傷口に何かを突っ込んだ。ぐらっときて、雄牛はその場に倒れる。朝、夢の謎解き——雄牛がロシアなら、処刑者はチュートン人〔ゲルマン語派の言語を話す人、とくにドイツ人〕だ。

コヴナ〔コヴノ、ネマン川のあたり〕に——またペテルブルグにも、神のご加護のあらんことを！ それにしてもドゥーマの議会はなってない！

内部のドイツ人[*5]についてのレゲンダ。

コヴナの占領。

コヴナが占領下に入った。いずれはリガも、ペテルブルグだってどうなることか。まあでもわれわれは無事だろう——偉大なるかなロシア！ しかし行進するドイツ軍の尻

＊1 分与地——一八六一年三月五日に公布された農奴解放令（二二〇〇万の農奴を解放した）によれば、農奴は人格的に解放されるだけでなく、土地を付けて解放されなくてはならなかった。しかし人格的には無償で解放されても、その分与地に対しては支払いの義務が伴った。そしてそれは（一部西部諸県を除いて）農民個人もしくは個々の農家に分与されるのではなく、まとめて共同体に引き渡されたので、支払い自体が共同体の連帯責任とされた。

＊2 世界史およびロシア史——帝政時代に広く使われた歴史家ドミートリイ・イロヴァーイスキイ（一八三二—一九二一）の教科書。

＊3 帝政ロシア・ヨーロッパなどの中学校。ロシア語ではギムナージヤ。古典中学校（ギリシャ語・ラテン語の学習を重視し、一八七一年から八年制）と実科中学校（古典語のかわりに実科を主とし、数学・物理・生物・機械技術を重視した）の二種があった。プリーシヴィンはエレーツのギムナージヤを退学になったので、国内の大学への進学は許されず、やむなく地方の実科中学を転々とした。

＊4 フョードル・ローヂチェフ（一八五三—一九三二）は立憲民主党（カデット）の指導者のひとり。イグナートフ家はプリーシヴィンの母方の、商才に長けた旧教徒の一族。

＊5 内なるドイツ人。大戦中にロシア帝国内に留まったドイツ人たちを指す言葉だが、政治的にも心理的にももっと複雑なニュアンスを含んでいる。ドイツ人でないが一貫してドイツとの戦争に反対したラスプーチン、ドイツ出身の皇后アレクサンドラ（よく「あのドイツ女」などと陰口を叩かれた）なども〈内なるドイツ人（またはスパイ）〉と見なされた。

尾が見えない。なぜなのか？　敵の力量が――思考しかついっさいを感知する細胞を有する原始生物の正体が、今ようやくわかりかけてきたところだからである。

思い出されるのは戦場での体験だ――あの巨大なオルガニズムの圏内に踏み込み、その細胞たちとぶつかったこと。看護婦のマーラ、道に迷った獣医、経理課長（医師）と看護婦、カトリックの司祭、ポーランド女ほかいろいろ。

内部のドイツ人。彼らは初めのうちは前線にいたが、そのうちドイツ系の姓を持つ連中がそう呼ばれ、やがて商人たちが……最後にはこうだ――おまえは思ってるだろ、内部のドイツ人なんてここにはいない、と。ところがどっこい、そいつはおまえと同じテーブルに就いて同じ食器で飲み食いしてる。もうばれてんだよ、ドイツ野郎は出て行くべきなんだ。

子どものころのわが家、部屋の配置など、驚くほど鮮明に思い出した――食堂も、二階へ通じていた階段のあたりも、ホールも。が、客間のところで疑問が生じた。客間は『戦争と平和』のあれかな、いや『アンナ・カレーニナ』に描かれているようなやつだったかな、それともオネーギンが愛を告白するタチヤーナの部屋？　ああ肱掛椅子がある……あの肘掛椅子で愛の告白があったのだが、それは誰だったろう？　サーシャとナターシャか？　ということは、それはわが家の客間であり、そこへ自分はヒーローたちを招じ入れて、ともかくいっぱい長編小説《ロマーン》を読んだのだ。

ワルシャワが占領されたとき、人びとはあれこれ噂をし合い、自分も一度ならず問いただされた――ワルシャワは占領されたが、どうやらわが軍が取り返したようだね、ほんとかい？　コヴナのときとそっくり同じ言い方である――再度わが軍が奪還したかのように。リヴォーフでも、ペレムィシーのときも。どうも聖書〔イエス〕の三日目の復活という感じ。

九十歳の古老の話には目撃者の鮮烈さがあった。フランス人をどうおびき出し、そのあとどう追い出したか。戦争〔一八一二年の対ナポレオン戦争〕はナロードの記憶にはっきりと残っていた。もっとも、古老たちだってまだほんの子どもにすぎなかった。フランス人はおびき出されたのだ。そして今、ドイツ人も〈同じ手で〉おびき出されている、ようだ。

戦争――それはモーゼの五戒の理想へ人びとを回帰させること。どうやらわれわれはとうの昔にそれら戒めを、その子どもじみた中身を越えて越えてまた越えて、三たび四たび、いや七たびも《汝、盗むなかれ》はなお未解決のままである。戦争は五戒からさえ無限に遠ざかった段階、すなわち《殺すなかれ》――これはとてもとても達しがたい理想だ――への回帰を意味している。そのかわり生きものの世界の道徳である、たとえば、上司への敬意、忠実、友情は戻ってくる。搾りたての牛乳の表面に固まったクリームのように、最良の相伝のもの（父祖伝来のもの）は、軍とともに現状維持し、銃後はみな戒の理想の叶わぬ夢の中だ。

キリスト教の戒律とモーゼの十戒はあからさまな公式となった。戦争がそれに内容を与えて、決まり文句が生きものみたいになりつつある……（《死もて死を》）。

幼年時代。エレーツの変人たち。彼らには事業だのエレーツ市だのではカヴァーできない何か過剰なところがある。それで彼らは一風も二風も変わっている――コスチュームしかり食物しかり。

八月十四日の新聞を受け取る。ドイツの宰相ベートマン＝ホルヴェーク[*1]のセンチメンタリズム。ドイツの榴散弾がロシア側の塹壕を粉砕する（ロイド＝ジョージ[*2]）。ユダヤ人居留地、官営ヴォトカ専売所〔通称カジョーンカ〕、言論の自由、所得税。ロシア軍をピンスクの沼地に追い込もうとしている。ロシアは危機的状況にある。

リガからの避難民が市の荒廃ぶりを語る（タルノーポリ、リヴォーフ。かつて自分がガリツィアで目にしたものが、今やこの地にまで及ぼうとしている）。スターラヤ・ルッサ（！）の防御施設のこと、ソレーツカヤ街道の閉鎖の噂、いずれペソチキ村も前線になる云々。至るところでドイツ軍を待ち構えている。当然、信じているのは自軍の最終的勝利……装備（砲弾その他）の〈まずさ〉こそ露呈したけれど。

▼八月二十三日

社会主義者たちが、〈あの世〉というやつ、すなわち永遠不変の絶対的調和の法則が好きでないのは、完全に自分の仕事に没頭しているからである。生活（人の世話や取りまとめ）の事務的方面が、彼らの非事務的（夢想的）方面を覆い尽くしている。でも、対立しているのは教会と社会主義ではなくて、社会主義とオカルティズムなのである。

船乗りが自船の位置を確かめるためにしばしば海上を漂うように、現在、地上を（県から県へと）さすらうナロードも、やはり自分の落ち着く場所を探しているのだ。経度と緯度が海の分界なら、肉親縁者《ロドニャ》は自国で居場所を喪くし

＊1　開戦当初（一九〇九～一九一七）の帝国宰相、プロイセン首相。
＊2　ロイド＝ジョージ（一八六三―一九四五）はイギリスの政治家。一九一六年に連合内閣を組織、戦争完遂に努力した。

た者たちの限界点である。不運なのはどっち？　ロドニャのいない、ロドニャが境界の向こうに残ってしまった人間だろうか？　それまでまったく思いもしなかった肉親の顔がひょいと脳裡に浮かんだりする。とうに自分のほうから親戚付き合いを拒んでいたのだが。〈食わせて着せて暖めてやる〉――そんなことが最大の美徳になった。食って一息つくことが究極の願望となった。生活形態では遊牧民に、道徳の理想ではモーゼの五戒に帰っていく。肉親の誰もがこれら難民の群れを受け容れ養い暖めるには無力であり、聖書の理想が至難の業であるという事実。民族移動の問題で望まれるのは、看護人〔医療機関における兄弟姉妹〕ではなく、普通の肉親としての兄弟姉妹、伯母や叔母、子どもたち、祖母祖父――要するにロドニャなのである。このような地上のもの《ゼムノーエ》への回帰のなかに心の平和の最良の学校を見出して、この世の暮らしの平常の戒めを実行しようと再度学び直しかつまた人にもそれを教えることのできる者こそ幸いなるかな。

わたしはあるとき、ホテルで働く身寄りのないレット人〔ラトヴィア人〕の老人に会った。彼は自分が天涯孤独の何も持たない人間であると語った。数多い避難民の中で唯一幸福な人間だった。失うものが何もなく、ずっと落ち着き澄ましていた。髭をそり、白髪の突っ立った頭をして、顔じゅう皺だらけの、愛想のいい老人は、そこに姿を現わすだけで、わたしがロシア人たちの間でしか目にすることのない最良のものをもたらしたのだが、その姿や話す言葉からは、どう見てもロシア人ではなかったのである。

以前は、これぞ母国の花と思っていたものを外国人のうちに見出すと、突如として心の奥になんとも言いようのない不思議な力《スチヒーヤ》が湧き起こったものだったが、それはあたかも大地が、冷え固まった巨大な塊にではなく、たえず動く自由の大地に変身した、いや渺茫きわなき海の岸にでも出たかのごとき感慨に満たされるのだった。背後には、ものみな死に絶えた不明の大地――わたしを育んだ過去があり、前方にはすべての土地と国家と民族をひとつにつなぐ大洋が広がる……

ナロード、ロシアの素朴な民衆にともし火をかざしてドイツ兵の居場所を示してやるなら、彼らはすぐにもやっつけに行くだろう。そんなふうに馴らされているから、わが軍勝利のためのこれ以上のお膳立てはない。力を結集し、その力にうまく方向性を与えてやればいいのだ。軍の配備や結集については、連日、新聞で読んでいる。期待が大きいだけに、記事は現状より〈かくあるべき・かくあらねば〉のほうに多く重心が移っていることを忘れているようだ。長い田舎暮らしのあと、県庁所在地の利害や空気にどっぷり浸かってみて、自分はひどく驚いている。あのソログープでさえ――

祝福されたる野と畑、それと
素晴らしきコオペラチーフ、*

などと書いたのだから、ロシアの奥深いところはどんなことになっているのだろうと思ったのだが、じっさいは相も変らぬ劫《こう》を経た静寂だ。今年の一月、ノーヴゴロド主教管区の蠟燭製造工場の会計係が仲間とともに〈ミツバチ〉なる消費組合《コオペラチーフ》をつくることを考えた。個人の家で最初の会合をもったが、数時間後には逮捕され、これ以上〈ミツバチ〉にかかわらぬよう厳しく命じられたあと放免された。何日かして、「素晴らしきコオペラチーフ」についての記事を読んだ参加者のひとりが、友人のもとへ行って、こう言った――

「県知事に直接かけあったほうがいいんじゃないか、意外とあっさり許可が降りるかも？」

「そうだな、じゃあ行ってみてくれ」と友人。「近ごろはだいぶ自由になったみたいだ。国会でもそういうことを採り上げているし、新聞の論調だって『われわれは思いの丈を口にしていいようになった』などと言い始めているからね」

知事の許可が降りたので、現在〈ミツバチ〉は組織的な会議の開催を表明している。ただし、この歴史的日々における県庁所在地の日常には、なんら変化はなく、社会活動も皆無に近く、新しくできたのは、せいぜい「キネマトグラフ映画館」くらいのものである。

だが、いま何をなすべきかをきれいさっぱりと忘れるなら、県庁所在地の生活面にそれがどのように映っているかを見るにしくはない。映っているのだ、それもじつにはっきりと！　自分は今、ロシアの一千年を描く大きな黒い気球の前に立っている。聖ソフィア寺院の傍らを巨大なトラックやら軍用車やらが通過し、そちこち散策する人群れの中には、学帽みたいなどっかの外国兵の赤い帽子さえ見えている。受けた教育のせいか、わたしには、兵といえばロシア兵と（たぶん）ドイツ兵のイメージしか浮かばない。ところで最近、新兵徴募（兵役）に対する民衆の目は、それを否とするほうに向かっている。兵隊というものは、まるごと囚われた、必要欠くべからざるところの永遠だ。その姿ときたら、特異も特異、異様も異様――まるで鋳造された電動仕掛けの像のようで、スイッチを入れられると、いきなり行進を始める。それでその外国の兵隊たちもス

＊　フョードル・ソログープの詩「家事の苦労を軽んずるなかれ……」（一九一五）から。

イッチが入ったみたいに、ひょいと起って、普通に歩き、当たり前に敬礼し、知り合いにでもするように挨拶をする。「フランス人だ、フランス人だ！」群衆の中から声があがる。

ノーヴゴロドにフランス人が現われた。なぜだ？　誰もがそれを口にし、誰もがその理由《わけ》を思いめぐらした。

「ほんとにおまえさんたち、フランス人かい？」

「わしらはロシア人だ、フランス戦線から戻ってきたんだよ」と、兵隊たちが答えた。

フランス戦線からの帰還兵が県庁所在地の群衆と合流し、互いに知り合いになり、話を交わし、戦況を説明する。わたしはひとりのフランス兵〔ロシア兵だが〕と言葉を交わし、仲良くなって、数分後にはふたりともフロントにいたのだった。そこはフランス戦線ではなく、単にドイツ軍と対峙したフロントだ。でも、どっからか同県人たち〔ノーヴゴロド県〕の叫び声のようなのが聞こえてくる。

「てことは、なんだね、奴らも砲弾が不足しているってことだ！　そうよ、向こうだって、銃後は唸ってるんだ。なんだってフランスとイギリスの軍隊は攻めねえんだろ？」

フランスの女たちはジョフル[*1]に対して、じゃそういうことなら夫を返せと言い放った。もちろんジョフルは国の事情をやさしく詳しく解説してやった。

「奴らも砲弾が足りねえんだ！」誰かが叫んだ。

気がついたら、ロシア兵はパリにいたのである。ロシアとの連絡はうまくいかず、フランスを離れることにした。たしかに戦闘はあったが、それ以上に〔一語判読不能〕が大変だった。目いっぱい働き目いっぱい殺した。九百人ちゅう生還したのが四百五十人。いくらか悔しい思いを抱いて帰ってきた。彼らが所属したのはフランス軍には組み込まれない別枠の外人部隊だった。この部隊への接し方も特別で、最後は各大隊に配属されたのだという。

最高司令官更迭[*2]のニュースは小店の主人によってもたらされた。カールポフ〔その主人〕はわざわざ追いかけてきて、その話をした。そしてわたしに問うた――

「それで、どうなるのかね？　これからどうなるんだろう？」

イワン・ツァレーヴィチ[*3]が遠ざけられるというのが、どうにも信じられない、そんなことあり得ないと思っている。しかし、そのあり得ないことが起こった。ツァーリ〔ニコライ二世〕自ら指揮を執ることになったのだ。

「ツァーリのことはいい、問題は取巻きどもさ！」そう言っているのは、灰色の百姓[*4]たちである。

カールポフはもう何でも知っているのである。

「そうさ、彼〔イワン・ツァレーヴィチことニコライ・ニコラーエヴィチ大公〉の作戦は、ペレムィシリあたりからおかしくなったんだ。正義漢でそりゃあ立派な人物だが、軍人としてはちょっとなぁ。ドイツの奴らを片付けられなかったからね。追放は免れんだろう。じゃ、これからどうなる？ これからは本当の権力を打ち立てるんだ、直接的で唯一の、手っ取り早い……あれでもないこれでもないばっかしだったし、遅滞、引き延ばし、どれもこれもじつにくだらんかった。ああいう意見の不一致なんてものも、わしに言わせりゃ、何の足しにもならん無駄話さ。喋りだしたら、ただもうだらだらといつまでも。だからね、権力というのは決断的で手っ取り早くなくちゃいかんのだよ！」

「それはどういう権力だろう？」

「行政管理上の権力だ！ 役人や地主は自分が何をやってんだかわからんのだよ。今は議論なんかしてる場合じゃない。共通のモメントを理解し合ったら、それに従わなくっちゃ。馬鹿な奴らには、自分のものがみな戻ってくる、時を経てまた再び権力が自分らの手に戻るってことが、わからんのさ。ナロードには権力を振り回すなんてできゃしねぇんだよ」

政府の〈社会的信望〉という理念[*5]は、時をおかずに国民

＊1　ジョセフ・ジャック・セゼール・ジョフル（一八五二―一九三一）は第一次大戦で北部・北東部フランス軍総司令官としてマルヌ会戦に勝利し、一九一七年に元帥、アメリカ特使。第一次大戦後に来日もしている。

＊2　最高司令官更迭――ニコライ・ニコラーエヴィチ大公はロシア軍の最高司令官の地位を降ろされてカフカースに左遷された。

＊3　イワン王子は、ロシアの民話に登場するいちばんのヒーロー。さまざまなヴァリエーションがあるが、最も有名なのは「イワン王子と火の鳥と灰色狼の話」。三人兄弟の末っ子のイワンが、どこまでも親切な灰色狼の背に跨って大活躍する。そしてついに念願の火の鳥と金色のたてがみを持つ馬と〈麗しのエレーナ姫〉を連れて父王の国へ帰還し、めでたしめでたしとなる。ここではイワン王子と左遷された最高司令官のニコライ・ニコラーエヴィチ大公（一八五六―一九二九）のイメージが重なっている。同じニコライでも、皇帝ニコライ二世より大叔父であるニコライ・ニコラーエヴィチ大公のほうが人気も同情もあった。

＊4　どんよりした、ぱっとしない、なにも知らない、無学な、の意の形容詞。灰色オオカミ（この場合〈灰色〉は枕詞）。ちなみにイワン王子は灰色狼に跨っている。狼の噂をすると狼が出る（噂をすれば影がさす）。

＊5　第四次国会でブルジョア諸政党から成る進歩ブロックが設立を主張した、いわゆる信頼内閣のこと。その閣僚名簿は一九一五年八月の「ロシアの朝」紙に発表された。

全体の理念となるにちがいない。お百姓たちはそれをツァーリへのナロードの親近として理解するだろう。ただし問題は、それが全面崩壊の前に為し遂げられるかどうか、だ。

どんな鳥であれどんな生きものであれ、それはすべて自然環境の完成〈成就〉であるということ。〈自然についての物語〉はそこから書き出されなくては。ヨーロッパシギはわれわれに、谷地《やち》坊主〈低湿地の小丘〉の草地について、クイナは丈高いスゲの生えた冠水牧草地について語らなくてはいけない。クイナの鼠走りとはいかなるものか、一季節、一日の時のめぐり方、ヒトへの接近や敬遠についても。〈ブレームとメーンズビル、それとアクサーコフを買うこと〉[*1]

社会的信頼内閣もしくは責任ある内閣は、現在、国民の間では単に〈責任〉と称されている。わが国の失敗の原因とわれらが未来についての話をするなら、最後は必ず「要するに責任が必要なのだ」となる。結論はそれしかない。

国会審議を経てようやく成立をみた概念であるこの〈責任〉は、国民の良心に訴えかけることまことに大であった。

わたしは、たまたま出会ったさまざまな人〈農民〉たちに、この〈責任〉をどう理解しているか訊いてみた――誰が誰に対して責任を負わなくてはならないのか、と。

誰に対してかははっきりしている――国民に対してだ。しかし、誰が責任を取るかということになると意見はまちまちだ。肉食獣のごとき商人か、権力を手にした人間か、はたまたずばり名指しされた大悪人、それゆえ首を切り落とされても文句の言えないような人物か？

最後の審判[*2]が始まっている。民衆の心は今や森の低地――満々と水を湛えて、あらゆるものを映し出す。

▼九月三日

未来の人びとは世界観においてはマテリアリスト〈唯物論者ないし実利主義者〉、個人的にはイデアリスト〈観念論者ないし唯心論者ないし夢想家〉である。過去の人びとはイデアリスト、個人的にはマテリアリスト。

数日前まで八月だったが、もういかにも九月の佇《たたず》まいである。散りしきる白樺の葉。

星屑を撒いた秋の空、深い無窮の安息――就寝時刻が日ごとに早くなる。

野に人影なく、しだいに日は短くなり、眠りばかりが早く、かわりに夜空の星はいよいよ輝きを増してくる。階段口へ。なんという静けさ！　流れ星だ！　天を二つに切り裂き、宇宙を疾駆するメテオール。大気に触れた一瞬、われわれにその姿を開示したのだ。途方もないその運動によって、今この小さな村は深深《じんじん》たる安息の底に沈んでいく。

自分の昔からの夢は、何かしら特別な自分のやり方で地理学——概してそれは博物学だが——を究めて、無理やり一つの因果律に押し込まれて窮屈な思いをしている学問〔科学〕に新たな霊感を注入することだった。

▼九月五日

きのう、「国会解散を宣する政府の決定」[*3]が載った九月三日付の新聞を入手。が、解散の具体的な報道はまだない。これについてはワシーリイのほうが詳しい。

「どういうことだい？　たしかに真実《プラウダ》を口にしたが、そのプラウダを解散してしまった。プラウダなんか必要ないというわけか！」

ついに〈内なるドイツ人〉がわれらが内なるフロントに迫ったのである。今や誰の目にも明らかなのは、彼らのビザンチンふうの衣装、ただそれだけだということ。

ここずっとわが町の生活に入り込んできた避難民は、自分の目には、何かしら植物の根に、あっちこっちに根を張った根菜みたいに、映っている。

幾世代にもわたるわが国のインテリゲンツィヤの養育は、ナロードの、それも少しも要求がましくない慎ましやかにして不幸せなムジークを、神の従順なる僕《しもべ》たるムジークを踏みつけにしてなされてきたのである。

汝のすべてを、われを生みし国よ、
奴隷に身をやつして、天帝は、祈り、
祝福を与えつつ、あまねく経巡った。[*4]

＊1　アルフレッド・ブレーム（一八二九—一八八四）はドイツの動物学者。ミハイル・メーンズビル（一八五五—一九三五）はロシアの動物学者。

＊2　一神教たるキリスト教（正教）の強い影響下にあるロシア庶民の心を占有している（と思われる）一種の強迫観念。この心理的抑圧はときに烈しく噴き出す。

＊3　ニコライ二世の命令による「国会休会」。敗戦の責任をニコライ大公にとらせて自ら最高総司令官に就任した（八月二十三日）。これを八人の大臣が諫めたが、ニコライ二世は聞き入れない。大臣たちはさらに食い下がって進歩ブロック（自由主義者たち）との話し合いを主張。それに対抗するようにツァーリが国会の休会を宣言したため、対決姿勢はいよいよ強まった。これ以後、ツァーリは、皇后アレクサンドラと血友病の皇太子（アレクセイ）の治療を通じて皇后の心を摑んだラスプーチンの強い影響下へ入っていく。大臣の人事も次第にこの奇怪な宗教家の意志に沿って行なわれるようになる。

＊4　フョードル・チュッチェフの詩「これら貧しき村々は……」（一八八五）から。

人びとの苦しみに手を差し延べようとする者なら、誰しもそう感ずるはずである。そこへ避難民の群れが殺到して、そんな従順さには似ても似つかぬおのれの権利を主張する。〔一語判読不能〕働こうとは思ってないのだ。ついこのあいだ、わたしは停車場で、さる貴族団長の話を聞いた。彼はわたしに、（以下の理由によって）しっかりした権力の確立が急務であることを証明しようとした。すなわち、難民の流れはどうしても止められないが、ただし彼らを有象無象のかたまり（類型化して）として扱うなら、一定の方向性を与えることができるなど……ちょうどそのとき、かなりきちんとした身なりの避難民が近づいてきて、貴族団長に向かって――

「どうかお願いです、ブリャーンスクに居住する許可をいただけないでしょうか？」

「おたくの指定地は？」

「ペーンザです……でも、ペーンザに知り合いはいないのです。ブリャーンスクには兄弟がおります」

貴族団長は当惑し、挙句に放った言葉がこうだった。

「おたくはみなと〔仲間と〕一緒に動くべきです、指定どおりに……」

「しかし、そこには血を分けた兄弟がいるのです。わたしをペーンザに送るのは、そりゃもう不合理というものです……」

「合理的ですよ」貴族団長はにべもない。

ペトログラードとペテルブルグ。部屋の中が寒い。大家たちは薪のことで裁判を受けている。リヴォーフで経験したような寒さだ。隣人たちが白パンはないかとやってきた。

「黒パンは持ってないの？」

「黒パンならあるんだ、あげましょうか。砂糖はどう？ 要らない？」

「一フント〔約四一〇グラム〕ばかり貸してください……」

通りの、茶を売る店の前に大行列。お祭り前のヴォトカ専売店の人だかりのようである。田舎からやってきた商人も、歯を見せて笑っているところを見ると、ヴォトカの店が開いたと思ったにちがいない。話題は「どこへいつ発つか」、それと飢餓の噂だ。夜になって、お手伝いが話をしていく――飛行機が爆弾を投下、それが風呂小屋《バーニャ》を直撃し、二級民兵四百人を殺傷したと。馬鹿なと思ったが、誰もが真剣な顔で〔一語判読不能〕を見つめ、熱心に耳を傾けている。通りに見えるのは、以前の、恰好のよい軍隊ではない、二級の民兵ばかりだ。どっかのガキどもが何か喚いている。

「あれは何を騒いでるのだろう？」――話をしているのは、

わたしとセルゲイ・ペトローヴィチだ。
「ところで、もうそろそろかな——おたくらはネヴァ〔川〕へ丸太を拾いに、わたしも鋸を調達して来なきゃね。そのうちどっかよその土地では新しい人たちが新しい生活のために新しい町づくりを始めることだろう」

小銭の不足もリヴォーフとよく似ている。記事を書いてもどこへ送ったらいいのか。ペトログラードから旧ペテルブルグの故人たちにでも送るしかないか。秋の厳寒《マロース》のあと、ほんの短い間に、ほんとに黄葉のようにたくさんの人が散り落ちたのだ。「ああ、今は亡き人びとよ、われわれあなたたちの後を継ぐ世代は、心の奥で、あなたたちの安息を生きています。わたしたちの平和への、勝利への、ちゃんとした政府への願いは、安息を夢見る人びとの願いです。でも、それはもういい。若者が新しい町を建設するであろうぎりぎりまで、もっともっと徹底的にぶち壊してくれて結構です……」

避難民のこと。「彼らをどこへ収容するつもりか？　彼らも同胞ではないか」。輔祭がやってきた。家族を無くした。学校がまるごと疎開してくる。生徒の半分が犠牲になった……

避難民と前線兵士の思いは違う……正反対だと言っていい。前線では敵愾心が銃後の国民に向けて煙幕のようなものを張っているが、こっちでは煙幕が敵対する民族のフロントに対して張られていて、彼らの利害が国家の利害と対立しているのはあまりに明らかである。避難民には社会事業が、前線には国家事業が——。平和な難民が増えれば増えるほど、戦争が深みにはまればはまるほど、平和はどんどん近づいてくるのだ。

知人たちに小さな棕櫚をプレゼントしたくなって大きな花屋に寄ってみたが、店内はからっぽ（花はベルギーからの輸入もの）、棕櫚は全部で三本しかなく、大きいほうが六十ルーブリ、小さいほうは四ルーブリ。不満を漏らすと、店主が言った——「こんなご時勢には砂糖のほうが喜ばれるでしょうが、あなたは棕櫚をお買いなさるのですな」。なるほどもっともだと思い、以後ペテルブルグへは砂糖の塊を持っていった。まこと砂糖は知人たちの間で絶賛《フロール》を博した。それにしても、あんなにでかい塊を自分はどこで手に入れたのか、それこそ奇蹟中の奇蹟！

市電〔路面電車〕に、頭にスカーフを巻いた制服姿の女車掌が現われた。鉄道にも肩章を付けた女性が。最近、女性の活動分野が広がりつつある。

またしてもラスプーチン！　国会を解散させたのは彼であるとの噂。国王〔ニコライ二世〕はすでにクリヴォシェイン[*1]に組閣（社会活動家から成る内閣）を委ねようとしたが、突然それを変更し、ゴレムィキン[*2]を首班指名した。ラスプーチンがストップをかけたらしい。懸念されるのは、今では本営に陣取った彼がドイツに買収されているのではないか、ツァーリを動かして単独講和に持っていこうとしているのではないか、ということだ。ペテルブルグに一週間いた。ペテルブルグ人の暮らしを思うと、ぞっとする。たった一週間なのに、ひと月年を食ってしまったような……

ラズームニクと会う。顔を見なかったのはたった一週間、なのに話すことが山ほどあった。この一週間でどれほどの水が流れ去った〔多くの時間が過ぎた、の慣用表現〕ことだろう！　なんだかゼンマイが壊れて時計の針が猛スピードで回ったようである。旧いものにしがみつく習慣がなくなったら、はたして今の人間はどんな生き方をすることだろう！

どうもペレムィシリからこの方、夜にはテーブル回し、昼日中は鳩に餌をやってるらしい……解放〔更迭〕されて嬉しくなったのだという[*3]。そうだろうか？　国民にとって彼はまあ、イワン王子であるわけで！

平穏。

左翼はカデットに憤慨している。これがミリュコーフ[*4]の見越した平穏だというのだ。戦時下にある政府はどっちみち権力を譲るはず、したがって何の心配もない……

プガチョーフのグリニョーフ[*5]。

ゴーリキイは自分の〈ゲネラールたち[*6]〉のミリュコーフについての報告を聞きながら、「下らん連中だ！」とせせら笑い、それからまたミリュコーフ自身を「あの愚か者め！」と罵った。坐ったままずっと彼らの話に耳を傾けている。そしてつい興奮してゲネラールィ（諸君！）が〈グヴェネラールィ！〉になったりする。

彼のまわりはイタリアから運ばれた旧式の武器、購入した絵画、書籍、家具類で溢れていた。さながら宮殿に座すプガチョーフといった感じである。それが彼の所謂〈ヨーロッパ主義〉への敬意、畏敬の念なのだ。

傍目にも、そこにはどこか滑稽でナイーヴなプガチョーフ流が漂っているのがわかる。その足どり、でかい図体、その思慮ぶかげに街道を眺める目つき、混じりけなしのニジニ＝ノーヴゴロド訛り。

スキマ僧[*7]を求めて国中をさ迷い歩き、自殺を図り、村々になんとか「文化」を根付かせようと商店の売り子なんかと知恵を絞り合ったりして、そのことでどれだけ多くの〈自分のロシア〉を我慢し耐えて耐えて耐え抜いたか、そんな自分の人生を語りだすうちに、そこからじつに自然に

〈ヨーロッパ主義〉への跪拝か畏敬の念が湧き出てくるのである。わたしは今、われわれの会話の糸を手繰ろうと試みている……

説明のつかぬもの――
　つまり生命の重んじられない中国式の訳のわからない東方――説明つかず納得いかぬものの例を挙げれば、殺され

＊1　アレクサンドル・クリヴォシェイン（一八五七―一九二一）は帝政ロシアの政治家。一九〇六～〇八年に貴族銀行と農民銀行を管理する財務官僚、〇六年から国会議員。〇八～一五年、土地整理と農業行政のトップとして〈ストルィピン改革〉を主導。一九二〇年、〈ロシアの南政府〉首班、のち亡命。
＊2　イワン・ゴレムィキン（一八三九―一九一七）は帝政ロシアの政治家。保守派。一八九五～九九年に内相、一九〇六年に首相、第一次国会を解散させてストルィピンと交替。一九一四～一六年、ラスプーチンらの宮廷派に推されて再び首相に。
＊3　ニコライ・ニコラーエヴィチ大公のこと。スピリチュアリズム（降霊（神）術）のtable turning（何人かがテーブルに手を載せると、テーブルが自然に動き出して一方に傾いたり宙に浮いたりする。心霊の力によるとされる現象）。このころ宮廷や上流社会で流行した。ちなみに、宮廷にラスプーチンを誘い込むことになったのが、皇后アレクサンドラの無二の親友だったモンテネグロ大公妃姉妹で、ニコライ大公の弟のピョートル・ニコラーエヴィチはその姉のほう（ミリツァ）と結婚し、ニコライ大公自身も妹のスタナに夢中になった。魔女と魔術師の国、モンテネグロ（黒山）からやって来た黒髪の「黒い女たち」は早くから、孤独で精神不安定な「内部のドイツ人」＝皇后を、その暗く謎めいた神秘主義の虜にした。
＊4　パーヴェル・ミリュコーフ（一八五九―一九四三）は帝政ロシアの政治家・歴史家。モスクワ大学でロシア史を講じていたが、学生運動に係わって罷免され亡命した。一九〇五年に帰国すると政治活動を開始し、立憲民主党（カデット）を創立した。「談話《レーチ》」紙を編集。第三次第四次国会の議員を務め、リベラル派を率いる。一七年の二月革命で臨時政府の外相に。しかし親英仏政策と戦争継続を確約した〈ミリュコーフ覚書〉で辞職を余儀なくされ、パリへ亡命。かの地で反ソ活動を続けた。
＊5　プーシキンの中篇小説『大尉の娘』（一八三六）の主人公。軍務に就くためにオレンブールグへ赴く途中、奇しくも、やがて天下の大謀反人となるエメリヤン・プガチョーフと出逢う。
＊6　ゲネラールィ＝将官たち、ここでは取巻き連。
＊7　ここは若きゴーリキイの遍歴時代（自殺未遂も含めて）の話である。スキマとは古いギリシア語で修道院の苦行的戒律のこと。スキマ僧と呼ばれるのは、ギリシア正教において厳しい苦行戒律に服する修道士で最高段階に達した僧。

た人間のうなじに打ち込まれた釘であり、われわれのよく知る多くのことば――「何の理由もなく」、「堂々巡り」、「不可解」、「出口なし」、「摩訶不思議」、「ドストエーフシチナ」なのだ。そんな説明のつかぬものからの脱出口が『イタリアだ！』となってしまう（リャザーノフスキイ[*1]の場合は、それがイタリアでなくヘラス〔ギリシア〕）。生命の価値も概してそんなところだ。

神への反抗（ボゴボールストヴォ）ではなく、単に神《ボーフ》殺し、つまりレフコブィトフみたいに〈人間の臍を神から切り離し〉てしまったのだ。

あるスターレツが穴《ヤーマ》[*2]の中からマクシム〔ゴーリキイ〕に問うた――これまでどう歩いてきたのか、と。それから自分の兄弟が今どうしているか訊いてくる。それでこんなことまで口にした。じつにその自分の兄弟が自分をヤーマに陥れたのだ、と。ヤーマとは何ぞや？　それは不幸、神でもあり人間に対する悪意でもある。説明のつかぬことはまさにそこから生じている。そこからの人類への（歓びへの、生命への、ヨーロッパへの）脱出。

わたしの結論

「プロメテウスの闘いはキリストによって終わる」

プガチョーフが答える――

「そのとおり。それを認めているのがドイツ哲学だ。大したもんさ。機知に富んだ連中だ、大したもんだよ……」

ゴーリキイは、自分は戦ったのではなく、ただ〈殺した〉のだということを証明しようとして、自分の人生から例を引き始める。わたしは何も反論できない。なぜなら、それは〈ドイツ的理論〉であって、これはいのちであり事実であるから。そしてその新しい事実に（生は諸事実の斬新さにある）新しい現実的な、死んだ事実ではない現実的な事実を付け加えなくてはならない。これら生きている人びとにとってメレシコーフスキイ一派がなぜ憎むべき対象であるのか。一方は生きており、一方は理論（理屈）を打ち建てている。前者が生命を産むのに対し、後者は歌をうたい（教会合唱隊）、讃美する人たちである。一方はつねに土壇場にあり、苦しみつつも継続を望んでいるかのようであり、また一方はあらゆるものへの回答が、あたかも飛沫のごとく、散っておしまいになる。

「〔彼らは決して〕『わからない！』とは言えないんだ」――これがゴーリキイのメレシコーフスキイ弾劾の要諦である。

ゴーリキイのような人たちは、すでに人口に膾炙した周知の事実を発見しようとする――いまさらのように。彼らは何を発見しようかと考えているのだが、しかしそれはすでに創造されてあるものを見つけ出し、その自分の〈掘り出しもの〉を衆目に触れさすにすぎないのだ。

ゴーリキイのルカー[*3]はおそらく、慰め手たるキリストの伝道者だ。ルカーを描くことでゴーリキイは個我〔人格、リーチノスチ〕に対する自身の疑念を――彼〔ルカー〕は何によって強いのか、欺瞞によってか、という自分自身の疑念を表明しているのである。

ゴーリキイはわたしにこんなことを言った――スキマ僧は誰にもわかる言葉で平凡な事柄について語る。〔たとえば〕商人某だが、たとえ僧のもとを去っても、彼は僧の言ったことをよく憶えていて、何でもないあたりまえのことを悟るのである――つまり自分はそれほど馬鹿でもないのに、なぜかあの人〔スキマ僧〕にはできて、われわれにはできない、どうしてなんだ、と。

石の真実《カーメニ・プラウダ》。原っぱの真ん中にテーブルみたいに大きな石が横たわっている。その石は誰の役にも立たない。みんなこの石を目にしているが、それをどうやって動かしどこへ据えたらいいのか、わからない。よたよた歩きの酔っ払いなら石にぶつかって口汚く罵ったりするだろうが、酒を飲んでない人間は石をよけて通る。みんなはその石にうんざりしていた――誰にも動かせないから。というわけで真実《プラウダ》もそういうものなのである。

多くの人間は、個人的に自分の町の破壊を受け止め、耐えて、貧弱な丸太なんかにしがみついて流れ、漂い、飢え、あたりを見回しながら、後ろ足で（蛙みたいに）ぴょんと跳び、小さな鼻づらをあっち向けこっち向けして、あっちの町こっちの土地の破壊のさまを眺めてきた。住む家を失くした百万人もの逃避行も、毒ガスも、装甲車も、爆弾を

＊1　イワン・リャザーノフスキイ（一八六九―一九二七）は著名なロシア史関係の古文書収集家で考古学者。プリーシヴィンと長らく親交があり、手紙のやりとりもあった。

＊2　スターレツとはふつう老修道士、隠者、長老、老師などと訳される。目下渦中の人物、悪名高いあのグリゴーリイ・ラスプーチンでさえ一部の人びとから〈スターレツ〉と呼ばれている。ヤーマはもともと〈地下牢〉を意味した言葉で、穴、窪み、盆地、獄（獄舎）、売春宿、魔窟（クプリーンの傑作も『ヤーマ』）。「人を呪わば穴二つ」の穴。

＊3　ルカーはマクシム・ゴーリキイの戯曲『どん底』に登場する年寄りの巡礼。彼はおそらく「慰め手たるキリストの伝道者」である。「わしにゃ、どうでも同じだよ！　わしは相手が騙りでも尊敬する。わしに言わせりゃ、どんな蚤だって、蚤は蚤だ……〔神様だって〕信じれば、おるし、信じなければ、おらんのさ……おると信じたら、それはおる」

投下する有翼モーターも[*1]——これらはみな新しく登場した。人間はこれまで生を深さにおいて〔垂直的に〕味わってきたが、今やそれを広さにおいて〔幅で〕体験している。

　村で。砂糖。砂糖の払底が本物の革命を起こす。住民にとってヴォトカの禁止がどんなに嬉しいか、砂糖の不足がどんなにつらいか。敵国人としてのドイツ人への知識・理解度は増大したが、増大ついでに〈内部のドイツ人〉というところまで行ってしまい、挙句に〈すべては軍隊のため〉という決まり文句がこれまでの意義を失って、軍隊自体が隊列ひとつ満足に組めない二級民兵になり下がってしまったようである。

▼九月二十五日

　財産分与の日。二十日の日曜日にフルシチョーヴォ着。

　自伝的なもの。あるときから誰かに後をつけられているような気になった。自分の動きも気になってしようがないのだ。動きや人の姿がいつまでも消えずに残って、しばしばどえらいことを引き起こす。そう、生の夢《メチター》……

　戦争のさなか、秋のオークの古木の黄葉みたいに、いっぱい年寄りたちが散った……

　アンチキリスト。お百姓の胸のうちでは、聖ニコーラの下にウィルヘルム＝アンチキリストがぶら下がっている。お百姓は言う——「あいつをニコーラの下に吊るしておけば、あいつの力は消えてしまう」

　避難民。「これでまる二日、何も喰ってないんだ！　嘘じゃない、嘘ついてる暇なんかない。吐き気がする。いっそ窓からゲエッとやりたいよ」

　尿瓶でジャガイモを煮ている。こっちでもの煮て、あっちでゲロ吐いて。肉親を見失った原因が、焚付けを探しにいってるあいだに汽車が出てしまったというのである。

「身内がいなくちゃ死んだ人間は浮かばれまいよ」

　なのに、列車の中では毎日、誰かが死んで誰かが生まれている。霊のおかげだ〔霊的援助〕。教子だ。母と息子の偶然の出会い。夕べに焚火が燃え盛る。寒気が増し、話し声も冬の蜜蜂の巣の中のよう。小さなパイプをくわえた男。そいつにとってはもうどうでもいいのだ——どこへ連れていかれようと。でも、行き先はどこ？　避難民たちは知らない——どこへ何のために、何が何やら。そこでベフチェーエフ〔未詳〕の意見だが、彼によれば、すべての人間の所属を決定し、マスを無個性化〔類型化〕する権力が必要なのだ。ボリソグレープスクへやられることに決まった男がこっちへ来る。彼としてはツァリーツィンに行きたいのだ、ツァリーツィンには親戚がいる、なのに送られる先はボリソグレープスク……

　近くの豊かな町には、去年は負傷兵たち、今年に入って難民たちが殺到した。どうやら住民たちは犠牲を覚悟している（パンを出し、バランカ〔輪形のパン〕を供し）。必要なのは権力組織をつくり上げること。

何もできないし動きも取れないが、可能なことがひとつだけある。絶対に必要なもの――たとえば、子どもにやる砂糖のひとかけら。権力のひとかけら……それぐらいは獲ろうと思えば獲れるのだ。

看護婦たちが車両を見てまわっている。子どもは何人？八人！　なら、角砂糖八つと茶葉をひとつまみ。

軍の補給所が使われているが、軍用列車が入ってきたら、当然そちらが最優先で、〔食糧〕補給機能は停止してしまう。そのかわり切符は次の補給所までオーケイだ。「切符は持っているか？」と訊かれると、誰もが「あります」と答えたりしているが、切符を持っていたって、ここではどっちみち〔食糧は〕支給されない。

エレーツ～グロドノ～ペーンザ間のどこかが詰まっていて、やむなく進路が変更になる。これでは親戚も捜しようがない。

住民の法律相談委員会で。ある一人の難民は、よその赤子を孤児院に入れようと走り回っているあいだに、自分の乗るはずの集団輸送列車が出てしまったという。結局、男は赤ん坊と取り残された。自分の家族がどこにいるのかわからないでいる。

八月二十四日から九月二十四日までに、避難民は十万人、うち一万の女が乳呑み児を抱えていただろう。

ブルガリアがセルビアに宣戦布告。[*2]今や戦争とそれにつながる一切があまりに深く生活に浸透し、あまりにありふれた周知の事実となっているので、それを描くためにはどこか別の惑星の読者たちを想定しなくてはならないほどである。今や最高に面白くファンタスティックにさえ思えてくるのは、おそらく戦前の、どこかの旧い一族の地の、この上なく平和でこの上なく平凡な生活誌ではないだろう

＊1　窒息性ガスを人類史上初めて使用したのはドイツ軍だったが、若き伝令兵アドルフ・ヒトラーの一時的な失明はイギリス軍からの毒ガス攻撃によるもの。有翼モーターとは空の花形である爆撃機のこと。若きゲーリングは第一次大戦の〈撃墜王〉だった。
＊2　第一次大戦が勃発すると、ブルガリアはドイツ、オーストリア＝ハンガリー側に立って、一五年十月に参戦した。一八年九月、連合国側に降伏し、戦勝国とのヌイイー条約によって、西部領土をセルビアに、西トラキアをギリシアに割譲してエーゲ海への出口を失ったうえに多額の賠償金を課せられた。

か?

　以前自分がよく歩いた領地の古い公園の並木道、農民たちが踏み固めた冬麦畑の小道、草の上を行く馬たち、かじかんだワサビの葉、オークとリーパ〔菩提樹〕の裸木と、なぜか春先のうっとりするような緑が――何の木だろう?――遠くに見える。ライラックの緑、わずかに残った葉の緑――黄葉はすべて散り落ちて、残った緑も――それもところどころにあるだけなので、かえって優しい春の色に見えてくる。一方、氷の張った池は鏡のよう。小石を投げれば、春の小鳥の群れかと思うような鳴き声が響き渡る。ああ厳しい冬が今にも舞い戻ってきそうではないか。古い庭園をぶらついていた。仔牛がわたしを認めて、あとから付いてくる。ずっといつまでも。そしてわたしの存在に慣れると、ほんの一瞬、草を食いちぎったが、またぞろあとを追いだす。仔牛と一緒に凍った森の池の方へ歩いていく。氷にあたる小石の音が面白くて、この土地の新たな所有者としての第一日目は、そんなふうにして過ぎたのだった。数を増したカモたちの喚き声、凍りついた道を行く荷馬車の軋み。あれはお百姓たちが町へジャガイモを運んでいくのだ。ジャガイモに押し潰されそうになっている。「どこまで? 遠いのかね?」霜柱。地面が凍結しているから、耕すのは無理かも。春用カラス麦の種蒔きはがんがん火でも焚いてやらなきゃならないか。イワン・ミハーイロヴィチ〔フルシチョーヴォ村の住人で、プリーシヴィン家の古くからの使用人〕がジャガイモのことを言う。「どうしようかね? ジャガイモのせいで、ライ麦もカラス麦も売りに行けねえのさ。ジャガイモばっかしでほかに荷馬車が手に入らねえ。だから百姓はジャガイモに潰されてヒイヒイ言ってるんだ」

　ヴォルーイスキイ老人はわたしの父も祖父も曽祖父のことも知っているが、こっちは自分の父さえ憶えていない。

　禁酒はお助けだが、砂糖を禁じられたら生皮剝ぎだ。

　わたしの問い。鉄道ダイヤの乱れの主な原因のほかに、各地の農産物の出荷を遅らせているどんな社会的原因があるのか? 答え。第一の原因はまる一月半も続いた長雨による収穫の遅れであり、したがって今、お百姓は大忙しだ。第二の原因は食料品の高騰。そのため彼らは自分のものまで市場に出そうと必死になっている。第三の原因としては、今は自分にかかりきりで、誰も酒など呑まない。つまり福祉の向上だ――節酒、穀物高騰、それと官の配給食糧。

　お百姓がムシャムシャやりだした。ものを喰い始めたのだ。穀類を扱う業者によれば、穀粉の高級志向(最上小麦粉、一等麦粉、二等麦粉)がかなりのところまで行って、二等麦粉の需要が著しく低下したという。

お百姓に卵を売ってくれとか、どっかへ寄り道してくれ、これこれを運んでくれと頼んだら、どんな返事が返ってくるか？　当然それに見合う茶代を要求されるだろう。

労働力が減ってしまった。ロストーフツェフ〔プリーシヴィン家の隣人、地主で国会議員。前出〕が言っている——いま彼の領地はどれも賃借《アレンダ》の対象になっていないが、貸出した地所の価格だけは好きなように上がっている。知るべし——いかなる状況下にあろうとも、わがムジークは白パンを食している——これが今現在の彼らの姿だ。

▼十月九日

文学のわかる人間は音楽のわかる人間と同様、甚だ少ないが、文学の対象となるのはまず誰しも関心のある生活《ジーズニ》である。それゆえ生活を評価・判定するような頭で評価・判定する。

▼十月十二日

リヴォーフが占領された……

一片の土地をめぐって、土地が原因で殴り合いを始めるのだ！　不動産目録。問題は地図だ。それと遺書。地図に関して何かが彼女〔母〕を不安に陥らせた。戦争、遺産分与、土地の賃貸もろもろのことが彼女をぐちゃぐちゃにして……亡くなった。穏やかな星空を、星がひとつ流れた。そして悟ったのだ——この天空の目に見える静寂の下にどんな巨大な動きがあるものか、を。秋の木の葉のように年寄りたちも散ってしまった——敵の弾に当たったのではなく、変な、目に見えない（不明の）、新しい未来世界によって。

▼十月十八日

自分自身に戻り始めている……

ヨーロッパの停滞時代とウィルヘルムの勝利。ブルガリアの進出とヨーロッパ外交の破綻。地方ではカデット〔立憲民主党員〕以上に非難されているものはない——地上最悪であるかのように罵られている。地方においてカデットであるのはまさにユダヤ人と同等だということ。だからこそユダヤ問題は、概して地方の進歩主義者《プログレシスト》とカデットとの境界だと言われるのだ。ユダヤ問題で、プログレシストは揺れて曖昧な態度を、カデットは権利の平等を認める。むろん農業問題に関しても同じ意見だが、しかしそれでもユダヤ問題ほどはっきりしたものではないし、重要でもないようである。やはり自分には綱領〔カデットの〕が問題ではないように思われる……ではどこにあるのか？　それを正確に言うのは難しい。思うに、良心の人はカデットの綱領を、なかなか達成しがたいが、まあまあ神聖なものと見なしている。左の人間が実現しそうもない綱領を提示すると、そのために彼は左翼で変節者〔公式イデオロギーの反対者〕で未来人、この世の人間ではなく、先進的アヴァンギャルドなどと呼ばれることになる。で一方、わが国のカデットはどうかと言えば、ほとんどが裁判官とか弁護士とかいう〈元気印の〉活動家ばかりである。カデットだとわかると――

にやにやしながら、誰かが皮肉たっぷりに「ほう、あいつがカデットだって!」

「そうさ、カデットさ!　そうか、だからイクラ（キャヴィア）が好きなんだな」

「どういうことだい?　じゃあカデットはイクラを喰っちゃいかんとでも言うのかい?」

「そんなことはない。買って、好きなだけ喰ったらいいし、他人《ひと》にご馳走したってかまわんよ。しかし、わしらには確かな徴《しるし》がある。弁護士が商人の家に出入りしてイクラを喰うようになったら、これは碌なことにはならんという徴だ。そいつはイクラを喰い、そのあときっと尾鰭を付けて、こう言うのさ――「われわれはカデットだからな!」

要するに、神聖な仕事を為さんと欲すれば、出されたイクラと私的生活においてイクラにまつわる一切のことを斥けよ、そしてただただ聖人たれ、他人がイクラを喰う邪魔をしてはならんということ、である。

そのかわり進歩主義者がカデットより右寄りで（正しくて）、たとえちょっと中途半端にユダヤ問題で動いたとしても、本質的に、この男は右派そのものとは些かも共通するところがない、ただそういう立場でいることが彼にとってより好都合なだけなのである。肝腎なのは、活動的な事業に随伴する、嬉々とした〈元気虫〉であることを示すこと。それ以外の何ものでもないのだ。必要とあらば、死の王国のフロントで必死の働きを――傷病兵の世話でも看護でも何でもするし、同時に自分が嬉々とした元気虫であることを片時も忘れることはない。だから、ナントカ全権委員をおおせつかったら、もう元気溌剌、どんなに難儀な環境だろうと八面六臂の大活躍をしてしまうのである。そんなとき、知人か親戚か同郷の誰かが首相になったと知ったら、どうなるか?　すぐにも元気印は、顔を真っ赤にして前線から首相を追ってまっしぐら。そのとき頭にあるのはただひとつ――後れを取るな県知事の椅子!

カフカースやクリミヤの村を思わせる町方のみすぼらしい家々の続く通りは、いつでも、ほんわかした糞肥のにおいがしていて、路上の馬糞（暖房用）を拾い集めている人たちがいるかと思えば、白い立派な樺の薪を満載した荷馬車も行き交っているのだが、よく見ると、馬車の荷は薪ではなく、美味しそうなチョウザメの肉のようである。

チョウザメの肉をどこへ運んで行くのか?　それを見て

いる羨望、溜息、呪詛の幾十許《いくそばく》！　この町の貧しさに一瞬でも哀れを誘われれば、チョウザメの持ち主こそは悪党だろう。その肉はどこから運んできたのか？　ついこのあいだのこと。さほどでない地主の家の客になったとき、主はわたしを庭に案内すると、そこに生えている、びっくりするほど大きな樹木の話をしだした。それらを近々切り倒すのだと言う。樹齢数百年の巨木群が、広さにして一・五デシャチーナの土地いっぱいに生い茂っている。なんという贅沢のきわみであろう！　地主はそれをみな伐採して高値で売ることにしたのだ。楡は高価な細工物の用材になるし、楓も同じだ。ほかにも多くの見事な美しいトネリコが生えていた。トネリコは何に使うのがいいのかと訊かれて、トネリコでもとても高価なものが作れますよとだけ答えた。その高価なものが何だったかは、どうしても思い出せなかった。そこへ植物学を修めた人がやって来て、われわれの話に加わった。そしてにこにこ顔で、いきなり——

「木工だの芸術だの、今はそんな話をしてる時じゃありませんな！」

こっちが驚き呆れていると、にっこり笑って——

「今は誰もが薪だ焚付けだと騒いでいます。薪より貴重なものはない、なんてね。一プード二十コペイカですよ。生木はともかく、乾燥したやつは四十コペイカもします。これじゃどんな芸術もかないませんな」

実際そうだった。工芸の素晴らしい素材が薪にされてしまった。これ以上デモクラチックな使われ方もないようである。それで今は、中産階級《プチブル》の多く住む通りをその手の薪が運ばれていく。とても手の出ないチョウザメの肉でも見るような目つきで誰もが眺めている。

ちょっとした財産家なら誰でも一つや二つ隠し場所を持っているだろう——そういうところを覗けば、碾割《ひきわ》り麦だの雑穀だのが山と積んであるはずだ。きょう誰かが「酢酸エキスを買っておいたらいいよ」と言えば、翌日には誰もが濃厚な酢酸エキスを買うし、明日またワセリンが話題になれば、何フントも買占めに出るだろう。そしてそれが、すべて自然でデモクラチックでさえあるのだ。価格が恐ろしい速さで高騰している。たっぷり儲けている労働者でも、余ったルーブリはすべて食料品に当てなくてはならない。「おれは買い溜めしないでいられるほどの金持ちじゃないんだよ……」——どんな貧乏人でもそう言うはず。堂々たる先導馬と水運び用の痩せ馬が先を競っている感じ。

クセーニヤ・ニコラーエヴナ〔母方の遠い親戚〕——「ねえサーシャ〔これはミーシャ、つまりプリーシヴィン自身のこと。日記では自分のことを他人の名で書くことがよくある〕、どうしてあなた、奥さんをわたしたちの誰にも見せようとしないの？」

サーシャが答える――

「女房を見せてどうするんです？　家が小さすぎて、とても展示なんかできませんよ」

あまりにどぎつい言い方で自分でもきまり悪くなった。相手は老齢の婦人、しかも亡き母の親友であった人だ。それで、できるだけ誠意を込めて――「クセーニヤ・ニコラーエヴナ、ごめんなさい、ひどいことを言いました……じっさい僕のところは偶然に出来ちゃった家族で、ずっとうまくいってなかったのです。動物的《ジヴォート》なものと霊《ドゥーフ》的なものとの、とにかく大変な葛藤で、自分としては唯ひとりの女性との神聖な結婚、永遠の結婚、俗界に身を沈めたいと思う気持ちと同時に自分には、一本の道――修道者になろうとする気持ちもあったのです。なぜなら、自分が思い描いていたような女性はこの世には存在しないことがわかったから。この女性《ひと》かなと思った相手は、あまりに高い僕の理想に恐れをなして結婚を拒否したからです。自分はどこか人間のいない世界へ去ろうとしました。花や鳥の歌声でいっぱいの別乾坤へ。でも、どうしていいかわからない。森や野を歩きまわり、驚くような、見たこともない花々に出会いました。素晴らしい鳥たちの歌も聞きました。びっくりするばかりでしたが、そういうものとどうしたら永遠の契りを結べるのか、見当もつきませんでした。そんな鬱々とした気持ちで暮らしていたとき、美しい、でもどっか悲しげな目をした若い女性*に出逢ったのです。話をしているうちに、彼女が夫を捨ててきたこと――亭主は乱暴者の碌でなしで、赤ん坊を実母に預けてきたことを知りました。出逢った当時、彼女は洗濯女をしたり草刈りの手伝いなどをして暮らしを立てていたのです。僕は彼女が気に入りました。数日後にはずっと親しくなっていました。そして思わず自問したものです。いったいこれはどうしたことか？　あの比類なき天上の結婚とは似ても似つかぬこんな暮らしは醜悪でとても許し難い――そんな意見が、いったいぜんたい、この頭のどこから出てきたものか、と。

当面の課題――報道記事《オーチェルク》の表現形式を再考し、観察をシステム化すること。

わが国の地方における反動派が――より正確には、その圧倒的多数派が抱いているのは、べつに原理原則ではない。現時点で有利で手堅いと思われるもの、言うなれば「寄らば大樹の陰」である。もし社会主義的なものが確かなら、彼らは社会主義だって認めるだろう。

夢。自分の新しい家のどこかで客たちに写真を見せているが、部屋を幾つか抜けた先にあるテラスの、古いリーパの木陰に、母が坐っていて、そばにうちの子どもたちがいた。わたしがそっちへ行くと、母は腰を上げた。母は背が高い。上から下まで黒ずくめの衣装。頑健そうな、赤銅色に日焼けした顔。わたしは母を見るなり、声を上げて泣き出す……

　母が亡くなって、もうすぐ一年。

　前線と後方がひとつになろうとしている。国民はあらゆる手を使ってドイツをぶちのめそうとしている。

　民衆は、インテリゲンツィヤが通ってきたと同じ道を、その独自の成長と発展に従って歩むだろう。

　戦争。トルストイには、戦争の表裏の裏、つまり軍に物資を供給し軍隊と銃後を繋ぐもの——ミミズみたいに蠢いて、戦場から戦場へ、してまた新たな戦争を期待しながら生きているありとあらゆる請負業者たち（百年に一度の戦争じゃないか、いま稼がんでどうする!?）が描かれていない。

▼十月十八日

　まる一年、田舎暮らしをしているので、よくこんな自問を発する。いまメレシコーフスキイは何をしているだろう？　自分は彼に期待をかけていた。人間として好きだったし、大作家、教師としても尊敬していたからだ。〈宗教・哲学会〉について敵どもがどう言おうと、後世の歴史家はきっと、世界的カタストロフィーを前にしてのあの神の探求を特筆大書するにちがいない。それは、民間の年代記編者なら当然書き込むだろう〔一九〕一四年七月の森林大火災や、煙に覆われて光輝を失った太陽と同断だからである。

　現代の惨めな芸術、盗品じみた……その他もろもろ。

▼十月二十六日

　メレシコーフスキイのサークルには旧い宗教に対して寛大な恋慕といっても言い過ぎでない態度が見られたが、一方、メレシコーフスキイ自身にはどこか抜き身の剣を振りかざすようなポーズがあって、それは正しくないし、本物ではなかった。旧い宗教、それは幾分かは芸術のための源泉であり、幾分かは最深の発見、ナロードの魂との最深の接触（触れ合い）のパースペクティヴを持つロマーンのための資料でもあった。で、ロシアの前衛社会（先進的社会）の宗教に対する態度は、じっさい否定的なものである。なぜなら、現実にロシア人を宗教から遠ざけているのが、宗教界の代表者たちの嘘であるからだ。

　ジナイーダ・ギッピウスのフェリエトン「アーメンなし

＊　エフロシーニヤ・パーヴロヴナとの出逢いは一九〇三年。彼女は二十歳、プリーシヴィンは三十歳。

に」を読む。

小話《アネグドート》だが、これは霊的個我によってではなく社会によって発せられた〈アーメン〉、つまり、社会性のあるアーメンだ。

ギュイヨー*を読む。宗教的探求という場合、おそらく本質的にあまり知ることのない原始人（民族）を研究対象にするのは無駄だ（いや根拠がない）と、自分は思っている。大衆《マス》というかたちで今日のプリミティヴな人びとを捉えれば、つまり自前の荷馬車で定期市に出かけ、そこで商いをし派手に殴り合ったあと、終夜祈禱式に出て、互いに十字を切ったりする人びとというのは、ほとんど古代の異教徒の定義と符合するのである。しかし、マスの中の個々の人格と心から（そう心から）触れ合って、そこで自身の経験とよく似たものを目にすれば、原始的な魂の内にも複雑この上ない内的体験を余すところなく見出すことになるだろう。そしてわれわれにもし鳥や四足獣の心が理解できるとしたら、そこにも同様のものを発見するはずである。自然界は、表面的にはみな一様に見えても、その奥は多様性の世界だ。こちらの心にあるようなものはすべて在るのである。自然には一切があって、われら人間の仕事はもっぱら意識の（意識的個我の）仕事に尽きている。人間の為すべきことは、沈黙のうちに世界が体感しつつあることを吐露すること。とはいえ、この発話から世界そのものも変化するのである。

干戈の響き。この戦争には〈工業〉の刻印が押されている。正教ロシアは〈工場《ファーブリカ》〉の敷居に躓つまずいたのだ——弾丸・砲弾の不足、豊かな富源を有しながらも社会の必要な要求を満たすべき物資の不足があった。

食料品の高騰の最終的原因をたどれば、つまるところ人手の高騰に行き着く。誰もが食料品の値上がりと答えるのは、人手が値上がっているからだ。人手が高騰しているのは、必需品が高騰しているからである。それで悪循環が生じる。要するに、わが郡全体とわれらが社会的新事業に対して退廃的影響力を有する人物の投機〔不純な目的のために悪用すること〕だ。この人物の勢力はしかし、県全体を管理統治するある常任会員との関係にある。そしてこの常任会員の力は、県知事の軟弱さ（力量不足）に存する。知事の弱さが何から生ずるかと言えば、彼の個人的な弱さ（力量不足）ではなく、そもそも権力というものの本性が、そのマテリアルな部分を特別な（別仕立ての専門の）人物に任せているていのものであるためだ。そういうわけで、責任のことで喚きたてる住民からその特別な人物を通して金を巻き上げるのを目的のすべてとする土地持ちの役人貴族と工業貴族との繋がりができるのである。

それでも、それを通していかに社会性（世論・社会活動）が浸透するものか、研究調査する必要はある。

第三階級の歴史をどう学ぶか？　エレーツの商人一族を研究する……

ロシアの知識人の運命――ナロードをナロードとの接触（交流）から分離する宗教の壁（万里の長城）の向こうで、ヨーロッパ的教養と不信心のテーブルから零れ落ちるパン屑だけで生きていくことになる。

株式仲買人社会の代表との懇談。

キリストと商売人たち。福音書を読みながら、いつも驚いていた――キリストが警告もなしに神殿から鞭で商売人たちを追い出したからである。彼らは鳩を売っていたのだが、これはいつもやっていた商いだった。ところが、いきなり鞭でぶっ叩かれた……以前は自分にはこれが理解できなかった。しかし戦時下にある今はなるほどと思うようになった。商売人に有効な手は唯ひとつ鞭、どんな警告も無用だ。

都市部では薪が手に入らない。なぜならユダヤ人が薪をすべて買い占めて、そのせいで一プード当たり三十コペイカもする。ユダヤ人に訊く――なんでそんなに高いのか？彼らは答える――高いのは自分たちも同じだ、と。

スキーム。商人階級が悪いわけではない――他人の菜園にどうして山羊を入れられるだろう。悪いのは他人の菜園に山羊を放り込んだ奴だ。わたしは悪いのが誰かを知っている。県を管理している県庁のある人物だ。権力にはすべて、精神的な部分と物質的な部分がある――物質的な部分は秘書に、精神的な部分は権力の代表者に委ねられる。分担なしには不可能なのである。そして問題は、権力の物質的部分を指揮下に置くためには精神的部分がそうとう強力でなくてはならないこと。権力は最良の企てのかたまりだが、いかんせん孤立無援（無力）である場合がある。自分の物質的部分をうまくコントロールできないことがあるからだ。わたしは戦場で、高邁この上なき欲求を遂行すべく、種々の経済物資を買付けるための資金を受理した人物に会ったことがある。その人物はそれらの物資についても買い付ける物資のリストについても、よくわかっていなかったので、仕事を部下たちに任せたのだ。それで部下たちが事態を左右するようになった。そうしたケースをあれこれ

＊　マリー・ジャン・ギュイヨー（一八五四―八八）はフランスの詩人で哲学者。進化論的生命哲学を展開、倫理・芸術にもそれを適用した。著書に『社会学上より見たる芸術』（一八八九）。

勘案すると、悲哀を味わうのは悪人ではなく、権力欲の強くない人間であるという結論に達する。

周知のごとく、トルストイの戦争の歴史的長編《エポペーヤ》には、まったくと言っていいほど戦争の物質的側面――軍への食糧その他の補給について――が描かれていない。

この戦争でまざまざと見せつけられたことがある。それは、前線と後方の連絡――両者がどこでどう繋がっているのかという問題だ。あちらでは敵と面つき合わせているわけだが、こちらでは、敵はこっちに尻向けて、休養をとり、飲み食いし、眠ったり、懐を肥やしたりしている。フロント――それは非常に細いラインで、存在するのは一瞬、長い待機のあとの一瞬にすぎない。敵軍と額をつき合わせるその一瞬だけが問題なのだが、そのほかの時間はと言えば、〔敵軍は〕戦闘地帯からはずいぶん離れたところで休養も食事も摂っている……

めったにないが、相手の顔がちらっと見えたりすることもある。フロントと呼ばれる細長く延びた塹壕の中で、ぞくぞくドキドキじりじりしながら待機している一瞬《とき》だ。それ以外なら、可愛いと思うことさえある――なんせ教会の終夜祈禱式にだって出かけていくのだから。

悪臭を放つ泥まみれの敵の死体のそばで日を送るのに比べたら、前線での敵の顔など、大して怖くはないだろう。

敵のイメージを常勝者ゲオールギイの像を使って描くのには、それなりの理由《わけ》があるのだ。人類の敵〔ドラコーン〕の頭部は小さいながらも、なかなか面白く表現されている。炎を吐き、目はぎらぎら。その小さな頭は、とぐろ巻く巨大な体の上にのっかっている。悪の霊的側面は小さく、物的側面は異常なくらい巨きい。

火を吐く大きな口に槍を突き刺すべく運命づけられた人間は幸せであり、巨大な、悪臭を放つ、捩れた、汚らしい死体のそばに居続けなくてはならない人間は悲哀そのものである。

村で店を開き、やがて町へ移って商人となる農民。そうした農民がひと財産をこさえるか否かは、いつの場合も、悪の上役にかかっている。そいつが儲けのすべてを巻き上げるか殺してしまうかするからだ。ナロードニキ系の作家たちによってその種の（テーマの）小説はいっぱい書かれている。今ではそうした作り話《レゲンダ》がどう創られていったか、われわれにはわかっている。ナロードにおける個人的なイニシャチヴ、個人的な作品は共同の財産と見なされるが、ものを売り買いする人間〔商人〕は、それを私的所有物に変えるので悪と見なされている。そのあと個人的非所有の意識としての物惜しみ（しみったれ）があり、さらに共同の自由へと導く自由の拡大が来る。われわれは個人主義と物惜しみの時代にいるのだ。これに目をつぶるべきではない。そしてこのあと、社会的経験の進展に伴って、必然としての、いや自然の力としての個人主義はいずれにせよ社会の役に立つ。わが国では、その力は社会活動の〔自然な〕欲求を割り振る行政機関が運用することになる。

　拍子木だ！　ああまた鳴った！　あれはどこでだったろう？　そうだそうだ、思い出したぞ――わが人生の黎明期に、ふるさとの町の通りで、それが誰だったかは記憶にさだかでないが、ただひどく疲れた顔をした人と出会って、自分の幼いころの話をしたことがあったのだ。そしてそのとき、いま鳴ったと同じ拍子木の音を聞いたのである。それがずいぶん昔のことで、まるであれから千年も過ぎたような気がした。そして今またあの音が千年を経てふるさとの通りに戻って来たように思われたのだった。その音には昔とそっくり同じ響きがあった。拍子木の音に誘われて、わたしはふらりと月の光に照らされたおもて通りに出てみた。夜の底の、まったく人気の絶えた通りの、多く影をつくっている池のそばを、ちょうど夜警がひとり過ぎていくところだった。わたしはそこで石に蹴つまずいた。そして千年前にも同じその石に足をとられたなと思った。体のバランスが崩れかけ、勢い余って鋳鉄製の小さい柱の方へすっ跳んだが、なんとか持ちこたえた。そうだ、たしかちょうどこの辺に、コーリャ・クリヴォロートフ〔幼馴染か旧友か〕が住んでいたのだ……〔新聞社の〕小さなデスク。夜のぴったり八時に、わたしは市会《ドゥーマ》に着き、記者席に腰を下ろした。ホールの壁にかかっているのは商人たちの肖像画ばかりだ。いずれもこの町の活動家で、とっくの昔に死んだ人たちだった。ぼちぼちみんな集まりますよ、と守衛が言う。十時近くになっても、まだ定員に足りない。十一時になればみな帰ってしまうだろう。そうなったら議会は延期である。

　かつての活動家たちの肖像のことは自分もよく知っているはずだった。しかし戦時下である今、それらはわたしのイメージの中で、どっか妙なふうに変化を遂げてしまったようだ。しょっちゅう会っては他人の噂やニュースを交換していた友の顔。そんな仲間の顔を三日も見ないでいれば、三日が三年にも感じられたりするだろう。中断を伴う非常に速い時間のテンポに慣れてしまっているので、しみじみ壁の肖像たちを眺めていると、千年ぶりに自分の古巣に帰ってきた気がして仕方がない。昔の商人たちが、今では〈時〉の轡《くつわ》を握って坐っているのだ。そうして、ずっと轡を離さず、深々と腰を下ろして、わたしを――彼らの轡を勝手に吐き出して広い世界に飛び出していった（とそう自分では思っていた）彼らの子孫のひとりであるわたしを、嘲笑っているように思えたのである。

彼らはいずれも名を馳せたエレーツの商人だが、数から言えば、大して多くはなかったが、その子孫たちが互いに親戚同士になった。そして自分自身もその類縁だ。千年後にも自分はまたこの親類縁者たちのところに戻って来そうな気がする。父祖たちがこっちを見て、薄笑いを浮かべ、何も言わずに、ただしっかりと〈時〉の轡を握っている——そんな図である。と、そこへ、ひとりの自治会議員——壁の肖像画にじつによく似た男がホールに入って来て、わたしのそばに腰を下ろした。

「いやあ、お久しぶりですな！ どういう風の吹き回しで？ 長くご滞在ですか？」

「ええ、しばらく」

相手は驚いた顔でわたしを見ている。まるでこちらが永遠の彼方からやって来た人間、いや墜ちたメテオールが立ち上がって話を始めた、とでもいうように。

「ご予定は？」

「父や祖父たちの暮らしぶりをじっくり見てみようと思ってます」

「ええ、ええ、暮らしてましたよ」自治会議員は肖像を眺めまわす。「爺様たちは正しい、良心に恥じない暮らしをしていました。でも今は戦争です。国が危機的状況にあります……それに、どこを向いても、こそ泥、いかさま、ペテン師だらけで。昔も戦《いくさ》はありました、金持ちもいましたし、昔も〔戦で〕儲ける人間はいましたが、でも今は……」

彼は自分でわたしに、戦争（ここには書くのも腹立たしい仕事）で金を稼いだひとりの男の話をし、しばらくその男を罵ったが、急に——

「ああご免なさい、こんなこと話すとは自分でも思ってませんでした」

「どうかされました？」

「だってその人は、あんたのご親戚じゃありませんか……」

「わたしの親戚だって？」

「ああまったくなんてことだ、ミハイル・ペトローヴィチ〔プリーシヴィンの父称はミハーイロヴィチ〕、どうぞ、ご覧なさい……」そう言って、彼は一枚の旧い肖像を指さした。

「あの方はあなたの曽祖父に当たる方で、あなたのお祖母様はご親戚もご親戚、もうその……」いささか興奮気味に話を続けた。「ごくごく近いご親戚ですよ。それにしてもあなた、そんなに近いご親戚なのに、どうしてご存知ないのでしょう。いやこれは失礼しました。ああどうかご容赦ください……」

自治会議員たちが徐々に集まってきた。十時の時点で定数に二名不足。どうしても必要なので議員の自宅に電話をかけ、守衛を迎えにやる。生きている現役の肖像たちは緑のテーブルに就いた。わたしの帰郷が話題になる……取り囲まれてしまった――「こちらに来られた目的は？」

「ええ、今回の目的はミーニン*1を探し出すことでして」

エレーツ。モスクワ公国の辺境の町。ソスナー川の向こうからタタールシチナ*2が始まる。バツ*3はソスナー川まで来て引き返した。アルガマーチャ山に聖母の伝説*4。

▼十月三十日

トルストイの日記のモチーフは〈手記〉に似ていて、その手記はモチーフとは少しも似ておらず、書簡的モチーフである。自分の祈りを記すのであれば、他人も繰り返し唱えられる詩のようなものでなくてはならないし、それでは可笑しくもなんともない。他人がトルストイの手記を祈りの言葉として使うなら、これはもうどうしようもなく滑稽なことだ。

そう、精神的あるいは肉体的な弱さはわれわれの蔑視と嫌悪の、また平均的人間の暮らしの俗悪さ加減の源なのだ。強者はそこを素通りして行く。

▼十一月一日

去年の今夜、こんな晩秋の、ぞっとするような天気の日に、母は死んだのだ。あれからわれわれは円満に、彼女の遺志どおりに遺産を分け合った。自分は故郷の町に戻り、学生時代に住んでいた（もっとも、学校からは退学を余儀なくされたけれど）同じエレーツのアパートに移り住んだ。追善供養《トリーズナ》。十一月一日、供養のためフルシチョーヴォへ。六日の金曜日に戻った。

教会。堂内の掃除が行き届いていない。司祭や読経者や聖歌隊の人たちの口から手提げ香炉《カヂーロ》の煙のように白い息が

*1　クジマー（コジマー）・ミーニン（ザハーリエフ＝スホルーキン）は、抗ポーランド解放運動の指導者でロシアの国民的英雄（十六世紀末―一六一六）。

*2　タタールシチナとは元来、タタール支配下の時代＝タタールのくびき（一二四三～一四八〇年のキプチャク汗国によるロシア支配）ないしその習俗、その当時ロシアの諸公が納めた年貢を指す言葉だが、ここではタタールの直接支配下にある土地の意。

*3　バツ（抜都）はチンギス汗の孫で、キプチャク汗国の建国者（一二〇八～五五）。在位一二二七～五五。一二三六年、総司令官としてヴォルガ河畔を経略。のちモスクワとキーエフを攻略してロシア地方を支配し、ポーランド、ドイツ、さらにハンガリーに侵攻。サライを都にしてウラル川西方よりヴォルガ流域を支配した。

*4　〈ウラヂーミルの聖母のイコン〉のこと。

吐き出される。至聖所から叫ぶような声——「われらが同盟軍〔英仏の〕に〔栄えあれ〕！」が聞こえてくる。そうだ、戦争なんだ！　だから司祭は栄えある軍隊にも祈りを捧げている。司祭のことばは人びとのうちに答えを見出そうとしているようだ。それらのことばとともに人びとは十字を切り、跪《ひざまず》く。そうしてほんの一瞬、これまでずっと人びと自身にも鎖されていた魂が、民衆の意志《ナロードナヤ・ヴォーリャ》が、まさに今この場に立ち会っている——そんな気がした。

教育ある者もそうでない者も、老いも若きも、今は誰もが話している。気候に変化が出てきたかのようである。ロシアの十一月と言えば、以前なら冬の季節、でも今はまだ秋——冬に深く突っ込んだ、じめじめした、霧に包まれた秋だ。風が吹き荒れて、連日、方向が変わるかと思うと、大気は乾燥してきて、気がつけば、すでに恵みのマロースが始まって、そうして再び何もかもが——天気も体調もほとんど同時に崩れてしまう。早いうちからランプに火が灯り、こんな夜長に木々のざわめきを聞いていると、どこか自然界では、われら人間らしきもののための闘いが行なわれているように思えてならないのである。それは、とても恐ろしく苦しい、暗い戦いだ。ときどき静寂が戻るようなら、暗い空に小さな星がキラリと光るかも。今もしそんな星が現われたら、自分は春が来るのだと思って、生きているのがどんなに嬉しくなることだろう。人びとはしばし息を継いだ——すると、またしても新たな烈しい突風が巻き起こって、胸腔いっぱいに暗い呵責を吹き込むのである。

権力のために創造された特別な人種——狡猾の、才能の、瞞着の、理性《ラーズム》の、いずれの道によっても同じことだが——そういう者たちをヒトは〈賢い人〉と称し、権力を持つことのできない者を〈愚かな人〉と呼んでいる。昔話の世界では、馬鹿が最後にツァーリの権力を手に入れる。これは権力への敬意を示すというよりは、むしろ権力の作り替え方を教えているのである。お百姓たちはどんな愉快な気持ちで、その権力を、交替なしの常任の総代《スタルシナー》に委ねることだろう。また、そういう権力者が見つかってどんなに満足したことだろう。昔はそうだったのだ。でも今、このナロードからは、スタルシナーが個々人のうちに権力（組織の）への欲求を目覚めさせること、呼び起こすことが求められている。もともとナロードにそんな欲求はない。わが国では、権力欲は官僚たち（役人）の階級的枠内にしか存在しない。だから、民衆にまじって暮らしていると、たまにこんな奇妙な可笑しな文句に出会ったりするのである——「トレーポフ氏に幸福が微笑んだ*」。いったい何のこと？どこがお笑いなのか？　生涯一度も交通行政にかかわったことのない人間が突然、交通大臣の地位と権力を手にした不思議さを皮肉っているのだ。

　ある住人（チェーエフ、未詳）の精神状態。彼は国会《ドゥーマ》解散前の熱の入り方を新しい革命の始まりととらえている。百姓についても、大衆《マス》としての百姓は革命には向いていない、常任の〔交替なしの〕総代で十分間に合う――「それに相応しい人物が見つかった！」から、もう革命に走らなくていいと。そういうわけで彼は総代に勝利を託し、勝利の暁には新しい生活が、かくのごとき生活が始まると思っている。すなわち、株式仲買人〔チェーエフ氏はブローカーか?〕などは見違えるような存在になり、夢はふくらみ舞い上がる。すると彼のうちに戦地の兵士たちを鼓舞する精神がスピリットが息づき始めて、前線と後方とがひとつになったと感ずるにちがいない。だが、醒めた目で見れば、戦地は泥の中、支離滅裂で、不公平で、怪物じみた人権蹂躙ばかりである。にもかかわらず、兵士はいまだ夢の中――手柄立て偉業を為さんとする自分の夢もいつか大輪の花を咲かすはずだ、と。


いつだったか、戦争の始めのころ、わたしには、わが軍の勝利は敵への勝利であると同時に自分への勝利でもあり、自分らはしっかりと団結している――とそう思っていた。が、あれから十五か月が過ぎても、ロシアはロシアのまま、夢見心地で、ずうっと泥にはまったままである。

　この戦争はそうすぐには決着がつかないかも、戦争慣れしてずるずるいくかも――そんなことが脳裡をよぎる。いま十五か月を経て、戦争への慣れが誰のうちにも見て取れる。何かが鈍磨して、とうとう盗みまで働くようになった。心理的には少しも新しいものはなく、人びとはいつでも蚊帳の外に置かれている。

　戦争についてのさまざまな説明を集めたら、面白いかも。そもそも戦争の原因は何であるか？　帝国のため？　工業のためか？　その他いろいろ考えられるが、戦争原因を知るところからは遠く離れている（社会的状況・立場の）せいで、われわれには、戦争が善と悪の闘争であるように思われている。そういうわけで、俗人たちは概して自分のほ

＊　アレクサンドル・トレーポフ（一八六二―一九二八）。一九一五～一六年に交通大臣、一六年の十一月～十二月には閣僚会議議長に、しかし一八年に亡命。悪名高い実兄のドミートリイ・トレーポフは、革命弾圧のための超反動的な独裁権を与えられて黒百人組にポグロームを唆したペテルブルグ県知事であり、彼らの父であるフョードル・トレーポフは、政治犯に対する残酷な仕打ちで悪名を馳せたペテルブルグ特別市市長。一八七八年に女性革命家のヴェーラ・ザスーリチに銃撃されている。

うから戦争の心理的原因みたいなものを引っぱり出してきて、永遠の（とはいえ人間によって失われた）基盤が、世界的規模の大釜の中で今まさに煮え返っている——そんな光景をわれわれに思い描かせようと躍起になるのである。

▼十一月十日

　あれかこれか*——二者択一の生活。なぜ第三の生活がないのだろう？　第三の生活などあったら、もうそれでお仕舞い——そんな気がするから。そんなことなら、ひと思いにズドンとやったほうがいいのだ。なぜまた自殺なんか？　もっとうまく生きられないのかね？　Aから逃げたら、Bも無くなるだろう。あれとこれとが互いに絡み合って、まるでそれがひとつの存在〔ひとりの人間〕であるかのよう。自分があっちでなくこっちを選び、結果において、奇妙な森の暮らしを、漂泊の人生を、農耕生活を送っているのは、やはり彼女〔フローシャ〕がそこにいるから、なのだ。

▼十二月八日

　戦争が終わって、もの凄い数の悪が解き放たれたら、新しい幸福な生活などあり得ないのではないか？　どうもわからない。悪——それは、創造の、ひっちぎられて飛散した鎖の環。戦争をしているあいだに、どれだけの創造的人生が飛び散ったことか？

　祖国《ローヂナ》。祖国について祖国の子は何を語るか何を発見するか——異人も通りすがりの者も発見することはないし、また異人が目にしたものを祖国の子は知ることがない。

　狼たちはシベリアからやって来た——渡り鳥みたいに。ロシアに狼はいない。どういうふうに嗅ぎつけるのか——〈オオカミの流儀で〉互いにすり寄って相手を知るのだ。

　狼と飢えた人間たち。狼たちは後れた人間のあとをつける。そして捕まった者たちは、〔ロシア兵が〕何か食わせてくれるだろうと期待し、歩いている——主人を取り替えた犬たちみたいに。

　度重なる攻撃と退却が国土を荒廃させると、飢餓が祖国愛に取って代わって人びとを支配し始めた。

　活人画〔台詞も動きもない舞台〕。〔戦勝の記憶〕深夜に森の街道を行く部隊。戦闘後に同じ街道を走る連隊。〈敗残連隊〉の司祭が歩いている——走るのをやめて、いきなりとぼとぼと。ドイツ人がいる！　どんなドイツ人だよ？　捕虜か？　いんや、でもそっくりだぜ！　この阿呆、脅かすんじゃねえよ、すっとこどっこいめ！

〔われわれは〕窓に腰かけていて、たえず目のふちで様子を窺っている——街道を走ってるんだ、軍隊が。それがずうっと。〔軍隊は〕飛行機を見ようとあちこち歩き回って、戻ってきた。走って走って、輸送隊を送り出し、また戻ってきた――そのあいだ走りっぱなしである。誰も足を止めない、止まれと命ずる者もいない。

敗残連隊が寄り合う。「大丈夫、集まるさ」大尉はそう言ったが、しかしわれわれは、〔彼らが〕全滅したと思っていた。

第七師団の砲兵。ラッパ手が走ってくる。

「二等大尉殿、馬からお降りください、やられてしまいます！　あいつらは森の中からいきなり襲ってきますから」

「革鞘《シャーシカ》の剣はどうされました？」

「剣はどっか手の届かんところ〔ケツの穴の奥〕に置いてきた」

「さあ、では拳銃を」

「やくざな、できそこない〔拳銃〕は、腹の上でぶぅらぶらだ。どうもならんよ……一斉射撃が始まって、馬が烈しく嘶いたから、わしは全力で馬を駆った。駆ったはいいが、そのまま湿地に突っ込んだよ。わしは馬を引っぱり出そうと必死だった。ようやく引っぱり上げたところで、どっかで犬が吠えている。声のする方に行ってみると、なんと村があるじゃないか！」

「〔そこに〕ドイツ兵がいるとは考えませんでしたか？」

「考えるもなにも。へとへとだったから、もうどうなったっていい。構わず戸を叩く。老婆が出てきた。『ドイツ兵はいるか？』と訊くと、婆さんは『眠っとりますよ』――そう言ったきりだが、そのあとひょいと出てきたのはわが軍の竜騎兵だ。どうも婆さん、自分の家で寝てたのがドイツ人なんだか、ロシア人なんだか、ちっとも区別がつかんようだったな」

木炭片、それと焚火。火のそばに男がひとり横になっている。足で蹴ってみた。「なにを寝てる、おい、起きろ！」――よく見ると、男の鼻が喰いちぎられている。

これまで身内の誰かを戦場に送り出してきた女たちだが、今回はちょっと様子が変である。泣き喚きが尋常一様でない。当然だ。以前なら若い衆が何台もの馬車に木材を山と積んで出たものだが、今はそれが爺さん婆さんばっかりなのだから。

兵士はなんとかズルを決め込む。ドイツの一負傷兵のためにわざわざ荷橇が出され、セイヌィ〔アウグストフの森の北、ポーランドはスヴァルキ県下セイナ湖畔の町〕まで運んだのだという。青い目のドイツ人。

＊　妻のエフロシーニヤ（フローシャ）・パーヴロヴナとワルワーラ（ワーリヤ）・イズマルコーワについての話。日記に出てくるワルワーラは、いまだに彼の《許婚》であり、《あこがれ》であり《ミューズ》であり続けている。

故郷はどこだと訊いたら、ライン川だと。自分の許婚《いいなずけ》の話か何かをしたらしい。

負傷者——中にぶるぶる震えている兵士がいて、それも一緒に運ばれていった。そのときついでにドイツ兵（一名）も連れていこうとしたが、結局ひとり残されて可哀そうなくらいだった、一緒に連れてったらよかったのに（これは看護婦のマーラの気持ち）。

負傷兵が五名、徒歩で送られてきた。二匹の犬も一緒。どこまでも中隊についてきた二匹の子犬は、負傷したひとりの下士官のあとを追ってきたのだという。それまで子犬たちはずっとアウグストフの森の中にいたのである。

サポーツキノ〔グロドノ近郊〕の上空。飛行機が数機、輪を描いていて、突然の発射音。どこから飛んできたのか。地上では人間たちがのたうちまわっている——雨に打たれたか、旋風に巻き込まれたか。

将校専用の部屋では、軽騎兵がドイツ人の話をしている。スラヴ人は柔らかで激しいところがないが、あっちの連中〔ドイツ人〕はシステムで〔組織立って〕やってくる云々。

軽騎兵がカザークたちと向き合っている。そこに工兵がひとり。兵隊外套から弾の破片がぽろぽろと、まるで兵隊たちが払い落とす蚤のようである。

一方、窓の向こうを兵隊たちがどんどん駆けてゆく——切れ目のない雪崩といったところか。榴散弾が飛んでくる。轟音炸裂。それがどこから飛んでくるのか、飛行機を狙っているのか。敵の榴散弾か味方のそれか、わからない。そこへ第七三師団の大尉がやってきて、自分が敵に捕縛されたときの状況やら何やらを語り始めた。

望楼のある小丘、あるいは監視塔の山《ブン・ゴラー》——そちらは埃と煙、〈スーツケース〔大型砲弾のこと〕〉と榴散弾。

捕らえられた小僧っこたちは腹をすかせているから、そこらにあるものは何でも掻っさらう。今も「Brot, Brot〔パンをくれ！（ドイツ語）〕」と叫んでいる。

師団本部の置かれたギーブィ村〔セイヌィの行政区、郷〕の農家。ソファーに藁が敷かれ、そこに師団長が腰かけて、藁しべでお茶をかき混ぜている。

望楼のある小丘。よくもまあ！　全部で六門の砲が陽光を浴びてきらきら輝いている。双眼鏡を手に将校が歩きながら手を振っている。一弾目は不着、二弾目は遠着、三弾目は命中したが、そのあと、あっちからもこっちからも火砲が飛び交い始める——ほんとにこっちからもあっちからも。

〔榴散弾の〕話の中に出てきた話。

「松という松のてっぺんが吹き飛ばされたが、場所が場所、ラッパ手が駆けてきて、『二等大尉殿、やられてしまいます！』とご注進だ。だがここは荒涼たる原生林の中。〈まともに一戦交えるほうが〉嬉しいのだろうが、もとよりそんなことを考えてる余裕はなかった。

「われわれは最後の歩兵、とぼとぼ歩くしかない。

「自軍の飛行機も猛射を浴びせる。パニック。みなして連射、狂暴化し、二十歩先の小川に突っ込んでいく。仆れてもまだ連射を続けた。

「ネマンの対岸では、渡河のための防備にあたって……おれは挙手の礼をして氷の上に乗った。氷に乗って向こうに渡るんだ。すると自分の周囲にピシッピシッと弾が飛んでくる。それだけかと思っていると、またしてもピシッピシッピシッ。

「捕虜になる恐怖。捕虜に食わせるものなんかありゃしない。奴らは斬って捨てるんだ……。

「投降は可能なりや？　とんでもない。自分が自分の体の主人というわけじゃない……虜囚の恐怖、拷問を受けた者たちの噂、その惨めな光景。そうしたものが、降伏は死よりも恐ろしく、ちょうど心臓がぎゅっと締めつけられるようなものだという、銃後とはおよそ正反対の考え〔理解〕を生むのだ。敵が近づいていると聞いただけで、恐怖はいや増す」


二匹の犬を連れた電信手たちは、当然といった顔で――使命感に燃え、威厳に満ちている――真っ先に森へ潜入する。まず巻枠を運び込み、枝や杭に電話線を架け渡していく。それは、あらゆる音という音（雑音だろうが何だろうが）を後方に送るためだ……上級通信手が戻ってきた。任務を終えて、今はちょっと虚脱状態。焚火が幾つか。火のそばには見張り〔の通信手たち〕がばらばらに立っている。ひょっとして、それは、わざと騒音《シュム・ガーム》を起こそうとしているのかも――森に潜む敵〔の待ち伏せ〕を攪乱するために。

大量の輜重《しちょう》が次々と運ばれていった。そして今、蓄音機を積んだ最後の荷馬車が通過した。蓄音機のラッパ。見えなくなったかと思ったら、また〔頷くみたいに頭を振っている〕。ミーシャはふと思った――なんて馬鹿な、自覚のない兵隊だ。（それから叔母のナターシャ・イワーノヴナのことが思い出された。それと来世――いやそんなものは存在しない。森ではあんな喜ばしい生活が可能なのだ。死とはどんよりした空……生活……しかし意識的に〔口に出してみる〕――自分はニンゲンだ。ニンゲン、ふむ、確かにこれには誇らかな響きがある。＊そうだ、思い出したぞ。苦もて苦を

＊　ゴーリキイの戯曲『どん底』（一九〇二）の引喩。「じっさい、ゴーリキイがあっちでもこっちでもやたら感嘆しまくって使う、例の大文字で始まるニンゲン（Человек）というのは、何なのだ？」同様の当てこすりは一九二六～二七年の日記にもたびたび見られる。

……そうだ、思い出した――『死もて死を正せ』だ……

負傷兵たちはもちろん、将校に取り入ろうとする。

「ただいま回線を撤収中」――命令を受けた電信手たち。それで一方からはドイツ人たちが入ってきて、もう一方からは電信手たちが出て行くところ。

爆破専門の師団の大尉はこの土地の出だ。

この森林地帯の至るところにドイツ軍が潜んでいる。しかし四名の兵士はそれでも、軍団〔数個師団ないしは旅団から成る〕が全滅したことを知らずに捕虜（数百名）を引き連れていた。百露里を超えたところで通信が途絶。だが行軍続行。まことに通信手こそいのちの回線だ
その電信手が焚火のそばで何やら思案中である。この自分に臆病風に吹かれるどんな権利があるというのか。苦もて苦を、だ。簡単な話じゃないか。彼は、薬局や包帯所を回っているあいだに輸送の隊列の通過をことごとく見過ごしてしまったのである。

薬局ではみなが服も脱がずに眠っていた。

輜重輸送の車馬の列。連隊、歩兵部隊による突破。自動車に腹を立てる大尉、ラッパ頭を振る蓄音機。破壊された橋梁はどこもめちゃくちゃになっている。

公爵。陽気な楽天家、喜色満面である。彼はカザーク兵が好きだ。ウィルヘルム〔ドイツ〕軍下の森で鹿を七頭撃った、と。

戦場でのさまざまなポーズ――両手を挙げている者（重傷者も似たような恰好だ）、銃剣が突き刺さったままの者、腕に包帯を巻こうとしている兵士。森の中の敵軍の塹壕にはロシア兵が、自軍の塹壕にはドイツ兵がいて……穏やかな顔もあれば、怒った子どもみたいな表情もある。

住民への態度。鳩の喉はみな掻き切ってやらねば。

ピョートル・ロマーノヴィチ・マーリツェフはサラートフ野戦病院の主任医師。

チフス患者用の列車に乗っていたのは二羽の看護婦鳥（秘密の目的は騎兵隊への入隊だという）。ひとり（妊娠腹のデブ）は直立不動の姿勢をとって言う――「前進、前進、自分に何ができるかわかりませんが、ただ前進あるのみです！」もうひとり、ずっと大人しいコキジバトは妊娠腹の影響下にある。敵が盛んに撃ってくる。緑色の兜が見える。兜の男が手を伸ばして何か言い、それから双眼鏡をちょっと前にずらした。禿げ頭が、不快なブロンドの禿げ男が立っている――ただ禿げてるだけの男。

予備役の夢
「榴散弾で負傷した夢を見たよ」

「おれは捕虜になった夢を見た」

「おれなんかずっと退却ばっかりしている」

「あたしは捕虜たちの食事の世話をしてたみたい」

兵士は、捕虜になったドイツ軍の将校を連れている。将校は靴が脱げそうになる。それが恥ずかしくて仕方がない。

「Meine Stiefel!（靴が！）」と将校。

「いいから歩け！」兵士が言う。

兵士は勝利者なので微笑さえ浮かべているが、こんな場合、そういう態度はどんなものか――靴がずり落ちて脱げそうになっているというのに。兵士は将校が気の毒になった。巻き煙草をやろうとしたが、落としてしまう。将校はそれを拾うのが恥ずかしかった。兵士が拾い、改めて差し出す。気まずさを避けようと、わたしは何か食いものをやろうとする。と、誰かの囁く声――

「ペテルブルグでも朝飯を要求したぜ、あいつら〔捕虜〕」

ユダヤ人――土壌を失くした人たち。根がむき出しの水耕栽培の植物のような人びとである。彼らの美しくない根っこがそっくり見える。ほかの人間の根は見えないのに、彼らのそれはむき出しだ。

サラートフ野戦病院長のグリプコーフ（スチェパン・アレクセーエヴィチ）。

グロドノの赤十字特別全権委任のクラーキン公爵と全権委任のクロポートキン公爵――一方は相手の欠点を、一方は相手の美点ばかりを見ている。

サラートフ野戦病院の下級医師モイセイ・ラーザレヴィチ・エプシテイン。

グロドノ駅にすべての軍人が集結。中にひとりの小さなユダヤ人の子。この子がまたなんだか赤い火花を放つ黒ダイヤのようなのである。きらっと光って、ときどきぼっと小さな炎を上げたりするが、それでも自分〔の立場〕というものを忘れているわけではない。

男だけ！　すべて男性的なものばかり。女性的なものは心理的に除かれていて、今も、なかなか恰好のいい兵士がわたしに敬意を表するので、こちらもそれに応える。するとまた敬礼をし返す。あれは何なのか？　わたしたちは輜重隊に追いつく。するとさっきの兵士がまた敬礼だ。それが何度も何度も、にこにこしながら。あれはどういうことか？

戦略本部
攻撃はいい――すべてが見えてくる。だが退却はあっと言う間。三日して、気がついたら元の場所にいた。

シーヴェルスの第二軍。東部方面突破のための配置換え。その代わりがニルトケーヴィチ。第二軍団はフルーグ将軍。

「わしらのとこでは戦闘が起こらないことを、なぜあんたは知ってるんだ？」

閉じられたドア。遠くにいれば、いよいよ強くいよいよ深く、好きな人の顔？ゆえに苦しむことになる。

　何もかも見渡せる。列車が走っている。将校用の車輌の車室での話題は戦闘だ。ネマンの対岸の、海抜百十三メートルの丘の上（そこが参謀本部）ではパニヒーダ〔死者のための追悼供養〕が行なわれていた。

　現地の幕僚たち。地元住民も追悼式に出ている。

おおよそこれは攻撃のほんの足がかり、梯子の毀れた段のひとつにすぎないが、あまりに小さくてふだん誰も気づかない――そんなふうに思われた。それは単に示威的な、これ見よがしの戦闘だった。

　ドイツ軍は、湖畔の隘路に集結した。退却は避けられなかった。あらゆる兆候から、彼らの撤退にはかなりの時間がかかるように思われる。指揮官たちは是が非でも有利な拠点（市街、アパートその他）を確保したかった。

　槍騎兵は第一側翼《フラング》の保持に向かう。煙草が支給される。四時までに攻撃態勢に入ることに。

　第一軍団は持ちこたえているが、七三師団と五六師団はともに降伏だ……

　偵察兵〔斥候〕――素早い、思い切った行動に出る。

　将校たちの車輌では――

「〔ここの住人たちが〕可哀そうでならんよ。何かを期待しているんだからね。でも、どうにもなるまい」

「どうしてそう思う？　税金を下げてやればいいじゃないか」

「しかしそれは……」

「たぶん、下げるだろう」

「お言葉ですがね、僕が欲しいのは平和なんです。真っ平だよ。もうこれ以上戦うのは嫌なんだ。女房がいま死にかけてるんだ……」

　プリシケーヴィチの部隊の義勇兵（民兵）は、こと輜重、経理部の仕事、商い、エタップに関してはじつに多くを知る黒百人組〔極右反動集団〕の組員で、特別無賃乗車証の〔一語判読不能〕、あらゆることに対応できる男である。

人びと
　ミハ〔イル〕・ミハ〔イーロヴィチ〕・ゲラーシモフ――〔二語判読不能〕駅、河谷《ドリーナ》――一点に集中して、まるで全世界がゲラーシモフにしがみついているといった感じ。

　黄金の軽騎兵の曰く――

「スラヴ人はふにゃふにゃしてるが、奴ら〔ドイツ人〕にはプリンシプルがある」

　ドイツ人論が白熱。

　砲兵――書斎型人間とモノの配置の思想……

　シベリア歩兵連隊の赤鼻大尉――「われわれは歩兵なり」と、これぱっかり。

偵察隊たち——槍騎兵は〈遅滞なく行動している〉と。カザーク兵たちは最後になって、市の爆破された橋の前で引き留められ、ようやく夕方近くに、市街に入った。まだ暗くなる前に〔退却中の〕敵を捕らえ痛めつけたいと思っていたが、彼らを通りで出迎えたのは巨大なバリケード——山のように折り重なった馬の死骸だった。退却するドイツ軍が、当てにできない〔役立たずと判断した〕馬たちをすべて撃ち殺していったのである。カザーク兵が馬の死骸をどけているあいだに、あたりはすっかり暗くなって、追撃は不可能になったが、わずか数百サージェン先では、ドイツの電信手たちが電話線を回収しながら脱出しようとしていた。時を同じくして、町の反対の端から、〔枝〕や杭に電話線を架けながら、ロシアの電信手たちが入ってきた。

すでに街道沿いには大小さまざまの車場や救護所が出来ていて、あっちもこっちも巻毛を突っ立てたロシア軍のゲオールギイ十字勲章所持者たちで溢れ返っていた。そう、チェーホフの心にヴァイオリンの灰色を——当然ながら〈永遠の第二ヴァイオリン〉であるあの灰色を吹き込んだカヴァレールたちである。いま彼らはいずれも、浅黒い、日焼けした顔をし、分厚い兵隊外套を着ていたから、ついこの間まで小さな駅舎に屯《たむろ》していた兵隊と同じ人間とはとても思えなかった。

カザーク兵も電信手たちも闇の中でごちゃごちゃになっては見分けがつかないが、動揺する住民たちの暗い家々を回って秣《まぐさ》と宿を探す者、〔命令を伝えながら〕小槌のようなものでそこらを叩いて回る者、街灯に火を点ずる者、水道を修理する者——いろいろだ。

薬局の前で電信手は電柱によじ登らなくてはならなかった。登った電柱の上から二階を覗くと、明かりが見えた。大きな部屋で、品のいい家具が備え付けられている。人影はなかった。電信手はふと思った——「ああ、あんなとこに泊まれたらなあ、たとえひと晩だけでも！」

作業を終えると、彼は用心深く薬局のドアを叩く。誰も彼のために扉を開けてくれなかった。仕方がない。立ち去ろうとしたとき、なぜかカザーク兵のことを——どっかで失くしたゲオールギイの、ぼろ同然の二本のリボンだけを後生大事に持っている民兵のことを、思い出した。誘われるままにやってきたカザーク兵は、拳で思いきりドアを叩くと、叫んだ——「おおい開けてくれ。さもなきゃ戸を叩き壊すぞ！」

すぐにドアが開き、ケロシンランプを手にした、顔色の悪い女が出てきた。

「うちには家族がいます。病気の夫と祖母《はは》と子どもたちが……」

カザーク兵と通信手は〔信じられんといった表情で〕ちらっと見合った。町を占領したその夜に、自分の部隊からこんなに離れたところに宿を借りるのは、危険すぎないか？

亭主である薬剤師が出てきて、ふたりを暖かい部屋（ベッドが二つあった）に通すと、言った――「ドイツ兵が去ったので、こちらも嬉しいのです。きれいなシーツをあげましょう」

きのうこのベッドにはドイツ人の薬剤師とその助手が横になったのである……

台所で老婆がサモワールに火をつけ、テーブルの用意をしながら、何かぼそぼそ言っている。ドイツ人たちは――これは第一印象だが、長居する感じではなく――すぐに横になったという。ベッドのまわりはドイツ語の新聞だらけで、刷られたばかりのものもあった。（一語判読不能）の鏡面反射。

翌朝、城館に病院が移ってきた。カザーク兵と電信手は自分の部隊に戻った……

その町の名はマグラーベン〔未詳〕（一語判読不能）。

マグラーベンに滞在――陣地戦。

電信手は野戦病院用の建物を確保する任務を負っていた――それを、強制によらぬ、あくまで〔自覚的な〕自主的な任務と心得ていた。


オートバイがのっぺりした街道を素早く駆け抜けたが、ゲラーシモフはここずっと自分が高い山を登っているような気がしている。疲れてもうへとへとで、とうていそんな高いところまで登れないことは自分でもわかっていた。肝腎なのは、自分が何のために登っていくのかわからないということだった。こんなことがなければ、自分はもっとちゃんとした暮らしが出来たはず。手柄なんか立てて何になるのだ。そんなものは欲しくないし、山になんか登りたくない。なのに、モーターの爆音とともに、山頂をめざしてどんどん登っていく自分。何のためだ?! 麓には、自分の後方にはしかし、訳のわからぬ〔不可解な〕マスと呼ばれる多くの人間がまだいっぱい居残っている――なぜかそんな気がして仕方がない。

彼は自分に言い聞かせた――必要なのは〈自覚的な〉〔行動〕、敵軍粉砕の〈個人的な〉打開法を見出すことだ。電話線を電柱に架け渡すことができれば、それは大きなひとつの達成――背後の無数の人間たちに関係を築くことなのだから。いずれにせよ（一語判読不能）は血と血のつながり。

つながりとは、文字どおり〈繋げること〉、伝えること。新聞で知る戦争と内側から見る戦争との比較によって伝えること。これが報道の役割。まだ個々の段階にすぎぬのに、これがすべてであるかのように装った報道がある。

結婚のために戦争が終わるのを待っている医師。

「しかし、ドイツの奴らは粉砕しなくちゃならんでしょう」

「何のために彼らを粉砕するかって？」

そう言ったのは、医師ではなく、移動病院の経理課長――ふだんは口数の少ない元の掌帆長（ツシマ）[*1]と、そのそばにいた看護婦である。ふたりはいつも同じ意見だ。郵便局の階上《うえ》が予備役たちの部屋になっていて、男性の部屋は女性の部屋の奥。無口の経理課長がまた言った――

「何のために彼らを粉砕するかって？」

「捕虜か死か。死ぬほうがまし。でも、どうでもいい、同じことだ……あなた方は（諸君！）はおわかりでないようだ。囚われの身になったら、人間に何が残るというのです、自分の体は自分の言うことを聞かない、ぼろみたいな肉片が骨の上でぶらぶら揺れて、つまり、どうでもいいんだ、同じことだよ」

森の中では自動車が真っ先にドイツ兵の中に突っ込んだ[*2]――それきりだ。が、輜重隊はぞくぞくと後に続く。〔兵士たちが〕歌っている。通信手たちも〔通過した〕。巻枠が枝に固定されて……焚火……歩哨が立っている。スピリドーノフも火のそばにいた。

ヒトがヒトに触れて火傷《やけど》する（互いに勢力圏を侵して）――薬剤師。

道――森の中のお墓。結束機〔穀物を束ねる機械〕が煙を吐いている……少年の戦闘……

次第に森の中へ。輜重、軍隊、通信手……スピリドーノフが死んだ……狼たちは森へ入っていく。血の気のないベロルシア〔白ロシア〕人。人間の死を自然の絵画の中で展開さす。

塹壕生活。朝、バケツが鳴ってお茶の時間……それが習慣になったので、お茶の時間にドンパチはやらなくなった。塹壕のヒーローである赤鼻の歩兵大尉とミチューハ〔下級兵たちの蔑称〕。ひと騒ぎあって、ドイツ軍は後方へ。

半年間、町は活気に満ちていた。老婆がひとり外へ出てきた。ついに春の到来か〔しかし今は冬！〕。物を担いでどっ

---

*1　どうやら彼は日露戦争（一九〇四～〇五）で、日本海海戦（対馬沖――〇五年（明治三十八）五月二十七日から二十八日にかけての）を経験した人のようである。ロシア海軍の分艦隊の掌帆長（甲板上の用具・備品の総責任者）の意。
*2　この一行は、「株式通報」紙（一五年四月と七月）の記事に。見出しは「アウグストフの森（干戈の響き）」。

かへ向かう人びと……ゲラーシモフは兜を横っちょに。退却だ……彼らはみな町の住人だった。〔城館〕は今や野戦病院である。小鳥みたいな看護婦たち……

ゲラーシモフはよくわれわれのところにやってくる。ベニヒワ（カザーク兵）。退却が手間取る。しんがりは通信手たちだ。保弾帯をみなはずしている。

瀕死の傷を負った兵が塹壕へ飛び込んで、息絶えた。つのる恐怖。教会〔カトリック〕から少し離れている病院。負傷者にはまず入院治療の準備をさせ、包帯所へ送ったのち収容。スピリドーノフはその段階でこの世とおさらばしたのだ。〔従軍司祭の〕ネーストル〔ノーヴゴロドの修道院長〕と顔面蒼白の将校が姿を見せる……薬剤師の女房のコニャック、小さな脚付きグラス……）

さっぱりした顔の負傷者。何か言いたげで――自分の体験を他人《ひと》に話したくてたまらない様子。誰かに言おうとするのだが、痛みがそれを許さない……駄目だ。

ポーランド女。テーヂク……人間のこと祖国のことで言い合う。ポーランドのカトリック僧と彼と一緒の人――彼らが何を言ってるのか理解できなかった。昔の平和な時代を心にイメージする……と、そこへ爆弾が降ってくる……

「人間はじつに嫌悪すべき生きものだ、なんにでもすぐ慣れてしまう」

「あなたたちにはわたしの言っていることがわからなかった――人間はなぜ嫌悪すべき存在なのか。わたしはこう言いたかったのです――人間は慣れないわけにはいかない、人間が悪いわけじゃないんだ、と。ああ、わたしは自分の人生について語ることが山ほどある、いっぱいいっぱい話さなくてはね。こうして年老いて、あとは何も――幸福なんてありますか？　幸福の尺度は幅（広さ）ですが、不幸の尺度は深さですよ。幸福な人間にはどこかしら欠けたところがあるんです」

「不幸な人間にも、何かわかってないところがありますわ。不幸な人間にもね……あたしは不幸な人間にはなりたくありませんでした。でも、もうちょっと幸福になりたいです、今は不幸ですから」。テーヂクは前線基地で本を読んでいる……

大尉は上の棚に横になって手紙を書いていた。棚が体の重みで折れそうになる――危ない。戦争の話になった。「みんな嘘をついてるのさ」と大尉。「わしは何も知りたくない、聞きたくない。わしが聞くのは自分の曹長の話だけだ。命令があれば遂行するし、命令がなければ待機している」

市中の軍人たち。わたしは今、戦争が不幸そのものを意味する人たち〔農民〕を見るような目で、兵士を見ている。

そして農民も戦うのだが、彼らは、戦ううちに鉄の規律によって自由を奪われた、ぜんぜん別の生きものに姿を変えてしまう。この規律の中にいると、その規律自体が自由な人間にとっての〈神聖にして必要不可欠なもの〉になってしまうのである。

しかしながら、生々しい現実はわたしをまったく別の都市型の兵士たちとめぐり合わせた……その兵士たちは英雄《ヒーロー》と呼ばれているが、それは、彼ら自身が自らをヒーローと認めない、もっと正確に言えば、ヒーローたることをまったく自覚しない限りにおいて、なのである。われわれが彼らに見惚《と》れる条件のようなものを挙げるなら、それは、おのれの勲功を口にせぬこと、その謙虚さ、自らが為した偉業の意味を解さぬこと、である。

しかし、それを目にするのは戦場を措いてはあり得ない。なんとなれば、その兵士は自分の家に近づくにつれて、ぜんぜん別の人間になって、いろんな話を始めるからだ。彼の話は、どんな物語も現実と異なるように、真実とはかけ離れている。わたしはあるとき、戦闘のあと直にあのクリュチコーフ[*1]に会ったというジャーナリストから、こんな話を聞かされた——有名なその軍人、じつは自分が何をしたのかぜんぜん憶えてないのだという。わたしが話を聞いて回った大勢の兵士たち——もちろん敢然と敵陣に切り込んでいった連中だが、そこですら〈自覚的な〉人間には出会わなかったのである。人は〈英雄《ヒーロー》〉という言葉についてさほど真剣には考えない。何かのついでにふと思ったりするものだ。世界の偉大な書物は、ヒーローという言葉をその概念とひとつにしようとしてきたわけだが、本当はその逆で、それは沈黙とひとつになるものだったのだ。そう言えば、わがブィリーナの英雄豪傑たち[*2]も、余計なことは何も語らず、やはり沈黙を守っている。

〈われらが英雄〉が意味するのは、一個人ではなく、どうにも抑えがたい盲目的で無意識的な行動の一モメントなの

＊1　クジマー・クリュチコーフ（一八九〇—一九一九）はドンのカザーク。一四年にゲオールギイ勲章を受けたロシア軍の最初の英雄（前出）。

＊2　ロシア民衆の間で古くから伝承されている一連の叙事詩（口承文芸）をブィリーナと、そこに登場するヒーローのうちでも天下無双の豪傑たちをボガトゥイリという。キーエフ公ウラジーミルに仕えるイリヤー・ムーロメツ、ドブルィニャ・ニキーチチ、アリョーシャ・ポポーヴィチなどが代表的な勇士。

である。

　四十人ものゲオールギイ受勲者が通過していったが、みなどことなく似通っているところから、大尉は彼ら全員をひとしなみにミチューハと称している。

　彼らがゲオールギイを手にしたのではない、ゲオールギイのほうから彼らのところへやってきたのだ。それは、われらが意識〔自覚〕を育んだ良きタイプ、最良の兵士によく見られた典型だったのだが、時代が変わり、大都市の生活に大衆《マス》が流れ込んで人間そのものを変えると、やがて都市型の兵士というものが出現した。戦功は彼らにとって最終目的であり、それとともにゲオールギイは恩賜としてではなく業績となった。灰色一色の兵士たちのうちでも、東プロシアの前線で出会った四名の兵士のことがよく思い出される。彼らはみなゲオールギイを所持する自覚的な兵士たちで、並はずれた才能の、非常に活発な、機転のよく利く都会出の貧困階級出身者——要するにペトログラードっ子たちだった。

　偵察兵。二等クラスの車輌の通路に将校たち——参謀部か中央管理局付きかは憶えていない——が屯していた。ひとことで言うなら、戦闘要員ではなく、軍の形式主義〔杓子定規〕に文句ばかりつけている連中だ。にもかかわらず、彼らのそばには、手を後ろに回しこちらに背を向けた恰好で、志願兵がひとり、立って何か話していた。将校たちは恭しいというか、ほとんど取り入るような態度で、聴き入っている。そんな光景が目に飛び込んできたので、わたしは、その理由に興味を抱いた。と、急に志願兵が振り返った。見れば、彼の胸には四つのゲオールギイ！　ははあ、これが理由だなと、すぐに納得した……志願兵は砲兵だった。砲兵隊が砲兵隊を捕縛するという前代未聞の珍事とか、ある上官〔について〕の噂が話題になっている。「あの方は金のサーベルを授けられたのですが、でもあれはいったい何に対しての褒章なんでしょう？　前方に偵察兵がいて、わたしが彼に合図を送る、ま、それが〔自分の〕務めなわけですが……」

　もうひとりの志願兵は、騎兵（プロの猟人）だ。偵察兵たちが言い合いを始める——でも、こんな仕事がほんとに面白いか？

　真の勇士《ルバーキ》は躊躇《ためら》わない。

　槍騎兵——煙草を〔貰う〕。

　少年兵ヴラーソフ。

　道路の分岐点。ギーブィのアウグストフの森の道は放射状に分かれている。一本は街道で、森のいちばん端のところを通っている。ドイツ軍に占拠されており、じっさい二つに分かれている。一本はほんの小さな分岐点で、そこの窪地に輜重が集まっている。電柱のそばでは、将校たちが議論の真っ最中。右側は危険だと主張する者がいれば、いや左の方はもっと恐ろしい、と。大勢は左の道に同意し、輜重の山はその方へ突き進んだ。〔追い抜こうとして〕互いに押し合いへし合いし、ときどき停止したり。

　アウグストフには、敵側に占拠されている、誰も知らない道がまだあった。ここはアウグストフなのか？　考え考え、左側の道を進んでいく。自動車が出発したのも、同じその道だった。

〈ノートの余白に〉――ロプーヒン（赤十字）。彼が味わった恐怖を描くこと。最も厭うべき人格のうちに恐怖の真実を発見すること。全員が虜囚の身となる運命だったのだが、そうはならない、なったら銃剣でひと突きだ。おそらくそうだろう。ロプーヒンは弾かれた絃みたいに〔全身を震わせている〕。この男はドイツ的なる《ニェメーツコエ》ものに首ったけなのだ。

　一、電信手スピリドーノフ、衛生兵の部隊と出会う。公爵、医師、看護婦たち、配属兵一名。〔振られている番号は一だけで、二以下の数字はない〕

　町、カトリックの教会、病院。大尉の言葉――自分は曹長の言うこと〔声〕しか聞かないんだ。

　負傷したドイツ兵。槍騎兵に煙草をやった。

ドイツ人。砲兵、六門の砲がみな陽を浴びてキラキラ輝いている。将校、双眼鏡を持つ手を振って、進めの合図――そっちだ、いやこっちだ〔こっちへ来い〕。

　道路のことで言い合っている。輜重と同じ道がいい。わが砲兵隊は左の道を退却し始めた。輜重隊は左へ、自動車〔が出発したの〕は右の道。

　自動車はその道を飛ぶように走り出す。森、阻塞、看護婦、公爵、負傷者たちの死……

　ロプーヒンは脱走を図った。ずぶ濡れで、ドイツ兵の軍服を着ている。捕虜になりたかったのだという。ロシア兵が彼を〔捕まえた〕。十名のロシア兵が百名のドイツ人捕虜を引き連れていた。捕虜の移送――オオカミども……通信手段もなく任務を続けている。

　分岐点でその道へ曲がった。全員通過し、森が静かになると、通信手たちは森に分け入って、枝々に電話線を架け始めた。

　スピリドーノフ。焚火のそば。カトリックの教会で〔鐘が〕鳴っていた。老人が鳴らしている。彼〔プリーシヴィンは自分を作中人物のように描いている〕はふと、〈死もて死を〉という言葉を思い出した。しかし、あれは老人が撞いているのではない、でも、それが真新しい《ノーヴォエ》ことであるのは明らかだった……ノーヴォエ？　何のことだ？　人間……でも人間なんて、少しも新しいことではないではないか……彼は公爵と看護婦たちの遺体にぶつかった……火が見える。傍らに男がいるが、鼻を齧られた男だ。続いて塹壕があり、そこから声がかかった。軍服を着たドイツ軍の将校が横たわっている。続いて、連れられていくドイツの捕虜たち——まるで殺された人間の表情である。死者たち〔だった〕が、彼らの中に何か新しいものがあって、生き生きとしている。悦ばしい感情。苦もて苦を——あれは失神しているだけかも。〔一語判読不能〕。村の教会の鐘が鳴っている——〈死もて死を〉、大地は傷だらけ。そしてこれら数百人もののも言わぬ人間が無個性に見えるのは、彼らが苦もて、無個性な苦もて一切を〔為してきたために〕、個の苦が万人のためであることから、無個性なものに見えるのである。彼らは苦を苦と感じない……一人びとりがそうなのだ。一人はやはり万人のためにあるのだから。また教会の鐘が鳴りだした。撞いているのは老人だ。通信手たちが歩いている。彼らは死体のそばに転がっていたアルコールを見つけ、みなしてそれを回し飲みした。死人は微笑んでいる。ああこいつ、死の世界にも生の世界にも顔を向け、どっちがどっちを邪魔することもなく笑ってやがる——そう兵士たちは思った。しかし、それと昔の〔三語判読不能〕とをごっちゃにしないために、死人は同じ言葉——〈ニンゲンだ、ニンゲンだ！〉を繰り返していた。

すべてを見届けたあとに、スピリドーノフが言い遺していったのは唯ひとつ——ドイツ野郎を粉砕しなくては、だった。そしてその最期の言葉は、次なる人物によってぐらつかされたのだった。ツシマの英雄〔移動病院の経理課長、前出〕は、何も言わず、黙々と仕事をこなしていて、いつもそばには中年の看護婦が寄り添っていた。二人はいつも一緒で同じことを思い同じことを考えていたから、何ごとも〔すべてが〕彼ら次第なのだった。

瀕死の将校が運び込まれた。若くて美しい、意地の悪い男——来るべき死をまだ知らずに、ただもがいていた。医師は彼のまわりをめぐるばかりで、体に触れる決心がつかないようだった。看護婦がお茶はいかがですと言うと、凝血した唇がひらいて——

「ほっといてくれませんか！」

コニャックを二本持っていたのを思い出したので、わたしは訊いた——「コニャックはどうかな？」

「ください！」将校が言った。

すると、軽傷の将校たちが屯していた部屋から出てきた赤鼻大尉が、わたしに向かって叫んだ——

「おたくはコニャックを持ってるんだ、なんでまた今まで黙ってたんだい！」

わたしは急いで自分の宿舎になっている薬局に戻る。そしてコニャックの壜を両ポケットに突っ込むと、開いている薬剤師の〔女房の〕食器棚から（棚にぎっしりときれいな歯みたいに並んでいた脚付きグラスのうちから）小さいやつを二つばかり失敬した。そのとき、青白い顔をした女房が台所に入ってきたので、わたしはきまりが悪かった。でも女房はうわの空だった。

「教えてください、もうギーブィへは自由に行けるのですか？」

どうしてわたしにわかるだろう。早く向こうへ行ってくれ。こっちは急いでるんだ。死にかけた人間にコニャックを一杯飲ませてやらなきゃならないんだよ。おもてに飛び出す。わずか数分の間に、事態は一変していた。どんどん近づいてくる黒雲。ひゅーっと風のひと吹き、ついで大嵐がすべてを――静まっていた輜重をも押し黙っていた人間たちをも、それこそ一切がっさいを――一気に吹き飛ばしてしまったような。誰もが忙しく駈けずり回っていた。が、それでもことさら浮き足立っているというのではなかった。

包帯所にいる負傷者たちはまだもう少し落ち着いていた。彼らは将校用の部屋へ工兵大佐の様子を見にいった。「大佐の額、大学教授みたいに広いですね」――そう言ったのは、若い軽騎兵。

赤鼻大尉が話をしていた。

「そうだよ、もう五十路だ。ふふ、どうやらやっと成年に達したらしい……」

「すごく太ったドイツ人が前方を行くんだ。で、そのあとから電話線の巻枠を運んでるのが五人ばかり……」

わたしは瀕死の将校の方へ。驚いたことに、死にかけていた若い男は毛布の下から手を伸ばすと、ぐいと一杯、飲み干した。なんとも素早い。まるで名の日の祝いの席にでも着いたようだ。

「もう一杯？」

彼は黙っている。赤鼻大尉の話はまだ続く。

「わしらは奴らを百歩くらい呼び込んだ。そして一斉にぶっ放した！　二人ばかり倒れ、残りは逃げた。わしらは突進する。ドイツ兵が死に、馬が二頭〔死んでいたが〕、もう一人がなかなか見つからなかった。太った奴だ。みんな見てたんだ。馬が倒れ、鞍からデブも落っこちたはずなんだが。一分足らずの間にどこへ逃げやがったのか？　あたりを見回すが、どこにもいない。溝を覗く。いない。でも考えてもみろ、あんな奴がそうそう死なずにいるわけはないんだ。案の定、仰向けになってくたばってやがった――口の中に壜を突っ立てて。まだゴボゴボ音がしていた。そのとき、わしは思ったのさ――奴は〔死ぬ前に〕ひと壜ぜんぶ飲み干したかったんだな、とね」

「さあ、こっちもやるか！」

並んで順番に一杯ずつ、のつもりだったが、あっと言う間に壜は空っぽ。最後の一杯を楽しんだのは、無傷の、ぜんぜん達者な工兵と軽騎兵だった。

「どうして行っちゃうのかね、もう一本あるんだよ。ちょっと待って」

引き留めようとしたが、彼らは別れの挨拶をして出ていった。続いてドカーンという爆発音……

「チェマダーン〔大型砲弾〕だ、チェマダーンだ！」

誰かの叫ぶ声。みなして外に飛び出す。〔病院〕前の路上に横たわっていたのは、今さっき出ていったばかりの工兵と軽騎兵。〔工兵〕大佐がこれまた妙な恰好で倒れていた。笑っているような顔。軽騎兵はと見ると、ひょいと立ち上がったので、そのままこっちへ歩いてくるかに見えたが、すぐにガクンと膝を落として、頭を壁にもたせかけた。

また通りに〔青ざめた〕薬剤師の女房の姿――

「ああ、お願いです。ギーヴィには行けるのでしょうか、道路は自由に通れるのでしょうか？」

前を走る者、それに続く者。

公爵――もうお仕舞いだ。うまく脱出できるだろうか？

「包帯はもういい！」公爵が声を張り上げる。だが、医師たちは巻き続けた。

軽騎兵が腰かけている――足を伸ばしたまま。彼にも包帯。傷口が開いてきたのだ。傷ついた動物。ゴリラというあだ名の衛生兵がその動物の前に立っている。それと絶世の美人看護婦（美女と野獣）。もうほとんどおとぎ話の世界である。

わたしは一分もう一分と指折り数えながら待っている。恐怖だ……でも、それが何なのか、恐怖なのか憂悶《トスカ》なのか、わからない。

ドイツ兵が残された……われわれにも彼らを捕まえようとのもくろみがあったのだ。しかしそれにしても、なんでこんな奴を残していくのか？……そのあと急に思い返した――あれは置いていったほうがいいのだ、と。公爵が全員を自分の自動車に呼んだ。わたし、〔わたしの同行者である〕工兵、それと負傷した軽騎兵。

十字架。（一語判読不能）を目で送りながら。女がひとり、こっちへやってくる。

「ねえほら、見て。閣下たちはお互いに席を譲り合ってるわ！」

いま思い出したが、わたしが他人の戸棚から無断でグラスを拝借しようとしたとき、たしかテーブルの上にもう一本酒壜が置いてあって、〔捕虜の〕ドイツ人もそれを飲んだのである。
ギーブィ。師団本部（スレサレーンコが藁しべで茶をかき混ぜている）。お茶は医師の所有物だ。負傷兵は徐々に退院していく。看護婦は何かを洩らさず詳しく書き込んでいる……と、そこへ近づいてくる射撃音……分岐点……負傷者五名に犬二匹。

英国びいきであるΠ《ペー》と、クロポートキン公爵――こちらはドイツびいき。公爵の口から出てくるのは、秩序の思想、モノの配列について。移動病院の経理課長（〈ツシマ〉の元掌帆長）と看護婦。彼は、他人の余計なことばには沈黙で応えることにしているようだ。移動式テーブルに向かって、いつも何か考えている。そばに看護婦がひとり……ふたりが囁き合ったりしているところへ、「滅菌器《ステリリザートル》を！」などと叫ぶ声が飛んでくる。ふたりが話に夢中だと、まわりの者はみな聞き惚れてしまう――そんな噂〔互いに愛し合っている〕があるほどだが、わたしには何も聞こえてこなかった。彼も彼女もわたしにはどこか厳しく対しているように思われた。その後しばらく彼らとは会わなかった。間を置いてまた顔を合わせたとき、彼らはわたしに、親しい人にしか見せないような、愛想のいい微笑を浮かべた。それで、彼の方から（……自分の方からもだが）少し打ち解けて、四方山話ができる雰囲気になったとき、〔直接彼に〕訊いてみた。

「それでもやはりドイツ人は粉砕する必要があるわけですか？」

彼はしばらく考えていたが、急に思い立ったように――

「でも、なぜまた、彼らを粉砕する必要があるのでしょう？」

看護婦のマーラのこと。

「閣下、わたしは見つけましたよ、自分の寝袋を！」*

彼女〔マーラ〕は森の中で凍死寸前の状態で発見された。半壊した自動車の中。看護婦を公爵は自分の車に乗せなかった――あまりに人が多すぎて。

徒歩と車で全員通過……

雪を軋ませて巨大な車輪が回転していく。続いてもう一台、さらにもう一台。その奇妙な響きが何かを連想させた。そう、それは戦闘でも攻撃や撤退の音でもない――さまざまな色の音調《トーン》を空に打ち上げる狼たちの遠吠えのようだっ

＊　これは二月二十二日の夜、前線に近いグロドノに着いたときのプリーシヴィン自身の言葉。なかなか自分の寝場所が確保できなかった。相手〔閣下〕はロシア赤十字社の公爵。

た。そのとき森に入っていったのは通信兵たちである。枝々に電話線を架け柱を立て……各自ばらばらに突き進む。警備のために後方に留まる者、火を焚く者……ひょっとすると、彼らが通過したあとで、電話線は待ち伏せしていた敵に切断されるかもしれない。〔数語判読不能〕。人気のない森を貫く細い電話線。スピリドーノフは藁にも縋る思いでそんな一本の電話線に目を凝らしていたのだ。

白き狼（クロポートキン公爵）〔白き狼はあだ名か〕がわたしに、英国製の煙草をいただけないかと言う。わたしの小さなパイプですぱすぱやりながら車に乗り込むと、いかにも名残惜しそうにパイプを返してよこした。どうしようか？　簡単なことさ。「わたしも乗せていただけませんか？」——「どうぞどうぞ！」それで決まった。

こうしてわれわれは出発した。

グロドノ。テーヂク。ポーランド女。主計官〔じつは野戦病院の経理課長だが〕の恋。幸せはあるか？　幸福を測る尺度は横だが、不幸の尺度は深さであるとか。

捕縛の恐怖。イワン王子、県知事。戦争で生き残るのは獰猛な連中と聖人たちである。

一九一六年の日記

▼一月十一日

　田舎〔故郷フルシチョーヴォ〕で、ささやかな仕事〔農事〕を始めたとたんに、自分は姓を無くしてしまった。姓は、人びとがわたしの父や祖父を思い出し出自をはっきりさせるためにだけ呼ばれるのである。わたしはもっぱら名前と父称あるいは父称だけで呼ばれ、そのうち父称から勝手に姓が作られてしまったりした——ミハイル・ミハーイロフといった具合に。そのミハイル・ミハーイロフは頭のてっぺんから足の爪先まで睨《ね》め回され、性格が調べられ、財産《カピタル》についてしつこく訊かれ……そんなふうにしてミハイル・ミハーイロフはこの地の住人となった……

　遠く離れればなれになればなるほど、戦争の意味も一緒にどんどんわれわれから去っていった。今やわれわれは、自分の生存のためばかりか、より高度な何かのために戦っている。どこかで答えを見つける必要があるが、それはここではない。ここにあるものは作り直され、さらに高度なものに調整されなくてはならない。

　ドイツ人は——正しいというのではないが、その企図にはほとんど揺るぎない（神聖な）ところがある。だが、彼らが無意識的かつ自然なものを意識的に獲得するために、そうしたものがことごとく〔裏と表が〕ひっくり返ってしまうのである。

　意識を持つこと〔自覚〕。

　意図性なるものの出どころはドイツでありドイツ人なのだ。彼らにこそわれらがインテリゲンツィヤの流れの源がある。

　もうすぐ新年*というころに、わたしたちは、新年や戦争

＊　これは一九一八年まで用いられた旧（ユリウス）暦による新年。二十世紀に入ってから旧暦は新（グレゴリウス）暦より十三日おくれ。

について何かいい話を聞くためにザウサーイロフの教会に出かけたのだったが、老神父が語ったのは……卑猥な言葉についての説教だった。年端もいかぬ子どもまでが腐った〔堕落した〕言葉を吐く、などと。

エレーツ市の洒落た教会。

モダニズム様式の、商人ザウサーイロフが建てた教会。だが、神父は年老いていて、この恐ろしい時代に、それももうすぐ新年だというのに、何を説教するかと思えば、「年端もいかぬ…」などと言いだした、まったく。

エレーツの冬。

自前の大型荷橇に屈んだ恰好で乗っている全身これ霜に覆われたスキタイ人たち[*1]が、凄まじい勢いで飛び出してくる――これまた凄まじいばかりの罵言で雪道を開けさせながら。スケートを履いた男の子たちは市中を横断する歩道を滑りまくって川べりまで。魚を売る店が軒を連ねる横丁では、番頭たちが牛の尻尾で独楽《こま》を回して[*2]暖を取っている。肉屋街を轅《ながえ》を引きずったまま馬が暴走。

イギリス人に宛てた手紙〔未詳〕から――「わがロシアの主要な特徴は、人間が善悪の覚えもなく生きているということ、全社会体制が教父母的関係〔親しい人の登用・贔屓・情実〕の上に成り立っていること」

戦争はいつ終わるのか？

どんな馬を購入すべきか？　老馬か若駒か？

▼一月十二日

来年のためにやっておくべきこと。

一）著作の整理。二）地理の勉強（子どもたちと一緒に）を系統的に。三）〈軍事上の観察〉をきちんと整理する。四）フートルの整備。

主顕節のこと。

フルシチョーヴォはもうすぐ主顕節[*3]。自分を育ててくれた乳母《ニャーニャ》のこと、明かりを手に、白墨で門、戸口、柱に次々と十字のしるしをつけて回る彼女の習慣など、いろんなことが思い出された。人びとはまるで大昔の話でもするように、もうわしらの〔民衆の〕宗教はまったく消えてしまったと悲哀を込めて話す。主顕節の朝には、村人たちは何のためだか馬小屋に行ったものだ。そこには小さな十字のしるしが、牛小屋にも召使の部屋にも、とにかく至るところに遠い昔とそっくり同じしるしがつけられた。小さいころによく見かけたのと同じ十字のしるし。あっちにもこっちにも。そして今また、大きな荷橇の鼻っ先にその小さな十字のしるしがつけられている。

毎朝、夜明けに、陽気な歌とともに、窓の下を兵隊が通っていく。それを見て村の女たちはふさぎ込む。歌をうたう兵士たち、泣く女たち。ふと目をやると、若い娘が着物の裾でそっと顔を拭った。

エレーツの冬。

大きな荷橇をめちゃくちゃに吹っ飛ばす髭だらけの農夫たち。なんともかんともえらいスピードである。卑猥な言葉をまき散らして、まるでスキタイ人……

ツァーリが投機をやめるよう命じた。フヴォストーフ[*4]がこの命令を知事たちに、つまり首長たちに伝えた。首長は有名な投機家たちを全員集めると、投機をどうやめればいいかを彼らに問うた。

エレーツではなぜちゃんとした市長を選ぶことができないのか？　大都市なら首長は大臣しだい、小都市は県知事しだい、県知事は秘書しだい（秘書は〈碌でなしのフョードロフ〉）なのだ。こうした権力者のかたまりを図解すれば、悪魔《チョールト》の秘書（個人主義者、ペテン師）のザウサーイロフ――フョードロフ――ペトローフ（常任委員）――イヴァーニュシキン――ヴェトチーニンという繋がりになる……

地方人は何で生きているか？　もちろん政治だ！　それがわかる人間ははなはだ少ないが、よくわかっている人もいることはいるのである。あるとき、ほとんど名もない人物がわれわれのところにやって来て、運輸事務所というのを開いて（非党派の団体職員を装っていたが……）政治活動（勤労者は知事公攻落の鍵）を始めた。このスキームでわが商人階級はすべて描けるというものだ。

ニキーフォル。

凍えた池のカモたちは動けない状態でいるが、誰にも捕まえられない――あらゆる手を使ったのだが。夜、窓から見ていると、誰やら、長い棒を突き出しながら氷の上を這っていく。それがニキーフォル。やっと思いついたわけである。すんでのところで止《や》めが入った。そうでもしなければ、その阿呆な奴隷根性《スメルヂャコーフ》のために、間違いなく死んでいただろう。

＊1　野蛮人。スキタイ人は紀元前七～三世紀にかけて黒海北岸のステップにいた半農半牧のイラン系の騎馬族。ヘロドトスが詳しい記事を残している。

＊2　伝統遊技の〈クバーリ〉。廻っている独楽を牛の尾のひもで叩いて、相手の陣地に入れて得点を競うゲーム。

＊3　神現祭とも洗礼祭とも。旧暦一月六日（新暦一月十九日）。

＊4　アレクセイ・フヴォストーフ（一八七二―一九一八）は内務大臣（在職一九一五～一六）。

修道士。

国会議員であるコーリャ〔ニコライ・ロストーフツェフ〕は、ワローヂャ・キレーエフスキイ〔プリーシヴィンの中学時代の友人〕がアトス山[*1]からペテルブルグにやって来たと知って、会いにいった。それで修道士と社会活動家という、ロシア生活における正反対の二つの原理が顔を合わせた。

教育。

教育に〔目覚めた〕農民たちは今や、必死でそれを追い求めている。わが古典中学〔プリーシヴィンは退学〕はおかげで農民や町人の子弟たちで溢れ返っている。教育を受けた子の大半はインテリゲントになってしまい、父なる懐《ローノ》には戻らない。

疲弊。

わが大地は役人を産むだけで、肥料も貰えずに疲弊してゆく。〈施肥〉とはナロードの啓蒙教化、つまり文化（民度）の高さの謂いであるのだ。

いっさいを食い尽くす農民大衆は、貴族をも、スグリに魅せられた商人たちをも呑み込んでしまう[*2]……

窓の下には花壇をと思っていたが、結局は玉葱になってしまった。

愚弄する貴族〔アレクセイ・ロストーフツェフのこと〕、こいつは町に住んで、安いバターと卵と民衆愛《ナロドリユービエ》を嘲っている。民は昔の民ならず。召使を見ればわかる。地主のナロドリユービエはもうあり得ないし、もし誰かが百姓たちのために土地を手放すことがあったとしても、それは〔手元の土地ではなく〕遠くの離れた土地である。

ブロンズ色の庭園――地主と涸れた窪地《オヴラーグ》――お百姓。お百姓《ムジキー》とはもはや耕す人ではない、富農民《ムジーク＝クラーク》だ。

アファナーシイは今やアフトナース[*3]である。

地主の家。貴族のブロンズ色の庭園――領地経営が無理なので……（二人兄弟。地主屋敷《ウサーヂバ》の破綻）

領地全体が石の壁で囲われている。別荘《ダーチャ》だけを残して、それ以外は売却。食い潰されてしまったのだ。

主《あるじ》の春はクリスマスのあと間もなく始まる。労働者を雇い、馬を買い、乳牛（これは買えない）。冬の農地経営。自己消費、窓の下には玉葱を。

▼一月二十日

雪解け陽気が続いてうっすら春の気配が感じられだすころ、田舎の通りの中央部分がなにやら人間の赤茶けた太鼓腹みたいに膨れてくる。馬鹿でかい荷橇が凄まじい勢いで行き交うので、歩行者は大いに危険にさらされる。それでもやはり雪融け道はど真ん中を歩くほうが楽なのである。

馬を買うのだが、どんなのがいいのか？

臓物。

ヒトは屠殺した動物の臓物を、初めは必要に迫られて食するのだが、商人階級の暮らしというのはだいたいこの屠殺獣の上に成り立っている。やがて彼らは小金を貯めて少しずつ裕福になるのだが、豊かになるにつれて臓物をあまり口にしなくなる。お金持ちの家で依然として臓物が食べ続けられているとすれば、それはもともと臓物好きであるか、何か思い出のようなものがあるかのどちらかである。

▼一月二十二日

シュチュールメルの任命。[*4] 銀行にベフチェーエフ〔オリョール県の地主〕が来て、冗談みたいに、こう言った――「なんであいつ〔シュチュールメル〕はエラーギン宮殿の家具を盗まなかったのかな？」だが、グルシコーフ〔エレーツの商人〕のほうはそれを真面目に受け取って十字を切ったものだ。「おお神よ、なんということでしょう！」肝腎なことは、〔シュチュールメルという姓は〕明らかにドイツ系だが、間違いなく正教徒であること、（たとえドイツ式ではあっても）正真正銘の正教徒であることはできるので、いやひょっとすると、真の正教精神護持のためにあえてドイツ人を受け容れているのかも。

月夜の集まり（ザシートキ）。

月夜の晩に猟師たちの集まりに出ようと外に出たら、急に月が雲隠れして、上からも雪が吹き寄せられて、原っぱ全体が一変――自分がどこにいるのかわからなくなった。橇が先を行くので、こちらは恐ろしいスピードでどんどん

＊1　ギリシア北部、テッサロニキ南東にある東方正教会の聖地。九六三年ごろにギリシアの皇帝の援助によって創設された大修道院（ラーヴラ）と二十の共住修道院があり、約五百人の修道士が厳しい戒律の下に修行している。ギリシアを宗主国としながらも修道院の代表によって自治が行なわれている。一〇六〇年から女人禁制。一九八八年に世界遺産に登録された。

＊2　チェーホフの名品『スグリ』の登場人物ニコライ・イワーヌィチは商人の出ではなく、長らく税務監督局に勤めた役人だが、どのみち同じこと。

＊3　アファナーシイというのはまったく庶民的な名で、俗にアファナースとかアパナースとか呼ばれているのだが、今ではそれがアフトナース（アフト＝auto＝自身の、独自の、自己）というちゃんと自己を確立した人の名に変わったとの意。

＊4　ボリス・シュチュールメル（一八四八―一九一七）は政治家。ラスプーチンと皇后アレクサンドラの支持を得て、一九一六年一月二十日から十一月まで国会議長。同時に内務大臣（三月から七月まで）、外務大臣（七月から十一月まで）を務める。二月革命後に逮捕されてペトロ＝パーヴロフスク要塞監獄で死亡。

後ろへ引き戻されるような感じがした。言い合いになった。向こうに見えるのはあれは森だろうか、それとも何だろう？　近づいてよく見れば、自分らの村の森。いいや、立っていたのは三本の道標と一本の木だけで、しかも木のほうはちょっと手をかけただけで倒れてしまう――それもドタリと音まで立てて。とんでもない。森？　そんなのはどこにもない。ところがそこへ巨大な獣が姿を現わした。そいつがこっちへ向かってくる！　たちまちわれわれは追いつかれた。「なんだ、こりゃ！　ただの野ウサギじゃねえかよ！」と誰かが言った。野ウサギは勢い余って危うくわれわれにぶつかりそうになる。「なんだ、こりゃ?!」と、また誰かが言った。野ウサギは怪物みたいにでっかくなり、吹雪に巻かれたほかの猟師たちをも嚇かしながら、慌てまくって向こうへ逃げていった。

徒歩旅行者。自由になった霊が、遺棄した肉体をソロヴェーツキイ島の夜半の太陽の領分に引きずり込もうとしている……

ユローギヴイのグリーシャ。戦争が始まる前、グリーシャは、家々の窓やドアを棒で叩きながら、「おりゃあ戦《いくさ》さ行ぐど！」と叫んでいたという。その彼が今では――「雪の降る年の一月に戦は終わる」と言っている。これをどう考えたらいいか？

これは絶対に秘密だといって話してくれたが、パーヴェル・ニコラーエヴィチ〔シチョーキン〕は毒ガスにやられたので、女房のタチヤーナを驚かさないために、顔を見せなかったらしい。きょう、やって来た庭園の賃借人が言うには、みなが彼を、タチヤーナは病気だから行かないほうがいいと説き伏せて、行かせなかった。女房は知らないのか、夫の噂を耳にしていないのだろうか？

役に立つのはどっちだろうか？　年を取った馬か若い馬か、それともその中間くらいだろうか？　要するにどんな馬を買ったらいいかで、トーニャ〔未詳、使用人か？〕とリーヂヤが議論しだした。動員がかかれば買ってもしょうがない。よく馴らされた年寄りの馬は即戦力だが、いつでも馬無し〔早く死んだり怪我をしたりして〕になり得るわけだ。若い馬の場合は、いや、トーニャもリーヂヤも買うなら若い馬がいいというので、結局は何歳の馬にするかが問題なのである。戦争は一年後に終わるというサゾーノフ〔外相〕に期待するなら三歳馬だが、もしそうならなかったら？　どう考えたらいいのだろう？

あれこれ予想を立ててみる。そこで思い出したのが馬鹿のグリーシャだ。グリーシャは一週間もぶらぶらとチョールナヤ大村まで歩いていって、家々の窓ガラスを棒で叩き割りながら、「戦さ行ぐ、おりゃあ戦さ行ぐど！」と喚いたそうだ。彼に意見を聞けないか？　彼はなんと言うか？　村の女占い師もやはり「一月には……」と予言していた。アンドリューシャ〔この男も村のユローヂヴイか？〕も聞かれると、やはり「一年後〔に戦争は終わる〕」。そういうわけで三歳馬を買うことになった。

巡礼者。自由になった霊が、半死人の肉体を引きずっている。巡礼者〔プリーシヴィン自身〕にはそれを持ち上げる力がないので、ただずるずると地上を引きずりながら、その死にかけている人に、広野《ひろの》の自由、花の美しさ、馬の群れ等々を見せてやるしかない……

森林が伐採されたので、電線を見て、初めて霜が降りたことを知った。

〔一月二十三日〕誕生日、四十三歳だ。わたしは一方では、アメリカへ逃亡を企てた張本人であり、これまでずっとその〈アメリカ的存在〉の発展過程として生きてきているし[*1]、また一方では、ありとあらゆる〈Я《ヤー》〉の闘いへの突入、喪失、分裂、噛み砕き（自責の念）、そしてほんのたまにだが、また以前のように、統一された〔ひとつにまとまった〕〈Я〉が顔を覗かすこともあるけれど、すぐにそれも蜃気楼みたいに雲散霧消して、またもや無為が始まる。

金儲け人間〔商人〕が、実務に長けた耕作人間〔農民〕が羨ましいなら、自分も同じことをやってみればいい。やればできるさ、簡単に！　彼らの仕事は驚くほど単純でたやすいことのように見える。だがその本質は、仕事自体にではなく、彼らが〔抱いて〕為さんとする素朴な信念にこそあるのだ……

▼一月二十五日

ラスプーチンによるシュチュールメルの指名[*2]──結局すべてがラスプーチンに帰する。

小さな旅から──地平線の消えたその高空《たかぞら》に向かって、ひとすじ厩肥《きゅうひ》の道が延びていて、その先に見えてきたのは深い涸れ谷だった。馬の群れが次第に、蹄の音がどんどんと遠ざかっていく。そのとき自分はあまりにもはっきりと思い知らされたのだ──ロシアがただただ大きな、茫々たる広がりのうちに在るということを。

戦争。農村と都市が逆転してしまった。以前は田舎者は

＊1　第二作である『巡礼ロシア』第一部の「著者まえがき」で、少年時代のこの〈黄金のアメリカ行き〉に触れている。異国への飽くなき憧憬。自分の人生のキャリアーはここから始まったのだ、と。

＊2　これには現在、歴史家たちに異論が出ている。

日常生活上の不満で限りなく落ち込むのが常だったが、今では都会人がそれをはるかに超えた欲求不満に陥っている。聞こえてくるのは、物価高を嘆く声だけだが、村の嘆きはそれよりまだましな嘆きである。村人たちは人間のこと——父や息子や兄弟を悲しんでいる。こちらの嘆きは都会人のそれとはまったく別個のもの、そうではないか！

▼一月二十六日

冬の巣に棲む蜜蜂さながらの田舎暮らし。町の巣箱《ウーレイ》には給餌もなく、ブンブン羽を鳴らすだけ。一方、村はだんまりを続けて、ひたすら春を待ちつづける。それは流氷前の春の河川の膨らみのようなもので、避けては通れないが、それなりに意味はあるだろう。でもやはり、自分なりにそれを加速させたいと思っているのだ。だから自然界の事象に関わらぬ御仁は、不信心者が仕方なしに終夜祈禱祭に出たときみたいに、もう疲れて疲れてへとへとになる。

モスクワに七面鳥を売りに行こうと考えた者たちがいた。十羽ほど買ってオホートヌィ・リャード[*1]へ。あそこなら、見る間に完売だ。儲けた金で商人宿《ポドヴォーリエ》[*2]で一週間。たっぷりとニュースと噂話を仕込んで村に帰る。

この手の話には誰でも熱心に耳を傾ける。そこには芸術作品に寄せるような信頼感がある。そんな夢物語が現実の話でないことは百も承知しているが、でもまったくあり得ない話ではない、ならば一考に値するはず。

都市に対する農村の明らかな勝利。

パーティーがあるというので出かけていった。ごく普通の中程度の家庭である。家の主婦は肝臓を病んでいて、医者たちに愚痴をこぼし、薬代も薪代も馬鹿にならない、肉も小麦もどうしようもなく高いと苦情を並べ立てる。ほかの主婦たちだってそんな会話は面白くない、退屈だうんざりだと思っていた。でも、そこからなかなか抜け出せない。そこでわたしは、最近「ロシア思想」誌で読んだシングの戯曲[*3]の話をしてみようと思った。それは非常に面白いもので、自分が死んだ後で妻がどんな行動をとるか試そうと、死んだ振りをする夫の話である。たった数分で、パーティー〔の雰囲気〕は救われ、全員無事にアイルランドのどこかの海岸に漂着した。話し終えて、わたしはひょいと茶うけのクラッカーに手を伸ばしたが、急に誰かが——

「ところで、クラッカーも値上がりしたってこと、ご存知かしら？」結局、話題は物価高に移ってしまう。

通りに出る。愉快な歌をうたいながら黄色い橇道の真中を軍隊が行進していった。それを見た女たちはスカートの裾で涙を拭う。

▼一月三十日

自然の中から。自分の子どものころは、冬の庭にツグミがやってくることは決してなかったが、今ではツグミはロシアの至るところで越冬している。きょう、ソスナーの川べりではミヤマガラスの大群が見られた。一週間前、大きな雪の吹きだまりの日当たりのいい場所で、ネコヤナギが大きく枯枝を広げていた。

スチヒーヤを感じる心——鳥の渡り。どの鳥たちも渡りの季節の到来を自由にまで達したところの温和従順《スミレーニエ》（農民もそんなふうにして戦場に行くのだ）と考えているのだ。ところが今、一羽のミヤマガラスが病を発してソスナーの川べりで冬を越す羽目になった。しかしミヤマガラスは回復した——暖冬だったので。ミヤマガラスは越冬が気に入ってしまった。翌年、自主独立を宣言し、冬を越すために独り居残り、身を滅ぼした。

動員。戦争を感じる心はスチヒーヤを感じる心。兵士が行く——兵士は分離孤立の心を抑えとどめるまでにおのが感情の滅却を完成させたとたん、共同の仕事（戦い）において輝きだす。そして自由を獲得する——自由が、鳥のように美しい羽が、生えてくる。ロシアの兵士（鳥）のそれ、それこそがわれわれをして（トルストイをして）感動せしめたところのもの。

だが、個々の兵士にあっては、鳥に一般であるものがそのまま輝いてはいない。ほとんどがそれに抗《あらが》っている——抵抗と、自己との闘いとが、ヒトのヒトたるところを形づくるのだ。

エレーツのこそ泥。いかさま師。

「こんな時代は何をやっても、心に肉刺《まめ》をこさえるだけさ——なんと見上げたこそ泥根性だ！」

町は山の上。石造りの城のような家々はこそ泥たちの巣窟だ。周囲は大きな村。こそ泥たちの巣窟と商人たちの家々の狭い隙間で生計を立てているのが知識人、弁護士、医師たちである。進歩派の弱小新聞がこんな界隈でいかなる生活を引きずっているか、容易に想像できるだろう！

＊1　モスクワ市の中心部にある野禽（肉）市場。ここの商人は極右翼的だった。警察にそそのかされて、よく学生集会やデモ隊を襲撃した。

＊2　ポドヴォーリエはもともと旅籠、旅人宿の意。地方の修道院が都市部に所有する修道士のための宿舎兼付属教会、ないし地方の商人が都市部に所有する宿泊所兼商品置場を指す。ここでは後者。

＊3　アイルランドの劇作家で詩人のジョン・ミリングトン・シング（一八七一—一九〇九）の『谷間の黄昏』。

▼二月四日

ペラゲーヤ・イワーノヴナの祈り。昔はあたしも祈ってましたよ――「聖母様、この人を男にしてください！」とね。でも今ではこう祈ってるのです。「聖母様、あの人を返してください、昔どおりのあの人を返してください！」

雪だまり、でこぼこ道、大きな窪み、轍《わだち》、つるつるの橇道、それと烈しい車馬の行き交い。前方に何か黒い大きなもの。それがいきなり地中に消えたかと思うと、今度はこっちが路面の大きな凸凹に足をとられてぶっ倒れてしまった。ようやく穴から這い出し、波打つ凸凹のいちばん高くなったところで、その黒っぽいものと対峙したのである。それは馬鹿でかい荷橇だった。四人の女と一人の男（農夫）が乗っており、ほんの一瞬、目と目が合い、今度は女たちがこっちの大穴に転げてきた。それでわれわれは折り重なって同じ大穴のムジナになった。

日が照っているのに吹雪。地吹雪はキツネの尻尾で雪だまりを掃き均《なら》す。

大きな狼が四頭、吹雪に向かって突進する。波状の駆け足。巨大な体軀。いいや降ってくるのは雪ではない、まばゆいばかりの日の光。

氷結した木が大きく大きく揺れて、なにやら野をその細身の鞭で叩いているかのよう。同時に見えない月が白い野原を照らしている。

自分のこと。本当はライプツィヒからパリに戻ることなどなかったのだ。[*1] 戻ったために、まったく余計な、通り一遍のことが起きてしまった。男らしさ（最初の衝動、拒否に際しての）を示す余力はまだあったのに、同意する男らしさ〔の力〕が足りなかったのだ。逸した人生、あの失われた自由は今、どんなに貴重なものに思えることだろう！ 夢想と衝動の人生、ひょっとして夢の実現であったかもしれないあの人生！

信ずることは夢の実現の第一歩。自然の奇跡は夢想の事業において生ずる。奇跡は〈信〉の事業、節度は〈理〉の事業。芸術と科学は〈信〉の地球儀に引かれた緯線と子午線だ。

科学に善《ドブロー》はあるか？ 無い。だが、科学は啓蒙教化において、すなわち蒙を啓かれた生活の新たな段階で善《ドブロー》となる。

▼二月五日

雌鶏。垣根がくすぶっている。舞い上がる雪煙が本物の煙みたいに、上からも下からも。郷〔郡と村の中間の行政単位。ソヴェート時代に廃止〕に向かう百姓たちを乗せた二台の大型荷橇。降りてきたのは全身これ雪だるまの男。しばらくパタパタ雪を払っていたが、上体を起こすと、今度は藁束で、履いてたワーレンキ〔フェルトの長靴〕をバッサバッサ。

▼二月七日

敵意に満ちた地吹雪が雪をあらかた掃き散らしたので、氷層がむき出しになった。その上をさらさら音を立てて枯葉が滑っていく。その先は白い雪原。まるで秋のステップを転げていく風転草だ。ひっからびた、刺ある〈野〉の敵意——一日どころか二日も三日も。これがいつまで続き、どんなふうな終わり方をするか占う——それがわれわれの仕事である。だが、意外やあっさり終焉を迎えた。二日ほど続いた寒気が吹雪を捕らえ、〔馬にのせるように〕鞍をのせると、それに跨って突っ走り、しばらく魔女と丁々発止。そしてついには縛り上げてしまう。寒気の勝利！　吹雪はやみ、強大にして静かな、完全な支配力の下に、ものみな鳴りをひそめてしまった。二月の吹雪が過ぎると、奉献祭の最後の厳寒《マロース》だ。このマロース——もがくだけもがいて、打ち負かせずに、最後は自分のほうからふにゃふにゃになる。そしてついに幕は下りてしまう。二月末にまた吹雪はぶり返すが、もうマロースの下っ腹に力はこもらず、何もかもが本格的に流れ始める。吹雪がいつの間にか小雨に変わっている。

きょうは六日、クセーニヤ伯母の葬儀。

エルゼルームの占領。[*2]　葬儀とトルコの話でもちきりだ。

年寄りたちが〈散っていく〉。自分は〈物故した人〉を数え上げながら、ああでもあの人たちは向こうで〔あの世で〕顔を合わせているんだと思った。何かとても薄い膜が自分らと彼らを隔てているだけだから、少しでも相手の心に近づく努力をすればすべてが理解できる——そんな気がしてくるのだ。すると、あっちの誰かが「わたしたちのところにクセーニヤ・ニコラーエヴナが来られましたよ」などと言うではないか。そうか、そうだとすると、きっとわたしの母もクセーニヤ・ニコラーエヴナのすぐそばに坐ろうと急いでいるのかも。なにせ向こうはこっちとは世界が違うのだから……

あるとき——よく憶えているのだが、商人だの救いがたいペテン師みたいな連中だのが一堂に会して口角泡を飛ばしたことがあった——この地上には永遠なものなど何もな

＊1　四回目のデート、気狂いじみた初恋はリュクサンブール公園で消えた。

＊2　エルズルームに同じ。エルズルームはトルコ北東部の町。アルメニア高原にあり、ユーフラテス川の水源に近い。昔からの軍事・交通の要衝にしてトルコ東方防備の拠点。

い、と。

「永遠なものとは何か？」そうひとりが言って、ポケットから一ルーブリを取り出した。「これこそ永遠。ルーブリは永遠だ！」

「まあたしかに、永遠だ！」商人たちは同意する。

　ところが、今では外国にでも住んでいるみたいに、たえず心の中で大事なルーブリを安いマルクやクローネに替えながら暮らしているから（たえざる価値の変動）、結果として、信用もモラルも失くしてしまった。

　П《ペー》・Н《エヌ》・Д《デー》〔未詳〕は二等大尉となって帰還した。「もしわしが陸軍中佐になったら、戦争が終わっても軍に留まるつもりだ。そして五年くらい経って大佐に昇進し、年金が八十ルーブリになったところで退役して地方行政長官になろうと思っている」（まあ戦場のヒーローの夢もせいぜいこんなものだ――大いにありそうなことだが、この男もおそらくヒーローだったにちがいない）。

▼二月十四日

　二月、ぽかぽか陽気。

　汚れなき光のおとぎ話《スカースカ》。素晴らしい朝だった。夜が明けると、すでにどこもかしこも光の氾濫――それはまるでわれわれのために何かいいことが思い付かれたというような朝だった。

　銀行頭取の室に入ろうとしたとき、ちょっと信じられない、ほとんど人間ばなれした高笑いがして、思わず敷居の上で足を止めてしまった。笑っていたのは市長で、頭取とその同僚は、真面目くさった顔をして椅子に坐っていた。市長の高笑いは常軌を逸していた。真っ赤な頬に皺が寄って、犬が笑ったときの〔犬が笑うか？〕鼻にそっくりである。狭い額。灰色のぱさぱさ髪。そのぱさぱさが眉を覆っているから、目がどこにあるのかわからない。見えているのは象牙のように白い歯で、口から飛び出す声はとても人類のものとは思えない。オーストラリアの森に棲む猿か何かの鳴き声だ。要するにそれは、本人だけの、誰の世話にもならない、したがって他人に対してはまったく聞く耳を持たない笑い声だった。

「そりゃあ、あり得ない！」頭取の同僚――手形貸付の委員である――が言った。

「それがね、確かに孵《かえ》したんだ！」笑いながら市長が言った。

　何の話か自分も説明を受けた。市長が言うには、鶏の卵を七面鳥に抱かせたところ、ちゃんと雛を孵したばかりか、夏じゅう嬉々として雛たちを連れ回ったらしい。

「孵したのはわかりますが、夏じゅうずっと連れて歩いたというのは、どうですかね？」

「いや、嘘じゃない。本当に連れて歩いてたよ！」

そう言って、またしばしオーストラリア語でげらげら笑っている。笑いの音量が落ち始めて、市長の小さな目が見えてきたところで、まだ閉めてないドアの奥（わたしの背後）の何かにみなが気づいた。いきなり市長は椅子を蹴ってダッシュ――行内に響き渡るような声で叫んだ。「おい誰か、彼を帰さないでくれ、捕まえてくれたまえ！」するると、その誰かが、銀行から出て行こうとするビーバー革の外套を着た人物に追いついた。市長はその人物と互いにキスをし合う。

そのとき、わたしの脳裡に浮かんだのは――自分が市長を追ってどこか遠くまで走って、やっと追いつき、さあ捕まえるぞと身構えたそのとたん、どこから現われたのか、ふつうでない高さ大きさで、樹皮のないつるつる丸裸のオーストラリア産の大木が目の前に立ち塞がった――とまあ、そんな光景だった。それで市長はそのあとどうしたかと言うと、突然その木によじ登り始めたのである。わたしの頭のずっと上の繁茂した葉の中から、ハッハッハという例のあのえらくけたたましい笑い声が轟き渡って――

「おい、わかったか？　何を手に入れた？」

茶を飲みながら、もうちょっと明るい愉快な気分でいたいと思ったときなど、われわれはよく市長について何かお喋りを始めたものだ。ひとりが始めれば、すぐに誰かがそのあとに続いた。各自、市長にまつわる滑稽なエピソードを披露する。嘲笑の対象となるのは彼のいつもの口癖――「おいおい、そうズラスもんじゃないよ！」〔焦らすが訛って〕。

地方でよくなされる会話に、ゴーゴリの登場人物のさまざまなタイプの話が出る。ゴーゴリの天才はあんなタイプが本当に存在するかのように信じ込ませるが、実際にはそんな連中、どこにもいないよ、誰かがそんなことを言うと、残りの全部が驚いた顔をして――「それじゃ、現代文学は何をしようとしているんだね？」

「いや、ゴーゴリ的タイプは今もいる、むしろ増えてるかも」

「なら、ここの市長はゴーゴリの生き証人だ……」

現今における内なるドイツ人……

レストラン〈アルプスの薔薇〉に陣取って、小さな水差しから〔酒を〕飲んでいる。戦争の話になった――ある男が前線から戻ってきたので。

「それで、士気のほうはどうだね？」

「申し分ないさ！」

「ブルガリア人の士気はどうも最悪らしい」

「ドイツの奴らだよ、問題は。あん畜生め、悪魔に食われろだ！」

「ドイツ人……ふむ、それで〈内なる奴ら〉はどうなってる？」

「内なる奴らは今のとこは危険じゃない。外なる奴ら同様、包囲されている。第一の封鎖は進歩的《プログレッシヴ》で、それは民主主義《デモクラーチヤ》が監視している。デモクラーチヤを国民が見張っているし、今は奴らにゃ鼻を突っ込む隙もないよ」

売り物の星型勲章をつけた将軍が、警察官同伴で金持ちの商人の家々をまわって歩いて、勲章を売りつけている。ナンとかいうペトログラードの慈善団体のためと称して、二十五ルーブリの星型勲章から、さらに高いのは千ルーブリだという——勲章を胸に吊るす権利を証した勲記と併せて後日送らせると約束して。多くの商人が買った。ある者は見栄から、ある者は一度は仕方がないと諦めて、ある者はその慈善家将軍が現われるや、二つ返事で金を差し出した。商人たちは星型勲章をそれこそ大量購入し、将軍のほうも相当の金額を持ち去った。ほどなく勲記なるものが送られてくると、待ってたように受勲者たちは予審判事の取調べを受けた。そして慈善家将軍に関して調書を取られただけでなく、勲章もひとつ残らず取り上げられてしまった。

「どういうことでしょう、あれは偽将軍だったというわけですか？」と受勲者たち。

「いや、将軍は全権委任状を持っていました」

「じゃ、どういうこと？」

「問題は将軍が代金を自分の懐に入れたということさ」

「それじゃ何のために勲章を没収したのですか？」

「お金は届いてないわけだから」

「どういうことです、お金が届いてないとは？　わたしらは払いましたよ。それとも将軍は全権を委任されていなかったということですか？」

「そうじゃありません、将軍は委任状を持ってました」

▼二月十日

灰。夢の啓示。灰色の町（ペテルブルグ）。だがそこにはネヴァ川に通ずる大きな通りのようなものがあって、そこはもの凄く明るいものがいっぱいあるので、さして灰色の印象はない。舗装されているがアスファルトではない。敷き詰められているのは、ゴツゴツした黒と白の木煉瓦である。建物は黒衣の老人や白衣の若い男や娘たちの彫像で飾られている。そこはどうも以前に何度か歩いた気がする——ある家を訪ねたときに。そう、その家には何度か行ったことがあるのだ。ただし誰にも言わずに（こっそりと）。今はしかし、堂々と入っていく——昔とはもう事情が違う。以前はそっと忍んで行ったものだ。今は相手も少しも気にせず（あっけらかんと）迎えてくれる。その彼女は今では灰色になり、頭が白くなりかけている。わたしたちは互いに関係のない話をする。自分にも彼女にも、昔のことを思い出す力が不足しているのだ。そして今、自分はそんな彼女の部屋にいる。彼女はさっき顔を洗いに行った。自分は独り残っている。室内をつくづく眺めながら考えている──かつてこの部屋には自分の部屋みたいに自由に入れたんだなあ、と。ああ、今はものが高すぎる。なんという暮しだろう！　いやもう彼女には言ってしまおう、そして昔のことを思い出してもらうんだ。戻ってきたら、すぐにも……

（夢で味わったあの現実の一瞬の体験。早く逢いたくて駆け込んだ──彼女はいた！　キスをしながら、いやこれは彼女じゃない、あの人ではないと感じているが、いややっぱりこれはあの人だ！　そうだと敢えて自分に信じさせようとする夢の現実の、あの一瞬の体験）

図像画的な主題。セル〔ゲイ〕・ワシ〔ーリエヴィチ〕・コジュホーフはまったくのイコン顔、でありながら同時にその印象を言えば、まったくもってルバーシカなしに〔一文なしで〕ほおって置かれた男という感じ。その彼が県知事のところへやってきた。彼は軍隊に長靴を納入する請負業者である。知事邸に入るや、なぜかすぐにお祈りを始めた……これがまた自分でも気に入ってしまったらしい。ひととおりお祈りを終える。いやもっと祈ろう──そう独りごとを言い、祈りはまだ終わってないぞ、さあどうする？　さあみなさん一緒に祈りましょう！　そんなことを言いながらイコンに近づき、また祈り始めた。知事も彼のあとに続いて、やはり祈り始める。常任委員の一人が入りかけたが、敷居の手前で足を止めた。見ると、老人が祈っており、その後ろには知事が立っているではないか。そんなふうにしてこのコジュホーフという男は、自分の納入品が差し押さえを食らわないようにもっていったのである（自分のイコン顔と真剣そうな祈りを十二分に活用して）。おかげで彼は、軍には何ひとつ納入することなしに結構な高値で自分の品物を売った〔ことにした〕。まあこの男なら、べつに祈らなくても、契約〔の手続き〕をうまいこと誤魔化してお金をせしめたにちがいない。

公然たる詐欺師。

仲買人ワシーリエフは銅匠だ。こんなことを言う──「わしがいなきゃハンダ付けはできん〔話をまとめるのは不可能だの意〕」

セリヴェールスト〔フ〕はイワノーフカ村のレーシイ〔森の魔〕だ。陽気で、涙もろくて……彼には親戚縁者が多い。母親は九十歳、いちばん下の妹はまだ若い。親戚全部が略奪をはたらく。彼の住むイワノーフカ村のその一部はなぜか〈トゥーラ〉と呼ばれているのだが、そのトゥーラの住人がこぞって略奪をはたらく。何でもかんでも盗み、盗んだ馬鍬《まぐわ》は切り刻んで、その歯をイコンの裏に隠し〔迷信か呪いか?〕たりするという。

「これはこれは身内のおひとよ!」――これが自分がうけた挨拶だった。旦那《バーリン》ではない、身内の〔血縁の〕おひとよ、と。

ブローカーのミハ〔イル〕・ミハ〔ーイロヴィチ〕・ロストーフツェフは感情の失われていないエレーツ人だ。

ユダヤ人のこそ泥とロシア人のこそ泥を比較してみる。

小話。天国の入口でロシアの兵士が問われている――おまえはどんな死に方をした? 戦死です。通ってよろしい! 次に入ってきたのはフランス人だ。おまえはどんな死に方をしたか? 戦死です。嘘をつけ、おまえのとこはいつでも『異状なし』だったではないか! そう言って追い返された。

▼二月十五日

どんな珍品も市場に出ると、本人が受け取るのは半コペイカ〔一銭五厘〕になってしまう。そんなだから、これほど多くの才能豊かな新人が生まれる国に、天命を全うする本物の詩人は数えるほどしかいないのだ。

▼二月十六日

イワノーフカ的詐欺師。イワノーフカ村の中で、大泥棒とこそ泥から成る一部の地域は、なぜかトゥーラと呼ばれている。そしてトゥーラにあるものはほとんどが盗品――よそから略奪ないしちょろまかしてきたものである。盗品でないのは鶏だけらしい。

「良心的な仕事をする人を探しているのだが……」

「そんな人間がいるなんて、断じてわしは信じない」

「人間がすっかり狡くなってしまったんだよ。目も当てられん。すれっからしばかりだ!」

愛は唯一の(――家族への、社会への、人間への、神への)感情だ。

▼二月二十二日

水が流れている! ぼろぼろ雪、積もらずに融けて、そんなどろどろに足を突っ込んだら、体ごと埋まってしまう。ムクドリの飛来。水が溢れて突堤を越えた。急いで水渠を開けなければ。犂はみな修理に出す。巣籠りしていた雌鶏たちが一斉に鳴き始めた。

精進《ポスト》の第一日目。もの悲しい月曜日。きちんと説明できればいいが……なぜロシア人はこうもばらばらなのか。ペテン師、泥棒、酔っ払い……なのにヒーローにもなる。

びっこのエフチューハは何かの役に立つのだろうか?

どっかの外国人が言っていた――ロシアはちっとも制御されていない。ずっと固まって、ただぶら下がっているだけだ。

▼二月二十三日

人間が変われば生活も変わるだろう。現在、彼らがやっているのは、鉄砲打ち〔狩り〕かトランプ賭博のようなことだ。家族と暮らしているが、外に出れば、金儲けのことしか頭にないし、社会的な仕事もするにはするが、それだってどこか狩猟じみたものである。金儲けの話でないと、まるで興味が湧かないのだ。こうまで完璧の域に達した魂を改造するのは、とても無理である。こうした人間の事業には、どうしても社会性〔社会的感情〕を豊かに持った人たちを参加させる必要がある。

この戦争では二つのものが互いに力比べをし合っている——意図〔自覚〕的人間の力と非意図〔無自覚〕的人間の力とが。われわれロシア人は非意図的勢力であり、われわれのモノは配備・配列がきちんとなされていない。何もかもばらばらだ。幸福が微笑みかけると、われわれはおのれの無自覚たるところを信じようとし、不幸や不運ににっこりされると、秩序を秩序をと訴える。秩序がないのは自覚がないということ。

NB　われらの歓びは無自覚の歓びだ。誰にも知られない地方、辺境、どっちつかずの中間の土地の切れ端が、ようやく今ごろ目覚めようとしている。ということは、わが国が不当に〔評価されて〕いるということなのか？　それが当然かも。

ああしかし、問題は秩序の歓びだ。掃除の行き届いた中庭だ、そうではないか。見渡せば、なんと雪もゴミもきれいに掃き出されている！　こんな嬉しいことはない。ときどきドイツ人が羨ましくて仕方がなかった。なぜ彼らにこの秩序の歓びが与えられたのか、何の褒美にそんな歓びが？　よくよく目を凝らして見るが、何の褒美というのでもない。彼らはわれわれの悩みなどあっさり無視して、脇目もふらず〈目標達成〉に邁進している……いやいや、成果を得ようと思っているわけではない。ただ退屈だから、そっちへ移っていきたいだけなのである。

最後の最後にはわれわれだって法も秩序も手にするだろうし、自分のモノをきちんと陳列・収納できるようになるだろう。一方ドイツ人はそれを失うが、そのかわり〈深さ〉という味わいと歓びとを得るはずだ。なぜなら、幸と不幸には生活の二つの尺度——横への広がりと深みへ降りる〔深化の〕尺度しか存在しないから。

▼二月二十五日

赤貧と乞食——この唯一巨大な戦闘で負傷した者も障害者となった者もみな同じ運命だ。つまりは、平凡な生活をもひとつの戦闘（戦争の結果）のごとくに思い描かなくてはならない。たとえばそれが戦場の空気であるように。彼は〔誰のことか?〕戦場から逃げようとした。でもどこへ逃げるというのだ? 至るところで戦争が起こっているような気がする。自分が見てきた戦争も、すでに始まっていた戦争の単なる続きにすぎなかった。

たとえば農民(うちの農民たちも)はわたしに小作料を払おうとはしない。レスコーフの長編にこんな会話がある――「まあ小作料を払ったって、何の益もないからだろうね」と主人は答えた。「しかし、どうすりゃいい、こっちは地主なんだ。わしらだって生きていかなきゃならんのだよ」――「そんなこと言ったって、むこうはそのことに何らの必要性も見出していないんだから」と、穏やかな声でもう一人の地主が応じる。これがレスコーフの地主たちのやりとりだ。

小作料を賃借料《アレンダ》と言い替えたら、この会話のやりとりだけで、そっくりそのまま現在の地主の立場と家屋敷について語ることになるだろう。

わたしたちは夕べの茶会を楽しんでいた。そこへ召使がやって来て――

「呼んでますが!」

「誰が呼んでるって?」主人が訊く。

「百姓たちです」

『百姓たちが呼んでます』――近ごろはどこでもこんな言い方をする。

主人は百姓たちに会うために玄関口へ出ていった。三十分ほどして戻ってきた。かなり気分を害している様子。

「なんてことだ、奴らはアレンダを払おうとしないんだ」

「おそらくそれには何の益もないと見たんだろうね」。わたしたちは〔レスコーフの会話の繰り返しでもって〕応じる。

「たまったもんじゃない。こっちは酒だって断ったんだ。官の配給で食べてるんだよ。収穫したら物価の高騰……いったいどういうことだい、これは? なのに奴らはアレンダを払おうとしない。どうしろと言うんだね、わしらだって生きてかなくちゃならんのだよ。でも、奴らはそこに何らの必要性も見出していない」

そのうち、ストライキをやっていた農民たちは帰っていったが、そのあと召使がまたご注進に及ぶ。

「呼んでますが……」

「誰がだ?」

そこで召使は五人の裕福な百姓の名を挙げた。数分後、地主屋敷とこれからの生活問題が解決されかけた。つまり裕福なお百姓たちが、〔農民〕組合の開設さえ許可されれば即刻アレンダの支払いに応ずると言ってきたからである。

百姓がさまざまな瞞着を繰り返し、しばしば正反対の意見を述べる小さなグループを構成していることは、誰が見たってわかる。働き手を戦争に取られた者もいるし、なんとか無事な家族もある。家族が無事でお金があればアレンダなど払わずに領地を包囲し、徐々にそれをわがものとすることだってできるだろう。それに賃借料の問題は首尾よく解決できそうな雲行きだ。地主は、残された母屋に近い最良の土地（何デシャチーナという）に一家の需要を満たすものを作付けしようと考えている。冬場の仕事は、レンズ豆、エンドウ、ソラマメの種を注文し、家の前面には花の種だ。レンズ豆も家の近くに、そうだ、家の裏にでも蒔くとするか。ああでもどうせ奴らは引っこ抜いてしまうだろう――なんにせよ策略をめぐらしているんだ。そこで急に気が変わって、レンズ豆の種を母屋の真ん前に蒔くことにした。主人は花壇造りのことはすっかり忘れて、レンズ豆のまずいスープのために地主の特権[*1]を売ってしまったのである。

まず遠くの土地が取られ、それからそれらの土地が小作人（賃借人）たちに売却され、最も近いところにある畑地が貸し出され、やがてそれも売却される。手元に残るのは屋敷と菜園だけである。その菜園も貸し出される。庭園は例外なしに貸し出される。小作料と賃借料はいよいよ小額になり、ついにはゼロ。したがって牛乳、バターは町ではるかに安いのを買うようになる。地主は屋敷を売った金で、町にこじんまりした家を買い、静かにそこで余生を送る。

農業地帯における見えざる無血の戦争はこうして始まった。

▼三月一日

ファツェーリヤ。農業技師のズブリーリンとわたしはクローヴァーの視察にヴォロコラーム郡へ行くところだった。[*2]ズブリーリンはぷっくり太っていて、見たところ、生きているのが楽しくて仕方がないといった男――花咲くクローヴァー（なんとも言えない芳香を放っていた）をわたしに見せようとするときの有頂天ぶりは、じつに好ましいものだった。その地主の土地には、広大なクローヴァー畑がひろがっていた。一方、農民の畑にはクローヴァーが幾すじか走っているだけだった。わたしたちはクローヴァーの匂いにむせっていた。それは幸せいっぱいの、甘い、それでも口に入れると酸っぱくて、そこにほんのちょっぴり昔の子供部屋のおしめの匂いが混じったような、なんとも言え

＊1　今すぐ食いものが欲しい兄が、長子の権利を弟に譲ってしまう（創世記第二五章三一―三四節）。
＊2　のちに書かれる『森のしずく』所収の「交響詩ファツェーリヤ」の〈荒野〉の出だしの部分。

ないものだった。

ズブリーリンは〈自然そのもの〉というような男だった。自然界で起こることが彼自身にも起こるので、その腋《わき》の下に気圧計でも挟んでおいたら、翌日の天気予報はドンピシャかも。

親愛なるドゥーニチカ〔従姉のエウドキーヤ〕！

貴女の大いなる祭日〔名の日〕を心より祝います。リーヂヤ〔姉のリーヂヤの愛称〕と一緒にあなたのところへ行こうと思っていたのでしたが、仕事〔農業経営〕上の問題がいろいろ出来《しゅったい》し、そうもいかなくなりました。早く何もかも片付けて出かけたい――モスクワへもせめて一週間くらい……

これまで、エヴドキーヤの日〔三月、春の最初の迎え〕と聞いて、貴女を思い出さないことなど一度もありませんでした。貴女の名の日、貴女の天使の日だというのに――いつも自分で驚いているのです――どうして手紙を書かなかったのだろうと。
▼三月二日
ルーシをとことん、それも悩み苦しみつつ経巡《へめぐ》るなら、人びとは、人類がそもそもの初めから抱えている密かな疑問にすべて答えてくれるだろう。だが、こと土地に関して何か答えを迫るようなことをすれば、ルーシを支配する悪が一大絵巻を繰り広げるぞ！

ロパーチン（貴族階級）とジャーヴォロンコフ（商人階級）の家族はとても質素で、その暮らしぶりは調和がとれている――つまり幸福である。イグナートフ＝プリーシヴィン家はどこか遠くへ向かおうとする（個人主義）。

貴族階級（血縁同士の婚姻）では、花婿花嫁の姻戚が意味を持ち、それが潜在的に定着している――キルギス族のように（花婿花嫁がお腹にいるときから、すでに親たち同士は婚姻を約束している）。
▼三月五日
エフロシーニヤ・パーヴロヴナと自分はこれまでになく苦しみ抜いた。「他人を自分のことのように考えなくてはならない」と言うと、「なんと結構なことでしょう！」とやり返す。そんなことを聞くと、こっちは意地悪くなって、こう言ってやりたくなる――それじゃ、エフロシーニヤ・パーヴロヴナ、わたしを自分のことのように思ってくれちゃどうだね。しかしこれだと、キリストの教えを自分のために使っているみたいになる。

朝。天空にはりついた星々はますますくっきり、東の空がいよいよはっきりしてくる。でも、月は消えずに輝いている。突風に烈しく揺さぶられる庭の裸の木々。吹き散らされて、最後の木の葉が蝶のように舞う。

エレーツ。社会の大波が無限の権力の断崖を洗い崩して、もう何年だ？　堪らない！　私生活にも社会生活にもさまざまな衝突が、いくら考えても死ぬまで解決のつかない問題が起きている。いずれにせよ、それらはのちのち他の人たちによって解決されるしかない。

▼三月六日

彼は魚のように網の中に落ちてしまった。虚栄心がもがきにもがき、のたうちながら、自由の世界への出口を探している。

エフロシーニヤ・パーヴロヴナは完全に意気阻喪している。病気だ。実家にやろうか〔どうしようか〕。

▼三月七日

脱走兵——戦場からは逃げ出した。でも戦争のない場所はどこにもない。死ぬ思いでやっとたどり着いた村なのに、そこでの暮らしは大戦その他（土地の分配のやり直し）の後遺症しか抱えていない。

ザミャーチンの郡もの。[*1] これは文学的に民衆に近づいていイリュージョンを起こそうとする、いやイリュージョンなどでない……、読者のほうはしかし、すでに著者が身近な人間ではあるが身近な存在ではありたくないと思っていることも、作品そのものが輝くような文学的渋面であることも承知している……概して彼らの側に立っている。でも、文学的に身近であればあるほど生活からは離れていく（そのいい例がレーミゾフだ）。

▼三月九日

物資を五台の馬車で発送。朝は氷点下。昼にはちょろちょろ流れる厩肥《うまやごえ》の小川。町中、馬糞だらけ。湯気。

水曜から木曜にかけて小雨。お百姓たちが〈最後の橇道〉を通って町へ。あっちこっちに〈水の溜まった穴〉があるから注意しろと言い合っている。

金曜日も氷点下。馬たちは通っていったが、うち一頭がその窪みに突っ込む。一方の脚で片方の腱を傷つけた。厩肥の町と汚れなき雪原。

土曜の夜、ダーチャに泊まる。篠突く雨。稲光。

▼三月十日

トゥシノの泥棒[*2]に、わが町〔エレーツ〕は深く頭《こうべ》を垂れ

＊1　ザミャーチンの事実上の処女作『ある地方の物語』（一九一三）。北部地方の小市民たちの生態を斬新な風刺的タッチで描いた。

＊2　トゥシノの泥棒とは、偽のドミートリイ二世（?—一六一〇）のこと。ツァーリの僭称者。

て市の鍵を献上した。そのため、あとあとかなりの数の人間が吊るされた。いっとき絞首台がフル回転した。

　絞首台が置いてあった場所では今でも人びとが祈っている。十字架が立っていて、セミーク——ルサーリヤの週[*1]には、たくさんの人がやって来る。遠い昔から、ここでは永遠の火〔消えない火、たやさず点し続ける〕が燃えていた……いったい誰が？

　アレクサーンドリンスカヤ大村から見知らぬ老婆がやって来て、ずっと火を点し続けていたのである。その老婆が亡くなると、またどこかの老婆が——。そんなふうにして火はいつまでも消えることがなかった。でも今は燃えていない。十字架だけ。セミークには必ず祈りにやって来る——それも昔どおりかなりの数だ。

▼三月十三日

　濃い霧が夜の間にすべてを覆い隠してしまったが、夕方になってようやく日の沈むあたりが明るくなった。空を行くガンの大輪舞《ホロヴォード》。パーヴェル〔雇い人〕が暇を取って町へ出かけた——街道づたいに。帰りは〈最後の道〉。ついでに郵便物を取ってきてくれた。寸断されてもう三週間。雪解けでどこも水が溢れている！

　十二日にパーヴェルとフィオーナを雇う。些事にこだわる女たちの永久戦争は無意味で空しいばかりだが、それでもこうして今、生まれ故郷に生活が築かれようとしている。ちょうど旧い家を新しい土地へ移築でもするかのように——解体ではなく構築だ。その道も母の名残の道、亡き母の意思どおりに続いていくのである。

　旦那たちの領地と領地に挟まれて、ここの人びとはひどく窮屈な暮らしをしている。今になって気がついた。作付面積が切り詰められたので、農民たちは燕麦の種を蒔くから土地を貸してくれとしきりに言ってくる。問題は小作人。彼らの暮らしがどんなものか、よくよく身をもって知るべきだ！

▼三月十六日

　怠慢な人間どもの黒土《こくど》——これほど肥沃な土壌が洗い崩され、荒れに荒れて、粘土質の深い雨裂《オヴラーグ》が、大きな裂け目が、できてしまった。そんなのが村から町までずうっと。深い窪地が畑と村とを分けてしまった。窪地と化した畑のほうも、春の夢に——汚れなき新生を紡ぐ春の夢に対して、ずいぶん野蛮な、悪意あるしかめっつらで応じたのである……（ここの人間は早々とおのれの才能を土中深く埋めてしまって、どういうことなのか、そんな自分の暮らしを神の生活《ボージャ・ジーズニ》などと称している）。
　いかにもみすぼらしい柳。窪地のへりに根を張ろうと五年ほど戦っていたが、この春の氾濫で、とうとう落ちてしまった。落ちはしたものの窪地の底でまたも緑の葉を茂らせた。

みすぼらしい柳の小枝よ、おまえを見ていると、地割れのへりから落ちていったのがおまえではなく、自分自身の生活なのだと思ってしまうよ！

わたしにも、柳のように、幸せのための小さな土地が割り当てられた。窪地のへりの不運な柳よ。これでわたしもこれからずっと（死ぬまで）自分の幸せを摑むべく運命づけられたのだ。

イワ〔ン〕・ミハ〔ーイロヴィチ〕はクローヴァーの種をどこに蒔くか、アファナーシイは働き手をどこで調達するか、春のどの時期に誰が何をどうするか——そういうことを正確に知っていなくてはならない。納屋についてはコーリャだ。

夢。どうしてこんな夢を？　何の因果か！　出てきたのはニコライ・シヂャーシチイ。[*2] 彼はそこにあるテーブルを見ている。その向こうに神が鎮座ましましている。テーブルの上には、カップのように——いっさいの原因といっさいの理由が、それぞれがそれぞれの中に、柄付きのティーカップ・ホルダーに収まったカップのごとく——いわば〔原因と理由の〕受け皿に収まっている。と、そこでニコライ・シヂャーシチイが地上に向かって愛の理由を述べ伝える。これは唯一無二の愛の理由であると。だが、遍歴を繰り返す身であるわれらは、愛が舞台装置〔環境〕を変えてしまうこと、愛や恋で頭がいっぱいになると、舞台装置もモノ自体も……ともかくも地上にはじつにさまざまな愛があることに気づかされて……

▼三月十八日

家と土地。男と女房。男はいつも女の邪魔をする——男は女を護れないので、わが国の寡《やもめ》は立派に身を処してきたのだ。そして女も男の邪魔立てをする。それで男は女を「やい、おなごども《バビヨー》！」と罵倒する。だからといって女《バーバ》が

---

*1　セミーク——ルサーリヤはロシア中部・南部地方およびウクライナで広まった、復活祭後の第七週の木曜日の祭礼で、その週をルサーリヤ週あるいはゼリョーナヤ（緑）週と呼んでいる。キリスト教文化の中で継承された古代スラヴ人の異教の祭日。宗教儀礼というよりリクレーション・娯楽的な要素（輪舞・遊戯・占い・花輪編みなど）が濃い。

*2　石の上に坐す（シヂャーシチイ）ニコライの意。肉と雑貨を商う巷（バザール）の聖者。石の上でひたすら黙念する。「ニコライ・シヂャーシチイにとって恐ろしいのは戦争より最後の審判である」「最後の審判——それは彼がこの世でいちばん恐れるもの」（『花と十字架』（二〇〇四）から。

現実主義者で男は理想主義者ということにはならないのである。あるていど年輪を重ねると、男も「どうしたって土地が要るんだ！」などと喚いて、女に負けないくらいの現実主義者になったりする。女は家だ家だ、男は土地だ土地だ、と。

▼三月十九日

玄関の間《セーニ》のために森の木を伐採。樹液はもう動かない。切株の年輪がはっきり見える。細かい年輪を数えたら二十六本。〔一八〕八九年生まれの木である。そうだ、思い出した――烈しく飢えたあの玉蜀黍《トウモロコシ》の年だ！　ひと夏まったく収穫なし稼ぎなし（なんという不作の夏だったろう！）。

夜ごとに霧が立ちこめて、どんよりした小寒い日が続く。いつ日が昇ったか、いつ日が沈んだか。喧しい小雀たちの鳴き声で時を知って、ようやく夜なべ仕事を終える。終日、仕事場にいて、畑にも夜の十時近くまでいた。ときどき目をぱちくりするだけで、それで次第に焦点が定まらなくなり、最後は子どもみたいにコックリコックリ。

身体はなんでもない。ちゃんと生きているし、呼吸も至って穏やかだ。

▼三月二十日

旅をするのは無理だ。戦争がなくてもその影はある。ゴーリキイは言う――スキタイ人の熱誠（エントゥジアー

ズム）が足りないのだ、と。夢の震源は個の心、個の魂に。

▼三月二十一日

昨夜の雨で、融けた雪がまだらになっている。踝《くるぶし》まではまってしまった。野原にミヤマガラスとコクマルガラスの群れ。ミヤマガラスが鳴けば、コクマルガラスも負けずに声を張り上げる。森にも土塁にも雪。マロースよ、来い！

そろそろクローヴァーの種を蒔かなくては。

ロシア人の総数など個人生活には何の関係もないようだが、ロシアを研究しているイギリス人には、それがいちばんの悩みだ。それで自分もなぜかがっかりしてしまった。さあここの人間たちとどう付き合っていくか？　付き合いをしなかったのは、砂糖のせいだ……自分は砂糖の代わりに蜂蜜を使うことを思いついた。「あれは出ないのかね？」――親爺さんが訊く。あれって何？　と思ったが、すぐに察した。ここらではほとんどの人間が、蜂蜜を常用すると体中に吹き出物が「出る」と信じているのだ。「いいや、何も出ないが」。親爺さんはわたしの消極性〔付き合いの悪さ〕を是認しなかった。自分だって是認はしていない。原則的にそうなのではなく、ただ面倒臭いだけだ。でもまあ、そんな要求もそれほど本気ではないのかも。朝のコーヒーを自分は白パンとホットミルクで済まし、じきそれに慣れ

てしまった。昼食後は蜂蜜でいいし、十分やっていける。わが国の農民はまったくと言っていいほど茶を嗜まない。嗜む者もやっぱり茶をそれほど大事とは思っていない。都市の町人階級＝貧窮層はまた別で、彼らは砂糖のかけらを齧りながら熱いやつを十杯も飲む。お茶と一緒のパン、それが彼らの食事である。恥さらしもいいとこだが、つい先日、自分は小さな荷車にいっぱい砂糖を積んで戻ってきた。一露里ばかりの道だったが、途中で長い行列に出くわした。自分はそのとき、雪道に立つその人たちの、血の気のない苦しそうな顔をじっと見ていただけで（彼らは砂糖を手に入れようとしていたのだ）、少しも自分の砂糖を分けてやろうとはしなかった。そのわたしの砂糖というのは、まったくの偶然で、突然どさりと頭に落ちてきた雪のかたまりだった。ある日、農業組合から通知を受け取った。そこにはわたし名義の砂糖が五プードあり取りに来られたしと書かれてあった。こんなことがあるのだろうか。

お茶どころの騒ぎじゃなく、そのとき、暮らしは悪くなる一方だったので、お茶に目がない親爺さん〔村の閑人〕がやって来ると、ちょっと困った……うちでは砂糖の代わりに蜂蜜だから、それを出すと、「蜂蜜かぁ？　こりゃどうもならんなぁ」。わたしは養蜂家を信じているので、彼らが「手抜きして」、つまり売り物の蜂蜜にハチの幼虫やパン屑ばかりか穀粉だの水だの糖蜜まで加えて量を増やしている――そんな現場へわざわざ出かけていくなど、思ってもみなかった、そんな甘いような苦いような、緑がかった液体を、その養蜂家はわたしに一フント四十コペイカで売っており、こっちはすでに一か月半も飲んでいるのである。だから砂糖なんか一片どころか一粒もない。スグリのジャム、サクランボのジャム、イチゴのジャムなど言うまでもない。すべて払底。ひどいものだ。親爺さんは蜂蜜をちょっと舐めてみる。そしてしかめっつらをして――それが同情なのか、わたしの経営管理の悪さに対する軽蔑なのか一向にわからないが、こう問いただすのだ――「なんでまた、あんた、砂糖を買い溜めしないんだい？」――「どこでどうやって手に入るの？」――「そんなこと、どこでもできるさ。消費組合店で買えばいい」――「おたくらの消費組合店なんて、知りたくもないね」

砂糖のために組合員になるなんて。五ルーブリ払ってまた別の、一般とは異なる人たちに交じって幹部連に耳打ちしたいとも、土地の広さと自分の社会的役割（影響力）に見合っただけの砂糖を受け取りたいとも、思わない。砂糖を手に入れるために並んでいる人たちの長い行列のそばを、自分の砂糖だけ積んだ車で通りたくはない……協同組合《コオペラチーフ》ならいいが、消費組合店はどうもいただけない。

一度その消費組合店に足を踏み入れたことがあった。理由は、町でこんなことを言われたからである――おたくは農業をやる人間なんだから、砂糖はこの土地のコオペラチーフで受け取るべきだ、と。消費組合店の前に並んでいるのは一般の人たち。ぜんぜん先に進まない。中に入ると二人のお百姓が言い合いをしていた。組合員でない男が幹部を口汚く罵っている、もう一方は猫なで声でしきりに男をなだめている。

「まあそうカリカリすんなって。うまく立ち回りゃいいんだよ」

「ナニ抜かす、いったいおめえは組合員なのかそうでないのかどっちだ、言ってみろ」

「大昔からの組合員さ」

「じゃ、なんでおめえはこんなひでえことする？　醜態の上塗りじゃねえか、よくもそんな真似ができるな、いちいち憶えちゃいねえが、でもここの大地主は、驚くじゃねえか、砂糖を十六プードも受け取ったぞ。だから今は、いいか、一般の会員でさえ、いやロシア人の誰もが貧乏暮らしをしている今は、無料で組合員になるべきなんだ、そうじゃねえか！」

「そうカッカするな、落ち着け」

幹部の男がしきりになだめる――

「だから、うまく立ち回らなくちゃな、そうだろ……」

「立ち回るって、そりゃおめえはうまくやってるさ！」

議論の最中に、砂糖の袋を抱えた地主の奥さんが出てきた。立っていた女たちが突進した。そして口々に――

「帽子を、こいつから帽子をひったくれ！」

奥さんはほうほうのていでその場を逃れた。興奮し、怒りで顔を真っ赤にしながらも、自分の馬車に砂糖をのっけると、後をも見ずに行ってしまった。

「いやはや、驚いた！」思わず洩れたひと言。

しばらくして、実際に蜂蜜の悪い影響が出てきた。一家してまだお茶を飲んでいたころ、カルーガ県に住んでいる姪*が〇・八フントの粉砂糖を持ってやってきた。姪はまるで外国からの訪問者のようだった。カルーガ県では切符〔配給〕制が導入されているということで、一人あて月に〇・八フント受け取っている。ドイツを引き合いに出してわれわれがずっと夢見ていたことを、カルーガでは実行していたのだ。姪によると、粉砂糖一フントはスプーン五十四杯分、お茶一杯につきスプーン約二杯である。ということは、一人が一日二杯飲むとして、〇・八フントではとても足りない計算だ。だが、カルーガの人たちはそれに非常にうまく対処した。粉砂糖にミルクを混ぜて、できるだけ濃く煮固めて大きな塊にしたら、それを小さく切り分けて、改めて灰色の角砂糖にしてしまうというのだ。さっそく姪は実演してみせた。熱いスープのようなもの――固まったら軟らかい飴菓子《タフィー》になる――ができた。それをみなに配ったのである（以来、手に入った砂糖は残らず角砂糖にして使うようになった）。

　それ以後、わが家では、カルーガ県の切符制度に敬意を表してからお茶を飲む習慣がついたのだが、しかしどう工夫しても、一家に週〇・八フントではぎりぎりだった。それで、また元の砂糖なしのお茶に戻ってしまった。

　砂糖が尽きたとき、カルーガの姪は教えてくれた。朝のコーヒーは白パンと熱いミルクにし、彼女に言われたように、夜のお茶を〈英国式に〉砂糖なしで飲んだ。姪によれば、上流社会ではお茶は香りを楽しみながら砂糖なしで飲むものらしい……それだと中国人のお茶と一緒である。丁度このころ、わたしは、自分が加入している農業組合から一通の文書を受け取った。じつに平凡な字で綴られていたが、その内容はとても平凡どころではなかった。なんと、わたしが受取人になっている砂糖が五プードもあるというのだから！　家中大騒ぎ。なんという幸運だろう！　慌てふためいた。とにかく急げ、一刻も早く貰って来なくては！

　町でわたしを待っていたのは、恐ろしいほどの行列だ。肉屋街からウスペーンスキイ通りを突っ切って魚市場まで、延々一露里も続いている。血の気のない、疲れきった表情の町の窮民が、篠突く雨の中に（まったく小止みなく降っていた）濡れ鼠になって（それでも忍耐強く）立ち続けていた……どう見ても手に入れる望みはないにもかかわらず。店が提供できるのは粉砂糖が二フントだけである。貴族にしても農民にしてもこんなことはとうてい理解できないはず。この長蛇の列、この忍耐、この時間の無駄を理解するには、まず町人階級の貧窮ぶりを知らなくてはならない。村にはさしてお茶の需要がない。お茶を飲むのは町の人間に決まっている……

　砂糖を求める人びとの行列を横目に、数分後、自分は荷車にいっぱい砂糖を積んで戻るのだ――そう思いながら店に入っていくと、とたんに奥方連がひそひそ話を始めた。何か陰謀を企んでるな。自分たちの家の事情をこそこそ喋っているのかもしれないが、でもやはり砂糖の話かも。店員がいなかったので、わたしは自分の五プードを自分で車につけなくてはならなかった。積んでいるときも、どの

＊　不詳。プリーシヴィンの創作？

家のどの窓からもじっと自分に注がれている視線を感じていた。シートで覆って馬車を出す――行列の脇を。なんだか泥棒を働いているような……ああ、こいつ盗んだぞ、おおい誰か、こいつ泥棒だぞ！　今にもそんな声が聞こえてきそうだった。家に着いても落ち着かなかった。使用人には黙っていた。喋れば、たちまち噂が広まるだろう。

　これで全部じゃない、二、三日したらもう一台貨車が来ますよ、と組合で言われた。そうなら、あと五プード受け取ることになる……ああ。無事わが家に着いたときは、狩りで大物をしとめたような気分だった。

　でも、なぜか気が咎めて仕方がない……こうした特権は自分がちゃんとした組合員だからこそのものじゃないか、みんなが会員ならみんなが受け取れるのだ――そんな屁理屈で自らを納得させようとしたが、どうにもならない。もちろんすべて嘘。戦時下だからこそ、われわれはみな平等の組合員、したがってみな平等に受け取れなくてはならない。時間を無駄にしないためにも国全体を配給制にする必要があるのだ。

▼三月三十日
　朝寒《あさざむ》の到来を誰もが心配していた。そこへ突然、吹雪の風とマロースの冬が再来襲。三日目、北風が東に進路を変え、四日目には西風が吹いて和らいだが、地表の氷はまだ融けない。クローヴァーの種をなんとか蒔いた。朝、畑の雪の上の種は散弾を撒いたよう。正午、すっかり雪は消えて、地面が黒いクローヴァーの粒々でいっぱいになった。

▼四月二十三日
　こんな会話――

「ウィルヘルムはじつに賢い！　何のためにわれわれは戦ってるんだね？　おまえら〔ロシア〕の土地が欲しくてか？　なんだい、そんなもの！　わしらは地上にツァーリをひとり立てるために戦ってんだよ」

「どこの、誰のツァーリだ？」

「みんなのツァーリはひとりだけでいいのさ」

「まったく偉い奴だよ、ウィルヘルムは！」

「噂じゃ、商人《あきんど》の出らしいが、本当かい？」

▼四月二十四日
「ウィルヘルムが何を欲しがってるかって？　奴が何かを奪うために戦ってるだって？　そんなんじゃない、そんな男じゃないよ、あれは。ウィルヘルムは世界にツァーリはひとりでいい、それを実現しようとしてるんで、ほかに理由なんかありゃしない！」

「まったく偉い奴だ！」

「そうさ、なんてったっていちばん賢い！」

「ところで、奴は商人の出らしいが、本当かね？」

「商人が皇帝になったって?」

「そうか。ツァーリってのは、むこうじゃ皇太子や貴族の中から選ばれるわけじゃなくて、商人階級が掴み合いの喧嘩をやったあとで生まれるんだ、そうだろう?」

「なんせ偉い奴だ!」

「つまりはドイツ人なのさ、ドイツ人なんだ」

「ところで、また訊くんだが、ドイツ人は猿にも機関銃を持たせてるってことだが、そりゃ本当の話か?」

大工たちは朝食時、いつものようにいかにものんびりした馬鹿話をしていたのだが、そのとき突然聞こえてきたのが、耳をつんざくような歓喜の雄叫びだった――

「締結! 講和条約締結!」

それが何のことか、わたしは知っていた。きのう、うちの子どもたちが柳の笛をめぐって喧嘩を始め、一日中ふくれっつらをしていたので、仲直りさせようと、わたしが彼らにあしたまで講和条約を締結するよう申し渡したのである。すると息子たちが――「よおし、じゃあ講和だ、講和条約締結だ!」講和と聞いて、何も知らない大工たち――顎鬚を生やした大きな子どもたちは本当に講和が成ったと思い込んだのである。その喜び方はちょっと度が過ぎた。あんまり思いがけないものだったので、馬の金具の納入日が急遽五月十五日に延期になった。そんなもの作ってる場合じゃないというのだろうか。ここらには〔金具職人は〕せいぜい五、六人しかいないのに。とにもかくにも万歳!講和は成ったのである!

あとでみなして笑ったのだが、それでも、こうした人びとにとって平和が意味するものをたった数秒で知り得たことは驚きだった。

自分たちの領地のオークの林を売りに出す。かみさん〔エフロシーニャ・パーヴロヴナ〕はときどき、商売人たちを花婿みたいに遇している。

「ルーシ〔ロシア〕は誰に住みよいか、どんな階級の人間にか? どの階級も秀でている。お金持ちはお金を持っている」

▼四月二十六日
客間で議論。お百姓は金持ちになったか貧乏になったか。基本的な間違いは次のようなことだろう――結論を下したがる人間は、イワン、ピョートル、ミハイルといったクリスチャンネームの男たちを寄せ集め、それがある程度の数に達したら、あとはクリスチャンネームはもうどうでもよくて、その中から平均的な百姓をひとり抽出し俎上に載せる――ルーシ人とは誰なのか――抽象的人物が金持ちになった困窮者になったという議論がそもそもおかしいのだ。見知らぬ村に行き着いて、農家に一夜の宿をと切り出した

とき、自分をなんとか売り込みその人たちと親しい関係になろうとして、わたしはどれだけ努力しなくてはならないか。ところが、それが役人なら——余所からやって来た役人なら、抽象的で平均的な百姓とも、面倒な売り込みや手続きなしにじつにあっさりと親しい関係になれるのである。一般社会（世間）と国家ではそもそも違う。社会に対する国家権力もまさにそうした平均値を通して生まれるのだ。平均値にある者たちが数を減らされて、生贄に供されるのである。そのため、洗礼のさいイワンと名付けられた人間は、決して自分がロシア帝国の創始者〔イワン三世（大帝）〕であるとは思わないし、帝国の創始者も決しておのれのうちにイワンなる庶民を見出すことはない。

▼四月二十七日

五月は四月に始まった。チェリョームハ〔エゾノウワミズザクラ〕の花が咲き、キビを蒔き、ジャガイモの植え付けをした。すべて四月中に済んでしまったのに、誰もが五月のことのように思っていた。

ドイツ人たちがすべてを犠牲に供してなお止まない、いわゆる〈集団化《コレクチーフ》〉——われわれがそれを恐ろしいと思うのは、その全人類的な（彼らには自分たちのコレクチーフこそ第一なのだろうけれど）そのわりには平凡でありきたりな彼らのやり方〔集団化〕が、われわれにとっては〈甚だ異質で無縁な憎むべき恐ろしいもの〉なのである。その暴力的で強制的で理性に適った〈われ〉から〈われら〉への切換えには、じつに恐ろしいものがある。気にいらないのは、彼らのその「意図性」[*1]のトーンだ。

本当の意図性とは、あくまで自分という個によって発見された〈私的なもの〉からみなに共通なものへの、つまり自分のフートルからみんなのフートルへの切換えなのである。ロシアの民衆《ナロード》の特徴が、今ではプレテンズィヤ[*2]だ。読み書きもままならない人間がプレテンズィヤを露わにしだしたのである。

もしその人に可能性と確かな目があれば、外国人捕虜たちの観察は兵舎でよりロシア人の暮らしの中で験したほうがいい。それがこれまでにない真に新しいやり方だ。数十万に及ぶこれら戦時捕虜たちは、公然の支配者たるヴァリャーグ族[*3]にはほど遠い奴隷状態のままルーシへの十字軍遠征を行なっているのである。

われわれの悔しさや愛着にはまったく無関心でありながら、しかしそれでもこちらと同じ体験をしている彼らの目に今、全ルーシ——ポーランドからウラヂヴォストークまで——はどう映っているのだろう、語るとすれば彼らは何を語るだろうか？

以下は記憶に鮮やかな自分の個人的な印象。この冬、わたしは二人の地主とあるところへ出かけた。うち一人はこの土地の地主で、自分の領地で暮らしている。もう一人は町で商店を経営し、自分の領地にはたまにしかやって来ない。御者台にはオーストリア人のアフトーナス（こちらではロシアふうにアファナーシイと呼ばれている）が坐っている。わたしはそのアファナーシイに幾つか質問をぶつけてみた――今きみはどんな状態にあるかなどなど。捕虜というよくわからないその心の襞になんとか触れようとしたのである。質問しているとき、地主たちの間で、軍事捕虜の労働をめぐって言い合いが始まった。で、これがまるで嚙み合わない。土地の地主いわく、ロシア人労働者は外国人と比べればまったくの役立たずである、自分は外国人のおかげで無事に収穫が済んだくらいだ云々。逆に不在地主の方は口をきわめて外国人の捕虜たちを罵った。なかなか厳しいもので、最初からこちらの理解力を超えていた。経営についての両者の違いがわかってきたのは、もうちょっと経ってからである。土地の地主は独自に捕虜を選び、自ら彼らの仕事を管理した。全員よく働いた（うち二人だけなぜかいつも遅れたのだそうだが）。訊けば、てきぱきと仕事をこなすのはいずれも祖国で同じ仕事――庭師だったり床屋だったり――をしていた者たちだった。それで庭師には庭園の仕事を任せたところ、翌年には花や野菜や果物が「ちょっとないくらい」実った。床屋をどうしようか、迷った末に、馬の世話をさせてみたら、それはそれで非常に立派にこなしたという。

不在地主の方はそれとはぜんぜん違うやり方だった。彼はオーストリア人を電話ひとつで呼び寄せた――内訳はチェコ人が十五人ほど、カフェシャンタンの楽士もいたし教会合唱隊の歌い手もいた。それをぜんぶ電話で。そんな混ぜ物から何が出来上がったかは想像に任せるしかない！そういうわけで地主たちのいちばんの関心事である軍事捕虜の質というのは、わたしに言わせれば、単に主人側の質の問題にすぎないのである。

捕虜たちの食べるものについては、一方的にこちらのや

＊1「意図性なるものの出どころはドイツでありドイツ人なのだ。彼らにこそわれらがインテリゲンツィヤの流れの源がある」（一月十一日）。
＊2 pretension、要求、（自己）主張、（厚かましい）野望、（能力そっちのけの）志望。
＊3『原初年代記』に出てくる伝説的な一族。スカンジナヴィアのバイキング（またノルマン人）で、古代ルーシ統一の原動力となったとされている。王子リューリクのノーヴゴロド、オレーグのキーエフ。

り方で押し通すのはまずいという噂が立った。知り合いの多くは、それが理由で捕虜の受け入れを避けようとしたし、じっさい外国人を召使部屋に押し込んだり家畜小屋の隣の藁に寝かしたりするのは、ちょっと恥ずかしかったのである――もっとも、ロシア人だってそれと似たようなところで寝起きしていたから、べつに不自由とは思わなかったが、いや外国人は違うはず、きっと奴らは烈しく非を鳴らすだろう。その結果生じたまことに厭な例がこれだった――ここから十五露里ほど離れた村に住むコローボチカという女地主*のところに、オーストリア兵の労働者がいた。村人がそれぞれ自分の家に捕虜たちを住まわせ、その家の主たちとほとんど一緒の食事をさせていたのに、ロシア人の雇い人〔労働者〕たちにはなぜか召使の部屋で寝起きさせ、腐った臭いのする羊肉に穀草の茎を混ぜたものを食わせていた……ともかく変なのは、外国人と自国人に対する待遇の違い――この大きな格差、食事と住まいのこのコントラスト……

　こんなことではどうにもならないが、地主連には（今では自分にさえ）馬や牛がいるし、機械も土地もあるのだから、なんとかしなければ。

　昔から冬の間、地主の土地は他人に貸し出されていた。賃借料の相場は一デシャチーナおよそ五ルーブリだった。ところが今はなんと五十五ルーブリ！

　きつい汚れ仕事が信じられないほど割高になった。年々歳々、労賃が地代に食い込んでくる。それが良いのか悪いのか？

　わが家の農地も幾つかの村とその住人――農業という意味で言えば、ほとんど乞食同然の人びと――に取り囲まれている。彼らの農地は一戸あたり半デシャチーナで、もちろん、それでは食べていけない。必然的に地主から土地を借りることになる。しかし地主はお金では土地を貸さず――一部は貸すが一部は労働で支払わせる（耕作させる）のだ。去年はそれが一デシャチーナ二十五ルーブリだった。賃借料十七ルーブリ、残りの八ルーブリを地主の土地一デシャチーナ耕すこと（播種から収穫まで）で支払わなくてはならなくなった。

　物価のこの異常な伸び率には、頭上に重くのしかかる、何か運命的（破滅的）なものがある。

　ある籠《はたご》で、男たちが壁に貼ってあった地図のようなものを指差して――「おい、いってえロシアはどこにあんだい、教えちゃくんねえか！」

　普請の真っ最中。正しくは新築ではなく旧屋の移築だ。大工たちはいずれも不合格品――ひとりは膝にこぶし大の瘤をこしらえているし、ひとりは瘰癧《るいれき》持ち、もうひとりは首が曲がっている。戦争のおかげで役立たずになってしまった連中である。

ひとの金。

「おれたちゃ役立たずよ！」と彼らは言う。その〈役立たず〉が毎月、自分の手間賃を上げてきて、今では秋のころの倍の金額を受け取っている。うちとは契約なので、途中で請負を拒否されたらとそれが心配の種。賃上げを要求されれば契約内容の変更を申し出るつもりだ。

そういうわけで、これを異常な現象と見る人からは、なにもこんなとき〔戦時下〕に家など建てなくても、と同情されたり残念がられたりしている。

「釘は幾らした？」

「一フントで四十コペイカ！」

ひと月前、釘は三十コペイカ、そのひと月前には二十コペイカ。同情や憐憫の数は増したが、ひと月後にも賃上げ要求を撤回させられなかった。彼らには彼らなりの論拠があった――今は耕作料が一サージェンに付き五十コペイカ、ということは、耕すだけで一デシャチーナに付き三十ルーブリかかるということだ。

……捕虜を使ってなんとかこの異常な状態をと思うが、戦争の話をしだすと、すぐにボスニア・ヘルツェゴヴィナ（捕虜である男の祖国）のことばかり。少しも話が進まない。そんなふうにして二か月が過ぎた……

ある日、またわたしはその捕虜と会話を交わした。彼は立派なドイツ語を話し、さらに二か国語できた。彼はわれわれが言うところの〈教養人〉である。Volksschule（国民学校）で六年学び、そのほかに鉄道関係の勉強もしていた。

「きみは仕事じゃそんなに苦労せずにやってこれたんだね？」

「そんなことありません」彼は答えた。「仕事と言っても汚い不便なことばかりでした。せめて一度でいいからベッドで眠れたら、どんなによかったでしょう」

わたしには、こんな彼らの暮らしがそら恐ろしいものに思えてくる。彼らに能力があるとわかった以上、なんとかそれを活かせないものだろうか。だが、いくらこちらがそう思っても、雇い主から親戚同然の扱いを受けている当の本人に――「何があっても自分の主人を見捨てるようなことはできません」と言われたら、それで終わりである。

▼五月一日

五月一日、朝から雲が烈しく飛ぶ。雨か晴れか。みんな

＊　いかにもこれは『死せる魂』（ゴーゴリ）に登場する女地主（コローボチカ）のアルージョンである。

に屋根のペンキ塗りと木の皮剝ぎ〔壁や天井の漆喰の下地にする木舞《こまい》〕を指示しておかなくては。昼食後、仕事が思いのほか進捗していることがわかる。急に冷え込んできた。夕方近く、寒さが本格的になってきたので、用心のために胡瓜を藁で覆う。深夜、月が出ているのに、あっと言う間に氷点下だ。朝、雲ひとつない空。鳥たちの大合唱とともに日が昇り、一瞬にして照らし出された庭の白さ。

コンスタンチンが言う――「ミハイル・ミハーイロヴィチ、あっしはこう思うんです――戦争は強奪だ、ツァーリは強奪者だって、ね」

「でも、きみはそいつに服従してるじゃないか？」

「そうですが、でも、自分なんかに何ができます？」

「行くなということさ。戦争は認めない、だから行かない、とね」

「それじゃ銃殺されちまう」

「そのときは、撃てと言うのさ」

「何のために自分は惨めな死に方をしなきゃならないんです？　そんならいっそ前線で殺されたほうがましだ。『おれを撃ってくれ！』なんて言ったら、それこそ惨めじゃねえですか」

▼五月四日

暖炉《ペチカ》職人が大工に言った――

「なぁおい、定期市でおめえ、子豚を買うんだろう？　だったらついでに、おれにも一匹頼むよ。いくらするんだ？」

「二十五ルーブリ」

「一匹でか？」

そのとき、地下の室の奥から、土掘り人夫の声が聞こえてきた。

「おい、エルマーニェツ、この間抜け、おめえ、いくら稼いだ?!　二十五ルーブリもすんだぞ、子豚は！」

「二十五ルーブリがなんだ！」と、ペチカ職人（町から来た）が言う。「わしら町の人間には難しいが、でも、おめえなら、たらふく餌やってたっぷり肥らせたら、二百ルーブリで売れるでねえかよ」

「あのなぁドンツク、きょうび、どこの百姓が三百ルーブリもする豚を食うってんだよ。おめえらの豚はどれも町で売られてんだぞ」

言い合いが始まる。町方の人間は、値の張る豚など口に入らないことを証明しようとするし、農民は農民でこれも同じことを証明しようと頑張る。また土方が地下の室から顔を出して――

「結局、豚は誰のものになるんだ？　おい、エルマーニェツ、このドンツク野郎……おめえ、いくら稼いだんだよ、えっ?!」

大工は、豚を買うかやめるか迷っている——誰かが耳元で「二十五ルーブリで買っちまえ、ひと月経ったら五十ルーブリになるじゃねえか」。するとまた誰かが「もう少し待て。ひょっとしたら、講和締結ってことになるかもしれんから」などと囁いている。

「そりゃ、いつのこったい？　噂じゃ、奴ら、締結なんてしねえってよ」

「何事にも終わりはある！」

価格は尻上がり。時を数えつつ値を数えつつ、いや増す不安の速度。時間と価格——死のメカニズム、いのち。

大工が腰を下ろしている。なかなか決心がつかない。時間には見積りが要る。われわれはどうもアメリカにでもいるようだ。時間の種類がまったく違う。あまりに速すぎる。価格の高騰と不安、速い生活テンポを前にして恐怖に駆られている。なんとか後れを取らぬようにしなければ。

家を建てようと思ったのが秋。資材の値上がりを見越して、冬のうちに、鉄板、煉瓦、石灰、セメント、薄板、ペンキ、釘等々を購入していた。さまざまな請負業者に依頼し、彼らから正確な見積りを取ってもらった上で、契約を交わした。春になり、すべて順調に事が運んだので、それなりに自信を持っていたのだが、いろいろおかしなことが生じてきた。連日モノが値上がる戦時下に家を建てるというのが、そもそも間違いだったのか、ともかく「時」がわが家の契約内容をあらかたぶっ潰してくれた。秋ごろの日当で今現在、働こうと思う者はいない。こちらも泣きつく相手がいない。しかし働き手はみなひとの好い連中ばかりだったから、なんとかそこは助かった。助かったと思っていたら、また新たな不運に見舞われた。屋根葺き職人が購入した鉄板〔屋根用ブリキ〕だけでは足りないことが判明。不足分だけで、秋に買った鉄板全部の値段と今ではほぼ同じなのである。それだけかと思っていたら、大工も釘でしくじっていた。秋に十五コペイカで買ったものが今は四十コペイカ、薄板も同じようなことになっていた。ペチカ職人はこの一帯では名人と呼ばれるくらいの男だったが、煉瓦でこれもやはり大失敗。こんな最悪の時期に家など建てようとするからだと、同情とも呆れたともとれる顔でいろんな人間が「お悔やみ」を言いにやって来た。

「まだ足らないね！」そう言ったのはペチカ職人の姉に当たる人。

今になって「煉瓦があと千個足りん」——そんなことを言われても、どうしようもない。

「ドミートリイ・イワーノヴィチ、なんでまたそんな計算違いを？　どのくらい必要か、わからなかったのかね？」

「それがわからんかったですよ」ペチカ職人は答える——

「知ってのとおり、ペチカってものは、ひとつひとつが違うように出来てるからね」

「でも、前もって図面を引いてちゃんと計算しとけば、問題なかったんだよ！」

「いや、その見積りができんのです！」

しばらく言い合う。わたしは鉛筆で紙に図を書いて見せる。そうすれば、いくらなんでも追い詰められて、徐々に自分の非を認めるはず。

「違う違う、ドミートリイ・イワーノヴィチ、そりゃ間違っている！」

だが、相手も勇を鼓して——

「おたくの言うような冷たい心で働くってのは、わしの性に合わん」

「ほう、冷たい心の熱いペチカときたか！」

「そうですよ、心が冷たきゃ熱いペチカは出来んからね、もうこの仕事はやめにしましょうや」

「そりゃないよ。おたくを馘にはしない。だって資材が不足してると言ってるのはそっちなんだから」

そして二人の話は戦争に移っていく——資材不足のそもそもの原因が戦争であるなら、こうした腹立たしさも恥ずかしさも、つまるところは戦争なのである、と。

否も応もなく物価は上昇《ラスチョート》！　戦争が一切を諦めさせる。戦争が——とはいえ、草も冬麦も春蒔き穀物もどんどん生長《ラスチョート》し、庭には花が、大気にはぬくもりと水分が、大地には力が甦ってきつつある。おお、なんという幸せ！　否でも応でも自然界はものみなすべて生長《ラスチョート》しているのである！

▼五月五日
クローヴァー、燕麦、ジャガイモ、ビート、キビの準備は終わり、今はあっちでもこっちでもジャガイモの植え足しだ。あと一週間ですべて完了。

いやでも伸びるし生長する。畑から帰るときのあの嬉しそうな顔はどうだ！　どの目も輝いている。難しい農業経営学なんかもうどうでもいい——ただただ嬉しい。花の香りとぬくもりと水気を含んだ黒土の心地よさ、嬉しさ、おおこの歓びよ！

あれほどの心労や煩わしさにもかかわらず、農業が心身にもたらす健やかにして純粋・素朴な喜びが、今ではまったく損なわれてしまった。喜びには、孤独感に打ち勝ち、自分ひとりじゃないぞ、誰にとってもいいものなんだという思いが、信念がつねに伴う。が、あまりに素朴に過ぎる喜びもまた同じことを口にする——自分にとっていいものは万人にとってもいいはずだ、などと。かくして他人《ひと》の不幸は見えなくなる、気にもしなくなる。

しかし今は、どんな喜びの前にも占い鏡が置かれている。そこに映っているのはどれも黒い絵ばかりだ。今年、われらが地方の自然には、人間の魂とぴったり重なる、驚くほどの符合があった。昔の年代記作者なら「大いなる徴《しるし》あり」と誌したにちがいない。

▼五月六日

ミリュコーフ〔立憲民主党〕のわかり易い論文……もしミリュコーフを信ずるなら、国外で戦争に加わったほとんどの人間には、なぜ何のために自分たちが戦っているのか、その理由がわかっているということになる。でも、それは正しくない。それが正しくないのは、今まさに死なんとしている者に、生きているわれわれが付与する死の〈偉大なる意義〉が、厳然たる〔死の〕事実を前にして一切の意味を持たなくなるのと同断だからである。死なんとする人はただ痛みのために泣き叫んでいるのだが、そのとき傍らに立つ人は生命を重んずることを学んでいるのだ。そして臨死の場を通して〔生命の〕価値を理解しようと努めることが彼をしてまた死を讃揚せしめるのである。

ロシアに敬虔な人間は多いが、正直な人びとは多くない。もしあなたが何か事業に着手し、ぜひ正直な助っ人を見つけたいと思っても――「そんな人間なんかいない」とあっさり一蹴されてしまうだろう。あなたは訝しげに問い返す――良心に従って働く人間がいないって？ まさかそんな？ するとまたこう言われる――「そんな奴がいるなんて、おれにはとても信じられない」と。

「そうだよ、敬虔から流れ出る正直にはともかく実用的な価値がない。ほんのわずかでも有用な正直ならまっすぐ市場に持ち込まれるよ。そんなのは定価取引をする田舎の店と同じで、非常に稀な例と言っていい。だいいち、ロシア人自身、そんな正直には敬意を払わないし認めない。結果として、正直な人間はまあほとんど存在しない」（要するに、正直とは定価でモノを売る店のことらしい）。

母に泣きごとを言って、何もかもぶちまけたい（監獄の囚人みたいに）。でも、なぜその人にではなく、母に向かって、なのか？

その人を受け容れるためには、その人と同じくらい苦しまなくてはならない。そうだ、そこですべてがはっきりしてくる――自分を思うほどに他の人を思わなくてはならないのだ。

だが、必ず先に戦争が――そうなる前に戦争が起きてしまう。

経営とは民衆《ナロード》への憎悪と軽蔑の試練（学校）だ。

人間関係がいよいよまずくなってきた。あっちではどっかの森に住んでいた、こっちでは家族の鎖に繋がれている。

あっちにいたのは善良な森の女《バーバ》、こっちにいるのは怒りっぽくて獰猛な女だ。あっちは自由で縛られず、とにかく誰もこっちに目を向けない。ここでは根を張ること〔家〕が必要で、何もかもが視界内にある。それで生そのものがどん詰まりになる。家を新築中だが、そこに住んで彼女〔妻〕のために農業をやっていくか、まだわからないし、彼女が一家の主婦におさまるのか、それもわからない。自分の巣なのに、なぜか硬いトゲトゲの藪にでも突っ込んでいくような気がしてならない。棘に引っかかれると、ああなんでまたこんなところへ潜り込もうとしたのだろう――そう思ってしまう。彼女との暮らしがこんなでも、自分には慰めがある――それは何かと言えば、自由、だから。そもそもの初めから（これはレオーンチイ〔未詳〕に話して聞かせたことだが、自分は家というものを受け容れていない、ただ体験しているのだ）そう自分は感じていたし、それなりに結構ちゃんと暮らしてもきた。なぜなら、自分を自由な人間と見なしてきたから。今は何もかもがおのれの自然本性《プリローダ》*1に逆らっている。腰を落ち着けよう、ここで暮らしていこう、しっかりと家族を養っていこう、でも自分は……（ここではないところで暮らすだろう）。

　リーヂヤ〔長姉〕とは距離を置くべきだ。アファナーシイ〔軍事捕虜のアファナーシイではなく、雇ったロシア人のアファナーシイ〕のところに行ってくること（ダーチャの件）。イワ〔ン〕・ミハ〔ーイロヴィチ〕にはクローヴァーの種をどこに蒔くか訊くこと。アファナーシイには作業員についても。春の農作業の段取りを正確に知っておくこと。コーリャ〔次兄〕とは納屋をどうするか相談する。

　嵐のあとは、たいてい自分が謝っている。決裂まで行ってしまうと、ああもうお仕舞いだと思ってしまう。なぜそう思うのか？

「人間がまっすぐの道を歩むとき、人間に十字架は要らない。だが、道を逸れてふらふら迷走し始めるそのときに、人間をまっすぐの道へ押し戻すさまざまなことが起こってくる。こうした押し戻し《タルチキ》こそ人間のための十字架となっている」（アムヴローシイ*2）。

　人間のために十字架をつくるのは神ではない。人生で担う十字架がどんなに重くても、木でできたもの〔十字架〕は木なのであって、人間の心の土壌で大きく育つのである（個人的理解）。

▼五月九日

　朝、クローヴァーで失敗したが、嬉しい結果に終わった。欲しかった大工たちがようやく雇ってくれとやって来たから。もちろん働いてもらうのだが、それでもちょっと心配なので――

「兵隊には？」

「八十四項だよ！」ひとりが答える。

そして条項〔兵役免除〕の説明を始める――

「出っ腸〔脱腸〕なんだ！」

もうひとりは六十二項で、瘰癧。三人目は頭が弱く、四人目はびっこで、五人目は年寄りだ。みなしてわたしを宥《なだ》めにかかる。

「わしらは役立たずさ、み～んな役立たずだよ！」

六人目の男には片腕がなかった。カルパチヤの戦闘で右腕を失った。でも、庭園の番をさせてくれと言う。

「おめえ、腕もねえのに、林檎に添え木なんか当てられるもんかい？」

「なんでもねえさ！　それがどうしたい？」

「左手一本でか？」

「そうだよ、左手でな。戦争が終わったら添え木〔義手〕でもこさえてもらうさ」

▼六月八日

これまで自分は一度も、団体や会議の議長も司会も団長もやったことがない。そういう役職にある人間を目にすると、心から驚いたものだった。それでも万一に備えて、そうした仕事の中身を知っておこうと思ったり、勝手に頭の中で偉くなった自分の姿を想像したりしていたのだったが、めぐりめぐって自分が選ばれるような恐れが出てきたころには、覚えたことはみな忘却の彼方に行ってしまっていた。選ばれる恐れがあったとき、これ以上ない愚かな質問――たとえば、前もって電話して「集会を開きます」と言うんだったか、開会を宣したあとに電話をすべきなのか、そんなことがもうすでに自分には解決不能の問題のように思われたのである。自分のような人間は、ルーシにはごまんといるだろう。もちろん、われわれだって優秀な議長になれ

＊1　プリローダは自然の意。自然界、自然の力、造化、人間本来の本質、本性、天性、素性、血統。プリローダに分け入ったプリーシヴィン自身のプリローダの真骨頂。

＊2　アムヴローシイ（オープチナ僧院のアムヴローシイ、一八一二―九一）、オープチナの有名なスヒマ修道司祭、長老。彼には書簡体形式の著述が多く、これもその一つ。オープチナ修道院（男子）はカルーガ県コゼーリスク市から二キロの地にある。言い伝えによれば、大盗賊のオープタ（還俗してマカーリイ）によって創設されたという。一八二一年、修道院の近くに僧院がつくられた。作家のゴーゴリはマケイ師を、ドストエーフスキイやトルストイはアムヴローシイ師の話を聴きにいっている。この僧院にはプリーシヴィンの母のマリヤ・イワーノヴナも何度か訪れていて、幼いころ母からよくこの長老のことを聞かされている。

るかもわからない。でも、何かこう……つまり、自分にはまったく不可能と思われる重要な地位で自分がちゃんと腰を下ろせる席は、やはりどう考えたって自分自身の記念日（祝賀会）がいいとこであって、議長職などは二の次三の次なのである。ところがなんと、その自分が人生でいちばん恐れていたことが現実に起こってしまったのだ。農業人口調査委員会地区議長とかいうのに担ぎ上げられてしまったのである。

わたしは森にいた。森にはわたしの指導の下で働く百人を超える労働者がいた。労働者の大半がそこの茂みに自分の所持品を隠していた。夜になったらそこから自分の大事なものだけを持ち出すのである。したがって、わたしには百人の労働者を監視する百の目が必要だった。そんなとき、突然、ひとりの男が、郡役所からですと言って一通の封書を取り出した。

「ついこのあいだ――」と男は言った。「村長に『おまえさん、あの森に行くんだったら、ひとつ頼まれてくれ』と言われましてね。こっちは町に牛を売りに行ってたもんだから、三日もこれをズボンに入れとったです」

封書には紙が一枚。そこにはだいたい以下のようなことが書かれていた――農業大臣からの強い要請により全ロシア農業人口調査が実施される。この調査にはお歴々からなる特別委員会の厳しい目があるによって云々。そこで一方的にわたしがこの地区の委員長に選任されたのだ。

経営（農事）をめぐって。

未明に窓を叩く音。

「マロースのご到来だよ！」

「そりゃあ有難い！」

マロースにしてはずいぶん弱々しいものだったが、でも有難かった。十二度目の朝寒《あさざむ》である。いつもなら種を蒔く場所がわかるように畑のあちこちに藁を積んで置くのだが、やってなかった。穀物小屋から藁を担いで畑に向かっていると、大きな大きな太陽が昇って、急にマロースが和らいでしまった。犂《す》き路をちょろちょろ水が流れだし、足が冬麦畑にずぼっと埋まるようになった。これでは種が蒔けない。その失敗で調子が狂った。失敗したときはいつもそうなのだが、まずいことが次々起きてくる。斜面の犂き路をちょろちょろ流れていた水が次第に大きくなって窪地へ、さらに大きな涸れ谷へざあざあと、ついには大河に合流だ。もうこれは純然たる犯罪的怠慢ではないか！　怠け癖がついて、ただぼんやりしてる人間たちの目の前で、この上なしに豊かな土壌が洗い流されてしまったのだ。肥沃な土地が裂けて深い窪地を、粘土質の赤い谷間をつくってしまったのである。それも村から町までずうっとだ！　畑と村が分離してしまった。畑と窪地が野蛮な悪意と嫌なしかめっつらで応じたので、春の夢は台なしだ。

　すべては無《ニチエヴォー》から。ロシアの中央部に位置するこの地方はたえず旱魃に苦しんでいる。湿り気が足りないのだ。いま音を立てて流れているものは、畑を洗いこそすれ、本物の水ではなく、砂漠の蜃気楼のようなもの（幻のオアシス）。鉄砲水が畑を洗い流し、すぐまた干からびる。

　だが、農業なんか打っちゃって、そう、何もかも放って旅に出るなら、そりゃあこの世は素晴らしい。素晴らしいに決まってる。春の河川の氾濫のころ、遠くから聞こえてくるあの、地平線の果てまで響き渡る鐘の音より素晴らしいものは、どこにもない――ただし、農耕なんか始めなければ、ではあるが。

　もうすることがない。仕方なくクローヴァーの種を持って家に帰ると、大工たちに何かまずいことが起きている。近づかないほうが身のためだ。彼らが何か言ってきたら――たとえば、新聞のニュースについて訊かれたら、答えないわけにはいかないし、こっちも何か伝えずにはいられなくなる。毎回、一刻も早くこの場を離れたいと願う。でも所詮、無理な話！　五人の大工はいずれも役立たずの不良品。しょうがない、雇ってしまったのだ。

　人間のほうも人間だが〈生きている財産〔家畜〕〉もご同類。わが家では今、老馬かもしくは非常に若い馬を購入しようとしている。五年目までの馬は周知のとおり動員（徴収）の対象だ。そこで要熟考。夏のあいだに戦争が終わることを期待している人間は四歳馬を買うが、もっと慎重な人間は三歳馬を、しかしいちばん確かなのは年を取った痩せ馬を買うことだ――痩せ馬は値が張るが。*

　今も大工たちは仕事をほっぽって、ツィガールキ〔ちびた手巻き煙草〕を吹かしながら、新聞のニュースを訊こうとする。こちらにはそれを拒む権利も理由もない。それで一気にそれを片付けたいと思うのだが、そのつどニュース解説とやらはこんがらかって要領を得ないものになってしまう。

▼六月九日

　後方で。まず前線があり最初の後方〔銃後〕がある。そこから第二、第三の後方が、そうして最後の後方の後方から、すべての軍《いくさ》と完全対立する平和が始まるのだ。むこうにも国家があれば、こちらにも国家があるわけだが、しかしはるか彼方には野原が、畑が――海にも紛うライ麦畑が

＊　諺に「痩せ馬はみすぼらしいが足は速い」――見かけは貧弱だが仕事はできる、と。

延々と続いており、畑へ分け入ってじっと穂の先に目をやれば、まだ目隠し鬼のように目（芽）を閉じている、痩せたひ弱な穂さえもが、むっちり太った仲間たちに追いつこうとどんなに頑張っているかがわかるだろう。そして前線の国家も後方の国家もどんなに必死に頑張っているかもわかるはず。

銃後の世界に住んではや半年。生活の資を得るために痩せた穂や肥えた穂の仲間に立ち交じって、わたし自分がそんなライ麦の穂なのである。

きょうは暑いが、みんな重ね着して畑に出た。男たちは上着を二つ半コートを二つ重ね、女たちはルバシカとスカートを二つも三つも身につけている。そういうわけで、ここの草木の生い茂る旧公園には、衣類を包んだ風呂敷や袋がやたらとぶら下がっている。若い娘たちは、火事場みたいに、自分の包みをしっかり自分で守ろうとする。朝から包みを抱えてやって来るのは女だけでないし、〈カザーク兵〉に自分の衣類が見つからないよう頼みに来るのも女だけではない。

「おまえさんたちには――」と、わたしは女のひとりに言う。「手を出さないよ、連中〔カザーク兵〕だって全員から巻き上げやしないさ」

どうやらきょうは朝から、カザーク兵が戦争のために衣類を奪って回っているという噂が立ったらしい。

▼六月十七日

全ルーシが物不足と物価の高騰に呻き声を発している。とはいえ、それでもその呻き声は心臓を鷲掴みするほどのものではない。そうならないのは、ドイツの呻きのほうがずっと大きいし、こちらは国民挙げてのそれではないからだ。おかげで、そのことを本気で語ろうとしない。「ドイツの阿呆め、おめえら、いくら稼いだんだよ！」――そんなことを誰かが言えば、誰かがまたそれを言い直して『奴らはてめえで稼いだのさ。うちらにゃ砂糖はねえが、でもいいか、一フント半ルーブリ〔五十コペイカ〕と〔お上が〕決めたら、なにそんなもの、すぐにも出てくんだよ！』

雨のせいでライ麦の収穫が一週間以上遅れてしまった。ここ一週間で茎が倒れてぐちゃぐちゃになってしまったので、刈ったり縛ったりするだけで一デシャチーナ当たり二十五ルーブリの出費だ。脱穀代など考えるのも恐ろしい。

チェヂーンツェフ一家の賃借料。賃借には作業が義務づけられているが、今年（おそらくはこの一年）、うちで働いているのはその義務労働者たちだ。義務労働者とはいったい何者か？　捕虜なのだろうか？　そうではない！　全員ロシア人で、しかも土地の農民だ。地主の土地の一部を使わせてもらう代わりに、残りの土地の収穫を義務づけられた者たちである。こうした例は一九〇五年のストライキ*後、この地方の農民中間層によく見られるようになった。領地のはずれの土地（作付面積一デシャチーナにつき二十五～三十ルーブリ）を借り、代わりに中心に近い土地（地主の土地）を耕作し、貸借料から耕作費（刈り取り、束ね、運び出し、ときには干草作りも）を差し引く。

▼六月二十二日

母の名の日の祝い。

ドア、敷居、門、くぐり戸、木戸、狭い通路、裏口、正面玄関――これらは人間飛躍の障害であり試練である。ドアの向こうはどこも同じ。人間はみなそれぞれ自分のためにドアを開けることを学習している。描くとすれば、その人間が、閉ざされた自分のドアの前に姿を現わし、そのあと突然、それを押し開ける――ドアのこちらとあちら。前線からいきなり後方へ。

〔古代ローマの〕剣闘士たち。ライ麦の取り入れ。天候次第であり労働者次第である――この二つ。麦の大束とコプナの山。農業にはまったく不向きな連中、乞食も同然の。黒雲がしきりに動く。だが、刈り取らなければ〔穀物の〕堆《やま》はできない。彼らを押しとどめようとしても無理――すでに誰かの畑へ移ってしまった者もいる。捷報《しょうほう》あり！　二人の将軍。農業に不向きな人たち――彼らといかに付き合うか。農業労働者などと一括するが、大鎌の刃ひとつ取り付けられないし、仮小屋ひとつ満足につくれないのだ。打つべきは刺激策。その気にさせること――馬鹿でなくきれいな賢い若者《ガールヌィ》がいれば、女たちだってその気になるだろう。この仕事の神経（原動力）はヴォトカにあるが、今はやっぱり鼻薬よりガールヌィのようだ。

国会の派遣委員団によってもたらされたヨーロッパの印象は、われわれがこれまで抱いていたものとはまるで正反対。ぜんぜん折り合わない。われわれの戦争とは〔違って〕ヨーロッパのそれには、個々人のそれ〔戦争〕への必然性の意識が――独立した人というものが感じられるが、われわれにはそれが感じられない。われわれは戦争を集団《マス》で、

＊　日露戦争での敗北（一九〇五）が決定的になったこの年の夏、あちこちで農民運動が起こっている。都市部ではゼネストが武装蜂起に発展し、戦艦ポチョムキンの水兵の反乱に続いて、全ロシア農民同盟の第一回大会（七月三十一日から八月一日まで）、ブルイギン国会、ポーツマス条約の調印（八月二十三日）へ。このころ雇われ農業技師だったプリーシヴィンは農業雑誌の編集者から新聞記者へ転身し、「十月宣言」や農村についてのルポを盛んに書いている。

集団の従順さで、したがって、それが当然の〈義務〔兵役〕〉として、ローマの剣闘士の精神で闘っている……

　戦争が始まる前は、誰もがその意味を見いだし自分の気持ちを正当化しようと努めたものだが、今では〔あれだけ意気込んでいたのに〕意味などどうでもよくなり、一日も早く戦争が終わることを祈っている。

　何もかもが、不平ひとつ言わない国民をどんどん投げ込む脱穀機に似てきた。そしてその脱穀の意味を知っているのは、われわれの知らない主《あるじ》だけなのである。

〔死ぬまで〕休まず奮闘すること。最後まで頑張り抜くには現地の事情を知らなくてはならない。「オーストリア兵を捕らえよ！」と命令するのは結構だが、これはそう簡単なことではない。それだけの頑張りが必要である。「成果はどうか？」そう問うのは事情がわかっている人間だ。「自分は自分の国をよく知っております。ですからオーストリア兵を捕虜にするだけでなく、あらゆるモノを手に入れてみせましょう」そんな人間が出てくる。何者にも替え難い人物が。

　要するに、自分は今、自分の地所《フートル》でプロジェクトを推し進めているのだ。

　戦時下にある現在、地所とその財産をすべて〔国家が〕一時的に収受し、働き手（当然、自身をも含めて）を兵役義務者として戦時法規に従わせるよう提案する。われわれはみなすでに銃後の機関においてしか奉仕できない年齢に達している。

　社会と軍に穀物を供給する独立農家《フートル》が重要な機関たり得ないはずはない。そこからの収益は国家にとって大きなものと考えられる。自分は、自分の領地が自分名義の所有物として将来返却されること、現状回復できるものと信じている。自分の仕事の質（良否）はむろん別問題だが。

　国家総動員法の公布もそう遠くないかもしれない。

旧いものと永遠に新しいもの。生存の遮蔽物、永遠の奴隷制度、やりきれなさ。古びた菩提樹の並木道を歩いている。枯葉の鳴る音、黄葉の香りを嗅ぎ、悩み呆《ほう》けてふらふらと、年寄りの自分を客人とでも思っているのだろうか、ただぶらぶらしている年寄りの怠け者の方へ歩いていく。ああ、母は上から〔あの世から〕息子のこんな体たらくを見下ろしながら言うだろう――ほらあの子が行く、本当に馬鹿な子だこと。いったい何をしているの？……母には何もかもお見通しなのだ。わたしがぜったいそこへ行かなくてはならないことを。母は知っている――あした自分がどこへ出かけるかも。自分には自由が、母には必要が。あっちには何の驚きもない、彼ら（雇われ人）にとってこの世に新しいものなど何もない……

森から爺さんがやって来た。ニコライ・アキームィチ。彼は番頭。どんな暮らしをしているか話してくれた。土小屋に住んでいる。ペチカのことなど誰も忘れている。だから暖房のない土小屋に住んでいる。それから鼠がのさばっているという話をした。今年はえらく繁殖したので長持をまるごと齧られたが、水はまだなんとか手に入る、どこからかちょろちょろ流れて来るから毎晩、汲み出している。「あんなとこにいつまでも居たくねえよ」とアキームィチは言う。無理もない——もう七十五歳なのだ。「講和の話は聞いてないかい?」—「いいや聞いてない」とこちらは答える。「でも、噂じゃイギリス女がトルコ女と平和条約を結んだらしい」—「そんな、馬鹿々々しい!」—「わしだってくだらねえとは思っとるんだが……こないだ、薪を買いに来た男が、うちの女房は町で軍のズボンを縫ってるんだと言うから、どんなズボンだと訊いたら、〈綿入れのズボン〉だと。綿入れってことは、平和条約なんかまだ先の話だ、冬を越すってこったからな」

「百姓たちを怒鳴っているとき、わしはほとんど最高の気分である。真実のために怒鳴っているからだ。それで自分は癒されて、いよいよ声を荒げる。ただそのあと我に返ると、どこか穴の中にでも落ち込んで、さっきまで自分が怒鳴っていた場所を改めてしみじみ眺めたりする。そして傷口が塞がるように徐々にその嫌な気持ちが鎮まると、またぞろ自分の民衆《ナロード》や百姓《ムジーク》についての蜘蛛の巣を織り始めるのだ」(ア・ロストーフツェフ)*

商店主のフェドート・デニーソフは小店を閉じて就職した——信用組合の穀物集積所の仕事だ。そうすることで兵役義務を逃れようとしたのだ。しかし仕事を始めたとたん、軍役所から呼び出しを喰った。たいていはそんなふうにして軍隊にとられるのである。戦争では、家に帰りたければ帰っていい、帰りたくない奴は兵隊になれと言われるのだ——そう思っていた者もいたらしい。

民俗誌学的のそれでしかないが、大いなる意味を有する事実がある。それはわれわれの暮らしに何十万の外国人労働者を扶植するということ。彼らの大半はもちろん、自分の苦しい不自由な体験を余すところなく伝えるだろう——体験記などの本によってではなく十字架の道によって。すれば、磔《はりつけ》にされたその肉体を通して、今やヨーロッパがロシアを知ることになる。以前は占い鏡で知ったものをこれからは直にその目で。

---

* エレーツ市の地主で園芸家。変人。プリーシヴィン家の隣人であるリュボフィ・ロストーフツェワの夫。

▼七月三十一日

街道。わたしたちは自転車を走らせていた。その昔、トゥルゲーネフが愛のスケッチのための材料を探して歩いたあたりだ。* 一緒に自転車を走らせていたのは高等中学の八年生――教授となるべく勉学に励んでいる若者のひとり。しかし祖国愛〔戦争〕のために天職への足がかりが見つからずにいる。トゥルゲーネフは言わばロシアにおける外国人――ロシアを嘆賞するにはもうちょっと外国人である必要がある。そうでなければ、欺瞞がロシアを苛むことだろう。だが今はもう、ほんとうの本物の外国人はそうは信じていない……

　ときどき思うのだが――こうした外国人に対するロシア人の情熱的な憧憬や、ロシアに愛の眼差しを向ける、いわゆる〈輝ける異邦人〉〔メレシコーフスキイ〕に対する飽くなき夢想は、どうも、ロシア人自身がおのれのすべてを誹《そし》り非難する精神的必要性から生じているのではないのだろうか、と。かくも厳格な検察官の義務こそが弁護士の雄弁に場所を空けるのである。

　ただ、今はコーリャ・B《ヴェー》〔中学生〕も検察官どころではない。まもなく准尉になるのだ。そう決心したので結び目が解けかかっている。それでこうしてトゥルゲーネフゆかりの地を自由に堪能することも祖国の弁護士たることもできるのである。われわれ二人は良心に疚《やま》しさを覚えることなく、軽快に自転車を走らせていた。時は秋、最良の季節。家屋敷《ウサーヂバ》は花咲く秋の佇まい。光る轍《わだち》。路肩を這う蔓。何もかもが愛しい。ああほら、ハタリスが後ろ足で立っている。キビは刈られたが、ジャガイモ畑はまだそのままだ。雨が多くて、アカシヤの莢はまだ割れていないが、取り立ててどうというのでもないそんなものが、今ではいっそう嬉しく心地よい。ペダルを踏みつつあたりの景色を心ゆくまで楽しんでいた。

　こっちに向かって荷馬車が一台。土地の者が何人かと捕虜がひとり〔オーストリア人〕乗っている。外国人は特別目につく存在だ。街道で見かけることはほとんどない。着ている服、物腰。だが肝腎なのは、その目、こちらとは大違いである。どこだったか、それと同じ服を着た製粉所の男が袋を肩に歩いていたことがあった。彼も外国の捕虜だったのかも。飼料用の豆を植えた畑でも、街道や大村《スロボダ》の交差点でも、見かけたような気がする。それとそっくりの男が、鍛冶屋に馬を引いていくとき、われわれの方にちらっと視線を走らせたこともあった……

　わたしもコーリャも同じことを考えていた――わが国には今、至るところにこんな人間がいて、われわれを見ている。その多くがわれわれについてそれぞれ意見を言うだろう。そうした意見にはたしかに新鮮な響きがある。なぜなら外国人は今では、徴集された軍人《いくさびと》のヴァリャーグ人としてではなく、わがナロードと同じ奴隷として十字軍に加わったのだから。

すれ違う四輪馬車。捕虜はお百姓たちとまったく同じ恰好で――脚をぶらぶらさせて、ごく自然に彼らと何か話をしていた。見たところ、仕事が彼らをひとつに結びつけていて、言葉の違いは問題でないようだ。

外国人は、自転車を漕いでいるわれわれに気がついて、訊いてきた。「ここにはあなたたちのような人は多いのか?」そう言われて、すぐに思ったのはこんなことだった――『あなたたちのような』とはどういう人のことだろう? 若い人という意味か? でも自分は若くないし、コーリャはまだ少年だ。金持ちということか? 外国人にとって自転車は富裕のしるしではない。では、どういう人だろう? その外国人の目に街道のわれわれはどんなふうに映っているのか? なぜ『ここにはあなたたちのような人が多いのか』などと問うたのだろう?

質問の意味はわからなかったが、荷馬車に乗っている人たちはすぐに察したようだ。すれ違ってすぐに、背後で――「あんな奴ばっかだ、騙《かた》りだよ」。彼らはこちらをそんな特別な人種――自転車に乗って景色に見惚れている碌でなしの特権階級として切って捨てたのだ。

中学生と自転車で町へ出かけたのは、郵便で小さな記事を送るためだったのだが。

▼八月一日

人間が抱く最も大きなイリュージョンのひとつは土地所有の感情である。個々の土地所有者が単に一時的な借地人にすぎないこと、晩かれ早かれ、その土地が他人の所有に帰するのは疑いの余地がない。だが、それら所有者はいずれも、土地をわがものとしながら、その所有時間が限定的なものだと感じている。土地というのは脆い人体を支える土台、固い鉱物の混合物から成る土台のごときもの――たえず生の脆弱さを思い知らせるようすがともなるもの。が、それでも自分の台脚を所有するというのは……

固定価格。「ライ麦はルーブリ札から芽を出すわけじゃ

＊『猟人日記』(一八五二) の主な舞台は中部ロシア――オリョール、カルーガ、トゥーラなど諸県にまたがる広大な地域。森、野、川、畑、水車小屋……そこに暮らす人びとの息遣いが生き生きと伝わってくる。「ホーリとカリーヌィチ」「ベージンの草原」「ビリューク」その他。トゥルゲーネフ家の領地スパースコエもプリーシヴィンの故郷フルシチョーヴォもオリョールである。

ない」。なのに、動かない定価一ルーブリ五十コペイカ。

▼八月三日

農婦《バーバ》と淑女《ダーマ》。我儘なバーバたち。家庭訓*1が破綻してバーバたちはやりたい放題。

こんなタイプ。豚を買った独占資本家は独身である。これで戦争の三年は脂身《サーロ》で生き延びられると計算している。

片目の――耳も聞こえないらしい傷痍軍人が釣針を買おうとしていた。店の番頭が指を使って値段を教えようと試みる。そしてみなに向かって――

「可哀そうなのは犠牲者だ、まったくなあ！」

退役の陸軍中佐が誰かに説明している――「紙が値上がったからパイプにしたんだ……だから妻には内緒でマホルカを吸ってるんだよ……」

職業革命家のB《ヴェ》・T《テ》・B《ヴェ》（変人！）が嬉しそうに両手を揉みながら、言う。「さぁてと、仕事に取りかかるかな！」目を覆っていた包帯を戦争が剥ぎ取ろうとしている。いろんなものが見えてきた。神秘と聖性の威光《オレオール》に包まれた平凡人の内なる権力欲。わかってきたのは、見事なそのオレオールの陰に隠れた地主の力。

正直言って、黒土地帯にフートルを有しながら農民や農業労働者たちの立場ないし利害に与《くみ》するのは、きわめて難しい。夜、床に就くときなど、自分を労働者の施恩者と感じることがある――自分は彼らに高い給料を払っている、彼らの家族を養い、彼らの馬の餌も出している、そのうえ彼らの分与地を耕しているのはうちの馬たちだ、自分は彼らと本音で付き合っているのだ、と。そういうわけで、いよいよ眠りに落ちるころには、両者は戦争だって労働問題だって乗り越えられるような関係になっている。

朝、そんな労働者のひとりが「清算してくれ」と言って来た。どっかの役所《エコノーミヤ》が馬丁の仕事を（それも驚くような報酬を約束して）回してきたというのだ。夕方までに彼は自分の家をたたんで出ていった。働き手も家畜番もいなくなったので、代わりが見つかるまで、自分で家畜の世話をし、泥や畜糞を掘り返さなくてはならなくなった。トゥルゲーネフ名残の土地についてならいくらでも書ける、でもいま為すべきは農業経営だ。状況としては最悪である。たしかに彼らにはあまり良心というものがない。新聞を開けば驚くような記事――良心にそむくことばかりで、恥を恥とも思わなくなっている。どこの知事だったか憶えてないが、農民たちに対して所定の賃金で地主の畑を耕せなどと言っていた！　失礼ながら知事公よ、ではどうしておまえさんだけは農民の畑を耕さなくていいことになっているのか？　彼らの畑だって働き手が足りなくて困ってる、収穫時にはそのほとんどが地主連よりはるかに高い賃金を払ってるのだぞ。まったくなんという変わりようか！

　まだ小さかったころの思い出だ。冬の夜である。夕食を終えると母はいつものように新聞を読んでいた。と急に読むのをやめて、聞き耳を立て、控えの間の方に向かって声をかけた――「どなた、誰かいるの？」「お願いに上がりました！」おずおずと誰かが答える。ドアが開く。敷居の上に男がひとり立っている。雪まみれである。「何かご用？」――「お願いです、わしらの組〔クルジョークは共同責任を負う労働者の小単位〕にお金を貸しちゃもらえねえでしょうか？」母はぶつぶつと、ちょっと勿体さえつけて何か言うのだが、結局五ルーブリを男に渡す（貸す相手はあくまでクルジョーク！）。そんなふうにして男は、冬に借りた五ルーブリのために地主の畑をまるまる一デシャチーナ耕さなくてはならなくなるのである。

　その同じ仕事が戦時下では五十ルーブリ。とはいえ、当時クルジョーク〔の責任において〕に土地を貸すのは、べつに恥ずかしいことでも何でもなかった。みんなそうしていたからである。土地の所有や利用に関してはあまり問題化することはなかったのだ。今は正反対で、やみくもに価格は高騰、労賃と地代がしのぎを削り、地代のほうが元気づいている。何とかしようという気がまったく起きない、というより巧く相手を丸め込もうと必死になっている。なかには闘争心を燃やす者たちもいて、昔はストライキをやって牢《ヤーマ》にぶち込まれても二度としないと約束すればよかった、などと言っている。しかしひとたびスチヒーヤが、すなわち抑制不能の社会的暴風が吹き始めたら、大衆《マス》は是非善悪の分別などどこ吹く風で、ただもう付いていくだろう。今はそんな状況なのである。

　いずれにせよ、ストライキが起こり始めてから、クルジョークは完全消滅。それを一掃したのは農業労働者を奴隷化する新たな形態だ。〈義務付き[*2]〉と呼ばれる農民たちが出現したのだ。わが郡下も例外ではなかった。いつでもどこでも耕地の不足が問題だった。農民には土地が必要であり、したがって地主からとっぱずれの土地を借り受け、

＊1　家庭訓（ドモストロイ）は、十六世紀のロシアの司祭（シリヴェーストル）が集大成したとされる道徳書。家父長制的な家庭生活での決まり・掟・道徳を説いた。
＊2　義務付き農民。一八四二年四月二日の勅令――地主との契約により人格の自由と地代による土地の世襲利用権を得た農民のこと。一時的義務付き農民というのもあって、こちらは一八六一年の農奴解放後にも何年間か旧地主のために働く義務を負わせられた農民のこと。

代わりに彼らの畑の一部を耕さなくてはならない……どうやら去年そういうことがあったようで、今年は全員挙げて〔義務の労役を〕拒否しているらしい。義務付きというのはそういう意味だ……。階級間平等の問題がそんなかたちで提起されたわけだが、でもそれは、単に地代の値上げに触発された、無自覚で、自然発生的なものに過ぎなかった。

そこでわたしは、ゼームストヴォの長に、農民をそこまで厳しく追い込まぬよう……〔途中で切れている〕

「首都と家屋敷」や「旧時代*」にあるのは、日々の暮らし《ブィト》ではなく博物館だ。そのためこれらの雑誌からつくられるのはブィトの幻想、考古学者のための蜃気楼であり、紙面に躍っているのは、光沢ある、つるつるした純粋にドイツふうの何か……

▼八月十五日

聖母昇天祭。終末前夜の恐ろしい物価高騰。それはいつも突然起こったから、農民たちはそれで、自分は何か重大なことを見過ごしたのでは、後れを取ったのではという気持ちになった——どこか雲の上、黒雲のはるかな高みで、誰かが時間を加速させ、時の革鞭〔地代〕で自分たちをピシピシ叩いて、これまでとはまったく違う世界に追い込んだのだ、と。そうして追い立てられた連中も、あるとき、ひとりまたひとり、何かを感じ始める——もう逃げ場はないし逃げる理由もない。時が過ぎて、自分たちは以前とは似ても似つかない別の人間になってしまったのだ、と。それでわかったのは、以前の平凡な人間たちの暮らしをずいぶん離れたところから眺めていて、いろいろ理解できるようになったということだった……たとえば、祖国愛というものがかつての神秘的な魂の力などではなく電気や蒸気の力みたいな単純素朴なものだということ。生命も一種のパワーなのだから、これも実験室で気軽に研究できる……それと、心理的状態と物理的状態の間にはどんな違いもない——そういうこともわかった。

▼八月十九日

ガリツィアの公園。人気のない森なのに、からっぽという感じがあまりない。でもそこには、目には見えない、正体不明の主《ぬし》たちが棲んでいる。市民が帰ってしまった公園、庭園、ひっそり閑として、みな恐ろしい……

ルーマニアが宣戦布告した。

過去。すべて往ってしまった、完全に。人に会うことさえ嫌になるほどに。……とうていあり得ないけれど。詩人《ポエート》は結婚できても、ポエジーが夫婦生活を始めない……

戦争を呼びかけて経済活動の圏外に出たとたん、投機家(山師)は祖国を守る人となる。

女教師のエリザヴェータ・アンドレーエヴナは、マリア・プロークと比べると、知能の程度はさほどでないし、賢くもない。彼女は女子中学（出身者）。一方、マリア・プロークは独学の人である。知恵と知的発達では、エリザヴェータ・アンドレーエヴナはマリア・プロークより優れているわけではないが、話が世界の秘密に及ぶと、女子中学出のエリザヴェータ・アンドレーエヴナが〈人類の猿進化説〉をたえず口にするのに対して、あらゆる民衆的「偏見」に凝り固まっているマリア・プロークのほうは、夢と秘密の声と不浄の力〔悪魔〕と神の存在を信じて、少しも動じない。

　黒土地帯の畑で、薄明、二人の百姓がばったり鉢合わせ。一人は町から一人は町へ行くところであった。「うちらの方〔ロシア軍〕はずいぶん死んだよ、見当もつかねえくれえな！」そんな立ち話を聞いて、わたしは胸が締めつけられる。御者のグレープに言った――「これはどういうことだろう、なあグレープよ、ロシアにいるのがつくづく嫌になる」――「たしかに」――「でもドイツ人にはなりたくない」――「そりゃそうですよ！」

　アファナーシイ神父の小さい娘が荷馬車に乗っている。慈善箱を貰えないかも――興奮して小さな顔は赤まだら。負傷兵のためにお金を集めたいのに。

　それでも、すべての国家が人間的なものに向かって回転している、何かしら世界の中心軸といったもの――そんなものが見えてくる。人間的なものに関心を抱かず、ひたすら自分の目的ばかりを追求する大人たちのこともわかりかけてくる。おそらくそれはそうでなければならなかったのだろう。だから商人はひとを騙し、母親はエゴイスティックに赤ん坊を愛すのだし、見張りは家屋敷を守らなくてはならないのだ。そんな鉄みたいな凄いものがむき出しになる。

　道を行く少女のあとを牝牛が二頭ついて行く。まるで少女と繋がってでもいるように。そうだ、やっと気がついた――素朴で無邪気で嬉しいくらいに自然なものはみな消えてしまったのだ。なぜなら、その心のこもった人間的なものの横っ腹にぐさりとナイフが突き立てられたから。〔世界から〕人間的なものがすべてずり落ちてしまって、世界の仮借ないメカニズムが露わになったから。

　黒土の上で百姓と百姓が顔を合わせる。いかにも百姓然

＊「首都と家屋敷」は地主貴族の家屋敷《ウサーヂバ》と旧時代の暮らしぶりを紹介するペテルブルグの雑誌。上流社会の婦人たちの肖像写真などを掲載した（一九一三―一七）。雑誌「旧時代」については、一九一四年九月二十四日の日記の注を。

とした粗野で容赦のないもの、同時に人間に対しては憐れみ深いもの。ニコライ〔未詳、農民〕はただ漫然と未来を思い浮かべている。何か全体を支配しているのは、百姓ふうの堅実な、人間に対して慈悲深いものだというふうに。たしかにこのロシアの俗人の真理はわからないでもない。そこにはドイツ人に見られるあの、いつものヒーローの顔がない。ヒーローとそれに続く民衆《ナロード》。ロシアで勝ちを制するのは、塊、大衆、マスの原理にちがいない。と同時に、どうしてまたそれが自己表現もなく、つまり無人格に勝利するのかと、つい考え込んでしまう――それは奇跡か……地上における明日の世界の基盤であるのか、と。

ヨーロッパの地図が売りに出されている。

スターホヴィチ〔ロシア赤十字社員〕が書いている――オーストリア人はドイツ人が自分たちを戦争に巻き込んだと言ってたいそう憤慨しているが、負傷したロシア兵の話はどれも子どもじみている――「勝った、勝った！」とそればっかりであると。わが家ないしスターホヴィッチ家の愛国主義。この時期に首都名の変更[*1]とは、じつに不愉快。ペトログラード、ああなんて素敵でしょうと歓声を上げている。いったいどこがいいのだ！ 独占体《モノポーリヤ》を愛国主義《パトリオチズム》に言い換えようという魂胆である。誰もが自由でないと感じている。これは二股膏薬、いや二枚舌だ……そんなことが社会の隅々で起きている。ゼームストヴォの連中は赤十字を嫉んでいる。[*2]社会生活への鬱々とした不満はいずれも不自由から生じ、生き生きとした感情はお役所主義の枠に押し込まれている。警察なしには救いもない。

勝利（リヴォーフ市の）を市長の柱〔告知板〕で知った。教会での勝利祈念をみなに呼びかけている。予定どおりの勝利、ではなく天からもたらされた勝利、とあった。涙が出るほど嬉しかった。

戦争前の夏、苔の多い森に住んだことがあった。その森が炎に包まれた。火はわたしの家に迫っていた。わたしは風上から火元と思われる方へ向かった。一本の大きな木がぐらっと揺れたかと思うと、凄まじい音を立てて足元に倒れてきた。どっかでまだバリバリ音がしていた。何か見えない地下の火にでも灼かれたみたいだった。木々が自ら倒壊――堂々たる不動の巨木たちが自分から動きだしたという感じ。単なる恐怖ではない、わたしの中の原始人が怖気《おぞけ》を奮ったのである（原始的感情の発露）。空を見上げると小さな赤い雨雲。戦争の直前には不吉な雨雲がかかると誰かが言ったら、そのあと次々と――そういやおれも赤い色の雨雲を見た――などと言い出す始末。そのとき自分は、あの燃える苔の森のことを思い出したのだ。そうだ、あの森林火災は戦争と何か関係があるぞ、あれこそ戦争の前兆だったのではないだろうか。そう言えば、こんなこともあった――今でも記憶に鮮やかなこんな光景だ。自分はがらんとした車輌の中にいた。男が入ってきた。立派な身なりをした初老の紳士である。しばらく窓のむこうの燃える森を眺めていたが、いきなり自分に話しかけてきた。「どうです、日蝕は起こりますか？」唐突な質問にびっくりしたが、すぐに応じた――「そんなのは人間には関係ありませんよ」。すると男は興奮したように「どうして関係ないのです!? 戦争の前にはいつだって日蝕が起こるのですよ。おたくはきっと神を信じないんだ、そうでしょう？」どう答えていいかわからない。議論をしたくなかったので、おとなしく聴いていた。男は、最近起こった世の終わりの徴《しるし》について語りだす。終末もぎりぎりになると人間は空を飛び始める――そんな話まで。燃える森の鳩色〔青みを帯びた紅色〕の煙に包まれた駅に着くと、男は黙って降りていった。また独りになったとき、わたしには、その男が炎に追われて森から森へ移動しているレーシイ〔森の魔〕のように思われてきたのだった。

　いま自分の周囲から伝わってくるのは、おのが人間的感情を生命のない巨大な国家に変通せんとする人びとの空気である。隔世の感がある。遠い昔、人間はおのれの生の営みを万古不易の円環をめぐる天体群と連結したのだが、今ではそれを「国家」と結びつけている。国家におのれの人間的なものを付託し、未来の徴《しるし》を日蝕や燃える森にではなく「国家」に求めている。たとえばそれは、「イギリスが気に入るだろう」「フランスならどう対処するか」「それこそオーストリアだ」――そんな言い方からも察することができる。こうしたことが生活の中にまで浸透し、習慣化し、当然のことと思ってしまったので、もはや誰ひとり――「このわたしが戦争の原因なのだ」とか「自分は世界を担っている」と言うことができない。さらにもうひとつ、戦前の未だに忘れられない村の光景――。そのときわたし

＊1　ロシア政府は開戦直後、首都名を敵国ドイツの言葉であるペテルブルグ（ブルグはドイツ語で町の意）からロシア語のペトログラード（グラードはロシア語で町の意）に改称した。

＊2　一九一五―一六年の軍事的経済危機の下で、ロシアには、現存の行政省庁と事実上肩を並べるさまざまな委員会や団体がつくられた。赤十字社、地方自治会員連盟、ゼムゴール（都市自治会員連盟）などが軍事物資の調達（とくに中小企業からの）の中央集権化（一本化）を推し進めた。工業会および実業界の大立者たちは中央軍需工業会――防衛産業を推進し大企業間の注文の分配を円滑化するための組織――を立ち上げた。こうした活動のおかげで軍への供給がかなり改善されて、一九一六年六月のガリツィア作戦は功を奏した。

は川の入江で釣りをしていた。聖三者の日で、イコンを抱いた神父が粗末な筏で入江を渡ろうとする。村で短い祈禱が行なわれることになっていた。ちょうど〈父なるニコライ聖者よ！〉の詠唱が始まったばかりである。と不意に、頭の上で音がした。飛行機だ、それも六機。その場にいた者でこれまで実際に「空飛ぶ人間」を見た者はいなかった。わたしは、誰もが驚いて何か深い哲学的な経験をするものと期待していたので、祈禱が終わったとき、誰彼に印象を訊いてまわった。暦で飛行機の絵を見たことのある者は、それに人間が乗っていることを否定しなかったが、初めて目にした者たちは、あれには人間なんか乗ってない、地上から打ち上げられたものにすぎないと主張して譲らない……

時迫るなかで民衆《ナロード》の心裡に生じた霊性を表現すること……

「ああ苦しい、どうしてこんなに苦しいの！」と、うちの小母さん〔母〕は言う。目を閉じれば、殺された人たちの姿が見えてくる。目を開ければ、つい考え込んでしまう。「これが文明、あたしがずっと信じていた文明なのね。でも、たどり着いた先がこれなんだわ！」七十五歳になるまで、小母さんが信じてきたのは進歩《プログレス》。彼女は父祖たちが護持した古儀式派の信仰をプログレス信仰のために裏切ったのである。そうして年を取って、眼前にちらつきだした屍の山、しかし相も変わらず脳裡をよぎるのは――はたして神は、わが信仰にはたして神は在りやなしやと、ただそのことばかりだ。

電文の中身はいつもこんなだった――ベオグラードの爆撃は現在も続行中。ドイツ軍の移送も今なお西から東へ続行中。

テーマ――

一）地球は丸い。

二）国家の人間化。

問い。なぜロシアは動いたか？　眠り呆けた百姓たちは何を逸するか？　エモーションはどう動きだしたか？　女たちは警察署のある地区ではあまり泣かない。いつそんな習慣を身につけたのか、それとも……いや、昔の民兵は今の兵隊ほど悲劇的な形象ではない。

群衆が笑いどよめいた――国立銀行のコック、あのビヤ樽男までが兵隊に志願したからだった。男たちは前と少しも変わらない。見捨てられた女は泣いているが、男は戦場へ。陽気なものだ。死ぬのは怖くない。生きてるほうが辛いのである。いずれ死ぬ運命《さだめ》なら、なんで死など怖かろう。家で死ぬのが運命なら家で死ぬし、生き残る人間はどんなに恐ろしい戦場からでも帰還する。そうだろう。だからあんなにも陽気なのだ。あんなに若いし、新しいぱりぱりのルバーシカなんか着て……ほんとに還ってくるのか？

レストランの窓からどこを眺めても、見えるのは、家の壁にぴったり体をくっつけている戦争のヒーローたち。ネーフスキイ大通りの電車の停留所のそば、刈り込まれた公園の緑の草の上、そこかしこにヘクトールとアンドロマケーたち。* ときどき若い母親の腕に、まだちっちゃな赤ん坊――目を開けて休みなくおっぱいを吸っている。彼らはいずれもヒーローだ。でも誰も彼らをヒーローとは呼ばない。英雄ウィルヘルム？　サゾーノフ？　ゴレムィキン？　皇帝《ツァーリ》？　なんでこんなのがヒーローだ？　よくよく見れば、ただのからっぽ《プスタター》ではないか！

わたしは訊いた――で、そいつがそこから爆弾を落としたらどうなるか？　すると、深く感銘を受けたという表情で、ひとりの男が言った。「落としたら、そりゃわしの家は無くなりますわ」――「家どころか！」――「村全部が焼けてしまうよ」――「そうとも、村ごと焼けてしまう」と、さらに誰かが同じ口調で言う。まるで非人間的な、悪魔の、抗い難い虚偽《うそ》の存在をでも主張するかのような口ぶりである。数日後、わたしはこんなことを耳にした。なんでも飛行機が一機、どこかの菜園に墜落したという。乗っていた大尉というのが死にぎわに、菜園の弁償はする、でも人間にはしないと言ったらしい。戦争を前にして、単純にして素朴なロシア人は、迫り来る力の存在をそんなふうに理解した。菜園の弁償はしても人間にゃ弁償なんかしねえってよ――要するに、その程度の理解だったのだ。

ペテルブルグでストライキが始まった。わが村の農民たちはそれに対して同情的ではなかった。〈ザバストーフキ（スト参加者）〉とは、農民に言わせれば、都会のギャングかフリガーン〔不良チンピラ〕にすぎないからだ。わたしは彼らに労働運動について説明したし、物価高、賃金の値上げについても、ストライキをやっている労働者がきみらの言う〈ザバストーフキ〉なんかじゃないということも教えてやった。でも無駄だった。じゃあ奴らはなんであんなことをやる？　場末の娘っ子たちは、オーヴァーシューズは、でっかい帽子は、あれはいったい何の真似だ？　みんな身から出た錆だろ……ストライキも何もわしらみんなに罪があるのさ。戦争が始まって、わたしも同意した――戦争では自分ら全員に罪がある、と。何のためにわれわれはあんなドイツなんかに……今はっきりしているのは、ドイツ人

＊　叙事詩『イーリアス』（ホメーロス）で活躍するトロイア王家のヒーローとその愛妻。

と戦争をしているのだということ、戦争が人間的なものを擁護するために始められたということ、そしてこれが非人間的なものドイツ的なものに対する人間の内なる精神の、つまり霊の戦いなのだということ。したがってわたしは、農民たちのように、自分の年代記を他人の知識によってではなく自分のことばで、そのときの自分の暮らしぶりを粛々と書き進めようと思う。自分は今、何か漠然とした胸騒ぎを覚えている。わが精神の〔力〕はばらばらに解《ほど》けてしまった。さあ何をする？　日記だ。

人びと——燃える森林のごとく。木々が動いた。死の荷馬車。湖、挽歌。定期市と戦争の布告。自分は居場所を失くしてしまった。今はどうでも同じこと。自分は待つ……みんなと、人びとと、一緒に。

▼八月二十五日

ヤーコフのこと[*1]——辛い、きつい！　母親〔妻〕もわれわれもどんなに苦しんだか！　あす彼を送り出す。レフ〔長男リョーヴァ〕を連れてくる。

▼八月二十七日

詩人のミクラシェーフスキイ（ミハイル・ペトローヴィ[*2]チ）が来る。ヤーコフを連れていった。雨。脱穀機が壊れた。コーリャ〔次兄〕はハリネズミみたいに林檎を自分の部屋に引きずってゆく。

がらんとした〔誰もいない〕家が夢に出てきた。戦時下に家を建てる人間の気持ちをそのままに。

全権委任のロパーチン〔プリーシヴィン家の隣家の地主、前出〕が固定価格の要求のためにピーテルへ向かった。村ではずっと値上がりが続いている。今年は豊作で穀物が山積みなのに何も買えない。一プード三ルーブリでは誰にも買えない。大工のオーシプのとこにはパンが無い。大工の仕事はパンを焼くことではない。売ってくれと村中を歩きまわったが、「価格がさっぱりわからんから、売りたくても売れねえんだよ！」と言われる。

レンズ豆を刈っている。いよいよキビの番だ。刈り終わった畑を鋤き返すこと。

オーストリア人（捕虜）と農民たち。両者の関係。どうやら、農民たちはある種感動を覚えているが、また反対に侮辱も感じているようだ。外国人に対する態度。オーストリア人が旦那なら、キール〔隣人〕は百姓。百姓たちがオーストリア人のおかげでどんなに豊かになったか〔儲けたか〕——そんな噂を耳にする。地主の態度がでかい。

ウマゴヤシこそ魔法の草。

▼九月十日

曇りガラスを手のひらでひと撫でしたら、秋が見えてきた。風、雨。サクランボの木の下に雄鶏たちが群れている。

庭にキビを蒔き終えた。濡れている干草の堆《やま》。ジャガイモが収穫できずに腐ってしまったらどうしよう。ライ麦と燕麦はもう納屋に入っている。

でも嬉しい！　なんという歓び！　わたしは秋の匂いを撒き散らすヨモギを束ねて小さな箒をつくると、自分の小部屋をすばやく掃き出し、ベッドを整えた。それからサモワールで湯を沸かしてお茶を少し飲み、小さなパイプに火をつけた。

魔法の草。馬は、それをきれいに平らげたら、別のところへ行ってしまう。でも草はそこにまた生えてくる。ほっといても七年は大丈夫。その草の名はウマゴヤシ。

逸してしまったモメント。時。それを惜しむか祝福するか？　ただ女〔ワルワーラ〕は決して許さないだろう――たとえ一生を彼女に捧げたところで。颪の咆哮。黄葉が飛ぶ。犬たちも吼えている……この年は感情が死んだ年。甘美の乙女《デーヴァ》が〔夢に〕出てくることはない。愛の山は色褪せて、いよいよ黒い骸骨だけが見えてくる。

リアルなロシア（モスクワ・ルーシ）とファンタスティックな北のロシア。

農業労働者たち。パーヴェルは旦那《バーリン》の、つまり地主貴族的経営の遺物である。新しいタイプはキール。隣人たちは驚いている――なんでキールのような男がわたしのところにやって来たのだろうか、と。必要なのは自分のものを何ひとつ持たないような労働者だ。日雇い農夫、家の夢。彼らは盗みを働くが、盗んでもちっとも裕福にはならない。でも、主の家はなんとかやっている――家畜は疥癬だらけだが。

庭園は丸坊主。エレピローフカ（貧弱な林檎）、いぼだらけの林檎――こいつはいちばん固い。褐色のは落果（手がつけられない）。

しじまの中に日の光と、カエデやトネリコが自ら発する明るさとがひとつに溶け合って、おおこの森の輝きのなん

＊1　妻エフロシーニヤ・パーヴロヴナの連れ子（ヤーシャ）をここではヤーコフと呼んでいる。正式にはヤーコフ・フィリーポヴィチ・スモガリョーフ。このころ何があったのか詳らかでない。ただ一九一七年七月の日記に――「家族の難問。このことはエフロシーニヤ・パーヴロヴナには任せられない。なぜなら彼女と頭のよくないヤーコフを一緒にしては置けないからだ。彼女はお金お金と喚き立てるし、下の子たち（実子のレフとピョートル）はヤーコフの悪い影響を受けてひどいことになるだろう。ヤーコフはみんなの障害」

＊2　ミクラシェーフスキイ（筆名ニェヴェードムスキイ）は作家・社会政治批評家（一八六六―一九四三）。

という美しさ！　なんと美しく、なんと静かな、なんとい
う心やさしさか！　露に濡れたその灰白色の、汚れない、手
つかずの草々は、わたしの心に囁きかける――『聖母マリ
アよ、歓べ！』と。蜂たちはもうブンブン羽音を立ててい
る。冬麦が根を分け始める。キツツキが木をつついている。
日常生活者にしてただもっぱら私人であること。

▼九月十一日

深夜の厳寒《マロース》――灰白色のアルミニューム（になったよう
な牛蒡《ゴボウ》）。冬の最初の威嚇。太陽。マロースが煙となって
消えてゆく。

▼九月十六日

鶏たちを嚇しながら、燕が中庭を低空飛行。燕がこの地
に逗留《とど》まるのは何日もない、いや、何時間もないかもしれ
ない。深夜にマロース。夜明けて、トーポリの葉が降り注
ぐ。葉は一枚一枚ひらりひらりと、同時に何十枚もの仲間
を引き連れて、そうして昼までに梢はほとんど裸んぼ。ト
ネリコの、羽のような、大きな葉が散り積もる――まるで
〔戦に負けて〕積み重ねられた銃の山だ。

なるべく早くワーレンキ〔フェルトの防寒長靴〕を注文す
ること。半外套も修理しなくては。

山が禿げだした。

日の出に森で焚火をする。火が燃える、赤々と。真っ赤
に灼けた本物の天体が昇ってくる。

わたしはロシア生活の英雄的な二つの時代――革命〔一
九〇五〕と対独戦の目撃者だった。人間を見てきた。人び
とは不意を突かれて、やること為すことほとんど無意識の
まま、ただ力の限り蠢いて、どこか落ち着くべきところに
落ち着こうとしていた。同時代を生きる人間が時代のすべ
てを見究められないのは当然で、見究めきれない部分が未
来との違いをつくった。どうやらそれは何か別の時代のた
めの草稿か資料にすぎないようだった。

▼九月十七日

下ろされた鎧戸の窓の外。据えられた黒い大釜。その中
で何か凄いものが煮えたぎっている。嵐、雨、寒さ、闇。
わが秋の庭はただもうなされるがままである――思いきり
沸騰し、掻き回され、吹き上げられ、巻き上げられ、冷や
されて、ぼろぼろだ。

▼九月二十日

冬の最初の酷寒《ザジーモク》。終日、小雪がちらつく。ぬかるみは処
置なしだ。セルビア人の悲劇。未来のヒーローだが、今は
どうしていいかわからない――兵舎のベッドにはいやに埃
が飛んでくるなあ、ことを起こしゃあシベリア送りだし―
―さんざいたぶられている男はそんなことを思っている。
本当にそんなことばかり。彼の苦しみは単に苦しみであり

——詩人や歴史家にとっては資料であるにすぎない。ヒーローの台所（ヒーロー、本物の詩人、セルビアの未来の解放者は今、うちの〔ロシアの〕台所で暮らしている……）。

嘘は嘘だが、それは真実より大きな嘘。これは作家の感覚——いつもでないこんなとき、全世界がその十字架の一点で心臓にぴたりときたそんなときに、作家はすべてを正しく感得する。庭の嵐を、戦争を、眠れる赤子を、そして思想がどこへ向かおうとも、すべてを（現在も過去も未来も）感得する。そんな確信のときには、問うてみよ——どんなことにも答えが返ってくるだろう。

▼九月二十二日

おお、毎日消費されるパンや肉、バターやミルクその他の食糧が今、どんな状況にあり、一家の主がそれらをどんな気持ちで手に入れるかを知ったら……どうだろう？

おお、村の住人の一人びとりが自分の目的——豚の骨付屠体とそれ以上でないが——にしか目線を合わせなかったら、どうなっていたか？　ルソーもトルストイもアクサーコフも、いやロシアの百姓《ムジーク》も旧い地主貴族の家屋敷もその思い出も、何ひとつ、まったく何ひとつこの地上に存在することはなかったろう。ただもう腹いっぱい喰って、喰わせて太らせて、また喰って、そんなことをずっとずっと繰り返したにちがいない。

だが、今も農業経営は見てのとおり——同じことの繰り返しだ！　錯覚、迷妄、夢、幻は消え、青い鳥などどこにもいない。

マロースの到来だ。マロースはついこのあいだ、五月のことだったはず！　あのときは、庭も菜園もやられ、燕麦が傷つき、キビも甚大な被害を蒙った。今いちばんの心配はジャガイモ掘りができずに終わること。雨のせいで脱穀が遅れてしまった。脱穀が終わったところですぐにジャガイモに取りかかった。放っておいたら、土中で腐ってしまう。村の娘を十人雇った。ひとり一日一ポルチーンニク〔五十コペイカ〕！　一日がかりで馬車十五台だ。

経営に心配事は尽きない。このマロースと雨の時期はとくにそうだ。春は燕麦とキビが心配の種だったし、菜園も庭も大変だった。五月のマロース——これには参った。夏のうち地主たちは戦々恐々だったが、どうにか収穫できた。しかし早くも九月にマロースにとっ摑まったので、ジャガイモが気になって仕方がない。とにもかくにもジャガイモ掘りだ。人手が足りない。そこで十歳から十二歳までの娘たちを探してきて、なんとか凌いだ。ドゥヴグリーヴェンヌイ〔二十コペイカ銀貨〕ではなく一ポルチーンニク。背に腹はかえられない。

朝食前にジャガイモ掘りを開始、朝食を摂ってすぐまた畑へ。午後ずっと働き、夜まで。こんなにやってもまだ終わらない！

「ああ、全部収穫できなかったらどうしよう？」

「大丈夫ですよ」そう気休めを言ってくれたのは大楽天家の年金老人だ。

「ところで、きみはどう思う？」わたしはドイツ語でハンガリー人に訊く。

「Schlecht（まずいね）！」とハンガリー人。

彼はぜったいにジャガイモを腐らせたくないと思っている。

アレクセーエフ将軍*の名文句――『戦争は誰にも思いがけずに〔唐突に〕終わる』

戦争は世界の本性をさらけ出している。

兵士たちが逃げ出している。百万人以上も。インテリゲンツィヤはナロードを駆り立てた。士気が高揚したのはインテリであって、ナロードではなかった。インテリはルーシをフランス式のヒーローのように思い描き、ルーシはとんでもないもの（魔性のもの）を創り出す。

そのとんでもないものが暴れまわった。百姓はバザールで卵を割った――「くそっ、公定価格《タクサ》め！」と。

ゴーリキイはわたしに――

「あなたがフートルにいるのは文学とどう関係があるのですか？」

▼十月二日

月は家の後ろか？　どうやら真夜中らしい。家の前面には、新鮮な朝の誕生を祝うかのように、大きなキラキラ星がひとつ。だがわが故郷《ローヂナ》の顔はまだ明かされてもいないし確認もされてもいない。自分の故郷をわたしは不幸せの愛でもって愛しており、これまでずっと目の前に自分と故郷を引き裂く怪物がちらついているから、ダーもニェットもぜんぜん聞こえてこない。われわれを貪り喰らうその怪物は、今や近くに迫っているのだ。もうそこにいる。きのう（召集の日）、わたしはそれを見た。怒りをぶちまけ不平を鳴らすぼろを着た群衆がその怪物に呑まれるところを見たのである。蛇にでも睨まれたように、彼らは魔法にかけられたままどこまでも歩き続け、門の中に消えた。ひょっとしたら、今は春なのかも？

二人のロシア人――Ж《ジェ》とP《エル》。ЖとPがどんなふうにして戦場に行ったか――もちろん承知の上だ。用意された兵隊外套その他もろもろ。そして、身を三つに折るほど苦しみ悩んで。でも、どっちを選ぶか〔兵隊になるかならないか〕迷って迷ってナロードとインテリゲンツィヤに助言を求めた。ナロードは自分がしていることと正反対の答えを、インテリはインテリで自分の使命とは異なることを助言したはず。インテリゲンツィヤはナロードに引きずられ、ナロードはインテリゲンツィヤのあとについて行こうとする。だが、肝腎なのは揺れないこと、それだけだ。

そうした境界は非常に興味深く注目に値する。おそらく政府も関心を持ったにちがいない。それがどれほど不正義であるか、どれほど自尊心を傷つけるものであるか！　しかし、裏返せば、それはわれらがコローボチカ〔ゴーゴリ『死せる魂』〕の立場に身を置くことなのである。彼女はみなから非難されると、こう答えた。「ロシア人にちゃんとした暮らしをさせたって少しも得になりません。そんなことをしたら、あなた、ロシア人はもっと働かなくなりますわ。外国人を大事にするのはいいことよ」

もちろんコローボチカにもそこばくの真実はある。問題は、われわれの農業地区が土壌の豊かさだけでもって農業地区にされていること、それでみなが農業に従事しているということなのだ。だが、技術的な意味では、もしかすると、いちばん非農業地区であるかもしれないのである。ルーシを広く旅してまわった人間なら、土壌が良ければ良いほど、そこに住む人たちの暮らしがひどくなることに気づくだろう。おそらくそれは、人間と人間の、地主と農民の戦いのほとんどが土壌をめぐって起こっているからだ。土地不足と法的秩序に基づく共同体《オープシチナ》が農民を消耗させ、同時に地主をも消耗させてしまったのである。ロシア人がどれほどまでに（どの程度）農夫でないかという一例――わが村に大鎌の刃をちゃんと装着できる人間は二人しかおらず、ほかの連中はその二人に倣って、やっとこさ……わたしはそれが実態だと思っている。最も成功しない部類から成るのが作男（日雇いの農夫）で、こちらはいつでも安煙草を銜《くわ》えている怠け者たち。ちょっと目を離すともう耕すのをやめる、馬も頭を垂れて動かない。そのあいだ小作が何をしているかと見れば、庭のまだ熟さない林檎を棒か何かで叩き落している。そんな環境《ところ》へ入ってきたのが本物の外国人――それもいろんな技能を身につけた農業労働者たちだ。コローボチカなどは彼らの前では後ろ足で歩いて〔へいこらしご機嫌をとり〕、食べるものにも着るものにも気を遣う。頑張りがいがあるというものだ！

あれはただの捕虜か？　ひょっとしたら、高貴の生まれかもな。

「ただもんじゃないよ、あれは」と言い合っているのを聞

＊　ミハイル・アレクセーエフ（一八五七―一九一八）は帝政ロシアの歩兵大将。一七年三～五月は総司令官。十月革命後には白軍（義勇軍）を指揮した。

いたことがある。「みなが寝静まってからも、あれのとこには灯《ひ》がついていたからな」

「灯がついてるってことは何か読んでるんだ。あの男はひと言も喋らんな。ほんのたまにニコッとするだけだ」

一方、農民たちの間にこんな噂が立った。なんでも自分のとこのオーストリア人のおかげで金持ちになった百姓がいるらしい。その百姓は捕虜をとても大事にし、たっぷりと食事を与え、きつい仕事はさせなかった。あるとき、捕虜が言った――「じつは自分は平民じゃありません、名のある裕福な家の生まれなのです」。それを聞いて、百姓は捕虜の旦那をいよいよ大事に扱うようになった。こうして未来の研究者にとっては最も興味ある、じつに有り難い観察記録が作られていく。大規模な地主農場《エコノーミヤ》だと、主人と労働者は壁で仕切られてとても窮屈な関係にあるが、農民たちの間では垣根なしの自由な接触が生まれる。わたし自身、村でそんな捕虜のひとりを知った。あるとき、洗濯女のハヴローニヤが息せき切って駆けてきて、こんなことを言った――「あした、村にオーストリア人が連れて来られるんだって!」次の日、村人たちが訊いた。「そんでどうなった?」「来たよ、凄いもんだ! あたしが麦の束を運んでたら、〈自分がやりますから〉と、こっちの手から束をひったくって、あたしに仕事をさせてくれないのさ。殻竿《からざお》を渡したら、それが何だかわかんないもんだから〈一本半の棒*〉なんて呼んでたよ。でも、呑み込みが早くて器用だから、すぐに使いこなしたわ。暇さえあれば、家のまわりを掃いている、馬にはブラシをかけ、糞を掻き出し、家畜小屋の仕切りだって窓だっていつもごしごしやるんだから……凄いもんだよ!」

苦笑を禁じえないのは、主人に対するその捕虜の少々でかい態度。どうしてどうして、なかなか誇りが高い……

▼十月三日

ネズミの年。干草山を崩そうと近寄ると、隠れていたネズミたちは慌てて逃げる。動員がかけられると人間たちも群れをなして流刑地の皮革加工工場やいろんな工場へ逃亡する。


きのう、隣の大きな領地の畑を歩き回りながら、その凄まじい荒廃ぶりに一驚を喫した。何デシャチーナという広い畑のキビがぜんぜん刈り取られていない。実が風に吹き飛ばされていた。打ち捨てられた飼料用の豆は雨土まじり。明らかにジャガイモ畑も凍りついている……

肝腎なのは、そこがこの地方ではみなのお手本とされていたような土地だったこと。つまり、ここの畑で収穫されないものはどんな土地であろうとまず穫《と》れない――そう言われたほどの極めて上質な土壌だったのである。

きょう、わずかだが、この夏、自分のフートルで穫れたライ麦を売るために穀物取引所へ行った。そこで目にしたのは、隣家の畑で見たのと同じ〈荒廃〉だった。わが中部ロシアの黒土、穀粉生産のこの一大中心地ではなんと、まったく穀類の取引が行なわれていなかったのである。わたしは自分のライ麦を見せた。たしかに商人たちは殺到した。価格は一ルーブリ五十五コペイカ。

「よろしいでしょう！」

「で、配達はできますかな？」

「ええ、まあそれは……」

わたしは口ごもってしまった。今は配達などとてもじゃないのである。ジャガイモ掘りの真っ最中で馬車はあらかた出払っていた。なんせ馬車一台で二十から二十五ルーブリ稼いでいるのだ。

配達ができなければ売るのは無理。もうちょっとあとならなんとかなるのだが……ああ、なにをそんなに急いでるんだ?! こっちは売れなくてもいい、納屋に入れとけばいいんだから。わたしはべつに困りもしないし損もしない。しかし、国のため世のために頑張るというなら、すでにそれは哲学的土壌に立つ、純粋に個人的な問題である。

あるいはわたしはそんな個人的な動機から自分のライ麦を売ってしまったのかもしれない。でも、それについては言わずにおこう。いずれにせよ、穀粉を専門とするわがエレーツ市にはぜんぜん穀粉が無く、自分などがわずかばかりのものを売ったところで、どうなることでもなかったのである。不幸の原因は誰でも知っている。原因は一つではなく、鎖のように連々とある。だが、わたしを動揺させたのはこの一時的な不幸ではない。大丈夫、なんとか凌ぐだろう。そしていずれそれは解決を見て、最後の最後にわれわれは納屋から穀物を運び出すことになるのだ。わたしはわざとこの小文を隣人の領地の畑を描くことから始めたが、じつはこれこそがわたしを動揺させた大本だった。納屋に穀物があればなんでもないが、来年分のがぜんぜん無い（まったく一粒も）となれば、これは大変を通り越して不幸中の大不幸ではないか。いつまでもこんなやり方を続けていたら、どうなるだろう。われわれを打ち砕いたのは最近の動員〔徴兵〕だった。人手がなくなり、最後の希望である女たちもどこかに隠れてしまった。どこへ消えたのかわからない。女たちはわたしのとこでも男たち（男といっ

＊ 豆類やイネ・ムギの穂を打って穀粒を取る農具。竿の先に取り付け、短い棒を回しながら打つ。

ても、配給食糧を受け取りながら、ただぶらぶらしている男は数のうちに入らない）に代わって働いてくれていたのだ。しかし、捕虜で補充できる人手不足はまだましで、本当の悩みは経営者自身が動員されてフートル自体が立ち行かなくなることだった。問題は、一般農民にではなく、農村経済を支えている人びと――村長、領地管理人、経験豊かな労働者たちにあるのだ。

以前なら彼らは、収穫したライ麦の一部をすぐに売りに出し、一部は冬のあいだの食糧に、一部は家畜の飼料に回していたから、次の収穫まで何も残らなかった。でも今は、ライ麦の備蓄分を骨折り料（奉仕代）としてこちらから受け取り、自分の備蓄分は次の収穫まで手をつけずに残そうとしている。「そうすりゃ、次の年が不作でも安心していられますからね」。もっともな話である。本来、一家の主はそうでなければいけない。そこでわたしは質した――「では、以前はなぜそうしようと思わなかったのだろう？」――「そんなこと思ってもみなかったなあ……そんなことより、もっと考えなくちゃならんことがいっぱいありましたから」――「じゃあ、もしライ麦の価格が三ルーブリになっても備蓄するのはやめないんだ？」――「三ルーブリでも五ルーブリでもやめんでしょうね。なんせお金の価値がここまで落ちてしまったんですから」

今や〔国家は〕農民たちからその備蓄分を徴収しようとしているのである。お金が安定性と全面的な購買力を保持していたときには、その備蓄分だけでわが市のかなりの数の生活が支えられていたにちがいないのだ。むろんこちらとしては、政府が市民のパンを保障してくれることを願うばかりである。わたしが言いたいのは以下のこと――なんとしてでも自分の備蓄を確保したい農民の側には、説明のできない秘めた理由など（わたしの見たところ）何ひとつないということである。M・プリーシヴィン（署名*）

▼十月四日

人間と自然。書物と世界。書物が教える世界の、なんという瑣末、なんというつまらなさ。人間はそれほど書物に寄りかかってはいない。なのにわれわれは、幼いころからそう教えられているために、あたかも書物がこの世界で何かしら想像もつかないほど大きな役割を演じている――そんなふうに思い込んでいるのだ。戦争は今や世界の正体をさらけ出している。

キールは百姓中の旦那であり、彼のとこにはオーストリア人がいる。

「あなた〔プリーシヴィンのこと〕のとこではオーストリア人は働いておりますか？」

「いや。働いているのはロシア人だが」

「まさか？　それじゃ高くつくなあ……余計な出費ってもんですよ、そりゃ。ロシア人てのはまったくよく働くからなあ」

ソフローン――イコンのような顔をした老人――をペチカの修理に雇った。当然十ルーブリは吹っかけてくると思っていた。だから先に「大して手間はかからんから」と釘をさしておいた。すると意外なことに「手間がかからなくたって仕事は仕事さ。やるよ」と言う。そこでぶっちゃけて――「いくら出せばいい？」と訊くと、「二ルーブリで結構」

過去と未来しか知らず現在の無い人間は、現在はいつでも終わりと思うらしい。死ぬまで生きる、冗談じゃない。そんなの真っ平ご免だ（バプティスト、十年戦争）。世の終わり。年寄りたちが死んで生き残ってるのは自分だけ。どんな気持ちがするだろう？　現在の無い人間も、彼らが死んだときはさすがに悲しんだものだが、でも今はみなが死んで誰もいないのが嬉しい――そう思うのだろうか。

▼十月五日

文学を理解する人の少なさは音楽を理解する人のそれと大して変わらないが、文学の対象はしばしば誰しも関心のある生活――人生である。だから読むのであって、文学について判断を下そうとしながら、じつは生活そのものを判断の対象にしている。

生き延びさえすりゃ（この〈～さえすりゃ〉を近ごろエレーツ人はよく口にする）！　未来は完全消滅――そう、現在を映す場も無いほどに。過去は古文書保管所《アルヒーフ》に引き渡されており、すべてが言語化（ことばで表示）されている。生き延びさえすりゃいいのさ。新たに徴兵が布告されると、男たちは一斉に遠い皮革加工工場やいろんなところへ（それがどこかは神のみぞ知る）逃げ出す――新たな干草山へネズミの群れが移動するように。

▼十月六日

十月初めの数日間、まるで春かと思うほど暖かかった。道路は干上がらず均《なら》されて、革のように滑らかだった。昨夜、全天を雨雲が覆った。深夜になって秋特有の篠突く雨。

夢の中で起こったこと――われわれ〔ロシア〕のものがことごとく崩壊し、巨大な黒い車輪に巻き込まれて、ぐるぐる回転している。その車輪のうなりには時間も場も無かった。未来は完全に消え失せ、過去はアルヒーフに収まった。クマネズミや野ネズミたちは必死に潜り込もうと

＊　署名があるのは、「きのう、隣の……」からここまでが、ペテルブルグの新聞社各社に送ったものであるため。

するが無駄。取り付く島も無い。

一晩中、何か真っ黒いものが車輪の中で暴れまわっていたが、朝日が昇ったときには、公園も庭もほとんど見分けがつかなくなっていた。マロースにやられて木の葉は舞い落ち、林檎の裸木が呆然と——角をいっぱい生やしたよぼよぼの牛たちみたいに突っ立っていた。灰一色だ——ヤマナラシも、トネリコも、楡《ニレ》も、まったくの裸んぼ。なんとも侘しげだった。ただサクランボ畑のかぼそい枝先の、多くの枯葉の上には、珍しくまだ最後の紅葉が残っていて、さながら風に躍る炎の舌である。

初雪。金星がまだ少し光っている。雪を小寒が吹き寄せて、これが最初の橇道。薄闇の中で自然に手が納屋の鍵をまさぐっている。馬に燕麦をと思ったのだが、こちらの足音を聞きつけて、身を寄せ合ったカモたちが、納屋の方へよちよち。納屋ではジャガイモを運び出していた。「売値はいくらだね?」——「箱馬車一台で九十グリヴナ〔グリヴナは十コペイカ〕で」。おお、これでやっとジャガイモにありつける！　しかし経営の喜びなど一瞬にして吹き飛んでしまう。畜糞の山。家畜が泥にはまっているのに、誰も泥を取り除けようとしない！　馬を飼っても飼ってなくても、道路の掃除はみなでやること。見よ、畑は立派に片付いているではないか！　とにかく生き延びさえすりゃあ、かい！　天候不順で鍬を入れられない。計画は頓挫。イワ〔ン〕・ミハー〔イロヴィチ〕は独裁主義の味方——それなりに計画を展開しているが、肝腎の価格がまとまらない……穀物の搬入ができないでいるのだ……牛たちが菜園でビートの残りをもぐもぐやっている。総動員か独裁か。ジャガイモは砂糖の二分の一フントの同額である。夜、ペトログラードへ行く仕度をした——腿肉、林檎、棒砂糖。牛が吼えている。動員のおかげで農業経営はめちゃめちゃだ。学童の登校風景。数が少ないのは、靴が高くて買えず、家で親の仕事をしているからだ……

▼十月九日

出発の日。最悪の非難の言葉が口をついて出そうになるが、今は恐怖がそれを抑えている。大土地を所有する怠け者にして世界一非農民的ナロード。これでは生きていけない！　思い出されるのは、わが軍の勝利に陶然としていたころのこと。だがそれはなんだか——碌すっぽ勉強もせずに試験にのぞむ心境だったのだが、なぜか引いた籤は大当たり。五点（最高点）をもらっても、本当は何がどうなったのか自分にもわからない——そんな妙な話ではあった。ただ結論だけを言えば、われわれ〔ロシア人〕は自分の土地を持てないが、彼ら〔ドイツ人〕は持っている。われわれには土地が無い。

▼十月十二日
きのうペトログラードに着いた。どこでも話題は物価高。今や全土がこの問題に関わっている。首都も地方とどっこいどっこいだ。首都ならではの話というのはすでになくなって、今では地方のために、つまり地方人がもっと知恵をつけるために、都会の生活ぶりを語らなければならないのである。闇屋に対する非難。例の『戦争は誰にとっても唐突に終わる〔アレクセーエフ将軍と同じ文句〕』を、ある少尉補も口にした。夜、ホテルに帰った。わが懐かしき都、故郷フルシチョーヴォほどにも懐かしきわがペテルブルグよ。

▼十月十四日
イォーシフ〔未詳〕がプロトポーポフ[*1]の話をする。すべて真実、だが辛い真実。聴いているのがとてもとてもやるせない。なぜ「ノーヴォエ・ヴレーミヤ[*2]」が存在するのかよくわかる。

▼十月十八日
日曜日に、国会議員のヴィークトル・スチェンコーフスキイ（ザドンスク選出）と。きのうは〈宗教・哲学会〉。生活がこれだけ変化したのに、話題はまったく同じ。ベルヂャーエフ[*3]が著作のことで呪逐《アナーフェマ》された。

▼十月十九日
人びとが散る——四方八方へ。逃亡者百万人以上と。国会議員のスチェンコーフスキイと議論する——インテリゲンツィヤに高揚はあった。彼らがナロードをドイツ〔との戦争〕に駆り立てた、と。それは当然だ。いまや重要なの

＊1　アレクセイ・ドミートリエヴィチ（一八六六—一九一七／一九一八）は政治家。シムビールスク県の大地主。保守的なオクチャブリスト（十月党員のリーダー。第三・第四次国会議員。第一次大戦中（一九一六）、ラスプーチンと皇后の推薦で内相となり、革命を予防するためにドイツ政府との単独講和を画策。右翼的な軍需産業資本の利害と結びつき、自由主義と対決する政治家として登場するも、この秋（一九一六）、革命的危機はむしろ成熟する。革命後に銃殺。

＊2　首都ペテルブルグで発行（一八六九年から日刊）されていた帝国ロシア最大の新聞の一つ（一八六九—一九一七）。当初はリベラルだったが、社主がスヴォーリンに代わると（一八七六）保守的傾向を示し、一九〇五年以後、極右的色彩が濃厚になった。

＊3　ニコライ・ベルヂャーエフ（一八七四—一九四八）は哲学者、二十世紀最大のキリスト教哲学者と言われ、実存主義の立場からマルクス主義を批判した。問題の著作は最初の主著『創造の意味』（一九一六）である。「人間は創造においてこそ自由たり得、自由は神が人間に課した召命である」。アナーフェマとは正教会からの破門。

は問題提起そのもの——そう、書き手が読者を欺いたのだ。フランスについて書かれたものを読むと、ロシアのために心が痛む。ロシアはヒロイズムを待望していたのに何も起こらず、かわりに怪物が姿を現わした。

滅亡に瀕した世界のそのマテリアルな部分から、今まさに、吐き気を催すような奴らが、〔なぜか〕生気ハツラツとした新しい存在が、出現しつつある……

国家間の戦争は領土獲得が目的である。家族における戦争もやはり土地……

▼十月二十一日

この重苦しい社会の気分——何かの前触れか？　噂自体が怪物じみていて、しかも免れ難いもののように感じられる。平和の予感がしだした。だが、ロシア、この広大無辺の国はひどく小さくなってしまった。千七百万人が姿を消した。誰もいない。活動家たちも年を取って、もう数えるほどしかいない。

▼十月二十五日

兵役を逃れようとする者たちは、昔も今も大天使アルハーンゲルのラッパ[*1]に乗せられて、最後は国防施設〔所属部隊〕へ——〈兵役義務を逃れられなかった者たちの集まり〉などと呼ばれて。

この国は、総力を結集してことに当たらせたら大した国なのだ。それは前線の兵士たちを見ればわかる。しかし〔状況が一変すれば〕、忽ち「とんでもねえ、もう真っ平だ。いっそ逃げちまおうか」となってしまう。

▼十月二十六日

考察。国家にとって兵士より〈技術設備〉が有益——なんという下らなさ。コノヴァーロフ[*2]のなんと尊大なつらよ。とても国を自由にする器ではない。毎度お馴染みのしゃっつらども。開戦のころは誰もがまっすぐ戦場へ向かったのだが、今は銃後で陣取り合戦だ。あんなに勇ましく打って出たのに、次には退却退却また退却。

この秋、元専売人のアレクセイ・イワーノヴィチと野ウサギ狩りをした。かつてトゥルゲーネフが猟をした場所〔猟人日記〕である。犬が長いことヤブノウサギを追っていたが、どうもうまくいかなかった。しかし、わたしは、小さな丘を出てきたウサギが道沿いにアレクセイ・イワーノヴィチのいる方へ駆けていくのを目にした。藪の陰に隠れて、彼はウサギを見ていた。たしかに狙ってもいた。トゥルゲーネフ時代の猟とはずいぶん違うが、猟人のハートは同じ——発射の瞬間を待つ心臓が〔ドッドッドッと早鐘打って〕今にも爆発しそうになるのである。ところが、アレクセイ・イワーノヴィチは引き金を引かない。ウサギはまた逃げた。犬たちが死に物狂いで追いかける。わたしはシャリャーピンのように怒り狂ってアレクセイ・イワーノヴィチに突っかかり、最大級の罵詈雑言を浴びせた――それこそ弾丸雨あられと。彼はしばらく黙って聞いていた。少しも反駁しない。自身ひどく落ち込んでいるようだった。すべてはアレクセイ・イワーノヴィチの信じ難いほどの吝嗇《けち》が因なのである。弾は一発三十コペイカ。だから射程距離が十歩を超えたら、とても撃つ決心がつかないのだ。

ウサギはどこかへ行ってしまった。舌をだらりと垂れて犬たちが戻ってくる。夜のとばりが降りた。わたしはアレクセイ・イワーノヴィチのフートルに泊まることにした。フートルは街道沿いの、以前彼が専売していた場所だった。彼はそこで十五年も官の酒類を販売していたのである。この家屋敷（十デシャチーナの土地）を買い取って、今は独立農家の主だ。彼の商店もそこにある。うちでもそこでマッチ、砂糖、精進油を買っていた。アレクセイ・イワーノヴィチは自分の経営ぶりをいかにも得意げに披露するのだが、そこに並べてあるものがどれも、その下に隠れている彼の哲学（どんな哲学だろう？）ほどには売れていないことが、わたしにはすぐにわかった。新鮮な骨付屠体というのを出してきたが、それはどうしようもない代物だった。歩きながら、ついでにといった調子で、クレーシ〔豚の脂身と脱穀したキビで作る薄粥、雑炊〕の作り方まで伝授しようとする。「よろしいですか、塩は赤ん坊の握りこぶしくらい、それで十分。人間一人なら豚一頭でまず二年はオーケイですな」。せいぜいこれが彼の〔経済〕哲学なのである。

「脱穀済みのキビも自分用のが取ってあるし、エンドウ豆も何デシャチーナかあれば二年は大丈夫、それ以上何が必要でしょう？ ジャガイモだって自分の畑で作ってる。乳牛が二頭、鶏はよく卵を産むし、仔牛も二頭、羊も、それから去年刈った羊毛がまだ残ってるから、そうだ、あれでワーレンキ〔フェルトの長靴〕を作らせようかな。そうだそうだ、毛皮外套《トゥループ》もうちの羊毛で作らせよう、それから薪だ、ええと、それから……」

こんな話を二時間も聞かされては我慢も限界。わたしは三十コペイカをけちって逃がしてしまったウサギのことでまだ彼を許せずにいた。怒りは収まるどころか、いよいよ

＊1　最後の審判のときに鳴らされるという大天使のラッパの音。

＊2　アレクサンドル・コノヴァーロフ（一八七五―一九四八）――紡績工場社主、大資本家。第四次国会では進歩党および〈進歩ブロック〉のリーダー。一九一七年二月の臨時政府の閣僚（商工大臣）。革命後に亡命した。

募るばかり。だが彼のほうはまるで、自分の計算をこれでもかこれでもかと並べ立てて、それでもって自前の哲学の根本を教示しようと躍起なのである……

「ほら、どうですか、この小さな庭！　林檎の木が二十本、ということは、あれからどれだけ実が穫れるかということです。落ちたやつは鶏の餌に——なんと一プード七ルーブリで売りましたぞ。林檎はじつによく食べましたな。一樽は水漬けにしました。それでまる一年分の貯えができたというわけで」

どんなものにも一年分の備蓄があった。怪物ひとりでひと村まるごと貪る感じ。わたしは訊いた——「ところで、あんたには召集はかからないの？」彼は口を大きく開けて見せる。「二十本も歯が抜けてるからね」——「しかし昨今は歯無しぐらいじゃ兵役免除にはならないよ」——「たしかに。じゃあ、供出穀物の集積所でも始めるかな」そんなことを言って、首をぼりぼり掻いている。「これからじゃ間に合わないかも」——「いや、なんとかやってみますよ」

そんな自信がどこから来るのだろう。わからない。しかし、どうもこれはただの自己満足ではないぞ、何か裏がある。

まわりは貧弱な家ばかり。大鎌でなぎ倒された民草《ナロード》と、それらを怪物が貪り食ったという感じだ。

▼十月二十八日

この目で彼の秘密を知ることになった。家庭人である彼は首都ではホテル住まいをし、午前中はロマンチックな小説を書き、日中いっぱい閣下たちのところを回って歩く、つまり召集猶予のためにお百度を踏んでいるのである。

こうした運動は、この手のものでは最悪のケース——家庭人で世間的には立派な人物で通っている男が、こっそり外で商売女を買おうとして（なんにせよ紳士には似つかわしくない行為である）大恥掻き、すごすごと家路をたどるのにも似たケースだが、いやそれより格段に落ちる行為のようである。

では、どんな脱出口があるのか？〔兵役の〕拒否——これは動機と遵奉精神の不足、何のための服従義務かがわかってないのだ。一方、中間の道（女を買う）には日ごとに嫌悪感が募ってくる。イワーヌシカ〔イワンの愛称・ロシア民話の主人公。うすのろ、イワンの馬鹿〕には逃げ道がない。中間の道が不快なのは、右も左も欲しくて、そこに何より大事な〈精神《ドゥシャー》〉が欠けてるためである。よくある話だが……

敗北主義者たちはそう呼ばれることを良しとしない。だが、スハーノフ[*1]の顔は本物の敗北主義者だ。態度、物腰、何もかも気色悪い。回虫みたいだ。比類なき敗北主義者。

路面電車で労働者たちが喋っている——「おれたち労働者は、当然、登録済みだがよ、ブルジョア連中も今じゃ登録名簿に載り始めてるらしいぞ……」

タクシーに乗ろうとする紳士に向かって、辻馬車の御者がぼやいている——「ちぇ、穀潰しはどいつもこいつも公定価格《タクサ》で乗りやがる……」

▼十月二十九日

わが職探しも、立派な家庭人である男がマダムを求めて通りに出て行くのと大差ないようだ……〔このころプリーシヴィンは公的機関で働くことを考え始めている〕

▼十一月三日

三日間、商工省[*2]のイォーシフ・コンスタンチーノヴィチ・オクーリチ[*3]のところで仕事。

三日の勤務。オクーリチは君主制主義の社会主義者、トルストイの『戦争と平和』に出てくる、ヒーローではない普通の人物、好漢である。いかなる体制下にあっても彼は生き延びるだろう。役人たちはたいそう優しく愛想がいいが、彼らのちょっとした注意や軽い叱責にも傷つく部下や下級役人はそのことで彼らを憎むのだが、しかしあれだけ口も悪くあれだけ辛らつなのに、この男には誰もあまり腹を立てない。なぜかと言えば、オクーリチを怒らせるのは仕事のことであって、相手の人格ではないからである。もし彼が「阿呆!」と言ったら、じじつそれはその人間が阿呆だということ。書類を見れば、その男が本当の阿呆だとわかるはず。したがって、〔怒られて〕腹を立てるなら、自分自身に腹を立てなくてはならない。

こんな戦争の時代に自分は今、ぜんぜん無くてもいいような仕事をしている。食糧を取り仕切るある局の文書事務という「官庁間の往復文書」担当の仕事だ。ある文書をどうともなれと少し自棄《やけ》になってジョミニ氏に示した。それは閣下の手によって夥しい数の訂正と抹消がなされて戻っ

＊1　ニコライ・ニコラーエヴィチ（本名はギンメル）——父はロシアに帰化したドイツ人。経済学者で社会批評家（一八八二—一九四〇）。

＊2　商工省はペテルブルグの小ネヴァの河岸通りにあった。一九一五年に定礎、五階建ての建物。このころネヴァの対岸にはあまり高い建物がなかったのでかなり目立った。

＊3　オクーリチ（一八七一—一九四九）は商工省の役人。プリーシヴィンはこの月からこの省で働くことになった。

てきたものだった。それを見てジョミニ氏の曰く——「なにごとも閣下の気分次第だからね……」

所轄官庁の代表として、わたしは、固定価格と徴発に反対しなければならない。そういうわけで、ありとあらゆる《委員会《コミッシャ》》なるものに嵌って、まるで水に溺れた子どもみたいに、連日バタバタしている。

家族なしのこんな暮らしを経験するうちに、だんだん見えてきたのは、自分の人生にとって家庭が本質的な意味を持たず、意味があると思っていただけ——要するに錯覚に過ぎなかったということだった。意味らしきものが完璧に外面を取りつくろって、自分のエゴイスティックな独身者的本能を蔽い隠しているのだ！

束《つか》の間、そんな一瞬があった！　わたしは異国で彼女〔ワルワーラのこと〕と出逢った。まったく異なる教育を受け、まったく異なる環境に育った見知らぬ者同士が、流星のように大気圏を烈しく燃えながら通過し、巨大な火の玉が夜のしじまに隠された激情の秘密を露わにした。束の間、生のすべての秘密が明らかになった。二つの星があたかも一つの存在のように互いに理解し合ったのだ。そのとき、彼女はわたしに言った——「あなたはすぐに素敵な人に出会うわ、それがあなたの中のより素敵なもの……いいえ、それこそがあなたの最良のものになるのでしょうね」。そしてそれはそのとおりになった。わたしたちが話したことは何ひとつ間違っていなかったし、どんな問いも天の啓示のようだった。
▼十一月四日
局からの書簡。タイピスト嬢——生産の中心部、生の乗数と媒体、数と出産の力。すべてこれらは〔タイプライターの〕パシャパシャパシャに転化する。

ソフィア・パーヴロヴナとアレクサンドル・ミハーイロヴィチ〔親友のコノプリャーンツェフ夫妻〕。アレクサンドル・ミハーイロヴィチが壁暖炉《カミン》の傍らで彼女に「あなたを愛しています」と言ったとき、突然、火の玉が、永遠の彼方へ飛び去るメテオールとひとつになった〈いのち〉の火の玉が——轟音を発して眼前を通り過ぎたのだった。彼は彼女を見送った。それからだんだん素直に、静かに、快適な気分になった……
▼十一月五日
小品『聖ゲオールギイの看護婦』〔未詳〕、巧く書ければいいが。戦時下の局暮らし。閣下からの締めつけ。働き手がいない。空しきはふさぎの虫。卓上電話。百部持参せよ。しかしそれを電話で伝えることはできない……タイピストたち……流星にも似た一看護婦の出現〔ゲオールギイ勲章を佩用《はいよう》した看護婦のイメージ〕。それは一瞬にして宇宙の全運動

を開示するメテオール。
▼十一月十日
ラスプーチンが大本営[*1]へ出かけた。国会情勢の悪化。[*2]油脂委員会。
▼十一月十一日〔記すのは十日のこと〕
朝、局長の話――国会情勢の悪化。ラスプーチンが大本営に向かったらしい。

かたちで言うと、役人は角がなくて丸く、地方選出の議員は尖ってごつごつしている。要するに、役人は、現在ロシアに何がどのくらいあるかを知らない。数字を並べて巧みに切り抜けるだけだが、議員は現地の生活をよく知っているから、逃がさない。役人は女と同様、噂を頼りに生きている。委員会はどれもそうした噂をバックに動いている。
▼十一月十二日
オクーリチ曰く――もしプロトポーポフが商業大臣になれば、自分はここを去る、つまり万事休すだ！　閣僚の更迭が何を意味するか、身をもって味わうことになる。それを聞いて、われわれに動揺が走ったが、彼は宥めるように――「なぁにきみらは大丈夫、変なことにはならないさ」
▼十一月十三日
ジャン＝ジャック・ルソーの夢想はしばしば自然的肉体的生を生きようとするまでに至った。しばしばルソーは修道士たちの言う《手芸〔手淫〕》の罪を犯したが、本質的にそれを彼は、自分が肉体的存在であることを証明したいという夢の無分別な試み以外の何ものでもないと思っていたのだ。これは――ある日の会議（連日開かれている食糧委員会の一つ）のときに、ふと浮かんだ想念。いやまったく、毎日飽くことなく繰り返されるこんな会議こそまさに《手芸》であると。その日の議題は油脂類の不足についてだった。委員の一人は大変なペシミストで、われわれに対して、油脂不足の絶望的現状をつぶさに語った。もう一人の委員（こちらはオプティミスト）は、指導力、生産力、禁漁猟区域について話した。ロシアの生産力は日増しに上がっており、われわれは魂を奪われている等々。なんでもそんな話だった。そこで閃いたのがルソー。ルソーには非常に発達した夢見る力があったので、しばしばおのれの霊性を離

＊1　ラスプーチンの暗殺はこのほぼ一か月後の十二月十六～十七日の深夜。
＊2　前月半ば（十月十七～二十日）に首都で労働者の高物価抗議反戦ストがあり、十一月一日の再開国会の劈頭、ミリュコーフは「愚行か裏切りか」という有名な演説を行なっている（皇后アレクサンドラのドイツとの内通についての疑惑）。

れて自然的肉体的生に触れたくなるのだ。そしてそこに、自分の思うどおりにならない夢想の罪（無分別な）が生じたのである。一方、役人の夢はいよいよ膨らむばかり、そこで一挙にロシアの偉大な力〔生産力〕を示そうとして（かどうかわからないが）、思わず椅子を蹴って窓の方へ手を伸ばすと、人差し指でガラスを擦ったのである。われわれは案件の採択にかかろうとしていた。で、そのとき彼の身に何かが起こった。彼には人差し指と親指でコツコツ叩く癖があって、そのときも何か口にしながら、突然、ガラスをコツンコツンやりだしたのである！　しきりに指を動かし、コツンコツンコツン！　みんな呆気に取られてしまった。彼はどぎまぎし、叩くのをやめる——最後に一回コツンとやって。それでお仕舞い。

▼十一月二十二日

われわれは委員会の深い川底に沈殿したまま、蝿取紙にひっついた蝿のように、会議の椅子にひっついていた。生きている者はみな四方八方に散り、居残ったのは死んでしまった代表者だけだった。会議はいつもそうで、（職務上）席を立てない人間だけが残っていた。ピョートル・ワルナーヴォヴィチは何かそのことに世界開闢以来存在しさらに存在し続けるべきものを見ており、暇なときにはそのことについて長広舌を揮う（とはいえ、なかなかどうして整然たるものだ）のである。すなわち人間は鞭なしには生きられない、義務感なしに退屈な仕事をこなすなど不可能だ、このことをドイツ国民は理解している、それを彼らは自らの土台にしていて、それゆえ力がある云々。イォーシフ・コンスタンチーノヴィチはそれとは反対の主張——委員会を去るのは生きている者たちである。なぜなら、委員会は役立たずであり、誰もが自分を最大の利益をもたらす部署に置こうとしているから。自分のとこの事務処理にピョートル・ワルナーヴォヴィチはドイツ方式を導入している、すなわちすべての書類をいったん大型ファイルに綴じ込んだのち〔大分け〕一定の順序に従って分類することを職員に徹底させている。不必要なものを別のファイルに整理すれば、いつ彼の事務所に行っても必要なファイルを取り出すことができるというわけだ。一方、イォーシフ・コンスタンチーノヴィチはフランス式の処理システムこそいちばんだと思っている。書類にはすべて目録を付けて比較的小さなファイルに整理し綴じ込まない〔小分け〕。そのほうが必要に応じて素早く取り出せるからだ。上司が「ジャガイモを！」とひとこと言えば、係りの者は目録に目を走らせ、一瞬にしてジャガイモ関係のファイルを取り出して届けることができる。ピョートル・ワルナーヴォヴィチのやり方はそうでない。「ジャガイモに関するものをすべて集めてくれたまえ！」と言われたら、係りは大型ファイルの中身を大雑把にファイル分けして差し出す。あとは上司が自分で適宜に処置するのである。ピョートル・ワルナーヴォヴィチのとこの機械《マシーン》は相当でかくて音がうるさいが正確であって、これまで一度も止まったことがない。イォーシフ・コンスタンチーノヴィチのとこの職員はときどき書類を〔紛失する〕ので、急に提出を求められたりすると、もうお手上げである。ときおり委員会に国会議員がやって来る。大変な意気込みで、蝿取紙にひっついた蝿みたいにぺたりと椅子にひっついて離れない。精気と信念が体から溢れ出てまずは猛突進。がしかし、すぐに大人しくなり静かになり、首を垂れてどろんとした目になり、そわそわしてやたら時計が気になったりしているうちに、いつしか委員会の深い川底へ〔完全埋没〕。

イォーシフ・コンスタンチーノヴィチは農業省の、ピョートル・ワルナーヴォヴィチは大蔵省の代表。よくあることだが、イォーシフ・コンスタンチーノヴィチが自分の企画を華々しく展開し始めると、ピョートル・ワルナーヴォヴィチは静かに耳を傾けていて、最後にひとこと感想を述べる――「いやぁ、素晴らしい。立派なもんだ。あとはわれわれがその予算をいかにして獲得するかだねぇ」

初めわたしには、そんな委員会が一切がっさいを積み込んだノアの箱舟みたいに思えたものである。各部局、各機関の、さまざまな社会活動家たちの、市の、地方自治体の、取引所の、各分野の専門家の代表たち、とはいっても、見事なほど〔委員会の水中に〕消えていくので、残る人数はさして多くない。彼らはファイルが逃げていかないのをよく知っているので、人混みに紛れた局外者のような態度で、この上なく礼儀正しく振舞っている。だが、次第に社会活動家あたりの出席率が落ちてきて、気がつくと、委員会室にいるのが職務上やむを得ない官庁の代表たちだけになっている。

軍と住民の需要を満たすためのインゲン豆とエンドウのピュレーを調達するわが委員会にも、初めのうちはいっぱい人がいて――菜食主義者の食堂からの代表さえいた――話題には事欠かなかった！　菜食主義者と肉食主義者が論争するようなこともあって、菜食主義者のひとりなどはワサビの生産開発法に関して驚くような意見を述べると、肉食主義者も負けずに、骨なし塩漬け肉についての、これも驚くべき企画を立ててくるのだった。その企画の眼目は、脂肪を煮出して〔いかに〕肉から骨と脂を取り出すかということ。油脂の不足が叫ばれている現在、それは重要である！　大半が油脂委員会で働いているので、「おお脂肪！」とばかりに飛びついた。すぐに、取れる脂肪の量が計算される。塩漬け肉——たとえそれが雑巾みたいなものでも——とにかく大事なのは脂肪だ。脂肪はそれだけで使えるから。誰かが「諸君、しかし諸君は前線には一度も出ていないね。塹壕暮らしというのは……」と言いかけて、テーマがぜんぜん違う、いま話しているのはインゲン豆についてであったことを思い出し、「どうも話が逸れてしまいました」と頭を掻いたが、本当のテーマはインゲン豆でもない。肉食主義者が言ったのは、どのくらい脂肪が取り出せるかだった。この忘れ難い議論が行なわれた翌日、委員会の出席者の数は半減し、国会議員、〈肉食主義者〉その他大勢も出てこなくなった。口数もめっきり減り……ついには関係省庁の代表しか来なくなり、委員会はまったく事務的な性格のものになってしまった。

▼十一月二十七日

混乱と崩壊。「ひょっとすると」とか「それはかまわんよ」とか「ま、そのうちなんとかなるさ」とか、苦しい時代に口をついて出る慰めのひと言が——ロシア人の暮らしの常なる道連れでもあるそうした慰藉のひと言が、今は誰からも発せられなくなった。自分にとっても初めての経験、まさしく〈祖国は危殆に瀕している〉のである。経済マップには豊作と出ているのに、どこの製粉所も動いていない(固定価格)し、干草山も築かれていない。軍事関係省庁が遅滞(引き延ばし)を許さなかったために、前線間や工場同士で、また防衛陣地同士や各種団体間で食糧争奪戦が始まっていたからである。国民の声——「裏切りだ!」下落一方の貨幣価値をどうするか? イグナートフの株。権力が売り物に、権力者たちが相場師みたいになってしまった……

▼十一月三十日

労働義務への切換え。われわれはドイツ人を罵るが、自分たちが何をしているか、それをじつは戦争そのものが示している——毒ガス、労働その他の強制。

しかし、戦争が終わったときのことを想像して気が変になったりする。みんなが——グリーシャ〔同郷人〕その他、いや誰もがまた旧態依然の生活を繰り返すのだろうと。単調な生活は戦争よりも恐ろしい。戦争は単調な生活の勝利、灰色人間のお祭だ。

国家の台所。課題は全ロシアのために一碗のカーシャを煮ること。が、ロシアは何も知ろうとしない。ロシアで期待されていたのはより良い暮らしだけだった。もう労働者とは口を利けないような時代になった。村の労働者と局のタイピスト嬢。今では紳士はコックになりさがり、そこらじゅうがぶつぶつぼやく一家の主でいっぱいだ。

紳士と奴隷の体制。もし自分が省内でそれ相当の地位に就いたら、下級の役人たちの完全な支配者になるのだろうけれど、自分より上の人物、たとえば局長なら、こちらの書類をくしゃくしゃに丸めて屑籠にポイもできる、つまり国家的地位に就けば、自分自身の自由などきっぱりと諦めなくてはならない——

そんなことを言ったのは課長である。それに対して若いタイピスト——雇用契約（軍属の）で事務の仕事を始めたばかりのお嬢さん——が猛反発した。「それが自分の信念に反するようなら、わたし、ぜったい自分の自由を手放しませんわ」——「良心にさからったら、そりゃ何も生まれませんよ、誰もあなたにペテン師になれ、泥棒しろ、賄賂を取れなんて言ってはいません。良心が侵されることはない、でも自由は縛られる、そう言ったのです」——「今では前線でだって人間の個人的な創意《イニシャチヴ》を育てようと頑張っているんです」——「それは前線での話でしょう。でも、われわれの良心とか個人的なものは家庭生活のために取って置かれて、それ以外はぜんぶ国家に捧げられるのです」——「それじゃ二重帳簿じゃありませんか？」——「まさにそのとおり。二重帳簿です。それであなたはどうお考えでした？」——「もし、組織や体制が卑劣な行為に走って、国家の、いいえわたしの祖国の崩壊を目指しているとしたら、どうなさいます？」——「為すに任せるしかないね」——「原則的には……」——「いや原則的にあなたは反対意見を持つべきではないのです。二重帳簿で生きていくわけだから。国家の人間としては卑劣を重ね、個人としては個人の徳を積んで、ね」——「わたし、そんなの同意できません」——「それじゃ勤めはよしたほうがいい」

わが局長には役人臭いところが少しもない。それがわかってみると、彼の昇進が周囲とのある種の不協和音にあるのかなという気がしてきた。文学で言うなら、あいつのフレーズは正確じゃないが生きいきしている——そんなところか。わが局の仕事（どこの局も似たようなものだが）は、届けられたさまざまな生活の事実資料に関して、書簡、一般文書、報告書その他を作成することである。こちらからの要請は最も親密な所轄官庁に向けられるわけだが、それがしばしば功を奏する（しかもかなり高い確率で）。その理由《わけ》は、われわれのやり方がわが局長の人となりを、すなわち周囲との不協和音を十分に反映した書き方になっているせいではないかと思っている。ついさっきもその局長がわたしのデスクに一通の電報を持ってきて、こんなことを言った——「ねえ、きみ、これは大臣宛の電報なんだが、ひとつあの汚らわしい男〔大臣〕の鰓《えら》に手を突っ込む〔首根っこを押さえる〕ような文面でやってくれないか」。こんな言い方をしたこともある——「これをイイスス様〔イエス〉に送ってくれたまえ」

言われたとおり、こちらは「鰓」や「イイスス」を書き上げて持っていく。すると局長はささっとどっかを消しゴムで消したり、さらにどぎつい単語を書き加えたりする。受け取った大臣はそんな電文に腹を立てて——「なんだ、これは！　こんな文法的な間違いだらけの書類をこれまでわたしは読んだことがないぞ！」などと言いだすが、だんだんこっちのやり方に馴染んでしまう。なんと言ってもこっちは生活の事実資料〈の鰓〉そのものに直に手を突っ込んでいるのだから。

思うに、うちの課の大物たちでさえ、彼〈局長〉を恐れている。急にやって来る国会議員に対してつねに戦々恐々たるわが委員会の面々同様、おそらく課の大物たちもびくびくしているのだ。訳もわからずただ恐ろしき人生（なんせナンデモアリだから）に、いきなり横からひょいと何かが飛び出してくる……

そこにこそわが局長の強みがある。それでもって彼は出世してきたのだ。まったくの実務者的人生のある限界すれすれにまで達して、もうあと一歩で次官、その先には大臣の椅子が待っているのである。ところで、つい最近、その次官のポストが空いた。きょう、うちのファイルに収まったのが、大臣からの、局長をお茶に招くという手紙。

そういうことはよくある——もちろんそうでない手紙を綴じ込むこともある。局長の個人的な手紙は彼の執務室に入ったとたんに消える。青鉛筆はいかなるときもさらりと、到着書類の内容と日時を付した紙の上を走る。それで、自宅に用事があって何か書き送らなくてはならないときは、妻への敬意をしっかりと示す手紙が認《したた》められるし、ときには妻からの手紙（帰宅途中でケロシン・ランプの購入を依頼する妻の手紙）の上に記した彼のチェック（ケロシンを忘れぬこと）に気づくこともある。ちょうどそんなときに局長をお茶に招待する旨の手紙も入ってきたので、一同ひどく動揺したのである。堂々とした本物の役人ひとりを除いて、われわれは全員新人だった——甚だ従順でない、これまで役所なんかに勤めたことのない新顔ばかりで、目の前に本物の役人がいてさえ、あまり熱心に仕事をしない人間たちである。しかし、局のトップが異動すればこちらが解雇される可能性だってある。それはまずい！　問題が急になまなましく個人的な色彩を帯びてきた。

「局長は断固ことわるべきだわ」口火を切ったのは、自由契約（軍属による）の若い女性事務員だ。

「どうしてかね？」と、常勤の課長〈本物の役人〉が訊く。

「局長のあの仕事と人生の知識・経験をもってすれば、国家に多大な利益をもたらすことになるでしょうが」

「ことわる理由は、次官という地位がかなりの程度〈政治的な顔〉を要求するからです」

「局長はそれを受け入れないとあなたは考えるんだね？」

「そう、受け入れませんわ」

「どうしてまたそう思うのかな？」

そこで課長はお嬢さんに説明を始めた——いま求められているのは、政治色のない実務型の内閣であり、必要なのはみんなのために有益であること、それだけである、と。

お嬢さん事務職員はそれに対して強硬に反対した——内閣に求められているのは政治的なものであり、わたしたちの局長はその信念その良心からして決してそんな地位など受け入れません、と。

「あなたは良心を持ち出すが」と課長。「こんなときに良心が何だというのです？　われわれが話しているのは国家の問題であって良心の問題じゃないんですよ。必要性が論じられているんだ。たとえば、自分が課長の地位にあれば、自分の部下たちの完全な主人であるわけだが、でも自分より上の部長はわたしの書類を取り上げて屑籠にポイすることもできるんだよ。要するに国家的地位に就いたとたん、わたしは完全に自分の自由を断念しなくてはならないのです」

お嬢さんは黙っていない。

「もしそれが良心にそむく行為なら、わたし、ぜったい自分の自由を売るようなことはしませんわ」

「良心にそむくなんてことじゃないよ。誰もあなたに他人《ひと》を騙せ、盗め、賄賂を取れなどと言ってやしません。良心は侵されないが自由は縛られる、そう言っただけです。あなたはすでに二重の存在なんですよ、国家的パーソナリティと純然たる個人とのね。うちの局長は、次官に就任されればもちろん、国家的パーソナリティとして大変に有益なことをなさるはずですが、個人としてはそれは彼個人の問題ですから」

お嬢さんは黙ったまま、紙のこより〔ファイル用〕を指に巻きつけ、それを曲げたり伸ばしたり、そしてまたくるくる巻いては考え込んでいた。きっと、ここでは新人である彼女の頭の中を、個人と役人という二重の存在が悪夢のように駆けめぐっているのだ。そしてその悪夢は、状況がドラマチックなものになるというのではなく、そこには日常的でありのままの、殺風景というか、何かドラマチックなものの全否定といったようなものがあった。それでこよりはいよいよ折れに折れる。おお、この官府の紙のこよりよ！　これまでわたしはそれが金属で作られているものとばかり思っていたのである。誰もそんなもの見たことがないはずだ。それは、まるでちっぽけな——そう、役人みたいにぜんぜん必要でない、大きさで言うと人差し指の爪かそれ以下の代物なのである。そんな役人はあらゆるサーヴィスに急き立てられている、それでいながら誰もが〈自分の個人的生活のようなもの〉があることを信じて疑わない。書類を並べながら綴じながら、自分のパーソナリティや私的生活について考えているうちに、こよりは解《ほど》けてきて、いきなりそいつが人差し指ぐらい（これは異常だ！）まで長くなるのである。そうなってしまったら、全部を元の状態に戻すのは無理なので、長いままで生き始める。癇癪を起こして、あっち曲げたりこっち曲げたりする。でも、どうにもならない。そしてネヴァ川の橋を渡りながら、相変わらず曲げたり伸ばしたりしているときに、ある日、忽然と理解するのだ――このこよりの私的生活とその不撓不屈の〔曲げられない〕精神、その弾性、その伸縮自在性、その適応性を。そうしてそのとき、あなたは、そやつを川に放って自由の身になるのである。

お嬢さんはこよりを伸ばしたり曲げたりしながら、口を開いた――

「うちの局長はそんなポストを受けないという議論をしましょうよ」

「受け入れますよ、そういう議論のほうが建設的だ」

そこへ上機嫌の局長が入ってくる。われわれは失礼のないように慎重に訊いてみる。

「あのう、ご栄転の話はどうなさいましたか？」

「いや、ぜんぜん！」

「それはまたなぜ？」と課長。

「あれはわたしの政治的信念とは相容れないからね」

お嬢さんは、伸びきったこよりをポイと捨てると、課長に向かって舌を出した。

彼女〔母のマリヤ・イワーノヴナ〕には四人の息子と一人の娘がいた。息子たちはどこかに勤めており、娘は母のもとにいた。夏、みなが一堂に会する。夏のあいだ、彼らは指一本動かさず〔何もせず〕、老母を助けることもしなかった。夫に先立たれた彼女は女主人の運命《さだめ》をずっとこぼし続けたが、べつに息子たちや娘の手を借りようとはしなかった。彼女が亡くなったとき、子どもたちは領地を分与され、それぞれが朝から晩まで自分の小さな土地で主人顔して暮らしていた。分割された領地は売りにも出されず以前のままだったが、どの土地にも亡き女主人の霊が生き続けていた。相続人たちはそれぞれ今も、領地を全体として捉えたり自分の近親者を思ったりすることがなく、もっぱら自分のことしか考えず、自分の家屋敷のまわりにも自分だけの庭園を造っていたものだから、たまにやって来る客には、以前そこに何があり以前の領地がどんなだったか、もう見分けがつかないのだった。宏大な領地という感じはすでになくて、ただの独立農家《フートル》になってしまったのである。だからといって、誰ひとりフートルが共同所有地になったとは思わなかった〔し、知りもしなかった〕。

戦時下にある人間――しかも戦場にも行った人間には、きっと、自分の以前の仕事や経営のことを思い出したとき、どうしてあのとき共同の事業への奉仕ということが思い浮かばなかったのかと、自分でも驚く瞬間があったにちがいない。国家は巨大な領地である。戦争中にそれぞれの経営の垣根が、いきなり取り払われて、巨きな経営活動の推進手段〔始動レバー〕であるところの――「おお、これはおれのもの！」が消えて、共同所有の土地――「いやいやこれはみんなのもの！」に取って代わったのだ。

価格とは時間の尺度。価格の〔道徳的〕退廃。すなわち契約と良心の廃棄。闇屋とは時間を追い求める輩のこと。投機に怒りを覚えるのは住民に特有なことではあるが、しかし、もしわれわれが、経済の主要な始動レバーが個人的利益への熱望と追求である世界に生きているなら、卑劣な闇行為に対して本気で怒りをぶつけるべきなのである！投機師たちの始動レバーさえぶち壊せば、闇行為など消えてなくなるはず。

口の利けない鐘。ある教会の鐘楼守がわたしに話してくれた――あるとき、預言者イリヤー教会の鐘の舌がえらい音を立てて落っこちたんだ、落っこちただけでなく鐘楼の土台をぶち抜いて、土にめり込んだのさ。これはほんとにあったことだ。まるで雷が落ちたような大音響だった。なんせいきなり何もかもが裂けてひっち切れてぶっ壊れたんだよ。わしは口が利けなくなって、ただ地べたに転がっていた。

どっかで鐘が鳴っているんだが、こっちは人気《ひとけ》もないところに、声もなく、ひっくり返っていた。何もかもがひっち切れちまったんだものな。でもわしには秘密の友がおった――たったひとりの、不可侵の、なんとも呼びようのない心の友だ。

なんとか頑張ってその心の友のことをひとに話したり、彼のそば近くへ行こうとすると、なぜかわしは、百プードもあるわが友〔鐘〕の舌が地中に深く埋まったままじっとしているように感じた。そして彼が夢に出てくると（鐘の舌は自分のほうからやって来ようとするんだが）、これがまたなんともみっともない身なりで現われるんだね。

わしは大鐘を打っていちばん素朴な人間の喜びを鳴らしたいものだとつねづね思っている。わしは、その侵し難いわが心の友が素朴な地上の喜びであること、そんなひとに知られることなく名付けようもないものを誰もが心に抱いているということを知っている。誰もが持っているものをわしひとりだけが持っていない——そんな気さえすることがあるんだよ。

見よ、この周知のわれらが生活の高物価、その説明の循環論法を！ 生活必需品の高騰を企業家たちは労働力〔労賃〕の値上がりで説明しようとしている一方で、当の労働者も自分たちの高い要求を正当にも生活必需品の値上がりによって説明しているのである。大地は鯨の上に、鯨は水の上に、水は大地の上に乗っかっている。社会、出版物、政治家たちは、賢者の石*を求めて毎日、普遍的悪の根本原因を発見すべく自らの努力の現況をわれわれに示そうと躍起になっている。

まわりの人びとと個別に話していると、みなそれぞれになぜか救国の英雄ミーニンのように見えてくる。でも、また別の人とちょっと言葉を交わしただけで、すぐにミーニン自身が悪循環の中をぐるぐる這い回っていることが明らかになる。このミーニンの心の底に憎悪の念を抱きつつあなたが見出すのは、自分の日々の暮らしへのほとんど自然の法則に適った（ように思える）、法的な弁明（言いわけ）であるにちがいない——どんな戦争だろうと大金持ちになる奴はいるんだ。そんなチャンスを誰が何百年も待っていられるか！


エレーツのある大商人の屋敷の地下室で見つかったという手記。この町では商人階級の野蛮化の過程で、すでに多くの文化的に価値あるものが滅んでいる。この町のこの階級の日々の暮らしと世界の関係を確立すべく闘った挙句に、この階級から離脱した多くの人間がいたことは間違いない。手記を書き残した人も、おそらくそういう人たちの中のひとりであっただろう。彼のことは町の誰もが知っていた。生涯をロシアのみならずいろんな国をさ迷い歩いた変わり者、かなり奇矯な人物だったようである。両親の死後、彼は町に戻って、自分の家の風呂小屋《バーニャ》に住みつくと、大きな母屋のほうは貸しアパートにした。彼は画家として有名だったが、誰も彼の描いたものを見ていない。よく知られたある画家が彼のバーニャにやって来て、彼をモデルに絵を描いたことがあった。ついこのあいだ、コンサート会場でこの画家に会ったので、その閉じ籠り男のことを訊いてみた。「それで彼には画家としての才能はあったのですか？」すると「いいえ」と意外な言葉が返ってきた。そしてちょっと考えてから、少々興奮気味に——「しかし彼は天才的な人間でした。そう、彼は天才……でしたね……」

手記はネズミに齧られた紙の塊みたいで、ごちゃごちゃしていて訳がわからないところがある。ページを繰っても前のページと内容が少しも繋がらない。全体としては何か思想のようなもの、単語の羅列、観察メモ、送らなかった手紙（宛名は書かれていた）といったところか……

経営をめぐって。一日中、雨雲が畑の上を黒い鴉のように舞っていて、わたしたちは空を見上げては――「降りやしねえよ！」とか「大丈夫だ、逸れてくさ！」とか「やっぱしこっちにゃ来ねえな！」などと言い言いしていた。今にも降ってきそうな雨雲の下で、わたしたちはライ麦を刈っていたのだ――もちろん穀束の山をつくるところまではいかないだろうと思っていた。そうこうするうちに畑の端まで刈り取ってしまう。このまま いけば、暗くなる前に終わるかも。そうなら麦も雨にやられずに済むんだが……。しかし、森を挟んだ向こうの畑には、まだ刈られてない二デシャチーナが残っている。ま、そっちはどうでもいいか！ そんな二デシャチーナのために全部の畑を犠牲にはできない。でも、疲れ知らずの腕のほうはまだやる気満々。雇った労働者たちもそうで、残りの二デシャチーナを片付けようとさっさとそっちへ行ってしまう。もういい、ここらでやめにしようといくら言っても――「なに大丈夫、〔雨雲は〕逸れてくさ！」、「こっちにゃ来ねえでしょ！」

（見上げる空の黒き翼よ……）

それでライ麦刈りは続けられた。巨きな黒い鳥の翼が全天を覆ったまま夕方になり、あたりがすっかり暗くなったところで、ついにぱらつきだした。でも、刈り手たちは相も変わらず「なに大丈夫、逸れてくさ！」だの「こっちにゃ来ねえでしょ！」

たしかに雨雲は逸れていった。麦刈りは最後まで順調にいって、真夜中までにすべての山が築かれた。

勝利はわが方にあった。一同なんだか陽気な気分になって、こりゃあどっかで《魔法のスピルト〔ヴォトカ〕》を見つけてこなくちゃなぁ――そんないつもの提言《ひとこと》も飛び出してくる。

われわれの勝利はひとえに労働力の多さにあった。一日で（翌日は雨だった）すべて刈り終えたというのは大きい。運にもめぐまれた。幸運なんて偶然にすぎないから、こんなことはもうないかもなぁ。ああ、でも、これで奴隷労働からは解放されたのだ。みんなは愉快な気分になっている。働き手が多いというのは素晴らしい。そこでなんとしてもわれらが敵どもに言ってやりたくなった――おい、いいか、

＊「賢者の石」。中世ヨーロッパの錬金術師たちが鉛などの卑金属を金などの貴金属に変えるさいの「触媒」になると考えたもので、長いこと人間に不老不死の永遠の生命を与える霊薬と解釈されていた。

おまえらなんか少しも怖くないぞ、それはな……

村、前線から遠く離れた――これは単なる後方〔銃後〕ではない、戦場からは遠く遠く離れた土地であり場所であり、ライ麦を刈ったり、家畜に餌をやったり、たまにはガルモーニ〔アコーディオン〕を鳴らしたり、互いの家を訪ね合ったりと、以前のようないつもの暮らしがある場所である。もちろん住人は時代から取り残されている。ただし時代の忠実な召使である物価だけは身をすり寄せてきて、世界で起きているそら恐ろしい大事件の噂を耳元で囁きながら、自分の思うままに、時代おくれの者たちを追い回している。〈問題は価格ではなく市場《ルィノク》だ――あらゆる関係（取引・約束）を裏切ったのだから、それもじつに慇懃になかなか礼儀正しく〉。

東プロシアでのわが軍の失敗はやり過ごすしかない、なんとか耐えるしかない――禁酒時代みたいに。

砂糖待ちの行列のしっぽに立っていると、体がだんだん棒砂糖みたいになっていく。

「ヴォトカと砂糖は――」と、ふと思った。「これら二つの産物には、その化学的組成と技術生産上の類似点が――たとえば火薬と脱脂綿のように――かなりある。同じものから、綿が欲しければ傷口に当てる綿が、火薬が欲しければ人を殺す火薬が。欲しければヴォトカにも砂糖にもなるのだなあ」と。だが、そんな自分のアナロジーはすぐに崩れてしまう。砂糖を売る店の方へさらに一歩近づいたところで、また新たなテーマが生まれた。それは、ヴォトカの販売禁止令があれほど異常な社会的・国家的な盛り上がりを見せたのはなぜか、反対に、ヴォトカとほぼ同様の衝撃を与えたのに、砂糖の販売禁止がヴォトカとは異なる反応を示したのはなぜか――ということ。そのとき、ふと思い出したのが、たとえば去年、ヴォトカの販売が禁止になったころ、自分がよく知っているある村の農民たちが、徴兵にあった家族に対して急に手を差し伸べ始めた……しかし今、その同じ村で何が起こっているかと言えば、砂糖が販売禁止されているこの時期に、〔人手が無くてどうにもならない〕貧しい家からも、畑の鋤き起こし代として、一サージェンにつき三十コペイカ、すなわち一デシャチーナにつき十八ルーブリを徴収しているのである……

仲買人〔ブローカー〕が難民たちを動かしてきたのだ。難民が多ければ商品は少なくなるし、その逆もまた然り。仲買人たちのあいだで議論が始まった。商品がストップするのは難民のせいだが、ではなぜ難民そのものがストップするのか？　難民を乗せた貨車がトゥーラ〔モスクワの南へ百九十三キロ〕に十日余りも停車したままだった。貨車にはチョークで目的地はトゥーラと書かれていたのだが、その後、何者かが貨車に近づき、チョークのトゥーラを袖で擦ってペーンザ〔モスクワの南東七百九キロ〕と書き直した。それでそのペーンザ行きがさらに十日も停まったままになっていたらしい。それを聞いたある株式仲買人は、世間に対して商品の遅滞と高騰の概括的な理由を説明するという自分の目的をすっかり忘れてしまった。その仲買人は、ニコラーエフスク駅でチェレーシチェンコ*1の砂糖二十輌の荷下ろしをすでに二週間も待っているとか、しかもそのことを受託人であるチェレーシチェンコの口から直に聞いたなどと言っている。

一千年の拍子木。

話相手は市議会の議事日程表をわたしに手渡すとさっさと行ってしまう。「われらの不幸*2」に具体的な内容を盛り込むようにとの課題（アンケート）をひとつ残して――

故郷のしんと静まり返った自分の部屋で、わたしは、先祖の商人《あきんど》たちの暮らしについてあれこれ思いをめぐらしていた。思い出に耽っていると、突然、窓の下で拍子木の音。それで、つい最近、ペトログラードのレストランである有名な俳優から聞いた話を思い出した。彼は世界中を旅して回っている男だ。へとへとになって故国に戻ったある日、彼はある音を耳にした。それを聞いてなんとも言いようのない悦びを感じたのだという。それは拍子木の音だった！　さっき窓の下で鳴ったと同じ拍子木の……それは遠いとおい昔のもの、もう二度と聞くことはあるまいと思っていた響き……何千年も前に鳴ったあの音であった。満天の星空の下、通りのどこか暗がりを歩いている見知らぬ夜警の姿を想像してしまう。なんと懐かしいこと！　そんな子供時代が何千年も前のことのように思えたのである。思わずふらっと外へ出た――酔っ払いみたいな足どりで――でも転ばずに。通りは月の光でいっぱいで、びっくりするほど明るかった。こんなに明るいのに、誰が石なんかに蹴つまずくだろう。ああでも、自分が躓くのはそれ、まさにその石――真実という名の石なのだ。思い出すのは、その昔、わが先祖の商人たちの誰かがその石について語り遺した言葉

＊1　ミハイル・チェレーシチェンコ（一八八六―一九五六）はロシアの資本家、大製糖工場主で、プログレシスト派に近く、一九一七年に臨時政府の財務相と内務相を歴任し、その後亡命した。

＊2　ロシアの旧い俚諺――「われらの不幸は斧でも断ち切ることができない」の「われらの不幸」とは「出口なしの状況」あるいは「困窮の極み」を意味する。ロシアの現状に関するアンケート。

だった——「いいかな、ただの路上の石のことじゃないぞ。躓くのは真実の石だ。そいつには誰もが蹴つまずく……」

農業に関する一斉調査が行なわれるという。調査を徹底するために特別地区調査委員会によって郡がいくつかの地区に分けられた。委員会の構成は、地区長、協同組合の代表、それと議長によって推薦された人びとである。委員会は仕事の流れを監視し、交付金（前払いの）は議長が管理すること。調査自体は指導員が特別召集した人びとによって実施される……。

書類の最後にこう書いてあった——「参事会は貴下に地区委員会議長の職を要請しその受諾を乞うの光栄を有するものであります。付きましては調査の国家的意義をご千慮のうえ貴下の速やかなる応諾を熱望するものであります」

この調査については国会で農業大臣が演説していたらしいのだが、わたしはその新聞を読んでおらず、その後も調査関係の記事や送られてきた書類にも目を通していなかったために、自分勝手に、この調査の目的は調査そのものにではなく、社会的勢力の下準備（小地方自治体の組織化のための）、要するに機構の整備に取りかかったのだろうくらいに考えていたのであった。

生活の資を得るに忙しい日々〔とはいえ〕、このような〔公的〕活動を拒否することはできなかった。予定していた休耕地の掘り起こしを諦めて、すぐに応諾と光栄への謝意とを書き送った。

個人的な問題で脳天から爪先まで圧し潰されているのに、なぜそんな社会の問題をわが身に負うのかと思う人もいるだろう。こういう時代でなければ、自分は決してこんな仕事は引き受けない、そうとも、「自分の経営もいやわが身ひとつをすら確立できずにいるくせにこんな天から降ってきたような社会事業に飛びつくなんて馬鹿のやることだ」——きっとそんなふうに自分を非難したにちがいない。でも今はそこまではっきりとは言い切れない。ともあれ、この不安定な暗いロシアで生きていくのは苦しいし、本当に恐ろしい。すべてを国家に捧げている者たちに混じって——しかも同時に世界は改造されようとしているのだ（どのように？　その意味を探し求める者たちも当然のようにいて）、かと思うと、戦争だのその犠牲の意味だのについて、どうにも愚かしいことを回らぬ舌でぺちゃくちゃやっている者たちに混じって生きていくのは苦しいし、本当に恐ろしい。

自分は前線から後方へ移ってもう一年になる。そしてますます深く後方へ沈みつつある。前線から第一の後方、第二の後方、そして第三の後方へ。いちだんいちだん戦争の背後の、なにやら完全に特別な世界のようなところへ降りてきている。たまに自分を原則的に〈兵役忌避者〉だと思ったりすることもある。また、破壊と同時に何かが創造されているような国《クライ》を後方のどこかに探し求めている——そんな気持ちになることもある。* 人間はもちろん、何らかの共同事業のために生きているわけだが、でもそれが〔共同事業であるとは〕まったくわかっていない。むろん至るところ国家なのではある。しかし、ライ麦畑を全体として見渡せる場所に立てば——そこは間違いなく広いひろいライ麦畑なのだが、そしてそこから畑の中に足を踏み入れれば、いかにもひ弱なひょろひょろした穂たちも背の高いよく肥えた立派な仲間たちのあいだに自分の道を切りひらいていくさまが目に飛び込んでくるはずである。たしかにここでの暮らしは共同作業とは正反対のもののように思われる。だがどうだろう、丘の上からライ麦畑を一望すれば、われわれの事業だってどれもみなこんなに素晴らしいではないか！　調査についての書類を受け取ったとき、わたしが思い浮かべたのは、まさにそんな光景だった。この〈地方《クライ》における新しいロシア〉で自分が議長を務めるって？　まるで兵役忌避者が出獄したような気分だった。獄舎の外は光が溢れ返っていて、そのとき自分は別人になったのである。

　二、三週間経っても、何の通知もなかった。会議への要請も指導も説明もまるで〔なかった〕。ただときどき雇い人たちがこんなふうにわたしに言うだけだった——どっかの何とかいう郷〔郡の下、村の上の行政区画、一九三〇年まで〕では、もうわたしの言う事業みたいなものは始まっているらしい、そこでは財産目録が作られて、家畜は選別され、最後の牝牛まで持ってかれているそうだよ、と。わたしは、それはわたしの言う調査ではないと思った。議長のわたしに何の連絡もなく始まるはずがないではないか。深刻なパニックに陥っていたのは牛を二頭所有している者たちだった。耕作用の馬を飼っていた者たちも急いで（それも何日ではなく何時間かの間に）馬を手放し始めた。

　森の仕事から解放される！　そう思ったわたしは、面倒な商品（オークの樹皮）とできるだけ早くおさらばしよう

＊　ここで使っている国（クライ край）は、端、はずれ、周辺部、地域、地方（行政単位）等々の意。プリーシヴィンの事実上の処女作といわれる『ヒト怖じしない鳥たちの国』（邦題は『森と水と日の照る夜』）の国がそうである。また一九三三年に発表された『チョウセンニンジン（生命の根）』は、日露戦争のさなかにロシアの若い兵士が戦場からひとり離脱（単独講和）して沿海州の深い森へ逃亡する物語だが、これも自由のクライ＝国である。きわめて暗示的なプリーシヴィンの見果てぬ夢の国。

と、闇雲に働いた。乾いた日が続いていた。樹皮というのは干草より雨に弱い。オークの皮の小さな束が広い休耕地の木挽き台の上に並べられた。やっと乾燥させるところまでこぎつける。あとは雇い人たち一人ひとりに気を遣って（虎の子を守るように）仕事を進めるだけである……

……流れる時間の速度。しかし、肉が五コペイカ値上がったことが時間の速度を意味しているなどと誰が考えつくだろう。人はみなそれが得か損か有益か無益か、それも自分にとってどうなのか――それしか考えない。

人間世界の生活地図は、ひょっとしたら、こうした銃後の個人事業と前線での共同事業との比較対照のようには、これまで一度もはっきりと示されたことがなかったのかも。〔ライ麦が〕壁のように立ち塞がって、自分たちが今どこにいるのかわからなくなる。立派なものだ。じつに美しい！　中にいると、あまり育ちの良くない弱々しい穂に目が行ってしまう。でもそんなひ弱な連中が、背の高い、いっぱい脂肪をため込んだ、堂々とした仲間たちに立ち混じって、健気にも自分の生きる道を切りひらこうと頑張っているのがよくわかる。穂たちの間ではどんな儲け話が、どんなゴシップが囁かれているのだろう？　互いにいがみ合っているとしたら、それはどんな喧嘩になるのだろう？

だが、わたしは穀草を出て丘に登って畑全体を見渡した――おお、これはまたなんという風景だ！　ぼおっと見惚れていると、急にあの書類のことが思い出された。あれが〈新しい地方のロシア〉の建設への参加を要請するものだとわかったときに感じた気持ちと、（そうだそうだ）広いライ麦の海を一望したこの瞬間とがぴったり重なった――そう思ったからこそ、すぐ馬を馬鍬《まぐわ》からはずして、要請受諾と感謝の気持ちを伝える返事を認めたのだ。

▼十二月一日

勇敢な野ウサギ。野ウサギたちにも愛がある。冬、森の番小屋の小窓から見ていたら、白い野ウサギがぴょんぴょん草地に跳び出してきて、ひょいと後ろ足で立った。するともう一匹も最初の野ウサギと向き合う恰好でやはり後ろ足で立った。さらにもう一匹。そっちは早足で駆けてきて、ちょっと立って、すぐまた森に引っ込んだ。春近くには、子づれの雌のウサギまで姿を現わした（司祭のとこの子どもたちがそのうちの一匹を捕まえて中庭で放し飼いにしていた）。雌のウサギは飼われているウサギに逢いにきたのだ。森からはそんなふうにたびたび勇敢なやつがやって来る。

▼十二月四日

戦争の歴史的理解が今ではもう心理的理解に移ってしまった。歴史的理解には〔これが〕最後の戦争という認識が生まれ、心理的理解からは〔戦争には〕終わりがないという認識が生ずる。

▼十二月五日

イォアン・クロンシターツキイの聖骸*の事前公開。高まる期待と緊張。

記録課に行けば、グリゴーリイのことがよくわかるので、居心地の良いポストを求めて上も下もお百度参りのありさまだ。〔グリゴーリイ・〕ラスプーチンの噂ばかり。あの厚かましくも破廉恥な眼。手を撫でられただけで女は感応するらしい。そんな環境に身を置けば、頭の中はそればっかりになるだろう。いやはや。それにしても、現代がセックスの大なる影響下にあるというのは本当だろうか？ そこにローザノフの過ちがある。だからこそ社会活動家たちは彼を憎悪しているのだ。じゃあセックス以外のものはどうなんだ、どう評価するのか？ 今はとにかく食料、名誉心その他もろもろを手にしようと誰もが必死、悪戦苦闘の真っ最中だ。

『聖ゲオールギイの看護婦』〔十一月五日〕のせいで、どうも落ち着かない。彼女は、わが省の、静まり返ったまどろみの中へ、軽いざわめきを起こしつつ、その姿を現わした。その体の動きや声の中に、われわれは、輜重の馬車の軋みを、馬を追い立てる兵士たちの叫び声を、銃声を、それから負傷者たちの周囲で起こっている気ぜわしい動きを、聞き取っていた。こうしたカオスの中で、彼女はどきどきしながら（少しひびの入った心臓とともに）何ひとつわからぬまま、ただただ夢中で（病的なほど）先を目ざしている。

▼十二月六日

短編。わが年代記。イギリスが宣戦を布告した。われわれは汽車を待ちながら眠りこけていた。駅で待つことすでに二昼夜である。新聞は手に入らなかった。今はイギリスの出方ひとつにかかっている。イギリスが布告すれば、世界はこっちのもの。肝腎なのは、力ではなく真実《プラウダ》だ。それ

＊ クロンシタットのイォアン神父――本名はイワン・セールギエフ（一八二九―一九〇八）。ロシア正教会神父、慈善家。神学校を卒えると、そのまま軍港クロンシタットの聖アンドレイ大聖堂付司祭となる。生前すでに〈民衆の聖者〉の声望が高かった。レフ・トルストイの「倨傲」を戒めた人としても知られる。日本正教会のニコライ大司教とも深い交わりがあった。『キリストにおけるわが生涯』（一八九四）。ロシアでモーシチ（мощи）と呼ばれる聖者のミイラ（また身体の一部）。聖遺物とも不朽体とも訳されている。根強い信仰がある。

が論理の帰結――もしイギリスが宣戦布告するなら、世界は、そして世界がわれらとともにあるなら、それはわれらのプラウダである。その根拠を自分は知らないのだが、宣戦布告の瞬間から、自分はまったく異なる二つの存在に分裂してしまった。一つは〈Я《ヤー》（わたし）〉、以前からの存在だが、もうかなり遠くなってしまった（かなりロマンチックな感じ）。癒えたとはいえ、それでも雨のときなどまだ疼いたりする傷のような〈Я〉。もう一つは〈Мы《ムィ》（われわれ）〉としての〈Я〉で、こっちには悪党どもが攻撃を仕掛けたので、話し合うことで（平和裏に）守っていかなくてはならない。この二番目の新しい存在がイギリスに回答を要求した。その理屈はこうだ――もしイギリスが布告すれば世界がそれを支持する、世界が支持すれば、それがプラウダ……

　乞食たち。駅には出動だのイギリスだのを話題にする人間はひとりもいない。ここにいるのは、ただうつらうつらしながら汽車を待っている者たちばかり。なかでも多いのが、兵士になった身内に会うために取るものも取り敢えず、ほとんど無我夢中で首都に駆けつけた女たちである。朝、日の出前に民兵が到着すると、すぐに女たちは彼らに逃亡の仕方を教えてまわった。プラットフォームに坐っていた小さな娘が兵士たちを見て泣いている。わたしはしばらく、どうして泣いているのか訳を訊こうとした。ようやく返ってきた答え――お父ちゃんがみんなに逃げろと言われた、それで泣いているのだと。そして娘は、ほかの兵士や民兵と一緒に銃を手に路床を駆けてゆく男を指さした。周囲の誰にとっても――汽車を待っている一般の民衆にも、走り回っている兵士たちにも、泣いている女の子にも、イギリスのことなどどうでもいいのだった。でも、わたしはそのことだけを考えていた。その点で自分は裕福《ボガット》であるようにさえ思われた。すべてはイギリスの出方次第だと（自分は）わかっていたが、誰もそんなことを考えていなかった。突然、鐘が鳴る。汽車が入ってきた。プラットフォームは一瞬にしてごった返す。みながデッキに飛び乗った。

「満杯だ、乗るな乗るな！」車掌は怒鳴るが、誰も聞いていない。なんとか割り込もうと突撃を繰り返す。車掌も車掌で急いで買いものだ……自分のことで頭がいっぱいなのである。世界がどうなろうと関係ない。こっちは乞食みたいにそんなカオスの中でただまごついている。

　みな必死で三等車の屋根によじ登った。わたしは二等車の車室にやっと立つだけのスペースを見つける。そこには、二人の子ども、乳母、小間使いを連れた美しい奥さん《ダーマ》が乗っていた。車室は荷物で溢れていたが、工夫すれば夫人のとなりに坐れそうである。でもあいにく牡猫が邪魔をしてくれた。灰色のでっかいやつで、しっかりと紐をかけた編籠に入れられている。奥さんは新聞を読んでいて、気づかない。わたしは彼女がこちらに気づいて（坐る場所を少し譲って）くれることを期待しながら、じっとその頭部を注視していた。が、いっこうにその気配もない。大丈夫、自分はずっと立っていられる。彼女のほうもきっとこのまま気づかずにいることだろう。

「奥さん、申し訳ありませんが、そこに坐らせていただけますか？　猫を膝の上に置いてもかまいませんか？」

「どうぞお坐りください」奥さんは顔も上げずに言う。わたしは腰を下ろした。そして、彼女が手にしている新聞に、大文字の「イギリス」が躍っているのに気がついた。しかしイギリスがどうしたかまではわからない。「本当にイギリスは宣戦布告をしたのだろうか？」あれこれ思いめぐらしたあとで、そうだ訊いてみればいいんだと思い直して、奥さんに――「どうなのでしょう、イギリスは……」と声をかける。「どうですか、イギリスは本当に……」

奥さんはわたしをちらと見て何か言おうとしたが、急に振り向くと、窓の外に目をやった。プラットフォームを軍人が走っていた。奥さんは窓を下ろして、その軍人に声をかけた。「胸甲騎兵連隊はもう発ちましたの？」将校は鍔に手をやった。詳しいことはわからないが、彼自身はまだ発ってないと思っているようだ。「まだ出てなければいいのですが！」――「きっとまだですよ」将校は安心させるように言った。

奥さんは席に戻ると、新聞の上に腰を下ろした。大文字の「イギリス」がうまい具合にこっちを向いてくれた。奥さんはわたしのことなど忘れている（まるでこっちが初めから存在していないかのように）ので、その新聞、読ませてくれませんかとはもう頼めない……新聞は彼女の尻の下なのである。小間使いの娘と乳母に向かって、奥さんが言った――「連隊はまだ発ってないようね」。「おお、どうか主よ！」と乳母。「おお、どうか主よ！」と小間使いも同じ言葉を繰り返す。「どうかまだお発ちになっておられませんように！」

奥さんはすっかり安心したようで、新聞を手に取ると、またイギリスについて読み始めた。もういちど訊いてみようか。

▼十二月八日

敗北主義者と祖国防衛主義者。こんなことが言われている――戦争が自分の利益になる奴は戦っている、労働者階級は戦っても益がないので拒否するだろう。スローガン――初めは平和を、だがその後は社会改革だ。しかし戦争が行くところまで行かなければ、平和条約は支配階級に有利なかたちで締結されて、社会改革など行なわれないだろう。祖国防衛主義者の弱点は、とことん防衛に徹しようとするので、結局ひとりも生き残らないところまで行ってしまうかもしれないことだ。

▼十二月十一日

時事戯評のテーマ。わがルーシはどこへ出かけようがどこに泊まろうが、そこには必ず自分より先に〈将軍〉がいるという奇妙な国である。海に出かければ、ポモールたちが将軍の話をしてくるし、* 誰かの領地を訪ねたときにも、自分の前に将軍がやって来ていた。ホテルに部屋を取って、自分の前にこの部屋を借りたのは誰かねと問うと、即座に「将軍です」という返事。あるとき、人里離れた修道院でお茶に招ばれようと修道院長の部屋へ行った。すると修道院長は――「聖名〔お名前〕はなんとおっしゃられますかな?」と訊いてきた。「ミハイルです」――「ご尊父による名〔父称〕はなんと?」――「ミハールィチです」――「ほう、ミハイル・ミハールィチと。これはまた結構ですな」――「それはどういうことでしょう? 何か特別な意味でもあるのでしょうか」――「いやいや、あなたの前にここにおいでだった将軍もミハイル・ミハールィチだったものですから……」

先日はもっと奇妙なことがあった。自分は地方から出てきて役所に勤めだした。地位があまりに低すぎて、玄関番がドアを開けてくれないほどである。だが、ある日、なぜかドアが大きく開いて、玄関番がぺこりと馬鹿丁寧なお辞儀をし――「閣下、お手紙が届いております」。差し出された手紙を見れば、それが公用の封書で、おもてに〈ミハイル・ミハーイロヴィチ・フルシチョーフスキイ閣下〉と認《したた》められている。開封する。三等官の何某の「ミハイル・ミハーイロヴィチ閣下へ全幅の敬意を表しつつ云々……」だ。翌日にはまた似たような封書が今度は下宿先に届いた。女将はびっくり仰天、女中はうろたえて、下宿中が大騒ぎになった――なんとここには将軍閣下が住んでおられるのだ、官から封書が届いたそうだ。

どうしてそんなことが起こったのか、わたしにはわかっている。役所のあの大きな建物。お嬢さん――狐の毛皮。お嬢さんは階段を上っていく。タイピストである……彼ら官吏はどこからやって来てどこへ行くのだろう――誰も知らない。自動車――書類――当直室。回状には印章が押されていて、宛名は無く、ただ「閣下」とだけ。本物の将軍なんかどこにもいやしない。灰色の上着を着た平凡な人間。永遠の眠りについている将軍の霊。

ルーシの奥深いところから流れ出たものがその中心へ向かっている。中心には知られざる財宝を守る死の番人たちがいて、みなそこになだれ込むのだが、ついに四等（文）官〔将官に相当〕にはなれずに消えてゆく。彼らはじつに多種多様であり、しかもいずれも明るく元気な生命力に溢れた人たちである。

▼十二月二十二日

罪。何もかも盗まれてしまうと下宿の女将の悩み・心配・興奮は尽きることがない。また窓から薪の置場に目をやった。すると急いでグレープが宥めにかかる――「大丈夫、まだ盗られてませんよ。誰も一本も持ってかないし、おれも盗らないし」――「ほんとに罪はないとでも？」女将が言う。「そりゃ、あります」とグレープが答える――「よくあります。けど、それはふとした気の迷いからなんでね。ま、たしかに罪です。でも安心してください。大丈夫です、誰も盗みやしませんから」

継子。継子〔ヤーシャ〕が起こす家庭の悲劇。不良少年。自由放任の母親から引き離すべきなのだ。このままだと、ほかの子（リョーヴァとペーチャ）を駄目にしてしまう。本人もどうしていいかわからず、ひとに相談しようとする。はたしてどんな回答どんな助言がもらえるやら。少年の唯一の味方は〈伯爵〔未詳〕〉なのだが。

ワルワーラ・アレクサーンドロヴナ・リムスキイ＝コールサコワ。長らく夫と暮らしていながら、夫を愛さず、それを彼にも世間にも隠している。自己欺瞞をやってきたのだ。あれほど夫を苦しめて、他人にはたえず夫の美点を並べ立て、夫を褒める人を友と、馬鹿にする人を敵と見なしていたくらいだ。彼女には何かれっきとした称号でも贈らなくてはならない。亭主にも贈るとしたら、まあ、商人《あきんど》ではなく大商人の称号か。秘密の手文庫には「その彼に」宛てた手紙がいっぱい入っているとか……

ラドゥーイジェンスキイ家の連中も普通でない、かなり常軌を逸している。リュボーフィ・アレクサーンドロヴナ〔ラドゥーイジェンスキイ家の出、前出〕は、自分の園芸気狂いの亭主〔ロストーフツェフ家はフルシチョーヴォのプリーシヴィン家の隣人、前出〕を正教に改宗させようとしている。マーシャとターニャを養女にして教育している。ヴェーラ・アレクサーンドロヴナは娘を通して例の修道院に入り込んでいる。姉たちよりずっと幸せで、子どももいっぱいいる。ナヂェージダ・アレクサーンドロヴナは放蕩息子で躓いて

＊このエピソードは、アルハーンゲリスク、白海、ソロフキ島への旅の記録『巡礼ロシア』に出てくる。ポモールは白海やバレンツ海沿岸に住むロシア人原住民。

しまった。それらはどれもアムヴローシイ師が蒔いた種である。

気狂いじみた園芸家。子どもみたいに文句を垂れたりぎゃあぎゃあ泣き喚いたり。思いついては工作を始めるが、出来上がると見向きもしなくなり、やがて忘れてしまう。が、妻のほうはすべてを憶えている。彼女は無理やり夫を正教徒にした。しかし、「無理やり」とはどういう意味だろう。夫は自分では気づかずに彼女の欲するすべてを実行するようになった。影響力と強制力。影響力は絶対に必要で自由と見なされ、いっぽう強制力は絶対悪！　これもアムヴローシイ師の蒔いた種だ。

痛み。そのとき彼〔創作上の人物についてのメモか〕には、人間はすべて何らかの病気に罹っていて（疾患があり）秘密めかした嘆息（ため息）や神経質な話し方から、それが何の病気かどこが悪いか感知できるように思えた。誰もがその痛みを恐れて身を隠そうとする――病人同士は決して病気の話をしなかったし、無理して明るい顔をしていた。健康人たちには黙して語らず（そのためには努力を惜しまない）、明るく陽気に振舞った。あるいはそうすることで、却って患部が刺激されるようにも思われた。宗教は民衆《ナロード》から賃借したものだが、同時にナロード自身には不要なものとなってしまった。社会の上層部がナロードの宗教に目を向け、ナロードが喜んで格安でそれを賃貸する時代なのだ。もっとも、賃貸宗教とそれを借りて自分の人生の事業としたリュボーフィ・アレクサーンドロヴナのそれとはまったく別ものなのだが。彼女のまわりの人間はすでに祈るのをやめていた。彼女は自分独りで寺院を建てようとした。

▼十二月二十五日

大きな大きな祭日。憂悶《スクーカ》が胸焼けするまでに達している。弱さを悪の根源のように考えている。力と弱さとは等しく悪の根源になり得る。弱さゆえの（一語判読不能）――侮辱、孤独、地下室の道。苦悩による浄化は活動的な叡知であること。悪の力の道がいきなり善に転化すること。

▼十二月二十六日

ヴォルーイスキイ〔未詳、エレーツ市長のヴォルーイスキイとは別人のようだ〕が十五か月の捕虜生活を終えて帰って来た。彼の話――われわれが捕まったとき、自分はジュネーヴ協定*からして軍事捕虜とは見なされないなと思った。でも、われわれがそのことを口にしたら、将校が拳銃を取り出して、こう言った――「さあいいか、これがジュネーヴ協定だ」。われわれは大いに憤慨した。それで文句を言いたそうにすると、またそいつが――「静かにしろ、こいつには弾なぞ入っちゃおらん」。それがわかってたら、もちろん自分は投降する前に、自分の弾を撃ち尽していただろう。

奴らの捕虜になる――そいつは自分にとって死ぬよりひどいことだから。

種痘。いくらでもそれ専用の器具はあるだろうに、医師の奴は捕虜の腕を軍刀の刃で切開して痘苗を植え付けたもんだから、傷口が開いていつまでも痛みがとれなかった。収容所に発疹チフスが出た。そこでわれわれは言った――「この疫病のことはよく知っている。これを引き起こすのは、飢餓と寒さと落胆、それと虱《しらみ》だよ」。そんなわかったようなことを言われて、医師はカチンときたのだろう。「チフスとどう戦うか、教えてやる」そう言って、われわれを（氷点下一〇～一二度だというのに）バラックの前に整列させ、上着を脱がせると、「おまえたちのうす汚い体にこのきれいな下着をつけろ、そうすればチフスなんかすぐ治る！」自分はたちまち発疹チフスに罹ってしまった。その医師は一般人をフン族とかチュートン人とか残酷なうえにも残酷な奴らと呼んでいた。そこでわれわれは彼に、あんたはその一般人である庶民の慈悲の心というものを知っているかと問うと、「捕虜どもに慈悲だの憐れみだの白パンのかけらだのをくれたりするから、どいつもこいつも刑務所にぶち込まれるんだ。慈悲の心だと！　なんでそんなもの、わしが知らんといかんのだ？」刑務所はたしかに恐ろしい。にもかかわらず、自分は、ひとりの女があたりの様子を窺いながらパンを捕虜の手に突っ込むのを見たことがある。われわれは本も工具も給料も没収されて、かわりに偽の受取証を渡された。奴らはこう言った――「まあせいぜい頑張って講和に漕ぎつけることだな、そうすりゃ、おまえらを残らず返してやろう」――「ほんとに早く平和になればいいのに！」そう言ったのは女子中学生である。「ああ、お嬢ちゃん……」と医師が応じる。「あのね、条約を認めない連中がいるときに、講和なんてできないよ」――「でも、勝てないのなら？」――「むこう〔ロシア〕が表向き勝利したところで、わしらは内部的にはだね、戦う必要があるんだ。いいかね、お嬢ちゃん、勝利への道というのはときどきぜんぜん予期しない場所であったりするんだよ」砂丘。ぐるりと鉄条網がめぐらされ、捕虜たちはそこへ追い立てられた。見張りがつけられた。碗が一

＊ジュネーヴ条約とも。戦時国際法としての傷病者および捕虜の待遇改善のための国際条約。ここでは、一八六四年に、赤十字国際委員会（ＩＣＲＣ）がスイスのジュネーヴで締結した「傷病者の状態改善に関する第一回赤十字条約」と、一九〇六年の「第二回赤十字条約」のことを指す。

個づつ配られ、そいつで砂に穴を掘らされた。なんということはない、そこが自分たちのねぐらだったのだ。朝、捕虜たちは霧の中から墓場の死人みたいに姿を現わすと、その碗を使って煮炊きを始める。そのうち土小屋とバラックが完成して、ようやくラーゲリらしくなった。

交戦中の世界の地球儀の上に、わたしはすべてが交差し合う一点を見つけようとしている。十二月二十七日の時間と空間のライン。わたしの独立農家《フートル》はエレーツ郡ソロヴィヨーフスカヤ郷フルシチョーヴォであり、そこには自分――ミハイル・ミハーイロヴィチ・プリーシヴィン（アルパートフ）がいる。自分はある世界の一点であり、別のもうひとつの世界と向き合っている。われわれアルパートフ家の者たちがフルシチョーヴォに住み始めたのは農民〔農奴〕解放〔一八六一年〕以降のことで、その当時……フートルで。スキタイ人＊たちはこちらの行動を注意深く観察しながら、その独特の遊牧の民を、つまりわたしというひとりのスキタイ人を捏ね上げたのだ。

＊ プリーシヴィン言うところの〈スキタイ人〉とは、ロシア民族の粗野で原始的な力を意味するのだろう。この二年後に発表される象徴派の詩人アレクサンドル・ブロークはその頌詩『スキタイ人』で、「もしヨーロッパが革命の国（ロシア）との協力を拒むなら、それぞれ膨大な人口を擁するスラヴ人とアジア人のあいだに同盟が成立するだろうと述べて、強くヨーロッパを威嚇」（マーク・スローニム）している。しかしそのころには、革命と詩をめぐってプリーシヴィンとブロークは烈しく対立することになる。

一九一七年の日記（一九一八年一月二日まで）

▼二月二十四日
妻と許婚《いいなずけ》[*1]——同時にそして別個に。
現代：食糧—芸術、勤め—文学、野ウサギ庁の諸タイプ[*2]：夢見る令嬢と実業の令嬢その他。省と野ウサギ庁、国家機構（体制）と人間性、本物の軍人と理想の軍人——政治的新聞はどっちの方向を示しているか……解体とどっちつかずの存在。
きのう、労働者のスト。オクーリチはいかに身を処したか。すでにリテイヌイ大通りで発砲あり。
オクーリチは職場で「車輌」を動かしているが、家ではシベリアにある自分の所有地の設計に余念がない。彼は農相を非難し、農相は統計学者と国民の愛国心の無さを非難している。彼に代わる人間が、誰をも非難することなく淡々と仕事をこなす人間が、求められている。省内の扉がひっきりなしにバタンバタン、射撃音のごとし。

▼二月二十五日
古い時計（わがアパートの）がやさしいドイツの歌を奏でている。夢の中でその歌は、なにやら役所の書類の書き出しのよう——《閣僚会議の、一員たる、わたくしは、常ながら、閣下に対し、衷心からの……》

＊1　許婚は年ごろの娘・花嫁候補・花嫁の意。妻と同時にしかし別個に存在する理想の愛人また〈永遠の女性〉。例の妄想。
＊2　奇人アレクセイ・レーミゾフが主催する〈猿類大自由院〉でのプリーシヴィンの地位は猿類庁の駐在官である。醜悪な現実に対抗して独自の理想的人間社会を仮想するレーミゾフ式遊戯に倣って、目下官庁勤めの身である作家の頭に浮かんだ野ウサギ庁。二月革命後に、庁は解散し、全員ニンゲンとなった（三月六日と七日の日記）。

その会議の一員がきのう、各閣僚にロシア救済計画の報告書を提出した。こんな言い回し――《すでに労働者たちは街頭に出て》……（なになに？　大衆がどこから《出てきた》って？　どこにいたって？）

時計はやさしいドイツの歌を奏でている。ときどきアパートの入口のドアが凄まじい音を立てる。大砲でもぶっ放したような。撃ち合いか？　いよいよドンパチ始めたかな？

ネーフスキイ大通りは一九〇五年のようだ。[*1] 路面電車が停まった。ヤムスカーヤ通りはまだ鉄道馬車《コンカ》が走っている。古臭い、陰気な、昔のままの本物のコンカだ。電車になってからはついぞ見かけなかったので――「おお、コンカじゃないか！」と、誰もが驚いた顔をする。

極左社会主義の新聞社「ヂェーニ」[*2]の玄関番の二人の男の子――きのうまでは編集者たちにコートを手渡していたが、きょうになってそれをやらなくなった。植字工たちがストを宣言。玄関番の男の子たちは、帰宅する編集者たちが互いにコートを着せ合っているのを、黙って見ている。

国会（ドゥーマ）は会議を月曜まで延期するか明日続きをやるか審議。わずかな差で明日の会議のほうを採択した。

どこからかひょいと姿を現わしたペトログラード全権代表のヴェイス〔ロシア軍大佐、第一次大戦の英雄〕が独自の行政法を提起した。

ペトロフ＝ヴォートキンの絵についてのレオニード・アンドレーエフ〔作家〕の記事――「だが、言葉は無力ではない！」[*3]

狩猟好きのグリーシカ。いっぱい武器を持っているらしい。彼が言う――〈猟期到来〉の声を聞くと、家が要塞と化するのだと。それほど大量の弾薬筒……いったい何を撃つのか？

「やってみるかい？　一度うちにおいでよ！」

役所勤め（十一月一日以来）の間に急激に起こってきたのが、増大する食糧供給の混乱（ウラルから始まった）と穀物価格の暴騰だ（ミルク、パン、バター、あらゆるものが値上りした）。省の閣下（ともに全権代表）同士の言い合い、その他いろいろ……

著作集に取り組む。さらに上をめざすドン・キホーテふうの物語――「グレージツァ」およびサンチョ・パンサふうのもの――「播種」「焼けた切株」「ラヂウム」。自分はいつも物語をひとつ書き上げると、すぐに次作に取りかかる。

▼二月二十六日

きょうはどの新聞も出なかった。市内は軍隊で溢れている。「あなた、いったい誰を見張っているの？」と女が訊いた。兵士は自分が誰を見張っているのか（そいつが自分の敵なのか味方なのか）わからないようだ。

兵士は一人では同じことしか言わないが、中隊と一緒だと別人になる。警邏《けいら》兵は労働者の通行を許さない。小さな用事でも許可しない。「じゃあ、大きな用事ならいいんだね？」――「んまあ、そりゃ」と兵士。「……ああでも駄目だ」。どっちみち通さないのである。別の（大きな）事件が数日中に起こるかもしれない。それは状況次第だ。政府の動きを、すなわち政府内部での緊張が高まっていつ独裁化や講和に向かうか（同盟国〔第一次大戦中の連合国〕との条約の一項に関しても、もし政府内部に深刻な混乱が生ずればロシアは単独講和に踏み切るだろう――そういう噂がかなり広がっている）を読み解くのは、そう難しいことではない。極右（と一部政府）も極左（労働者）も戦争を望んではいなくて、ともに目標、つまり講和の締結に向かいながら、最終目的がまったく異なるのである。一方は絶対君主制だし、一方は社会革命〔社会主義革命ではない〕だ。

ストは経済的なものではなく政治的なものだと工場主たちは言う。しかし労働者たちが要求しているのはパンだけだ。この場合は、工場主たちが正しい。今や政治と国家体制そのものが〈パンを！〉の一語で言い表わされている。これまで国家の生きる道は〈戦争を！〉に集約されていたが、今では〈パンを！〉になってしまった。いずれ歴史家たちは〈時代《エポーハ》の第一部を〈戦争〉と第二部を〈パン〉と命

＊1　日露戦争（一九〇四―〇五）で敗北を喫した年。〇五年は年明けからプチーロフ工場のストや《血の日曜日》事件が相次ぎ、激動の一年を予感させるに十分だった。各地で農民運動、都市部ではゼネスト（から武装蜂起へ）、黒海でも戦艦ポチョムキンの水兵の反乱が。国会（ドゥーマ）の設置法、そしてポーツマス条約の調印、鉄道スト、ペテルブルグでは労働者ソヴェートが成立した。モスクワ全市がスト、スト、大騒擾。ついに国家秩序改善についての皇帝宣言（十月宣言）だ。モスクワでも労働者ソヴェート成立。これがのちに言う〈第一次革命〉の年。

＊2　「一日」はイワン・スィチンが発行した日刊紙（一九一二―一八）。一七年からはメンシェヴィキの路線を打ち出す。

＊3　一九一七年二月二十三日付「ロシアの自由」紙の記事。二月革命下の首都で展示された画家ペトロフ＝ヴォートキンの作品「火線」をめぐって賛否両論が渦巻いた。制作からすでに三年、描き始めたころは社会全体に愛国的な感情が漲っていたが、一九一四年の戦争は……今はもう誰もが何かの終わりを感じ始めている。勝利のことは誰も口にしなくなった。では敗北か？　たしかに状況はそのようだ。大作に向かっていた画家自身も、自分には芸術家として何かが足りないと感じ始めていた。

名することだろう。

サドーヴァヤ通りを行く中隊が聞き耳を立てている——「十二時と言ったのかな？」と下士官。「発砲はこれで十二度目だと言ったのであります！」兵士が答える。兵士たちは勢い込む。発砲を期待しているのだ。

わが課は大混乱だ。弾薬工場のストについての暗号電報が見つからない。これは非常にまずい。必死になって捜すが、見つからない。途方にくれる。

〈パンよこせ！〉のスローガンを掲げたこのストライキが、世界戦争の前線《フロント》を突き破ったという共通感覚があって、そうした理論、たとえば立憲民主党員（カデット）ふうの学術的戦争綱領などはみな破綻している。戦争であったのがパンになって、軍もいつの間にか〈パン軍〉である。

面白いのは、インテリである自分が自分のパン〔収穫した穀物〕を売ろうと取引所に出向いて（売ろうとしていたのは自分だけだった）、いや馬鹿げてる、これは経済的でないしまったく無駄だと感じた、あの去年の秋の苦い経験をふと思い出したこと。

おおかたは、パンは大丈夫、特別市長〔首都および重要都市における職務で県知事待遇、革命前にあった〕だってペトログラードには十分パンがあると宣言したではないか——とそう思っている。ルーシは概ね「パンあり」だが、入手できない。

知り合いのお嬢さんたちがパンを求めて立ちんぼである。「どうしてまたここへ？」「美術家同盟の展覧会に行くつもりでしたが、行列ができてたものですから、並びましたの。わたしたち、人が並んでさえいれば、商品が何かわからなくても、とりあえず並ぶのです……小鳥みたいに……わたしたち、わずかな黒パンを手に展覧会へ参るのですよ。パンは家のため家族のために、絵はわたしのためですの。それがパンだったり別のものだったり、いろいろですわ」

家族のためにパンの列に並んだそのお嬢さん、なかなかチャーミングなり。

▼二月二十七日
昨夜行った映画館《キネマトグラフ》は、外の明かりを消していた。ストの連中が足を止めないためだが、それでもこちらに気づいたのか、館の前でぴたりと足が止まる。閉じられた入口のあたりで話し声がする。ネーフスキイ大通りでカザーク兵が警察署長を斬殺したとか。それでパーヴロフスキイ連隊が発砲。建物の蛇腹めがけて機関銃を撃ちまくった。恰幅のいい交通路の専門家〔技師〕が、急に口をひらいて——

「〈商品週間〉とはよく言ったものですな、みなさん、炭が払底していても〈商品週間〉なんですから」

高位高官までが、顔を合わせれば不満をぶつけ合って、国家機密になるようなことを一官吏の個人的な問題であるかのように口にするありさまだ。

　明るい朝。マロース。日差しはきらきらと春の到来。おもて通りに軍司令官の布告――あす労働者は職場に行かずに作戦部隊に加わるように、と。一瞬、ひょっとしてそうなるかも、と思う。きのうの発砲、きょうのこの威かし。あしたまたわがルーシは難儀な仕事を抱え込むぞ……

　プロトポーポフも同じことを考えている。

　ここ三日ほど、局長のところで自分はクズネツォーフ工場の件について報告している。局長が言う――「今はどうしようもないんだ。砲兵局は反乱軍に占拠されているし、未決監の政治犯も放免されている」

　だが、自分らは相変わらず農務（業）省に向けて書類を書き続けている――穀粉および魚の不足のためドネツク炭鉱は操業停止、ネヴィヤノーフスキイ関連工場の燕麦不足のため薪の輸送は停止すべきである、と。

　書類にサインしながら局長と話をする――いろんな活動家に電話をかけてみたのですが、全員不在でした。みんなどこかで集会でも開いているのでしょうか？

「そりゃ大いにあり得る！」局長も書類にサインしながら、そんなことを言う。

　省を出るとき、見ると、ヴイボルグ〔地区〕の方で火の手があがっている。未決監か、それとも兵器廠か？

　わが家主（ドイツ女）――もうパンは出ませんよ。今はね、自分のことは自分で考えなくてはなりません。そこで言ってやった――今われわれが考えなくちゃならないのは自分のことだけじゃないよ。いいえ、と彼女――どなたもそうおっしゃいますけど、今はまず自分のことを一番に心配しなくてはならないんです！

　ペトロフ＝ヴォートキンに電話した。何も知らずに〔のんびりと〕景勝地などを水彩で描いている。こっちはびっくりしてしまう。レーミゾフを訪ねようとした。〔ワシーリエフスキイ島の〕八条通りまで行ったところで機関銃の音、そのあとあちこちで砲撃音。撃ち合いだ。殷々たる砲声。逃げる人、笑っている人、ここは前線か？　深夜の市街地はさらに恐ろしい……

　電話はどこでもまだ通じているので、レーミゾフにはお宅まで行き着けなかったと伝える。

　玄関番の女が言った――

「連帯ですよ、軍同士が連帯したのですよ！　どっちもプロトポーポフの機械《マシーン》だわね！」

　それからさらに彼女は、三つの連隊が国会を警備していて、現在、〔選出された〕代表者と労働者たちが会議中であると教えてくれた。

ともあれ、全体として良い方向にむかっている——これは神の怒り、正しい怒りであるようだ。

　玄関番の女はこんなことも言った——「リゴーフカでどっかの爺さんが行列に並んで、やっとパンを二フント手に入れたっていうのに、可哀そうに、パンを抱えてそれっきりだって……」

　大いなる恐怖の日々の到来である。

「それでも穀粉はありますよ！」そう叫ぶのはヂェメニー[*1]だ。

「粉はそうかも、でも、パンは無い」

「燕麦も無いって？　馬の餌も無いって？」

　パンはともかく、ヂェメニーは何も知らず何もわからず、自分の馬鹿さ加減を立証しようとする。だが、「おまえさんは馬鹿だ」と言われると、いきりたって——

「それでもパンはあるんです！　ロシアにパンが無いなんてあり得ない。パンはあるんですよ」

　夜中にセ〔ラフィーマ〕・パ〔ーヴロヴナ〕〔レーミゾフの妻〕が電話してきた。ワシーリエフスキイ島でフィンランド連隊が発砲していたが、今は連帯した、と。

　あしたは新聞が出るはずだ。
▼二月二十八日
　長い長い一日が終わろうとしている。時計は相も変わらずドイツの歌を。しかしいつなんどき機関銃の弾が部屋に飛び込んでくるかわからない。レーミゾフのところへ行こうかどうか迷っている。どの建物にも警官が張りついていて、ときどき発砲しているようだし、蜂起者たちも負けずに撃ち返している。（きのうみたいに）どこで何が起こるかわからない。朝、玄関番の女から続々ニュースが——

「連帯がなったんですよ！」彼女は本物の女革命家のようである。「十字章を着けた〔兵士が〕自動車に乗って、まるでどっかのお嬢さんみたいにはしゃいで、ほんとにまあ嬉しそうに！」

　トゥチコーフ通りと二条通りの角に、好奇心旺盛な連中がひとかたまり。傍らを兵士と機関銃を乗っけた自動車が赤旗を靡かせて疾駆する。令嬢がひとり腰を下ろしている。小さなお下げ、赤っぽい髪。〈万歳《ウラー》！〉とやると、車の中から撃ってくるが、これは挨拶代わり。〈ウラー！〉をやる者、必死で逃げる者。大学に衛生部隊と給食所がつくられているという。またニュースが飛び込んでくる——バグダッドが占領され、国会と国務会議は解散、その旨ツァーリに打電された、と。

　夜、この建物のまわりでドンパチあり。どこかそこらに警察署長が隠れているのだ。兵士たちは玄関番の女にしつこく署長を引き渡せと詰め寄る。さんざん威かされた女は

(朝のうちは勇ましい革命家だったのだが)、夜になったら急に――

「まったく、なんてことしでかしたんだろう? あれで世の中、良くなるのかねぇ?」(まさに群衆である!)

省の食堂の女将(フィン女)[*2]は、これまで役人たち相手に商売していたのだが、今ではお客は「兵隊さんたち」である。

その女将がわれわれに向かって宣《のたま》った――

「どうしてあんたたちを食べさせなくちゃなんないの?」だが、いずれまた役人たちは戻ってくるよと言い返されると、女将はちょっと考え込んだ。そして、仕方ないかという顔をして、しぶしぶわれわれにも食事を出す。

トゥチコーフ五条通りのランチ店の女将は――「食事は出すわ、こんな時だからこそ自分のことだけ考えてちゃいけないのよね」。なんとも嬉しいお言葉ではないか。活動への熱と本気と。警察との闘争。どうやらあすは労働者は職場に復帰し電車も動きだすようだ。電話ももう大丈夫。女が二人、先っぽに鉛の玉をつけた火掻き棒を手に歩いている――警察分署長をやっつけに行くらしい。保安課《オフラーンカ》の火事(保管記録で焚火をした?)。フレデリークス宮殿ほかでも失火。ツァーリが「連帯」に同意したとか――一日中そんなひそひそ話。今はすべてがツァーリひとりにかかっているかのようである。

▼三月一日

ツァーリにかかっているのは革命を鎮めることなのだが、どうも完全に忘れられている。学生がひとりやって来て、市会で開かれたミーティングの話をする――そこでは(一語判読不能)が最初の犠牲者たちを優先するよう要求したということだ。

学生はいささか興奮気味に「社会民主主義は国民の声を代弁しない」と。大学の集会では、ロヂャーンコの布令を掲載した社会民主党《エスデー》のマニフェストで大騒ぎ。まるで二つの政府(エスデーと国会内臨時政府)があるようだ。

議論はこんなふうにして始まった。敗北主義者の学生が〈同志〉である兵士(あばたづらの)と話を交わしたとき、その兵士に向かって――ドイツでもこっちとまったく同じことが始まるんだぞ、そうなんだ、二つの国は提携するんだ……すると、また別のところでは、首にショールを巻い

*1 エヴゲーニイ・ヂェメニー(一八八八―一九六九)は俳優、人形劇の監督。
*2 チュホーンカ=フィン女。革命前、ペテルブルグ近郊に住むエストニア人やカレロ・フィン人もいっしょくたにそう呼ばれていた。

た、赤毛の、ぶくぶく太った学生が、頬を紅潮させて、アルザス・ロレーヌ*1について一席ぶっている。かと思えばすぐに、コンスタンチノープルをどうするかなどと演説を始める。……そのとき、ぼろを着た乞食のような男がすすっと前に進み出て、これまた合同だ連帯だを熱く呼びかけた。それに赤毛の学生が口を出す。そしてエスデーの綱領は差し置いて、労働者代表の言い分である〈政治と民主共和国〉を前面に押し出そうとはかる。敗北主義者が裏切り者呼ばわりされる段ではなくて、一九〇五年を駄目にした張本人は誰かというところまで行ってしまう。

労働者と眼鏡をかけた赤毛の政治好きの学生がやり合っている。赤毛が言う――

「フランスで起こったと同じことがあっちこっちで起こった、イギリスでも起こった……どこでも起こっているのだ」

それに対して労働者は考え深げに――

「しかし、ロシアでは起こらなかったね」

赤毛は一瞬、当惑したように――

「確かに、ロシアでは起こらなかった」と呟いたが、すぐに気を取り直して――「だからそれがどうしたって?」そう言って、また一方的にまくし立てる。気がつくとまたしてもアルザス・ロレーヌの話に戻っている。

監獄で亡くなった学生のスミレーンスキイに捧げた花環にこんな添え書き――

〈永久《とわ》の記憶を! 彼は自由のために戦った。友らへ永久の記憶を、

永久の記憶を……

永久の記憶と敵どもへの復讐を〉

誰がどこから撃ってくるのかわからない――あっちには軍人が、こっちには恐怖に駆られて逃げまどう群衆が。自分は建物の陰に立った。そして弾が飛んでくる方向を見定めてから、ビルからビルへ身を隠すようにしてボリショイ大通りへ、それから一気に自分の住んでいる通り(条)に折れた。至るところで本格的な、前線さながらの銃撃戦が始まっていた。電話はまだ使えた。わたしは画家〔ペトロフ=ヴォートキン〕に、そっちまで行けなかったと電話した。そして彼も――それはフィンランド連隊が十八条から撤収しているからだと言った。そのあと電話は通じなくなった。一晩中、壁の向こうで戦闘が続いていた。時計も相変わらず、役所の書類の書き出しみたいなドイツの歌を奏でている。

急いでメモを取る――自己証明と死後の財産の処分等々を認めるとそれを封筒に入れ、封印して脇のポケットに収めた。玄関番の女がいかにも嬉しそうな顔でわたしを出迎

え、ありとあらゆるニュース（とは言ってもこちらがすでに知っていることばかり）を話してくれる。開口一番は国会のこと――「連帯ですよ連帯ですよ！」ほんとに嬉しくて堪らないのだ。「だからね、あなた、もうツァーリはいなくなるんですよ」

彼女を見ていて、ふと、アンドレイ・ベールィが頭蓋の外へ飛び出た霊の状態がどうのと話していた[*2]のを思い出した。わたしは考える、いや考えるのはそのことではないが、でも知っている――玄関番の女が頭蓋の向こうにいるということを。そして通りでもやはりそうなのだ。射撃の音はどこでもこれだけ聞こえているのに、人びとの顔はじつに嬉しそうに、まるで復活祭《パスハ》みたいに晴ばれとしていて、誰もが玄関番の女のようである。

わたしは好奇心から省の建物に沿って歩いてみる。がらんとして人影もない。そのかわり大学構内は一九〇五年のころのようである。ただし今、そこには兵士たちがいて、学生たちは彼らを〈同志〉と呼んでいる。次第に高まる胸騒ぎ、不安、動揺……お祭り騒ぎでないことは確かだが、でもやはりここは銃後であって、はしゃいだような雰囲気がある（戦場ではない。どこか違う）。それに群衆はそれほど浮かれた顔をしていない。

玄関番の女がドアを開けてくれる。わたしは自分の不快感を彼女の嬉々とした顔にあやかって一気に追い払いたいと思った。それで〈みんな連帯だ〉といういつもの彼女の言葉を口にしてみたところ、意外にも相手は思いきり陰鬱な声で――「あんなことして世の中がもっと良くなるなんて、誰にわかるっていうの？」驚いてしまう。彼女に何が起こったのか？　どうしたのか？　訊けば、このアパートに住んでいた警察分署長が姿をくらました、で、ついさっき、銃を持った兵士が逮捕しにやって来て、彼女に分署長を出せと嚇したのだという。玄関番の女は朝の彼女とはまったくの別人である。「あんなことやっていいと思ってるんでしょうかね？」とそればっかり繰り返す。

もう発砲はないだろうと誰もが確信している。だが、そ

＊1　フランス北東部ライン川西岸の肥沃な土地。同地争奪の紛争が独仏間でたびたび起こっている。

＊2　ここで言及されているのは、霊体の肉体からの離脱に関する人知学的モチーフの一つ。これについてはベールィにさまざまな論文（一九一〇～三〇年代）がある。代表的なものに『革命と文化』（一九一七）。一九〇八年にプリーシヴィンとベールィは初めてメレシコーフスキイの家で顔を合わせた。

うではなかった。不意にまた始まった。しかも〈活動の心臓部〉たる国会《ドゥーマ》で。

　あばたづらの兵士は、学生のスミレーンスキイは間違いなく喜んで死んでいったと思っている（それで自分たちも行動を起こしたのだと）。ハバーロフ〔ペトログラードの軍司令官〕が逮捕されると、すぐ冬宮への一斉射撃と年少者たちへの武器の配給があり、ラインワインの酒蔵〔ライン地方産のワインを商っている店〕で略奪が始まった。問い：ツァーリはどこにいるのか？　噂ははなはだ力のないもので――ツァーリは降伏した、である。冬宮への一斉射撃。プロトポーポフは冬宮のどこかに隠れているとか。彼に対して降伏勧告がなされた。彼を捕らえるために冬宮をぶち壊そうとしているからだという。それでプロトポーポフは降伏し、気を失った。担架でドゥーマに移送された。

　ぞっとするような問い：では、その残りの（それ以外の）ロシアではいったい何が起こっているのか――誰も知らない。誰かがこんなことを言った――「でも嬉しいね、なんだか復活祭がまたやって来たようで、ほんとに嬉しい」

　長官（上司）の家に行った。シャホフスコーイ公爵[*1]の話をしてくれた。公爵とはモスクワで会ったのだという。公爵はかなり落ち込んでいた。虚脱状態だった。兵士を甘やかしたハバーロフに責任がある――兵士たちが電車の中で煙草を吸ったり、そんなことが三日も続けば、あとは十人まとめて逮捕しまとめて吊るし始めるのは目に見えている。それじゃ前とちっとも変わらんじゃないか――そう公爵が言ったらしい。

　モスクワも連帯、ノーヴゴロドでも連帯だ（と電話で知る）。

　二人のわが兄弟―ラズームニクとオクーリチ。電話でラズームニクに――これじゃ（ソヴェートとドゥーマの）内乱になってしまうぞと言うと――「いいや、そんなのは二、三日で終わる」。それでそのあとオクーリチに〈敗北主義〉について説明してやったら、いきなり声を張り上げて――「そりゃ裏切りだ！」〔オクーリチ〕やラズームニク組はどうやら労働者の間でもかなりの少数派らしい。

　オクーリチはグチコーフ〔十月党員《オクチャブリスト》＝ブルジョア地主党のリーダー〕に手紙を書いた――「ただ坐っていることはできない、仕事をさせてくれ」、つまり自分は「連帯だ」ということを書いてやったのだ。

　これも電話で知った――〈大佐〉[*2]がマーラヤ・ヴィイシェラで足止めを喰らっていると。〈大佐〉のもとへロヂャーンコ〔国会議長〕とグチコーフが出向いた（責任内閣への〔？・親筆を〕受け取りに）。「なんとしても鎮圧せよ」というツァーリの電報は握りつぶされた――そんな噂まで聞こえてくる。大佐夫人も検束。王手をかけられたのである。

これも電話で知ったこと――シャホフスコーイ公爵も逮捕された。プロトポーポフの死（モラルにおける）。商業相はニコライ・ロストーフツェフ、シンガリョーフは農業相、ケーレンスキイは法相。*3 しかし、巡査たちはまだ発砲している。その頑張りようはドイツの巡査とまったく同じ。巡査たちを指揮するチェブィキンとかいう秘密の司令官がいるらしい。屋根裏に籠ったひとりの巡査の姿がイメージされる。そいつは蜂起した群衆を狙い撃ちしている。

チェメニーとワシーリエフ〔未詳〕がやり合っている（穀粉がある、無いで）。ヂェメニーはわかっていない。ワシーリエフは強情だが、何かを理解し始めていて「連帯しようとしている」

▼三月二日

朝のドゥーマへ歩兵の行軍。完全な静寂。射撃音はまったくなし。まるで奥深い銃後から前線へ向かっていくようだ。リティヌイ通り、地方裁判所――赤い服をまとった水兵たち。まるで被占領都市だ。旧政府の布告でさえ、なにやらリヴォーフ市の旧政府の布告といった感じである。

マスローフスキイ〔作家で革命運動に熱心だったムスチスラーフスキイのこと。前出〕のアパートが司令部として使われて

---

*1　ドミートリイ・イワーノヴィチは立憲民主党（カデット）の主要な活動家の一人。

*2　〈大佐〉とは皇帝ニコライ二世のこと。夫人は当然、皇后アレクサンドラ・フョードロヴナ。二月二十三、二十四日（新暦三月八、九日）にペトログラードで食糧を求めて暴動が起こった。二月二十五日にモギリョーフの大本営にいた皇帝は、すぐに軍の出動を命じた。翌日、いくつかの部隊が士官の命令に従って発砲、その時点で反乱を起こした部隊も出てくる。二月二十七日には暴動が拡大、政府も首都をコントロールできなくなった。ニコライ二世は、前線の部隊を首都へ戻して秩序の回復にあたらせよと命じ、自分もツァールスコエ・セローをめざしたものの、三月一日、列車はマーラヤ・ヴイシェラに到着。首都へ向かう路線はすべて閉鎖されており、進路をプスコーフに変更せざるを得なかった。

*3　臨時政府の閣僚は――グチコーフについでミリュコーフが辞任すると、外相の後任にはチェレーシチェンコ、陸海軍相の後任にはケーレンスキイが横滑りし、リヴォーフ首相とネクラーソフ、コノヴァーロフは留任。それにツェレチェーリ郵政・チェルノーフ農業・スコーベレフ労働とペトログラード＝ソヴェートの三副議長が入閣した。

いる。

歴史のために記しておくのだが、最初の銃声が轟いたのは皇帝ニコライ〔一世〕軍事大学の中庭で、そのとき撃たれて死んだのがヴォルィンスキイ連隊の司令官であること。ドゥーマは噴火口の中。〔大学の〕教壇の下に大鍋が据えられて、そこで兵士たちがものを食っている。エカチェリーナ広間では兵士たちのミーティング。社会民主党員（エスデック）の独裁にいよいよ募るジャーナリストたちの怒り。

「チェーニ」紙の編集室。ヴォドヴォーゾフ〔社会批評家〕が言う――「汚らわしい人間に何ができるというのか。わたしは生涯ただひとつのことを――憲法制定会議*1のことを考えてきたのですぞ」

憲法制定会議。騒然たる夜である――いっそ何もかもが一瞬のうちに吹っ飛んでしまえばいい――そんな期待。

▼三月三日
時の時。事件が起こった正確な時間を言える人間などめったにいない。たいてい事件はどうということもない時に生じて、あっという間に消えてしまう。革命の本当の始まり、その始まりの瞬間はすでに歴史研究の対象である。その始まり（わたしが目撃したものとして）はこうであった。クズネツォーフの件を報告しに行ったさいに、上司がこんなことを言った――「今はどうでもいいんだ……砲兵連隊の本部が占拠されてしまったのでね……三時ごろだったかな？」

よく眠れない。疲れて目蓋の開け立てもままならない。それでも暗がりに目をやると、雪をかぶった壮麗な建築群がくっきりと浮かび上がってきた。市街全体はただもう見事と言うほかないくらい完璧で、継ぎ目のない（つまりまだ誰にも踏まれていない）純白の処女雪なのである。

朝、郵便物が届いた。工場の煙突からかすかに煙が。労働者たちはほんとに職場に向かうのだろうか？

人びとは通りに出て、二つの委員会の合意や新閣僚の新しい布告のことなどを訊ね合っている。素晴らしき日よ、ひかり匂い満ちたるマロースの三月よ！　いや増す歓喜の顔、顔、顔！　賑わうネーフスキイ大通りの車馬のこの行き交い！　電飾を施された皇室の紋章が取り外され、それが山のように積み上げられている。ショーウインドーには皇帝退位の掲示。労働者・兵士の行進。掲げられた旗には「社会主義共和国」、それと「起て、立ちあがれ！」（〈おお主よ、ツァーリを！〉はもうない）。

ラズームニクとシチェグローフ〔未詳〕と自分は編集室を出てドゥーマへ向かう。雑報欄担当の記者が、次の通りを入ったところにぐるぐる巻きになった針金の山があると教えてくれた。確かにあったが、よくわからない。機関銃の部品のようだが。あれは何かねと兵士の一人に訊くと——「ほれあそこ、焼かれたんだよ。山になってるのはマットレスのスプリングだ。ピアノも燃えちまった……」

雑報記者のスヴァーチコフが市の助役に任命された。ヴォドヴォーゾフが電話で文書の閲覧を申請するとき、スヴァーチコフを「閣下」と呼んでいるのには驚いてしまった。まったく偉くなったものだ。じっさい、スヴァーチコフみたいなのが掃いて捨てるほど現われた。大半はろくに読み書きもできないジャーナリストである。ドゥーマへの入場証を申請すると、そんなのが将官クラスの人間をまる一時間も待たせるのだ。そこでみなして額を寄せ合って——「どうしようか、奴に一行五コペイカ割増し〔の賄賂〕を進呈すべきかな」。そんなスヴァーチコフ輩のひとり(スチェクローフ)は、五紙の発行を許可するという執行委員会からの通達を受け取ると、集まったわれわれジャーナリストたちに向かって、自分らの「イズヴェスチヤ」紙に載ったもの以外は記事にしてはならないなどと厳命したのである。まったく、開いた口が塞がらない。

われらがマクシーム〔ゴーリキイ〕は目下、「年代記[*2]」を校正中である。彼はわたしを労働者代表ソヴェートに連れて行く。こちらは疲労困憊で、足には肉刺《まめ》ができていた。

深夜の二時に電話が鳴った。ペトロフ=ヴォートキンからだ。あす八時に芸術省の協会へ来てくれという。そこから、ものを考える人間の心臓に新たな不安が——これまで誰も経験したことのない恐慌が生じた。わが兄弟たちの奴隷状態をまるごと踏み台にして心の平安を贖《あがな》わなくてはならないのだ。

夜、ラズームニクのところに集まったのは、自分(閣下)と大佐マスローフスキイと兵卒ペトロフ=ヴォートキ

*1　憲法制定会議——専制政治と戦うスローガンの第一。普通選挙に基づいて選出される国民代表機関による憲法制定がまず主張された。これは自由主義者から社会主義者に至るまで幅広い支持を得ていた。二月革命後、リヴォーフを首班とする臨時政府は憲法制定会議召集のための特別審議会を設けるも、閣内の対立から当初九月に予定された選挙は十一月に延期となった。

*2　「年代記(レートピシ)」は一九一五〜一七年にペトログラードで発行された月刊誌。リーダーはゴーリキイ。主に文学・学術・政治を論じて、帝国主義戦争、ナショナリズム、狂信的排外主義に対抗した。政治的には多くの点で「前進主義者」とメンシェヴィキたちの路線を走って、伝統的なリアリズムとインターナショナリズムの思想を堅持した。

ン、それと公爵令嬢ゲドローイッツ。互いに詩を読み合う。文集「スキタイ人」[*1]について語り、画家〔ペトロフ・ヴォートキン〕に題材を提供した。スキタイ人は計算ができないので、勘定するのはすべてヨーロッパ人である。われわれが何を考え、毎日何をするかを正しく書くことができたら――つまりレーミゾフがいかにして病を得たか、ゲドローイッツがどういうふうに自分で自分の癌を切除し、ペトロフ＝ヴォートキンが敬礼の仕方を副官のところへ習いに行ったわけ、それでそのとき、彼らが何を思いどう感じたかを正しく率直に書くことができたら――ふとそんなことが頭に浮かんだのだった。戦争、軍事検閲、同様のさまざまな大岩〔圧力〕の下に、個が押し潰されていて、もはや呻き声すら聞こえない。それらの人びとはこれまで世界救済に向けて一つになることができないでいる。それのみか、未来の先触れ〔洗礼者ヨハネの意でもある〕の声さえ聞こえてこないありさまだ。われわれにドイツ人が告げた平和など、彼ら〔ドイツ人〕によってもイギリス人によっても、いや国家なるもの民族なるものによっても告げられることはないだろう。平和は、磔にされた苦悩する神の個によって国家や民族に告知されるのだ。でもいまだにその〔神の〕先触れは姿を現わさない。

ラズームニクとジャーヴォロンコフ〔エレーツの商人〕。前者のマテリアルは歴史であり、後者のそれは知識人の日常レヴェルの歴史、すなわちエレーツの粉挽き屋の倅と同じレヴェルの歴史である。ペテルブルグでのわが暮らしとエレーツでのわが暮らし。ラッパが鳴りだすとインテリたちも鳴りだしたが、うちの一人は「受け入れようとはしなかった」（分別ゆえに）。国民はみな布令に従い、そうしなくてはならないのに、むろんイワン・ミトロファーノヴィチ〔ジャーヴォロンコフの息子〕などは志願兵にならずに、もっぱら親爺が貯め込んだ財産の上に胡坐《あぐら》をかいていたわけだが、一方ミハイル・ミハーイロヴィチ〔自分のこと〕は見たところ戦士ではあったが、戦争が充電され過ぎ〔戦争で頭がいっぱい〕たせいか、何ひとつ憶えていない始末である。絶望の自慰、プリンシプル（のようなもの）――この手で人を殺《あや》めてとことんいく。

▼三月四日

アパートや街の食堂で知り合った人たちがなぜかもう知人ではなくなり、また元の他人のようによそよそしく、自分の皿に首を突っ込むようにして食事をしている。隣り合った人に何かものを言うときでも、ほとんどみなポケットに手を突っ込んだままである。

まさにマスローフスキイが仄めかしたような「醜悪の事態」である。ツァーリはニコライ・ニコラーエヴィチ〔大公〕に最高統帥権を譲り渡した。

「お祈りするしかありませんわね」そう女が言うと、すかさず――

「誰のために祈るんだい。府主教[*2]は逮捕され、ツァーリは放棄した。ツァーリ候補者も拒絶[*3]したんだよ。荷馬車の御者のために祈ろうってのかい？」

「じゃ、民衆《ナロード》のためにというのは？」

「いいや、まだ坊主どもはナロードのために祈る気分にゃなってないさ」

職場に戻る。それにしても、平和な仕事につかえることのなんと困難なことよ。どんなに疲れどんなに苦労したか、今になってようやくわかった。革命が嬉しくてコーザチカ[*4]が飛び回っている。役所で投票をしたら、お嬢さんたちは全員共和国支持、神学校出の登録係だけが君主制支持である。クーリエのワーシカでさえ「もちろん共和国ですよ！」と言った。同志ミニーストル〔首相も《同志》と親しげに呼ばれる〕が召集をかけた。上司に対する気まずさ、遠慮は完全解消である――自分でもあまり隔てを感じなくなっている。

　さまざまな徴候から、社会全体が社会民主党員〔エスデック〕に反感をつのらせているのがわかる。第一は防衛問題――兵士にプリャーニク〔スパイス入りの糖蜜菓子〕を大盤振舞いし、自覚的な兵士には手形を乱発している。自分みたいな文化的個人主義者たちの苛立ちも、元はと言えば、

＊1　文集「スキタイ人」――さまざまな流派・傾向の作家と芸術家たちによって、一九一七～一八年に出版された同名の二冊の文集。リーダーはイワノフ＝ラズームニク。左派エスエルの路線に近く、十月革命の初期にはソヴェート権力と共同歩調を取った。このグループに名を連ねたのは、ベールィ、レーミゾフ、ザミャーチン、フォルシ、チャブィギン、プリーシヴィン、クリューエフ、エセーニン、オレーシンその他。十月革命を受け入れて、この文集は民族的な〈東方的〉スチヒーヤとも言うべき農民社会主義、すなわち社会革命が真の〈スキタイ的〉革命への、精神の新たなる高揚への第一歩となることを願った。

＊2　正教会で総主教（パトリアルフ）に次ぐ地位で「禁妻帯」。三月一日に逮捕されたのは、ペトログラードおよびラードガのピチリーム府主教（オークノフ）。

＊3　結果として最期のツァーリとなったニコライ二世は弟のミハイルに皇帝の座を譲ったが、ミハイルは国民の敵意を感じてそれを拒否。一九一七年三月三日（新暦三月十六日）をもってロシアの帝政は終わりを迎えた。

＊4　コーザチカはソフィア・ワシーリエヴナ・エフィーモワの愛称。プリーシヴィンがワシーリエフスキイ島に借りていた家の隣人。

言論の自由や「警察分署」その他が原因なのである。

　自分がよく口にした未来のフォーラムは正しかったようだ。もしドイツ軍が攻撃してきたら、新しい政府はしっかりするし、和平をちらつかせたら（そうなるにちがいない）――そうなったら〔ロシアは〕内乱だ。

　ライフルを持ち歩くのは学生たちにとってそう退屈なことではない（やる気でいるのだ）。

　リッチフ〔農業大臣〕は銃で自裁することもなく、赦されて、自国に戻った――まことに不当なことだ。

「ヂェーニ」紙の編集者は肩をすぼめてみせる――主要なマテリアルが政府の批評なのである。さてどうする？

「その日あなたたちは、自分が選んだ王のゆえに泣き叫ぶ。しかし、主はその日あなたたちに答えてはくださらない」[*1]

　しかし、その人は答えてくれたみたいだ。この革命はロシアのナロードに許されるだろう。そこには論議も、〈予め考え抜かれた目論見の犯罪〉も存在しなかった。明日がどうなるか誰が何をするのか、誰も知らなかった。連隊はペテルブルグを制圧しようとしていたが、そのずっと手前で武器を捨て、蜂起（暴動）と連帯した。「朕はどうすればいいのだ？」と国王が訊く。「退位なされることです」そこで彼は退位した。

　どっちつかずだが、同時に同意している――戦争の準備は必要だ、でも戦争はもうない、戦争は終わる。いかにして？　わからない。たぶんドイツは攻めて来ないだろう。しかし全面戦争のフロントは突破された。

　共和制か君主制か？　自問に自答すれば――完全無権利のツァーリの下での州〔革命前の辺境の行政区画〕を連合すること、すなわち連邦制である。

▼三月五日

　単なる解放でなく赦されたという感じ。以前は必死で横丁に折れようとばかりしていたネーフスキイ大通りの群衆が、今では横丁に折れながらも大通りを見捨てるのが辛いと思うようになってきている。

　鐘――初めて聞く鐘の音、日曜日。新聞を買おうと長蛇の列。いっぱい買い漁って、それを柳の枝か花束みたいに抱えて家路を急ぐ人たちの姿が至るところに。

「潰れた」「腫れもの」……そんな言葉がよく使われた。ひょっとして、あっち（前線）や〔国会〕ではいまだに破産を恐れているかもしれないが、しかしこっち（銃後）は大勝利の宴の真っ最中なのである。

「同志《タワーリシチ》、ちょっとどいてくれませんかい」と御者が言えば――

　将校も御者に向かって――「タワーリシチ！　リテイヌ

イ大通りまでやってくれ」

でっかい造花〔紙製の花〕がよく売れていて、兵士たちはそんなのを胸や腹に刺している。

商業航海課の書記であるナコニッゼ公爵〔ナカシッゼとも〕は仕事に没頭し、嬉々として書類を作成している。どんな仕事を与えられても、こうなのだろう。飢餓の脅威も恐怖もすでに消えかけているようだ。家主のかみさんがわたしに大きなパンを持ってきてくれた。

大群衆がひとりの軍人のあとを追う。その空気や危うし。「逮捕するぞ!」という声。だが、街頭の弁士の演説を聞いて、その男が口にしたのは――「見てろ、社会主義はおまえたちに多くの災いをもたらすぞ」。すべてを声に出して言えるわけではない（これが表現の自由か?。ボロダーエフスキイが国歌をつくった。[*2] わたしは気に入らなかったので、勝手に自分で「おおツァーリを」のところをつくり替え、無意識にそれを口ずさんだ――誰にも聞こえないように。だが、すぐにやめる。誰かがそれを聞いているような気がして……本当に誰かがその歌詞を聞いたらどうなることだろう?

夜、なぜかいつまで経っても、M〔マスローフスキイのことか、未詳〕が姿を見せない。ズナーメンスカヤ通りで撃たれて死んでしまったのではないか? そんなことになったら、とても喜べない。犠牲者の数が多い。そんなに多いのは戦争そのものが革命のようであるからで、戦争の犠牲者は革命の犠牲者なのだ。戦争がなければ革命もなかったろう……

些細なことが全体を変えてしまう可能性。もしツァーリが大本営に出向かなかったら、彼らと対話がなされていたら、どうだったろう?

四月末までに、コルネイ・チュコーフスキイに、「ニーワ」[*3]（ゴーゴリ通り二十二）に原稿を送ること。猿類庁〔猿類大自由院のこと〕のレーミゾフについて（三百行）。

＊1　サムエル記上第八章一八節。

＊2　ここで言及されているのは、ジャーナリストのボロダーエフスキイが勝手に「国歌」と称した詩「ロシアの民衆に捧げる歌」のこと。

＊3　文学・芸術・科学を満載したイラスト入りの人気週刊誌。ペテルブルグで一八七〇―一九一八年まで出た。出版社主はマールクス。定期購読者には一八九四年から一九一六年まで毎月、有名作家の作品集（メーリニコフ＝ペチェールスキイやマーミン＝シビリャークなど）が付録として届けられた。チュコーフスキイは一九一七年からそれら雑誌の付録（『子どもたちのために』）の編集者だった。プリーシヴィンが書く予定だった三百行の原稿については不明。

ライフルを手にした学生たちが大臣室に寝泊りしていた。自分の日々の暮らしの問題あれこれ。二十六日までの二週間をなんとか持たせるか。仕事に没頭するかどうするか。省を捨てて新聞の閣僚がめまぐるしく替わったロマーノフの治世もいよいよ最後というところで、レーミゾフとわたしはそれぞれ独立した形の、二つの〈庁〉を新設した。彼は友人知人で固めた猿類庁を、自分は「戦時」課の事務員として勤めた商工省に野ウサギ庁を。

わざわざクーリエがやって来て、こんなことを言った——「ツァーリの代理人というのが新しい大臣を連れてくるそうですよ」——「代理人って誰だい？」——「ロヂャーンコです」

▼三月六日と七日

一日書くのをサボったら、もう何も思い出せない。*1

革命の日からこっち自分のものは何も、まだ一語も発表していないが、何も口にしなかったのはかえって喜ばしいことだ。眼前に広がっているのはまるで途方もなく大きな処女地、未耕の野である。畑を耕す人たちに倣って、自分も、仕事に取りかかる前に自分の犂《すき》を点検する。そして野を一望するためにゆっくりゆっくり丘に登っていく。

過去は沼地の広い低地のよう。うんうん言いながら、自分自身とすべてを一望できる小高い場所を探している。

▼三月十一日

日々つのる不安。グチコーフはドイツ軍がペトログラードに進攻中だと書いているが、労働者・兵士代表の「イズヴェスチヤ」には〈春の最初のツバメ〉の記事が載っている。ベルリンに近いあるところ（発信人はドイツ社会民主党員たち）から最初の挨拶〈ウラー、同志たちよ！〉が届いたという。一方の政府は〈戦争をやめろ！〉、ベルリンでは革命が始まっていると叫び、もう一方の政府は戦争を呼びかけている——敵どもがわれらの首都を脅《おびや》かし、至るところでスパイが蠢いていると声を張り上げる。

連日ありとあらゆる種類の選挙と組織。表面的には目覚めの悦びに沸き立つ光景だが、なに中身は不安と恐慌と気の抜けた仕事である。仕事になんかなっていない。大きなところはまだ動いているが、細かなところは停止状態。新大臣のコノヴァーロフがわれわれに向かって演説し、そのあとクーリエ相手に同じ演説をぶったらしい。なぜまたクーリエたちに？　高位高官たちの下劣さとヂェメニーが口にした言葉——〈さあ手を握れ！〉。「連帯」の急ぎ過ぎだ。小柄な事務員がひょいとベンチに飛び乗って、公務員の連帯について語りだした。すべての官吏の同意なしには異動・更迭・転任はできない、そのためには省に勤める小役人はすべからく国家の利益に従わなくてはならない云々。

野ウサギ庁は解散になり、全員ニンゲンに戻った。

あるお嬢さんの曰く――「革命が何をもたらしたかなんて、あたし、どうでもいいわ」。もう一人のお嬢さんは――「いいえ、何もかも素敵だわ。あたしは反対しません。でも、労働者と平等だというのは嫌ね」

居住者名簿〔同じ建物に住む人たちの〕による選挙を含めて、とにかくいろんな選挙があって、要するに一にも二にも選挙なのだ。あっちでもこっちでも勝手に選んでいる。

依然として政府は社会民主党員に囚われているが、暮らしは破綻していて、社会民主主義精神の腫物は全オルガニズム（全身）に散ってしまって、いずれ消失するにちがいない。

三月七日に路面電車が運転を再開、万事オーケイである。ユダヤ人の銀行家たちは喜んだり泣いたりしている――彼らは一般のユダヤ人のようには笑うことができずに泣いている。社会主義者が勝利するかも、そんなことを考えたら、どうして喜べるだろう？

以前は電車に乗れば誰かに癇癪を起こしたりしたものだが、今は誰もが我慢している――咎め立てする相手がいないからだ。

すべてはドイツ人の出方ひとつ。もし万が一にも彼らのほうで革命が起これば、こっちの革命的民主主義者のソヴェート〔一九〇五年以来のペテルブルグやモスクワの労働者ソヴェートのこと、のちのボリシェヴィキのソヴェート政権ではない〕は社会〔主義？〕的プログラムに則った路線を走るだろうし、〔ドイツが〕思い切った攻撃に出てきたら、ソヴェートの失墜と軍事的独裁は避けられない。

巨大な国家の権力――それを手にした、派閥的分派的体制の、ろくすっぽ教育も受けていない連中の、そんな精神状態のちっちゃなかたまりばかりを見ていると、なんとも悲劇的としか言いようがない。[*2] 最近また内なるドイツ人が姿を現わした。平凡な常識人（オクーリチ）には社会民主党員たちの行動がまったく理解できないので、彼らを裏切

＊1　プリーシヴィンには前日書き散らしたメモや記憶に残ったものを翌朝早くから清書する習慣があった。

＊2　初期の日記にすでに、「革命」のイデアや活動家やその組織のセクト主義についてしばしば言及されている。「レフコブィトフ〔宗教的セクトの指導者、前出〕のセクトの話を聞いていると、それがマルクス主義の隠されたミスティックな表現とまったく同じで……約束の地だの、いつもの国家に代わる来るべき国家などなど」（初期の日記の「求神主義」の中のフルィストに関するメモから）。

り者呼ばわりするしかなく、頭から彼らをゲルマンのスパイと決めつけている。

自分はベルリンの革命など信じないが、権力を握った者たちに敵意は——彼らと共に戦を始めながら他のグループに与するといった敵意は感じていない。彼らの真実はしかし実現するだろう——今ではなく、無理に（強制的に）ではないが。

▼三月十三日

銀行で、初めて元気な老人に出会う。田舎から出てきたのだ。

「共和国ですか、それとも君主国？」

「そりゃもう共和国にきまっとる。駄目なら替えることができるからな」

「じゃ、皇帝《ポマザーンニク》〔塗油により聖別された者〕はどうなります？」

「聖書には、ポマザーンニクはミハイルからミハイルまでと記されておる——最後もミハイル、それでお仕舞いだ。そういうわけで今、別の時代が到来したんじゃ。人間は人間に寄り添わなくてはいかん。ひょっとして、突然、神を認めるようなことがあるかもしれんからな。でももう忘れてしまっとるんじゃよ」（「湖底の鐘の音」[*1]から）。

保護色。ロシア中どこへ行っても同じ赤い保護色。だが、アンガラ川のあたりじゃまだ何も知られていないが。

炎上したリトワ監獄[*2]（クリューコフ運河の向こう）の廃墟にぶっちぎれたケーブルが転がっていて、電線の端がまるで大蜘蛛が脚を広げたようである。それが邪魔をして歩道の往き来がままならない。通行人は感電を恐れて迂回しているが、もう電流は流れてないので心配ない。

「ツァーリの権力とそっくりじゃね」と、一緒に歩いていた老商人〔銀行で出会った男〕が言う。「ナロードの電線はもうぶっちぎれてしまったから、電流なんか流れておらん。ツァーリは力を失ったんじゃ」

「何もかも断ち切られたのだろうか？」

「何もかもだ、これからは共和国だからね。わしは国民みんなに代わって言っとるんだよ。単純な人間はツァーリにつくなんて誰も言いやせん。なんとなれば、〔責任者が〕交替できるのは共和国だけだからな」

わたしはそのとき、自分の旅の記録に出てくるあるエピソード〔『巡礼ロシア』の「暗い夜」〕を思い出した。深夜、ヴァルナヴァの町の教会は人で溢れている。聖ヴァルナヴァを祝う朝のミサを待っているのだ。そのとき、髭だらけの老婆が不思議なことを口走った——

「天も地も——いいかな兄弟たち、傍らを通り過ぎるが、わしの言葉はただ通り過ぎることはないぞ。最後の時になって、いいかな兄弟たちよ、偽りの預言者はツァーリを抱くぞ……それが奴の最期じゃぞ」

「誰の最期だって？」みんなが老婆に訊く。

「ツァーリのだよ。主は奴を象の鼻《ホーボト》で打ち殺すんじゃ。*3 そんで、そのとき、最初のツァーリのミハイルが甦ってな、小さな手を天に向けて、こう言うんじゃよ――『無作法な者たちとは統治できぬ』とな」

「ツァーリの権力そっくりじゃね。ずたずたになりゃ力は無い。権力についてはわしもあれこれ思いめぐらしているんだよ。むかし自分は貧しかったが、心は何ものにも囚われずに自由だった。なんとなれば、自分が自分のツァーリだったからさ。『おまえさんはいい人だし才能もある。だが、わざわざその才能に土をかぶせて埋めている。おまけに厭な仕事ができないときている。力が無いのはそのせいだ。したがっておまえさんには何も任せられない』とまあ、そんなことを言われたよ。わしはその言葉に唆《そその》されて、厭な仕事をそいつに任せた。男はわしの秘書になった。その秘書を通して、わしにどんどんお金が降ってくるようになった。わしは呑気に暮らしておったが、秘書のほうは凄まじい頑張りようで……まもなくわしは彼なしでは何ひとつできないようになってしまったのさ。一方、彼はフロックなど着込み、何軒もの自宅を所有するようになった。彼のツァーリであるわしが奴隷になってしまったんだよ。逆転したんだな。もう彼がツァーリなんだ。わしの秘書の頭には王冠が載っているのに、自分はどんどん痩せ細っていくばかり。でもな、ケーブルがぶっちぎれてからは、またわしがツァーリになったよ」

「ツァーリの権力なんて所詮そんなものだ」

一緒に歩いていた商人はまたおんなじことを繰り返した。

▼三月十四日

エル・エス・デー〔ロシア社会民主党〕ソヴェートで、世界の労働者たちへのアピールが作成された（ぼろを着た男の口髭、それと商人たち）。幹部会が開かれて、チヘイッ

*1　邦題『巡礼ロシア――その聖なる異端のふところへ』はプリーシヴィンの奥ヴォルガ地方（伝説の地キーテジ）への民俗と宗教の不思議な旅。
*2　ペテルブルグの七つの塔を持つこの監獄は一七八七年に建てられ、十九世紀末から主に政治犯を収容するようになった。二月革命のときに火事で焼失。
*3　じつはホーボト（象の鼻）ではなくフヴォスト（尻尾）だとプリーシヴィンに真面目に訂正してくれる信者がいたりする。

ゼ（皇帝、まさに塗油によって聖別された男だ！）とスチェクローフ。[*1] 一時間をフランス革命の講義に割き、他の者たちにはたった五分ずつ。その人品骨柄その言葉の貧困たるや。どうしてこうも無能な人間たちが上座に坐るのか？　いや人間じゃないぞ、こいつらは革命権力の握り屋だ。彼らの背後にはピョートルと〈ラ・マルセイエーズ〉[*2]

ピョートル〔大帝の青銅の騎士像〕の足下にたむろする人びとの中に、鈍そうな顔の兵士がひとり――あんなのがほんとに最初に銃声を轟かした（という神話の）兵士なのかな？

ああそうか、だから連隊を率いているのが、あんな哀れな連中ではなく、ピョートルその人のように見えるのだな。

兵士たちの真面目くさった賢そうな顔。彼らは何の話をしているか？「神へ近づけるのは祈りではない、真実と実行なのです」―「何をもって変えるべきか、まずは生産、生産しなければなりません。諸君！　ああ、失礼しました。謝ります――〈諸君〉はもう古い、もう無いのです。〔改めて〕同志たちよ！」―「このことについては各村々で説明する必要がある――なんといっても整然と〔農民たちが〕穀物を売りに出せるようにするためであって……」。靴職人、仕立て屋、なめし皮工の代表。ヒステリックなボゼンコフ大佐（イズマーイロフ連隊の司令官）が何か喋り始めた――棍棒からようやく解放された市民よ、と。「プラウダ」紙について――あらゆる新聞がさまざまな道を通ってこの大新聞（「プラウダ」）に集約されるのだと。スチェクローフを指さしながら、兵士たちに向かって大佐が言う――「われわれが今、耳を傾けなくてはならないのは、じつにこの方である！」するとスチェクローフは人びとを指《さ》して――「いやわたしじゃないよ、大佐。われわれが傾聴すべきはこの人たちなんだよ！」

声明の朗読と審議。アピールは〈共和国のデモクラシー〉また〈彼らは四十七年間鍛えてきた、今われわれはそれをアピールする！〉

大多数は防衛を支持している、ロシアが提起するのは併合なし賠償金なしの和平である。ウィルヘルムを打倒せよ。退出のさいに若い娘が兵士たちに言う――「戦争を終わらせられるのは女性よ！」通りで御者が兵士に訊いている――「で、どうだったい？」―「決議したよ」―「何を決議したって？」―「専制主義者をすべて打倒する、まずはウィルヘルムからだ」―「そりゃ結構！」―「安全のため自由のためにはそれが第一」

▼三月十五日

ゴーリキイには〈参謀部〉がある。こんな噂が聞こえて〔飛んで〕くる――「おん大将〔ゴーリキイ〕はまだ少尉補に昇進してねんかい？」さるご夫人は自分の知合いを飛行士〔噂を運ぶ人〕にしようと躍起になっている。マクシーム〔ゴーリキイ〕は素晴らしい。なんといっても人びとが喜びを感じて、自分の個人的関係（交友）を変えられるよう、また何か新奇にものが書けるようにと〔その喜びを〕説いているからである。彼が言うには、百姓たちは穀物をいっぱい運んでくるし、義勇兵たちは前線へ発った（らしい）。大いに魅力的な人物〔ゴーリキイ〕は今、栄光のただ中にある。

一杯喰わされた者たち——地下室から出てきた人のよう。レーミゾフ。レーミゾフにゴーリキイについての自分の意見を述べたら、とたんに顔は青ざめ、汗が噴き出した。そしてわたしに向かって——「あなたはゴーリキイの召使だよ！」とか、まあいろいろ言われた。いったい何がそんなことを言わせたのか。その理由こそが、彼の不幸、外光への道を民衆の喜びへの道を遮ってしまったレーミゾフの不幸そのものなのだ。彼らは革命を待ち、そのために人生を浪費したというのに、革命が到来すれば、為すこともなく（仕事もなく）ただ腕を拱《こまね》いているのだ。オクーリチだって同じこと。二十五年も革命のために働いてきたのに、革命が起こってみたら、無数の書類（文字どおりのお役所仕事）が間をおかず傍らを通り抜けるばかりで、新人類は彼のことを知らないし、彼が革命家だったことを知っているのは、彼と戦った相手と監獄に入っている連中だけなのである。どうして苛立たないわけがあるだろう！　書類がどんどん傍らを流れていく。さしたる仕事はない。仕事がなくては生きていけない。これではカノコソウ〔神経鎮静剤〕でも服用《の》みながら〔現状への〕拒絶を示すしかないではないか（とはいえ、年金のことは忘れていない）。ああ、年金が貰えなかったらどうしよう——シベリアにでも引っ込んで製粉所でも建てるか。

住民に喜びは見られない。なぜなら恐怖から解放されたわけではないから。家の戸にしるしをつけて回る者（もちろん正体不明の）がいるという。それで家中大騒ぎ。

＊1　チヘイッゼ（一八六三—一九二四）はメンシェヴィキの国会議員。ペトログラード労働者・兵士代表ソヴェート創出のイニシャチヴをとった政治活動家のひとり。スチェクローフはペトログラード・ソヴェート執行委員で「イズヴェスチヤ」の編集員（一八七三—一九四一）。

＊2　プリーシヴィンはそもそもの初めから革命をロシア史と世界史の文脈の中で考えている。

▼三月十七日

自分もオクーリチも田舎のフートルへは戻りたくない。向こうにいるのはこそ泥と詐欺師ばかり。ルーシ中がそんなありさまだ。「自分はスイス人より立派なチーズを作れるが、そんなとこへ行ってどうしようというのだ？　ドイツならいいかもしれないが、こそ泥と詐欺師ばかりじゃなあ。そんなとこで嬉しい顔など、どうしてできるって？」

▼三月十八日

ゴーリキイ。彼が誰かと問題を論じている[*1]――それを聞いていると、プガチョーフのことが頭から離れなくなる。知ってか知らずか、彼には二つの意見がない。あるのは何か嘘っぽい〔すっきりしない〕観点（半田付けしたような）。その点で実際のゴーリキイが奇人変人みたいに踊っている。確かにわかりやすい構図ではある。彼の力（マテリアルな意味で）は労働者とつながっているし、その絆こそ力〔権力〕なのだから。

▼三月二十三日

革命の犠牲者の葬儀。

ルーシでは前代未聞のこと。じつに自発的、独断的やり方だ。赤い棺、赤い聖幡《せいばん》、教会の沈黙。鐘を打つのはカトリックの教会だけ。あるいはそれは〔正教会が〕窮乏に瀕しているからかも。馴染みの場所――宮殿前広場と一九〇五年一月九日〔血の日曜日事件の現場〕。当時コーザチカはせいぜい六歳ぐらい。憶えているのは「水道が止まった」ことくらい。〈永遠《とわ》の記憶を！〉、葬送行進曲、それと〈ラ・マルセイエーズ〉が波濤のごとく。非合法の学生パーティのようだ。サドーヴァヤ通りの静寂。〈ラ・マルセイエーズ〉に合わせてみなが走り出す。赤い円柱――荒涼――素朴――大地――教会葬の秘儀が、民衆、運動、押し合いへし合いその他を前にした不安のかたまり《マス》と化しつつある。葬儀のあとはいつものように玄関番が「いやあ、立派な葬儀でしたな！」などと言うのだが、今回もそうだった（彼は相変わらず有頂天である）。そこにあるのは自分の口碑、自分の歴史なのである。

通りでの撃ち合いが静まりかけると、家々から人びとがどっとネーフスキイ大通りに繰り出してくる。ちょうど新聞売りの声が聞こえだすころ、ひとりの商売人が緑色の表紙を掛けた本を（それも）大量に運んでくる。そしてあっと言う間に大群衆に取り囲まれる。自分も列に並ぶが、時すでに遅し。一冊も手にすることができなかった。その本というのは『フランス革命史』。今では誰もが読んでいる！　これを読み終わると、動乱時代[*2]の歴史ものに取りかかる。それはフランス革命にも負けないほどの関心をもって読まれた。もちろん足下に革命の土壌があるので、祖国についてもっと知ろうという欲求が生じ、目覚めたのである。何年かすれば誰もが歴史を認識するだろう。なぜなら、歴史というものが何にもまして必要不可欠なものになったから――教育が行き届いて、畑を耕す人に犂が必要なように、新しい生の創出のために欠かすことのできないものになったので。それに歴史の教育は、最近広まり始めた単なる「出世のための教育」などではない。

ピョートル大帝の革命家としての姿（ロシアを解放したペトログラード）[*3]が日ごとに大きくなってくる。そして海軍幼年学校での労働者代表ソヴェートの会議の折りの漠然とした不安――労働者たちは間違いなく皇帝革命家〔ピョートル大帝〕の像を打ち倒すだろうというこちらの不安がいよいよはっきりしてくる。こうした不安に根拠があるわけではなく、自身の「デカダン的」精神状態から生まれたにすぎない。だが、確かに不安は存在した。わたしは大ホールに入っていった。そして見た。もの凄い数の人間の頭。自分も並んで腰かけ、耳をそばだてた。誰かが話している――機関銃、お祈り、真実《プラウダ》。

ルポ『大地と都市から』[*4]に自らの道標を打ち立てる必要がある。うち一本のテーマは、かつて自分が知っていた人たちはその後どうなったか（その身に何が起こったか）？

わが君主政体は――いま忘れられつつある――つい最近になって、嫌悪すべき憎しみの対象となった。君主国がわれわれを敵に売り渡したというのが主な理由だが、歴史の流れを見ると、その君主政体というのはいま思い浮かべているものとはまったく似ても似つかないものなのである。たとえ社会主義者がそれほど頑張らなくても、君主国が再生すると考える根拠など何ひとつないのだ。だが、〔民族〕自立の重圧が貧しい人びとの肩にのしかかっていて、すでにパンの行列からは不満のぼやきが聞こえてきている。

＊1　このころプリーシヴィンがしばしば顔を出していた「ノーヴァヤ・ジーズニ」紙の編集室でのやりとり。

＊2　一五九八年、フョードル帝の死後、一六一三年にミハイル・ロマーノフがロマーノフ王朝初代のツァーリに就くまでのロシアの混乱期。ポーランドやスウェーデンによる干渉やボロートニコフの農民戦争などがあった。

＊3　ペトログラードのペトロは聖使徒のペテロ（ピョートル一世の守護聖人で洗礼名）、グラードはロシア語の城市・まちの意。対独戦中に都市名（ペテルブルグ）をペトログラードと変えたが、ペトログラードという言い方も古くからなされている。プーシキンの『青銅の騎士』の第一部の冒頭は「陰鬱なペトログラードの上に……」。いずれにせよペテロ＝ペトロ＝ピョートルの都である。

＊4『大地と都市から』の表題は、のちに『花と十字架』にまとめられた（二〇〇四年）。

▼三月二十五日
武器も持たず見るも哀れなほどのボロをまとって通りを行く兵士――パンをくれ、戦地から戻ってきたところなんだ、と訴えている。革命前にはそんな兵士が二百万はいた。今はどのくらいいるのか？

組織的な仕事はもうどこでも為されていない。四方八方から新たなカタストロフィーの可能性が予告されている。労働者・兵士代表ソヴェートへの苛立ちが強まっている。

▼三月二十六日
国会《ドゥーマ》で何が話し合われているのか、同じころに通りでは何が起こっているか（あっちでは今にも逮捕が始まろうとしている）――こっちでは歓呼の声（帝国の紋章が燃やされている）と団結だ。何かが人びとのすぐ近くで起こっているのは明らかだ（連隊が鎮圧に向かい武装を解除する）。大戦の行方は誰も知らない。知っているのは社会民主主義者だけ――明らかにそこに彼らの強みがある。こうした不安の中でもしかし、なぜ学生や女子専門学校生たちがほかとは違うやり方で郡全体を維持しているのか、なぜ労働者代表ソヴェートのいちばん馬鹿な奴らが〈指導者たち〉と呼ばれているのか？

わが国の農業問題をズバリ解決できるとすれば――それは第一に土地が、土地所有者階級の政治的権力の足場とならず、第二に土地が投機の対象にならぬようにすることである。第一のものは君主を打ち倒した革命の事実によって一掃され、第二のものは憲法制定会議に解決を委ねるしかない。土地を所有者から取り上げることは不可能だが、国家以外に土地を売却することを禁ずることはできる。また、小規模・中規模の土地所有には税を軽くし、大規模所有の場合には国家に売却しなければやっていけないほどの税金を課すこともできる。

労働者代表が兵士（農民）と分かれようとしているという噂。

▼三月二十七日
革命を前にして歯痛がする。詰め物をするので、通行できなくなるまで医者通い――ネーフスキイを迂回してゴローホヴァヤ通りへ。

「レーチ」か「ノーヴァヤ・ジーズニ」か？* 理論的にはソヴェート〔繰り返すが、労働者と兵士代表ソヴェートのこと、ボリシェヴィキのソヴェート社会主義ではない〕の立場が正しいが、実際的には自分が彼らを支持することは不可能だ。彼らのセクト主義と大方の祖国を救済したいという気持を疎外する〔路上に投げ出された彼らの〕丸太ん棒を、自分はとても踏み越えられない。

今すぐやれ！ 女子専門学校生たちは〔専科教員による〕

科目別教育システムの採用を求めている。当局も真摯にそれを受け止めて実行したいと思っている、のかと思えばそうではない。

「なにをぐずぐずしてるのよ、今すぐやりなさい！」

「それができないんだ。われわれはやるつもりだが、もう少し時間をくれ」

「なんという請け合いでしょう！　いったい何をするというの？　さあ、すぐに実行して！」

社会主義者は農民のために土地を要求している。

「わかった、土地はすべて農民のものになる。検討しましょう」

「何を言ってるの？　すぐに実行しなさい。軍隊はパンと弾を要求してるのよ」

「ちょっと待って、ちょっと待って！　いまにベルリンで革命が起こります。そうなったら、たぶん、弾はそんなに必要じゃなくなるでしょう」

が、女子専門学校生は反駁する――

「そうなったら、敵は攻めてきますよ、いいですか。きのうは町がひとつ完全に破壊されたんです。〔こんなことは〕ずいぶん前から続いています。さあ、早く弾とパンを！」

二十九日に「ノーヴァヤ・ジーズニ」紙へ入社。ここではかつての「レーチ」よりさらに〈白い鴉〉のよう。

食堂でランチ。元老院の役人、夫人連れ、航海課の書記、二人の交通省の役人と学識ありげな奥さんが物価の高騰について話している。平均的な普通人は生活に窮して満足な服も着れないなどと喋っている。そのとき、擦り切れたジャケットや立て襟のルバーシカを着た男たちが十人ばかり入ってきて、食堂の女将をいたく驚かした。彼女は彼らが徴発隊（革命の）だと思ったのだ。男たちは食べるものをくれと言った。

「ランチは二ルーブリですよ！」

「いいよ、わかってる！」

彼らは素早く食事を済ますと、金を払って出ていった。こちらは二皿目を終えると、互いに見交わした。

「彼らは十ルーブリ貰ってるんだよ！」と元老院の男が言った。

「いや、十八ルーブリだ！」と、別の役人。

「彼らには服なんて必要ないさ！」もうひとりが言った。

＊「レーチ」（一九〇七―一九一七）はカデットの日刊紙。「ノーヴァヤ・ジーズニ」（一九一七―一九一八）は、雑誌「年代記」に集まったメンシェヴィキ国際派のイニシャチヴで発行された。「ノーヴァヤ・ジーズニ」紙の共同編集者はゴーリキイ。

そしてわれわれは全員自分たちを、給料やアパートや褒美という点でそうとう貧しく、身なりこそまだ立派だが、実質的には腐ったような、頼りない（無力な）存在であると、また自分の上司に対して、たとえば〈閣下！〉などという言葉を差し挟むこともできない存在であると感じている。今では、いつの間にか、〈同志閣下〉だの〈プロレタリア市民閣下〉だのという言い方が貧民街のようなところから出てきて、単なる〈閣下〉の居場所を完全占領してしまった。われわれはプロレタリアを憐れんではいたが、今では誰を可哀そうだと思ったらいいのだろう？　われわれは自分自身を哀れだと思い始めている。唯一自分を憐れまない奴が、狂人のように[*1]青銅の騎士に向かって吼える――「ああ、今に見てろ、同志閣下よ！　おまえはやって来た。それでおれも――おまえの影（幽霊）であるこのおれも、ともども、おまえのあとからついて行くのだ」

▼三月三十日

　スピリードヴィチを読み続ける[*2]。セマーシコ[*3]は社会民主党員。マースロフ[*4]は賢いが、傷ついている。マースロフはついてない。個人的な不幸と苦しみ――これはロシアの革命家の心理学の基礎であり、そこからの出口。ナロードの野における不幸の因の投影。そうして緑の野もだんだん暗くなっていく。

　エスエル〔社会革命党員〕の意識は低い。行動が感情に隷属している。それが善も悪もないスチヒーヤに彼らを近づける。

　エスデー〔社会民主党員〕はもともとドイツ起源だ。ドイツ人から頭脳と計算とをもって行動することを学んだのだ。思想においては情け容赦ないが、実際に殺すことはあまりしない（進化）。柔和で感じやすいエスエルは、手段としてテロルを、熟慮の末の殺人を決行する。

　社会革命党のイデオロギーは社会民主党のイデオロギーに比べると、より多くツァリーズムに向けられている。どちらもわが国ではツァリーズムの後のもの――もし資本主義の全世界的破産がなければ、色は褪せ毛も脱け変わってヨーロッパ的社会主義とエコノミズムに変貌するにちがいない。

　わが国の革命の歴史はツァーリの罪障の歴史である。生きとし生けるものの上に影が落ちると、それらはみな闇の中から光へ向かって『進め！進め！』と声を掛けかけ暗くなっていくのだ。

　ツァーリはとうに姿を消してしまった。その側近たちもツァーリをキャラメルのようにしゃぶり尽くして、ナロードには包み紙しか残さなかった。しかし国家そのものはあたかもツァーリがまだどこかにいるかのごとくに動いていた。ツァーリへの忠誠を呼びかけていたような者たちでさえ信じなかった。それはほとんど神話のようなものだった。もう時の速さと時の力をしか考えられなくなった省の馬跳び《チェハルダー》〔めまぐるしい変化・交代のこと、頻繁な閣僚の更迭〕が、凄まじい物価の高騰に直面し、中央省庁で働いていた者が誰もツァーリを信じなくなっていたころ、しばしば脳裡をかすめたのが——しかしそれにしても、どうしてこんなになってもロシアは持っているのか、ということだった。ツァーリは幽霊、大臣たちもみな幽霊になってしまったが、なんのなんのロシアはまだ生きていた。

そんな静寂の中でひっそりと革命は起きた。各人が国家の煩わしさから逃れようとして、個人的な興味や関心だけで生きていた。能ある者は略奪した。それが町や軍に食糧品の不足をもたらしたのである。

ペテルブルグはパリみたいになった——暮らしの変化。軍服を着たごろつきが女から林檎を奪い、銃剣で嚇す。黒塗りの乗用車。居酒屋で二人の〈リトアニア人〉*5が客に「武器を捨てろ！」と言う。すると相手は「いや、済まん済まん、同志！」と、こうである。

どっかで見覚えのある男。ネーフスキイ大通りでばったり（お互い這いずり出てきたのだ）。

「ご機嫌いかがですか、閣下？」

「失業中だよ」

「ええっ、あなたが失業中ですか？」もちろんこれは「あなたが失業中だなんて。じゃあいったい誰が国家の舵を取るというのですか？」という意味である。

---

*1　プーシキンの『青銅の騎士』（一八三三）第二編からの自由な引喩。哀れなエヴゲーニイと青銅の騎士を通しての、個人と権力の対立のモチーフ。

*2　憲兵少将。プリーシヴィンが読んでいたのは、たぶん「憲兵の手記」のフラグメントか?

*3　ニコライ・アレクサーンドロヴィチ（一八七四—一九四九）は医師、社会民主党の活動家。一九〇五年の革命と一九一七年の十月革命に参加、一九一八年からは保健人民委員（つまり保健相）を務めた。〈ロシア・マルクス主義の父〉＝ゲオールギイ・プレハーノフの甥に当たる。プリーシヴィンの高等中学時代の友人でもある。

*4　著名なエスエルの活動家。

*5　ラトヴィア（レット）人という言い方と同様の「革命家」のニュアンス。

「おたくはどうなの？」

「そりゃ、わたしも失業中ですよ」

口髭をくるくる捻りながら、二人は大通りを歩いていく――ドイツの奴らがストホード[*1]で発砲したとか、どこも泥道ばっかしだとか。突撃が延期になったと聞けば、ほかの人間なら喜んだにちがいないが、彼らは嘆いている――パンをどうやって手に入れたらいいのかわからないから。それにしても二重権力は大問題だね。

われわれは（ヨーロッパでも同じだが）ツァリーズムの崩壊とともに何が起こったか（まるで目が覚めてないかのように）、まだわかっていない。戦いの原因となったものがほとんどすべて消失してしまったというのに、話題は依然として戦争であり勝利なのである。

▼三月三十一日

ロシアはこれまで（よく言われたように）スフィンクスの顔をした人びとの神秘の国だった。

今はただの未知の国になってしまった。「おお陸だ、陸だ！」船乗りたちはそう叫び、やがてその新しい島に接岸する。

遭難するときの精神状態にも似た不安と恐怖が去って、ああなんとか生き延びられたとほっとし、あたりを見まわすと、なんと、そばにいた仲間たちは誰もがもう、今いまのパン（日々の糧）を心配してパン屋の前に（どこが最後尾かと思うような）長いながい列をつくっているではないか！　パンだけではない、砂糖、バター、肉も手に入れようと必死の形相。まことに海難である。難破のすぐあと、無人島を見つけるや早くも思い巡らしたのが、この新天地での食糧確保だ。

かつてわれわれはびくともしない不動の国に住んでいた。たいそう不安な革命の日々に、われわれはしばしば自問したものだ――それで、ロシアとは何？　ルーシでは何が起こっているか？　答えはなかった。その後、地方から出てきた人たちがいろんなことを喋りだした。しかし地方の新聞には大して読むべきものもなかった。革命から一月以上経っても、暮らしに関する記事はほとんど無きに等しかった。

省が局に分けられ、ロシアは県に分けられた。ロシアのトップは皇帝《ツァーリ》、省のトップは大臣、局長は県知事に相当した。すべてが最初から最後までこのやり方に従っている。したがって、局から別の局への異動のときには、自分たちにはある県から別の県に移るということを容易に思い描くことができるのである。機械《マシーン》がひとつになって動いた。すべてが変わった。大臣は何もできなくなった。大臣はわれわれにもそれほど必要でなくなった。閣僚会議《ソヴェート》が開かれれば、われわれは全員そのために噛み煙草その他を用意した。大臣はいま何でも自分でやっている。彼の頭はどうでもいいことでいっぱいだ。わざわざ大臣室まで行かなくてもよくなった。局長や県知事が出勤し会議に出るだけである。ロシア中どこでもそんなふうになった。われわれには何もわからない——まるで何もしていないかのように。

シベリア人会議。

やり過ぎだ。議長のチュビーンスキイ〔未詳〕。

「同志諸君、今わたしは臨時政府に挨拶を述べるためにシベリア人委員会《コミッシャ》を開くことを提案します」

「労働者ソヴェートに、ということでしょうか？」聴衆から声が上がる。

「あなたはあまりに急いでおられますね、同志！　わたしが提案したのは臨時政府と労働者・兵士代表ソヴェートへの挨拶です」

「ウラー！　ウラー！」

「ロシアの頭上に真実《プラウダ》の太陽が昇ったのです、自由の闘士にウラーを叫ぼうと言っているのです」

「ウラー！」

「わたしの前の報告者は自由の闘士たちに挨拶を送りました。わたしはわたしたちの間には自由のために闘わないような人間はひとりもいないと言わねばなりません」

「ウラー！」

七日にフルシチョーヴォへ発つ〔予定〕。一か月後（借りていた部屋を返すために）ここへ戻るかどうするか決めなくてはならない。

ロシアと省との（県と庁との）、また大臣役人と課との、地主と領地との比較対照。

革命の噂がシベリアを駆け巡って、上司上官たちがパニックに陥ると、農民たちの指導者たちまで混乱を来たした——彼らなしではどうにもならない（まったくお手上げな）のに。郷委員会と農民大会。

革命が始まったばかりのころ、ユダヤ人のクーゲリ[*2]と君主共和国について議論したことがあったが、そのとき彼が口にした言葉が今も忘れられない。

「あなたはロシアの農民を知らない。彼らはね、ツァーリがいたって結構《ラードナ》だし、いなくたって結構《ラードナ》なんだよ」

聞いててとても腹が立ったが、そのとおりだ。ツァーリ

＊1　ストホードはウクライナのプリーピャチ川の支流（右岸）。
＊2　批評家、劇作家、映画監督。

ズムはとうに崩壊して、ただ人工的に保《も》っていたのだ。

ヒンデンブルク[*1]は非常に正確に自分の希望を定義した――労働者は平和に、農民は地主の土地に取り組むだろう。労働者がいなければ前線に弾は無くなり、農民がいなければ食糧はたちまち底を尽くだろう。

「同志よ、ほら見たまえ、こっちへヒンデンブルクの旅行かばんが飛んでくる！　そいつを開けたら、ニコライが跳び出すぞ！」

「兵士を労働者に嗾《けしか》けるのはたくさんだ」

電車に乗っていた労働者が言う――「もうたくさん、〔おまえさんたちは〕じゅうぶん戦ったんだ。平和の話をしたほうがいい！」だが、兵士たちは陰気な顔して口を噤んでいる。

二つのスローガン――

その一、「併合と賠償金なしの和平」に小さなしっぽ（付帯条項）。しかし彼らが欲しなければ戦うまでである！

その二、秘密のしっぽ付きの完全勝利まで戦争を続行――（そのときわれわれは知ることだろう！）

国内では大半が二の公式を支持している。第一の公式は現権力〔政権＝労働者・兵士代表ソヴェート〕の公式的スローガンである。

すべては、あらゆるところで信頼を得るためにソヴェートが、どれだけ、いかにしておのれを打ち立てられるかにかかっている。

「嗾け」は第一に、兵士と労働者が革命事業の優位を競った結果として自然に発生した。第二に、ソヴェートが出だしのもたつきから二重権力の構造を生んだこと。第三は、兵士と労働者の論争が因で、反革命やドイツ人への幻想がつくられて、たぶんこれにはちょっと臨時政府に責任がある（「レーチ」に載ったストホードでの敗北の解釈）。

ソヴェートの和平への呼びかけはほとんどの人に理解できない。この和平（『土地を！』という農民のスローガンそっくりだ――解明が必要）の意味するところは弱さ、であるが、実際は強い、『戦争だ！』よりずっと強力なスローガンだ。世界の平和は『世界に平和を！』という祈りの中でしか使われない（教会での祈禱文にのみ出てくる）もの――それは労働者たちが認めている。

「併合と賠償金なしの和平を」という国民向けの呼びかけには一つだけ欠陥がある。それは、**annexation**（併合）と**contribution**（賠償金）という言葉が抽象的過ぎて庶民には何のことやらわからないのに、和平のアピールのほうは、子どものころに教会で巻毛の頭を振りふり輔祭が朗誦していた『世界の平和を主に祈りましょう！[*2]』とまったく同じなのだ。

自分は代表ソヴェートで隣の人にそのことを言った。それに対して返ってきた答えは——

「そうです、そのとおりですよ。ただし今は、われわれを神に近づけるのはお祈りではなくプラウダと実行なんです！」

ソヴェートはデモクラートのための学校だ。われわれに非常に多くの（悪）害をもたらしたのはフランス革命史だった。それはしばしばわれわれを脅かしたが、状況はまったく違っていた。大半はごく普通の農民である。フランス革命に参加したのがどんな農民たちだったかを思い出せばいい（歴史家テーヌ）。

オクーリチ。彼は旧秩序の人間で、革命の境界を越えるなどとてもとても。

農業問題の解決だって？　とんでもない。考えることすらできない。かつて在ったものから出ようとするなら、かつて無かったものから出る必要がある。しかし、これにはすべて、今すぐパンと弾丸を供給するという条件が付いている。

▼四月二日

ああもう復活祭だ……なのに、わくわくどころか何も感じないし興奮もしない。こんな春はわが人生初めての春……川の氷がバリバリ音を立てて割れ、たくさんの鳥たちが南の方から飛んで来て、融けた大地が呼吸を始めるそんな季節の到来に、自分はまるで気づきもしなかった。長引く戦争のおかげで、心の平穏どころか、それを得たいという気持ちまで失くしていたのだ。

レーミゾフ夫妻とシノード教会の朝のお祈り《ザウートレニャ》に行ってきた。『世界の平和《ミール》をお祈りしましょう！』——そんな声が堂内に響き渡るが、こちらに返ってくるのは、常軌を逸した〈併合と賠償金なしの和平《ミール》なのである。教会でのお祈りと人びとの心の中で起こっていることを、どう見比べたらいいのか？　ぜんぜん釣り合わない。いかに厳かな教会行

＊1　ヒンデンブルク（一八四七—一九三四）はドイツの軍人、政治家。第一次大戦では参謀総長として、参謀次長ルーデンドルフとともに戦争を指導。国家奉仕法によって戦争経済へ導いた。ロシア革命後、ソヴェート政府の和平提案に対しブレスト＝リトフスクで過酷な講和条約を強制（一九一八）。ヴェルサイユ条約締結後（一九一九）に退役したが、右翼帝政派に支持されて大統領に。最晩年にヒトラーを首相に任命した。

＊2　エクテニヤと呼ばれる正教会の「死者のための連禱」。

事であろうと、赤い棺の葬儀がどんなに盛大であろうと、やはり噛み合わない。革命婆さんもプレハーノフ[*1]その他の面々も、復活したキリストの栄光によって輝くわけではないのだ。

ホミャコーフのところへロシアのお百姓たちが土地を要求しにやって来たとき、彼は言った――趣旨には賛成だ、ただし自分としては分割が郡全体で実施されることを要求する。そうやってすぐに彼らを国家的視点に立たせたのである。

ラズームニクは言う――前線から戻った農民たちによる土地の強奪も、都市部の荒廃を招来する農業生産率の低下も阻止できない、不可能だ、と。

▼四月三日

ゴーリキイと、彼がイタリアから運ばせたロシア国民が味わうべくもない生きる悦び――それが、彼によると、いま現実のものになり始めているらしい。修道僧も幸福を手にする時代がやって来たのか。そう、やって来たのだ！ゴーリキイはいまや芸術大臣なのである。おそらく彼は社会主義者《ソツィアリスト》ではあるまい。ナロードの異教的なそうした悦びは、土地強奪の欲求によって表わされるだろう（願わくは計画どおりに遂行されんことを）。将校に抜擢された一兵士の、妻に宛てた手紙というのが話題になっている。夫は女房に、将校の妻として必ず他の将校夫人たちを訪ねよ、〈サックとエスプリ〉はぜひ買い求めよと言ったという。どうやらゴーリキイは芸術大臣になることに同意したようである。

ふつう自国民評価の基とされる選良（たとえば宗教的探求者たち）も、〈四尾の法〉[*2]では、必ずや〈サックとエスプリ〉に代表の座を譲らざるを得なくなるだろう。

プリャーニシニコフ教授〔農業化学〕の曰く――「ヨーロッパの民族の中でいちばん遅れている民族がいまだかつてない飛切り上等なものを、どうして世界に提供できるのか、わたしにはまったくわからない」

少尉補が言った――「わたくしは懐疑派です」

ある教師は島〔ワシーリエフスキイ島〕での国会選挙の組織化に没頭している。

アレクサンドル・アンドレーエヴィチ〔未詳〕は社会民主党員（エスデック）に憤慨して――「自分はできるだけのことをしている、できないことは容認しない」

ペトロフ＝ヴォートキンは民衆にも兵隊にも有頂天だ。不安に駆られているときにも、これからどうなるんだろうと訊いたところ――「そりゃあブルジョア共和国さ！」そう宣って、さらにこう付け加えた――「それも資本主義的な、ね！」こんなことはみなゴーリキイからの受け売りなのである。それが彼には嬉しいのだ——科学都市も、芸術の殿堂も。国民は学ぶだろうし、暮らしも向上する。結構なことだ、すべてこれブルジョア共和国。

秩序と公正の創出は国民自らが選んだ者たちを通して国民によって為される。そのようにして選ばれたのが、わが国ではツァーリすなわち、民の法《ザコン》誕生の創造的行為において宗教的に聖別（額に塗油）された者（皇帝）であったのだが、そのツァーリ〔ニコライ二世〕がまず〈神の塗油者〉たるおのれ自身を信ずることをやめて、その不足した信仰心をラスプーチンから——手にした権力を踏みつけにしたあのラスプーチンから借り出したのである。フルィストのラスプーチン（教会解体のシンボル）と皇帝ニコライ（国家崩壊のシンボル）が旧秩序を消滅させるために手を組んだのだ（ナロードはその裏切りに声を上げて泣いた）。

それでも、皇后とラスプーチンの〈裏切り〉に悪意があったかどうかは依然不明のままである。

▼四月四日

メモ帳をひっくり返さなくては、いま自分の生きている時代がどのようなものかが、さっぱりわからない。すべてが自分の日常的時間の埒外で起こっているからだ。

革命前、アンドレイ・ベールィはわれわれに世界建設のオカルト的な講義をし、さあ共に自分の頭蓋の外に出ようなどと訴えかけたものだが、近ごろわれわれはその境界を越えてしまったようである。

いつだったか、朝、自分は役所〔省〕に行こうとして家を出た。通りでは群衆が路面電車を停めていた。運転手からハンドルを取り上げてしまった。誰かがわたしに言った——あの手のハンドルは幾つか組み合わされて出来ているから、新しく作るのはそう簡単じゃないんだ、と。ということは（とわたしは考えた）、奪われたら一日おいて運行再開というわけにはいかないぞ。ではなぜ巡査たちは止めないのか？　ということは（とまた考える）、ハンドルな

*1　革命婆さん——エカチェリーナ・ブレシコ＝ブレシコーフスカヤ（一八四四—一九三四）はロシアの革命家、テロリスト。「民衆の中へ（ヴ・ナロード）」の運動で逮捕されてシベリア流刑、のちエスエルの前身である労働党を組織するが、スイスへ亡命。一九〇五年にロシアに戻ってエスエル党中央委、右派のリーダーとなる。密告されて再度シベリアへ流刑、一七年の二月革命により帰還し臨時政府に協力した。十月革命とソヴェート政権に反対してアメリカへ亡命、のちパリへ。その波瀾万丈の革命家人生から〈ロシア革命のお婆さん〉と称された。

*2　九尾の狐ならぬ〈四尾の法〉とは、「普通」「平等」「直接」「秘密」の四つを要求する民主的選挙法のこと、その略称。

んかどうでもいいんだ、ここではないどこかでもっと重大なことが起こっていて、だから巡査はやって来ないんだ。

一、鉄道馬車《コンカ》は走っていた。二、路面電車も動きだした。コンカは雪まみれ。路面電車はびっこを引きひき公園の方へ行ってしまった。

勤めている大小工場労働者の食糧課に〈閣下へ〉と呼びかける「忌々しい書類」がまだ回ってくる。こちらは苛々してくるが、閣僚会議のメンバーがわれわれに対して防衛サーヴィス産業における従業員の数を調べるよう言ってきたのだ。極めて少ない数字がはじき出された。妙な話だが、それら従業員に農業省は食糧を保障できずにいるばかりか、祖国防衛のために働いている工場の貯蔵食糧が軒並み徴発の対象にされている。まったくもって変な話である。議員の一人が会議の席で大臣に直訴した——労働者の食糧を確約せよ。確かこんな表現だった——「労働者大衆はもう通りに飛び出している」、「わたしの提案を直ちに実行すれば祖国を救う望みはまだある」。そして書類の先には、そのためにはおのれを投げ出す覚悟ないし気概が明らかに感じられた。群衆に取り囲まれた路面電車を見たときにも思ったことだが、おそらくいま重要なのは電車の破壊ではないこと、事務的技術的な視野しか持ち合わせていない人びとに「祖国救済」はとてもも無理——ということだった。

パンを！

が一方で、書類だけはどんどん回ってくる。なんでもパンの不足から工場が停止したとか。なにせ一区全部が工場なのだ。一件ごとにいちいち農業相への手紙を作成している時間がないので、わたしは書類のコピーと毎度お馴染みの簡単な添え書き——「閣僚会議のメンバーであるNはここに閣下への完全なる敬意を表しつつ、〈かくかくしかじか〉についてご報告申し上げる次第であります」を付して送るようにした。たぶん自分はそんな書類を次の日もその次の日も書くことになるだろう。そうしたあいだにもストの参加者はこちらが夜の仕事と決めていた新聞社をも操業停止の状態にしてくれた。通りでは小旗と〈パンよこせ〉の行列が続いていた。カザン寺院の前にはサモワールまで据えられていて、それは〇五年以来の懐かしい風景だ。人びとの話からは、これは政治ストではなく、パンを要求しているだけとの感触〔を得る〕。しかし、彼らは知らないのだ——〈パンを！〉と言うのが今では〈戦争を！〉と言うのと同じであることを。この言葉にすべてがある。この〈パンを！〉という言葉は終わりの始まり、堤防は決壊した——そう自分は日記に記すだろう。一方、局では農業相に向けて例の添書きを付した書類を次々と送りつけている。深夜、それも軍隊出動の前の最後の夜だったが、わたしは悪夢にうなされた。アパートの時計が一時間ごとに演奏するあの曲だが、簡単なドイツ語の歌詞はみな理解できた。それが夢ではこんなことを喋っていたのである――「閣僚会議のメンバーであるわたくしは、常ながら閣下への完全なる敬意を表するものであり……」

▼〔四月〕二十七日

トヴェーリ県の工場主がやって来て、わたしに言った――食糧不足のためすでに労働者が二人自殺していると。さらに詳しく話を聞き出した。そしてすぐに書類（農業相宛ての）を仕上げると、彼を伴って課の主任のところへ行った。話を聞いた主任は――「どうにもならんよ、軍隊が砲兵局を占拠したばかりだからね」。工場主は大きく白目を剝いた。閣僚会議のメンバーは――「あれが組織されてりゃいいんだが……自然発生的に起こったものなら、どうなるだろう、何が起こるかわかるかね？」そう言いつつも、トヴェーリ県の手工業者の要望書にサインをし、緊急の添書き――それはまた、あの「閣僚会議のメンバーたる何某は、閣下に対して完全なる敬意を表するものであり云々」から始まっていた。部屋をいくつか通り抜けて、その先の記録所にサインの入った書類を持っていった。お嬢さん方はいかにも暇そうに、どの道を通ったら無事に帰宅できるかしらなどと話している。ほかに事務員が二人――一人がもう一人（反対派に回った男）に向かって興奮気味に何か喋っていた。「いやそれでもわが国にはパンはまだあるんだよ」―「そんなこと言っても意味がない」と反対派は言い返す。「今はどこの工場も町も飢えているんだ」―「それでも」と考古学者は繰り返す。「わが国にはいっぱい穀物は備蓄されている。わたしはね、十分あると、そう言いたいだけなんだ」―「でも裁判所は炎上中だよ！」―「いやそれでもパンは十分あるんだ！」と老人は少しも譲らず、自前の経済プランを限界まで押し広げようとする。わたしは持参した書類を農業相に送付する手続きを済ますと、役所をあとにした。多くの同僚も定刻前に帰宅したが、そうしなかった者たちもかなりいた。省の前の、ふだん人気のない河岸通りは、群衆でいっぱいだ。みんなが同じ方向を見ているのは、遠くの空に煙が舞い上がっていたからだ。燃えているのは兵器廠だと言う者もいれば、地方裁判所だと教えてくれる者もいる。静かなアパートの時計がドイツの歌を奏でている。調子が変だ。独り部屋でじっとしているのは堪らない。我慢できなくなって、友人の画家〔ペトロフ＝ヴォートキン〕に電話する。「どうしてる？」―「部屋で水彩画を描いてるんだ」―「いま何が起こってるか、わかる？」―「いや、わからん、何もわからん」―「これからきみのとこへ行くよ」。お茶を飲みに彼のアトリエへ向かったが、通りは人で溢れている。たぶん電車が動いてないからだろう。十四条通りで屋敷番と誰かのやりとりが聞こえてくる。「あす戒厳令が布かれるんだ」――「誰の戒厳令だい？」屋敷番の男が訊いたのは、誰に対する戒厳令かという意味らしい。

「それで布くのは誰なんだい？」屋敷番が訊く。

「政府さ」

「政府だって？」

そのとき不意に近くで（十六条通り）、戦場で耳にしたあの死の機械音が轟いた。それは戦場よりはるかに恐ろしかった。なぜなら、あっちでは自分が音のする方へ向かって行ったのに、こっちでは画家の家にお茶を飲みに行くところだったから……

乞食たち（奇妙な風景だ）がまた大量に通りに現われた。戦争前と同じくらいの数である。今までどこに隠れていたのだろう！　こうした乞食やアナーキストたちこそ、プロレタリア旦那の同志閣下の邪悪な影であって、いずれの日にか、新しき神の名においてプロレタリア閣下を駆逐する、アヴァドンと呼ばれる者たちなのだ。

足かけ三年ここへ食事にやって来ている奥さん（学識のある）は、いつも食べ残しのパンを紙に包んで持って帰る。彼女はどこでも残りものを集めて、それでもって乾パンを作ってはドイツにいる夫のもとに送っているのだ。その夫は捕虜となってすでに三年目に入る。

「みなさん、大丈夫ですよ、これはあなた方が思っているような飢餓でも恐怖でもないのです。これは旅、新婚旅行でこそないけれど、真面目な、そうあたしたちが夢中になって読んだロビンソン・クルーソーのような旅なのです」

「わが島〔ワシーリエフスキイ島〕にわれわれは――」そう言い出したのは一緒に食べていた別の仲間である。「われわれはここに、ほかとは違った、独立した国会《ドゥーマ》を打ち建てましたね。この島には非常に独特な経営秩序があるんです」

「ふむ、なるほど、旅ですか」と彼は先を続ける――「ロビンソンの島のように、この島にも働き手はいないから、われわれは全員ここで働いて、生きることを最初から始めなくてはなりませんなあ」

わが人生の読書遍歴――ベーベルからスピリドーヴィチまで。光を求めて集まる蛾のように、全国各地から若者たちが高等教育機関〔の火中〕に飛び込み、マルクスやベーベルやベーリトフ〔プレハーノフの筆名〕で大火傷《やけど》をしてから、もう何年が過ぎたことだろう。自分はその旅のことを忘れていない。

今でも、数こそ少ないが、まだ生き残りはいる。その事業〔革命〕を始めた自分たちは、それぞれの運命《さだめ》を胸に抱いて散りじりになってしまったが、課された使命を忘れてはいなかった。そしてわれわれはいつかきっとその経験を――共同事業の方法を語り継ぐことができると思っているのだが、でもいま誰がそんな話に耳を傾けるだろう……

むかしは何かあれば自分の穴に隠れてじっと待っていられたような気がしていたが、今はそんな隠れ家はみな壊されて、追い立てられている。逃げ場がないのだ。アメリカへ行く？　いいやアメリカももう逃げ場ではない――戦争*しているのだから！

トゥーラ県から地主が地主連を代表して農業省にやって来た。各種乳製品の製造工場を持つ人物、五百デシャチーナの土地を所有している。

地主の報告は、生産性の最大限アップは勿論、憲法制定会議まではそのレヴェルを維持するために然るべき措置を講ずる必要を説いている。

地方農民は政変《ペレヴォロート》の噂を比較的冷静に受け止めており、土地所有者にしてもとくべつ悩むことなく郷委員会に顔を繋ぐことができた（委員会では地主も農民も気持ちはひとつ）ので、今は生産力アップのために共に力を合わせて働き、憲法制定会議までこの体制を保持しなければならない――これがその主張である。だが、郡役所所在地に行って彼が目の当たりにしたのは何だったろう？　地方委員会を牛耳っていたのは、なんと一人の男子学生とお嬢さん〔高等専門学校生〕だったのである。自治体《ゼームストヴォ》議長は逃亡し、役員の一人などは学生と同じ真っ赤な色の服に着替えていた。それを見て、彼は言葉を失った。興奮した群衆が農民たちと合流するのを恐れて、ただちに首都へ臨時政府へ地主の代表団が派遣された。代表となった彼に託されたのは、とにかく臨時政府を支持すること、自分らの主張が政府の見解と一致しなければならない、だった。あちこち動き回ってへとへとになった彼は、最後に労働者代表ソヴェートへやって来た。そこで、兵士たちに演説をぶっていた登壇者の話から、憲法制定会議がすでに無意味なものになり、フランスでは代表者会議が銃剣で追い立てを食ったことを

＊　イギリスの豪華客船ルシタニア号がアイルランド沖でドイツの潜水艦Uボートに撃沈されて（一九一五年五月）以来、反ドイツの世論が高まっていたアメリカは、無制限潜水艦作戦実施（一九一七年二月）を機にドイツに対し宣戦布告した。ロマーノフ王朝が倒れ、民主主義国家アメリカが参戦することで専制国家と協調するという問題が解消されたことも要因のひとつ。

知った。「なんでまたそんなことを兵士たちに向かって言うのか！」開いた口が塞がらない。郡役所所在地でもそうだったが、そっちでは学生と女子専門学校生が祖国防衛のために生産力をアップしようとは少しも思わずに、もっぱら土地と自由を語っていたのだ。労働者代表ソヴェートを飛び出すと、彼は思わずこう呟いた――この国には政府が二つもあるんだ、とてもこんなところではやっていけない、と。われわれはなんとか彼の興奮を鎮めることができた。落ち着いたところで、われわれはこう言った――ここひと月、統一を模索し続けて、どれだけのことが為されたかを話して聞かせ、今後の計画まで描いてみせた。彼は、これまでの事件の流れにはある一定の合法性があると確信し、こう〔言った〕。

「必要なのは知識、ただ知ることですな。それじゃわれわれは知識〔情報？〕を武器に彼らと戦いましょう。まずは数字を集める、それで、数字で彼らをやっつけましょう」

誰をやっつけるって？　誰と戦うって？　権力を奪取した学生とお嬢さんと、か？

フランスの連中は憲法までつくりながら、自分らが銃剣で追い出されるとは思わなかったのか？　彼らは信じていたのだ。

フランスだの十八世紀だのに何の関係があるというのだ。今こっちは軍隊にパンを送れと言っている――それだけなんだ。ぐずぐずするな、急いで実行しろ！

地主は労働者代表ソヴェートの置かれているところにはどこへでも足を運んだ――〔四語判読不能〕にも大学にもベストゥージェフ女学院にも。いずこも同じ空疎な理屈ばかり並べた。もうそんな理論なんかどうでもいいんだ、さっさと実行しろ！

▼五月九日〔フルシチョーヴォ〕

きのう冬が戻ってきた。畑は雪をかぶり、花をつけた木の枝が氷結した。父の形見の雨合羽を着たニコライ・ミハーイロヴィチ〔次兄のコーリャだが、他人行儀の呼び方である〕が、すっかり凍えて、わたしの部屋に入って来た。手には蕾をつけたサクランボの小枝。

「これで決まった。ほらこういうことだよ」

それは庭に対して抱いていた不安や心配が現実のものになったという意味である。ひょっとして、もう蕾は死んでしまって実をつけるどころじゃないのではないか、農民たちには、庭に入って何かするとか実を摘んだり枝を折ったりする理由もいわれもないのである。かえってそれで庭は救われるかもしれない。

「おまえ、どう思う？　この氷は零下ということかな、それとも零度のときだけ氷がつくの？」

要するに、彼は庭が凍結してくれたらいいと思っているのだ。そうならなければ、親が遺してくれた庭が無くなってしまうのは避けられないから。彼の願いは、ちょうど露日戦争のときロシアは負けたほうがいいと言うのが口癖だった、うちのかかりつけの医者と同じくらい強いようだ。

「普通じゃないがね、でも、そのとおりなんだ。僕に言わせりゃ、どうもそこには、その根底には、なにやら嘘が、公正でないものがある」

ニコライ・ミハーイロヴィチと薪の山のそばを歩いていて、ふと思い出した――きのう委員会で、薪の売買と無代徴発を禁止する決議がなされたのである。

「つまり、あれは僕らに燃料なしで暮らせと言ってるわけだね？」

「今年の分くらいは残して置いてくれるさ」

「じゃそのあとは、どうなるんだろう？」そう言って、彼は公園の方に目をやった。「でも、あんなモミじゃ、せいぜい一週間分かな」

それから彼はどんどん自分の考えを展開し始めた。そして突然、二人は決めてしまった――新しい公園のためには林檎の木を伐採して、生長の速い菩提樹に植え替えたほうがずっといい、と。

「新しい公園に生まれ変わるなら、惜しいとは思わない」

「でも失敗したら？」

しかし、少しも改良できずに、公園の先の土地みたいに、痩せたうえに（これは肥料不足と連作のせい）深い裂け目までできてしまったら、どうしよう？　いや、そんなことはあり得ない。どれもこれも土地の若返りを図るためであることは、はっきりしているのだから。

ヨーロッパへの不安。

戦争初期、東プロシアでサムソーノフ*が失敗したころ、それまでなんとなくぼんやり思っていたことが現実のものとなってしまった。その鉄の敵〔ドイツ軍〕が攻撃してきたとき、わが方にちょっとした間違い（明らかなミス）――土地と土地制度に関して――が生じたのである。そしてまさにそのとき、街道の、暮れなずむ地平線のあたりをさ迷っていた物憂げな目線のその先にひょいと姿を現わしたのが、自分の労働時間《ラボーチイ・ヂェーニ》を持つヨーロッパ人だった……

こっちの労働能力はひどいものだが、しかし喰うや喰わ

＊　アレクサンドル・サムソーノフ（一八五九―一九一四）はロシアの将軍。一九一四年八月十七（三十）日、東プロシア（タンネンベルクの戦い）で惨敗を喫したロシア第一軍の司令官。

ずの存在にも生存を保障してくれる熊穴から、われわれはじっと羨望の眼差しを送っているのだ……でもロシアに対するヨーロッパの国家群も、本質的には、大地主による巨大な経済を囲繞《いにょう》する零細な農民経済でしかないのである。

破産した旦那。

わが旧屋敷の別荘《ダーチャ》は、革命のために、大いなる神経の棘となってしまった。その神経を百姓たちがたえず逆撫でして苛立たせるので、こちらとしては革命をあまり歓迎してはいない。先だっても、備蓄していたライ麦を取られてしまった。そのうえさらに馬鹿々々しいやり方で、自分などよりよほど裕福な農民たちにまで配られてしまった。いずれ薪も同じ手口で没収されることだろう。わが家に郷〔の委員会〕を移すとかいう話も聞こえてくる。

クローヴァーの種は〔社会主義の新聞に〕記事を書いて稼いだ金で購入したのだが、彼らにとってそんなことはどうでもいいのだ。わが唯一の労賃はそんなふうにして出ていくのだけれど、そんなことは誰も気にしない。どうやら、土地はみんなのもの、いや土地のみか、こちらの、ものを書く才能さえもみんなのものと思っているらしい。母が造った庭だけではない、常々その独創性を誇る個人の才能まで公共の所有物と断じてはばからないのだ……大地はぐらっときたが、しかしこの庭は自分が天から取り寄せた樹木（天与の才）を植えて造った庭ではないか。これが本当に革命の目標だとでも言うのだろうか？

ボリシェヴィキの側からの声――「なぜおまえは自分の才能を資本化したのか？　おまえの著作集は資本であり、おまえの物語や記事はお金になっている。おまえは自分の才能を賃貸ししているのだぞ*」

「こいつは何者だ？」〔自分を〕指さして、百姓たちが訊く。

「旦那さ。つまり以前旦那だった男だよ。今は市民だがな。ついでに言えば、破産した〔焼け出された〕旦那ってことさ」

自尊心。

社会主義の政府がよく思われているのは、土地問題解決への希望が見えてきたためである。現代くらい卑劣な汚い時代はない。外面的には〈土地の一斉播種の必要性ゆえの秩序〉と見えるものが、内面的にはカオスの緊張〔切迫、不安状態〕だ。暗々裏に地主の土地を奪うことになっており、誰もが腹の中ではすでに〔地主の〕領地から可能な限り多くのものを持ち出そうと決めている。森の小枝を勝手に盗らないと村の委員会は請合うのだが、それはうわべを取り繕っているだけで、本当は妬みや嫉みからかなり滑稽な行動に出る。「地主は財産管理〔監視〕がなっていないようだ」などとコミサールが言いだす――「牛は夜分、自分の森に放すべきである！」ところが、夜中にそのコミサール自身が若木の多い林に自分の馬を放ったり、村の誰もが馬の群れを追い込んだりしているのだ。強奪という名のこの秩序の仮面はロシアの百姓の顔にぴったり合っている。そしてまさにこの一大事業を政府が実行するのである――仮面をはずさせ土地は国有財産なりと宣言することで。恐れているのは、土地（みんなの財産）が新しい仮面をかぶること。仮面の下でどの村もこう考えるだろう――これはおれの土地でおまえのではない、そうして村と村がナイフを研ぎ合う。現在、放水路は地主の所有物だ。したがって土地を所有する諸権利の廃止と同時に、郷委員会、警察その他の建設的行動の非常なる緊張が必要不可欠とされるのである。だが、それを戦争や飢餓や貧民《ゴリ》による嵐のごとき漸次的収奪の下で実行することはできない。最も可能性が高いのは、最も近い将来に連続して紛乱・崩壊が起こって、社会主義者たちも臨時政府も内部分裂し、農民と労働者が、村と村が殴り合いの大喧嘩を始めることである。

　製粉屋が言った――「あんたはロシア人というものを知らん。こいつばかりはどうにも手がつけられんよ、なんせ自尊心のかたまりなんだから」――「いや、逆だと思うよ」とわたし。「自尊心なんてほとんどないんだ」。互いに理解し合えず、言い合いになった。「なんでまた自尊心がないなんて言うんだね？」製粉屋は熱くなる。「この国は、みんなのためと言いながら、本当は自分のことしか考えてないのさ」。なのに、このあと唐突にわれわれは理解し合ったのである。「ロシア人には国家の利害というのがぴんとこないんだ」そう製粉屋が言ったとき、それまで黙ってわれわれの話を訊いていた陰気な顔の男（製粉所の手伝い）が口を挟んだ――「同志たちよ（これは粉屋とわたしへの呼びかけ）、きょうびは国家体制ゆえに獄に下ることもあるのです」。彼は明らかに国王と国家体制をごっちゃにしているので、わたしは彼にその違いを説明してやった。男はぼりぼり首の後ろを掻きながら――「でも、麻痺《パラリーチ》〔政治的麻痺状態〕がわが兄弟の心を鎮めてくれるんじゃありませんか」

　市民ロストーフツェワ。

　かつては自分の貴族身分を擁護していたリュボーフィ・アレクサーンドロヴナ・ロストーフツェワも、今では自己所有の森で薪を採るための請願書を郷委員会に提出し、書類の最後に〈市民ロストーフツェワ〉と署名するようになった。それは、召使の助言を受けて、彼女自ら実行した

＊　エッセイ「蜜の採取」（『森のしずく』と『プリーシヴィンの森の手帖』所収）。

のである。案の定、郷委員会は伐採を禁止しなかった。だが委員会は、彼女の恭順ぶりを知って、すぐに「森が国家全体の財産であると認める」決議をした。そしてその申請をきっかけに、三人委員会に命じて、ロストーフツェワの薪のストック具合を（薪の不足が事実かどうかを）調べさせたのだった。

　概して自分の土地に留まっている地主は、蝸牛のように身を縮めているが、ときどきはみんな（ナロード）のためと称して何かをし、なんとか調子を合わせていた。ところがある日を境に、つまり労働者・兵士代表ソヴェートから派遣されてきた兵士（演説家）の話を聞いてからは、もういかなる妥協の道もないこと、そもそも社会主義そのものがまったく理解不能であることを悟ったのである。

　郷の土地委員会。赤毛の道化《どうけ》者である〔議長〕は、何でもいいとにかく正当化の理由をでっち上げようと躍起になっており、町の土地委員会では、黒シャツに革バンドという出立ちの社会革命党員（エスエル）が復讐心に燃えた目で居坐っていて、上から何の指示もない、参った参ったとしきりにこぼしていた。

　五月の悪天候の日。

　嫉み深い奴隷、働かず、社会性（感情）の欠落した、百姓《ムジーク》と呼ばれる人間と、労働能力のない、教養不足の、非国家的利口者（知識人）とが、外国人たちの目の前で、社会主義共和国のモメンタリーな体制をつくるために手を結んだのである。

　放蕩息子は、父親を家から追い出すと、父たち祖父たちが築き上げた一切がっさいを自分の懐に仕舞い込み、あとは我関せずという顔をしている。

　五月だというのに恐ろしい吹雪を伴う暴風《ウラガーン》が三日も荒れ狂う。畑は真っ白、屋根も庭も雪に埋まってしまった——歩みを止めた春が急いで引き返したかのよう。われら住人には自然の歩調、つまり自然の自然な推移を変えることはできないとわかっているので、ただただ竈《ペーチ》の火を絶やさぬように、三日間、仕事もせずにお茶ばかり飲んでいた。ところで、そんな凄まじいウラガーンにも美〔なるもの〕はあり、それは通り過ぎていくだけだが、ペーチのそばにじっとしている者はただ取り残されていく。そう、取り残されていくのだ。ペーチの男はじっと坐って待っているしかない。誰がわれわれの邪魔をするって？（自尊心）その他。

　独裁。

　それでもやっぱり庶民の独裁は長続きしない。なぜなら、長い編鞭《ビッチ》の神の正義はあっても、真の正義を手にしているわけではないので。

信頼。

「あなたたちは臨時政府を認めるか？」――「認める」――「じゃあ、信頼してるか？」――「そりゃ、してますよ！」だが、モスクワからの客人（兵士）は言う――「われわれは政府がわれわれを重んじているあいだは信頼する、政府がわれわれを信頼しているかぎりは――」

〈市民のみなさん、追い出してください！〉

郷の会議室は行きずりの人や女子供でいっぱいで、むんむんする熱気と煙草のけむりで息もつけない状態である。ときおり議長が発言する――

「みなさん、これじゃ駄目だ！」

誰かが叫ぶ――

「同志諸君、どうかこの人たちを追い出してくれたまえ！」

「追い出してください、市民のみなさん！」

「同志よ、こいつらを掃き出せ！」

全員、部屋から出されるが、十五分もすると、また部屋は人で溢れている。そしてまた同じことが繰り返される。

「市民のみなさん、こりゃ駄目だ、全員部屋から出さなきゃ駄目だ！」

言うことを聞かないのは、後ろにいた二人の兵士――手無しと足無し、でぶと痩せっぽちが間断なく悪態をついている。

「おまえらはおれたちを追い出したが、おれたちはおまえらを社会の場から追い出してやる。やいおまえら、永久にのさばっていられると思ったら、間違いだぞ！」

この二人とは関わり合いたくないのである。

モスクワから来た客人が発言する――

「市民のみなさん！　われわれモスクワ守備隊の兵士はしっかりと組織されており、何もかも把握し、あらゆるものを読んでいます、われわれは外国語も知っています！」

百姓たちは興味津々だ――ほう、外国語を知ってるんだって！

「わたしは守備隊員としてみなさんに表明します――われわれの求めていることがうまく機能していないことにわたしは不満を抱いています！」

「うまくいってないってさ！」

「革命は起こりましたが、人間の知恵はまだ働いていないのです。はっきり言いましょう――あなたがたは市民ではない、ただの驢馬だ！」

議長は制止する――そういう表現は不穏当だ、やめていただきたい。

「驢馬と言ったのは、教養がない、教化が行き届いていないという意味です。今やわれわれの敵は飢えでもドイツ人でもなく、文化的教育的活動なのです、われわれが非文化的であるという事実なのです。ロシアそのものが無教育であり、それ以外の何ものでもありません！」
「あなたの思慮深いお考えをわたしも支持しますが――」と、議長。「本題に戻っていただけますか」
「本題に戻ります。地主の領地が計画どおりにしずしずと郷委員会に移行されなくてはなりません。木を伐ってはいけないし、自らにも禁ずること。もし誰かが伐採を始めれば、ほかの者も黙ってはいません、必ず争いが起きます！そうなったら、いいですか同志のみなさん、誰も信用しなくなります。わたしはモスクワ守備隊員として言っているのです。よろしいですか、地球は闘争のために造られたのです」

▼五月十一日

自分の人間観察の埒外で犯罪が起こっている。きのうは通りで商人が惨殺され、きょうは村で製粉屋の一家が皆殺しに遭った。こういうものを（社会の動きを見つめながらも）自分は自分の人間観察の範疇に含めない――社会はこの種の犯罪を釈放された懲役人のせいにするのだが。

どんな集会でも、村、郷、郡の町のどんな委員会でも、小人物イワン・ミハールィチとモスクワ守備隊員で大演説家のミシュコーフに出会う。

イワン・ミハールィチは生きる支えを見つけるために集会に行く。彼はどうしても、養蜂場のある自分の庭と土地、庭の周囲に何十か所かの草刈場のある若木の多い森を持ちたいのである。まわりの世界との心からなる調和を得ようと、町にある自分の家を売ったその金で、地主屋敷と養蜂場と小さな森を買い、クローヴァーの種を蒔き、牛と二頭の馬と羊を買い入れて、ほかに豚も何頭か育てていた。イワン・ミハールィチはすでに地上における幸をほぼ満たしかけており、あとは一デシャチーナの土地に蕎麦と、蜜を出すファツェーリヤの種を蒔くだけだったが、そのとき突然、革命が起こったのだった。すると、周囲の百姓たちが一斉に「ここは自分たちの昔からの土地だ」と言いだした。

古老のクジマーが村の寄合いでこんな話をした――「いま養蜂場になってるところは自分の親父のミローンが耕していた土地だ。そこにはもともと自分の家宅があった。今も古いオークが立っているが、それは昔のままである。その木はうちの先祖が植えたもので、親父のミローンはいつもその木に馬の首輪を掛けていた……」

はじめ農民たちはこの話をおとなしく聞いていた。そしてイワン・ミハールィチには――なんも心配ないさ。おまえさんはあの土地を自分の金で買ったわけだし、三人の子どもの分〔の土地〕もべつに問題はないとまで言って安心させた。しかし、イワン・ミハールィチは革命以来、心の平衡を失ってしまい、たびたび襲ってくるマロースと冷たい春（五月の吹雪）のせいで経営がめちゃくちゃになった。ライ麦はちぢこまり、燕麦もひょろひょろ、そのうち黄ばんできた。〔蜜蜂の〕採蜜量も激減だ。群れの半分がどこかほかの土地へ行ってしまった。肝腎なのは、イワン・ミハールィチが初めのうち、革命を神の裁き、地上への正義の出現などとして喜び迎えたのに、事が自分の財産に関わってきたとたん、言いようのない不安を感じるようになったことだった。彼は自問した——自分は何かしたのか、罪を犯したのだろうか。何の答えも返ってこない。自分は何も悪いことはしていない、なのに不安はいや増すばかり。

復活祭のころ、イワン・ミハールィチは自分の池に鴨撃ちに行った。そこで見知らぬ馬鹿者《わか》と出会った。「撃たせねえよ、鴨はおまえのもんじゃねえからな！」若者はそう言って指で威嚇した。「いいや、土地はおまえのもんじゃねえ、水や空気と同じくみんなのもんなんだぞ！」

イワン・ミハールィチは頭にきて、銃をそいつに向けたが、相手は少しも驚かず、ぐいとイワン・ミハールィチの肩を摑んで——「おれはおまえを逮捕する、村へ行こうじゃねえか」

寄合いが持たれた。若者はモーレヴォ〔エレーツ近郊の村〕の人間で、盗みを働いてしばらく臭い飯を食ったが、窃盗とまではいかないことがわかって釈放され、今では（舌鋒鋭く大胆な演説をするというので）郷委員会の議長である。その寄合いでイワン・ミハールィチは、ミシュコーフ〔若者の名〕が鴨撃ちの邪魔をしたうえに土地はみんなのものだと言い、自分を逮捕したことを話した。そしてミシュコーフに向かって——「誰がおまえにそんな権限を与えたんだ？」と言うと、相手はこう言い返した——「それが演説の力ってもんさ！」百姓たちは彼に全権を委任したことを認めた。「じゃ土地はみんなのものなどとおまえに教えたのは誰だ？」—「しかし、それはそのとおりだろ！」百姓たちも、じっさい土地がみんなの共有物であること、ミシュコーフが徒に鴨を驚かしたこと、を認めた。そしてこんなことまで言い添えた——もう盗みも暴力も必要ない、それはこの前のストライキで牢にぶち込まれたからよくわかるだろう、何事も静かに穏便に仲良くやっていかなくてはいけない、と。これにはミシュコーフも同意して——「確かにそれはしっかりと自覚しなくてはいけない、旦那の土地は冷静にしずしずと農民の手に移さなくてはいけない。それは、彼らにとって（そう言ってイワン・ミハールィチを指さした）いいからではなく、下手すれば分け前をめぐって村と村が衝突するからであります」。百姓たちはこの分別臭い演説がことのほか気に入った。結果、ミシュコーフはお咎めなしということになり、イワン・ミハールィチのほうは「鴨は〈必ず〉戻ってくるから心配するな」と言われただけだった。そうして敵同士は何事もなくそれぞれの家に帰っていったのだった。

ミシュコーフが農民たちに語った長い演説の中でイワン・ミハールィチの心に突き刺さったのは、こんな言葉だった——「わたしが鴨を驚かしたのはイワン・ミハールィチの食糧を奪うためではありません、地球が造られたのは闘争のためだということを示したかったからです！」この言葉についてイワン・ミハールィチはいろいろ考えた。そして考えれば考えるほど、どうかなってしまいそうになった。魂がしんそこ揺さぶられたと言っていい。なぜなら、彼はいつもそれとはまったく正反対の考え方を、つまり地球は平和と静寂のために創造されたわけだし、闘争というのは寒い北風や嵐のようなもの——嵐が大気の停滞から生まれるように、人間の闘争の根っこには不幸が存在する——そう思っていたからである。

そういう思いから、イワン・ミハールィチは村の寄合いで地球の平和と静寂について語ってきたのだ。すなわち土地（地球）は必ずや霊の安らぎのためにナロード＝土地所有者の手に移譲されるべきであり、そうしたことはすべて憲法制定会議後に実行される、全民衆はその会議において初めて声（意見）を持ち、自らどうあるべきかを正しく判断するだろう、それまではひたすら忍の一字で待つのみ、と。イワン・ミハールィチの主張は大受けだった。だからこそ郷委員会の代表に選ばれたのである。なんといっても彼は読み書きができたし、常に正しく身を処していたので。

それで少しはイワン・ミハールィチも晴ればれした気持ちになった。しかしそれでも、寒さのせいで蜜蜂の巣箱にガタが来たり、ナイチンゲールが（喉の詰まったような声しか出さず）少しも歌わないのに気がつくと、喜んでなどいられないと思い直した。するとにわかに不安でいっぱいになった。地球は闘争のために造られたという考えが頭から離れなくなってしまった。フートルはどんなことがあっても手放したくなかった。でも、どうしようもない。あらゆる新聞に目を通し、平和のための戦いに備え始めた。〈併合と賠償金なしの和平〉という言葉の意味をめぐって、長いこと頭を悩ました。だが、甲斐がなかった。わざわざ町まで出かけ、社会革命党員（エスエル）の学生ヴラドゥイキンに問いただした。学生は時間をかけて説明してくれた。地球儀まで持ち出して帝国《イムペーリヤ》の何たるかを弁じてくれた。言葉の意味は、頭ではわかるのだが、少しも心に響いてこない。学生はイワン・ミハールィチの心に大きなわだかまりがあるように感じた。それでしまいには吐き捨てるようにこう言った――「あなたはAを言い出すとBが必要になる人なんです、〈平和《ミール》〉を言い出せば、すぐに〈併合と賠償金なしの和平《ミール》〉になってしまう」

暖かな一日。イワン・ミハールィチは乾いた道を村へ。人びとも教会にやってくる。あのミシュコーフも。墓地では例によって例のごとく、自分のまわりに馬鹿者たちを集めて、イイスス・フリスト〔イエス・キリスト〕と聖母と奇蹟者ニコーラは放っといていいが、坊主その他の神の僕どもは教会から追い出さなくてはならないなどと演説をぶって、みなを混乱させている。女たちは目に涙を浮かべて、イワン・ミハールィチの方へ寄っていく。彼にミシュコーフの演説の内容を聞かせようというのだ――臨時政府は聖なるもの〔聖者やイコン〕を完全廃止しようとしてるんだと。イワン・ミハールィチは首を振りふり、しきりに女たちを宥めにかかる。それから自分は教会へ――とりあえず堂内へ。心から平和の祈りをしたいと思うのだが、どうしても頭から〈併合と賠償金なしの和平〉が離れようとしない。

「世界に平和を《ミールゥ・ミール》！」輔祭が朗誦する。

「ふうむ、併合と賠償金なしの和平《ミール》のことだな……」と、イワン・ミハールィチは思う。とたんに、顔がきらきらしてくる。そうだ、そうなんだ。併合と賠償金なしの和平こそ世界の平和ということなんだ。

▼五月十四日

ナガーフキンはロシア人の姓だ。どうりでこの一族は人間に向かって犬みたいに吠え立てる《ナガーフカチ》〔動詞でワンワン吠えるの意〕わけだ。そのため未来永劫この苗字を負うことになった。ところでこのナガーフキン、とんだイカサマ男なのである。彼は町人町に住んでいて一見、商人ふうだが、どうだろう？ 革命の始まった二十七日以来、連日、演説する奴が来るようになり、昨晩も演説をぶちながら、誰がブルジョアか誰がプロレタリアかを分別しだすと、そのナガーフキンが吠えるように言った――「ところで、仲買人はどうだい、ブルジョアかい？」――「もちろん――と演説家は答える――ブルジョアだ！」――「では、二つの林檎とマッチ箱を臍にのせて運ぶ奴もブルジョアかい？」――「そいつも仲買人だからブルジョアに決まってる！」――「じゃ、おれもそうか」――「おまえこそブルジョア中のブルジョアだ。工場や〔自分の〕家やいろいろ持っているからな」。ナガーフキンはポケットから書類の束を引っぱり出すと、どうぞと言って、領収書らしきものを渡す。それらを同志たちがつぶさに調べる。石油発動機――質入れ、皮革――質入れ、建物――これも質入れ。ナガーフキンが言う――「これは工場、こっちが家だ」。見ると、家も抵当に入って、しかもすでに更新だ。それからスーツ、長靴、婦人用のバーヌースと、出てくるわ出てくるわ。「女房はまだ質に入れてないが、さて同志のみなさん、どうかね、これでもおれはブルジョアかね、それともプロレタリアかね？」同志たちはちょっと思案しちょっと議論したところで、また二つの林檎とマッチ箱を臍で運ぶ男のことを思い出し、あれはやっぱりブルジョアだという結論に達する。しかし肝腎のナガーフキンについては何も決めることができなかった。そういうわけで、相変わらずチョールナヤ・スロボダには皮革工場の持ち主が自分の持ち家に住んでいて、ライ麦の山を崩したり、卵の買い占めをやったり、古い銀製のココーシニク〔セーヴェル地方の既婚女性の被りもの〕を溶かし直したり、死んだ子羊や犬の皮を引き取ったりと――何かしら仕事をしているが、誰もこの男がブルジョアなのかプロレタリアなのか、何ひとつはっきりしたことは言えないのである。

▼五月十五日

パンテリーモン・セルゲーエヴィチ！[*1] 国会の臨時委員会代表としてわたしをオリョール県へ行かせようというあなたの思いつきに、ついお礼を言うところでした。というのは、それが自分にぴったりの役目だと思っていたからです。ですから、はじめこそどの町や村でも望まれた客人だったわたしは、自分をその無党派的立場を佳しとして派遣してくれた人たちの指示に従って、どこでも話をしました。臨時政府を認める党も、同じくわたしにとっては近しい存在なのです。そういうわけで、どの村でも平穏なうちは万事順調にいったのですが、どうもわたし自身の三十二デシャチーナの土地がある郷〔ソロヴィヨーフスカヤ〕では、何ひとつうまくいかなかったのです。

知っていただきたいのは、その三十二デシャチーナのうち耕作されているのは二デシャチーナずつ八つの畑に分割された十六デシャチーナだけで、そこにはクローヴァーの種が蒔かれました。残りの土地は、伐採済みの森の近くと、亡き母が丹精込めた庭の隣、それと菜園の近くにあります。

子どもたちがまだ小さいので、月五十ルーブリで人を雇っています。概してフートルはかなりの赤字経営ですが、収入にはさほど関心のないわたしは、村や母が造った庭で過ごす生活そのものが気に入っています。わたしは、このささやかな財産が自分を〈人民《ナロード》の敵〉にするとは一度も思ったことがない、ましてや土地の農民たちは、かつてわたしのことで彼らにうるさくつきまとった巡査をよく憶えており、こちらが監獄に入れられたことだって聞いて知っています。中にはわたしの書いた記事や本を読んでいる者もいるわけですから。まさにそんな自分の古巣で、わたしは自分にとって大事な使命を果そうと大いに期待していました。でも結果はすべて裏目に出てしまいました。身内で分け合ったその領地（ほんのささやかなものですが）を、農民たちはわたしひとりが全部相続したと勝手に思い込んでいたからなのです。話がややこしくなりましたね。でもそれは昔、父が農奴制支持者の貴族から買い取った土地なのです。そして今、土地と自由のためのナロードの闘争のこの時機《とき》に、これまでのこと〔過去〕が一気に雪崩のようにわたしという存在に降りかかってこようとしているのです。

　なにやら狂気じみた演説家たちが本物の地主とわたしの名を一緒くたに論じている状況を、ひとつ思い描いていただきたい。わたしが自己弁護を始めれば（確かにそれをやりました）、ああやっぱりこいつは地主を擁護していると彼らは思うでしょう。あるいはわたしが社会の無政府状態から政府と法律を護ろうとすれば、むろん彼らはそれをわたしが地主や自分の家宅を護るためと解釈《と》るでしょう。それはすぐにわかりました。こちらが口を閉ざしているうちは大丈夫でしたが、しかし事ここに至って、わたしは自分の生まれ故郷でついに取り返しのつかない状況に陥ってしまったのです。

　どうしてそんなことになったのか、お話しましょう。あるとき、わたしのところに村の寄合いの代表というのが、聖職者をどうすべきかと助言を求めてきました。その聖職者は巡回〔説教〕で二度ばかり『血まみれニコライ』[*2]という言葉を口にしたらしいのです。その聖職者をわたしは知りすぎるほど知っています。物静かな、たえずびくびくしている、大家族の、暮らしに打ちひしがれた人物です。どうしてそんな人間が血まみれニコライのために闘うというのでしょう――三十年も同じ土地で皇帝陛下の話をしてきたのですよ。わたしは言いました――「なにか勘違いしたのではないかな」――「いいやあれは意識的なものだ」と代表が言います。「奴〔ニコライ二世〕ばかりか、嫁〔アレクサ

＊1　パンテレイモンが正しい。パンテレイモン・ロマーノフ（一八八四―一九三八）は小説家、劇作家。トゥーラ県の没落貴族の出。活躍したのは革命後の十年ほどで、短編小説を数多く書いた。

＊2　血まみれニコライ――皇帝ニコライ二世のこと。一八九六年五月十八日の戴冠式での大惨事（モスクワ郊外のホドゥインカでの大量圧死事件）、一九〇五年一月九日の「血の日曜日」、打ち続いたデモやストにおける大弾圧など、彼の治世下ではそう呼ばれるに相応しい血にまみれた事件が多かった。ことに「血の日曜日」事件を機に、国民がツァーリに対して抱いていた〈親愛なる父〉というイメージが大きく損なわれた。

ンドラ皇后〕のことも世継ぎ〔アレクセイ皇太子〕のことも口にしたぞ」。神父が血まみれニコライを口にするや、教会一帯が騒然となった。飛び出していった十五名の兵士が教会周辺でかなりの乱暴を働いたそうです。で、騒ぎに巻き込まれなかった者たちは、これは新たなクーデタだ、そうにちがいない、それじゃまたツァーリのために祈らなきゃ――そう理解したのでした。

　さあどうしよう。つまり神父は間違いをやらかした（とわたし自身は感じている）が、彼を擁護すればこちらの身の破滅です。代表が言いました――「あなたはドゥーマから派遣されてきたのですから、どうか寄合いでこれをどう扱うべきか話してくれませんか」。困惑しながらも、わたしは、とりあえず寄合いに行こうと道を歩いていました。ニキータ・ワシーリイチ爺さんがぼんやり石に腰かけていたので、「あの坊さん、本当に〔教会の〕大扉の前で皇帝の名を口にしたのかね？」と訊きました。すると爺さんは「とんでもねえ。坊さんは〈我らが父よ！〉を唱えて、あとは〈真の皇帝〉と、それから〈大国ロシア〉を口にしただけだよ」――「そうか、じゃ一緒に寄合いに行って、真実を話そうじゃないか、ねえ爺さん！」

　寄合いでわたしはニキータ・ワシーリイチの脇を突いて――さあ爺さん、言ってやってくれ。あれは坊さんが〈我らが父よ！〉を唱えただけだ、と。

「じゃあ、坊主は何のために女房〔皇后〕やほかの奴らの名まで口にしたのか？」

「そんな名前なんて出てこんかった」とニキータは言い張りました。「坊さんは〈我らが父よ！〉と唱えただけだ、それだけさ」

　みなが大声を張り上げる。議論が始まったが、結局、聖職者を審査にかけようということになって、ようやく騒ぎは収まりました。「よし、では一週間後の日曜日、原っぱで祈禱会を開こう。そこへ村の代表たちを出席させよう」。それまでこの一件は持ち越しとなりました。

　今、あなたに知っておいてもらいたいのは、自分がこの十四日の祈禱会までどうしていたかということです。その間わたしは村の郷委員会にも町の集会にも出ていました―――心に大きな不安を抱きながら。しんじつそれはこれまで一度も味わったことのない心の揺れでした。

　大地が横たわっている……その性質上、最も実り豊かな大地です。でも細分化され耕され過ぎて、しんから疲弊した大地です。その上っつらを人間がいかにも面倒くさげに犂《すき》ではじくり、下の方では悪魔が自分の窪地《オヴラーグ》を耕している。何もかもずたずたにされ、細かく分けられ、惨めな窪地に成り下がって、やがてすべてがその中へ崩落していくのです。黒土が、石が、灌木の幹や枝や蔓が、道路が、百姓家さえ、その割れ目に落ちていくのです。この大地の海には、祝福された小島が幾つも浮かんでいる。それらは窪地や人間の悪意に取り囲まれた地主たちの家屋敷です。

歴史が未知なるものに向かって大ジャンプをしました。人間には、地主屋敷に通ずるその扉がこの世の天国の扉のように映っているのです。だが、地理学は真率にして不可侵の学問、唯ひとつのことを承知しています——この世の天国の夢を抱いてアダムは開け放たれた扉から出ていくこと、家屋敷もやはり窪地めがけて飛び込んでいくこと、そしてそこへよその国の人間がやって来て、あらゆるものを鉄の鎖に繋ぎ……〔だからわたしは今〕じつに大いなる不安を抱きながらこの地上を〔さまよって〕いるのです。

わたしの人間観察を越えたところで犯罪が頻発していきます。きのう、通りに面した商人たちの家が焼かれ、きょうは村で製粉屋の一家が斬殺されました。どこかの教会が略奪に遭ったというのに、司法権はまる一週間もそれを知らずにいます。なぜなら、それをどこに知らせたらいいのか誰もわからないからです。ここずっと警察は機能していません。この種の犯罪を自由になった懲役人におっかぶせてきた社会——わたしはそんな社会をずっと見続けてきました。

自分の人間観察のこちら側では、どこへ行っても、とにかく追い越すか先にやるか説得するか制止するかしたくなるような人間に出くわします。ずばり申し上げると、社会主義者＝革命家（エスエル）がこの追及劇ではすでに極右勢力で、こんな調子です——「同志よ、もうやめろ、考え直せ。〈他人のものはおれのもの、おれのものはおれのもの〉だって？　本当にこれが社会主義か？」

周囲をつくづく眺め、相手の意見に耳を傾ければ傾けるほど、〈疑念が湧いてきて〉こう自問せざるを得なくなります。いったいこの不安はどこから来るのだろう——やはり革命をものにできず、自分を捨てることができないためなのか？　才能も教育もある人たちが、一般民衆とは一線を画して自分の家屋敷を護ってきた地主階級と本質的には同じような身の処し方をしてきたためなのか？

われわれは祖国の滅亡に思いを致しただろうか？「教育のあるインテリも学生も信じるな！」——これが民衆の中で日ごとに大きくなる呼びかけです。聞いていると、すぐに家に帰って、本も原稿も焼き捨てたくなってくる……でも、あの顔、あの醜い顔、顔、顔に取り囲まれたら、あなただって、ああ自分は民衆の中にいるんじゃない、演説家たちが会議の席で互いに〈同志諸君！　市民のみなさん！〉と呼び合っている深いふかいオヴラーグの割れ目に落っこちたんだなと感ずるにちがいありません。

わたしは彼らに政府への信頼が必要であること、新しい閣僚についても話をします。なんといってもあの人たちは社会主義を打ち立てようとしてきたのですから。「わしらは信頼してますよ！」と、オヴラーグから彼らはわたしに向かって叫びます。では、政府が新たに出した森と薪に関する新しい法令ですが……彼らは一斉に声を上げて――「いや、そりゃ駄目だ、木材は渡さんぞ！」――「それじゃ都市の人間はみな凍えてしまう」――「そんなこと、わしらの知ったことか、どっかほかから採ってくればいい」――「でも、そのためには貨車が要る」――「探しゃあ見つかるさ！」――「ということは、おたくらは政府を信頼していないんだ？」――「いいや、わしらは信じてるぞ。政府がこっちを信じるくらいはこっちも向こうを信じてる！」まあこんな議論はいつものこと――地球は鯨の上に、鯨は水の上に、水は地球の上に、というわけです。だが注意しなければいけないのは、どのオヴラーグの人間も自分のオヴラーグしか見ていないのに、あたかも自分が地球全体を見ているかのように話すという点なのです。

この話はこれくらいにして、先に書いた例の〈審査の祈禱式〉に戻ることにしましょう。町を出て、村のその原っぱへ向かいながら、わたしは不安とやりきれない気持ちでいっぱいでした。教会の真向かいの放牧地に着いたのは、昼の二時。見るとそこには、赤旗みたいに聖幡《せいばん》が掲げられていました。聖幡には〈自由ロシア万歳！　ジヌは消え失せろ！〉などという文句が並んでいます。どの旗も同じ文句（ただし〈地主はくたばれ！〉ではなく、ジヌシをジヌと略しています）です。老神父が教会から出てきました。ほとんど生きた心地もない表情で、弱々しく短いお祈りを始めました。審査員たちは、じっと穴の開くほど彼を見つめ、祈りに聴き入っています。わたしは、こりゃ駄目だ、まずいと思いました。これはお祈りの場ではない、まるでキルギスの天幕にでも坐らされているような――山羊を屠るために砥石でナイフを研ぐ主人をぐるりと囲んでみなが神妙に食事を待っている――どうもそんな雰囲気でした。神父はしかし徐々に落ち着きを取り戻し、お勤めにも熱がこもってきます。声にもはりが出て……と不意に、「勝利を！　真の皇帝に……（ああ、これは参ったぞ！）……大国ロシアに……勝利を……」。そしてまたしても（審査の祈禱式だというのに！）、〈我らが父よ！〉をやってしまったのです！　どよめき。ぶつぶつ不満の呟き。哄笑。とても可哀そうで、不快で、なんて馬鹿なと思いました。山羊の首は切り落とされてしまいました。

肝腎なのはそんなことではない、ぜんぜん違います。要するに、われわれは大地の上ではなく、大地の割れ目（オヴラーグ）の中にいるのだということです。そしてまさにそこで、先に少しばかりお知らせしたような不運が生じたのです。生まれ故郷で今、自分の存在意義を失くしてしまうようなことが起きています。まことにぶざま、不体裁この上ないが、でもその前に大事なことを言わせてもらおうと思いました。心がずきずきしだしたとき、わたしは彼らに向かってずばり、ロシアは滅びるし、いま自分らは互いにナイフを研ぎ合っているのだ、と言いました。それを聞いて、村の女たちはひどく驚き、動揺して、すぐにわたしに「どうしたらいいのか教えてください」と訴えます。すると、ひとりの兵士が――「こっちの話を聞きなさい、どうしたらいいか教えるから」。一瞬にして静まり返る。みんなが兵士の方に身を乗り出しました。

「この地主（わたしのこと）はあんたらに脅しをかけてるんだよ！」―「わたしは地主じゃない、十六デシャチーナしか持ってない」―「同じことさ。彼はあんたらを脅かしている。ひとを脅かすのはよくない、働き手を雇うのもよくない。自分で耕したらいいんだ」―「わたしは社会活動〔派遣された仕事〕をやめる、自分の畑は自分で耕す」―「彼の仕事は兵士に任せよう。あとは自分で耕してもらおうじゃないか。同志のみなさんはわたしを信じてればいいんだ。アメリカには石油で動くプラウ〔耕耘機〕があるんだが、そいつを彼に使わせちゃいけない。彼には昔からの犂《ソハー》で耕してもらう」―「もちろんだ、犂で耕してもらおう！」百姓たちは繰り返すばかりです。

彼らの気分はすでに兵士の方に傾いています。わたしは声を詰まらせながら、こう言いました――

「わたしの所有物が問題で、そのためにわたしのことが信じられないなら、わたしはそれを放棄します。わたしの財産を今すぐここで受け取ってください。ただしひとつだけ条件がある――それを分割配分しないこと。全部まとめて没収すればいい、菜園も庭も家も馬も牛も土地も。しかし分割しないように。共同で耕し、わたしがやってきたようにやってください。もし分割したり分配したりすれば、隣村の人たちも分け前をくれと言いだし、それを断われば不幸が起きるでしょう」―「そうだ、たしかに不幸が起きる！」みんなその意見に賛成だ。そんなわたしの決意に気圧されたように、今度は全員、わたしの側につこうとする。

「同志のみなさん」と、さっきの兵士が口を挟みました。

「そんな意見に呑み込まれちゃなりません。わたしには彼の考えていることはすべてわかっています。みなさんが土地を受け取ったりすれば、この地主はあとになってみなさんを訴えるに決まっている。いいですか、こっちは彼の腹の中などすべてお見通しなんだ」――「そうだ、たしかにやりそうなことだ！」――「同志のみなさん、彼の太鼓腹をハリネズミが走り回っているのです、そうとう悪賢い人間ですよ、この地主は！」――「そうだ、べんべん腹のハリネズミだ！」男たちはげらげら笑っています。

もちろんわたしも一緒になって笑いました。どんなにまずく不利な立場に置かれても、素晴らしいロシア語〔の表現〕に目のない自分は、その場を離れることなんてとてもできません。

そこでわたしは兵士に言ってやりました――

「ハリネズミはきみの太鼓腹の上にいるんじゃないのかね。きみは人間を信用しないのだから」

このひと言がそうとう気に触ったのです。兵士は怒りだしました。

「同志のみなさん、インテリを信用しては駄目です、教育のある連中を信じちゃいけない。彼が地主でないなら、彼には土地は不要です。彼は自分の教養でまわりの人間を誑《たぶら》かしているのです！」

「そうだ、そうだ！」

「だが今、われわれモスクワ守備隊の兵士にはすべてが明らかになりました。われわれはちゃんと組織されているし、今では外国の言葉だって知っています！　併合《アネクセイション》と賠償金《コントリビューション》なしの和平とはいったい何を意味するのでしょうか？」

「それは世界の平和ということだ。わたしだってそれを望んでいる」

「聞きましたか？　彼はまたしても鬣《たてがみ》の長い奴ら〔馬→長髪→聖職者〕の方へ種馬の方へみなさんを引っぱって行こうとしているのだ。だが、われわれモスクワ守備隊は、このことから、われわれの敵がドイツ人ではないことをはっきりと知るのです」

それから彼は、前線のロシア兵とドイツ兵がすっかり仲良くなった話を長々としました。そしてそれに一二年〔一八一二年の対ナポレオン戦争〕のパルチザンのような惚れぼれした顔で聞き入る百姓たちを見て、こちらはただもう驚くばかりでした。兵士に対する愛情が次第に募っていくのがわかります。これがこの三年、自分の息子をドイツとの戦いに捧げてきた人たちなのです。わかりますか！　都市ではそういったことは頭脳〔つまり社会主義者〕から起きてくるのですが、しかしここにいるのは、読み書きもできない村の衆なのです！　万感の同意を示すこれら群衆の中で、わたしは驚きをもって、一時間もその兵士の演説に耳を傾けていました。ここでは、都市で見られるような、ドイツとの戦いを叫ぶ声などひとつも聞くことができません。

「同志のみなさん——演説家は続けます——地球（大地）は闘争の場なのです、闘争のために造られたのです！」

「そら、もちろんそうだろ！」

「いいですか、われわれの敵はドイツじゃない、イギリスなのです」。（今度はイギリスになってしまいました！）

そこでわたしはちょっとだけ喰らいついてやりました——ドイツ人たちとそんなに仲直りしたけりゃ、それでも構わない。しかしなぜまた敵〔イギリス〕をつくらなくてはならないのか、と。

「なぜかだって？　同志のみなさん、いいですか、それはイギリスに隷属するインドという国があるからです。インドはロシアより大きい。したがって、もしわれわれがイギリスと対決すれば、インドはわれわれと手を携えるだろうからです」

またまた驚くべき観察である。これまで噂にもならなかったインドという存在を誰もが知った瞬間でした。もしインドを持ち出したのがわたしなら、誰もそんな国があることすら信じなかったでしょう。しかしそれを口にしたのは兵士でした。インドを信じない者などいるわけがありません。

要するに、わたしの臨時委員会代表としての任務はこれでお仕舞いということです。兵士がひとりの百姓にこんなことを言ってます——地主の土地は〈計画的かつ冷静に奪取〉し、憲法制定会議*までにそれを分配する、その方面の法律はできている、と。妙な話だ。「おいおい、そんな法律はどこにもないぞ、そりゃ机上の法律だよ」

わたしは口を挟みます——「〔憲法制定会議まで〕せいぜいあと三か月だよ。どうして待てないんだろう？　政府内には社会主義者がいるのに、なぜその政府を信頼しようとしないのかね？」それに対して兵士は——「政府がわれわれを信頼すれば、そりゃわれわれだって政府を信頼するさ」

そしてすぐにその場で、地主に雇われている労働者を地主から取り上げ、地主の土地を没収・分配すると決議してしまいました。「彼らの牛が没収された庭に入り込んで騒ぎを起こしたときは、ただちにその牛を追い出すこと、計画的かつ冷静に実行し、雇い人たちを解放すべし！」

どこか奇妙な、ある人物の表情が、眼前にちらついています。そばかすだらけの、見たことのある丸顔、青い上着、

＊　憲法制定会議——二月革命後、リヴォーフの臨時政府は憲法制定会議を召集するための特別審議会を設けたが、閣内の対立で準備が進まず、当初九月に予定された選挙と召集は十一月に延期されてしまう。

履いている胴皮の長靴がちょっと小粋にぴかぴか光っている。どこで見かけたのか、どこからやって来たのか——さっぱり思い出せない。草原を出て、もうそろそろ帰ろうかなとあたりを見まわすと、またしてもその男がわたしのあとからついて来る。うちの中庭だ。ひょいと振り返ると、まだいる、どころではない、一緒に家に入ろうとする。「こんにちは。おわかりになりませんか？ モロトニョーフです、ほら、町方に住んでるモロトニョーフですよ……あなたは政府の味方ですよね。有り難いこってす。あたしも政府擁護の立場をとっとりますが、でも心の中にね、新種の病原菌《ミクロープ》が見つかっちゃって……」——「いったい何の話です、モロトニョーフさん？」——「あたしは恨みがましい人間だから、それでどんな人にでも訴えるんですよ。木材関係の仕事で暮らしを立てていますが、手付〔金〕を払おうにも、奴らがあたしの森の伐採権を取り上げてしまったもんで……その、すっかり資本《カピタル》が無くなってしまいました。ま、それで腹を立ててるってるわけで。これはあなただけに言うのですが、あなたは政府を擁護している、政府の味方だ、あたしもね、仲間を募ってるんです。むこうも人を集めてる、こっちも人を集めてる、つまりナイフを研いでるってわけで！ ひとつ力を貸しちゃもらえませんか？ あたしは、恐ろしいんです。心の中にミクロープが巣食っちまったんで、新種のミクロープがね！」

モロトニョーフ某のあとから兵士がひとり、こちらはちっぽけな土地の所有者で、凍りついた花の小枝を手にしている。[*1] その顔は輝いています。林檎の木は花をつけたまま凍りついてしまったのです。したがって「収穫はないだろう。こいつはいい！」とひとり悦に入っています。敗北主義者。彼は自分の庭が大好きなのです。それをひとに貸し出そうとしたら、きっぱりと断わられてしまいました。監視する者がいなければ林檎の木は折られてしまいます。でも、花が凍ってしまえば庭は無事——そんなことを考えているのです。「あなたのところでも——と、今度はモロトニョーフが言う——これは噂ですが、あたしに巣食ったのと同じミクロープが発生したとか……ということは、どこにでもいるんですな、この生きものは！」

どうやらこの男、わたしをも自分のミクロープ仲間に入れてしまったようです。それでわたしは今こうしてじっと坐って決断を下そうとしているのです。あくまで私有財産を護りミクロープの心で生き続けるか、それともみんなにこう言うか——受け取らないなら、勝手にしてくれ、こっちは何もかも捨てて家族と町へ引っ越したっていいんだ、と。どうしたらいいのか、今はまだ判断がつきませんが、それにしても、あの兵士、なかなかうまいことを言ったも

のです――〈きょうびは物持ちの太鼓腹の中をハリネズミが走り回ってるんだ〉

▼五月十九日――ミーチング

村の女たち。

「ミーチング[*2]って人をこの目でちゃんと見たんです、はい。黒いぼさぼさ頭がガラガラ声で怒鳴ってましたね――『おいみんな、地主の奴らの土地は好きなだけ奪《と》っていいぞ』なんて。

『そうだ、もちろんだ。奴らはいっぱい持ってやがるからな。なんでも、〔一八〕一二年に、あるフランス人はモスクワのはずれの方の土地をいっぱい遺していったらしいぞ』

『町はずれなら〔土地は〕どこにだって有り余るほどある』

『どこの町はずれにもあるってか！　でもおめぇ、そんな遠いとこの土地、どうやって引っこ抜いてくるだよ！』

『そんなことわけねえさ。町はそのうち廃止になる。もう無くなるんだ。どの土地も百姓たちで分け合って、この世は百姓だけになるんだよ。皇帝や皇后の代わりに、なんでもブレシコ[*3]とかいうのを選ぶそうだ』」

馬なし農民。

そのとき、馬を持たない農民たちが集まって話し始めた。

「土地なんか要らねえ！」馬なし男たちは一時《いちどき》にばらばら勝手に喋りだしたが、いずれも言ってることは同じだった――土地なんか要らん！　わしら馬を持たん人間は主家〔の旦那〕に食わせてもらってる、一サージェン耕して八グリブナだ。土地が無くなったら、誰がわしらに食わせるちゅんだよ。金持ちになった百姓がか？　冗談じゃねえや。そんな野郎はくたばりやがれ。柳の皮みてえに生皮を剝がれっちまう。土地なんか要らねえ。そんなものどっかへ消えちまえ！」

独身者の声。

革命の時期を通してどんな政党にも属さなかった人間の声が聞こえてくる。誰もその孤独な声に耳を傾けない。男は滅びかけている。なんせ単独者だから。だが、時を経て、人びとはその声を聴くことだろう。そしてそこに磔にされ

＊1　明らかにこれは、前に出てきた次兄ニコライ（コーリャ）の姿。でも、兄は兵士ではない。しばしば日記に書き込まれる「作家」の人物スケッチである。
＊2　英語のmeetingのこと。集会。この外来語を村のこの女性は人名だと思い込んでいる。
＊3　革命婆さんのブレシコ＝ブレシコーフスカヤ。

た神の声を聞き知るだろう――「われのもとへ来たれ、凡《すべ》て労《らう》する者、重荷を負ふ者、われに来たれ、われ汝らを休ません」〔マタイによる福音書第一一章二八節〕。

大地と人間の町から。

▼五月二十日――タヴリーダ宮殿への手紙

パンテリーモン・セルゲーエヴィチ!

どうか国会の臨時委員会へ伝えてくれたまえ。わたしはもうオリョール県の委員会の全権（代表）から降りようと思う。この仕事はもうわたしには無理です。わたしはソロヴィヨーフスカヤ郷共和国の捕囚にすぎません。

あなたは〈オリョールはずたずたにされた頭〔首長〕、エレーツはあらゆる盗人《ぬすっと》の親父〉という俚言を知っておく必要がありますよ。世にこれだけの作家を輩出してきたこの県は最も土地なき（耕地不足の）国であり、社会的諸関係という意味からはおそらく最も疲弊した地域です。エレーツ郡は最も耕作地の少ない郡であり、オリョール県ではソロヴィヨーフスカヤ郷はエレーツ郡中最も土地なき土地、そしてわたしのフートルはソロヴィヨーフスカヤ郷中最も耕作地の少ない二つの村の間にあるのです。シバーエフカ、キバーエフカと呼ばれるその二つの村は、互いに何世紀にもわたって敵対関係にあります。シバイ人〔シバーエフカ村の住人〕には旦那みたいな（横柄で、人を見下すような）ところがあり、キバイ人〔キバーエフカ村の住人〕もまた国家的人物であるかのごとく振舞う人たちです。

シバイ人とキバイ人はわたしのちっぽけな土地に対して似たような野心を抱いています。もしキバイ人の誰かがうちの土地に馬鍬《まぐわ》を入れれば、シバイ人は間違いなくその男を窪地《オヴラーグ》に突き落とすだろうし、逆にシバイ人が〔うちの土地を〕鋤き始めたら、やはり同じことをするはずです。わたしの母が五十年以上もなんとか領地経営をやってこれたのは、じっさい彼らのこの烈しい不和反目のおかげだと言ってもいいのです。

今次大戦中〔一四年十一月一日〕に母は亡くなり、わたしに十六デシャチーナの耕地と庭〔母の造園〕を遺してくれました。ひとつ想像してみてください。その素晴らしい庭園と菜園と十六デシャチーナの立派な耕地の所有者であるわたしが、なんとなんと、臨時委員会の代表としてシバイ人とキバイ人のために一肌脱ぐよう要請されたのですからね。まったく、なんという巡り合わせでしょう! 彼らは恐ろしいほど疑り深い人間たちです。近ごろ彼らに対し、自分たちの村の教会の鐘楼からの眺めと国家的見地の相違について説明がなされたのですが、彼らが「そりゃどういう意味だ?」と騒ぎ立てました。それで、「国王が追われたんだ、だから同志たちよ、おたくらはわれわれを再び国家的見地に立たせたいとそう思っているのではないのかね?」

まあでも、概して初めのうちは順調に事が進んでなかなか面白かったのでした。いま地方の暮らしは駄々っ子が自分のものを投げ散らかしている状態なのですが、同時にそうしたことがすべて現在ペトログラードでつぎつぎ起こっている政治的攻撃に完全に倣っているような印象さえ受けます。二、三週間後、その波はわれわれの足下にまで達するでしょう。そして地方でもたちまちその小型化した事件を繰り返すようになるのです。

もうどんな代表団も要りません。仲違いせずペトログラードでお互いうまく生きていくことです。そうすれば、われわれのほうもうまく具合よくいくのです。でも、いいですか、もしそちらに不和や摩擦が生じれば、派遣された現地の代表団こそいい面の皮です。平和と慈悲のスローガンを掲げて革命は起こったのです。キバイ人たちはオヴラーグを迂回してようやくシバーエフカ村に集合しました。

委員会の命令に従って、わたしはまず彼らに、わが国にはいかなる二重政権も存在しないことを説明しました。彼らもそれには大満足です。新聞がなかなか届かないので、ペトログラードがすでに二重政権下にあるのかどうなのか、わたしにもわかりません。

キバイ人とシバイ人には村委員会と農民代表ソヴェートはくれぐれもちゃんとした〔まともな〕人物を選ぶようにと言いました。ここ数日、オヴラーグを挟むこの二つの村はまるで蜂の巣をつついたような有様です。そしてこの間にわたしはペトログラードから嫌な情報を受け取りました。シバイ人たちがキバイ人のことでわたしに苦情を持ち込んできました――キバイ人がソヴェートへの代表に刑事犯を選んだというのです。わたしはそれは駄目だ容認できないというメモをソヴェートに送りました。それに対してキバイ人は、代表者が刑事犯でもわれわれは構わないと言ってきました。なぜ構わないのかと厳しく問いただしたのですが、そんなことはここではよくあることだとわかっただけでした。

町の法律の専門家たちが、そうしたことは革命下では合法的でさえあり、フランスでもそうだった(曰く、泥棒はいつだってそこらの農民たちよりはるかに知的である)と

＊1　オリョール県出身の有名作家はイワン・トゥルゲーネフとニコライ・レスコーフ。
＊2　シバイもキバイもそれぞれの村の住人たちの俗称。シバイは仲介者、ブローカー、博労を、キバイは暴れ者、喧嘩好きを意味する。

わたしに説明してくれました。あれこれ質問攻めにしたあとで、わたしは、選出された代表者たちの犯罪行為などぜんぜん取るに足りないとわかって、ほっとしました。その後は何事もなく過ぎていきました。順調そのものです！

もちろん、わたしはじっとしているわけではない、郷委員会や郡委員会をいくつも回って歩いています。いずれどの村にも、郡委員会が組織された、郷安全委員会、村安全委員会、農民代表ソヴェートができた、都市には農民同盟が設立された、と報告してくることでしょう。

ちょうど今ペトログラードから不和反目の波が及んだところです。どこの委員会もコミサールや役所の長を召喚して、新人の選び出しにかかっています。委員会の会議は、少数派を多数派に従わせて強引に全会一致を要求する政治集会に一変してしまいました。

今やどの郷も、政府の命令も他の郷や郡の決議も完全に無視した（つまり自由に好きなことのできる）独立共和国に変貌しつつあります。

うちのクローヴァーの原へ今、馬に乗った村の坊主《ガキ》どもが向かっています。近隣の村から女たちが総出でうちの林に入っていくところです。播種を終えたばかりのうちの畑を通って行くのですが、そこで何をするかと言えば、勝手に木を伐ったり草を引っこ抜いたり薪を運び出したりするためなのです。自分の薪を守るためにわたしは郷委員会に足を運びました。「みなさん、あなたたちはこの委員会で、土地所有者も農民も薪には手をつけず、それを国家の所有物とすると決議したではありませんか。そのため、それについての政府からの命令もそんな法律もないことを知っているのに、わたしは村の決議に従ったのです」。すると、モスクワから新思想を持ち込んできた兵士が——「どうして法律がないんだ、これが法律じゃないか！」と言って、タイプ印刷されたナントカ党の綱領を読み上げたのです。

わたしは党間の違いを、今でも自分が信じている政府の戦術と命令によって説明しようとしました。無駄でした。社会主義者たちが加わった新しい政府についても話をしました。まったく無駄でした。そうした情報がまだ村には届いていないので、彼らは信じないのです。一方、兵士はわたしのあとで、例の〈地球は闘争のために造られた〉、盗られたものを盗っただけであるという大演説を二時間もぶったのです。そして最後に、いよいよ戦争は終結する、われわれのいちばんの友はドイツ人、敵はイギリス人なりと総括したのでした。

もちろんキバイ人もシバイ人もわれわれも、外国の政治問題の運命を決することはできない、わが国では外国語もむなしく響くだけです。しかしわたしを恐怖させるのは、キバイ人とシバイ人がまず間違いなくわたしのわずかばかりの土地をめぐって烈しく争うだろうこと、旦那シバイ人が国家キバイ人を移住させ、逆にキバイ人はシバイ人を追い出す決議を採択するだろう、ということです。もうそろそろ休耕地に犂を入れる時がやって来ます。他人の畑を耕しに出かければ、彼らは必ずそこで取っ組み合いの喧嘩を始めることでしょう。

「土地の略取と分割に取り組もう！　いいですか、罰当たりなことをやってはいけない！　あくまで〈計画的かつ冷静に〉地主から雇い人たちを解き放たねばなりません！」そんな演説を盛んにぶちながら、そのとき兵士は、わたし（こっちだって労働量《ノルマ》を持っているのに）や人を雇っている農民土地所有者たちに地主のレッテルを貼ろうとしました。こちらの言い分などまったく聞こうとしません。なぜなら、わたしを土地所有者で政府の側の人間だと思っているからです。

全員心ひとつ意見もひとつであるかのように見えます。くれぐれも誤解のないように。そんなことはないのです、うわべを取り繕っているだけです。心中は反目が一触即発の緊張状態にあるのです。あるとき、集会から帰る道みち、いつでもみなと同意見という農民と一緒になったことがありました。その男は小さな声でわたしに――「おたくは初めのうちこそいい話をしたみたいだったが、なんでまた最後はあんなに支離滅裂になりましたかね？」と言いました。「そりゃあ、うまく行きそうもないことを強行すれば、逮捕されるか半殺しの目に遭うからね」――「そりゃぶちのめされる、もちろんそうだ、でも、なんで政府はおたくにカザーク兵を送ってよこさないんだろう？」――「カザークをだって？　とんでもない。まったく、何を言いだすんだね。わたしはまるひと月も話をしてきたじゃないか。こうした仕事はすべて合意の上に成り立っているんだって」――「それは無理ですよ、わが兄弟を鎮めるのは政治的麻痺しかあり得ない！　まあたとえば、ここじゃ昔からシバイとキバイがこうして肩を並べて暮らしているわけだがね……」

次の日、うちのお手伝い〔女〕が急に、自分もほかの使用人もここをやめるように言われてると言いだしました。どうしたらいいのでしょう？　男の使用人は馬無し百姓なので困っている、ほかの馬無したちも泣いています、とても辛い、と。いま一デシャチーナ三十〜四十ルーブリで耕している、全権力が百姓の手に移ったら、いったいどうなることか。「土地なんか要らん、土地なんか消えちまえ！」そう叫んでいます。……土地所有者がやって来て、まるでヤマナラシの枝みたいに身を震わせています。しかし誰よりもひどい状況に陥っているのは、わたし自身です。使用人を奪《と》られようとしているからです、そろそろ休耕地に犂を入れなくてはなりません。もし自分たちが耕さなければ、キバイとシバイがやって来て必ず取っ組み合いになるでしょう……昼も夜も家族のことを考えています。育ててきた木だって――林檎や菩提樹は叔母さんやお婆さんのようなもの。みんな大事なのです。土や大地のさまざまな夢は、小さいころからずっと読んできたトルストイやウスペーンスキイやレスコーフやトゥルゲーネフによって育まれてきたのだし、家を建てるときのあの苦労だって……ああしかし誰かにそれを渡すことができるなら、そんなことは何でもない、たやすいことです。でも、渡せる〔伝える〕相手がいない。郷委員会に？　郷委員会が村ソヴェートを通してシバイ人に渡せば、キバイ人は黙っていないでしょう。何もかもずたずたにされてしまう。たぶん略奪し合ってお仕舞いでしょう。出口はひとつ――わたしが自分で耕し、妻が乳を搾り、子どもたちに放牧させればいいのです。

有り難いことに、家族はみな元気ですから、ここの農民たちに負けないくらいの仕事はできます。しかし自分が派遣された本来の目的は、法秩序の理念《イデー》は、どうなってしまうのでしょう？

土地を所有する普通の農場経営者《ファーマー》として、わたしは二枚刃の犂で森まで続く長いながい犂道をつくり、妻は薄粥《クレーシ》を煮て、子どもたちも牛の世話をする。シバイもキバイもこりゃ驚いたという顔で、オヴラーグの両側からこちらを見ることでしょう。彼らは、まさか、こりゃねえぞ、面白くなってきたわい――そう思っている。でも、その「まさか」が起これば、面白いことなど何もない。わたしとしてはとにかくひたすら畝を起こしていくだけだ……

まずいのは、郡内で犯罪が頻発していることです。

ひと晩家を留守にするのも、今は危険なのです。私有地にはりついて、自分はもうほとんど囚われの身だ。おまけにシバイもキバイもわたしが耕すのをあきらめるのを待っている。彼らは互いに（できたら）良質のちょっとした土地を奪ってやろうと手ぐすね引いて待っているのです。土地と自由の社会主義の夢*を抱きつつ、今わたしは自分の所有地の十字架にかけられようとしています。

なんとかしてすべてが一変しないかと期待しています。わたしには土地の所有権を放棄して逃げ出すこともできるのです。少しはいい兆しもあることはあります。たとえばきのう、老婆がわたしにこんなことを言いました――「戦争はもうじき終わりますよ。息子からの便りに、ロシアの兵たちがドイツ兵を攻めて断固追い出すという誓いを立てたと書いてありましたから」。新しい波はまだこの村までは達していないと思います。夜、寄合いの席でわたしは言ってやりました――「村の女や子どもたちがひどいことをしている。〔せっかく種を蒔いて育てている〕クローヴァーを踏みつけたり、〔若い者は〕勝手に森に入って薪を運び出したり……なぜそんなことをするのか?!」ところが意外なことに、いきなりそこで全員が異口同音に――「そんな奴はとっつかまえろ!」と叫んだのです。これにはびっくりしました。「じゃあ自分で捕まえるにはどうすればいいのかね?」すると、「なに、棍棒で殴りゃあいい、頭をぶち割ってやれ!」

照準が髪の毛一本ずれても的は大きくはずれます。いま首都での真理《イースチナ》にわずかな偏差が生じても、こちらでの兵士の演説の中身はまるで違ったものになってしまうのです。そうです、首都でそんな演説を聞いた素朴で無口な兵士は、だから村にやって来ると、それこそ手榴弾みたいに破裂するのです。兵士は暗愚な村の頭〔首長〕たちに向かって生半可な外国語を宗教的セクトの激越な口調をもって投げ散らかします。その外国語には一つの意味――略奪と無政府状態――しかありません。その手の演説が、国外での略奪ではなく国内での略奪をあまりに情熱的に奨励アピールするものなので、聞いてるこちらはただもう呆気に取られてしまいます。さらにおかしなことには、その国外での略奪行為の否定が百姓たちの頭の中では国内での略奪行為の肯定みたいに読み取られている。もちろんそれは、われわれの敵が外国ではなく自分たちの内部にいることがわかったからです。対独戦と思っていたものが内を向き始めて、今や国内戦になりつつある――そういうことなのです。

▼五月二十一日――トロイツァ〔聖神降臨祭〕

新しい土地。

往年のリベラル新聞〔「ロシア通報」〕は、その最良の能力をすべて私的財産にして未だに生き永らえているが、あまりな略奪風景に激昂する小所有者のような心境にある。古くからの土壌に根を張っておのれの才能を発揮してきたほどの人間なら、むろん誰でも腹を立てている。ミーティングには日夜、都市周辺の土地を奪おうと画策している演

＊　土地と自由の社会主義の夢――ゲールツェンやチェルヌィシェーフスキイの思想を受け継いだ青年たちは、一八七四年に〈人民の中へ《ヴ・ナロード》〉の運動を起こしたが、農村では受け入れられず、その失敗を踏まえて、七六年に革命の結社〈土地と自由《ゼムリャー・イ・ヴォーリャ》〉が生まれた。抽象的な社会主義を説くのではなく、すでに民衆が自覚している具体的な要求――〈土地と自由〉を掲げて再び農村に入った。農民には受け入れられたが、当局の弾圧はいっそう激しさを増した。土地と自由の社会主義の夢は一八七〇年代後半にピークに達した。

説家たちが決まって顔を揃える。こうした状況から脱するには、新たな土地で新たに自分の才能を組織化する必要がある。いや、それしか道はない。

ドイツの計画。

都市と農村を問わず成功を収めるには、国内の土地は略奪の対象にしても他国の土地には手を出さない——どうもそういうやり方がいいようだ。前者では民衆《ナロード》への土地貸与、後者では和平と労働者〔敵に連行されたロシア人〕の帰還だ。これは非常にわかりやすい。戦争初期、人びとは敵を国家の外に思い描いていた（当然だ）が、あちこちで敗北を喫してからは、自分たちの敵は内なるドイツ人であることに気づいた。そのうちいちばんの敵はツァーリだが、それは引きずり降ろされた。ツァーリの次に引きずり降ろされたのが旧くからの支配層で、現在ではすべての土地所有者が打ち倒されようとしている。だが土地は資本《カピタル》とは不可分のもの。それで資本家たち——内なるドイツ人たちが打ち倒されようとしているのである。彼らとともに一掃されかけているのは〈組織化された〉才能の私的〔部分〕、すなわちブルジョア・インテリゲント（知識人）だ。所有物の全面的破壊のあとに新しい時代がやって来るだろう。破壊者たちは、内なるドイツ人がわれわれ一人ひとりのうちにも個的に存在することを理解し、その事実をしかと見届けるはずである。そのとき、悲劇の最後の幕があくのだ。そして悪賢い奴隷が主家に這入り込んで主を殺し、主のものを喰らい、主の寝床に〔主人づらして〕横になるのだが、しかし主の料理ではもはや満腹感を得られない。休息すら取れない。聖書には痩せ牛が肥えた牛をがつがつ喰らう話が出てくるが、痩せ牛は食っても食っても痩せたままだ。

結び目。

いま社会の先頭を切っているのは破壊者で、せっせと私有財産の略奪を説いている。破壊者は裸虫だから、何も恐れない。彼を駆って先頭を走らせようとしているのは、実質的にマテリアルな財産を有する者たちではなく、組織化された才能を持つ者たちだ。それに続いて、自分がこれまで理性と良心に従って生きてきたと自負する小所有者たち、続いて大所有者たち。目下拘置中の、他人の不幸を喜ぶ底意地の悪い連中は、ドイツ人に期待する目をその追尾劇から離すことなく見守っている。それ以外は青い目で空を眺め、新しい世界の到来を心待ちにしている——いったいこのうちの誰が人びとの心を〔権力を〕摑むのだろう、誰が結び目をほどくのか、と。

閣僚たちは、首都のソヴェートや大会ソヴェートに県の郡の郷の村のそれぞれの委員会に向けて演説をぶっている。一方、そうした大会、ソヴェート、委員会では、さまざまな自称大臣たちも演説しまくって、ロシア全体がぶってぶってぶちまくるが、誰も何も実行しない。ただただ反対意見を述べる人間たちの連続集会と化している――それも大臣室から農民代表村ソヴェートまで。

なかでも驚くべきは女のバザール、自由市場の女たちである。

権力と静寂あるいは従順。

オオタカが入江のカプレアヤナギの枝にとまっている。なんという水の青だろう、雲と小魚たちを映して、なんという水の静まりようだ！　しかし水深はせいぜい二ヴェルショーク〔九センチほど〕で、水車はイカレてしまった。もはや流れるものもない泥の上を蛙たちがぴょんぴょん跳ねている。そんな静寂と従順の鏡にわが身を映しながら、権力は、おのれを限りなく強大なもの、その静寂と従順とを限りなく奥深いものと見なしていた。水車を回す水などとうに無くなっているのに、どの蛙も自分を大臣だと思い込み、ぴょんぴょん跳んでは、ひっきりなしに、それもえらく得意げに、外国語の単語を差し挟むのだ。

聖神祭。

きょう、教会のそばで〈ミーティング〉があった。そこで〈灰色大臣たち〉はおそらく雇われ労働者を地主から解き放つ（その地主の中にわたしも入れられているのだが）ことを決議するのだ。それが、レーニン[*1]、ラズームニクその他のマクシマリストたち[*2]の唱道宣伝の成果なのである。

略奪の結構な面は、〔空を飛んでいるツルを約束するのではなく〕シジュウカラを手に取らせること〔先の雁より手前の雀〕であり、まずい面は、都市へのパンの供給を阻害し耕地面積を減ずる結果になることである。いずれにせよ、農民同士の殺戮と現に存在する〈プロレタリア〉独裁の強化増大（当然そうなる）にしかつながらない。戦々恐々、物持ちたちは少しもじっとしていられない。

もしきょうパーヴェルがやられなくても、あした自分は

＊1　ウラヂーミル・イリイーチ・ウリヤーノフ（筆名レーニン）（一八七〇―一九二四）の名が初めて日記に出てきた。レーニンが亡命先のスイスから封印列車でペトログラードへ帰還したのは四月十六日、翌十七日に「四月テーゼ」を発表。「四月テーゼ」とは、ボリシェヴィキの指導者レーニンが革命の戦略・戦術を述べたテーゼ。一）二月革命で成立した臨時政府は資本家の政府であり、これを支持しない。二）帝国主義戦争である世界大戦には絶対反対、「革命的祖国防衛主義」にも反対。三）ソヴェート権力の樹立をめざす。

＊2　最大限綱領要求主義者とは一九〇六年に社会革命党（エスエル）から独立した一派。半無政府主義的極左社会主義者のこと。

村の安全委員会にこう申請するつもりだ――「うちのフートルから雇い人のパーヴェルを解放するという噂を耳にしましたが、わたしは現在、国会が定めた職務に就いており、近々に首都へ戻らなければなりません。しかし家族とフートルを放って置くことができないので、家族の社会的安全を保障しかつまた雇い人を取り上げない旨を認めた証明書の発行をお願いしたい。もし委員会がそれを容認されないときは、自分はただちに公務を停止したうえ雇い人を解雇して、わたし自らがフートルで働く所存です」

事態はいっそう緊迫してきた。正直いって、雇い人はどうぞ勝手に処分してくれという心境になった。そういうことになれば、自分が旦那ではないこと、自力でやっていけることが誰の目にも明らかになり、とどのつまりは自分への信頼と敬意を勝ち取ることになるだろう。(仕事は深夜まで続く苦役になるが)存外、自分はうまくいくと確信している。

トルストイの説く〈農作業による魂の救済〉は自分にはわからない。非精進食を塩漬け胡瓜に改めても正教徒にはなれないように、キャベツづくりで魂を救済することはできない。だが、こうした過渡期には、原始人にとっていちばんわかり易い農作業を闘争の手段にするのはいいことだ。

自分にはどうも、年に一デシャチーナを耕す農業従事者の誰もが現在の農業労働についてしっかりした考えを持っているとは、とうてい思えない。彼らの土地への渇望は自由とゴキブリ状態からの脱出への渇望だということ。赤い大臣たちは気づいていない――あまり社会主義の風が吹いていないこと、現在どれだけの圧力が〈インターナショナル〉[*1]からかかってきているかということに。まるで認識がないようだ。今にインターナショナルの偶像はひとつにまとまって巨大なものに変身する。それでもわが同胞は(呑気なものだ)外国の社会主義者たちに向かってこう言いだすだろう――「おまいさんたちはただ頭ン中で考えてるだけだが、なにロシアじゃもう成し遂げられてしまったよ。わが偉大なロシアはおまいさんたちの理想のためにえらい犠牲を払ったのさ。だからな、これからはわれわれのやり方に倣ってやったらいいんだよ」。外国人は言い返す――「なんて馬鹿な奴らだ! 愚か者には神を拝ませよ、額を床に打ち付けて、勝手に血だらけになっとれ!」

闘争、この冷ややかなる女房。怜悧なる打算もて戦の場に出でし未来の勝利者、亭主よ。未来の勝利者は激せよ熱く熱くなれ。女房は氷のごと冷ややかなるゆえ。

暴力。

現在、無政府状態《アナールヒヤ》と呼ばれているのは、見たところ、その言葉の真の意味とは正反対のものであるようだ。アナーキストは、外的〔外国の〕権力や巡査のみならず、その大本の、すなわち他者の人格を管理する権利、強制、暴力をすらも憎しみの対象にしている。ところが、今すでにわが国に根付いた感のあるアナールヒヤに特異なものは、誰もが巡査の役割を担いたがっている点である。これはかなり強い欲求だ。彼らの演説を、オウムのように繰り返す外国語の単語、あの衣装、あの略奪への呼びかけを聞いていると、すべてが自らの人格の拒否、強制・暴力へのアピールなのである。

ちょうど今、わが家の窓の前を、赤旗を掲げた村人たちが通っていった。〈ミーティング〉が始まるのだ。どっかの町で略奪してきた服を着ている者、そこらにあったのを適当にはしょってきた者、農民用の長靴からフロックコートまで、いやシルクハットを頭にのっけたり、鍔広の帽子をかぶった若い娘たちさえいる。娘たちの中には新品の上スカートが雨に濡れないよう裾を浮輪のように太腿までたくし上げたのも何人かいる。あれでもし天気が崩れれば、日に三度も化粧直しをしなければならないだろう。たぶんそんな習慣は主家の乳母《ニャーニャ》たちによって村に持ち込まれたものにちがいない。

演説家がどんなに口角泡を飛ばそうが、どんなに巧みに外国の言葉で地主や〈ブルジュイ〉[*2]への憎悪を掻き立てようが、それはどれも彼ら自身のものではない。猿真似根性と強制・暴力の気風としか思えない。

今は過渡期なのだと言われるだろうが、いついかなる時も過渡期なのである。サルからヒトへの過渡期だと言ったほうがより正確かも。われわれはもうはっきりと自分の目で、人間の起源がサルであることを知っている。

▼五月二十三日

自由はじつにさまざまに理解されている。それについて考えるには実験が必要だ。リトマス試験紙を使って、その自由の試験紙がどれだけ赤くなったか見なければならない。それは理由のわからない精神状態を示すもの――ヒトは歌をうたうが、なぜ歌うかのかはわからない。今は誰も愚痴

＊1　インターナショナル――政党その他の団体の国際的な連合組織。国際労働者同盟。第一インターナショナル（一八六四―七六）はマルクスらによりロンドンで創設、第二インターナショナル（一八八九―一九一四）はパリで創設、第三インターナショナル〔共産主義インターナショナル＝コミンテルン〕（一九一九―四三）はレーニンらによりモスクワで創設されたが、一九四三年に解散。

＊2　ブルジョア階級を蔑んだ言い方。

をこぼさない。多くはただびっくり仰天しているだけで、愚痴をこぼす人はいない。人生は面白い。

　いま多いのは自由の蝶を追いかける男の子たちだが、新たに自由を喪失した大人たちも同じくらいいる。

　フェドートがリーヂヤ〔長姉〕を〈からかっている〉――「耕すだって！　嫌ですね、耕しませんよ。もう耕すだけ耕しましたからね。そりゃあなたのとこで暮らしていきますが、耕すのはもういいんです。ぜんぶ耕しちゃったし……」それに対して〔リーヂヤ〕が言う――「だったら、これからは誰かが耕すのね？」―「自分のためならいいですが、でもね、わしら、もう他人のためには耕しませんよ」

　ルィソフカ村の住人はまだ生きている――これまでどおり。ここには外から何も入ってこない。ドゥーニチカ〔従姉〕がアルセーニイ〔未詳〕を連れて、わが造反中の郷にやって来たが、さすがにその無法ぶりには怖気《おぞけ》をふるっている。すぐに事態を呑み込んだアルセーニイのひと言――「いやぁ、この村はまだ闇の底に沈んだままなんですね！」

　草刈りのときだったか穀物の収穫時だったか、地主が雇い人たちとうまくやれずに彼らに頭を下げなくてはならなくなった。それをきっかけに地主は権力を失い、いっとき百姓たちのほうが旦那になったのだが、そのときの状況が今の政府のそれとよく似ている。さまざまなソヴェート権力下で、労働者、兵士、作男〔日雇い農夫〕たちは一丁前に気取ったりもったいぶったり人をからかったりしている。

「おれたちは他人をあまり信用しねえよ。せめてヴォトカでもありゃあなぁ。でもヴォトカは無しだ。そんで権力のほうも弱《よえ》えってわけさ」

「変性アルコール[*1]でいいんだ。くれねえか。そしたら働くよ」そんなことを言う。しかし、地主の家には変性アルコールも無い。変性アルコールはいわば権力だが、残念ながら、その権力は政府にも無いのだ。

　演説する兵士は外国の政治について百姓たちに――今はよその国の土地を奪うことなく行動する必要がある、とそうと語ったすぐあとで、国内政治においては他人〔地主〕の土地を略す必要ありとの国政の綱領を読み上げて、「この綱領の条目は合法だ」と言い募るだろう。そこでコミサールも負けずに言う――

「そんな法律がどこにある！　もしそれを合法だと言うなら、きみらは政府を信じていないのだ！」

「どうしてそれが信じないことになるのか！」兵士が叫ぶ。

「われわれは政府を信じてる。政府がわれわれを信じるかぎりは、われわれだって完全にあっちを信じてるぞ！」

　すると、ミーティング参加者も声を揃えて――

「あっちがこっちを信じるかぎりは、こっちだってあっちを信じるのだ！」

　領地の終焉。
▼五月二十四日
　自分をアメリカ大草原の農夫のように感じている。こちらの黒人（シバイとキバイ）は、わたしに悪感情を抱いている――このカオスに法〔と秩序〕を持ち込むと言って。

　内なるドイツ人。彼らは地主（翻ってわたし）のうちにそれを見ているのだが、こちらとしては彼らのうちに、キバイとシバイの間に不和反目の種を蒔いたあの兵士＝レーニン主義者[*2]を見ているのだ。それで自分をその内なるドイツ人の軍事捕虜みたいに感じている。

　代表者。

　百姓たちの道に迷った支離滅裂。彼らを混乱の只中へ追い込んだのは兵士である。ミーティングを終えたその足で、彼ら（総勢三百人余）は、地主のスタホーヴィチの雇い人たちの解放へと向かったのだが、変なことになってしまった。労働者の解放が目的だったはずなのに、勝手に温室や庭や屋敷の中にまで這入り込んでしまったのだ。スタホーヴィチのお嬢さんが出てきて群衆に話しかけたので、なんとか足が止まった。彼らは混乱し、何がなんだかわからなくなり、しまいには、やっぱり土地問題の解決のためにペトログラードへ代表を送ろうということになった。

　それでその代表に何が起こったかというと――

　ペトログラードから戻ったので、ミーティングで彼の話を聞くことになった。代表は話そうとするのだが、しどろもどろでさっぱり要領を得ない。いったいどこへ行って、何を見てきたのか、何を聞いてきたのかと詰め寄られて、代表は――「行ってきたよ、いろんなところへね。何もかも見て何もかも聞いてきたが、何も話せないんだ。すっかり忘れちまった」。代表はずいぶんとっちめられたが、何も出てこない。翌日まで持ち越しということになり、またミーティングだ。しかしどうにもならない。代表の男の頭の中はぐちゃぐちゃになり、ただもう〈忘却とは忘れ去る

＊1　消毒用ないし工業用のアルコール。
＊2　レーニン主義者という言葉が初めて使われたのは、ロシア社会民主労働党がボリシェヴィキとメンシェヴィキに分裂した時期（二十世紀初頭）。これは『何をなすべきか？』（一九〇二）や『一歩前進二歩後退』（一九〇四）に表われたレーニンの党組織論を（特殊なイデオロギーとして）拒否しようとする文脈の中で、メンシェヴィキの論客がよく使った。

ことなり〉。本当に何がなんだかわからないのである。でも、持たされた旅費が四十ルーブリ！　こいつをどうしよう？　村人たちは大いに頭を悩ませた。その挙句が「逮捕しろ！」に衆議一決。それにしても凄い代表がいたものだ！

▼五月二十八日

どうするのが一番か？　家も土地も捨てて、町に小さな家を買うのがいいのか？　町の食糧事情はここより良くないが、しかし家族が一緒である。ここではなんだかエスキモーたちと暮らしているようで、あちらとこちらの間には目に見えない不可侵の境界線が引かれている。

▼六月三日

村の女たちはいよいよ厚かましくなってきた。傍若無人を絵に描いたよう。まず森に積んであった薪と草の山をばらばらに切り崩すと、今度は庭の方に廻ってきた。嫌な予感。薪を狙って（それを密造酒《サマゴン》造りに使おうという魂胆だ）中庭へ侵入。そしてあっと言う間に家の中へ。図々しいにもほどがある。で、こんなことを宣う——「おたくの菜園に種を蒔きたいんだけど……おたくの鶏に卵を抱かせもらっていいかい？」

▼六月六日

百姓づらの法人たち。権力の必要性がどうのと盛んに叫び立てるが、誰ひとり喜んで権力に従おうとは思っていない。いや、欲しいのは単なる力でない、隣人には鞭を、自分には管理支配のための権力をと思っているのだ。支配する側は支配されたがる者たちを求めており、支配されたがる者たちは自分を管理支配する者たちを求めているのである。

かつてわたしはロシア帝国に住んでいた。そこは、蜃気楼の多く見られる、まるで際《きわ》なき際のステップのようだった。南と〔東〕には黄色がかった山並み、西には広葉樹……

今、わたしの存在そのものがソロヴィヨーフスカヤ郷すれすれの境界にぶら下がって揺れている。新たに共同体《オープシチナ》が起こって、法人なるものが出現した。子どものころからよく知っているイワンやピョートルやシードルが法人の顔を持つに至った経緯を観ていると、ぞっともするし、また滑稽でもある。

見てのとおり、ここらはどこもオヴラーグである。それでも樹を育てていた。わが村ではもう何十年も森番を雇ってきた。森番の暮らしはまずまずだったと思う。彼は牛を飼いそれを町で売り、豚や羊も所有していた。今、わがソロヴィヨーフスカヤ共和国はわたしに森の使用を禁じている。森は国家の所有物ということにされたのだ。

わたしは明らかに不正とわかるその法をすら遵守している。決定以前は自分の森から自由に薪を運び出していたが、以後は枝一本持ち出していない。なのに、国有財産と決まるや、村の女たちは森から勝手に薪を持ち出している。それはどこの木かと訊くと、女たちは国の木さと平気な顔して言う。

二週間後、森は森でなくなった。そこの木がサマゴン製造のために使われていることを、わたしは知っていた。見過ごせないので、村の集まりの席で、国有財産の横領を指摘した。壁ぎわへ追い詰められた百姓たちは、逆に責任をわたしになすりつけて、こんなことを言った――「わしらな、おたくが薪を採ってるのをこの目でちゃんと見とるんだがね――（それは国有化になる前の話じゃないか！）わしらはイワンとピョートルとパーヴェルを共同体と委員会の合同の〔犯罪〕調査委員に指名したぞ」。その三名はいずれも旦那の小作をやっていた者たちだが、今ではなんとなんと法人身分なのである。法人たちはさっそくわたしに対し――「いつもとまったく同じ手口で薪を持ち出したのは所有者自身である」との判断を下す。そのため、この日以来、家畜の畑の踏み荒らし並びに窃盗・横領行為は（それが目撃されれば）すべて所有者自身の仕業ということになってしまった。

大地と人間の町から。

いかにしてソロヴィヨーフスカヤ郷の百姓たちの指と指の間から土〔地〕はこぼれ落ちていったか？

グリニーシチェからこっちではキバイ人が、あっちではシバイ人がスタホーヴィチ家の土地といちばん豊かなクローヴァー畑を虎視眈々と狙っている。クローヴァー畑に家畜の群れを放ってめちゃくちゃにしたうえで、みなしてそこを分配し改めて鍬を入れよう――そんなことを考えている。

だが、思いついたはいいが実行できない。〔一九〕〇五年のように、旧体制に戻るようなことになったらどうする？キバイとシバイが分配をめぐって揉めたらどうする？それもまた心配の種だ。

町へちゃんとした信頼のおける人物が派遣された。百姓のトリーフォンだ。読み書きはできないが、それはまあ大した問題でない。その代わり彼には百姓らしい太くてごつい腕がある。そんな頼りになる農民の指の間から、いくらなんでも土〔地〕はこぼれ落ちまい。

そのトリーフォンが村に帰ってきた。集会では窓の近くの椅子に腰かけた。誰かが演説を始めた。

トリーフォンは黙って聴いている。

「同志諸君、わしを信じてくれ。わしがAと言ったら、必ずわしはBと言うのだ」

すでにトリーフォンはその第一声に引っかかってしまった。いったいあれは何のことを言ったのかな？　謎めいたその言葉の意味を解こうとする。そうしているうちに、次の演説家が何やら言いだした——

「土地は神のものです！」

次の次の演説家がそれに突っかかっていった。

「土地は神のものなんかじゃないぞ。みなさん、土地は誰のものでもないのです！」

「誰のものでもないって？　ふむ、そりゃあそうだ」トリーフォンは頷き、改めてあの謎——〈もしわしがAと言ったら、必ずわしはBと言うのだ〉に戻ってしまった。トリーフォンは目に一丁字《いっていじ》もない人間で、そういう謎を解くのは困難だったが、しかしたいそう几帳面な性格なのである。それにしても、集会所の環境が悪すぎた。安煙草のけむりをしたたかに吹っかけられて、頭の中が曇ってしまった彼は、お腹の上に掌を当て、土〔地〕がこぼれ落ちないように指と指をしっかり絡ませた。さらにぐいと顎を引き、額に皺まで寄せた。とにかく謎を解かなくてはと必死に脳漿をしぼった。

彼がこっくりこっくりしだしたのは煙草のけむりのせいだったが、いちばんの原因はやはり謎に満ちた演説家の文句だった。つい眠ってしまったが、土塊《つちくれ》はずっと掌と絡めた指でしっかり押さえていた。

ちょうどそのとき、ペトログラードから来た本物の演説家——社会主義者＝革命家にして農民同盟議長、キリスト教同盟議長の友人にして執行委員というのが起ち上がって、エスエルとエスデックからの挨拶を同志たちに伝えた。

演説の中身は要するに「勝手に土地を分配してはならない。まず土地委員会を設立すべきである！」なかなかしっかりしたものだった。

「よろしいですか、農民のみなさん！　できるだけ早く組織することです。ぼおっとしてたら、よろしいですか、指と指の間から土〔地〕はこぼれ落ちてしまうのですよ！」

そしてこう結んだ——

「最も光り輝くダイヤは専制的ツァーリの王冠に付いていたが、今やそれは絶対権を有するナロードの王冠の上で燦然と輝いているのです！」

聴衆はおおっと声を発し、ぱちぱち手を叩く。物音に驚いてトリーフォンが目を覚ます。腰を上げ、思わず訊いた——「どうした？　なんだ、何事だ？」そう問うた瞬間、絡ませていた指が解けて（謎は解けてないのに）、土〔地〕がぽろぽろ落ちてしまった。

牧場でシバイとキバイが集会を開いていた。トリーフォンにおまえは何を見てきたか、何を聞いてきたと質問が飛んだ。トリーフォンの話はえらく簡単だった。

「土地ってのは誰のもんでもねえ、だからな、奪《と》っちまえばええだよ！」

そしてその深夜、シバイとキバイの馬の群れがスタホーヴィチのクローヴァー畑に侵入し、朝には家畜が、それも七百頭の牝牛二百頭の羊が、さらにどの家からも子豚を連れた親豚各一頭が足を踏み入れたから堪らない。二週間後には、どこよりも豊かだったクローヴァー畑（七十デシャチーナ）が跡形もなく消えてしまう。それからシバイとキバイが出ていって、勝手に土地の分割を始めた。大した喧嘩もなく、どうにか分配は済む。あとは耕すだけだが、しかし、昔ながらの犂《ソハー》でクローヴァー畑が耕せるか？　ひと犂入れたら、刃が折れてしまった。もう一度やってみる、また折れた。何度やっても駄目だった。なおまずいことに、春まき穀物が春の寒さと夏の日照りでぼろぼろになって、これではとても期待できない。畑を荒らしてようやくせしめた土地なのに。

鍛冶屋だけが儲けて嬉しがっている。昼も夜も犂頭の鍛接だ。これまで鍛冶屋はただアリョーシャとか乞食のアリョーシャなどと呼ばれていたのだが、今では挨拶もなしにその名を呼び捨てにするなんてとてもじゃない。

「どうだろう、アレクセイ・セミョーノヴィチ、この犂頭、打ち直してもらえんだろうかね？」
▼六月十一日
一日中、夏のお天気雨がぽたぽた大きなしずくを池の上に落としているが、池の水は少しも光らない。反対に濁ってきた……

この地方一帯を自称ボリシェヴィキの演説家たちが疾風怒濤の如く駆け抜けていった。わが平和な農民たちに土地の収奪と暴力と早急の土地分配を、詰まるところ今すぐ村同士の殺し合いをと呼びかけながら、ありったけの戯言《たわごと》を吹きまくって……まこと疾風《はやて》の如しであった。

そのあと農民たちは思い直した。そしてきのう、集会で以下のことを決議した。

「また奴らが来やがったら、ぶちのめそう」

委員会では本格的な実務会議が始まった。

以前はただただ恐ろしかったものだが、今は退屈になった。百姓たちは真剣に考え発言しなんとか同意に至ったのだが、そのずっと手前で蒸し暑さから頭が変になっていて、本当はとても議論どころではないのである。会議はまる一日、しかも普段の仕事日である。朝の七時、わたしの家に村の代表の一人が立ち寄ったので一緒に集会へ。八時に到着。消費組合店のそばの丸太に腰を下ろして、ほかの代表たちを待つ。一時近くに全員そろって小学校へ。会議場は小学校の校舎だ。やっと会議が始まったが、もうあたりは暗くなりかけていた。

始末書か私刑か。

農民たちへの土地と自由の手形引渡しについて本物のデマゴーグたちとやり合いたくないので、わたしは家族を養うための自分の土地での労働ノルマを自分で決めて、厩肥を運び、畑を耕し始める。

白状すると、ライフスタイルを変えるに当たって重要な役割を演じたのは、わたし自身の健全な功名心（野心）だった。わたしとしてはどうしてもミーティングのお喋りどもをやっつけ、なんとか農民たちを労働と創造の正しい道に引き入れたかった。わたしがここではいちばん教育のある人間であることは周知の事実だ。そこで考えた――もしこの評判のままさらに本物の勤労者（つまり農民一家の主）たる評判を勝ち取るなら、もう誰もが自分に対してこの上ない敬意を払ってくれるかも、自分の意見こそソロヴィヨーフスカヤ共和国の最良の意見と認めてくれるかも……

最初の日から、蠟が火に融けるように不安や心配が融け落ちて、数日後には完全に忘れてしまった。そしてもうどうとも思わなくなった。ただときどき深夜、妙な夢を見た。夢の中で自分はものを食べている――びっくりするほど美味しい砂糖菓子を貪るように食っている。かつて何度か夢でじつに大きな紅い立派な林檎の実とこの世のものとも思えない林檎の枝を見たことがあったが、砂糖菓子が夢に出てきたことは一度もなかったし、これまでそんな見事な林檎など食べたこともなかったのである。

あるとき、わたしのところにアルチョームがやって来た。アルチョームは立派な半コートを着ていた。分与地のほかに自分で買った一デシャチーナと借りた一デシャチーナの〆て三デシャチーナの土地を持っているという。

そのあとしばらくして、もう一人やって来た。アルヒープは自前の土地を持たないが、畑を二デシャチーナばかり借りている。

わたしは彼らに社会主義――ミーティングで語られているようなものではない本物の社会主義について話してやった。ただ破壊するのではなく創造する社会主義、つまり学問に裏打ちされた実のある仕事としての社会主義について話したのである。

彼らはわたしに相槌を打つ。大声を張り上げる演説家に対する気持ちは、わたしと変わらなかった。

やはりそうだ。ああいう連中に対しては、わたしとまったく同じ意見なのである。

夜、わたしは中庭で泥棒を捕まえた。思い切ったことをする男で、車軸と車輪を引きずっていた。わたしは男を村の集会に引っぱっていった。

「この男をどうしたらいいだろう？」と、わたし。

「おたくの好きなようにやったらいい」これが村人たちの答えだった。

わたしの功名心は満たされた。自分は勝ったと思った。背中を押されたような気がした。

わたしは泥棒を放してやった。処罰については二、三日考えさせてほしいと言った。

「おたくの好きなようにやったらいい！」

一週間後、泥棒のことはすっかり忘れていた。畑にまたアルチョームとアルヒープが顔を見せた。

「泥棒はどうなりました？」二人が訊く。

「どうすればいいかね？」

「べつに。やりたいようにやりゃあいいですよ。始末書を取るかリンチを加えるか、どっちだって好きなようにすりゃあいいですよ……」

所有制度の起源――女と主婦。いまだ原始的状態にあるそれら村の女たちを見るかぎり、わたしは土地と自由のいかなる約束も信じない。

農事経営で大変なのは耕作、草刈り、家畜小屋の掃除などではなく、縄や革紐の取り扱い（よく絡まる）や、馬に重い首輪を掛けるときの注意力（皮膚を引き裂かないように）、また油を差し、適時適宜適所に釘を打ち付け、ものを架け、整理整頓を怠らず、夜中に犬が吠えれば外に出て、薪や草の様子を見たり、抜けかかっている馬蹄に気づいたりと、まあ一見そんな取るに足らないようなことが、多少とも健全な人間が満足をもって実行する野良仕事の必要条件なのではないだろうか（そしてこれはわが父にもトルストイ伯が描いたあのリョーヴィン*にも、あまり知られていないことなのだ）。

父の息子であり土地と旧庭園の作業指示者である自分の肩は二倍の荷を負った――そう、わたしは農夫であり同時に旦那なのだ。毎日をこの旦那は農民式の労働で凌いでいる。

旧庭園とともにわたしが手にした夢は、すべての人びとの所有に帰すべき土地の夢であり、それには水汲み場だの鍛冶屋だのへ自分で足を運ぶ義務と責任がついている。農民を恐ろしくエゴイスティックな生きものとして見つめる

＊　長編『アンナ・カレーニナ』の一方の主人公。トルストイが自分をモデルに描いたと言われる。

その目は、絶望的なまでに世俗の荒縄でがんじがらめに（自縄自縛）されている。

わたしは父よりはるかに複雑な人間だ。なんとなれば、大地を悦びとする心にそれを悲哀とする大なる力が加えられたのだから。

▼六月十四日

一家総出で庭の草刈り。その庭の向こうの端から、刈り終えた草を村の女たちが勝手に引きずっていく。

犬をけしかけようと思って、そっちへ向かうと、燕麦畑に荷車が入り込んでくる。警察を呼ぶこともできるが、無駄である。警察は村の人間だから、耕すとか厩肥を運ぶとか、要するに自分の用しか足さない。村の衆は互いに教父や教母の関係だから親戚も同様だ。だから警察には逆らえない。ところで警察が月々受け取っているお金は百ルーブリである。

わが隣人〔スタホーヴィチ〕はフランス革命史を読んだあとでは「ロベスピエール、ロベスピエール！」とそればっかり繰り返している。どうやら彼は、村の女たちや警察には関心がなく、もっぱら地獄への道に善意を敷《し》こうとしている連中（ケーレンスキイ）に興味があるらしい。

自治の不便さ加減。村の巡査《ウリャードニク》はある意味、抽象的な〔非現実的な〕権力であり、身内の人間である警察《ミリツィオネール》は俗塵にまみれた存在だ。地方自治庁のトップであるミシュコーフは以前、スタホーヴィチの地所の管理人だった男。したがって、この地方における彼の個人的利害の大いさについては容易に想像がつく。まして今や、はるかな国境（地平線の彼方まで）を有する一大国家が徐々にちっぽけな郷共和国に成り下がろうとしているのだから。

土地委員会から二人の委員がやって来た。わたしの土地の財産目録を作ると言う。彼らは読み書きもままならない。ひとりが質問し、もうひとりがメモを取るのだが、口の利き方がじつに横柄だ。おまけにプランもない。まったく何も考えずにやって来たのである。メモを取るほうは汚いボロ紙にひどい金釘流——行は右あがり左さがりと勝手に泳ぐ。鉛筆もちゃんと削ってなくて、唾をつけたり指を舐めたりと大変である。まず紙に罫を引き、そこに題目を書いたらどうかと助言してやる。まるでシェミャーカの裁判*だ。

「チェゼンフェークツィヤはないかね。われわれはそれが欲しいんだが」

チェゼンフェークツィヤ？　いったい何だ、それは？　彼らが言っているのは帳簿のことらしい〔自分らもわからない受け売りの外国語をともかく使ってみたい〕。

隣人にこのチェゼンフェークツィヤ〔disinfection には殺菌消毒の意味しかない〕の話をしたら、笑いながら〈ロベスピエールだ、ロベスピエールだ！〉を繰り返すばかり。

　連日、女たちが攻めてくる。リーヂヤ・ミハーイロヴナ〔長姉〕のとこで、家の近くの畑（自家用に植えた玉葱の畑）に仕掛けられた爆薬が破裂した。どうしたらいいのかわからない。これまで領地やフートルの菜園の草むしりにやって来ていた小さい娘たちも今は何をしたらいいのかわからないでいる。

　さらにビッグニュース！　誰もが土地を放棄しようとしている。スースロヴォ村は土地が因でリョーフシノ村と決裂寸前にある。リョーフシノの村民はリーヂヤ・ミハーイロヴナに対して〔彼女所有の土地を自分らに〕譲渡する内容の書面を土地委員会に出せと言ってきた。委員会は了承した。だが、もう耕作の時期だというのに、それを拒んでいる。誰も畑に行かない（近くの畑にも遠くの畑にも）。共同体の全会一致の決議が土地の放棄なのだ。それは、彼らの暮らす土地がアダムの土地、労働適用の場ではなく、革命の土地すなわち罪への誘惑だという新たな証拠である。

　トルストイは正しくない。彼は、社会的無政府状態は働く家族持ちのつつましい人間には無縁だ――なぜなら彼らが人間界の〈大多数〉を占めているからと言ったが、それはおかしい。わがフルシチョーヴォには唯ひとり本物の勤労者がいる。屋敷番をしているイワン・ミートレフだ。彼には一アルシンの土地もない。菜園のそばにほんのわずかな土地を借りている。年々畝を増やして、そのうち採れた野菜を商うようになった。何十年かお金を貯め、そのお金で耕地を借り、やがて十デシャチーナの土地を購入したのである。どこからかやって来たひとりのボリシェヴィキがもしミーティングでイワン・ミートレフを槍玉に挙げたら、トルストイのいわゆる〈大多数〉は黙っていないだろう。

　じつは、正直な〈大多数〉というのはいつでも、したたかに侮辱を受けたあとで形づくられ、現実にではなくもっぱら素晴らしい結末を書くことのできる長編作家たちの頭の中にのみ存在するのだ。

▼六月十五日
　牧童の祈り。羊たちを一つの仕切り〔家畜小屋の〕から もっときれいな仕切りに追い込みたい。汚れた仕切りから追い出すと、勝手に外へ出ないよう空いてる場所をすべて塞いで、そのままもっときれいな仕切りへ。しかし中の一頭がどうしても新しい仕切りに入らず、元のところへ戻ろうとする。すると残りの群れも元の仕切りに向かって走り

＊　不公正な裁判。ロシア中世物語に出てくる裁判官シェミャーカの名から。

だす。こちらも何度か同じことを繰り返すが、うまく統御できない。何もしなければ、羊たちは元の仕切りに納まってしまう。そこで牧童でもある自分、すなわち羊の最高存在である自分は、羊を一頭捕まえると、わたしが必要とするところへそいつを放り込んだ。すると、わたしに放り込まれた前衛の羊に続けとばかりに、一斉に残りの羊が新しいきれいな仕切りに飛び込んだ。

おお主よ、われらの動乱時代《スムータ》を速やかに解体して、前衛の羊を新しいきれいな小屋へ投げ込みたまえ！

豪奢な美しい鳥たちが沈黙のうちに身を隠してしまった嵐の日に、古樹の洞《うろ》から飛び立ったのは、痩せた、灰色の小鳥の〈プロレタリア〉だった。そいつは一本調子のメタリックな声で庭を満たした――「全庭のプロレタリアートよ、団結せよ！」ようやく嵐は止み、中空に虹がかかったところで、不意にあの豪奢な美しい鳥たちの声が響き渡った。とたんに庭の小鳥の声は掻き消される――あまりに一本調子なので。だが、自然はその複雑にして賢明なしかも不公平な生をそのままに生きていく。

子どものころからわたしは、決まって天気の良くないときに姿を現わす灰色の小鳥に、とても興味があった。ある日、その小鳥のあとを追いかけた。いつも姿を消すのは、古びた納屋の陰の、ブリヤン草の繁茂した野生の古い林檎の木だった。その木には拳くらいの大きさの黒っぽい洞があった。灰色の小鳥がそこに這入るのを見届けたわたしは、少しもためらわずに手を突っ込んだ。するとシュッシュッと蛇が立てるような音がした。びっくりしてわたしは飛んで逃げた。幼いわたしはどうも灰色の小鳥にはついていなかったようだ。青春時代は〈プロレタリア〉のために苦しみ、*今では驚きをもって周囲を眺めている――どうして何もかもこう若々しく、あんな髭づらの子どもたちが今でもあんな幼子《おさなご》のような心で生き、若者が使うような外国語で話をしているのだろう、と。

灰色の小鳥が飛び立ったあの嵐の日のことを、今でもときどき思い出す……

ゴーリキイが自分に対する非難に答えて――「わたしはあなたたちに何と言ったっけ、そうだ、わが国民《ナロード》がどんなに堕落したか、そんなことを話したんだ。で、あなた〔プリーシヴィン〕だけは彼らをドストエーフスキイの目で見ていたというわけだ」

それは真実でない。写実主義者《リアリスト》やマルクス主義者が持ち上げたのは、怒りに駆られた、暗い、敵対するルーシだけである。その言い回しに注意しなくてはいけない。外国語のなんと多いことか！　ロシア中が、それこそ百姓から作家まで誰もが外国語ばかり撒き散らしている――「われらモスクワ守備隊の兵士は――と脱走兵は語る――組織化されている、われわれはすべてを了解し、外国語さえ知っている……」

思慮深い比喩、おどけた小話、ひょいと誰かの口の端にのぼるウイットに富んだ言葉――あれは、あの思いがけないロシア文学は、どうなってしまったのか？　本当のロシアがまさかこんな話し方を？　これがわが母か？　母なるロシアか？

いやそうじゃないぞ、ゴーリキイさん、あなたこそ間違っている。進歩的マルクス主義者、社会主義者、プロレタリアよ、あなたたちこそ悪しき霊を呼び起こしているのだ。あなたたちの理想《イデャ》は良くも悪くもないが、あなたたちの国をそしてわれわれの自然をよその国の工場プロレタリア的理想の改宗者《プロゼリット》の群れに変えようとするその手口――それが駄目なのだ。わたしはあなたたちを気の毒に思う。なぜなら、あなたたちはあっと言う間にひっくり返されて、あなたたちが消えた跡は悲劇の炎によっても照らし出されることがないだろうから。

それに、どうしてあなたたちはラスプーチンを攻撃したのか？　あの鞭身教派《フルィストーフストヴォ》のかけらがマルクス主義のかけらより悪いのか？　本質的に、思想上の鞭身派がマルクス主義よりどこが劣っている（まずい）というのだろう？　鞭身派の根底には、マルクス主義の根底に物質《マテリア》の真実があるように、鳩のごとき霊《ドゥーフ》の純粋さがあるのだ。両者が辿っている道は同じではないのか？　人類の敵に誘惑されたフルィストの予言者たちとマルクス主義の演説家たちは、高みから地上へ飛び降りて、人間に対する精神的物質的権力を奪い取るや、その力によって堕落し、あとに誘惑と淫乱を遺して破滅しようとしている。

ツァーリは天（霊の全一性）を分割し切り刻んだためにフルィストの泥の中に沈んでしまったが、あなたたちは地を切り刻んで身を滅ぼすにちがいない。あなたたちはしょっちゅう「団結せよ、組織せよ！」と叫んでいるが、あっちの人たち〔フルィスト〕はいつも〈我《ヤー》〉ではなく〈天性の我々《ムィ》〉で話をしていた〔そこに大きな違いがある〕。

あなたたちは、われわれの糧〔心の糧また食物〕をソヴェートおよびソヴェート大会によって管理すると言いだした。しかし、いいですか、わたしの心（ドゥーフ）を管理統制するのはあなたたちプロレタリアではない。確かに現在、ソロヴィヨーフスカヤ共和国では、読み書きもできない百

＊　マルクシズムにかぶれてサークル〈プロレタリアの指導者の学校〉で活動していたころ（一八九五〜一九〇〇）。二十代の前半。

姓たちが勝鬨を上げていて、わたしは自分で畑を耕し、黒パンを日に二フントしか口にすることができないでいる。でもわたしはそれで幸せだ。わたしが哀しいのは、地上の空約束で馬轡《はみ》をはずされた彼らを（彼らと物質的にぴったり寄り添い、精神的にはツァリーズムの最悪の時代からはずっと遠い）わたしの心のソヴェート[*1]に参加させることができないことである。

最後にもうひと言——あなたたちは今、自分でそれを感じなくてはいけないのだが、あなたたちの余命はいくばくもないということだ。アヴァドンはいずれ滅ぶだろう。あなたたちを滅ぼすのは、あなたたちがあれほど恐れているブルジョアジーではない、過去の人間でも、百姓たちでもない。あなたたちを滅ぼすのはソーンツェ（日の神）、ヴェーチェル（風の神）、悪しき蝿と不作だ。あなたたちを滅ぼすのは自然の力と呼ばれる知恵《ムードロスチ》なのだ。あなたたちの王国のあとで、猛烈な勢いで迸《ほとばし》るのは〈抑え難い〉人間の自由への欲求である。

深夜一時、中庭で犬たちが吠えている。誰かの声が聞こえる。

「ここじゃ、おまえさんは何の権利もねえぞ！」

荷馬車がバルコニーの近くに停まっている。また声がした。聞いたことのある声がまた同じことを繰り返す。

「何の権利もねえんだぞ！」

「誰だ、そこにいるのは？」

「警察だ」

「きみか、アルヒープか？」

「おれだぁ！」

酔っ払って町からやって来たのだ。うちに見張りがいるか調査に立ち寄ったのだという。

「おれは権力だ、おれにゃ調べる義務がある、そうだろ？」

「アルヒープよ、いったい何を見張るんだね。うちのものは何もかもきみたちが持っていったじゃないか、納屋はからっぽだ、見張りを雇うお金なんかないよ」

「でも、おまえさんには権利はねえよ」

「もう晩い時間だ、アルヒープ、家に帰って寝てくれ、おやすみ！」

「まあ仕方ねえか！」

彼がやって来た理由はこうである。もしうちが略奪されるか一家殺害のようなことが起これば、〈彼らは見張りを置いてなかった〉と言い逃れるためなのだ。

なぜ鳥たちが「祝福の歌」をうたわないか——わたしにはわかっている。土地持ちも頭が痛いのだ。分割し、あるだけの土地をこれ以上ないくらいに分割してみる。そしてさらに分割しもっと分割してみる。それでいったんその計画は取りやめにして書き直す。新たな土地にも大きな図面を引いてみるが、やはりそれもまた書き直し。

土地を持たない貧農が考えているのは、自分らで土地を分ければ簡単に片がつく、聖なる約束の土地（黒土）が一人あて何サージェンになるか――そのことだけである。何もわからない〔つんぼ桟敷に置かれた〕兵士の女房たちは、そんな村の衆に腹を立てて、戦場にいる夫たちに手紙を書く――「あたしのイワン、セミョーン、ピョートル、達者かい？ いま村の奴らがあんたたちの分まで土地を取っちまったよ。戦争なんかやめて今すぐ戻ってきて！」

わたしの申請書[*2]が出来たので、寄合いでそれを読む。大満足！ 手渡したら感謝の言葉が返ってきた。こちらも厩肥の礼を言う。手元には雌馬一頭。

▼六月十六日

洗濯女の話――

「『いやぁ、ほんとに凄い攻撃だった！』そんな話を始めたのは、新しい製粉所の床下から這いずり出てきた兵隊だよ。なんでも、連隊から二人の兵士が歩哨に出されたときのことらしい。するとね、穴の中から十六人の命知らずが出てきて、あっと言う間に二人を斬り殺してしまった。それでさらに二人見張りに立てたんだけど、その二人もやられてしまった……それでこんどは連隊総出で穴を取り囲んだ。そして十五人を殺し、残った十六番目（つまり最後の一人だね）の奴を拷問にかけた。奴らの正体がわからなかったからさ。でも、いくら責めても口を割らなかった……大したもんだ」

「その命知らずは何者だ？ 裏切り者か、スパイか、ロシア人か、ドイツ人か、オーストリア人か？ それともボリシェヴィキかい？」

「それそれ、そこが辛いとこさ。正体がわからんのに、最後の男が死んじまったんだ、なぁんも喋らんでね」

自ら範を示す。このあたりには良質の土地はあまりないが、侵食された土地、オヴラーグならみなに分配できるほどいっぱいある。わたしは自分のオヴラーグに木を植え、森番を置いている。ところが突然、委員会が「森は国家の財産だ！」と表明したので、馬車の轅《ながえ》が折れても用材が採

＊1　ここで言うソヴェートは革命家たちのいわゆる〈評議会〉〈協議機関〉ではなく、ソヴェート本来の意味での〈助言〉〈和合〉〈友愛〉のニュアンス。プリーシヴィンの皮肉がこめられている。

＊2　土地その他の明け渡し状のこと。

れない。車軸も鉤も自分の森で選べない。だが、泥棒は二十四時間、好きなときに何でも森から引きずって来る――森番なんか文句を言うどころか。度が過ぎて、これじゃいくらなんでも。悪いのは、馬無し牛無し百姓〔貧農〕たちだ。こんな時代だから、むこうには勢いがある。地上で天国の手形が乱発されたので、嬉しくて堪らない。まあいいさ、仕方がない。手形なんか。個人でやる。模範を示してやろう。ノート、手記、社会的（公共の）仕事はもういい。労働ノルマを設定し自分で畑を耕すのだ。耕し（パシュー）、ものを書く（ピシュー）――結構じゃないか！　心配の種も、たぶん馬無し時代もなくなるにちがいない。村の寄合いで不満をぶちまけた。泥棒が国有財産を危うくしている、どうすればいい？

「泥棒なんか、ふん捕まえて、棍棒でぶちのめせ！」

「そうだ、そうだ、棍棒でぶちのめしてやれ！」馬一頭持ちと牛一頭持ちが声を上げる。

馬無しは口を噤み、馬二頭持ちと牛二頭持ちも用心して発言をひかえている。

▼六月十七日

ある負傷兵が語った話――攻撃に出たとき、エフィームも一緒だったが、攻撃のあと彼がいなくなった。負傷者や死者の中にもいなかった。捕虜になっていれば、三年ぐらいは便りがあったりするのだが、それもなかった。まったく音沙汰なし。どう考えても、やはり生存の可能性はゼロだ。エフィームの女房はターニャといって、まだ若い。子どももいなかった。ターニャはどこへも出歩かない。そんなとき、革命〔二月革命〕が起こった。まわりの者たちは、じき平和になると言って喜んでいる。女たちははしゃぎまわっているが、ターニャはそうではなかった。

「平和になんてならなきゃいい」

村ではターニャだけが〈完全勝利まで〉戦争支持者だ。なぜなら、戦争が続いているかぎり夫は生きて還ってくると信じていられるから。戦争が終わってしまったら、そんな期待すらなくなってしまう。子どものいない若い妻はひっそりと暮らしていた。祭の日にも外に出ない。出てもいつも目を伏せて歩いている。

革命は革命の、ターニャはターニャの歩みを続けていた。彼女は土地も自由も要らない。〈男女同権〉なんてどうでもよかった。時が過ぎていく。森の木々は葉をつけ、庭には花が咲き、もうトロィツァだ。種も蒔き終ったし、委員会が集会を開き、誰もが神妙な顔して土地の話をしている――大集会というのが開かれたら、すべての土地が百姓のものになる、それにはとにかく戦争の即時終結だ。ツァーリがいなくてもお偉いさん方がいなくても、おれたち〔百姓〉は生きてける。ちょぴっと密造酒《サマゴン》引っかけりゃ、なぁにどってことない。

ターニャはミーティングにも行かない。女たちがいろいろ話してくれた――

「ミーチングって人、ちゃんとこの目で見たよ。黒いもじゃもじゃ髪が、『旦那方の長持の中身を調べよう！』なんてがなってた」

そんなとこへ行っても仕方がない。ミーチングはおっかない男だ。

パーヴェルとフィオーナとワーシカとワニューハは労働者一家、つまり旦那のところで働いていた家族である。彼らは現在、旦那から切り離されているから、旦那たちは自分で生きていかなくてはならない。これまでパーヴェル一家が運命づけられていたことを今、旦那たちが味わっている。

領地は天国だ。ボリシェヴィキが人びとを天国に呼び招き、百姓たちは略奪しに出かける。庭の向こうに火の手が上がっている。

天国は大混乱。この動乱時代《スムータ》を余すことなく描くこと。ライラックの花。

▼六月十八日

難局。家の中も重苦しい。ミーティングで自分は一百姓として本物の社会主義について語ったりするけれど、どうも期待されているのは、こちらが彼らに略奪を許し土地を分配する――それだけのようだ。誰も何もわかろうとしない。

足の速い子牛の話。子牛は人間たちの速い時間の流れに同調しようと思い、そのサイクルに飛び込んだ。そしてたったの三日で〔巨大な〕雄牛に変身すると、徴発隊に加わった。

時代は目も眩《くら》むような勢いでどっかへ向かっていくが、目に飛び込んでくるのは子牛の姿である。子牛は以前と同様ゆっくりと同じテンポで草を食《は》んでいる。時代になんとか関わりを持ち、人（類）の速い時間のしっぽにしがみついていれば、きっといつか巨大な雄牛になるかも。だが、そんな奇跡は起こらない。自然は自ら為すべきことを為すのであって、人間の期待も希望も自然にとって何ものでもない。したがって自然を軽んずることは許されない。

村委員会の仕事は、第一に〈申請の受理〉である。タネーエフのとこのお婆さんが、家屋の建築資材を申請した。

「土地委員会に伝えときましょう」

輔祭が議長と囁き合っているのを見て、誰かが――

「ひそひそ話はやめとけ！」

次に受け付けたのが傷痍軍人のパンの請求だ。

「それは食糧委員会に伝えときます」

次の次の相談は、〈開封されない封筒〉だった。

「なぜあんたはそれを開封しなかったのかね？」

「全権を委任されてねえし、開封には指を使ってやるわけだが、肝腎の指がちっとも言うことを聞かんもんだから」

「それでも指で開けないと。そうじゃないかね、アブラム・イワーノヴィチ！」

「しょうがねえな、やってみっか！」

だが、封筒はまだ抵抗する。

「はぁ、こりゃ紙こでねぇ、麻だよ。切れねえわけだ」

「麻の封筒だって！　おい誰かナイフを持ってないか？」

ナイフで封を切り、中身を取り出す。かなり大きな書類である（「ほお、こいつは！」）。

犂頭はすぐに曲がってしまったが、プラウは土中へ深々と。国のかたちが村の生活スタイルによく似ている。わたしのプラウは深々と土に食い込む。あんまり深く入るので、手の力だけでは持ち上がらない、馬でもそう簡単には抜けない。

政治とは国家のはずみ車。今はそれが伝導ベルトなしで回転している。脱穀機は確かに立っているが、今にも倒れそうである。じっさい、これは驚くべきことではないだろうか？　あらゆる政治大会、評議会《ソヴェート》で、農民は統一を呼びかけていて、自らもそのような決定と決議をしている——まるで自分たちこそ本物の社会主義者であるとでもいうように。土地は社会主義者のものキリスト教徒のもの、だが農民の土地は惑星《プラネット》だ。

神の王国はこの地上に存し、善と財の合体——これぞ土地《ゼムリャー》。

しかし、はずみ車たる政治はいいとしよう、脱穀機たる社会をこそ見るべきだ。そこで進行しているのが統一合同ではなく、ロシアについぞなかったほどの断絶だからである。目の前に横たわっているのは分配すべき土地、すでにここ二週間にわたって分配が続いており、もうこれ以上分割できない。そして日ごとに昂じているのは恨みと苛立ちだ。今に大きな不幸が起きるだろう。彼らのところへ行って、こう言わなくては——

「土地を分けず、力を合わせて耕せ。収穫物はあとでその働きによって分け合えばいい」

彼らは言う——

「その働きを誰が計算するのか？」

「大地主農場（荘園）〔時代〕のように班長を選ぶんだ」

「それじゃどうにもならんでしょう」

「なぜ？」

「なぜって、わしらの兄弟はどいつもこいつも碌でなしだからね。馬を持ってない奴もいる。馬をやれば馬はみんなのものだと言いだすよ。土地はみんなのものだが、馬はどうなんだ？　おれは馬を買うために働いてる。なのにそいつは屋根の上で鴉の数をかぞえてる〔ぼけっとしてる〕だけで、馬はみんなのものなんて抜かしやがる」

見ると、馬一頭持ちと馬無しが互いにじろじろ見合っている――どっちの言い分が正しいかな、と。

馬を手に入れた人間の力と善き思想を手にした人間の力。残念ながら、馬無しが抱く思想はただひとつ――〈馬を手に入れること〉。じっさい馬無しには何もないのだ。

誰も同意せず、土地はどうにもならないほどこま切れにされた（一人当て三平方サージェン）。それもなにやらコソコソと。女たちも自分らだけで何か分配している――まったく、女たちこそ最悪の生きものだ、鶏卵ひとつをめぐって仲間割れしかねない。どうにも手の施しようがないのは、はずみ車から脱穀機の歯車にベルトがかからないことだ。かからなければ、はずみ車は動かないのに。

疑問。いつ土地分割が終わるのか、終わればそのあと何を要求してくるのか？　おそらく都市の食料品は軒並み値崩れし、スムータもその方向へ展開するだろう。

ペトログラードの革命〔二月革命〕は国家的鳥瞰からは確かに社会主義革命と映るが、ここ、つまりソロヴィヨーフスカヤ郷共和国のどこかで起きているのは純然たるブルジョア革命である……いやブルジョア革命でもプロレタリア革命でもない、〈馬無し農民革命〉だ。

それら二つの革命の違いはどこか？　それは住人たちの土地利用へのかかわり方にある。もし村のプロレタリアが社会主義について頭を悩ますなら、頭割りではいくらにもならない、いつかは自分のものになると期待するしかないような土地を、いったいなぜああまでして分割配分しようとするのか、わからなくなることだろう。未来に期待するなら、なぜみんなで一緒に耕し、穀物を共同の納屋に集積したあとで、その売上金を分け合わないのか？

ある土地委員が受付の係に馬を一頭くれと食い下がっている。受付は駄目だと言う。革命この方、まったく資金が入って来ないので、郷の金庫はからっぽなのだ。委員はなおも粘るが、どうも仕方がない、一頭立て軽四輪で町へ出向くことにした。餌を与えられていない馬は途中で動かなくなった。どうしようもない！　仕方なく馬を燕麦畑の中へ。あたりを見回す。びくびくものだ。燕麦は国有財産なので。

薪もライ麦も国有財産だ。畑を荒らせば苦役が待っている。が、蕎麦とキビは国有財産でない。

▼六月二十日

ドイツ人＝ゲルマン人から内なるドイツ人たるツァーリ、

地主、資本家に移ったが、今は〔その矛先が〕馬〔一頭でなく〕二頭を持ち、分与地のほかに自分の土地一デシャチーナと借地二デシャチーナを持つお隣さんに向けられようとしている。このプロセスの最終段階で、人びとは、ドイツ人＝敵が個々人の心に潜んでいること――それはわたし自身の内なる敵でもあるが――を意識する。まさにそのとき革命の花は咲き誇る。

▼六月二十一日

現在、郡と郷のすべての委員会が実務者会議の様相を呈している。

これまで味わった動乱《スムータ》の原因をつくったのは自らをボリシェヴィキと称していた連中だと、今になって住人たちは思っている〔思いたがっている〕。

その点ユニークだったのは、きのう地方自治体の選挙に関する新しい法律の審議のさい、現郷参事会の長たちが以下のことを決議したこと。すなわち表決権はないが発言権を持つ選挙委員会に〈ボリシェヴィキ〉を除くすべての政党の代表を参加させたことである。

しかし、集会のその平和的で事務的な性格をわかりやすく言えば、要するに「委員会は死んだ」ということだ。

死んでないのは土地が分割されている現場だけ。農民たちは休耕地を耕すことも厩肥を運ぶことも放棄している。地主の休耕地を分配し小作人を追い出してから、もうすでに二週間以上になる。

エレーツ郡の各村々には、独立農家《フートル》、つまりストルィピンの百姓〔富農〕[*1]以外にも、少なからぬ大きな土地とはるかに多くの借地（小作）人が存在する。彼らはたいてい用益地（クリン）[*2]に二～三デシャチーナを借り、自前の土地も一～二デシャチーナ所有しているので、生きている財産〔家畜〕である馬を二頭、牛を二頭、二十頭ほどの羊を、死んでいる財産〔家畜以外の生産具〕としてはプラウ、たまに穀物刈取り機などを持つことができた。ところが、こうした経営農家が今、借地を取り上げられたうえに、異常なまでの細分化の危機にさらされているのだ。〈家畜所有とは無縁な〉馬無しも自分の分け前〔土地〕を受け取っているが、せっかく手に入れても馬がないので耕作できない。それで隣人たちといろんな取引をしなくてはならない。土地が投機の対象になりつつあるという話も聞いた。

馬を持たず〔したがって経営のできない〕村のプロレタリアの、生来の性格ないし不幸によるこのような均一化から、連日、衝突が起きている。共同体として一丸となる精神が失われて、道徳も（文字どおり）地に墜ちてしまった。

土地委員会の力では不和軋轢はとうてい押さえられない。なぜなら、これまで委員会には村民の要求を受け止める機能も明確な指針もなかったからだ。

　狭すぎて菜園も造れない。これを脱するには——町での買いものはしかし、高くつく。さてどうするか？　いちばんの勤務者であるイワン・ミトレーヴィチ〔前出のミートレフと同人か〕の菜園を奪ってしまうことだ。父祖伝来の共同体の真実が、人びとの心の底で揺れだして、今いまの真実〔黒い再分割〕[*3]とぶつかり合う。きっと人びとはサラファンをあまりに長く着すぎたのだ。サラファンが代々継承された最も大事な宝、全村落共同体（ミール）的存在になってしまったが、そうなるまでの過程を知らない連中は、ロシアのサラファンこそ世に稀なる発見と宣言してしまったのである。

　まさにその共同体的精神こそがこれまでずっと社会主義者たちに利用され、現代の協同組合に応用されているのだ。しかし、甦った古いサラファンへの権利は社会主義に異を唱えて、今では各人の土地（神の土地）への権利をこう言い表わしている——『土地は断然おれのもの！』

　エスエルの破綻（綱領を読み返す）、ロシア革命の婆さん。

　攻勢。募る町での不信感。燕麦も馬も不足している。ロガートヴォの草原では農民たちが嬉しそうな顔で〔演説を〕聴いていたが、そこへ〈ボリシェヴィキ〉＝若い兵士がやって来て——

「だが問題は、わが軍の戦死者の数だ！　いいですか、み

＊1　ピョートル・ストルィピン（一八六二—一九一一）は政治家。首相。一九一〇年、農業改革を断行、農村共同体（ミール）を解体して富農を育成し、これを〈帝政の支柱〉つまり革命の防波堤にすることをめざした。一一年九月、キーエフで観劇中に警察のスパイに射殺された。〈ストルィピンシチナ〉とは一九〇五年の革命後の反動時代を、ストルィピンのネクタイとは絞首台を意味する。ストルィピンの百姓〔富農〕と呼ばれているのは、彼の農業改革によってミールが解体されたあとに形成された自作農＝独立農家のこと。
＊2　クリンは楔《くさび》の意。各種の特徴によって区別される耕作地。たとえば、秋（春）まき耕地。
＊3　黒い再分割——ナロードニキが要求した土地の総割替（再配分）。歴史上「黒い再分割」の名で呼ばれているのは、一八七九年に〈土地と自由〉派から分かれたナロードニキの一派（一八七九—八二）である。一八七九年八月、これまでの〈土地と自由〉のテロ戦術をめぐって結社の内部で意見が二つに分かれた。結果として、テロリズムを否定し、プロパガンダを主な武器とする「黒い再分割」派（プレハーノフ、アクセリロードその他）と、テロリズムを肯定し、政治改革をめざす〈人民の意志〉派（執行委員にジェリャーボフ、ペローフスカヤ、フィーグネル）。一八八一年三月一日、後者はついにアレクサンドル二世の暗殺に成功する。

なさん、ドイツ軍が和平を望んでいるなんて嘘っぱちです」

「それは古い政府の話でしょう、新しい政府はどうなのですか？」弱々しい声で誰かが反駁する。

「新しい政府なんかどうでもいい。ブルジョア出身の大臣が十人もいるんだから」

みんな黙ってしまう。黙って大鎌を手に取った。自分も何も言わず、その場をあとにした。反革命と呼ばれるものが沈黙のうちに起こっている。その種の沈黙はふつう革命の半分を認め、あとの半分を認めない。ヨーロッパから新しいニュースがもたらされなければ、このまま何も変わらないだろう。ロシア革命のはずみ車は今、脱穀機（社会）への伝動ベルトなしに回っている。

新しい農民野外法廷〔本来なら戦時軍事法廷とでも訳されるだろう〕がつくられた。事件が起こったときは、村委員会の議長に集会《スホード》が要請され、そこで裁き（始末書か私刑か）が行なわれる。コーリャ〔次兄〕曰く――「〈棍棒でぶちのめせ〉なんて、あんなのシェミャーカの裁判だよ」

ニキーフォルが中学生〔ギムナジスト〕の歯を殴った。鉄拳制裁だ。こちらは縄を盗まれた。馬の轡《くつわ》の紐。プラウがどっかへ持っていかれた。大鎌が狙われている。野蛮人、いや原始人たちの間で暮らしているような気分である。白樺の木が立っていれば、それを見て、〈大した木だな！〉と思うだけで、それ以上は何もない。切り倒したあとで口にするのは、ただ〈えい、こん畜生め！〉。サモーイロに言ってやった――「中学生の歯を殴りつけるなんていいことじゃない」。彼は同意して――

「規律がないんだ。どっちにどう転がるか誰にもわからんもの」

「転がらないよ、サモーイロ！　でもどうでもいいんだ。本当にわれわれは他人の歯を殴るために共和制を持ち込もうとしたのかね？」

アニーキンやフィリープやほかの借地（小作）人たちはカデットや〈ブルジョア大臣〉に、つまり進化《エヴォリューション》の人びとにそっくりだ。馬一頭持ちは農村の不確定で曖昧なマスであり、馬二頭持ちはボリシェヴィズムと黒百人組〔極右反動〕のごた混ぜである。

ロシア革命の大多数とはそもそも何であるか？　反対すれば人民の敵。わたしは革命に反対だが、人民の敵ではない。それゆえ、わたしは、それが真面目なものでも事件でもなく、いずれ消滅するだろうと期待して「革命」に票を投ずるのだ。
▼六月二十六日
人生は旅だ。それを意識している人間は多くない。自分

はいつも旅人だったし、自分が取り組んできたことはどれも自分にとって実験だった――何かを企てるには何かを知る必要がある。ロシアはいつも自分が旅する未知の国であった。家族も――実験。四季を通じてそうだったが、夜、テラスに坐っていると、ときどき自分の建てた家を船のように感じたものだ――ああ、いま自分は船に乗ってさまざまな気候の国へ向かっているのだ、と。

ロシアは若い野生の馬だ。誰も乗りこなせない。

今はどんな革命家でも、権力を握ったとたんにメンシェヴィキになってしまう。やさしくなり、おとなしくなる――まるで首輪を嵌められて車をひかされている野生の馬みたいに。

「これだけ時間を費やしても〔人びとが〕キリスト教を理解できないのに、きみたちは社会主義に何を期待しているのか？」――わたしの重い問いに社会主義者＝革命家の男が答える。「わたしはその社会主義をキリスト教の修正だと思っている。なぜか実現できないんだが。でも社会主義を加味すれば実現は可能なんだ。しかし、もしキリスト教が〔キリストの〕再臨まで延期され、いったい人は何によって生きるのか？」

びのびになったら、いったい人は何によって生きるのか？」

一）所有権（財産）の奴隷になっている。母はよく言っていた――「今は、一片でも自分の土地を持つというのは素晴らしいことよ！」と。「どうして『今』なのです？」――「人間が闘うのは土地のためじゃないの！　そうでしょう？」二）土地の分配としての戦争。三）母の死と家族の分解。四）社会主義者が所有者になり、主人づらして、恥ずかしげもなく〈見よ、これが革命だ！〉などと言いだす。しかし彼は所有権と決別できない所有者である。そんな奴こそ人民の敵。

報告。代表団への要望――二重政権はないこと、それと無党派性。

二重政権について農民たちに語る。村委員会と代表者ソヴェート。

エレーツ市には相当数のインテリゲンツィヤがおり、郡の出方に注目している。テーゼ*（四月十八日の、土地は共有、ボリシェヴィキと略奪）がいかにして失われていった

＊　レーニンの四月テーゼ――二月革命後の四月十六日に帰国したボリシェヴィキの指導者レーニンが、翌十七日の集会で発表した革命の戦略・戦術を述べたテーゼ。のちにこれは機関紙「プラウダ」に〈現在の革命におけるプロレタリアートの任務について〉と題されて発表された。

か。恐れていたことがついに起こってしまった。郷共和国と定価。電話の撤去。ユーヂノの陥落〔不詳〕。外部からの影響。ボリシェヴィキによる地主階級の迫害。最後は土地の分配、平等主義の法。森林は国家のもの。オヴラーグ。管理統治は、たとえばスタホーヴィチの私有森の伐採の監視は非常に理にかなっているが、わが家の草の生えた休耕地などは滑稽だ――どうでもいい感じで後回しにされている。土地委員と郷委員会。共同体の原則が欠けている――生ける魂[*1]には分配し、出征兵士の女房には耕作をさせない等々。

オクーリチは自分が〔革命から〕排除された理由がずっとわからないでいた。これまで旧体制打倒のために働いてきたのに排除されているのだ。でも、ボリシェヴィズムの噂が聞こえてきたとき、オクーリチは彼らを〈裏切り者どもめ！〉とか〈どうせ、あんな腫物、すぐ散るさ！〉とか言っていたのである。

▼六月二十七日

住民の攻勢に関して国会から問い合わせがあり、それに対して自分が送った電文――「住民大衆は攻勢を支持」――村々で自由公債の応募[*2]が始まった。パンを含む市の食料品の価格調整が急がれる。目下エレーツ市での値段――大鎌五ルーブリ、長靴七十ルーブリ、鉄器三十ルーブリ。農耕文化に対してわが無血革命は一九〇五年の血と炎の革命より無限に大きな害悪をもたらした。

わが観察の対象である地方（中部黒土地帯）で起こったことは、親しく農業にかかわる人間なら誰もが恐怖を覚える出来事である。農民たちが少数の経営農家の土地を勝手に生ける魂に分配してしまったのだ。

いくつか例を挙げる。わたしのフートルに隣接するスタホーヴィチ家の領地で、農民たちが一年目のクローヴァー畑（九十デシャチーナ）を踏み荒らし細分化したうえに鋤き返してしまった。わが国に本格的な牧場〔の用地〕がないことから、農業の行き詰まりを打開する唯一の方法と考えられてきたのがクローヴァーの播種であった。それが農民の達し難い理想でもあったことは周知の事実。それでなくても今夏は日照り続き（熱暑）で、燕麦は息も絶えだえだ。問われているのは、なぜ農民はスタホーヴィチの領地を接収できる土地委員会に前もって相談しなかったのか、委員会なら経営計画を立てて農民たちに干草と賃金を提供できたかもしれないのに、なぜそうしなかったのか？

それができなかったのは、その当時まだ土地委員会というものが存在しなかったから〔埒もない話〕。

▼六月二十八日

ブルジョア革命は、ひょっとして、とっくの昔にその文化に社会主義的な要素を組み込んでいたのではないか？　わが国の社会主義者たちは単にロシアのサラファンを復興しようとしているだけではないのだろうか？

▼六月二十九日

〈われらのすべて〉という国家的感情は初めこそ目につくすべてに拡大し（見えるものだけを選ぶ）、そのあと村の周囲で目につくものを個人的に自分のものにして利用するようになった。各自勝手に森から木を運び出し、よそより遅れてはならじと頑張り、そうした横領略奪を嘆いていたはずの委員長までもが、自分のために木を掠《かす》め始めた。

　土地が空気のようにみんなのものになったときの人類の〈黎明《ザリャー》〉とはかくの如し。土地は生まれた子に与えられ、その子を異教の祭司〔キリスト教受洗以前の〕がみんなの赤子として迎え入れた。だが今はそれとは別の〈ザリャー〉だ。生まれた赤子の第一声は――「土地をくれ！　おぎゃあ、土地をくれ！」

　土地分配の取決めにより――

ロシアは誰に住みよいか？[*3]　誰にも。誰も土地とは何の関わりもない。

▼七月一日

T《テー》〔未詳〕から電報――記事を送れ。嬉しいが、できない。まず第一に、フートルから労働者が撤収されたので、毎日自分が畑に出ることになり、机に向かう暇がない。第二に、正直言って「ノーヴァヤ・ジーズニ」紙に記事を書く気がしない。「ノーヴァヤ・ジーズニ」は自分の立場と綱領を持つ知的な人びとのための新聞で、決してわれわれ

＊1　ゴーゴリの『死せる魂』の魂は農奴の意味でもある。主人公のチチコーフはある村で、戸籍上まだ死んでいない〈死んだ農奴〉を買い集めることによって、自分を農奴所有者＝大地主であるかのように信じ込ませて、破天荒に有利な結婚を画策する。生ける魂とは生きている農民のこと。

＊2　自由公債――第一次大戦中に募集した戦時公債。

＊3　詩人のニコライ・ネクラーソフの長編叙事詩『ロシアは誰に住みよいか？』（一八六三）――ロシアを遍歴する七人の農民たちの目を通して、現実世界の種々層が――商人、僧侶、農民、職人、地主、百姓女、役人、貴族、ツァーリの暮らしぶりが如実に浮かび上がる仕組みになっている。世に〈農民生活のエンサイクロペディア〉と呼ばれる所以である。土地問題を最重要課題のひとつに掲げた二月革命、その結果に疑いを抱くプリーシヴィンに改めて問題の根深さを知らしめた。

みたいに落ち着かない者や浮浪者のための新聞ではない。しかし自分はその知性にもぴんと来ないものを感じている。

戦争は民衆の牢獄。そこから解放される方法は二つ。看守を騙して鉄格子を鋸《のこ》で切るか、もしくは牢獄を無として（精神の不自由とは何ら共通するところの無いものとして受け入れて）、たとえば獄中でものを書いたり祈ったりする……若かりしころマルクス主義者だった自分は、獄屋で鋸を挽き、そのあとものを書くことで救われた。いま解放の時が事件となってやって来ているのだが、まわりの誰もが「ノーヴァヤ・ジーズニ」を筆頭に、小型の鋸を手に必死の脱獄を試みている。歯軋りしながら鋸を挽いている。名誉ある、しかし自分には経験済みの作業だ。

▼七月二日

「人民の事業」紙でリンシェヴィチ某がクリューコフ〈作家〉のペシミズムを非難しているが、本人は暮らしに見出すべき明るさや喜びにはなんら言及しない。明るいものなど何もない。しかしペシミスティックな結論は言うに及ばず、そもそもいかなる総括もすべきではない。

わたしは子どものころから農民のことをよく知っていた。それで〈黒い再分割〉には何も期待しなかった。革命に関しても、したがって結論めいたことは少しも思いつかない。わたしには社会主義の党活動家たちへの失望や悔しさがある。彼らが夢中になっているのは政治《ポリーチカ》だけだし、自分たちが言ったことと約束したことの意味がまるでわかっていない。

わたしが鬱屈した状態にあるのは、大衆《マス》の無知無学無作法が活発になるにつれていよいよ自分の居場所がわからなくなってきたためである。以前は百姓《ムジーク》が可哀そうになったものだが、今はこっちが気の毒がられている始末。でもむこうは何とも思っていない。ところで、そんな心理状態に合流したのが仕事からの重圧感だった。ひとつ、まる一日を郷委員会のあの蒸し暑さと息苦しさの中で過ごしてみるといい。そしてそのあと家路をたどりながら、ああペトログラードでは何とかいう活動家が何時間かけてロシア帝国全土への決議を採択したというのに、自分は一日かけて一ミリしか前進できず、しかもそのことに少しも確信が持てないでいる……

▼七月三日

赤毛の輔祭、教師（八十デシャチーナの土地所有者）——

——その管理下にある労働者たち。

議長、その脇に赤毛。石盤の後ろにいるのは、表決権はないが発言権のある男。

百姓たちは子ども用のベンチに坐っている。

委員会とソヴェート。

朝の十時と決まっていたのに、集まりだすのは十二時だ。

固まって坐っている者、横になっている者、立っている者、立っている者。政治家連は立っている。その中にイワン・イワーノヴィチ。彼は刑事犯で、みなに取り囲まれ、ぐいぐい壁まで押されて、いま釈明に躍起である。

「ウィルヘルムは打ち倒されると予想してたんだが、それが駄目なら攻勢をかけるほうがいいとおれは思う。ただし、併合と賠償金なしに、〔民族〕自決のためにね」

議長の後ろの石盤の近くにいるのが〔イワン・イワーノヴィチ〕メシコーフ。もみ上げがひっついて、額が火のしみたいにつるりとしている。目はきょときょとして少しも落ち着かない。この男は何者なりや？　見てのとおりの男だ。犂も馬鍬《まぐわ》も、土地もない。ソロヴィヨーフスカヤ郷の住人たちはこの男のことで、ここずっとタネーエフスキエ〔同じ郷下の村〕の住人たちとやりあっている。郷委員会で選任されかけたが、巧くいかなかった。それで彼は〔諦め切れずに〕ある戦友に声をかけた。するとその戦友はコミサールを追い出して（軍隊で言うと〈掃討して〉）しまったのである。また新たな戦いの炎が上がった。いま集会では誰もが自説を主張して譲らず、大声を張り上げている。（怒鳴り屋のアルチョームはずっと口を噤んでいた。もっとも、馬鹿みたいに高揚しなければ何ひとつ喋れない男なのだが、それが突然、顔を真っ赤にして演説をぶち始めた！）天性の怒鳴り屋の本領を発揮。「問題は真実《プラウダ》だ、いいか、おれは真実を言うぞ！」言うというより吠えだした――「おれの〔真実〕は、いいか、もっと強力でもっとずっと強大なんだ！」何を言いだすことやら。あくまで冷静かつ慎重なのは赤毛の輔祭だ。彼は大樹の蔭に寄るのも巧いし、空気を読んで〔生きるのが〕大好きだから、言葉巧みに鎮めにかかる――

「イワン・イワーノヴィチの罪は、みなさん、明らかです！　でも、その明らかな罪は隠された罪よりさらに人間を苦しめるものです。われわれはみな罪びとなのですよ！」

そう言ってから、メシコーフ本人に弁明〔の発言〕をさせた。

「同志のみなさん、おれは確かに九年前に裁かれました。でも、今では政治によって罪を償ってる。新しい法律ではすべてが赦されるんだ」

「そのとおりだ！」誰かが言った。そしてまた誰かが落ち着いた声で――

「わしらがメシコーフを選らばなんだら、いったい誰を選ぶんだ？　メシコーフはこのとおりの人間だよ。ズボンもシャツも履き古したこの長靴も――どれもありのままのこの男を語っている！　要するに演説家であり雄弁家なんだ。メシコーフは馬も牛も持ってない。犂も馬鍬もない。お情けで伯父貴の穀物小屋の裏に住まわせてもらってる。女房は物貰いをやっているが、しかしだからといってエライ奴を選んでは駄目なんだよ。いっぱい家畜がいて、土地もあれば経営も巧いなんて奴には暇がないはずだ——なんせブルジョアだからな。ちっぽけな奴を選ぶべきだ、わしらのメシコーフはなんてったって一番ちいせえ、ちっぽけな男だ」

「ありがとう、みなさん」メシコーフがこたえる。「さてと、それで、ここにあるのが投票箱であります！　投票は非常に周到かつ丁寧、しかも厳格な監視の下に実行されなくてはなりません！」そんなことを言いながら、巧みに投票を呼びかけた。

「さあ選んでください、しかし社会主義者＝革命家に限りますよ。もし人民の自由の党の人間、つまりブルジョアを選んだら、すべてご破算にしますから、よろしいですか？」

　候補者が八人挙がった。呼び上げられたのはソロヴィヨーフスカヤの（当然、腹を合わした連中の）名だけ、郷の他の地区では聞いたこともない名前ばかりだ。

「ここに来てねえ奴を選んじゃいかんのかな？」誰かが問う。

「それはどんな人ですか？」

「それとも、わしらの中からだけということかな？」

「ここに来ている者といない者とから選ぶんです！」と、教師。

「ここにおらん者でもいいってことかね。そんじゃハリトーンでもいいな、うちのミコライでもいいんだな！」

　そしてさらに十人ほど候補に挙がった。ようやく投票だ。結局、朝から深夜までかかってしまう。輔祭が選挙人名簿を読み上げ、あとの半分をわたしが読み上げた。教師が投票玉を手渡した。選挙の仕事はわれわれインテリに任された恰好だ。十回もイワノフの名を呼んだが、十回とも「〔あいつは〕どっかでお茶呑んでるよ！」肝腎なときに投票所にいないのである。だんだん腹が立ってくる。わたしは自分の票玉を気づかれないように左の方に置いた。腹を合わした連中に知った人間は一人もいなし、どうせインチキをやるのが目に見えていたからである。

　警備員が輔祭となにやら〔ひそひそ話〕。わたしは一息つきたい。と、そのとき、半コートを着た男がすうっとわたしの方に近づいてきた。

「土地所有者の集会の通知は受け取りましたか？」

「いや、聞いてないけど。どうしてわたしが？　わたしが持っている〔土地のこと〕のはほんのちょっとなんだが……」

「いずれにせよ所有者です。主張されますか？」

「いや、しません。ダーチャなら喜んで進呈しましょう。あれのせいでわたしはひどい目に遭ったから。でも渡せないな――どうせめちゃくちゃにされてしまうから。ところで、おたくが守ろうとしているのは何なの？」

「旧体制です」

「ツァーリを？」

「もちろんツァーリを」

委員会が開かれているあいだ、ずっとツァーリ派の声が聞こえていた。陰謀家たちは何度も繰り返していた――「自分の土地を〔ツァーリは〕あらゆる手を使って最後まで守ってくださるはずだ」と。

「プロレタリアがどうしたい？　あいつらだって旧体制を擁護してるんだ。でも、わしらはみな相当な土地を握っている。農民なんかに何が要るって？　連中は土地さえ手にすれば満足なんだ」

わたしはそのあとパシーニンのこと、彼がどこであんな土地を手に入れたのか訊いてみた。

「雪解けの増水でどっかの事務所がまるごとあいつの家の近くに流されてきた。いきなり大金が流れてきたんだよ。それで土地を買ったってわけさ」

エレーツ市のポグローム。七月四日、地元の守備隊のばらばらの武装した連隊とボリシェヴィキを名乗る者たちに唆《そそのか》された群衆が、軍の司令官や食糧管理局長、多くの大商人たちを半殺しの目に遭わせたあと、個人財産を略す目的で軒並み家宅捜索を始めた。

さんざんな目に遭わされた者たちは過剰に食料品を溜め込んだとして詰め腹を切らされたのだが、しかしそれらは、ほとんどの場合、食糧管理局に登録されていたものであることがわかった。暴動の真の原因は――一）食糧不足から管理局が白パンの不平等な配給を行なった。二）野良仕事を免除されていた兵役免除者に兵役義務を課そうとした。三）胃袋と心の欲求を人質に取って黒い勢力〔黒百人組その他の極右団体〕を煽動した。

ブラックリストに載っていた面々に対する懲罰は、まさにアジア的残酷さそのものだった。靴も履かせず市中を引き回し、横から殴りつけ後ろから蹴り上げて、口笛を吹き野卑な歌をうたって踊りはしゃぎまわった。そんな虐めに市街区の女たちも加わって（その数や恐るべし！）、狂ったとしか思えないような金切り声を発していた。

幾人かを除いて執行委員たちも警察も姿を見せなかった。おそらく出だしで大きく躓き、予想外の暴乱に恐れをなしたのだろう。とはいえ、ポグローム当日には公共団体の代表者から成る臨時の治安委員会が組織されており、執行責任者〔であるコメンダント〕は徴発隊と査問委員会を設置していたのである。七月四日の夜までに捜査はずっとまともな性格のものになり、五日以降、略奪行為は完全になくなった。

現在、権威を失墜した者たちが徐々に復帰しつつある。ロシア人民連盟の前の議長のルゥードネフは逮捕されたものの、今ではボリシェヴィキとして活動を再開している。騒動は仮面をかぶった反革命だ。以前はだんまりを決め込んでいた右〔翼勢力〕が今では〈おとなしくなった活動家たち〉に、口を揃えてこう言うのだった――「ああ、これがおまえさんたちの革命なんだ」

注目に値するのは、官僚も食糧を隠匿していた商人と同罪であると理解した農村がこうした野蛮なアジア的懲罰を当然の報復と見なしていたことである。

エレーツの事件から一夜明けても、わたしが知り得た情報はごく限られたものだった。

事件当日、村にいたわたしのところへひとりの農夫がやって来て、〔自分が町で見たり聞いたりしたことを〕いろいろ話してくれたのである。

関係（絆）。

財産関係――ダーチャと庭と十九デシャチーナの畑とが自分の監獄になった。貸しには出せない――禁じられているから。労働者を雇うこともできない――労働者がいないから。土地委員会に渡すこともできない――委員会がフートルを村委員会に管理を委ねれば、近隣の農民がクローヴァーを掘り返し、土地を分配して、めちゃくちゃにしてしまうだろう。公園の木は切り倒され、庭園は荒らされ、家そのものも解体されてしまう。

家族関係――エフロシーニヤ・パーヴロヴナに仕事は任せられない。なぜなら、彼女も頭の足りないヤーコフ〔継子のヤーシャ〕も放って置けないから。彼女はお金のことで喚き立てるだろうし、ほかの子たち〔リョーヴァとペーチャ〕もヤーコフに駄目にされてしまう。これではすべてお仕舞いだ。ヤーコフがすべての障害……

農作業関係――日照りで野良仕事に支障が出ている。雨が降りだした。さあ、土を均《なら》して耕さなくては。干草が濡れてしまった。どうして乾かそうか？　何で運び出す？　馬か？　ああ駄目だ、使えない……ライ麦が熟れている。

一日どっかへ出かければ、それですべて調子が狂ってしまう。足がないので、たとえ書けても送れない。書けないのは事件の経過がよく摑めてないからだが――ともかく今はそんなふうだ。

すべての背景にインターナショナルなものとナショナルなものがある。世界平和のスローガンが掲げられたが、その鼻っ先でウクライナとフィンランドが大きく伸びている。ドイツと戦う気がなくなった。でもまだ殴り合っている。社会主義者たちは国民を実現不可能な〈統一〉でもって惹きつけている。

エレーツのポグロームは轟く雷鳴——アジアからの。新しい組織という組織がガラスのように飛び散った。ガラスを割るにはあんな遠雷でも十分なのだ。

殴る蹴るのあんな乱暴狼藉は革命の埋葬ではないか。

ペトログラードの革命の日々が、なんだか今では、若かりし日の（欺かれた）幸福のファースト・キスのようである。

あれから十何年も経っているのに、まだ夢に出てくる〔ワルワーラのこと〕。丸太小屋の部屋。ソファーみたいなものに横になっている——明るい甘美な唯ひとつの思い出だ。思い出はそれでお仕舞い。それっきり。だが今度は、その部屋の真ん中のあるモノからいきなり想念が湧いて出て、壁の中からもクマネズミ——大き過ぎて壁の穴がやっと通れるほど——が出てくる。それを自分は捕まえたくなり、指をいっぱいに（恐ろしいほど）広げて向かっていく。で、なぜかそのあと、祈りの言葉が口をついて出る——「ああ、お願いです、戦争をやめさせてください！」

新たなこの動乱《スムータ》の時代に——一人二人どころか何千人もの僭称者のドミートリイが民衆を欺き、怪しい外国語で彼らを訳のわからないところへ引っぱっていこうとしている。町が破壊されていく。町だけでない、田舎も、混乱し崩れかかっている。自然が無分別な者（狂人）どもによって遺棄されたまま。

庭園、森、畑〔野〕はどこでも樹木と草と麦穂が和気藹々《あいあい》とやっているのに、人間たちは兄弟同士がぶつかり合っている。

女地主〔長姉のリーヂヤ〕は旧い家の奥に閉じこもって考えている——悪の根源は百姓たちだ、百姓たちが謀議して自分の財産を掠め取ろうとしている、と。だが、その〈彼ら〉は存在しない、共同謀議もなかった。彼らはもっと苛烈に自分たち同士で奪い合っているのだ。さらに驚いてしまうのは、互いの略奪の凄まじさに比べたら、女地主の被害などいくらでもないという事実。

お昼にしようと畑にプラウを置いたまま家に戻れば、もう無くなっている。そこらの木に手綱をかけても駄目。忽ち持っていかれてしまう。とにかく何でも無くなってしまう。

ペーチ職人は仕事が無くてぶらぶらしている。煉瓦が高騰して誰もペーチを造る決心がつかない。ペーチ職人は煉瓦を焼いていない。誰も高価な煉瓦を買わないので。

生活の簡素化。砂糖の配給は月に二分の一フント、それもはっきりと決まっているわけではない。お茶はやめにして乳を飲んでいる。町の市場では煙草を売らない。それで煙草もやめた。肉も無い。カーシャと乳と黒パンだけ。そんなことはなんでもない――目的意識さえあれば、むしろ喜んで実行できる。肉〔欲〕を抑えても魂は豊かにならない――苦行者《アスケット》がそうであるように。

▼七月八日

リーヂヤがわたしとは財産を（馬具から箱の類まで）とことん二分しようと言い張っている。とにかく自分たちの間の〈マテリアルなもの〉が落ち着くところに落ち着いたら良い関係でいられるから――そう期待してのことなのである。だが、まったく互いに頼ることをやめた時点で、会って話をすることもなくなってしまった。

革命の急進派は、国民周知の皇帝ニコライ二世の無能を利用し、その事実をもって右派の連中を黙らせた。

〔報告の準備〕。四月七日にわたしはルーシを見ようとペトログラードをあとにした。ロシア人がこれからどう出てどう振舞うか――これまで自分が見てきたものがどれも新しい名で呼ばれることをわたしは期待しているのだ。

▼七月十日

静かだ。春のごとき冬と嵐が過ぎ去り、再び庭は緑に色づく。額に班のあるわが家の子牛が杭のまわりでもぐもぐやっている。わたしはテラスに坐り、手すりに肘を突いている。船に乗っているようだ。船は時間の中を疾走する。

▼七月十一日

よくわからない――馬車の轍が光るのか、野を越えてきた鳥の鳴き声か、それとも陽を隠した雲のせいか――不意に秋の気配。新たな欠乏と、困窮と、心労をもたらす秋ではなく、わが祖国《ローヂナ》の秋だ。肉親やプーシキンやグレーチ[*1]やネクラーソフを、叔母たちや村の農夫の男たち女たちを、タールを、荷馬車を、野ウサギたちを、定期市を、庭の林檎の木を、春をも冬をも、そしていまだ解き明かされない、愛ではち切れんばかりの心にありったけの期待と希望と夢とを引き連れてやって来るあの秋の気配が、ふと漂った。なのにそのあと、それは唐突に滅びにかかったのだ。すでに以前から自分はぼんやりとだが、ロシアの民の新たな苦悩を、新たな十字架を感じていた。だから、どうしても行かなくては、贖《あがな》わなくてはならないのだ[*2]――でも、どこへ？　何を？　何を贖うのか？

生活のあらゆる絆のほどけ方。まず経営から始まった。干草が蒸れ、堆《やま》が崩れて、手がつけられない。ロシアも世界戦争もこれと似た状態だ――括り縄がはずれかかっている。

閣僚たちが逃げ出した。軍隊は敗走だ。国家の部隊が逃げる、逃げる、てんでんばらばらに。小さな村も大きな村も、隣人も家族も、分離し、すべてがなにか張り詰めた重苦しさと敵意の中にある。ロシアは滅びようとしている。ああ、もう無いのかも――すべてを赦すキリスト教の寛い心と、おとぎの国のような広い国土と、測り知れない富とを有するその国は、もうこの世には存在しないのかも。[*3]本当にこれがロシアなのか――祭日に赤い葡萄酒が手に入らず聖体儀礼をとりやめてしまったという。これがロシアなのか？　ロシアはすでに無い。死んだのだ。

不面目なことだが、でも訳がわからないのはその奇妙な鈍臭《のろ》さだ。どうだろう、祖国が死にかけているというのに、自分は――その息子である自分は、まだそこにいて、ただじっと見ているばかりで、信じているのが滅亡なのか復活なのかもわからないのである。冷ややかに、お役所ふうに「ロシアが滅びることはないでしょう」などと言うけれど、「なぜ滅びないのです？」と問い返されても、どうそれを証明するのかわからない。

わたしは村に行って話をした――「大臣たちは逃げたよ、兵士も逃げてる、ドイツの軍隊がやって来るんだよ」

「それがどうしたい」と鍛冶屋。「ま、終わったってことさ。そうぼんやりしとってはおれんだろう。何かの下で生きていかなくちゃ。誰かに服従するか、税金を払うか、なんかそんなことをしなくちゃならんだろうな。ドイツ兵な

＊1　ニコライ・イワーノヴィチ（一七八七―一八六七）は、文学者でジャーナリスト、言語・文学研究家。

＊2　プリーシヴィンはキリスト教的伝統というコンテキストから生ずる〈罪の贖い〉を理解しようとする。詩人ブロークとの隠された対話（自伝的叙事詩『報復』（一九一〇―二一）と、その解を求める新たな問い。革命後の最初の数年の日記には、この罪のモチーフがしばしば顔を出す――「ロシアのナロードはおのれの花を滅ぼし、おのれの十字架を捨てて、闇の王に宣誓した」、「花も十字架も踏みにじられた。至るところで木が切り倒された――あたかも新しい十字架のための木を殺したがっているかのように」、「きっと自分は誰よりも十字架上の死を知り、感じているのだ。だが、十字架はわたしの秘密、わたしの夜だ。他人の目から見れば、わたしが昼のうに花のように見えているだろうけれど」（一九一八～一九年の日記および評論集『花と十字架』から）。

＊3　二つの革命に挟まれたこの時期、プリーシヴィンは、つい昨日まで生きていたロシアの神話の――日常性に霊感を与え、それに文化のステータスを加味しながら、地上の現実と天上の現実とを結びつけていた神話の――衰弱と消尽を指摘する（一九一六年九月二十二日の日記）。

どどうでもいいが……でも、何かが終わっちまったんだ」

エフロシーニヤ・パーヴロヴナ（概して女）は生まれついてのアナーキストでプロレタリア（〈あらゆる法の上を行く〉）だが、運命的には最も残酷な所有権者（欲張り）だ。二重の存在。鳥のように空を飛ぶし、卵を抱いたら梃子でも動かない。

「同志諸君、われわれはもう十分飛んだし十分うるさくもしました。さあ、鳥たちを見ようではありませんか。彼らは空を飛ぶが、ときどき卵を抱くのです。われわれももうそろそろ卵を抱いてもいいころじゃありませんか？」

夕方、牛たちが戻ってくるころ、村に行ってみた。誰か町へ出かける人はいないか、もしいたら頼んでみよう――ついでに町から郵便物を持って帰ってくれと。ニキーフォルがやって来る。何を言い出すかと思えば――

「草刈りまでに生肉を届けるよ。子豚をばらすんだ、一フント九グリヴナ〔約四百十グラムで九十コペイカ〕じゃどうかね」

「いいだろう、オーケイだ。ところで、きみはあす町に出かけないか？　心配なんだ、どうもまずいらしい。聞いたかね？」

「ああ聞いた聞いた。逃げ出したって？　泡食って逃げ出したんだって？　そりゃあ逃げねぇわけがねえさ。塹壕ン中に三年だよ――泥水と湿気ン中でよ」

「それはドイツ兵も同じだよ」

「それがどうしたい？」

「いやなに、今にそのドイツ人にロシアは取られてしまうってことさ」

「でも、それがどうしたい？　なぁんも起こらんよ。奴らはどっか適当なとこに線を引いてくだけで、それ以上はなぁんも起こらんよ。まあでも、どのみち生きてかにゃならん……ところで子豚をばらすんだが、脂身《サーロ》は自分のために取っとくんだが、おたくには生肉をやる、九グリヴナだがね、いいかい？」

ほかに何が期待できるだろう？　それでも、それぞれの活動――戦争のような危険を伴う活動にもやはり一兵卒（普通人）は心を奮い立たすにちがいない。

とどのつまり人間はさんざん走り回ってへとへとになり、もうどうでもよくなると（そんな状態でヒトは捕虜になる）、運命のままに国際主義者《インターナショナリスト》になるのである。

人間が戦場に向かうためには、まず何かはっきりと目に見えるもの見知ったものが必要だ。そして火の手が上がったところで、ようやくその火事明かりの中を自分の足で突き進むのである――あとはめくら滅法、どこまでもどこまでも。

※　※　※

親愛なる友よ、あなたに手紙を書こうとするとき、わたしには、あのインターナショナリストたちですら極端なくらいナショナリストであるように思えてしまうのです。それがあなたの問いへのわたしの答えです。ところで、なぜあなたにあまり便りをしないかということですが、それにはなかなか難しいこと、わたしの側に戸惑いがあることをお汲み取りください。あなたは、わがフートルを地球儀の上の一点のように想像しながら、フートルでのわたしの日常生活を伝えよとのご所望ですね。

かつてわたしは、セミパラーチンスク州[*1]の広大無辺なステップを旅することになり、そこで土地不足を嘆く声をよく耳にしました。ルーシの至るところでそんな声を聞きます。これは一種の仮病です、ノイローゼみたいなものです。しかし、黒土の中心地帯ではそれは現実の病なのです。わたしが住んでいる県は土地不足が最もひどく、その中でも最悪の郡、その郡の下にわがソロヴィヨーフスカヤ郷共和国があり、そこがまたこれ以上ないほどの土地不足に悩まされている地区であるので、そういうわけで、わが家の近くの村が郷中最最貧の村と言われています。

民族と民族が烈しく地球の分割分配をやっているこんなときにこそ、わたしはソロヴィヨーフスカヤ共和国のベスプートノエ村[*2]の住人たちがやっている土地分配についてのお話をしようと思います。つまり、地球儀上に一点を置いて話を始めます。

わたしの隣人のニコライ・ミハーイロヴィチ〔次兄〕は、他人に貸している百デシャチーナの土地所有者で、概して新しいもの、社会主義をも認めるような人物ですが、ただ自分の土地の正当にして無償の〔略奪〕は断じて認めないのです。

ドイツがキーエフに近づいているという噂。

カザンの聖母のイコンの祭の前夜に神父が言ったらしい――葡萄酒が手に入らないので、あすの聖体儀礼は中止である、と。「まそれは……」と冗談半分に神父は言った。「つまり、この世の終わりということです」

歩いていた警官のアルヒープを摑まえて訊く――「何か新聞で読んだかね？」

*1　一九〇九年の奥イルトゥイシのステップへの旅のこと。中篇『黒いアラブ人』（一九一〇）はこの旅の成果。
*2　ベスプートノエとは無分別・だらしなさ・淫乱・不身持ちの意。

「キーエフに近づいているんだ！」と、アルヒープ。「やばいよ！」

こちらもそれを信じたものかどうなのか？

農夫に訊いた――ロシアは誰に住みよいか？　返ってきた答えは――誰にも。土地とは何の関係もねえからね。兵士に訊いた――誰にも。戦争なんかくそ喰らえだ！　商人もいたってあっさりと「商いどころの騒ぎじゃないね」。だいたいにおいて今いまのことには関心がないようだ。未来に関心がある人間には住みよいということだろうか？しかし未来など、今は誰にもわからない。ということは、党のアジテーターのような〈信じる〉人間には、猪突猛進型の人間には、住みよいのだ。放浪者にはいいが、定住者にには住みよくないのだ。

ここ二週間、雨が降り続いている。クローヴァーが汗をかいている。ライ麦は熟れ過ぎて倒れかかっているので、刈りにくい。鋤き返した休耕地は化粧直しでもしたように草が生えだした。こんな時期、仕事もなく新聞もないのは「生きてもいない」ということだ。

中庭に何かが足りない。何だろう？　そうだ、燕がいないのだ。飛びながら彼らが鶏たちを嚇かすのを見るのは、なんとも愉快である。彼らが姿を見せないので、猫たちはその巣を壊してしまった。

コーリャが言う――「われわれは尊敬されてないんだ」
▼七月十六日
森番をしていた男がやって来て言う――伐採を止められない、勝手に伐られて運び出されている、と。

「もう見張りは無理だね。こんなとこで働くなって逆に言われちまった」

森番は行ってしまった。土地委員会に要請書を出す。一か月後、町からエスエルとエスデーの党員がやって来た。

「おたくには見張り人はいないのかね？　いない？　それじゃ訊いてもしょうがないな」

誰も革命の顔を見ていない――誰もそれを出し抜くことができないので。革命と伴走している者は革命について何も語れない。革命が傍らを通過していくが、何も見えない――ゴミや舞い上がった埃で光が遮られるので。もちろん革命は半人半獣的なしろもの。革命と一緒に突っ走らなければ、見えるのは、どんどん背後へ不潔をまき散らしていく獣のでっかい尻だけである。

大鎌の刃を研ぐ
根気の要る作業。鉄のハンマーで細い刃先をトントン叩く。マルクス主義の大波が打ち寄せた若い時代にもやはり、強情張って誰の言うことにも耳を貸さず、刃のように細いひとすじ道を必死に歩いて行かなくてはならなかった。ぼんやりとだが、憶えているのは、艦隊や軍に金を出すべきでないという基本的主張に対して「そうかな?」と思ったこと。どうして祖国を守らずにいられるのか? 誰かがやらなくてはいけないのに。なぜそれがおれじゃないんだ、と。そして今、その答え——そんなことは、それで儲ける奴にやらせりゃいい、守りたい人間はいくらでもいるさ、だ。死刑の問題はまさにそれ。死刑が無くてはならぬもの、なら、自分らで刑吏を選べばいい、おれは死刑執行人なんかにはならないぞ。現在、社会はその手の仕事〔死刑制度〕の放棄を申し合わせたばかり。そこでケーレンスキイとチェルノーフ*は自ら死刑執行人になろうとしているのだ。彼らがやっているのは、〈確固たる王権の土台〉とか〈神聖なる君主の特権〉とか、要するにブルジョアジーが掲げていた看板を〈革命の達成〉だの〈デモクラシーの土台〉だのに替えただけである。言葉と形式こそ変われ、本質的には何も変わっていない。アピスも以前と同様、畜舎に繋がれていて、舞い上がる路上の土埃もなんのその、革命の旋風には目もくれず、自分の永遠の反芻を繰り返している。

だが、トルストイは自分を裏切らない。ケーレンスキイの〈悲劇的な必要性〉にも従わないだろう。

春の陽光とともにやって来た純真無垢の光の子らのような三月《マールト》の日々に、革命は始まった——世界の平和を呼びかけて。そして今、夏の急変期を迎え、もうすぐイリヤーの日〔予言者聖イリヤー祭は旧暦七月二十日、新暦八月二日の暑い盛りに執り行なわれる〕だ。鳥たちは歌をうたわず、麦の穂はうなだれて、刈り取られるのを待っている。革命はもう齢なので、死刑制度を復活させ戦争に干渉した。つまり、すべて昔のやり方に戻ってしまったのだ。そのあとに新しきマールト〔革命〕の到来、六月《イユーリ》に所有〔権〕のマールトが始まった。ブルジョアとともに、革命は、遺産相続による物的蓄積の持ち主のみならず、きちんと系統立てられた立派な知識と才能の持ち主(その適応能力は実用一点張りのインテリの狭い活動枠には収まらない)にまで触手をのばした。彼ら、すなわち革命《レヴォリューション》に対抗し進化《エヴォリューション》を擁護する、きちんと系統立てられた知識と精神の持ち主たちと足並みを揃えたのは、自助努力によりあらゆる略奪的資本蓄積論に逆らっておのれを控えめな独立的存在たらしめた純真無垢の所有者たちである。アナーキズムに対し、秩序の名に

* ヴィクトル・ミハーイロヴィチ(一八七三—一九五二)——エスエル(社会革命)党創設者の一人。一九一七年の第一次臨時政府で農相、ソヴェート政権に反抗し、一八年チェコ軍団の反乱を煽動、国内戦の口火を切った。二〇年に亡命。

おいて声を上げるそれらの人びとのあとから、早晩、腹の突き出た連中もぞろぞろくっついて来て、三月《マールト》、四月《アプレーリ》が終われば、またぞろ所有〔権〕の夏は始まることだろう。

マールト的〈中途半端〉の意義とイユーリ的終焉。

人さまざま。

家にまた兵隊たちがやって来て、勿体つけてわたしに、庭のサクランボを食べてもいいかと言う。「どうぞ、いくらでも！」——すると彼らはそれぞれ一つだけ捥《も》ぎ、〈馬鹿ていねいに〉お礼を言って立ち去った。おそらくあれはわたしを試したのだ——こいつはブルジョアかプロレタリアか。

深夜、泥棒が金敷《かなしき》を盗んでいった。あしたは草刈りなのに、これでは大鎌が研げない。泥棒の大量繁殖だ。いちばん貧しい百姓でさえ粗末な馬の首輪を持っていかれるのだ。徐々に暮らしが二つに分かれていく——所有者と泥棒のそれに。徐々に徐々にわれわれの生活は、島の敵対する未開種族たちの間に住む人のそれに近づいていくようだ。きっとその醜悪な暮らしの中には、面白くてためになるものもいっぱいあるのだろうが、今はそんなことを言っている場合でない。興味もないし暇もない。教え説く相手もいない。夜、仕事を終えた夕食前のこと、馬たちを仕切りに入れ、はずした首輪を前後を逆にして（盗まれるのが怖いので）、家の正面のテラスから見えるところに置いた。そうすれば夕食の前にひと息つけるうえに思索に耽ることもできる。ここずっと自分は船上の人で、確かにどこかへ向かっていた。ひょっとしたら、自分はロビンソン〔・クルーソー〕かも。ならばこの船は、自分の本当の故郷（ローヂナ）に漂着するはず。着いたら本当の故郷の人たちに話してやるのだ——ヨーロッパ人のいない島で自分が野蛮人たちとどんな暮らしをしていたかを。

出版社の「ルーチ〔一条の光〕」がシリーズ本を出そうと言う——「ソフトカヴァーの、できれば綴じ本で」と。

乾燥場に板を打ち付ける。

大地との出会いはどこまでも広大にして自由。鋤《すき》を手に気一到すれば身は大地の釘と化す。土の仕事〔農〕こそ哲学だ。ひと鋤ごとにまた考える。

社会主義者とカデットの論争には、カデットについての真実がある。政府のトップにありながら、彼らはゆっくりと遅れていった。しかし、その理由はわかる——運輸委員会でのオクーリチと半所有者〔中途半端な地主〕である自分の立場を思い出せば、わかる。労働者と兵士代表ソヴェートと郡委員会。大臣たちは、行動できなかったか、奇妙な行動をとるかしたのだ。とにかく〈人民大衆を落ち着かせる必要があった〉らしいので。

▼七月十九日
ライ麦の刈り取り。大鎌の取っ手の曲がりに指があたって、痛い。刈り手の長い列と短い列。刈られた畝は、まるで腕のいい調理人に下ろされ〔て皿に盛られ〕た蝶鮫の肉のよう。取っ手の曲がりが臍のあたりにくるようにする。桶一杯の水。ときどき刃を研ぐ。ムシトリナデシコ。一日で二分の一デシャチーナは立派なものだ。二人の刈り手のあとに女が三人。刈り取られたライ麦の山。横になると、青と青の上〔畑と空〕、群れ飛ぶ雀たち、揺れるそよ風――馬車に揺られているのか？　身体、生のきわみ。

　面白いことに、四十二年も郵便局で働いたミハイル・ワシーリエヴィチがわたしに「土地と自由」[*1]紙を貸してくれと言ったこと。

　湖岸の小さな道を村のガキどもがいくつも束を引きずっていく。パンが足りないから自分たちで脱穀して、いっぱいピローグを焼くのだ。目の端に、奪われた〔自分の〕森。そこに馬群がちらり。

　この土地での自分の社会活動は幕を降ろした。

▼七月二十二日
　昨夜、ライ麦の刈り取りが終わった。刈り残したところをぐるりとめぐって、こんなことを口にする――「さあ一気にかませ〔一気に刈っちまえの意〕！」すると女たちが叫ぶ――「あご鬚だけは残しとけ！」そこであご髭分だけ刈らずに残して、それを括《くく》る。[*2]女たちが麦束を運び出して、刈り入れはすべて終了。

　いちめん褐色のライ麦。近くで見ると、暴風雨が二デシャチーナの畑を一気になぎ倒していったかのようである。茫漠として果てもない空間だが、でもそれは、まだほんの一片の土地。誰もが争っている。はじめは外部の敵への、そのあとは内なる敵への反目、恨み。はじめは国家間の、それから国内の党間の、それから家族間の、そして兄弟同士の反目、恨み、つらみ。

　うちの屋根の付いたテラス（手摺と柱）はちょうど船のデッキハウスのよう。夜、家人が床に就いてしんとなったころ、自分はそのデッキハウスに腰を下ろして、あたりを見渡す。木々が青々と枝を広げているとき、満開のとき、

*1　ナロードニキの革命的結社が発行した同名の非合法機関紙（一八七八―七九）。編集者にクラフチーンスキイ、クレーメンツ、プレハーノフ、チホミーロフ、モローゾフ。
*2　古くからある農耕儀礼の一つ。

黄葉《こうよう》のとき、テラスに落葉が散り敷かれるときもある。船はどこかへ向かっているらしいが、いったいどこへ？　たしか去年もこの地方を通過したんだが……と自分は考え込んでしまう。この旅はどんな終わり方をするのだろう？　驚いたことに、いくら考えてもわからない――この君主国の崩壊で決着はつくのか？　じゃ今は？　本当に君主国の建設で終わるのだろうか？

　委員会をわたしは信じない。憲法制定会議も信じていない。それが実現するためには、あることがなされなくてはならないが、どこかリングの一つが欠けている。あれはどのみち権力ではなく徒党にすぎない。ならば自分も自分の徒党を、犬の徒党でも！　できたら楽しいだろうな。でも所詮、黴菌《ミクロープ》。ミクロープが発生しただけだ。ミクロープが咬みついただけである！

▼七月二十三日

　はたして〔盗んだ〕束を元に戻すだろうか？　クローヴァー畑に馬の群れ。怒鳴って追い散らした。燕麦が実っている。休んでいた畑を再耕しなくては。燕麦を刈り、ライ麦を束ねなくては。だが、馬がびっこを引いている。リーヂヤのとこではライ麦を運び出している。ニュース――ケーレンスキイが逃げ出した。ロシアはこれでお仕舞いだ。燕麦畑から子牛を追い出した。准医を探す。荷馬車でやって来たのは獣医のチーシャ。〔びっこを引く〕馬にみなが手を焼いていた。パーヴェルもやって来た、荷馬車のあとからは鍛冶屋も。もう馬たちを伐採地やクローヴァー畑に放すなと、パーヴェルが言ってくれた。みなが約束する。アルチョームが子牛のあとからのこのこ。脱穀する場所を選ぶ。夜になって本降り。あすの運び出しは無理か。たぶん刈り取りも駄目だ。

　ニコライ・ミハーイロヴィチ〔次兄〕は、ロヂャーンコが首相になって独裁を始めたらいいと思っている。ケーレンスキイは〈もぐり屋《ヌイローク》〉だ、チェルノーフは解任だ、と。

「自由が正当性を見出せないのだから、どうしようもない。自由にだって食いものが要るんだが、それが無い。まあでも、いずれ終わりは来るのさ。そうでなくっちゃ。そしてその終わりがまた旧に復する」

▼七月二十八日

　年寄りのニキータ・ワシーリエフが目に涙を浮かべて、言う――

「同盟だ、自由だ、良心だと言っとるが、では何のために略奪なんかしくさる？　いや駄目だよ、おまえたち、いいか、わしらにゃ神と親と王がなくては生きてはおられんぞ。神様がおらんかったらどうなる？　生みの親がおらなんだら――国の王がおらなんだらどうなるか！」

「国王なんかおらんでも大丈夫だよ、爺さん」そんな声が上がる。

年寄りのシドールカもふと昔のことを思い出して、口を開く。

「ええと、何を言うんだったっけ……ああそうだそうだ、わしも国王なんていなくてもやっていけるという意見だ。じゃがな、羊飼い〔牧者〕がおらんかったらどうもならんぞ。おまえにとってケーレンスキイはなんで羊飼いじゃないんだ、え？　余計なこったよ、ケーレンスキイのどこが悪い？　みんな、あの男を信じとるぞ！」

「ケーレンスキイがどうしたい？　信じてるって？　ケーレンスキイは〈〔ドイツが〕近づいてる〉なんて言ってるが、奴らは〈退却してる〉んだ。あいつはとんでもねえ野郎だよ……」

そこでまたシドールカ爺さんはまどろんだ。そして解放者のツァーリ〔アレクサンドル二世のこと。だいぶボケている〕を思い出すのだった。

「ああそうじゃった……わしが歩いとるとな、馬から下りたあのお方〔ツァーリ〕が跪いて祈ってる、いいか、その祈りは大変なものだ、いいか、その祈りっちゅうものは大したものなんじゃぞ」

鍛冶場の横を荷馬車に乗った菜園丁が通りかかる。停められた。

「なんぼだ？」

「四ルーブリ」

「四ルーブリだと！」

「ジャガイモは一フント二十五コペイカ」

「まさか？」

そこでみなが喋りだした――町じゃ物価が下がって、工場勤めの給料は減ってるってよ。給料も値段も低けりゃパンもジャガイモも胡瓜も安くなって当然だ。前の値段に戻せばいいのさ。どうでも要は安けりゃいいんだ、と。

「そうでなくたって、こっちはにっちもさっちもいかんのだよ。首に縄がかかってんだもんな。わしらの首に縄をかけたのは、国庫《カズナ》〔ここでは国ほどの意〕とドイツ野郎とボリシェヴィキなんだ！」

もぐり屋。アンドレイ・チモフェーエフ――二十デシャチーナの土地持ちが今、燕麦を刈っている。三年間、軍の曹長だったが、今はやはりもぐっている。「わしは――と彼は言う――戦争に終止符を打ったんだ、こんな下衆ども（村の方を指さした）のために戦争なんかしねえよ」

立派なことをしてるのかまずいことをしてるのか、今のところ自分たちには判断できない。結果は子どもたちに出るだろう――いずれそれははっきりするが、一方、父親たちは三倍も聖人で、おまけに三度も十字架にかけられたのに、やったことは間違っていたのだ。

〔燕麦の〕刈り取りが終わった。ひょろひょろした茎。どうもよくない。小さな箒のような可愛い穂だと、刈られたときに、黄金《きん》でも抛ったような音がするのだが、これはどうもよくない。ああ、いま日が沈むところだ。雨雲だって？　そうじゃない。あれは災いだ、あれは悲哀《スコルピ》だ！　何かが起こる前兆だよ。それとも露か？　それとも……〔いや、やっぱり〕スコルピだ！

野良仕事にも軍規をつくるというのはどうだろう？　農業学校にも戦略的な学科〔軍学〕を導入し、勤労奉仕学とか、何か応用社会学みたいな学科を組み込んだらどうだろう。（これは一番手に追いつこうとしているときに、ふと閃いたのだが、なにも彼に勝とうがためでない、自分は拍子を合わせて大鎌を振るっているだけだ、そして三番手もこっちに追いつこうとやはり拍子を取っている。そうすることでより正確に、全員がほぼ一列になって（したがって脱落できない）ザックザック刈っていく――前へ前へ、手早く楽しくすいすいと。これが〈共同作業〉の真の姿で、アンドレイ・チモフェーエヴィチはと見ると、自分の燕麦を自分独りで自分を急き立てながら刈っている。

われわれの仕事を見に警官のアルヒープがやって来る。

「ところで、どうだい、戦争は？」

「やばいよ！　お仕舞いだ。なんて言うかな、もうおっちんじゃったよ、ドイツがそこまで来てる……奴らなんかどうだっていいが、でももう終わりだね」

「なのにまだ軍刀をつけてるのかね？」

そう言われて、アルヒープはぎくっとした。それですぐに話題を変える――祖国防衛が必要だとかなんだとかに。

▼七月三十一日

仕事《ラボータ》と心労《ザボータ》。恐れているのはラボータではなくザボータだ。経営と生活。穴のあいたサモワールの煙突のことであれこれ思いめぐらす。なんにしてもこのサモワールは年寄りだ。表面全体に小さな穴ぼこ。そこから飛竜（ズメイ・ゴルィヌィチ）〔凶悪凶暴の象徴〕そこのけの火炎を吐くのである。そんな煙突のサモワールでも、見た目はどうしてまだまだ立派だし、春からずっとペチカで乾燥させている木っぽもぽちぽち元気に爆ぜるのだが、でもやはり齢は争えない。中身はもうボロボロなのだ。修理を頼もうにも職人がいない。屋根屋はどこかへ逃亡中、戦場からひょいと姿を消した〔つまり〈もぐり屋〉〕きりだし、鍛冶屋には鉄のかけらもない。町へ行く暇があれば（あればの話）直しに出すが、修理に二か月かかる。きょう、古い炉蓋でなんとか湯を沸かした。すべてがそんな調子だ。経営そのものが生存の必要条件を欠いているのである。他人の領地からプラウを盗んで畑を耕す者もいれば、旧式の犂で土をほじくっている者もいる。〔犂の〕刃を鍛《う》ってくれとまいにち鍛冶屋に行くが、鉄がないからと断わられている者もいる。刈取機を使う者、どう足掻いても大鎌（二十五ルーブリ）が買えないでいる者――いろいろだ。人間はラボータが怖いのではない、ザボータが堪らないのである。ザボータに悩ませられ心がひりついているから、何をどうしていいかわからない。ある者は、穀類はいずれにせよ没収される、自分のものじゃない国家のものだと言う。

▼八月一日

ライ麦を運び、燕麦を束ねて、あとは播種の準備に取りかかる。

技術の面から〈自力で土地を耕す〉とはどういうことであるか？　雇用経営は事実上不可能である。たとえ可能であっても利益をすべて呑み込んでしまう。

誰かが溜息まじりに言った――

「いま必要なのはお祈りのようなもんなんだが。それも無駄なら、いったいどうしたらいいんかなぁ？」

エルダーン〔卑語、ちんぽ〕。村から遠く隔たったところで暮らしている人間は、政府の度重なる交替が庶民の心にいかなる荒廃をもたらしているか、想像したこともないはず。今わたしは、新しい閣僚たちの名を記したものを村へ持っていくところだ。

「これが新閣僚の名簿だ！」

「またかい？　読み上げなくていいよ、そんなの関係ねえ！　そんな奴ら、くそ喰らえ《エルダーン》だ！」

「彼らはわれわれの期待の星じゃないか！」

「んじゃ、その期待もエルダーンだ――エルマン〔ゲルマン〕がやって来《く》んだぞ、もういいよ」

「どうしてもだ、やって来んだろ、あんな奴ら、くそ喰らえ！　勝手にさらせ、どうせおしめえなんだ！」

あっちからもこっちからも聞こえてくるのは――エルダーン。

「くそ喰らえ《エルダーン》！」

それでもこの言葉の意味を知らなくてはならない。つまりこういうことだ――たとえばあなたが物語を書こうとして、それに昼も夜も、一週間も二週間も費やし、いいや一か月延ばしても何ひとつまとまらず、一年経っても駄目で、最終的にその物語からは何も出てこないことがはっきりしたとする。当然、草稿をぶりぶり引き裂いて屑籠へぽい。そのときっとあなたはこんな捨て台詞を吐くだろう――えいくそ、なんだこんなもの、エルダーン！

「じゃ、国家はどうなるかね？」
「国家なんかエルダーンだ！」
「じゃあ、ロシアは？」
「ロシアもエルダーンだ！」

そうしてこの世のものはみな「エルダーン！」なのである。秋まき穀物の種を蒔くまでに休耕地の再耕ができて脱穀場に穀物を運び込めたらそれでいいのだ。あとは野となれ山となれ！

国家は力の組織化。力は権力によって実現化される。外部的にはこの権力は国家の境界に向けられ、内部的には力によって全体に従う個に向けられる。君主制国家の臣民は自由ではない。共和国では個人が服従の必要を知っていて自ら〔自発的に〕従うので自由である。国家の強制から解放される道は公共事業の犠牲の必要性を個人が自覚することだ。絶対的に自由な人格と絶対的に従順な奴隷はよく似ている。そうそう、それでわれらがエスエルの夢のような自由は、われらが奴隷農民大衆に顔を向けているのだ。そうだ、たしかに似ている。

土地、それは必要性の法、自由の必要性の自覚——そう考えるのが自由人。一方、奴隷はこう考える——土地は解放、自由は略奪（自由勝手）と。

わが農民は〈土地と自由〉党員の呼びかけに追随して、オシミーンニク〔四分の一デシャチーナ〕の壁にもたれかかった。なかでも愚鈍な連中はそのオシミーンニクだけで満足してしまった。

労働者のパーヴェルは馬持ちになりたくて、いつも種馬を引いている。泥棒になったのはその種馬のせいだった。彼の耳に自由を吹き込んだのは女房で、その女房は無駄遣いをよくする女だった。いま二人は土地を貰い、その土地に二か月暮らした。そのあとパーヴェルはまた雇われ労働者になって、そこを去った（自由の種馬）。

▼八月二日

きのう燕麦が運び出された。きょう穀竿《からさお》で脱穀（一コプナ[*1]二ルーブリ）。天気は上乗。あすは秋まき麦の播種。

ドゥーニチカ〔従姉〕はわれらが理想の教師である。彼女は復活祭《パスハ》には通例、どの男の子にも小さなパスハ〔復活祭用のコテージチーズ菓子〕をつくり、卵を赤く染めて、みんなに配る。ナヂェージダ・アレクサーンドロヴナ〔隣人〕がわたしの母に言う——「ほら、ドゥーニチカがいっぱい赤い卵をこしらえたわ。ほんと、子どもたちは喜ぶわね。ドゥーニチカは聖使徒ね。でも、あたしたちときたら、ねえ、マリヤ・イワーノヴナ、これまでずっと苦労して子どもたちを育ててきたのに、揃いもそろってお馬鹿さんになったわ。あたしたち、何か報われたかしら？」

まさに今、このロシアも考えているのだ――同じ小さな赤い卵を手にした社会主義者の大臣たちのことを。

▼八月三日

コーリャ〔次兄〕が種まき機を貸してくれないので、アンドレイのとこへ行った。彼は畑にやって来て、わたしに手で蒔くやり方を教えてくれた。

「蒔き残しができんようにな、こうやる、こうこう。ひと掬いは掌《て》がよく知っとるから。そう、下からこうだ。堂々と、たっぷりのっけて、かまわんから思い切り抛りやいい。風下へ向かって歩け！　父と子と聖霊の名において！」

昔は、手で蒔いている年寄りたちに目を瞠《みは》ったものだが（なんせロシアの畑は広大だ！）、今では自分ひとりが畝を行ったり来たり。ただ眺めているのは楽しかったが、いざ自分の首にライ麦の種一プードをぶらさげてみると、いやその重いことと！

▼八月四日

こうした肉体労働にはわれわれ〔百姓でないが、われわれ〕にはとうてい達し得ないものがある――それは自分の〔今している〕仕事がこの上なく大切かつ厳粛なものという意識〔あるいは自覚〕。それなしには、市場で最後まで、つまりパス無しで最後まで競り合うこともできないような……なにか堂々としたもの。はるかな遠い日に、腰の悪い〔わたしの〕乳母は、ミルク壷を抱え、痛む足を引きずるようにして、いつもの自分の小道を氷室の方へ歩いていく。どう言えばいいのか、その後ろ姿の、おおそれにしても、それはなんと厳かな聖務の執行であったろう！

わたしの母は、自分の巣を出てザドーンスク[＊2]あるいはオープチナ僧院へ向かうたびに、別人のようになった。わがナロードもそうで、旅に出る――それだけで人間が変わってしまうのである。今はわれわれインテリゲントも、民衆の心とその一部を受け継いで、その広さその寛大さでもって異邦人たちに感動と衝撃を与えている。われわれは今、文学、芸術、地下政治の各分野から一介の旅人（巡礼）としてこの民族貪婪のもつれ合いの世界に足を踏み入れたのだ。そしてまさにそこで世界平和の道を説き伝えようとしている。

ロシア民衆の特徴を言うなら、それは幸運成功時の自画自賛〔手前味噌〕に尽きるが、その根っこには単調な日常

＊1　コプナはふつう干草や穀物の束を円錐形に積み上げた山。にお。土地によってはそのまま収穫量の単位（六十〜百束）でもあった。

＊2　エレーツ市の南東に位置する町。有名なザドーンスク聖母修道院がある。

生活における自己嫌悪がある。

わが生活にまったく欠けているもの——平凡な喜び。半未開の状態にある。書斎にヒヨコたちが侵入し、テラスには馬の首輪を置いている。自分は脱穀場で眠り、届けられた新聞はすぐその場で読んでしまう。
▼八月七日
村のキリスト変容祭は、まるでヴォトカ専売店での騒ぎのように過ぎた。酔っ払い同士の喧嘩。発砲さえあった。取っ組み合いが始まったのは午餐のあとすぐ、教会と警察署のまん前で。ナイフまで抜いた。分署に警官を呼びにいったところ——

「行かん行かん。行ってどうなるもんでもない」

結局、射ち合いになった。耳を聾さんばかりの銃声。小さい女の子を死ぬほど怯えさせてしまった。

一日、村に行かなかったら、またいちだんとひどくなった。ガキどもがうちの畑で勝手に馬に草を食わせていたが、誰も追い出そうとしない。年寄りたちもこちらに手を貸す気がない。

「みんな、どっかに向かって動いてるんだが、それがどういうことになるのか、まだわからん」

「自尊心てやつさ。こいつが自分の何かに目覚めたどっかの婆さん〔革命婆さんのブレシコ＝ブレシコーフスカヤ?〕みてえになっちまったんだ」

モレーヴォでは収穫されたライ麦がすべてサマゴン、〔それでも足りずに〕われわれのとこにまで〔ライ麦を〕借りに来た。

「ケーレンスキイは何を得ようとしとるのか？　栄誉だろうよ、まあそれはそれでいいもんだが、でも栄誉はライ麦とは違うぞ。ライ麦は食っちゃおしめえだが、栄誉は残ろう。キリスト様もそうだ、いまだに忘れられんほどの栄誉を得とるんだ」

所有について。所有とは人間を縛りつける杭《くい》だ。それも、自分を思うほどに、この世のことすべてに心くばりができるようになるまで責め続ける杭である。なぜなら、それが所有制の遺訓であるから。おのれを愛するごとく物質世界を愛せよ。モノについてのこの戒めはブルジョア世界にも社会主義世界にも同様に伝承されている。

若芽を守りながらいつも言い聞かせてきた——もうこれは自分のものではないけれど、自分はみんなのものとして守っていくのだ、と。でも、そんな話を誰がまともに聞くだろう。私的所有の感情を味わったことのない〔そういう教育なり生活環境を知らない〕人間には、社会的共同所有がいかなるものかがわからないからである。

個人としてはわかっている。でも、持ち主が四十人もいる土地には手を出せん――「そりゃ駄目だ」とはっきり言う。

そして口裏を合わせたように――「このままじゃ駄目だな、権力みたいなもんが必要だ」などと言う。権力を認めているのだ。

「同志諸君！　権力はわれわれ自らのうちにあるのです」「てことは――」と、みなが言う。「わしらにゃ無いってことだな」

村が自らを管理できないのは確かだ。なぜなら、村ではみんなが身内だし、権力は余所者《よそもの》と思っているからである。たとえば、この村ではキャベツと胡瓜がまったく手に入らない。隣家の子どもたちや子牛が踏み荒らして、まともに収穫できないのだ。畑を踏み荒らした者には罰金を科したらどうかと提案してみたが、通らなかった。

「そんなことすりゃ――」と彼らは言う。「刃傷沙汰だぞ」村は狭い。身内同士ですべてを分配し直したので、〈権力は血縁者を愛さない〉、〈権力には親戚がいない〉と誰もが思っている。

だからメシコーフのような男が代表に選ばれたのだ。知性のかけらもない元刑事犯は住む家どころか杭の一本も持たないが、ただ依怙贔屓をせず公正《プラウダ》を第一に考えるということで選ばれたらしい。しかしそのプラウダの正体だってはなはだ曖昧だ。いったい彼は何によって生きているのか？　ただの浮世離れした空想家ではないのか？　考えてみれば、権力だってずいぶんこの世離れしている。

われわれは何かを待っている――何かの決定ないし事件を期待し、同時に誰もが何も起こらないと感じている。

不幸不運の因は、われわれの革命が（その根底において）世界で最もブルジョア的なものであることに在る。所有者の革命ではなく所有者になりたいと願う者たちの革命なのである。それら未来の所有者たちが社会主義の公式（決まり文句）を連呼して現在の所有者たちをやっつけ過ぎたものだから、やっつけられた側は地下の穴倉に隠れてしまい、今ではまったく回復不能の状態で――ただひたすら神の国に視線を走らせるばかりである。

初めのうちはそれでも土地所有者を不愉快にさせただけだが、そのうち国家《ネイション》の団結をと呼びかけ始めた。やっつけられた側はそれを拒絶した――社会主義者などよりドイツ人のほうがよっぽどましなので。

あるいはひょっとして、心の底ではプラウダの何たるかを知っているのかもしれないが、しかし恨みは深い――頑なにすべてに逆らおうとするほどに。ドイツ人なんかどうでもいい、くそ喰らえ！　とにかく秩序だ、秩序が戻ってくれたらそれでいい。望むのはそれだけだ。

新聞はどれも嘘と皮相なことばかり……

いま社会生活自体が戦線離脱の様相を呈している。みんなが逃げる、免れようとしている。一方、政府は必死で団結を呼びかけている。前線では逃亡者を機関銃で引きとめているが、こちら〔銃後〕も似たようなもの。避けられない。逃亡は暴力的手段で阻止しなければ……必要なのは残酷な独裁制だなどと言いだしている。そうなることをむしろ心待ちにしているようだ。ある変わり者は――「言わせてもらうが、おれは清廉潔白な人間だから、みんなの幸せのためには自己犠牲だって厭わない、銃殺されたってかまわない。母なるルーシってのは、いいか、むしろ自分の身体が八つ裂きにされるのを（淫らなまでの悦びをもって）待ってるくらいなんだ、そうなんだ」

わたしは町から戻る途中、靴を脱いで、馬に鞭をあてながら歩きだした。前の坂をゆっくりゆっくり登っていく百姓がいた。その荷馬車の横を兵隊たちが歩いている。つまらない馬鹿げたやりとりが耳に入る――

「製粉所んとこのオーストリア人〔捕虜〕はなんで取り上げられちまったんかな？」

「粉屋は自分でやってけるんだ。いつも「わしみたいに働いてみろ！」なんて抜かしてたからな。そんで庭先をぶらぶら歩き回っとるのさ。なんせてめえの庭だ。がっぽり儲けてぶらぶらしてんだ！」

「儲けたか、ふうん、ところでおめえは何を儲けた？」

「おれがどうしたって？　なんでまたそんなこと訊くんだよ？」

「どうせライ麦は没収《と》られちまうから、そうなる前にサマゴンにしちまおうと思ってんだよ。みんなそうなんだ」

「おれは家がねえから……自分で建てなくちゃ……」

「以前は千草広場にゃ荷車がいっぱい停まってた（ありゃあ凄いもんだった！）が、今じゃどうだい、街道で女たちを見かけりゃ必ずジャガイモをふんだくってる。あんなんじゃどうしたって無事に広場まではたどり着けねえ」

脱走兵たちのやりとり――

「なんで戦うかって？　誰を守るって？　おめたちをか？　おめたちゃいってえナニモンだい？　なんでおれがおめたちを守るってよ？」

もぐり屋〔すぐにいなくなる〕の兵隊たちのやりとり――

「ところでニコールカがいなくなっちまったよ。おい、みんな、ここはよくねえ、あっちじゃ八時に起きたが、登録〔雇いの？〕なしだ。でも今はいいぞ、気持ちがいい、なんてったって自由だからな！」

労働者たちに対する不満の声――八時間労働制とか、親愛なる同志たちは何もしない、とか。

「パンをやらなきゃいいんだ！　けちけちしなきゃ駄目さ！」

なぜ自分〔プリーシヴィン本人〕は信頼されないのか？　自分は農民よりずっと多く働いているのだが。

侮《あなど》られ辱められたルーシは自分の放蕩息子を思いきり殴りつける機会《とき》を待っている。

文学と芸術と芸術によく似たこの社会主義――それらはどれも公然とあるいは密かに、自分の父親に向かって「ニェット〔NO〕！」と言って、迷える息子を遠くへはるか遠くへ送り出そうとする。

メシチャン〔小市民ふう〕なテーマ。柵近くに見事な梨の木が立っている。枝もたわわに実をつけたが、樹冠が大きく隣の敷地に垂れていたので、美味しい実はほとんどそちらへぼたぼた落ちた。

こちらが働いているのを見て、村人たちが言い始めた――「ほれ、あれが主人《ガスパヂーン》だったおっさんだ。でもよ、〔あそこで穫れたものを〕百姓が七回も買ったら、いくらなんでももう主人じゃねえな」

▼八月八日

才能ある作家はみな口を閉ざしたけれど、才能のない写真家たちが才能ある報道記事を書いている。

乾いてる。村の方から打穀の鈍い音が聞こえてくる。乾燥がひどいので種蒔きは中止。種蒔きが終わったら、すぐにもピーテル〔ペテルブルグ〕に潜入だ。水面下でこれからどうなるかを確かめる。自分のテーマをひっさげて生き抜くか、それともここに根を下ろすか？

近ごろはどうも雇い主のとこで暮らしているといった感じ。なんとかひと月生き延びた。でも、あとひと月はどうかな、生きられるかな？　そんなことを思ったりする。

現在の国家は、物質《モノ》の私的所有の原理とそれを売って子孫に引き継ぐ権利の上に築かれている。モノを所有する者たちからその原理と権利を奪うことは、すなわち彼らだけでなく、彼らの父たち母たち祖父たちをも辱しめることを意味する。その原理と権利を引き継ぐ力は、魂の――そう、誰もが思わず跪いてしまう魂の、汚れなき処女の泉を本源とするものでなくてはならない。そうであるなら、決してその力は強制や暴力になることはない。だがもし強制や暴力に転ずれば、様相は一変する。いったい誰が今それを強いているのか？

▼八月十日

数デシャチーナ鋤き起こす。夜、雲がかかった。深夜に慈雨。蒔いた種をちゃんと跳ねかし濡らしてくれた。

一日中、引っぱり回されて苛々する。キビ畑から子牛を追い出し、牧場からは馬たちを。まったく。年寄りがひとり、勝手にスモモの林に入り込んで、枝を曲げたり木を〔二本も〕折ってくれた。寄合いでは決めても決めても、また同じことの繰り返し。そしてすべてが悪ガキどものせいにされて終わる。

なかなかしっかりした男の子。その子を摑まえて、訊いた――うちの畑の草を馬に食わせろと唆《そそのか》したのは、誰なんだね？

「父ちゃんです」

その子を脱穀場に連れていって、父親に糺すと――

「とんでもねえ！」と父親は言う。

「それじゃ、この子を罰してもいいんだね？」

「そりゃもう好きなようにやってくれ！」

わたしは男の子の耳を摑んだ。泣き叫んでも、親たちは黙って見ている。母親のほうはどぎまぎしながら囁くように言う――

「どうぞどうぞかまいませんから！」

立派な愛すべき長老と泥棒一味のあの反抗精神についてはとことん考えてみる必要がある。

農民が穀物の値上がりを望んでいるというのは嘘だ。多くの農民は自分で穀物を買っているし、概して値上げには反対である。町の物価を上げるべきじゃない、自分らだって穀物の値を下げたいと思っている。

どこへ向かっているのか、まだわからない。

レーミゾフは結局、自分の殻を破れない。

ひょっとしてひょっとすると、ロシアは破滅に向かっているのではないか？　ああした新しい機関――土地委員会、食糧管理局、村委員会、どれもこれも明らかに馬鹿げている。しかし人間はそのあいだにぜんぜん違う生きものになってしまった。ほんとに馬鹿げた、訳のわからない行動をとっているが、心理学的には市民《グラジダニーン》だったことは疑いないのである。額をぶつけ合ったが、それでわかった。村がボリシェヴィキから得たのは、農民たちがナンセンスを通して真実《プラウダ》を知ったこと……

革命的破壊と混乱がなかったら、この夏にも戦争は勝利に終わったはずだ――誰しもそう思っていた。

八時間労働制のことでは労働者階級に対する怒りが増し、都市部では燃料も穀物も供給しようとしない農民への憤懣はいや増しに増している。

専売（独占権）はおそらく農民たちには認められない。そうなれば、争う余地なき絶対的権力が樹立されないかぎり、神のみぞ知る〔われわれには想像もつかないような〕ことが起きてしまうだろう。

まわりでみなが草を刈り、運び、脱穀し、種を蒔いているときは、夢見るどころではないし、そんな暇もない。労働を実感（文字どおり体感！）するからだ。にもかかわらず、それほどはっきりとそれほどリアルな（夏には三倍もリアルな）厳しい労働をこなす彼らが、土地と自由と世界平和について毒ある夢を見、頭が変になって、今また何でもないような顔をして汗を流しているけれど、これがまた大祭がめぐってくると、朝からサマゴンをかっ喰らって、忌まわしい村の通りは酔っ払いで溢れて、地主の旦那のいたころとは比較にならないほど始末が悪い。

聞こえてくるのは「百姓が悪い！」だ——なぜなら、薪も収穫物も出さないから。だが百姓たちだって町の人間と同じで、人さまざまである。確かにそうだが、その構成員はいずれ同じマス同じプロトプラズマであって、自らの教師たちの碌でもない悪習を踏襲し実行しているにすぎない。

手で種を蒔き畑を耕していたのだが、ちょうどそのころ庭の林檎と梨とスモモが盗まれていた。亡くなった母が大事に育てた大枝がへし折られた。まるごと倒された木もあった。仕事を中断してそっちへ行き、後片付けをし、もう一度畑に戻ってみると、はたしてキビ畑には村の子牛が、クローヴァー畑には馬の群れが。どうしようもない！ あまりの仕打ちに、種を蒔きながら何も考えられなかった。自分の仕事はこれでいいのか、とにかくできるだけ早く切り上げてどっかへ逃げたほうがいい。

播種が終わったところで、小雨がぱらぱら。わたしはここ三日ほどどこにも出かけなかった。きょうになってお天気雨がやんだので畑に出た。思わず歓声を上げた——驚きと喜びと。なんと、蒔いた種がみな芽を出していたのだ。これが奇跡でなくてなんだろう！ 一斉に芽生え、しかも若緑色。下のほうはピンクの、上はすでにグリーンの、じつに美しく愛らしく、みなが一つにまとまって——ああ自分はこれらすべての主《あるじ》なのだ、自分はこれらすべてに生命を与えたのだ、もちろん自分のすべての罪も——どこからどこまで自分が種を蒔き耕したかも知っている。そしてこのライ麦を生みだしたわが労働、まさにこの瞬間《とき》こそは嫡出子の、放蕩息子たる夢の誕生なのである。きっと二人の迷える娘たちである土地《ゼムリャー》と自由《ヴォーリャ》*もこんなふうに産声を上げたのだ。

竈《ペーチ》の火。燃えているペーチはロシアそのものだ。ペーチは一家の主婦——そこが旅路の果てである。

＊ ゼムリャーとヴォーリャ——〈土地と自由〉はロシア語ではいずれも女性名詞、だから娘たち。一八七〇年代に活動したナロードニキの革命結社の名である。

ボリシェヴィクでありエスエルでありエスデックであるチーホノフがわたしに手紙をよこした――〈ブルジョア〉という単語を括弧でくくって。おそらくそれは、指導者たちも全員が同じ考えだということだ。現代の求神主義のインテリたちとイコンの関係のようなもの、つまり不信と不誠実さを表わしているのである。一方、普通の人たちは、そこには何かある、庶民とはかけ離れたこの世で最も有害な人種＝ブルジョアがいると盲目的に信じているのだ。われらが農民たちは自分たちがよく耳にし口にもする言葉〈満州《マンジュリヤ》〉[*1]に倣ってその有害人種を〈ブルジュリヤ〉と呼んでいる。

モスクワ会議[*2]は前もってよく計画準備された会議のはずだったが、まともなものが何も出なかった。意味がなかった。そこで出会ったのはせいぜい革命は続いていると考えている者たちと革命が終わったことに同意する者たちである。

わたしは、革命は終わった、あとはもっぱら〈おのれを貪り喰らうもの〉として存在するだけ、とそう思っている。じっさい、革命はいかなる民主的土壌から養分（いのちの糧）を得ようというのか？　農民は地主から土地を奪った、労働者は短期間、革命を引き入れたし和平についてあらゆることを試みた、しかし何も起こらず、飢えた胃袋をどうすることもできない。そこで問われた――「革命はいったい何をもっていのちの糧とすべきであるか？」答えは一つ――「内なる軋轢。雑多な党の分裂こそいのちの糧である」と。

だが、困ったことに、革命は最後までからっぽの国庫に凭れかかって八方塞がり。つまり、とどのつまりがどん詰まり。

エレーツ市議会選挙。知人たちの名簿。リスト№1。候補者をではなく名簿を選ぶというので、A・A・ペトローフは大いに戸惑う。フリーシマン氏はチョールノエ大村の教会の前に赤い更紗を張ったベンチを据え、そこに〈公約〉を書き出した――№1リストは人民に自由とパンと燃料を供給するので、ぜひ№1リストに投票せよ、と。するとひとりの老婆が（デマゴーグ〔民衆煽動家〕のフリーシマンを指さして）言った――最後に現われるのは必ずこいつみたいな魅力たっぷりの偽預言者、ゴグとマゴグ[*3]だぞ。こいつらは嘘八百を並べ、何でもかんでも約束する。悪魔みたいに、石ころをパンに変えよと言って主を誘惑するぞ、でもな、キリスト様は――『人はパンのみにて生きるにあらず』とお答えになったんじゃ。

№1リストだけが至るところに貼られた。ほかのリストは敢えて貼り出さないか、貼っても剥がされてしまった。

兵隊たちは言う——No.1リストが行き渡らなきゃ、戸毎に配って歩くぞ、と。鐘の音と〈マルセイエーズ〉の音楽がひとつになった。No.1リストが運ばれる。約束するのは無償教育化、それと「児童労働の廃止を要求しよう！」だ。「戦争が終わったら、だよ」と郵便局員。「今すぐということじゃない。彼らは理想と実現を一緒にしてるんだよ！」

田舎人のいつもの顔が消え、色つや落ちて、今ではどこの占領地区でも見かける顔になってしまった。それは、食料品が無いとかほとんどの店が閉店に追い込まれたというだけではない、どの顔にも国外や首都でよく見られる不安と戸惑い〔何とかしなければという〕切羽詰った表情があったからである。

これがわが運命《さだめ》か——つまらぬ俗事や家事に妥協しない自分に割り振られたのが、家計を切り盛りできない妻だった。経済観念がない（暗算すらできない）から、どうしても自分が本来の仕事を放棄して、一切がっさい（農事も家事も）切り回さなくてはならない。自分には大きな計画がある。それは人びとにスキタイ的暴動にかわるブルジョア的徳目を教え込もうというものだが、しかしそこには概して現代のマテリアリストの陥りがちな悲劇——一揆、暴動、叛乱を起こさんがために説かれるブルジョア的徳行というやつが潜んでいる。

▼八月十五日

もしあなたが誠実な人間で、自国民に対し善なるもの《ドブロー》を望み、〔そして〕そのとき社会主義かトルストイ主義の思想を抱いていたなら、農村を活動の場にしたあなたは次第にブルジョア的美徳を説く人になっていくにちがいない。それも当然で、ついこのあいだまで自分のものだった森が、今は〈国有財産〉になり、名前まで変えられて、私的所有者という幻想（結局それは幻想にすぎない）が消えてしまったわけだから。だが、私有であれ国有であれ保存保護の気持ちは変わらない。没収されるまでは所有者としての欲求《アペチット》ばかりだったのが、今ではそのアペチットに社会性が接木《つぎき》されて、勝手に伐採地に入り込む家畜や人間どもを

＊1　日露戦争（一九〇四—〇五）以来のこと。日本とロシアが満州・朝鮮の制覇を争ってから、まだ十二年しか経っていない。

＊2　モスクワ会議——モスクワで臨時政府がロシアの全反革命勢力を合同する目的で開いた会議。一九一七年八月十二日から十五日まで。

＊3　ヨハネの黙示録に、「この千年が終わると、サタンはその牢から解放され、地上の四方にいる諸国の民、ゴグとマゴグを惑わそうとして出て行き、彼らを集めて戦わせようとする……」。専制君主、恐怖の支配者。聖書・回教伝説中の王ゴグおよび国民マゴグの名から。

追い出すたびに、こんな言葉を口にするのである――「こら、これは国有財産だぞ、盗むんじゃない！」

　相続人。イワン・イワーノヴィチ〔母の長兄、イワン・イグナートフ〕が死んだら、相続人たちは株の分配を始めた。マリヤ・イワーノヴナ〔母〕が亡くなると、今度は土地の分配を始めた。同じように、古いロシアが死ぬと、あらゆる相続人たち（百姓と労働者）が土地の分配と資本の略奪に狂奔した。ロシアは遺言を書かずに急死したのだ。

　一騎打ち。われわれ一人ひとりの生は、メシチャンストヴォ〔小市民根性〕との一騎打ちであり臨時休戦との一騎打ちであり、ときに妥協における継続的平和との一騎打ちである――「勝ったり負けたり」……ラズームニクが文集「スキタイ人」で説いているのは、要するにメシチャンストヴォからは逃げるということ。「あばよ」とひと言、現在から永久《とわ》に逃げ出す、孤独な、しかし素早い人間の遁走である。ともかく走れ、より遠くへもっともっと遠くへ。いずれ逃げおおせたら、誰もがこう言うだろう――「結局、ラズームニク・ワシーリエヴィチの判断は正しかった」と。

　百姓たちが何やかや文句をつけてくる。そのたびにぞっとする。「干草を雨ざらしにしちまったな」――これは蒸れて干草が駄目になったと言いたいのだ。無邪気というか図々しいというか――

「あそこの土地、ちょっくらみんなに分けてくれるといいんだけんど、どうかね？」

「みんなに分けるほど広くない！」

「いや、まだまだある！」

　すると、そこで喚きだすのが女たち――

「打穀場にあれだけ麦があるのに、こっちはもう三日もなんも食べてないんだ。この種（一デシャチーナ分の種だ）、貰っちゃうよ。そのかわりクローヴァーには手をつけんから」

　また、消防ホース[*1]が腐ったから、森から木を伐ってきたいなどと言ってくる。まったくなんというアペチットだ！木材ならうちの中庭にまだあるからそれを使えばいいと言うと、いかにもがっくりきた様子。確かにホースは腐っていたが。

浮浪者《ボシャーク》を描いたゴーリキイの中篇[*2]には、その疑問の余地なきポエジーとはまったく異質の何か――ポエジーとはぜんぜん縁のない凝塊《かたまり》のようなもの（たとえば浮浪者本人）が存在する。そして誰もが口にするのが物語のポエジーではなくその凝塊のほうなのである。不必要な存在の周囲で起こるそんな雑音に偽りの栄誉を与えてしまう。

　現在インターナショナリズムの思想にべっとり撫で固められたのが、その凝塊でありその雑音である。ために思想は埋没してしまった。

キビと蕎麦とクローヴァーの種を蒔いた自分の畑——そこから隣の金持ち〔スタホーヴィチ〕の領地に通ずる細い道が、もう目も当てられないほど踏み固められてしまった(自分のフートルは村とその領地の間にある)。

以前はその小道(何本かある)は真夜中にしか行き来しかなかったが、今では昼夜お構いなしだ。こちらが見ている前を堂々と他人の財産を引きずっていく。なのに自分は泥棒たちに何も言えない。言ったところで、こう言い返されてお仕舞いだ——「あんたは地主の側だ、あんたのフートルだってやられるぞ」

チェルノーフの政治は官僚体制の典型例だ。ただ以前は県知事を通して行なわれていたが、今は何でもかでも土地委員会である。労働者大衆に政治的団結と同時に、新しい社会的国家的所有制(国有財産)の思想を植えつける必要があったからである。

▼八月十七日

すでに秋。秋まき穀物の最後の種(ひと掬い)が最後のデシャチーナに蒔かれた。編み細工の播種籠をまた机の下に戻してから(屑籠の代用)、改めて自問する——春まき穀物の種の最初のひと掬いから秋まき穀物の最後のひと掬いまでの農業ノルマ、すなわちこれまでの農業の体験は自分に何をもたらしたか。

わが隣人、菜園家のイワン・ミートリチは池の向こうで胡瓜の種を蒔くが、自分が何を経験したかは自問しない。彼の仕事ははっきりしている——胡瓜を育て、今それをいい値で人に売るのである。彼は自分の労働ノルマに忠実だが、わたしの方は脱穀された穀物と自分との間にすでにいかなる関係も見ていないばかりか、堪らない肥料(そういうものもある)と地上に芽を出す驚くべき植物との間にさえ、しばらくはどんな関係も見ないのである。未知の国めざして旅を続けながら、わたしは、生のあのひとかけら、

＊1　この当時、消防用のホースは木製だった。

＊2『エメリヤン・ピリャイ』、『チェルカッシュ』、『ゼニアオイ』その他。フィロソーフォフは論文『マテリアリズムの崩壊』(一九〇七)で——「ボシャークは単に社会的なタイプというだけでなく無意識的アナーキストたちの全人類的なタイプであって、それがゴーリキイ作品では「純粋に外面的に(だが)社会主義とひとつなって」、「相容れない二つの思想——唯物的社会主義と非理性的アナーキズムとの半意識的機械的結合」がなされている、と。

否そのいのちのすべてを、向こう岸にいる懐かしい友らに語りたい[*1]とせつに願う。なぜなら、自分の旅を物語るのがわたしの天職だから。

　あのわれらが青い春はどれほどの悲しみと苦しみをもたらしたろう？　憶えているだろうか？　その青い春をあなたも持ったのだろうか？　あれがいつのことだったか、憶えていますか？　短時ふたりは逢瀬を重ねて、それきり別れてしまったのだけれど〔ワルワーラの夢〕。

　それとそっくりのことが[*2]一九一七年の春に起こったのだ。ペテルブルグでのいろんな出来事がその目撃者となった。まだどこかの屋根に銃弾が当たってぱらぱら落ちてくるが、もうそれで不快になることはない。そして朝、目を覚ますのだ——幼いころの村の朝、試験が終わった翌日の朝のような、なんとも嬉しい晴ればれした気分で。子どもになった自分。鳥たちは歌い、庭に花が咲き、さあ好きなことをしなさい、世界は限りなく広く美しいのだよ。そこにはあらゆる可能性がある。おもてに出れば——なんといっても、そこはパリ！　群衆は生きいきして、じつに変化に富んでいる。そこで自分は逢う……

▼八月十八日

　革命は金欠の浅瀬に乗り上げた。有産階級への怨恨・敵意、ただそれだけに取り憑かれている。

百姓たちは大きな子ども（ただ満足すればいい）と同じ。それを忘れぬこと。

報告。

　わが観察の場——オリョール県エレーツ郡ソロヴィヨーフスカヤ郷。ここには三十二デシャチーナの自分の独立農家《フートル》があり、うち十九デシャチーナが耕作され、残りは森と庭園である。隣家はスタホーヴィチ家で、その領地は耕地の少ない村々から成っていて、住人は代々領地の賃金労働者だったが、最近では大半が地主の土地を（多くは協同組合という形で）借りている。概してここは現代における農民闘争の研究対象としてきわめて特異な地区である。

　四月九日に自分は国会の臨時委員会の代表としてこの地に赴いた。地方自治体（ゼームストヴォ）の社会生活全般に参加するつもりだったので、自身のフートルの経営は妻と年契約の労働者に任せた。当時、国会も国民の全面的な賛同を得ていた。初めは自分に対する村人たちの信頼が厚く、エレーツ市民も敬意を払ってくれた。村ではまず臨時委員会から託されたことを遂行する一方で、農民たちには——わが国には二重権力は存在しない、臨時政府と労働者と農民代表ソヴェートは互いに完全合意し、たとえ何が起ころうとそれらが〈一枚岩〉であることを証明しようとした。

そして誰もが心からそれに賛意を評した。まだ郷委員会も村委員会も存在せず、密造酒《サマゴン》の量がやや多くなったことを除けば、村人たちの暮らしはほとんど昔のままだった。〔郷委員会の〕コミサールはサマゴン撲滅のために頑張っていた。町では〈とくに支障を来たさない程度の〉大変動（そう当時は思われた）が起こっていた（今でははっきりしている）が、本質的にはまだ大変動と呼ぶようなものではなく、地方では——警察《ポリツィヤ》が民警《ミリツィヤ》になった*3ぐらいで、それ以上のことは何もなかったのである。

現在明らかなのは政府の失敗だ——大変動の初期段階で地方機関に関わる法律を整備し速やかに選挙を実施しなければならなかったのだ。

▼八月十九日

問題は労働ではなく労働環境だ。わたしが置かれた環境は恐ろしいもので、自身、働きながら敵と闘っているのである。きのう一日かけて蕎麦を刈った。夜になって新聞が届く——モスクワでの国家会議を報じている。読み始めたが、クローヴァーのことが気になり、見に行った。そして畑に這入り込んだ馬たちを追い出すのに朝までかかった。朝、馬の持ち主たちとやり合った。

こちらを締め出す決議をしたわけではないが、わたしは彼らとは違う。彼らはわたしを締め出そうとする、だから自分は闘うのだ。それでわれわれの未来は絶え間ない闘争であり、新たな権利と経営の確立のための戦争なのである。「だがもし国家救済のため、必要とあらば、心を鬼にしてでもわれわれはこれを救うだろう」（第一回国家会議におけるケーレンスキイの演説）。

▼八月二十日

サマゴン。村で一瓶四ルーブリ。町では十ルーブリ。一プードの麦粉から五瓶。飼うなら豚だ。餌は残飯で済むから、これは利益を生む。

労働ノルマとはそもそも何か？　煎じ詰めれば、労働が

*1『巡礼ロシア』（一九〇八）の「著者まえがき」の最後にこうある——「わたしはこの本を、少年のころ、自分たちが行こうとしたあの、名もなく領土もない国に捧げたいと思います。あのとき、子どもじみた夢をともに分かち合った三人の友にも捧げたいと思います」

*2 未詳。一七年の春にワルワーラと出会った事実はない……

*3 二月革命後、臨時政府は帝政ロシアの警察と憲兵隊を廃止し、新たに地方自治体に服属する民警を設けた。同時期、武装した労働者の自治組織としての労働者民警も生まれた。

いかなる環境下にあるかということ。われわれの労働は未開時代のそれである。日中働いて、深夜に番をする。女房は食いもののまわりであくせく立ち働き、一分毎におもてへ駆け出す――梨の木が揺すられてないか確かめるために。労働ノルマとは自分の小さな畑におけるハッピーライフ。そんなことは鉄製品も大鎌も機械もない時代に言われていたことだ。

労働は人びとを親密にするが、所有は人びとを裂く。和合としての労働、他人の労働が一瞬にして身内親族のそれになり、共にライ麦畑一デシャチーナで汗を流せば、親しき仲となる。

黒い再分割の結論。早朝、霧と露の降りたわたしの家のスゲの生えた池の端に、ひとり、村の老人が坐っている。請願人で御齢《おんとし》九十三歳のニキータ・ワシーリエヴィチである。馬の手綱を手にしている。馬は腹まで水に浸かってスゲの葉を噛み切っている。

「どうしたかね、ニキータ？」わたしは声をかける。「あんたはこれまでずっと百姓のために土地を探して、今ようやくそれを達したわけだ。土地は分配し終わったが、あんたはこんなふうにじっと坐って、馬にスゲの葉を食わせている」

「いやあ、わしらが何を受け取ったって？　なあにこうして昼も夜も生きてるだけだよ。いずれそのうちここを後にする。どうしたって去らぬわけにはいかんからな。ここにはもうわしのおる場所はないんだよ」

見えているのは、どこまでも続く広い農民たちの秋の畑だ。一人当たりは幾らでもない細い帯から成る畑、収穫の済んだ麦の刈り跡の少しぼやけた悲しげな畑。ミヤマガラスが群れている。牛たちがうろうろしている。まだ盗まれていない干草の山、小さな畝――こっちはいいかげんな刈り方をされてクシャクシャ頭の畝である。さては雨雲か、と見れば、たしかに日は隠れて、小雨がぱらぱら落ちてくる。と思うと、ぱっと明るくなる。どうやら重病人でも寝ているらしい。病人はふと我に返るが、また心乱されて、薄物で顔を覆ってしまう。風は畑を烈しく渡る――革命〈時代〉さながらに。こんなふうに黒い雄牛を見るのは妙なことだ。ああほら、恐怖の〈時代〉がどこかへ向かっている。が、黒い雄牛は動かない。たえず食べるだけで〈時代〉に目をやろうとしない。

▼八月二十四日

ピーテルへ行くつもりだったが、〔コルニーロフ軍の〕*壊滅を告げる電報を見て中止した。ラズームニクに電報を送る――「あなたのところへ行こうと思う。都合悪ければこちらへおいでください」。きょうモスクワ行きを試みよう。

一日、ニコライ・ロストーフツェフ〔国会議員、故郷での隣人〕のところにいた。ケーレンスキイとロベスピエール。ケーレンスキイは〈革命婆さん同伴の〉インテリゲント。全知識人に対する裁判では被告人の代表だ。知識人のすべての罪が歴代最後の者に被せられた……知識人全部の〈最後の審判〉だ。

聖人が祈願する、まあ彼はじっさい聖人なわけだが、でもその祈りの力を享受しているのは悪魔たちではないのか？

あれは何だ？ 夢想家の悲劇か、サタンの誘惑か？ コストロマーの百姓が民衆の施し三万ルーブリをそっくり溜め込んだ。その男は義人と見なされていたのだ。民衆は彼がさらに高いところへ上ることを欲した。彼は〔高い〕鐘楼に登り、そこから落ちて手と足を骨折した。

聖者はよく祈ったが、神は彼を験《ため》そうとサタンに〔その身を〕委ねた――その驕りを試練にかけるために。

▼八月二十八日

月曜日。二十四日、エレーツを発って、二十六日、ピーテル着。

地方はパニックに陥っている。破滅の運命にある市、恐怖の町。物凄い込み合い、ごった返し。身内を救いに行くのか、仕事を終わらせようというのか。ぎゅうぎゅう詰めだ、家庭争議。誰かが押せば誰かが毒づく。謝れば大事には至らない。茶代を強請《ねだ》るくらいのものだ。誰もがかこつける。

「もうすぐ落ちるのか？」と誰かが訊いている。わたしは隣の男に――

「ロシア語もずいぶん変になったね。あれは〔汽車を〕降りると言わずに、〔つるりと〕落ちるなんて言ってる」

「同志よ、どうか民主主義を批判するのはやめてくれませんか！」

「批判なしではどうにもならんでしょうが……」

赤帽たちは歩きながら、物を預かり、しきりに自分のナンバーを怒鳴る。鉄道大会の代表とアカーキイ・アカーキエヴィチ〔ゴーゴリの『外套』の主人公の名〕。その代表がやっとのことで車室にたどり着く。

＊ ラーヴル・ゲオールギエヴィチ・コルニーロフ（一八七〇―一九一八）は軍人、陸軍大将。第一次大戦で師団長に。オーストリア軍の捕虜となるが脱走。二月革命後、ペトログラード軍管区司令官、ついで軍最高司令官となり、臨時政府にクーデタを企てて失敗、逮捕される。十月革命後、南ロシアへ逃亡し、義勇軍（白軍）を結成、赤軍と抗戦したが、エカチェリノダールで戦死。

バラービンスカヤ・ホテル。オープンサンド三つとお茶一杯で六ルーブリ！　ペトロフ＝ヴォートキン〔画家、友人〕のとこに〔一語判読不能〕。羽目をはずした兵士たち。アコーデオン。若い娘たちが歌う。

イワノフ＝ラズームニクの家。

公衆便所の〔使用〕禁止。兵隊。将校たちが兵士たちを怖がっている。

▼九月一日と二日にかけての深夜

スモーリヌィ[1]にひと晩。電車が動くまで。歴史的会議。

ボリシェヴィキは破滅を運命づけられている。彼らは仲良く〔共に〕死に時を求めて、それを待ちながら、日常的に無法を繰り返している。

「同志のみなさん、死ぬのではなく生きていくのです！」メンシェヴィキが反駁する。

彼らの指導者たちはクロンシタットの水兵からやっとのことで逃げてきたらしい。彼らは一刻も早くとにかく早く演説をぶちたくて仕方がない。ボリシェヴィキ＝クロンシタット水兵と自然・生命・カザーク──これらが両極端。南ではカレーギン[2]とカザークが決起し、北ではボリシェヴィキが。カザークによる南北分断の脅威が迫っている。

チェルノーフは小者。それは、気取った話し方、微笑、冗漫で詭計の多い無内容な演説からもわかる。農村《チエレーヴニヤ》という言葉を彼はフランス語のアクセントで発音し、自分を「百姓出の大臣」と称している。心の奥はからっぽだ。何も無い。もっとも、現在の「百姓出の大臣たち」の大半──こんな連中を今は村が郷に郷が郡に郡が首都に送り出しているのだ──がそうなのだが。そうした農村からの使者たちは刑事犯の農民たちによって選ばれる。なぜなら、農民たちは苦しんだから、不幸だから、である。彼らには経営基盤がない。暇な自由人〔ボリシェヴィキ〕はいかなる個人的損失もなしに農民の側に立てる。彼らは必要欠くべからざる政治のいろはを手っ取り早く習得し、へんちくりんな異国の単語をまき散らす──いずれもチェルノーフと五十歩百歩。「百姓出の大臣たち」と村の代表たちは、心理学的には、じっと坐りっぱなしの今の百姓たちの対極にある。

立派なユダヤ人のリーベル[3]──つねに窮地に追い込まれる問題に首を突っ込むこれらユダヤ人は、ロシア人などよりずっと素晴らしい立派な人びと、ユダヤの真の華である。アフクセーンチエフ[4]のなんという変身！　これはロシアのジョレス[5]……いや、そうではない、ストルィピンだ。外見にもどこか共通したところがある。表情こそ乏しいが、その真っ正直さ、その確かな雄弁術。

マリア・スピリドーノワ[6]はエスエルやインターナショナ

リストらしくない。痩せて小柄で、ヴェーラ・フィーグネルのよう。あけっぴろげな顔はじつに魅力がある。今のロ

＊1　伝統ある貴族の子女のための教育機関（女子学習院）だったが、二月革命以降、半ば開放された公的施設として（会議その他）使用されていた。ボリシェヴィキが政権を奪取する十月に学院は完全廃止され、ここがボリシェヴィキのペトログラード・ソヴェートおよびペトログラード軍事革命委員会の本部になった。七月二十四日に発足した第二次連立政府（首相ケーレンスキイ、農相チェルノーフ）の第一の基本任務は「外敵と闘争し、あらゆる無政府的・反革命的企図から新国家秩序を守るために全力をふりしぼること」だったが、問題解決への展望はすでになく、残されたのは力の論理だけであった。首都進撃をめざしていたコルニーロフの叛乱軍が前進を阻まれたのが八月二十八日、コルニーロフ自身は九月一日に逮捕された。プリーシヴィンがスモーリヌィにいた日の前日（八月三十一日）に、ボリシェヴィキの提案によって、ペトログラード・ソヴェートが〈革命的プロレタリアートと農民の代表から成る政権〉、つまりボリシェヴィキ中心の政権を要求する決議を採択していたのだが、この時点でプリーシヴィンはまだその情報に接していない。

＊2　アレクセイ・カレーヂン（一八六一―一九一八）は軍人、騎兵大将。第一次大戦では兵団長。ロシア革命でドン・カザーク軍団長（アタマン）に選ばれ、ドンの独立を提唱、コルニーロフらと南ロシアに〈三頭政府〉を樹立し、義勇軍による反ソ軍事行動をとるも失敗、自殺した。

＊3　ミハイル・ゴーリドマン（一八八〇―一九三七）はブンドとメンシェヴィキの有力指導者の一人。

＊4　ニコライ・アフクセーンチエフ（一八七八―一九四三）は政治家。一九〇七～〇八年にエスエル党中央委員、「労働旗」紙編集員。一九一七年、農民代表全ソヴェート執行委議長および予備議会議長、臨時革命政府内務大臣。市民戦争ではソヴェート政権と闘い、一九一九年に亡命。

＊5　ジャン・ジョレス（一八五九―一九一四）はフランスの社会主義者。フランス社会主義の父と称される。議会主義による合法的改良主義を主張。第一次大戦直前、国粋主義者に暗殺された。

＊6　マリア・スピリドーノワ（一八八四―一九四一）は女性革命家、左派エスエル党指導者。タムボーフ県の貴族の娘。一九〇五年、エスエル党に入党、〇六年、県下の農民運動鎮圧者の将軍に致命傷を負わせ、シベリアへ終身徒刑。一七年、二月革命で首都に戻り、エスエル左派の中心人物に。ブレスト講和に反対を表明、一八年四月以後、農民問題その他でボリシェヴィキの政策を革命を裏切るものとして強く反対した。七月のモスクワでの〈エスエル叛乱〉後、逮捕されるも大赦。二〇年代初めから監獄と流刑の繰り返しで完全に政治活動の自由を奪われた。オリョール近郊で〈銃殺〉（ロシアのどの事典もすべて〈銃殺〉と記載）。

シアの良き細部を見る感じ――ただ少々干上がり気味だが。彼女のインターナショナリズムと鼻眼鏡と黄ばんだ顔は、葉の落ちた黒い裸の枝といったところか。

世界平和の決議がなされた今、ソヴェートの会議〔レーニンらの〕と海軍兵学校の会議の間にどんな違いがあるというのか！　もちろんそれで社会主義の雑魚たちは一網打尽になったが、しかしその網には誰も気づかなかった。なぜか？　網がかなり深いところに仕掛けられたからである。今その網はたぐり寄せられて池のへりへ。もうすぐ岸に揚げられる。そして余計なオタマジャクシと蛙は池に戻される。

誰の家に行っても、コルニーロフ支持の声。どうもこれは、民主主義が強くなったら合同（コアリーツィヤ）があるとボグダーノフ[*1]が言ったせいらしい。現在、カデットを拒否しているので、たしかに民主主義はかなり弱い。

ケーレンスキイの人気は、ボリシェヴィキ（の〈民主主義〉）よりむしろカザキ[*2]（の〈ブルジョアジー〉とわたしなら呼ぶが）によってさらに高まったのである。ボリシェヴィキは妥協の救済者であるケーレンスキイにしがみついた（生活は妥協なり！）。今やケーレンスキイはボリシェヴィキに傾き、〈カザキ〉は次第に離れていく。と不意に通りの方から聞こえてきたのは、その彼〔ケーレンスキイ〕を嘲り罵る声……

おお、哀れなスモーリヌィよ、おお、ベールィ・ザール〔白亜の間〕の吸殻ともうもうたる煙草のけむりの中に佇むわたしの哀れなグレージツァよ！　確実に一露里はありそうな修道院のアーチ式の回廊のようなところを通って、わたしが遠くへ――市民の軋り音から可能なかぎり離れようとしていたちょうどそのとき、彼女が、そう、あの白衣のグレージツァが〔わたしを〕迎えてくれたのだった。そうして一緒にふたりは、立派な円柱の立ち並ぶベールィ・ザールの方へと歩いていった。白壁の窓ガラスがだんだん青味を増していく。おお、なんという美しさ！　やがて夜が明ける。わたしは通りに出ると、その静穏にして稀有なる美を湛えたラストレッリ〔スモーリヌィ宮のイタリア人設計者〕を仰ぎ見た。そしてその驚くべきおとぎ話《スカースカ》からしばらく目が離せなかった。

しんじつ作家もまた嘘偽りなきプロレタリアだ。それゆえ工場労働者のように、自分の肉体の力をではなく肉体の本質たる精神の力をこそ売るべきであり、売るときは潔く巧く立ち回るべきである。[*3]

革命は人間洞察の知恵に欠ける――それが悩みの種。「一気に改造しようとしてはならない」――そう主張するのは生活人だが、革命は一気にそれをやろうとする。革命のさなかに大地と触れ合うとは、いっそう素晴らしいものへと変化を遂げるための困難な悲哀に満ちた道を知るということだ。

マリイーンスキイ劇場[*4]の野蛮人。頬骨高く、額〔の血管〕を怒張させたその顔は、いやに深刻だ。

夜明け。パンの絵。看板。まだ開かないパン屋の店先の石段に老婆が腰を下ろしている。並んだ列のそこが先頭

……

電車の中で酔っ払った兵士が喧嘩を吹っかけ、悪口雑言を吐き散らす。まわりの人びとは腹を立てる。コミサールが男を諌めるが、酔っ払いは逆にコミサールに――

「おたくとは話したかねえよ、おい白帽さんよ、どこのコミサールか知《し》んねえが、おれはナロードの権利で兵隊やってんだ、おまえさんなんかどうでもいいんだよ」

そこには何も言わない将校が何人かいた。無力な乗客たちもその無礼な酔漢に何も言い返せない。

われわれは今、ロシアから遠く、できるだけ遠くへ去ろうとしている――いずれ振り返って見ることだろう。あまりに近すぎて、長い間まともに見ることができなかったのだ。こうしてどんどん遠くへ行けば、これまでにない愛を抱いて戻ってくるにちがいない。

▼九月八日

バセーイナヤ通りの半地下のクラブ〈土地と自由（ゼムリャー・イ・ヴォーリャ）〉[*5]。低い天井。壁が赤く塗られて

＊1　アレクサンドル・ボグダーノフ（本名はマリノーフスキイ）（一八七三―一九二八）は革命運動に関わった政治・経済学者、哲学者。本職は医師。モスクワ大在学中、学生運動で逮捕され、一九〇四年にスイスへ亡命。ボリシェヴィキに属し、〇九年、反党グループ（フペリョート）を結成し、除名。著書『経験的一元論』でマッハ主義とマルクス主義の結合を企て、レーニンに修正主義と批判された。〇八年からプロレトクリトのイデオローグ。晩年、輸血研究所所長となり、自ら生体実験の犠牲となった。

＊2　本来ならカザークの複数形はカザキー、ボリシェヴィークの複数形はボリシェヴィキー。音引を省略。

＊3　舞い上がらず、しらふの、あるいは〈霊感は商品じゃない、原稿を売るのだ〉と言ったプーシキン流の、これはプリーシヴィンの自作へのこだわり。彼は作品を書くことを〈職人仕事〉と呼んだ。

＊4　モスクワのボリショイ劇場と並ぶペテルブルグのロシアの音楽・舞踏文化の殿堂。臨時政府は重要な会議の場所として使用した。ボリショイ劇場も十月革命直後、同様な目的で使用された。

＊5　二月革命以後、エスエル党の左翼は「土地と自由」紙を中心に団結した。

いる。マリア・スピリドーノワが労働者や兵士の一団（左派エスエル・インターナショナリスト）と話し合いを続けている。苦悩するマルーシャ〔スピリドーノワの愛称〕はまさに教会暦に描かれた不朽の殉教者だ。彼女を囲んでいるのは生産労働免除の組合（党）活動家たちで、ことに目につくのがフィーシマン某――したり顔の、さも得意げにフラシ天の帽子をかぶっている。この男は地区から中央委に這いずり込んで今は八百ルーブリを貰っている！　機械の取付工は腕が良く、やはりドイツふうのカイゼルという姓である。さらに何人か似たようなのが話しているが、選挙のテクニックに驚くほど通じている。残りの人びと（マス）は何も喋らない――とくに兵士たちは。夢中で「土地と自由」紙に読み耽っていて、必要なときだけ、ああとかおおとか声を発する。ここに〔組織下に〕は彼らのような人間が十万人ほどいる。

「そうなんだ」と、ラズームニクにわたしは言う。「あれはなんと言うか、信仰だね……」

「地上における神の王国なんだ！」ラズームニクが応ずる。

「きみらは少数兵力〔勢力〕は釣り込まないの？」

「それはいいんだ。どっちみち釣り込まれる人間は釣り込まれるし、そうでない人間は釣り込めないからね。そこへいくと女性は……」

「ということは――」と、わたし。「女を率先して釣り込め〔誘惑せよ〕ってわけかな？　ふぅむ、それじゃどうも気まずい……」

「まあ、たしかに！」

ロシアを行けば、ココロ千々に乱れて（つまり分裂して）、おまけにハラを立てた空っぽアタマばかりに出会うので、つい自問してしまう――「おい、いったいナロードはどこにいるのだ？」以前なら、きっとこう答えていただろう――「問題は軍隊さ。もうその軍隊が存在しないんだよ」。今はっきりしているのは、ナロードの魂がまるごとこの巨大な組織のロープでぐるぐる巻きにされているということだ。

土地、経営、工業、家庭、みな放りっぱなしで、何もかもが空っぽになり、分裂し、憤って、どの物故者の数も十倍だ――トゥルゲーネフ、トルストイ、閉鎖された大学。市民は一日二分の一フントのパンでなんとか生を繋いでいる。ナロードのナロードたるその精神《ドゥーフ》がみなここに、組織の中に逃げ込んでしまっている……

そんな組織も何かドゥーフの表現だとは思うのだが、でもそれは消える、消えてしまう――夢のように。ドゥーフとはそも何？

まず第一に、このドゥーフ――ペテルブルグではほとんど眠ったままである。ここにあるのは勢力争い、まさに戦《いくさ》。土地が欲しい農民は〈土地と自由〉の組織員とは何ら共通するものがなく、彼らが発する唯ひとつの問いは——土地をくれるかくれないか。一方ここには、平党員にとってはまさに興味深々の日々の状況があるのだ。きょうは地区の選挙戦略会議が、あすはブロックの、あさってはスモーリヌィの大きな会議が、どっちが勝つか——〈全艦隊は我らとともに!〉—〈同志諸君、我々は勝利した。フィンランドには左派エスエル以外に指導者はいないのである!〉。ここではありとあるグループが闘っている——生活での闘いさながらに。いやむしろトランプ賭博と言ったほうが当たっているかも。実人生はレアリティのまわりを回っているのだ(創造)。

しかし何がどうあろうと、地方では、雄牛のようなものが、古い時計のリズムに遵《したが》って草を食んでいる。いくらジタバタしても、雄牛はそれ以上速くは草が食えない。春を冬に戻すことも秋を春にすることもできないのである。〔こちらでは〕何でも可能で、何のチェックもない。誰が出し抜くか? トップを切る者は何を見るのか?

▼九月十日

プーシキンがあれほど誉めそやした役人たちの街、勤労者の街区を抜けて、かつて勤めていた省の建物へ。

村では土地の分配、ここでは権力の分配だ。ロマンチックこの上ない恋愛はたいていベッドの上で終わるが、多くを約束する権力もたいてい断頭台で終わる。

農業省の役人から聞かされたチェルノーフの話を少々。彼は最初の演説(創造的な仕事について)で役人たちをうっとりさせ、演説が終わってみなが各持ち場に散るときには、〈さあやるぞ〉という気にさせたらしい。だが、そのあと奇妙なことが起こった——大臣〔チェルノーフ〕は全勤務者に個人情報の提出を要求したのだ。それはかなり難しいことだった。勤務者の数が半端でないので、トラック一台では足りないだろう。提出などとても無理。一笑に付されてそれきりになってしまった。次に起こったのは農業プロジェクトの〈ザヴォローシカ〉*だ。大臣はいきなり役人一人ひとりに「就職のさいに誰の推薦を受けたか、また現在に至るまでのおおよその政治的見解(表現がじつに巧妙だった)を書面にて提出せよ」と言いだした。ついに造

* 突然の混乱、紛糾、もつれ、ごたごたのこと。『ザヴォローシカ』は一九一三年に発表された一連のオーチェルクの総題である。一九〇五年(日露戦争敗北)後の国内の大混乱に関して農村の人びとの暮らしを中心に報告した(『村の十月十七日宣言』その他)。

反が、続いて機構全体のモラル上および事務上の崩壊が始まった。

現在、役人は敵対する二つのグループに分かれている——腹の中で現状に大いなる不満を抱く者と、時代をチャンスと捉えて可能な限り多くのものをちょろまかそうとする者に。

はっきりしたのは、旧体制の役人が新体制の役人よりも潔《いさぎよ》かったわけではなく（これはぜんぜん当たらない）、ただ頭が良かったということ。

綱紀紊乱。これまでは優秀な職員《アパラット》は思想だけでなく〈それを表現する〉言葉までそっくり大臣に提供していたものだ。大臣は会議に臨むにあたって、あらゆる質問に対応できるカンニングペーパーを忍ばせていたから、本物の馬鹿でも大臣席には（国家に損害を与えることなく）そうとう長いこと坐っていられた。しかし今や、あれほど便利で優秀なアパラットが賢明な大臣にとって害ある働きをなす存在になっている。以前はどんなに血のめぐりが悪くても、大臣はアパラットの動きをいちいち気にせず、自信をもって国を思うことができたのに、今では最も嫌な軋み音を立てるアパラットに歯ぎしりしながら、不幸の因はすべてアパラットにある、最も信用の置けない者たちを完全排除しなければ——つまりそれで身上調査の実施の要求ということに相成ったわけで……そのようにして徐々に損なわれた権力は、罪深き恋のように、自分の愛人をベッドに引き込んでいった。とはいえ、権力のベッドは恐ろしい。権力の断頭台こそベッドなのである。大臣から村の土地委員会の議長まで、ロシアでは、不幸の因はまったく同じ——〈麗しき貴婦人〉が野蛮人にキスすれば、野蛮人はすぐに彼女を情婦にしてしまうのだ。*

ペトログラードへの途上ですでに、敵意、苛立ち、悪意の奔流に出くわしている。ぎゅうぎゅう詰めの車両ではちょっと体が触れたり押されたりしただけで、ぶつぶつ文句を言い始める。謝ってもまだ謝り足りないという顔でぶつぶつ——落とし前をつけろと言わんばかりに。

市内を三日間、歩き回る。順応できないうちは空腹でふらふら状態だった。もちろんホテルはあるのだが、まずお茶一杯にオープンサンド三個で四ルーブリにはびっくり。

わたしのアパートに娘と年老いた母親が暮らしていた。老女は朝の五時から列に並び、娘のほうは食糧省に勤めている（月百五十ルーブリ）。母娘はほとんどジャガイモとまだ青い（安い）トマトしか口にしない。ときどき（なんと嬉しいことに！）少しだがミルクかバターあるいは乾魚（ヴォーブラ）が手に入ることもある。夜明けとともに老母は列に並んでいる。いちど朝スモーリヌィから帰るときだったが、列の一番前にいる母親の姿を目にしたことがあった。秋の、まだ日も射さない時刻に、彼女はパン屋の石段に腰を下ろしていた。黒いプラトークをかぶっていて鼻の先しか見えないが、死人のように青ざめた顔で、じっと看板のパン（きれいに描かれた絵である）を見つめていた。あるときは、いきなりわたしの部屋に入ってきた——満面に笑みを浮かべて。そのとき自分は書きものをしていたが、そんなことなどお構いなし。要するに、脂身《サーロ》が少し、安く手に入ったことを伝えたかったのである。サーロを使って何か作り始めたが、そのうち凄まじい臭いがしてきた。老女は葱と大蒜《にんにく》をサーロで炒めることを思いついたのだ。

「あたしは——」と老女。「食べません。ただ娘に気づかれないといいのですが……」

夜、食事のあとで、そっと訊いてみた。

「どうでした？　お嬢さん、気づきませんでしたか？」

「ええ、気づかずに——」老女は喜んだ。「食べてくれましたわ！　あたし、とっても嬉しいんです、とっても！　あの子、気づきませんでしたの」

三日ほど食糧切符が〔手に入らず〕、〔切符なしでは〕誰も食事にありつけない〔みんなそうなんだ〕と思っていたから、家主のとこにも〔顔を出さないでいた〕。飢餓には苦しんでいたが、癇癪は起こさなかった。腹を立てても仕方がない。そんなとき、またいきなり老女がわたしに言った——

「まあどうなさいました？　あなたはお金持ちじゃありませんか！」

こういうことだった——金さえあれば、並んで並んでやっと一週間分（わずか二分の一フント）しか手に入らない肉屋ではなく、市場（ルイノク）に行けば、肉もバターもハムも好きなだけ買える、だからお金持ちは昔のような暮らしができるのですよ。その後しばらくして、中等学校を卒えた娘さんが働きに出たこと、百五十ルーブリ貰っていることがわかった。でも、ネヴァの岸壁で薪を積み上げれば（力仕事だが）一日で四十ルーブリ（！）稼げることもわかった。

お喋りなペテルブルグ——これは裸ん坊の大河だ。裸ん

＊　麗しき貴婦人（プレクラースナヤ・ダーマ）——ミューズないしシンボリズムにおける（無性の）理想的女性（身分は淫売婦）、その形象。野蛮人の権力下にあるロシアのメタファーともなる。詩人ブロークに『麗しき貴婦人の歌』（一九〇四）。神秘的な美の偶像と淫売婦、文化において上下めまぐるしく所を変える。

坊たちの自分流のお喋りが喧しい。彼らは自分たちがその河水を動かしていると思っている。海に急き立てられて、それゆえ自分たちがざわめいている――そんなこと知りもしないしわかろうともしない。

社会主義をめぐる出版物についてのミーティング。至るところでボリシェヴィキは臆病者だと言われているが、なぜか誰もが彼らを非常に恐れている。エスエルの老人たちとメンシェヴィキの防衛主義者たちは言う――ボリシェヴィズムの基には、平和の、すなわち唯物主義的で、腹の底からのエゴイズムの伝道（宣伝普及）があると。でも彼らの言葉はシャボン玉――空中ではじけ散る。飛びつきたい言葉が無いのだ……。強いものとは何だろう、いずれナロードの悪魔の誘惑にも対抗できる強いものとは？　古い神（昔の名は役立たず）の新しい名か？　それとも棍棒か？　市民戦争で〔国民同士が殺し合って〕おのれの顔を取り戻さんとするナロードの棍棒か？

▼九月十四日

あっちでもこっちでも喧嘩。長年にわたって培われた関係が破綻に瀕している。事件は拡大するが、大きくなればなるほど喧嘩の原因は小さくなる。それもそのはず。のしかかる重苦しさに生きることがますます耐え難くなってきているから。

そんな空気の中でわたしはラズームニクと別れた……何が原因で？　わたしは彼に言った――チェルノーフの新聞に署名はできない、自分の短編を解版してくれないか。[*1]すると彼は――それはできない、もう組み終わっているから、と言った。そこで自分は、作品の題を変え、他人の名で出すことにした。だが、作品は密かに復権を果たし、実名で印刷された。まったくくだらない話。でも互いの関係はこれでお仕舞いである。

土地の分配に加わったのが主として土地を持たない人間で、大半が耕作の意味も何も考えたことのない連中であった。それと同様、権力の分配に加わった人間もほとんどの場合、創造的な活動には最も不向きで無能な裸ん坊たちだった。

革命の初めのころは、権力をめざす者たちはそれでも、生娘にでも近づくみたいにずっとずっと遠慮がちであった。最近は権力が強迫されて、兵士も代表も誰はばかることなく姦するありさまだ。

九月十四日の民主的な評議会で。[*2]予備議会。

チェルノーフの過ち。ナロードへの媚《こび》。

自ら読者を求める作家は碌なものでない。読者を無料の付録と〔思っている〕ジャーナリストも同じ穴の狢《ムジナ》。

劇場前の通りで混乱があった。軍の将校が――

「なんでこんなに混雑している？　ケーレンスキイでも拝もうというのかな？　なに、まだ見てない？　そりゃ残念だ！」

〔大会の開かれる劇場内〕。ジャーナリストたちはだいぶ前からオーケストラ・ボックスの中——まるで衣装箱の中にでもいる感じ。いろんな人たち〔がいる〕。〔たとえば〕ヴラドゥイキン〔未詳〕、わがエレーツ出身のセミョーン・マースロフ〔エスエルの有力活動家〕。それと新たにインテリゲンツィヤに身体をねじ入れてきた連中——〈半インテリ〉、兵隊、協同組合員、首都の虫けら、だ。

　ケーレンスキイはじっさい優秀な人間だ。チェルノーフはペテン師ではない、いや、あれは単に小者にすぎない。たとえ定言命令[*3]について声高に熱っぽく叫ぶことができても、あれは断じてペテン師ではない。カーメネフ[*4]？　あれも大物詐欺師ではない。あれは石ころ《カーメニ》だ。ボリシェヴィクだ。あの声は誰だろう？　ボリシェヴィクが後ろに隠れて叫んでいる——「おれじゃない！」

〔民主的な会議がテーマの〕ちょっとした世界戦争のエピソードなら、未来の劇作家にはずいぶん書きやすいはず。なんせ会議の場がドラマトゥルギー劇場だから。

　半地下のようなオーケストラ・ボックスに百人ほどの雑報記者、速記者、ジャーナリストがいて、上演中のドラマを正確に記録している。

　地方から出てきたわたしにひときわ強烈な感動を呼び起こしたのは、ケーレンスキイの演説だった。その印象をわたしはジャーナリストたちと分かち合った。彼らももちろん、田舎者のわたしから目を離さない。彼らはもう何百回も聞いているから、演説を聞き流している。だんだんそれ

＊1　右派エスエルの「人民の事業」紙のことと思われる。

＊2　九月十四日にペトログラードで開催された全露民主会議のこと。ケーレンスキイ臨時政府が招集、その予備会議の正式名称は「ロシア共和国予備会議」。

＊3　定言命令——定言的命法。哲学者カントが唱えた道徳的命令。「汝殺すなかれ」。断言的命法、無上命法とも。

＊4　レフ・カーメネフ（ロゼンフェーリド）（一八八三—一九三六）はボリシェヴィキの党活動家。ユダヤ人。革命運動のためモスクワ大を中退、亡命・流刑生活を送った。ロシア革命で党中央委員、「プラウダ」紙を編集、しばしばレーニン路線に反対を唱えた。全露ソヴェート中執議長・モスクワ＝ソヴェート議長・通商人民委員を歴任。党内有数の理論家（初代レーニン研究所所長）、レーニン全集の編集に関わった。二〇年代の党内論争でトロツキストとして除名、のち復帰、三〇年代の〈反革命〉公判で再び有罪、処刑された。

と同じような奇妙な状態にわたしも領されていく。これは生活ではないぞ、これは劇場の、つまり台詞として残るだろう最上の言葉のようだ。

もちろん防衛問題を語っている人たちは前線に出て、祖国のために命を捧げる覚悟でいる。でもそれでどうなるのか？〈自分は死ぬ覚悟だ〉ではなく、〈我々は……〉でなくては……

「それでどなたも賛成なのでしょうか？」とケーレンスキイが問いかける。「ここにおられる方々がわたしの言葉を嘘と言おうとしている――そういう確信がなければ、わたしはここでは話ができません！」

「そうだ、そう思ってる人間が来てるんだ！」ボリシェヴィキの一団が合唱する。

ケーレンスキイはボリシェヴィキと闘う。ドラマチックなシーンである。聴衆はボリシェヴィキの一人をずたずたにしてやろうと構えている――

「あいつはどこだ？　どこへ隠れやがった？」

すると一人の男が立ち上がり（これが当のボリシェヴィク）、挑むようにあたりを睨《ね》回《め》す。一瞬にしてざわめきが収まる。ボリシェヴィクが腰を下ろす。ケーレンスキイは祖国防衛の話を続けている。

ケーレンスキイは大男。誰よりも頭一つ大きく見えるが、考えてみればここは劇場――立って喋っているのは彼だけなのである。

実際（現実）の権力はこんなものでない、恐ろしいものだ。ここのはどうも芸術家がこしらえた書割みたいにやさしい権力だ。

次に登壇したのはチェルノーフ。まるで十六世紀の狡猾な書記官《ヂヤーク》といったところ。農業問題について言辞を弄するが、すぐに「それは農業問題の定言命令だ！」と野次が飛んだ。するとたんに亡命政治家じみたロシア・インテリゲンツィヤの本性がさらけ出されてしまって、この男がただのアレクサーンドリンスキイ劇場の書斎人であり、ヂヤークを演じる下手な役者であり、百姓出の大臣であり、何もかも嘘っぱちであり、したがって口から飛び出す言葉が決して生活とは結びつかない――そんなことがすべて一瞬にしてわかってしまったのである。

このひどく奇妙な空気はやはり劇場特有のものだ。じっと坐ったままの観客、ことに最高司令官について行こうと思っていた（たぶん）者たちは、しかし、誰ひとり腰を上げない。誰もケーレンスキイのあとを追っかけないだろう。芝居がはねたら全員まっすぐ家路につくにちがいない。

生けるロシアの至るところで罵られているこのボリシェヴィキとは何なのか――どんなに罵られても、ロシア中の暮らしが彼らの圧力下で営まれているのだ。そんな力がどこから湧いてくるのか？　今や多くの人間がボリシェヴィキを臆病者呼ばわりしている（これが大流行）、だが、それはまったく正しくない。間違いなく彼らには何か根本的思想力のごときものがある。彼らには、自らを高く高く上昇させ、幾千もの同胞の破滅と忘却と親たちの再埋葬と故国の荒廃すべてを見下す堅い意志、高度な緊張と集中とがあるのだ。

祖国の凡なる息子として生きているわれわれには、それを理解することも正当化することもできない。獣じみたこんな人間の下劣さにはとても耐えられない。しかし彼らはできる、やってのける、気づきもせずに、ただ蔑んでいる。

理解できないからわれわれはこんなことを言う――「革命（レヴォリューツィヤ）じゃない、これは動乱（スムータ）だよ。革命は世界の歴史のエタップだが、動乱は家事（家庭の事情）にすぎない、つまり、中国式の革命にすぎないのだ！」と。だが、ボリシェヴィキは本物の進歩思想を抱いている――自分らの革命は世界の事業、全世界の新たな建設者という一種特別な信念を護持している。この信念は個に体現されないナポレオンの信念であり、インターナショナルであり、二×二が四である。

かくしてこの地上に、われらの新しき、その近視眼ゆえ百万倍も恐ろしいナポレオンが即位したのだ。彼らには個人としての名は無い――彼らはボリシェヴィキだ。

動乱か革命か。

これを動乱という。なぜなら、われわれは何も達せずにすべてを失ったから。しかし喪失は、いいや国の完全滅亡も彼らを嚇かさない。国家《ナーツィヤ》は死ねないのだ。もしいま資本主義の勝利であるとしても、どうせ一時的なことではないか。そのあとまた火事は起きるだろう。ボリシェヴィキの観点に立てば、国土防衛はまったく途切れず行なわれているし、それは日々の糧（食物）、日常の暮らしの事実と見なされる。ボリシェヴィクの熱狂は国防を素通りする。インターナショナルのこの熱狂と祖国防衛のそれとは別もの（相対立するもの）と思っていた人びとにとっては、まったく困ったこと、はなはだ遺憾なことである。それは実利性を最終目的とする俗物たち。とはいえ、ツァーリ以後、この熱狂は真剣な討議の対象になっていない。

▼九月十七日

予備議会。ブルジョア階級に要求が刃物のように突きつけられている――「社会主義者になれ！」と。地方におけるソヴェートの役割は非常に立派なものだった。グルジア人（一級市民）は次のように言うことで喝采を浴びた――「われわれグルジア人は、それでなくても難しい国家の状況を〔猶予なき諸要求を突きつけて〕より難しくするようなことはしない！」

典型的なミーティング人〔空疎な議論好きの集会人〕であるウクライナ人。外国語を操る白ロシア人。毛むくじゃらの地方自治体役人。協同組合員。イスラーム教徒。〈農民に土地を兵士に平和を〉ばかりがフル回転して、もはやこれは言葉の淫事。……

何か月か閣僚だった政治亡命者たちがまったく思慮分別の人となったのは、〔生まれて初めて〕生きた現実〔また事象〕に触れたから……地方の代表者たち——敏腕家、市の活動家、グルジアの協同組合員はいずれも自分の為すべき仕事を持った思慮分別の人。そしてその対極がミーティング人たち——ウクライナ人、ボリシェヴィク、白ロシアの協同組合員……まさにフレスタコーフシチナ[*1]（同志アブラーム）の来襲である……ああ、こりゃ駄目だ、不可能だ……円積問題、どん詰まり、お手上げだ——でも、こんなもの、地上を風が渡れば（ほんのひと吹き）、あっさり吹っ飛んでしまうだろう。なんで〈ダー〉と言わない！

▼九月二十一日

ポケットにはした金があれば、それで外国語〔で話すの〕を習うのはいいことだ。でも、〔ポケットに〕何もないなら、ロシア語を話すべきである。

民主的会議における合同《コアリッション》は国家目的である統一への同意と志向のしるしだったが、同根同質の政府が意味したものは、要するに暴動《ブント》——革命ではなく、まさしく暴動なのである。

世界に向かって全面講和＝戦争反対を声高に唱えるというのは、スキタイ国の浮浪者たちにとって、なんと大きな誘惑であることだろう。わが国には昔、手作りの田舎のブント——スチェンカ・ラージンの乱というのがあり、たしかにそれは部落規模の動乱《スムータ》だった。でも、こちらは世界都市たるペテルブルグが世界に発信した世界規模のブントなのだ！　一介の野蛮な暴動者《ブンターリ》は、ブントの名において、ペルシアの姫君（か公爵令嬢か）と別れて彼女をヴォルガに投げ込んだが、それでもその男にまつわる多くの歌[*2]や伝説がつくられている！

おまけに、あろうことか、髭づらの協同組合員や自治体役員どもは、祖国愛を撒き餌に世界の暴動者《ブンターリ》を釣って、自分らとのコアリッションをものしようと画策している！

巨大なマス、ことに土地と自由と地上における神の王国を約束（あからさまな騙し！）された農民たちだが、気がついたときには、すでにそんなブントに引きずり込まれていたのだ。そして今、ようやく状況を摑み始めた彼らは、この民主的会議で〔そいつを〕半分に引き裂いたのである。

何もかもがそのブントがつくった篩《ふるい》と組織によって維持されていた。なんせ手口があくど過ぎた。選挙人たちは〔処罰を恐れて逃げようとしても〕逃げられない仕組みになっていた。一度引きずりこまれたら、もう娑婆には戻れなかった。それでコルニーロフの進攻も功を奏しなかったのだ。

このロシアのブントには、本質的に社会民主党と共通するものは何もなく、ただ外見と建設システムが似ていただけだった。要するに、個のきわめて重大な低下縮小なのである。

ペテルブルグでさんざん聞かされたブントについての、これが正確な決まり文句――「不幸な偶然〔ついてなかったの〕は戦時下にパンが足りなかったってことさ」

▼十月十日

今はどこでも、革命のことを〈失敗した事業〉だと言っており、これを革命と思う人間はひとりもいない。

「一週間もあったかな――」と人びとは言う。「それとも埋葬される前の一週間がそれ〔革命〕だったのかもしれんが、そのあとはぜんぜん革命なんてもんじゃなかったね」

電車の中。平民の女が立派ななりをしたどこかの奥さんに近づき、彼女のヴェールに手を触れる。すると奥さんが「まあ、こういう人たちは自由をこんなふうに理解してるのだわ」

――

▼十月十二日

最後にロマンは〈破滅〉に向かう（ロシアは亡ぶ、今われわれも亡びようとしている）。

ペトログラードの疎開――それは掘り崩された蟻塚。たとえ距離はあるにせよロゴスの活動とつながる何かがそこにあるなら、われわれを取巻く混乱にも大きな意味はあるだろう。してまた、これまで溜め込んだ過去の観点（アンドレイ・ベールィの分裂[*3]）からすべてを査定評価すれば、完全なたわごとであることに疑問の余地はない。

＊1　フレスタコーフはゴーゴリの戯曲『検察官』の悪ヒーローの名。シチナはその風、傾向、主義の意。浅薄かつ図々しい大ぼら吹き。

＊2　民謡「ステンカ・ラージンの歌」の日本語の歌詞にも、そのものずばり歌われている。

＊3　詩人のベールィは第一次大戦中、スイスで人智学哲学の殿堂の建設に参加した。ドイツの哲学者ルドルフ・シュタイナー（一八六一―一九二五）の哲学――超感覚的な力によってのみ把握される超物質的実在の存在を説き、〈直感の世界観〉を主張する――に熱を上げたベールィは、現にロシアで起こっていることをそのオカルト的観点から評価するようになる。晩年、彼はマルクシストを自称したが、神秘主義と弁証法的唯物論を融合させたその独特のマルクス主義はかなり奇妙なものだった。

オカルティズムとツィンメルワルト主義[*1]に共通するものについて考察しなくてはならない。インターナショナルへの道は〈物理的なそれ〉（たとえば大地に根ざした創造）、オカルト的な道は〈直接的な交わり〉（ただし方法は随意的な）、第三の道は簡略化された道（ツィンメルワルト、マルクシズム）である。この第三の道は特異な性格を有している。それは、指導者たちをまったく理解しない少数勢力を釣り込む（たとえばらばらでも、とにかく数が多ければいい）という点だ。もう一つ挙げれば、その厚かましさ。おれがおれがとしゃしゃり出るところ。野心、野望。ゴーリキイはその歩く pretension。

土地所有者の悲劇と土地に愛着する芸術家の悲劇。動くはずのないものがぐらぐらしだす――地震だ（揺れるのは耕す大地。どうするか？　揺れないところへ自分を移動させるしかない）。（新たな逃亡者たち――芸術本が流布しているのは地上を逃げまわっても無駄（不可能）だとわかってきたから）。学校の先生の説明は――мир（ミール、世界と平和の両義がある）はアルファベットの十番目のи、あるいはiは宇宙としての世界全体を指している。[*2] иのмирにはさまざまな解釈があり、そのうち第一のもの〔解釈〕は静寂と平穏で、併合・賠償金なしの講和、市民戦争のスローガンとしての平和、だ。十二日のエスエルの会議で、主婦のクスコーワ（ロシア人）が演説した。誰もが平和を欲している、みんな祖国を守りたいと思っている。しかし誰も講和の締結の仕方を知らない。防衛主義者はブルジョアジーと民主主義の利害の共通性を認めている。インターナショナリストはそれを認めるが、奉じているのは古典的民主主義である。軍隊が逃亡すれば、一方はそれをコルニーロフのせいだと言い、一方はツィンメルワルトが悪いと言う。

コルニーロフシチナの定義――軍司令官の個人的権威の上に築かれた軍の組織。組織上のツィンメルワルト・グループの定義は、民主主義の諸機関の権威の上に築かれたものと言うことができるだろう。

敗北主義者と防衛主義者――これは罵言〔戦場の言葉〕、じっさい誰しもドイツから国を守りたいのだ。

クスコーワの主張は正しい――わが国民はさんざん苦しんできているので、独自に行動することを許された人間はわが身を犠牲に供することができず、したがって強制が必要である。教会で人びとが内なる敵から逃れようと祈るのは正しい。

▼十月十四日

カプリ島の王冠。前線から手紙が届いた。書いてよこしたのは軍人である。彼らの塹壕にドイツ軍〔の塹壕〕から羽のついた爆弾が飛んできた。爆弾のしっぽに「同志《タワーリシチ》」という新聞の束が括りつけられていた（彼はなんともけったいな代物だとわざわざ書き添えている）。たしかに新聞の内容は事実と違うしロシアの生活の真実をめちゃくちゃに歪め、要するにドイツのいいように捏造されている。「兵士たち《ソルダートゥイ》」紙の時事戯評にはロシアの国民的作家であるマクシム・ゴーリキイの署名が。

ドイツ軍の塹壕から飛んできたものに彼の署名が――それがどうしてマクシム・ゴーリキイの罪なのか？

手紙の主はゴーリキイに疑いを持った。それでわたしに送ってきたのである。

「あなたも芸術家だから、教えてくれませんか――もし誰かがあなたを騙しても、それでもあなたは芸術家でいられますか？　なぜそうなるのでしょう？　一方、もしわたし、芸術家でないわたしが騙されたら、わたしはただの愚か者ということなのでしょうか？　わたしが言いたいのは、マクシム・ゴーリキイは「ノーヴァヤ・ジーズニ」の騙《かた》りども影響下にあるが、あくまで彼は芸術家だ――ただそれだけで彼が正当化されているということなんです。なぜそんなことが彼を正当化する理由になるのでしょうか？　わたしはその騙りたちに問い質しました――おたくらは自分をどう思っているのか、ボリシェヴィキなのか、と」

「われわれはみなボリシェヴィキだ」と彼らは言ってきました。

「じゃあ、おたくらは「労働者の道[*3]」のボリシェヴィキとどこが違うのですか？」

「あっちはみないいかげんな仕事をしているが、われわれは文化的なボリシェヴィキなのです」

最悪最低下劣無法の唾棄すべきロシアの暮らしから抜け出したマクシム・ゴーリキイは、カプリ島のイタリアに惚れ込むや、そこに自分の理想的なヨーロッパをひねり出した。彼にいま「あなたは自分の祖国を愛していますか」な

＊1　一九一五年九月五日。スイスのツィンメルワルトで開かれた国際社会主義者会議での結論――民族自立に基づく〈併合と賠償金なしの〉平和のための戦争を開始すること。帝国主義戦争の内乱への転化を主張した。

＊2　мирとмiр。iは旧字でいずれも〈イ〉の音字。正字法改革（一九一七）以前、〈и〉はアルファベットの八番目の文字だったが、改革後は十番目の文字に。十番目の文字だった〈i〉は廃止された。

＊3　日刊合法紙「労働者の道」はロシア社会民主労働党中央委員会の機関紙。「プラウダ」紙に代わって一七年九月十六日から十月八日まで発行された。

どと訊いても詮ないこと。では、おとぎ話の『金の魚』に出てくる婆さん女王なら、青い海のそばの自分のあばら家についてなんと言うだろう？　殻を破って出てきた小鳥なら、燕が鶏糞を固めてつくった巣の中の殻についてなんと言うだろう？　それとも、ボートの下で夜を過ごす人間にこう訊いてみようか？　いつになったらスプリングの入ったマットレスで眠るんだね、と。いま百姓は、以前の一日十五コペイカの日雇いについてどう言うか？　老王女のあばら家。割れた殻をつけた貧弱な巣。ボートの下は湿って寒いし、百姓はまた十五コペイカの手間賃で元の作男に戻るだろうか？

　賤しめと屈辱からの物的《マテリアル》な脱出法のない、またあり得ない〈虐げられし人びと〉に対して、ドストエーフスキイはこんな慰めを言う――「耐えよ、コンスタンチノープルはわれわれのものになる、きっとそうなる！」[*1]。それで、より良き暮らしへの出口のない〈貧しき人びと〉は、苦しみ悩みながらも自分の祖国を愛したのだ。もし出口が見つからなければ、いったい今は何のために耐えるのか苦しむのか？　こうした人びとにゴーリキイはイタリアに向かって窓を穿とうとしている。ホドゥィンカの原[*2]の群集のように、虐げられ辱しめられた人びとが〈イタリア〉に向かって突進し、互いに死ぬほど押し合いへし合いを繰り返して、それで強奪、火事、摑み合いが起こる――新しい長靴が欲しいだけの者もいれば、結婚したいと思う者もいる、いろんな人間がいるのだ。それで彼らは誰もがボリシェヴィキを名乗っているのである。

「ではいったい何者だ、そんなことを考え出したホドゥィンカの指導者たちというのは？　あんたたちはボリシェヴィキか？」

「われわれは――」彼らは答える。「文化的ボリシェヴィキだ」

「では、文化的ボリシェヴィキとして、あんたたちは、これら非文化的な人びとの犯罪や「万事休す」を運命づけられた人びとにドストエーフスキイが与えた〈ツァリグラード〉[*3]の慰めなんかも、すべて受け容れるのか？」

するとみながそれを否定して、こう言った――

「われわれは書いている――それには常に反対だと」

だが、唯一いちばん誠実で思慮深そうな男が答える――

「〔われわれは〕受け容れます！」

「潔く自沈した将校たち〔未詳〕も受け容れる？」

「ええ、受け容れます！」

ゴーリキイはそういうふうには言わない。彼はすでに避《よ》けて通られている、彼の王国はすでにわきを抜けていった。もっとも、イタリアの王冠は彼を慰めるもの〔土地〕として放っておかれたが。

一方、貧しい人は、ゴーリキイのために泣いて、なぜまたこの芸術家、つまり最高の存在である人をこうまで欺きこうまで愚か者扱いするのか、どうにも理解できないのだ。

さまざまな王冠、すなわちギリシア、エジプト、アトランティスを担ぐ人たちはどんどんゴーリキイを見捨てていく。長靴を求めて走った人びとも今は遠いところにいるし、戴冠した者たちは怯えてしまった。もういいかげん自分に聞いて思い出してもいいころだ――イタリアの王冠が手に入ったわけを。

おお、それはすぐに、ただちに手に入ったのではない――長靴を手に入れるのとはわけが違うのだ。

汚れきった外套を着た、能ある乞食詩人が、金持ちの社会民主主義者のところへやって来て、晩飯を食う。主人も然るべく敬意を払いつつ、彼をそのあばら家まで見送る。

「未来は間違いなくわれわれのものだよ！」と主人が言う。

「おそらく今ではない、かもね」と詩人。

「そんなことは問題じゃない、わたしが言ってるのは本当の未来、つまり現在〔われわれが生きている現在〕なんだ」

「おお、そうだ！」

「その未来のために、きっとわれわれは苦しむだろう。なぜきみはわれわれと一緒じゃないのか？」

「わからない。なぜかあんたたちと一緒ではない。わたしには信仰がない。わたしはたぶん進歩的思想を持たない人間なんだ」

「でも、どうしてきみ〔詩人〕は自分のまわりで何が起こっているのかわからないのだろう？　だってこれはキリスト教の始まりの繰り返しじゃないかね。きみは参加していな

＊1　ドストエーフスキイの『作家の日記』の一八七六年六月の「第二章の（四）、歴史のユートピア的解釈」からの引用と思われるが、本文はこうである――「ロシア人はそれこそひとり残らず（中略）何よりもまずスラヴ民族自体の完全な人格的自由とその精神の更生のためにスラヴ民族の復興を望んでいるのではないだろうか？　事実そのとおりで、間違いはないはずである。したがって、このことだけから言っても、前述の「空想」はたとえ一部なりとも正しいことがわかるだろう？　そこで当然のことながら、この目的のためにもコンスタンチノープルは――晩かれ早かれ、われわれのものでなければならない」

＊2　一八九八年五月、モスクワ郊外のホドゥインカの原で起こった悲劇的事件。ニコライ二世戴冠の祝賀式で配られる記念品めあてに詰めかけた群衆がもみ合い将棋倒しになって、三千人以上の死傷者を出した。

＊3　ロシアは十七世紀までコンスタンチノープルをツァリグラード〔皇帝の町〕と呼んだ。

いんだ〔関心がないんだ〕」

　そのとき急に、貧しい詩人が烈しく怒りだした。そして外套のはしっこの綻《ほころ》びを引っきちぎりながら、頭に浮かんだだけの――星々の歌、森のおとぎ話、水の魔《ヴォヂャノイ》の〔唄〕、それと大地の唄のひと節を、残らず一気にぶちまけたのである。

「わたしはどれだけ苦しんだか。なのにあんたたちは長靴でこのわたしを釣ろうとしている」

「われわれだって苦しむ覚悟はしているさ。きみはわれわれを何と思っているのか？」

「もしあんたたちがキリスト教の話を持ち出すなら、わたしはあんたたちをアンチキリストだと見なす」

　ある晩、レストランでゴーリキイとシャリャーピンの会の集まりがあった。わたしはそのとき初めて、劇場ではないところでシャリャーピンを見た。彼はその日、嫌なことがあって精神的に参っており、何の飾りも、カラーすら付けずに、酒盃の上にどっかと腰を下ろした白い塊りだった。そこにはゴーリキイとシャリャーピンのほかに十人ほどわたしの知らない男たちと婦人が〔一人〕いた。つまらない会話だった。と、不意にシャリャーピンが、まるで夢の中にでもいるように、口を開いた――

「こんな芸人稼業をやってなきゃ、今ごろカザン〔故郷〕で鳩を追っかけてんだがなぁ……」

　そう言って、鳩の話を始めた。するとゴーリキイが彼に何やら耳打ちして、あることを思い出させた。そうして二時間ぐらいレストランで鳩の話をしてからシャリャーピンの家で、（夜明けまで）カザンと坊主と商人と神のことを喋り散らした――それぞれ結論めいたこともなしに。そのかわり愛情たっぷり、とても陽気に。

　ゴーリキイはあとでわたしにシャリャーピンの印象を訊いてきた。わたしは、なんだかわれわれの神――ひょっとすると〔野の神〕か森の神を、つまり本物のロシアの神を見たようだと答えた。それを聞いて、ゴーリキイは涙ぐんだ。そして言った――

「彼はまだ本調子じゃないんだ。そのうちきっとあなたに本当のシャリャーピンを披露しよう！」

　そうしてその夜、わたしは、ゴーリキイにとってシャリャーピンが偉大なロシア《ローヂナ》の芸術家、希望であり慰めであるというだけでなく、祖国そのもの、祖国の体、肉体を持つ神、目で見ることのできる神だということを知ったのである。ナロードニキには百姓《ムジーク》が、スラヴ主義者には教会が、メレシコーフスキイにはプーシキンがローヂナなのだが、ゴーリキイにはシャリャーピン（人神シャリャーピン）が、あの白い巨大な塊りが、スキタイ国のステップの無限の地下の金の鉱層こそが、ローヂナなのだ。

ついでにそのとき、彼に、あなたには祖国はあるのか、ローヂナを愛しているかと訊いていたら、きっと彼は、激越に病的なほどにサディスティックなまでに〔愛してる〕と答えたにちがいない。

政治は恐ろしい。それはアダム・スミスがピン〔留金〕の製造工場での分業について述べていることと同断だ。*ピンの頭だけを作る人間はそのピンの背後に消えていく。政治では人間は生命なき一部あるいは部品の陰に姿を消す。国民的作家であるゴーリキイも、そうして政治のピンの頭のむこうに消えてしまった――完全に、何の痕跡も残さず、個別に〔私的に〕反目し合う勢力同士の奈落の底に、沈んでしまった。そして今や、「ゴーリキイには祖国はない」――「祖国の裏切り者」などと盛んに言われている。

カザークの評議会《ソヴェート》にサーヴィンコフが姿を見せた。それは、新しい、何かぞくぞくするような出来事だ。サーヴィンコフをわたしは、専門学校の女生徒がシャリャーピンを見つめるような目で見たいと思っていた。それで、新聞の編集者たちとつまらぬ政治の話をしながらロビーを行ったり来たりした。しかし誰かが編集者のうちの一人に近づいて来て、挨拶をし、何か話を始めたので、自分はそれには加わらずに、ただその男の灰色のスーツの裾に目をやって、自分のことを考えていた。男が去り、人群れに消えたとき、編集者が言った――

「で、どうでした、サーヴィンコフは？」

そういうわけで、灰色のスーツの裾しか憶えていない。すぐあとを追ったが、もう遅かった。彼の姿はどこにもなかった。ロビーにも、ホールにも、受付にも、読書室にも。いったいどこへ？　結局、彼には会えずじまいだった。

ツァーリの肱掛椅子に坐ったアフクセーンチエフは堂々としているが、どこかひとをいらつかせるところがある――常に変わらぬ二等皇族ふうの光輝清澄のゆえか。後ろにレーピンの絵が掛かっているが、もしそこにツァーリが立っていれば、人びとはアフクセーンチエフを通して皇帝自身を見たかもしれない。

きょうビュッフェでお茶を飲んでるところへその彼（共にドイツで学んだ）がやって来て、わたしの横にちょこんと坐った。とても国家的問題を論ずる気分ではない。その

* アダム・スミスは自著の『国富論』（一七七六）で、ピンの製造工場を例に専門化（分業）の新たな導入によって労働の生産性が飛躍的に伸びたことを示した。

苦しげな顔、疲れきった、絶望的なまでに退屈な〔人〕。

「わたしは思うのだが――」とアフクセーンチエフが言った。「民主主義の事業は潰えたね。もうまったく駄目だね」なぜか彼の言葉には、民主主義が残念とも恐ろしいとも感じられない。

「なんとかなるかも……まとまるかも。とにかく忍耐だよ」

「いや、そんなことないさ。問題は食糧なんだ」彼はひとつ欠伸をし、顎鬚をちょっと掻く。わたしは訊いた――「チェレーシチェンコの演説は何時からかな？」ちらっと時計を見る。

「すぐだよ」

ミハイル・イワーノヴィチ〔チェレーシチェンコ〕を見た。話し方は立派なものだ。礼儀正しく、品がいい。でもやっぱり大臣臭い――ケーレンスキイ、アフクセーンチエフ、チェレーシチェンコ、マースロフ、みな同じ。生粋インテリゲントのつるつる。ケーレンスキイだけ他に抜きん出ているように見えるが、それは達成でも高さでもない、爆発だ。爆発するインテリゲント。

ロビーでセミョーン・マースロフ〔同郷人〕と会う。出世のお祝いを言う。セミョーンはナロードニクもナロードニク、聖なる人民主義インテリゲンツィヤだ。いっけん神学生のようだが、目は家ウサギ。ひとを信じやすい。思い出すのは、自分のアパートで彼に会ったとき、イワン・リャザーノフスキイが言ったひとこと――「ナンもないが、未来は彼らのものだ、ああいう家ウサギたちの、ね！」これはおとなしい修道士であり、人類教（ウスペーンスキイに由来する）の苦行者だ。彼はわたしを自分の報告に招んでくれた。それがどんな報告だったかをわたしは知っている。買戻し金無しとか有りとか、馬一頭持ちは二頭持ちはと、生涯そういうことに取り組んできたのだが、それでもやはり土地も土地問題も彼からは遠く――〔うちの〕雇い人のパーヴェルから大学が遠いように、あまりに遠くて、とうてい把握も理解も及ばなかった。

保守〔反動〕の人、ドミートリイ・フィロソーフォフはサーヴィンコフの新しい新聞「時間《チャース》」*1に加わると言って、わたしを慌てさせた。

サーヴィンコフはコルニーロフシチナと称されるものの主唱者の一人だ。コルニーロフ、サーヴィンコフ。これはナポレオンではなく、あちこちで民主主義の篩に大穴をあけようとした独立自由の一群である。文学畑の古く頑固な独立自由のアリストクラート――メレシコーフスキイやギッピウスがこの新聞に参加したのは偶然ではない。それは見えざる町〔キーテジ〕の故地を通してソボールノスチ*2

を求める革命家＝個人主義者だ。むろんのっけから彼らには旧世界の蝿たちがまつわりつくだろう。

非常に面白い新聞になるのは間違いない。なんせサーヴィンコフを脅かすのはスキャンダルだけだし、哀れなドミートリイ・セルゲーエヴィチ〔メレシコーフスキイ〕がどこへ連れて行かれるか——知っているのは悪魔だけだから。

民主主義の篩の一つである〈民衆の意志《ヴォーリャ・ナローダ》〉[*3]——自分は今、ちょっとした誤解からその場にいるのだが——は、ロシアの民主主義への純粋素朴な信仰を奉じている。これは最もナイーヴな、〈悪魔主義〉の連中とはぜんぜん無縁の機関である。この人たちにとってサーヴィンコフは一番の敵。なぜなら彼は評議会《ソヴエート》反対の立場であるのに、〈民衆の意志〉はすべてにわたって評議会や委員会と結びついているからだ。

アンドレイ・ベールィがラズームニクの家に泊まる。

トロツキイ[*4]は歯医者。

夢でもういちど出会い[*5]があった。どうもこれは墓場まで繰り返されるのかもしれない！　わくわくするような冒険

＊1　メレシコーフスキイとギッピウスが、エスエルの戦闘団（テロ・グループ）のリーダーであるサーヴィンコフと共に組織した反ボリシェヴィキの新聞。詩人のブロークがこれへの参加を拒否したことは周知の事実。プリーシヴィンの日記にはメレシコーフスキイに宛てた手紙の草稿が見つかっている。彼も「チャース」への参加を断わった。

＊2　総体主義。西欧の個人主義に対して、全人類の連帯・同胞愛を主張するスラヴ派の思想。個人主義に対立する正教的公同性。

＊3　右派エスエルの新聞——二月革命後の編集長はケーレンスキイの秘書ペ・ソローキン。〈人民の意志（ナロードナヤ・ヴォーリャ）〉ではない。

＊4　トロツキイの名、初出。歯医者？　トロツキイ——本名レフ・ダヴィードヴィチ・ブロンシテイン（一八七九—一九四〇）。ウクライナ生まれのユダヤ人革命家。活動舞台はほぼ国外だった。ロシア社会民主労働党の分裂（ボリシェヴィキとメンシェヴィキ）以来、両派の中間派を指導していたが、二月革命直後にアメリカを発って五月にロシアに戻った。十月革命直前にボリシェヴィキへ参入（第六回党大会）。七月四日、ネーフスキイ大通りのデモ隊に軍隊が発砲し、「プラウダ」編集部などのボリシェヴィキの拠点が攻撃を受けたため、ボリシェヴィキ党は戦略転換を余儀なくされる。逮捕命令の出ていたレーニンは地下へ潜ったが（八月九日、フィンランドへ逃亡）、カーメネフ、トロツキイら党指導者たちは逮捕された。

＊5　ワルワーラ・イズマルコーワが夢に出てきた。

と告白と――でも目が覚めたら、いきなりガチャンと掛金がかけられたみたいで、起こったことをみな忘れてしまった。ただし心臓だけはまだ波打っていて、夢のヴィジョンに揺さぶられている。まるで海だった。沈む奇跡の町キーテジ*を洗う烈しい波のよう。何もかも沈んでしまった。もう何も見えない。ただ海だけが穂先を砥いで襲ってくる。凍るようなその冷たさ！　残念なのは、消えてしまった夢のヴィジョンだ。なんとも堪らない。あれは何だったのか？　答えてくれる人はいないし、自分でもどう言ったらいいのかわからない。見えるのは海、海、海！　戻ることもかなわない、逢うこともかなわない。生きていても仕方がないぞ。もう駄目だ。こんなところでは生きていけない。とても無理。そうか、だから岸があんなに美しく見えるんだ。ああ、及びもつかぬもの、無理も、不可能も、みんな海中に隠れているんだ。

　コーザチカは十五歳と六か月の女の子。ひやっとした鼻と子どもっぽいちょっと凹んだ唇をしている。どんな歌でもうたうし、自分でも作っている。

「あなたに詩をあげるわ――あなたは〔ぜーんぜん〕詩人じゃないから」

　わたしはよく〔コーザチカに〕ロシアの国境《くにざかい》の話をしてやった――そこで見たこと驚いたことを。

「ロシアはびっくりするほど広いんだ、わたしは国中を旅してる。この国がどこで終わりほかの国がどこから始まっているか、正確なことはわたしにもわからないんだよ」

「どうして？」と彼女。「地理は？　地図はある？」

「ほら、こっちがロシアの南」と、わたしは続ける。「レールモントフのカフカースだね、こっちが嵐のカスピ海。ここから黄色い砂漠が始まる。砂丘に囲まれた湖があるんだ。湖の岸にはフラミンゴという鳥がいて、その先もやっぱり黄色い山、黄色い大地、どれもきれいだけど、見上げる空はどこまでも青い。それとそよともしない大気、炎熱だ。黄色い大地はもう動かない、どうもそこが地の果てらしい……」

「ああ、パミールね！」コーザチカが言う。「ケードル〔セイヨウスギ〕の森に囲まれた高原ね。だからパミール〔世界の屋根〕って呼ばれてるんだわ」

（山羊《コザー》の目をして、鼻がひやっとした可愛いコーザチカは、生きがいを求めてヴォルガを旅しよう――そう思って、毎月三ルーブリ貯金している）

　アパートの管理人が「株式報知」を手にしてやって来て、拳銃を買ってたほうがいいなどと言う。広告には二百五十ルーブリと出ているそうだ。

「拳銃なんかぜったい携帯しないし、わたしはそういうやり方を憎んでいる」

「わかった。でも、あす、ここに強盗どもが押し込んできて、みんなの見ている前で女たちが乱暴されるかもしれんよ」

いや、できない。駄目だ。それは自分にとって屈辱以外の何ものでもない。そこまで堕ちることはできない……拳銃なんか！

「あなたは従軍したじゃないか。軍隊と一緒に占領下の町に足を踏み入れたのでしょう？　なら、家々の窓敷居に並べられてる聖者のイコンに自然に目が行ったはずだ。キリストの磔刑図が花と一緒に飾られて、チュールのカーテンが垂れてたはずですよ。ああしているのは、銃の撃てない、いや撃ちたくない人間たちなんですよ」

そういえば、たしかに、占領地の家の戸口には十字架が下がってた。窓辺にはイコンが置かれていた。そしてふと頭に浮かんだのが、このアパートにもユダヤ人とムスリム

人が数家族いて、当然、彼らのとこには正教のイコンがないということだった。そうなんだ、このままじゃ自分は彼らを破滅に追いやりかねない。

どうしよう？

それでもこんなとき、ひとは、ぼんやりとではあるが、心の深いところで、目に見えぬ聖なるキーテジの、祖国防衛の守護聖者（敢えて名は挙げない）の聖物〔イコン〕のようなものを思い浮かべるのではないか。

わたしは信じている――真《まこと》の都には真の道があることを。そこには人の手によらぬ美が、われわれのと同じ〔イコン〕がきらきら輝いている。イコンは血塗られても、糞尿にまみれてもいない。大地は花畑。ダイヤやルビーやトパーズの光を放っているのだ。なのに、われらが精神《ドゥーフ》の外皮はと言えば、紙上の生命なき言葉と嘘さむい流言蜚語にびっしりと覆われている。

友よ、同志よ、世界の人びとよ、われわれはあんな言葉

＊　奥ヴォルガにあるスヴェトロヤール湖、異教徒の侵入に際して、その湖底ないし湖畔の丘の地下に消えたとされるキリスト教の伝説上の町（城市）。その起源がキリスト教伝来以前の土俗的信仰にあるのか、その後この地に移り住んだ旧教徒（正教会から異端視され迫害を受けたさまざまな分離派宗徒）たちの強い信仰心のあらわれであるのか、まだよくわかっていない。敬神の念厚き義の人は湖底の教会を見ることも美しい鐘の音を聞くこともできるという。邦訳「湖底の鐘の音」（『巡礼ロシア』所収・一九〇九）は、プリーシヴィン自身の奥ヴォルガへの旅。

で喋りはしない。あれでは言葉は、烈しくぶつかり合って宙に巻き上げられた石ころか砂のようなもの。われわれの歩む道は別にある。唯ひとつの道がある。

上京してからふた月ものあいだ、自分はあちこちの集会や公共の喋り場《ゴヴォリーリニャ》で話されていることに注意深く耳を傾け、記事を読み、ともかく言葉という言葉をいっぱい蓄えた。と同時に、わが魂は、破滅を免れんとして死のトスカの中で必死にもがいたのであった。いいや、友よ、同志よ、世界の人びとよ、われわれはあんな言い方もあんな書き方もしなかった。あんな言葉はどこにもなかった！　もうわれわれの言葉はただの砂粒、生命のない石ころになってしまったのだ！

こうした状況から一幅の絵をものしようと、自分は画材を集め、言葉を拾い、その言の葉の一枚一枚に糸を通していく。きょうもいつもどおり仕事を進めているところへ、店の行列から戻ってきた管理人の声。彼は恐ろしいことを口にした。自分は仕事を中断して、まずその話を新聞に書きたくなった。しかし、自分の言葉は死んだ石ころである。あれは要らない、これも要らない。ではどうするか？「株式通報」を手にした管理人は、こうなったら拳銃を買ったほうがいい、とそればかり言う。「どうしてあなたはそうしないのか？」

▼十月二十二日

落ち着かない。なんとも居心地が悪い！　ウユート〔快適な場所〕の消滅。「土地と自由《ゼムリャー・イ・ヴォーリャ》」の夢より心地よい場所はない。大地に腰を下ろす者にはウユートがなく、大地を去る者にはそこがウユートのように思い出される。だからそこへ帰りたい。帰りたくて仕方がないのだ。

レーニンのような革命の精神《ドゥーフ》は、官僚主義のそれと縁続きである。血が繋がっている。レーニンのドゥーフも官僚主義のドゥーフも生命から切り離されている。それでウユートの破壊に血道をあげるのだ。

官僚たちと同様レーニンの革命も、地上の人間の暮らしに絶対に欠かせないものを等閑に付す――あるいはウユートの名において、あるいは革命の名において。ウユートと〔高邁なるボリシェヴィズムの〕志向――これは駄目だ。総数。個の等閑。レーニンは個とウユートをごたまぜにする。レーニンの表《おもて》の生活はメシチャンだ。もし自分がレーニンから個を守ろうとすれば、ウユートを欲する人びともみな自分と同じ行動をとるだろう。で、そのあとはまた予定調和の到来だ。

▼十月二十八日

状況確定の日〔ボリシェヴィキの政権奪取〕。抑圧された憎しみが公憤に取って代わる。「冒険《アヴァンチューラ》だ、冒険主義者《アヴァンチュリースト》のやることだ！」アヴァンチューラの裏の顔。誰が始めた？

　恐怖の第一日目。「何も起こらんさ」とそればかり繰り返す者。「今は何もない、そのうち、いや大丈夫、何も起こらんよ」

　一味――赤い親衛隊（帽子を後ろにずらして被り、靴の前半分には底がない）。黒百人組（極右反動）の果てである。〔曹長が言った――〕

「一味がおれに襲いかかってきたが、こう言ってやったよ――『ああ、おまえらは揃いもそろって碌でなしだ、ツァーリを売った碌でなしだよ。ツァーリがおまえらに何か悪いことでもしたか？』」

「ボリシェヴィキがやられたんだ！」

「ほう、そいつぁよかった。じゃあ、いよいよツァーリのおでましってわけだな」

　ネーフスキイ大通りで行き過ぎ《エクスツェス》。発砲と赤犬〔赤い親衛隊〕。

　犯罪と民衆。今や〈完全に道を失っている〉。ネーフスキイで厄介なことが起こった――ミーティング、一味の武装解除。ドンパチ。

　曹長が一味について語る。

「そいつは遊底の閉じ方も知らんから、銃を取り上げて、言ってやったよ――『おいおい、小銃は武器なんだぞ。兵士の要諦にそう書いてあるだろ、そんなこともわからんのか?!』

　慈善箱を手にし、〔銃の〕白い負い革を十字にかけた男だが、そんなの、おたく、どっかで見かけなかったですかな？　疲労困憊なんだが、なかなか品がいい。肩に白い負い革をかけて慈善箱を手にした男なんだが、そいつがずっとわしのあとを尾行てるんだ。どこに行ってもそいつがいて、必ずこんな演説をおっぱじめる――『同志のみなさん、個人的な利害は忘れましょう』。そして最後にこう言って終わるんだ――『そういうわけで、もう自分のことばかり考えるのはやめようではありませんか』」

　電気が、消えたと思うとまた点いて、点くとどの家でもベルが〔轟きわたる〕。

　何が起こったか、それが何を意味するのか――わからない。わからないから、人が集まっているところへ出ていく。すぐに合点がいく……原因は明らかにドイツだ、ウィルヘルムだ、つまりボリシェヴィキがやって来たのだ。ボリシェヴィキはよその国の政府。

　わがアパートの住人。住宅委員会の〔メンバー〕は、黒百人組の組員である果実商、コルニーロフを支持する女、君主制主義者〔のマリヤ・ミハーイロヴナ〕、エフロス・アントとその〈一味〉

曹長が言う――「ところで、ほかの国は和睦に向かうだろうな」

「コサック兵が赤衛隊を斬殺したよ」

▼十月二十九日

郵便配達夫――「真夜中、カザーク兵が赤衛隊を斬殺したよ」

「ノーヴァヤ・ジーズニ」と「ヴォーリャ・ナロータ」が前線の状況についてまったく逆のことを報じている。

ケーレンスキイ自身が指揮を執るのはまずい。〈ケーレンスキイ〉の名は聞きたくないと、どの党もこぞって反発。個々に要求（党の）を出すのは尚早だ。「ノーヴァヤ・ジーズニ」で、現にポグロームがあり〈ブルジョア〉新聞がだんまりを決め込んでいるときに、〈〔異〕分子〉排除の記事を読むのは滑稽だ。

ボリシェヴィズムは党同士の無意味な敵意を生んでいる。ボリシェヴィキは言葉の澱《おり》だの滓《かす》だのをかき混ぜていよいよどろどろにし、カザークは相変わらず〈祖国防衛〉の一点張り。つまりは、条件を押しつけるやつが勝利者になるのだ。

そもそも支配的な二つの党――社会革命党（エスエル）と社会民主党（エスデー）が大変動のしょっぱなから対立抗争しているのである。エスエルは今、ボリシェヴィキの敗北に乗じようとしている。舳先を統一にではなく新たな解体（崩壊）に向けているが、（ほかにも大きな勢力が……）台頭しつつあるのが第三の勢力、カザーク軍団だ。

▼十月三十日

以前は、〈進歩思想の持ち主たる〉わが老人たちがなぜ「ノーヴァヤ・ジーズニ」をあれだけ嫌い、新聞そのものにあれだけの憎悪を抱いているのかわからなかったのだが、今では自分自身が「ノーヴァヤ・ジーズニ」とそのすべての偽善の種[*1]をしんそこ憎んでいる。これ以上続くなら、政治的憎悪が心を毒するだろう。だから今は、以前のように〈自分は党より高いところに立っている！〉と口に出して言うことだ。

〔電車の中〕こんな声が飛び込んできた――

「すべては真実《プラウダ》のためと言う奴もいるし、やっぱし金しかねえって言う奴もいる」

国会にはボリシェヴィキへの寛容さが……。ぬかるみということだ。マリヤ・ミハーイロヴナは絶望のきわみにある。

「あたしはジロンド党[*2]に入るよ」

「ジロンドだって!?　マリヤ・ミハーイロヴナ、カデットに行くべきだよ！」

「どうしたってジロンドだわ！」

ケーレンスキイのことは噂にも聞かなくなった。罪深い男だ。わたしは、彼が殺されることを、彼の軍隊が伝説となり（無駄話は要らない）本格的に突っ走ることを、望んでいる。われわれは同意による不同意にさんざん苦しめられてきた。党を超えた何かが求められている。

ボリシェヴィキは党ではなく精神《ドゥーフ》だ。党間の衝突と言論の無力から生まれたドゥーフだ。この暗く陰気なドゥーフを吹き飛ばすには、大地のドゥーフが起って、すべてを浄化しなくてはならない。

国会を辱しめたボリシェヴィキの行為は償われなくてはならない。償われなければ、われわれに祖国はない。なのに、こうした怒りに対して〔国会は〕妥協の提言で応えようとしている。

モスクワの噂を隣のお嬢さんが話してくれた――

「クレムリンに居坐っているのはボリシェヴィキですけど、ヴォロビヨーフの丘〔雀が丘、モスクワ市南西部の小高い丘〕はメンシェヴィキが占拠しています」

同じようなことをしばしば耳にした。

「ヴォロビヨーフの丘はメンシェヴィキだってよ」

「あした肉を買いに行けるかしらね？」わが家主の女房が言う。「あしたは闘争があるらしいけど」

「行かんほうがいい」

「そうね、状況は……」そう言ってキッチンの方へ行きかける。「知事の時代よりずっと悪いからね」

夕食が運ばれてきた。主婦がまた言いだす――

「出かけようかしら？」

「出ないほうがいいよ。見たくないものを見てしまうから」

「わかった。どうなるか見ていましょう」

わが主婦は君主制主義者だ。かなり醜い面相の持ち主なので、誰もが魔女か気狂い女みたいに彼女を怖がっている。赤衛隊に対してずけずけ真実が語れるのは彼女だけである。

〔ワシーリエフスキイ島〕十四条通りのレーミゾフの家へ走る。なんとか通り抜けられた。検問は鉄の門の小窓越しに行なわれている。よく見ると、住宅委員会の武装兵が持っ

＊1　偽善の種＝「イウードゥシカの種」。イウードゥシカとはサルトゥイコーフ＝シチェドリーンの長編『ゴロブリョーフ家の人びと』の主人公のあだ名。残忍や背信を見せかけの親切で隠す奴の意。イウーダ（ユダ）から。

＊2　フランス革命当時の商工農ブルジョアジーの利益を代表する、穏健な共和派の政治団体。反革命に妥協的だった。指導者のうち三人までがジロンド県の出身だったことからこの名がある。ジャコバン派と対立し、一七九三年に敗退。

ていたのは猟銃である。どの建物も小さい要塞だ。明かりの点いたアパート、サモワール、古くからの友人、知人、愛する人たちのいるところから夜の闇の中へ出て行くのは、本当にぞっとする。背筋がゾクゾクしてくる。黒インクのような闇。小雨が降っている。人影もない。自分の家に帰るだけなのにいちいちびくついている。鉄の門越しにときおり夜番の声が聞こえてくる――「こっちには六連発銃があるんだ、いいか、こいつは……」

なんと恐ろしい生活だ！「主よ、慈しみ給え！」教会で人びとは祈っている。

編集所できょう聞いた――「ヴォーリヤ・ナロータ」を売っていた女が殺された、新聞は没収され、ネーフスキイで焼かれた、と。

無事に帰宅できたと喜んでいる主婦の声――

「これから、あたしたち、どうなるかねえ？」

「何も聞けなかった。どうなるかわからん。あしたには終わるかな」

「肉を買いには行かない。どうなるか、様子見だわね」

レーミゾフのところにセミョーノフ＝チャンシャーンスキイ[*1]が来ていた。お年寄りらしく教訓的な話し方――彼が発見した新しい真理について語る――

「われわれは現在、クロムウェルとフランス第一次革命の時代におるわけだが、彼ら〔ボリシェヴィキ〕はプロレタリアの共和国を始めようとしているんだ。われわれに必要なのは――十月宣言[*2]で提唱されたもの、すなわち個人の〔自由な〕権利のための革命なのです。社会主義というのは個人の自由の正反対《アンチポード》ですよ」

「火を逃れて炎の中へ〔一難去ってまた一難〕。帝国教会の拳を逃れて社会主義の拳の下へ、個人の自由は素通りだ。

そういうわけで、今は、学者、哲学者、芸術家など、ものを考える多くの人間は自宅に引き籠って、考えて、考えて……思案投げ首だ。

しかし最後は動物の〔本能的な〕喜びで終わるにちがいない……一フントの砂糖がたまたま手に入れば、ただもう狂喜して、あのころは良かったとツァーリ時代を懐かしがるだろう。

▼十月三十一日

なんという名の神様かわからないのだが、ずっとこれまで相談に乗ってもらっていた神様。何かあるたびに取り縋った、あの導きの神……

言葉と伝説。一七八九年のフランス革命が生んだ人間が、世界戦争の所産たる動乱《スムータ》のロシアで、またまた猿の状態に戻ったのだ、という言葉。あるいは人間の先祖が猿であることをロシアがどのように証明してみせたか、という伝説。

イワン・ワシーリエヴィチ・エフィーモフ〔隣人でコーザチカの兄弟〕との対話から。ゴリラが直立した！

ゴリラが真実を求めて立ち上がった。

電車の中で烈しい言い争い。誰かが真理を烈しく擁護し、ケーレンスキイを泥棒だと言っている。

「それじゃレーニンは盗まないんかい？」反駁する少々弱気な声。

「レーニンは釈明なんかしないさ。彼を見習ったらいい！」

その口喧嘩がそのあとどうなったか、わからない。唸り声のようなのが聞こえてきたので、わたしは人を押し分け押し分け、真理のために唸っている男の方へ。なんと、そこにいたのはゴリラだった。

「そりゃ乱暴だ……」

「つべこべ抜かすな、血を見るぞ」

誰かがいかにも弱々しげな声で――

「同志のみなさん、われわれは正教徒じゃありませんか！」

ゴリラは静まらず、さらに狂暴になって、どっかへ突っ込んでいった。

わたしとイワン・ワシーリエヴィチは、あのとき聞いた「同志のみなさん、われわれは正教徒じゃありませんか」という意見について、一晩中語り合った。〈同志のみなさん〉と正教徒はまったく別のカテゴリーに属すること、したがってこれら二つの異質なフレーズの結合がはなはだ奇妙に感じられたこと。両者の間に誰かがプラスの記号を置いた（同志＋正教徒）ので、ゴリラが怒り出した――そんな気がした。

問題はそこである――勤労者の団体と信仰者の団体をひとつにすると、なぜ同志も正教徒もゴリラになってしまうのか？　イワン・ワシーリエヴィチとわたしの討議はもっぱらそこに集中した。

われわれはボリシェヴィキの兵士たちが犯した数々の裏切り行為、ペテルブルグでの乱暴狼藉はいちおう脇に置き

＊1　セミョーノフ＝チャンシャーンスキイは動物学者、昆虫学者。高名な地理学者とは別人。

＊2　十月宣言、または十月詔書。一九〇五年の革命の頂点をなす十月ゼネストのさなかに、それに対する譲歩としてニコライ二世が出した詔書。一九〇五年十月十七日に出された。動乱を速やかに終わらせるために、内閣制を採用し、人格の不可侵、良心・言論・結社の自由を住民に与える。国会選挙権の拡大、国会の〈承認〉を受けない法律は無効とする、国会議員には政府の行為の適法性を統制する可能性を与える。この詔書によってロシアは立憲制へ前進することになるが、実際は矛盾だらけだった。プリーシヴィンは一九〇五年十一月二十六日にルポルタージュ「村の十月十七日宣言」を書いている。

（二次的なこととして）、ともかく彼らの本質――すなわち兵隊たちが単純素朴な、ろくに読み書きもできない農民出身であること、教会の決定的影響の下に育って、何かわからないがより高きもののためには個を圧し潰さねばという思想を頭に叩き込まれた連中であること――その側面だけを取り上げて論じ合ったわけだが、詰まるところ、それは、ドストエーフスキイが〈耐えよ、コンスタンチノープルは……〉と慰めた「虐げられし人びと」なのである。

もちろん、この言葉は即「行動」ではない。コンスタンチノープルのことなど誰も知らないし、それが何のためにわれわれに必要なのかもわかっていない。肝腎なのは、その言葉がある種の精神状態〔モラル〕を、何かみなに共通する大いなる真実（そのためにここ数年の間に十万もの人命が失われたのだ）の意識を、生み出しているということだ。したがってこのコンスタンチノープルの都を〈見えざる町キーテジ〉と言い換えてもいいのである。

誰がどんな独りごとを言ったとか、わたしが信者かそうでないかとか、教会に祈りに行くか行かないかとか、そんなことはどうでもいい。問題はいかに生きるか、だ。醜い生き方はまったく問題外、ぜんぜん誉められたことでない。いずれにせよ、そんな生き方は非難され、こう言って弾劾されるだろう――「イスカリオテ〔のユダ〕はあの見えざる町キーテジの裏切り者なのだ」と。

畢竟《ひっきょう》するに、われわれは正教徒なのである。言い方を換えれば、われわれは同志なのである。やはり〈われ〉ではない、〈われわれ〉だ。なぜなら、そういう人たちはみな――革命婆さんもヴェーラ・フィーグネルも、来るべき国家のために個を捨てて苦の道を歩んだのだから。

最近、こんな話を聞いた――フィンランドでレーニンがどうしても美術館に行きたくなったが、それがどこにあるのか知らなかった。そこで知合いの誰かに訊く前にこう言ったという――「ただし〔このことを〕誰にも言わんでくれ……」と。

レーニンは芸術を愉しめる男だみたいな話はするな、というわけである。

こう言うこともできよう。すなわち、正教徒は見えざる町のために、同志は地上の目に見える町のために身を捧げんとしたが、自身、見える町も見えざる町も手にすることはできなかった。言い方を換えると、正教徒たちは自らをナロードと称し、同志たちは自らをインテリゲンツィヤと名のっただけだったのである。その中間にいたのが、現在カデットないしブルジョアと呼ばれる〈ロシアのヨーロッパ人たち〉で、彼らは個〔人〕の自由を擁護した。

しかしながら、ナロードも同志も、ロシア国内ではその自由に正当性を見出さず、常にカデットを憎悪し続け、ついでその憎悪の対象（非難の矛先）がヨーロッパ化したインテリゲンツィヤに移ったため、今ではインテリたちもゴリラの餌になってしまった。

したがって、ゴリラ出現の因が「同志プラス正教徒」にあるのは間違いない。

「われわれはみな同志であり正教徒なのであります！」

要するに、同志たちの見える町も正教徒たちの見えざる町も同じものなのだ。ただその信者たちにとって僧院の門はあまりに狭く、みな一緒にとはいかず、大天使アルハーンゲルに一人ひとり名を呼ばれて入るしかない。

その肝腎なことを、同志たちは怠ったのである。正教徒たちはその道をともに歩き、見えざる町の死の狭き門を個々別々に通っていったのに、同志たちは全員を何の準備もなく、煉獄*さえ無視して、みな一緒くたに通してしまったのだ。

人びとが教会で奇蹟者のイコンに口づけするさまをよく目にする。その前にそれぞれ身繕いをし、整然と列をつくり、自分の順番が来たところで、恭しく心こめて口づけをする――それも必ずや自分らしく独特の仕方で。

「われわれはみな平等だ！」と〔誰しも〕言うが、その平等とはどんなものだろう？　信仰心の厚い男が恭しく列に並んでいると、前から押され後ろから圧されて、倒れたらそれこそ大変、踏みつけられて、最後にはとんでもないことになってしまう。そんなふうにして見えざる聖なる町は汚され冒瀆されたペテルブルグとなり、人間はゴリラになったのだ。

自分はそんな同志たち正教徒たちを教会や街中でよく観察した――どこでも同じだった。何もかもが美しく始まったのに、突然、誰もが、おおこれはみなおれたちのもの、この町、この都、黄金に輝くこの壮麗な宮殿はみなおれたちの財産なのだとしみじみ感じて、天にも昇る心地なのだが、そのあと一斉に駆けだした――神聖〔そのわがもの〕の何たるかもわからぬまま、突進し、まず〔真っ先に〕町の壁から黄金を剝がしにかかったのである。だが、手に取ってよくよく見れば、なんとそれは、誰も欲しがらない、ただの被せ金《めっき》！

燭台も黄金ではなく銅製であることが判明した。

＊　カトリック教会の教義。生きているうちに犯した罪の償いをせずに死んだ人の霊魂が贖罪を果すまで、火によって苦しみを受ける場所。天国と地獄の間にあるという。ロシア正教会は煉獄を認めないので、〈同志〉が正教徒ではないことを暗に言っているのか？

町の扉を押し開いた者たち自身がまず驚いて、こんなふうに言う――何もかもナロードの無教育の賜物さ。いつだって泣き喚いているじゃないか。暗愚、ナロードのそんな暗さを単なる無教育・無教養のせいだぐらいにしか思っていないのだ。

だがわれわれは、教養と教育が、外見上ひとをより立派に見せていることを知っている。読み書きできる人間が祖国を裏切ったこと、祖国をドイツ人の為すがままにしてしまったことを、知っている。

いいや、足りないのは教育ではなく教化啓蒙だ。不足しているのは聖なる血による新たな洗礼、新たな聖水による灌ぎ〔灌水〕なのだ。正教徒たちは生き方こそ下手だったが、死に方は立派だった。一方、同志たちは良き生活の準備をせねばならない。そしてそのためにはやはり個は煉獄を通らなくてはならない。

さらにイワン・ワシーリエヴィチとわたしは敗北主義について語り合った。われわれが共有する思想はこんなものだった――鞭身主義と正教会の関係が敗北主義とロシアの国家の関係と同じであること。そして鞭身主義がラスプーチンに向かったように、敗北主義はトロツキイに向かうだろうということだった。

敗北主義の原理の一例を、われわれは、父親の財産を蕩尽して「娘たちよ娘たちよ、わしを責めるがいい、今のわしはただの一新兵にすぎんのだから！」と言った（とかいう）ノーヴゴロド商人のアルチューシカに見ていた。

メシチャンストヴォ〔町人、また俗物根性〕。ドン・キホーテは寂しがっている。あるときドン・キホーテは独りになる――サンチョがどこかへ行っていたので。水汲みにでも行ったのか、薪割りにでも行ったのか……

▼十一月一日から二日にかけての深夜

見張り番。武器なら何でもあった。黒い鉄の門。モスクワはすでに壊滅状態。ケーレンスキイはどこかへ退いた。南からはカレーヂン〔カザークのアタマン〕。兵舎にはゴリラども。ゴリラにはボリシェヴィキもエスエルも必要ない。必要なのは約束の履行だ。ボリシェヴィキが勝利したのは、彼らがインテリゲントではなく、直接兵舎と工場に働きかけて関係を結んだためで、エスエルみたいに書斎で手を拱いてなどいなかったからだ。

▼十一月二日

ユダヤ人のヴェーラ・スルーツカヤ*の葬儀。オーケストラ付きの（赤い棺）。公衆はいかにも汚らわしいものでも見るように葬礼を眺めている。こんな声を聞いた――

「またパフォーマンスだ、こんなの誰に必要なんだ！」

「悪魔どもの葬式さ」

四月の弔いと比較すべし。

ジェーニャとカーチャとソーニャ〔コーザチカ〕が、ロシアのマラー〔フランス革命、ジャコバン派〕は誰なの、とわたしに訊いてくる。それも再三再四。それでやっとその理由がわかった。女の子たちはシャルロット・コルデ〔マラーの暗殺者〕の役を演じたいのだ。

三月からこの方、ほとんどの革命家たちはそんなふうにフランス革命を思い描いており、今ではあまりに熱が入りすぎて、フランス革命を演ずる俳優たちは、肝腎の芝居のことなどそっちのけで互いに本気でやり合っている。

〈人間〉という言葉の意義への疑義。フランス革命でつくられた人間についての疑念。再び猿に変身するということ。

▼十一月六日

一味が焚火をしている。朝から行列。並んでいる女たちの列に火のついた鉋屑《かんな》を投げつける。女たちが一味に向かっていく。まったくどうしようもない。恐ろしい碌でなしども……

曹長が赤衛隊の連中に小銃の扱い方を操典に従って教えている。彼自身はボリシェヴィキの味方でもカザークの味方でもない。どちらをも厳しく批判する。

▼十一月七日

ボリシェヴィキの攻勢は本質的には講和を要求する兵士たちの攻勢だ。それは崩壊した軍の最初の前衛たちの、自国に向けられた攻勢であり、そのあとで軍そのものがパンを求めて駆けだすはず。

民主主義陣営の根本的過ちはボリシェヴィキの攻勢の何たるかがわかっていないことにある。それを彼らはいまだにレーニンとトロツキイの仕業と思っていて、それで彼らとの協定を求めているのだ。

民主主義陣営は、〈指導者〉なんか関係ないこと、攻勢が社会主義者たちの主導によるものではなく、ただ平和とパンを求める軍の最初の前衛たちが起こしたものであること、がまるでわかっていない。この運動が自然発生的なもので、事を起こすに必要なのが思想《イデア》ではなくスチヒーヤであることもわかっていないし、運動そのものが革命の第一日目から始まっていたこと、ボリシェヴィキの勝利が予定済みだったこと――そんなこともわかっていないのである。

夏のころ、ワシーリエフスキイ島に薪を積んだ大型ランチが接岸して、通りの真ん中に短く切った薪を山と積み上げた。（暑いうち）この薪の山は兵士たちのワルプルギス

＊　ヴェーラ・スルーツカヤ（ベルタ・ブロニスラーヴォヴナ）はボリシェヴィキのペトログラード委員会委員（一八七四―一九一七）。

の夜だった。今はすでに秋で、バラライカのトレモロはぱったり止み、ときどき銃声が聞こえた。一発、二発、少し間を置いて三発と、また適当に間を置いて四発、五発、六発。きのう誰かがその射撃のことを話していた。泥棒を働いた者たちが薪の山の中で銃殺されたということらしい。

　大きな鉄製の空のタンクにネヴァの波がぶちあたって、それがどこかで大砲を撃っているように聞こえる。通行人もやはりそれを砲撃と思うらしく、ヂーカヤ師団[*1]が、いやナンとかいう兵団がペトログラード奪還のため前線から遣られてきたのだとか、海から艦砲射撃するはずになっている艦隊の話を始めるのだった。

　射撃音に似た鈍い波の音に耳を澄ましながら、わたしは今、わが建物の黒い鉄の門のそばを歩いている——同じ建物の住人たちを略奪者たちの襲撃から護るために。狭い通路を行ったり来たりしていると、昔、獄舎の隅から隅を行きつ戻りつしながら[*2]、いつ自分は自由になれるのか、いつ世界は資本家たちの権力から解放されるのか、いつ世界を解放するカタストロフィーがやって来るのか、いつエルフルト綱領[*3]によるプロレタリア独裁が実現するのかと、そんなことばかり考えていたことを思い出していた。

　世界的カタストロフィーだ。プロレタリア独裁だ。なのに、わたしは昔のように牢の中にいて、撃てもしない小銃を手にうろうろしている……

　いま自分はそれ〔プロレタリア独裁〕を信じていない。カタストロフィーとプロレタリア独裁がもし起こったとしても、自分はそれを解決とは見なさないだろう。なぜなら、今では天国の門が開けられて、大天使アルハーンゲルが神意にかなった人びとを個別に通しているからである。

　ときどき女子中学生のカーチャとジェーニャとソーニャがやって来て、撃てもしない小銃を抱えたわたしの軍人姿を笑う。彼女たちは買ってきたアントーノフカ〔林檎〕を袋から出し、一緒に食べながら、よく笑う。きょうは三人とも、真面目な、少し青ざめた顔をしている。何か企んでいるようだ。娘たちが言う——

「それで、誰がマラーなの？」

　その意味がわたしにはピンと来た——少女たちはシャルロット・コルデの役を演じてペトログラードを暴君から解放しようとしているのだ。

「レーニンなの？　それともトロツキイ？　どっちがマラーに似ているの？」

　それに答えて自分は、天国の扉の傍らで、神意にかなう者たちの名を連呼し導き入れる大天使の話をしてやった。

　わたしは言った——ボリシェヴィキはレーニンとトロツキイに〔そっくりだ〕、ボリシェヴィキは解体しつつある軍の前衛なのだよ、と。

「それで、マラーはどこにいるの？　誰がマラーなの？」

「そんなのはいないよ……」

▼十一月八日

彼らのうち〔の〕一人〔二語判読不能〕巻き煙草をくわえた南京虫がわたしの部屋に入ってくるや、いきなり政治談義を始めた——おれはボリシェヴィキのクーデタの世界的意義を認めているなどと。

「ロシアは——」と彼は言う。「豊かな自然の恵みを巨大な遺産として有している。ボリシェヴィキは遺言を引き裂き、トランプをシャッフルして世界の全面的再分割に挑んだんだ」

そんなことを言ってから、彼はわたしに、ある毒虫の世界的意義について語りだした。

「南京虫は大きいか？　ぜんぜん大きくないが、深夜に血を吸うから、でっかい体の人間は目を覚ます〔活気づく〕のさ」

十月蜂起で自分の見方が確立しつつある。あれはボリシェヴィキではない、崩壊しつつある軍の、国内の平和とパンとを要求する最初の前衛なのだ。

自分は密かに思っている——そもそも二月〔二月革命〕からして〈革命〉なんてどれもこんなものではなかったのか？　ケーレンスキイがあれだけ憎まれるのは、彼がこうした雪崩の進路を斜めに突っ切ったからではないのだろうか？

灯油の行列から戻ってきた主婦が大ニュースをもたらす

「レーニンがドイツに宣戦布告しようとしてるって！」

「講和を申し込んだボリシェヴィキに対してウィルヘルムが送ってよこした厚かましい返事のせいらしいよ」

バルト艦隊の二人の水兵を見かけたので、彼女はそのニュースを話してやったという。

＊1　ヂーカヤは「荒々しい、野蛮な」の意。一九一四年八月に編成されたカフカース土着の騎馬軍団。コルニーロフの命令によりペトログラードへ進撃（臨時政府を廃止させ、各ソヴェートを失墜させ、革命を壊滅させるのが目的）したが、臨時政府と労働者・兵士代表ソヴェートによって阻止された。
＊2　青年プリーシヴィンがマルクス主義者サークル（一八九五～九六）の活動中に逮捕され（一八九七）、まる一年をミタウの独房で暮らしたときの記憶。
＊3　エルフルト綱領——一八九一年、ドイツ社会民主党が民主主義的な改革案を提示した綱領。

「あの水兵たち、きっと『完全勝利まで戦おう！』なんて言ったかもね」

ナンとかいうさ迷える兵団の話を聞いた。兵団のナンバーとさ迷っている場所の名まで教えられたが、さっぱり思い出せない。

さ迷える兵団という言い方が変だった。

子どものころ、死にかけていた小母さんのことで、大人たちが、謎めいた、あまり聞き慣れない言葉を口にしたのを憶えている。

「あの人の腎臓はさ迷っているのよ！」〔遊走腎のこと〕

あれはどうやら、大変な遺産を有する小母さんの死と関わりがあったようだ。〔三語判読不能〕小母さんは遺書を書かずに逝った。

わが主婦は変人だ。クーデタがあったことさえ認めず、毎日毎日ツァーリのために祈っている――皇帝がまだ生きて〔いると思っていて――〕いまだに国を統治しているかのように。そしてわたしみたいな〈教育のある〉、概して〈上等な人間〉は巧くツァーリに〈取り成してくれる〉が、店の前で行列している庶民や赤衛隊に対してはずけずけと――「あんたらはツァーリを裏切ったんだよ」

赤衛隊を彼女は一味と呼ぶ。ふらふら揺れる奴らという意味だ。ツァーリのテーブルからこぼれたパン屑を口に入れてる奴らは黒百人組だ、と。

彼女には誰も手を出さない。ただの気狂いだと思っているから。きょう選挙人名簿が回ってきたが、彼女はそれにざっと目を通すと、こう言った――

「ツァーリ派の欄はどこ？」

誰かが答える――

「いまは共和国だよ。ツァーリ派なんかないよ」

「でも、あたしはツァーリ派なんだ！」主婦はそう言って、選挙人名簿を放り投げた。

彼女はケーレンスキイを憎んでいる。

有り難いことに、門の警備から解放された。これで夜はこれまでのことを書くことができる――ぱっとしたものは何もないが。ボリシェヴィキに対してゼネスト。さすがに画家〔ペトロフ＝ヴォートキン〕も絵を描くのをやめてしまった。彼は戦争のさ中にも革命のさ中にも描いていた――昼、日が差せば油絵を、夜は電灯の明かりの下で水彩画を。換気用の小窓を開けると、射撃音が聞こえてくる。彼はわたしの慰め手だった。それが「もう描けない」と言う。

外は厳寒《マロース》。雪が積もっている。こんなとき、以前なら「おお新品だ、新品の雪だ！」と歓声が上がったものだが、そんな声も聞こえてこない。頭に浮かぶのは軍のことばかり――兵隊は飢えと寒さに参っていることだろう、と。

電車や通りで何度も耳にするのは、「パンが二日で四分の三フントだと！」あとは吐き捨てるように、悪口、批判、罵詈雑言。

「約束したのに、なんだ、こん畜生！」

ネーフスキイで衰弱死した馬を何頭も見た。

われわれにもあんなことが起こるのだろうか？ 誰がわれわれを救うのか？ 母の遺産。誰がわれわれの間を引き裂くのか？ 本当に裁判まで行ってしまうのだろうか？ もし裁判になれば、自分は自分の取り分を放棄する。

才能――それは内なる自由人の生き方《ブィト》。それは自由の家《ドーム》。

わたしたちはみな姪のソーニャ〔例の女子中学生。もちろん実の姪ではない〕のことを笑った。ソーニャは春には革命で舞い上がり、赤旗に狂喜し、群衆とともに「起て、立ち上がれ！」を歌った。彼女のあだ名はコーザチカ。

あるとき、砲撃のあと、コーザチカが駆け込んできた。まるで有頂天である。

「こ～んな砲弾《たま》が頭の上を飛んでったわ！」そう言って、指で直径一アルシン〔七センチちょっと〕ほどの円をつくって見せた。わたしたちは大いに笑った。

コーザチカはもう舞い上がらない。怖いものなしだが、通りで起こることはもう何もかも嫌なのである。射撃をしんから憎悪していた。いちどどっかの劇場で美しいカフカース人を見て夢中になった。恋い焦がれた。一緒に通りを歩いていたら、突然自分は〈変身した〉という。歓喜に体が光り輝いたと。

どこかで自分の伝説的カフカース人を見てしまったのである。

おそらくあのカフカース人とは別人なのだが、そんなことは問題でなかった。あのカフカース人に似ていればよかったのだ。

教会は人でいっぱいだ。司祭が祈っている――

「主よ、われらが魂を鎮め給え！」

でも、教会の柵の向こうの通りで、誰かが誰かに訊いている――

「せめて何か協定に達したとか、そんなことはないのかね？」

誰かが答えた――

「奴らと協定なんかあり得ねえよ」

教会では祈りが続いている――

「われらが魂を鎮め給え！」

自分も教会の柵の外で祈る。主よ、助けてください！ すべてを理解し、すべてに耐えることができますように。何ごとも忘れることなく、赦すことなく。

悲しそうな顔してコーザチカがわたしのところにやって

来る。飛んだり跳ねたり、せめて歌でもうたってくれたらいいのだが。なんてったってまだ十七歳！　なのに、とても興奮し、眉がつりあがり、額に皺を寄せている。ロシアを救うことを思いついたらしい。しきりにわたしに――

「今、ロシアのマラーは誰なの？」

「きみはシャルロット・コルデみたいになりたいんだね？」

「そうなの、そうなりたいの。マラーはどっち？　レーニン？　それともトロツキイ？　どっちがヒキガエルに似てる？」

「どっちも似てないけど、ひょっとして、おまえさんはもう、チンパンジーを殺すのが朝飯前のようになってるのかな？」

「いやよ、あたし、猿なんか殺したくないわ」

ねえ、ねえ、と娘はしつこく迫る――

「その、土の中のヒキガエルそっくりの、本物のマラーをあたしに教えて！」

わたしはあれこれ思いめぐらす――腹を空かせて狂暴化したこの娘をどうしたものか。思いついたのが、シャリャーピンのチケットを手に入れて彼女と一緒に彼の歌を聴きに行くことだった。そしてそれを実行した。娘はシャリャーピンによってようやくシャルロット・コルデが頭から離れたのだった。

シャリャーピンの歌が少女の気持ちを変えたのか、それとも教会での祈り――「主よ、われらが魂を鎮め給え！」が届いたのか、ともかくコーザチカはマラーを口にしなくなった。

コーザチカのために（二語判読不能）嬉しい。さいわい子どもの運命の苦杯《チャーシャ》はわたしを素通りしていったが、しかしわたしはそのあと、正しく本物の神（自分のために――不思議な知られざるもの、正しく自分の神（自分の信ずる神）に向かって、自分なりの祈りを静かに繰り返し祈った。すべてを理解し、すべてに耐えることができますように、何ごとも忘れることなく、赦すことなく、主よ、どうか御手をお貸しください、と。

▼十一月十一日

最悪の結末。マリヤ・ミハーイロヴナ。彼女はサーヴィンコフの本部にいたある人物から直接聞いたらしいのだが、コルニーロフの反乱の前にすでにケーレンスキイはサーヴィンコフにこう言っていたという――「きみはコルニーロフと反革命をやろうとしているようだが、わたしは手を引くよ」

何もかも駄目にしたのはケーレンスキイだと言う者もいるし、サーヴィンコフだと言う者もいる。それを確かめるために文書や資料を分析する必要はない。サーヴィンコフにはソヴェート鎮圧にコルニーロフが是非とも必要だったし、ケーレンスキイはソヴェートと与《くみ》しようと思っていたのだ。そして二人とも自滅した——一人は将軍によって、もう一人はソヴェートによって。

至るところで耳にした——社会革命党（エスエル）が自らをもケーレンスキイ（エスエルは彼を支援しなかった）をも破滅させたのだ、と。

革命自体が民主的インテリゲンツィヤのナロードへの無理解（またその逆も）を示している。信じがたいほど互いに相手を知らないのだ。その無理解の根本原因は、おそらく最初の革命家たちのそもそもの信念とナロードの信念の差にある。ボリシェヴィズムはナロードと革命的インテリゲンツィヤの共通の子である。ボリシェヴィキのインターナショナリズムは、行き着くところまで行ってしまった〔人類の〕宗教以外の何ものでもない。これこそがロシアを滅ぼしたのであって、いま言われているような、やれソヴェートだ、やれサーヴィンコフだ、やれケーレンスキイだということではない（コルニーロフはいちばん罪が軽い）。

さらによく言われているのは、初めから政府は列強に対して自分たちは戦えないと表明しなければならなかったこと、これじゃいくらなんでも最悪の結果になるのは当然だ、というもの。だが、それはあり得ない。なぜかと言えば、当時、住民の大半は〈ブルジョアジー〉の側に立っていたのだから。

農民会議が開かれている——エスエル党の最後の痙攣だ。軍に阿《おもね》って、チェルノーフを押し立てようとしている。無駄な努力だ。ドイツの支援を受けてロシアの全人類的精神は最悪の結末を迎えることだろう。

インターナショナル運動の過程で、すべてのインテリゲンツィヤ・グループがナロードの信仰・信念（民衆出《ナル》の社会主義者たち）と妥協して道を誤った。結果、愛国主義《パトリオチズム》の胚子を生ぜしめたのである。

▼十一月十二日

軍は存在しない。黄金《きん》は強奪され、社会はばらばらにされ、民主主義は自宅の土台を壊しにかかっている。いったいこれはどういうことだ？ 縋《すが》りつける浮遊物があのチェルノーフ？ 土地問題がわかる男としていまだに軍での人気を保っているチェルノーフか？ それとも口止めされたままの憲法制定会議か？ だが、その先はどうなるのか？ 誰もが肩をすくめる。誰もが〈占領〉という言葉を口にする。

そして、ふと思う——「もしかしたら、何にもなかったのではないか、何も起こってはいないのではないか？」と。

マニーロフシチナ〔ゴーゴリ『死せる魂』の登場人物のマニーロフから。優柔不断〕。ただそれだけのこと。

いま政治家たちは、未来ではなく過去のことを狂ったみたいに議論し合っている――悪いのは誰か、元凶はどいつだ、と。働くのは後《あと》知恵ばかり。ケーレンスキイはどう行動すべきだったか、去るべきだったと言う者もいれば、逃げるなんて不可能だったと言い張る者もいる。

「じゃあ訊くが、これまでこの国にマニーロフでない奴がいたことがあったか？」

烈しい波浪が威厳ある鳥たちを断崖から追いやった。ぶつかり逆巻く波と泡は崖を洗うが、嵐が過ぎれば、巌は巌として元のままである。いずれ、飛び去った猛禽たちも古巣の頂きに舞い戻るだろう。荒れ狂う海はいかなる者をも留め置かなかった。だが、嵐は静まり、鳥たちは古巣の巌頭めざして飛んでくる。

もうすぐ夜明けだ。断崖の頂きに鳥が一羽。見下ろす海は穏やかに息を吐き、岩肌をやさしく舐めている。あんなに烈しく花崗岩の岩骨（権力の屋台骨）を揺るがし侵したのに、逆巻く怒濤は知らずにいた――嵐のときよりも自分たちが、ずっとその目標近くまで来ていたことを。

かつては「わがロシアでは」という言い方をしたものだが、今はそうでない。ここはどこだ？　なんて広いんだ！互いに貪り喰らうこの怪物ども――おれたちは誰？　ロシア人とは何者だ？

われわれは今、外国人たちも加わるはずの新しい〔芝居〕の幕間にいるのだ。

祖国《ローヂナ》はすっかり精神的《ドゥホーヴナヤ》なものとなり、もはや誰もこれを奪うことも分けることもできないことをわれわれは知っているが、しかしこのドゥーフに改めてどんな形を与えたらいいのか、わからない。

客の一人は言う――ロシアを滅ぼしたのは、エスエルやエスデーの評議会ではない、執行委員会の独断的な奴らなんだ、革命はババア〔革命婆さん〕の演説や〈マルセイエーズ〉だ、あんなものは雄牛を苛々させる赤い旗なんだよ。

▼十二月二十一日

結局、村には戻らなかった。ペトログラードに、この地獄に居残った。

タチヤーナ・ワシーリエヴナ・マーイスカヤ〔未詳〕を訪ねる。客人がいっぱい。落日が燃え尽きようとしている。

真のブルジョアジーと現在この言葉の意味するもの。

だが、「ヴォーリャ・ナローダ」紙のわが道づれたちこそ真の俗物《メシチャーネ》だ。

わたしは答える――いよいよまずいのは小市民根性なんだが、土地を借りてそこにちゃんと落ち着いたアダムは真のプチブル。それで二番目のアダムがやって来たときには、もう土地は誰かに貸し出されていた。二人のうちどっちがいいか？

　問題の解決――二番目のアダムは悩んだが、これは彼の満腹度の問題であって精神性《ドゥーフ》の問題ではない。

「革命運動成長の鈍化に対する方策が問題になり、それをめぐって非常に興味深い議論が戦わされた」（「ノーヴァヤ・ジーズニ」二〇七号）。

　外は吹雪。十二時過ぎに電気が消えたので、〔わたしたちは〕修道院付属の教会で仕入れた蠟燭に火を点して、また話を続けた。

　わたしが「ロシア人は自分の精華《はな》を滅ぼし、自分の十字架を投げ捨て、闇の王アヴァドンに誓いを立てた」と書いたことで、みなに非難された。

「アヴァドンというのは――」とみなが言う。「小市民根性と貪欲の霊《ドゥーフ》です。でもロシアは深く悩み苦しんでいます。労働者や兵隊の顔は、あれはもう病人の顔ですよ。そこには人殺しと懺悔しか、闇の霊の薄暗い安楽な暮らししかありません。でもロシアはまだ一線を越えちゃいませんよ」

　長い議論が始まった。多くがわたしの意見に反対だった。客人の一人でいちばん忌憚のない人物が言った――

「そのとおりだ。わたしも、ロシア人はまだ一線を越えてないし、どんな汚らわしい行為をも後悔し得ると思っています。出口は見つかります」

　誰かがふうっと息を吐いて――

「そうだね。多くの聖物が盗賊どもの手で造られるような国でね、死刑執行人でいるのは、そりゃあ苦しいに決まってる」

　それに対して、さっき茶店で見かけた男がこともなげに――

「ロシア人は神から臍を切り離さなくてはいけないんですよ。そうすりゃ何もかもはっきりします。一方に善きもの《ドブロー》が、もう一方に悪しきもの《ズロー》がある。でも、神がいるうちは混乱は収まりませんよ」そしてちょっと考えてから、こう言った――「臍が神から切り離されたら、人間は自分に閉じ籠るからね、盗賊たちには出口がなくなる、〈あの世〉からおれたちのところへ来ようとしても、もう出口がない。そうなったら、あいつらの首を掻っ切るなんてわけはない」

　わたしたちは問い質す――どうしたらロシア人は神との臍を断ち切れるか？

　それに答えたのは、ずっと物思いに耽っていた男。

「そんな努力は必要ないね。流れに逆らって進めば、いっそう神みたいなものにはまり込む。手は打たれていますよ。安物の更紗は、いやあらゆるものをドイツ人から、儲けるための秘訣も、暮らしの勘定、設計、見積もり、これすべてドイツ人から教わったんだ。だからね、臍は自然に切り離されるんだ。そして人間は閉じ込められて、出口はなくなる」

「だが、ケーレンスキイもボリシェヴィキも——」と、男は続ける。「わたしに言わせれば、どうでもいいんだ。彼らはいつも神みたいなものに逆らって進むんだが、いつまで逆らっていられますか？ 〈時〉が来ますよ。そしてガツーンと一発喰らうのです！ 彼らをくるむのは何でしょう？ 青い聖骸布です。酔っ払った与太者どもが乱暴狼藉を繰り返し、銃をぶっ放し、フォンタンカで人を溺れさせ、立派な分別あるブルジュイを牢にぶち込んでいます。でも、〈時〉が来るんです。彼らは懺悔し、ちゃんとしたまともな人間になります。牢から出されたら、義しきブルジュイは感動して、きっとこう言いますよ——『おお、ならず者たちよ、きみらはなんと多くの神々しいものを身につけていることか！』なんてね」

「ただし——」と、男は考え考え、さらに先を続ける。「今は駄目です、その〈時〉じゃない。ドイツ人は何もくれず、臍も切ってくれない。なぜかはこの人が（と言ってわたしの方を見た）さっき言われたように……つまり、ロシア人は一線を越えてしまった、だから元には戻れないのです」

わたしたちはその一線についてもう少し突っ込んだ話をしたかったが、突然、明かりが消えた。それでみなして手探りで暗い家から通りへ出たところで、そのままばらばらに散ってしまった。

通りは吹雪。人影もなく、まるで人里遠く離れた荒野のよう。と、不意にわたしを恐怖が捉えた。わたしはボリショイ大通りの方へ駆けだした。そっちへ行けば人か電車に出会うだろうと思ったからだ。しかしボリショイ大通りにも人影はなかった。恐怖はいよいよつのってくる。やっと自分のアパートのある通りへ折れる。家はすぐそこだ。そのとき、吹雪の中を何やら大きな黒いものがこっちへ向かってくる。

わたしはぞっとした。くそ、襲《かか》ってくるなら来てみろ！だが、その大きな黒いものは、突然、黒い小犬になってしまう。

なんと、吹雪の中から飛び出してきたのは、一匹の小さなプードル！

部屋に戻って、さっきまでみなと話し合ったことを思い返す。さっきのプードルが何やらロシアのメフィストフェレスのようなものに変身して、わたしに向かってこう言った。

「ロシア人は神から自らの臍を切り離す必要がある」

一般情勢

いま起きていることに何か意味があるとすれば、それは、未来のために自分の現在を犠牲にするという人間の意識の中にある。

農民に訊いた――「おまえさんはいま何を犠牲にできるか？」すると農民は――「自分は現在からだを壊していて、何も捧げるものがない」と答えた。兵士は――「そりゃあ、いっぱいあるさ！」商人は――「わたしら自身が犠牲者なんです。でも、どんな神様に身を捧げたらいいのかわかりませんので、ハイ」

いろんな人間に質したが、誰にも、現在起きている事件が意味するものを発見できなかった。でも、ひとつだけわかったことがある。それは、みんなが何かいいことをじりじりして待っているということだった。ただ待ち望んでいる大衆はシロアムの池*の前の巡礼たちのよう。

翻って言えば、救いを約束する人とは、約束を守るために自ら身を捧げんとする人とは、いったい何者だろう？そうした人たちの行為に評価を下すとき、〔あらゆる〕意味を失ったこの時代に、後世の歴史家はまともに光を当てることがあるのだろうか？

ロシアでわたしはまだそういう人たちに出会っていない。彼らに仕えている召使たちは知っているけれど。召使たちは世界的事業の主人たちの下で働いているだけである。では、その主人たちとは何者か？

きょうは新聞の切抜き。屈辱。とてもやっていられない。いまロシア人はなんと呼ばれているか？　以前のようにブタ呼ばわりされている、しかもフランス人までわれわれをブタと呼んでいるのだ。

ウィルヘルムへ、ロイド＝ジョージへ、万国の組織された労働者たちへと移っていき、その興味深い討論《ディベート》を書き抜いていると、次第に世界的な意味のようなものに近づいていく。それが面白い。つまり、問題はすべて向こう〔ヨーロッパ〕にある。

むろんヨーロッパ人のこと。すべてを解く鍵はあちらにあるのだ。一方にはウィルヘルムと国民が、もう一方には

＊　シロアムとは〈遣わされた者〉の意。イェルサレムの南東にある池。キリストの奇蹟によって、この池の水で目を洗った盲人が見えるようになったという。ヨハネによる福音書九章六節。

イギリスが。ロシアの教養階級は、ヨーロッパ式才能の個性豊かな〔個の存在が保証される〕ライフスタイルを期待しているから、当然、イギリスを支持した。庶民はツァーリのために戦い、教育のある階層はツァーリを打倒するために闘った。ドイツ人はあらゆる点でイギリス人よりロシア人に近いので、ツァーリが打ち倒されると、イギリスと戦う必要がなくなった。そこでロシアの教養階級はナロードに〔背を向けた〕。ツァーリは打ち倒されたが、〔ツァーリが〕そうなった理由がわからなかった。

ロシアは、人類の世界史的勢力〔列強〕の権力下に、彼らの影響下におとなしく身を置いた。いまロシア人たちは必死である。いちばん眺めのいい場所を占めようと急いでいる――そのためにとても高い席料を払ったので。

▼十二月三十日

レーミゾフの家のドアをノックする。どなたでしょうかとメードが訊くので、申し合わせていた通りにキルギス語で、答える――

「ハバル・バル？」

〈どうかね？〉という意味だ。

若いメイドは笑いながら、「バル！」と答える。

ドア越しに彼女がレーミゾフに言っているのが聞こえる。

「ミヤマガラスが来られましたが！」

わたしのキルギス語は、どういうわけか、彼女の頭の中では〈ミヤマガラス〉になってしまう。いつもそうだ。ナースチャは白づくめ――白いプラトークを首に巻き、おまけに自身が白ロシア人である。誰かが彼女にロシアは滅んでしまうと教えたらしい。それできょう、彼女はそのニュースをわれわれに伝えようとして――「ロシアが滅ぶんですって」と言った。わたしの〈ハバル・バル？〉に対しても――

「はい、そうです。ロシアは滅びます」と答えるから、こう言ってやった――

「嘘だよ、そんなことはない。レフ・トルストイとプーシキンとドストエーフスキイがいるかぎり、ロシアは滅びないさ」

「どういうことですの？　レウって誰ですか？」

「トルス・トーイだ」

「レウ・トルス・トーイ？」

プーシキンは難しかったが、ドストエーフスキイはあっさり覚えた。レフ・トルストイとプーシキンとドストエーフスキイは、ナースチャには神秘がかった三位一体《トロイツァ》みたいになった。

「じゃあ、その三人があたしたちを統治しているのね？」

「ああナースチャ、そうじゃない。問題はね、その人たちに権力を与えないことなんだ。彼らに権力が行かないことが不幸の因《もと》なんだよ。でも、それでも彼らは僕らと一緒なんだ」

あるとき、詩人のクズミーン[*1]がやって来て、自作の詩を読んだことがあった。ナースチャも聞き耳を立てていた。そしてそのあとでわたしに訊いた――

「この人がレウ・トルス・トーイ？」

ソログープが来たときも、また訊いてきた――

「この人がレウ・トルス・トーイ？」

彼女は詩が好きである、とっても！

いつか通りの反対側に人が集まったとき、演説家が言った――「ロシアは滅びます、まもなくドイツの植民地になるのです！」すると、白いプラトークのナースチャが人群れを押し分けて、その演説をさえぎった。そして人びとに向かって――

「同志のみなさん、この人の言うことを信じてはいけません。あたしたちにレウ・トルス・トーイとプーシキンとドストエーフスキイがいるかぎり、ロシアは滅びはしません」

▼十二月三十一日

〈歩きながら《ナ・ハドゥー》〉、つまり易々とわけなく生きている人たちがいる。が、歩みを止めたとたん、ぼんやり虚ろな状態に陥ってしまう（そういう人たちがいる）。物凄い数を読みこなす読書家がいるが、読み終わると何も憶えていない（そういう人たちがいる）。現代も同じようだ。今、ロシアという国家にいるわれわれは新年の結び目にいる。しかしこんな生活を体験しても、これからどうなるのか、何をすればいいのか、誰もわからずにいる。

何をなすべきか、わたしが言おう――やはり学ばなくてはいけない。ロシア共和国市民よ、小さな子どもたちのように学ばなくては。勉強しなきゃいけないのです！」

〔一九一八年、ペトログラード〕

▼一月一日

新年をレーミゾフ家で迎えた。レーミゾフ夫妻と自分だけ。ほかには誰もいない。外は凄まじい寒さ。

家族のこと[*2]、とくにリョーヴァ〔長男〕のことを思うと

＊1　ミハイル・アレクセーエヴィチ（一八七五―一九三六）は詩人・作家・作曲家、音楽批評家。貴族の出身。デカダン的象徴主義から、やがて神秘主義を脱して耽美主義に徹する。詩集『アレクサンドリアの歌』、小説『カリオストロ伯』。
＊2　プリーシヴィンの家族は当時、故郷のフルシチョーヴォ村にいた。リョーヴァ〔レフの愛称〕は一九〇六年生まれ。

苦しくなってくる。便りがないので、何がどうなっているのか、わからない。ひょっとしたら、彼らはもうこの世にはいないのではないか――ついそんなことまで考えてしまう。知る手立てがない――郵便物は無し、電報も料金だけ取られて終わりだ。

革命の時代だが、人びとはまだ食べものの心配はしていないし、どうでもいい話もそんなにしない。〔われわれは〕目下、奈落のふちでぶらぶら揺れていて、鵞鳥だの砂糖だのの話をする。宙ぶらりんだが、なんとか持ちこたえている。

十二人のソロモンたち[*1]――雑報記者、校正係、事務員、印刷工、それと編集室をたまたま訪れた人びと、新聞を買おうと立ち寄った人たちが、一月二日の午後三時にいきなり逮捕されてしまった。

逮捕されたとき、編集部にいた三人の憲法制定会議員が言った――

「われわれは憲法制定会議のメンバーだ」

すると、わたしのことを誰かが――

「この人は有名な作家だ！」

それに答えてコミサールが――

「そんなもの〔作家という特権的身分〕は二十五日〔一九一七年十月〕以来、認められていない」

▼一月二日

電車が走っていなかったので、わたしは迷っていた――「ヴォーリャ・ナロード」の付録として文芸作品を載せるか、それともやめようか。いずれにせよ編集室へは行かないと！　マロースは凄まじいもので、あれこれ考えている暇はなかった。とにかく駆けだした。時間は食ったが、なんとか到着。そこには銃を手にした兵隊がいた。二人の若いコミサールが誰を逮捕するかで（全員かこのうちの何人かで）激しく言い合っていた。彼らが受けた命令は、疑わしい者は残らずしょっぴけというものだった。[*2]

「わたしは疑わしい人間じゃない！」熱くなって、憲法制定会議のメンバーの一人が言う。

わたしのことを誰かが言った――

「この人は作家だよ！」

すると、コミサールがそれに答えて――

「二十五日以降、そんなことは認められていない」

わたしは鞄を要求した。そこには詩人や作家の原稿がいっぱい詰まっている、それを渡すわけにはいかないんだと、わたしは言った。自分は憲法制定会議のメンバーでも、党員でもない、編集者でさえない。文学作品の詰まった鞄を守らずに、いったい何でわたしは自分の熱情《パーフォス》を表現したらいいんだね？」

「駄目だ、渡さない！」

結局、鞄はわたしの手元に置いていいということになったが、留金を封印すると言う。しかし封蠟がない。溶かした蠟を垂らしたので、鞄がえらく汚くなった。

しは遮る——「同志！」と、蠟を垂らした兵士が何か言いだした。わた

＊1　一緒に逮捕された十二人の人びとをプリーシヴィンは〈ソロモン〉と呼んでいる。たまたま何人もの知恵者〈ソロモン王〉が一堂に会したことからか？

＊2　レーミゾフ家で新年を迎えたあとに続くもの。それはエスエル右派の新聞「ヴォーリャ・ナロータ」〔この紙名は一九一七年までで、一九一八年一月に「ヴォーリャ・ストラヌィ（国の意志）」と変更〕の編集室での出来事と逮捕、入獄についての記述。プリーシヴィンは一八年一月五日からこの新聞の文芸欄を担当する編集者に。その日、「ヴォーリャ・ストラヌィ」の編集会議があった。以下は、一九一八年一月五日の「ヴォーリャ・ストラヌィ」紙の記事。「一月二日、〔紙に対し〕再び常軌を逸した圧力がかけられ、突然、編集室に赤衛隊がやって来た。隊を指揮していたのは、反革命とサボタージュを取締まる委員会〔正確には、反革命・サボタージュおよび投機取締非常委員会。一九一八年から二二年まで存在したソヴェート政権の秘密警察。いわゆるチェカー〕のコミサール（ドルゥゴーフ）だ。捜査令状と容疑者の逮捕状を突きつけ、その場にいた市民を全員——責任編集者、憲法制定会議のメンバー（ア・ア・アルグノーフとペ・ア・ソローキン）、社の事務員、印刷工、雑報欄の統括者であるエス・デ・フリード、文芸欄の編集者である作家のミハイル・プリーシヴィン、それとその日たまたま編集室か事務所に立ち寄った人びとがひとり残らず拘束された。「容疑」の認められない従業員とまったくの部外者は別室に移されたが、「容疑」の認められた面々は尋問され調書を取られたのち、四〜五人ずつ車でゴローホワヤ通り二丁目へ連行された」。また、そのときのプリーシヴィンについての証言も残っている——「〈容疑者〉の中に作家のミハイル・プリーシヴィンがいました。『姓は？』と訊かれて、『作家のプリーシヴィンです』と答える。『えっ、なんて言った？』—『プリーシヴィンです、字が読めるなら、わたしの名前くらい知ってるでしょう』—『同志、あんたは「ヴォーリャ・ナロータ」に寄稿しているのか？』—『わたしはおたくたちの主人《スーダリ》であって同志なんかじゃない。こんなひどい暴力を働く人間がわたしの同志であるわけがない』。興奮した作家はしばらくコミサールや兵隊たちと言い合いになりました。なんとしても原稿の入った鞄を奪われたくなかったのです。鞄に入っていたのはレーミゾフやその他の作家の短編でした。コミサールが鞄を封印すると言いだします。ようやく落ち着きを取り戻したプリーシヴィンは——『ロシアに四年制の初等学校があったら、こんなひどい無作法は起こらなかったろうね。おたくたちは自分が何をしているのかわからないのです。読み書きできるようになったらわかるでしょう』。それでミハイル・プリーシヴィンは連行されました」

「きみらの同志じゃないよ、わたしは。きみらは奴隷でわたしは主人だ」

わたしとしてはこう言いたかったのである。自分に言わせれば、暴圧者《ナシーリニク》は奴隷であると。剣を手にする者は剣で亡びるのだ、と。

「きみらは奴隷だが、わたしは主人だ！」

それに対してコミサールが答えた――

「それでおまえさんが本物のブルジュイだってことがわかったよ！」

鞄は取り上げられてしまった。

そこには何かぞっとするものが、われわれは互いにわかり合えないという恐怖があった。

ゴローホワヤ通り二丁目に連れて行かれた。部屋の隅に銃を抱えた三人の少年〔兵〕を立たせ、それでこちらは、薄暗がりの壁椅子に互いに向き合ったまま、三時間ほど放って置かれた。それからひとりずつ訊問（と思われた）に呼び出される。べつに順番が決められているわけではないようだ。わたしは最後のほうだった。コートを引っかけ、護送兵に伴われて、長い廊下を歩く。廊下を曲がったあたりで、コミサールらしき男にとめられた。彼はわたしの名を書き込み、ポケットを裏返すようにと言った。何もないことを確かめると、先へ行くよう指示した。護衛のあとに続く。やがて最後の扉、裁きの場であった。驚いて、敷居の上で足が止まってしまった。目の前にいたのは、編集室の同僚たち――みんなこっちを見て笑っている。思わずこっちも笑う。わたしのあとから次の逮捕者が入ってきた。まるで目隠し鬼ごっこか、一方から一方へ繰り返し移される砂時計の砂のようである。

腹が減って堪らないので、われわれの番をしている男に水とパンを要求した。

「訊いてみる」そう言って番人はどこかへ消えた。戻ってくる――「これからあんたらを監獄に送る、そっちに行ったら、水とパンがもらえる」

まもなく憲法制定会議のメンバーの二人が、ほかの者とは別に、ペトロパーヴロフスク要塞（監獄）へ、われわれ五人はトラックに乗せられて中継監獄へ。

出発前、トラックの中で、われわれの護衛をするラトヴィア兵たちが、中継監獄のある場所をめぐって議論を始めた。そこがどこかもわからないのに、トラックは動きだす。あっちこっちで通行人に訊いてまわる――中継監獄はどこかな？

途中、われわれの仲間のひとりがラトヴィア兵たちと話をする、それも長々といつまでも。そのやりとりから、レーニン暗殺の企てがあり、われわれが現体制の転覆に関与していると疑われていることを知った。仲間とラトヴィア兵たちの長話の結びを彼らはこんなふうに表現した。

「もしケーレンスキイが今も権力を握ってたら、おれたちは土の中だったろうが、奴はもういねえ。だから、同志よ、あんたらを監獄にしょっぴいていくのさ」

「さあ、着いたぞ！」と、運転手。だが、ラトヴィア兵たちとの政治的会話は依然として続いていた。あと何分間か――牢だの、いま自分が置かれている立場だの、なにも頭になかった。門のところでは、婆さん〔ブレシコ＝ブレシコーフスカヤ〕のことで激論になった。

「おれたち――」と、彼らは言った。「昔のあの婆さんは尊敬してるんだ。しかし、生活は日進月歩、進化してるぞ、きょう認めてることも、あしたはまた別のものになってるのさ」

　監獄の事務所で全員チェックを受け、房にぶち込まれた。中はインテリたちで満杯だ。拘留に退屈しまくっていたので、われわれ「ヴォーリャ・ナローダ」は大歓迎された。

プリーシヴィン略年譜（一八七三〜一九二〇）

◆一八七三年――

一月二十三日（新暦二月四日）―オリョール県エレーツ郡フルシチョーヴォ村で出生。生家は手広く卸商を営んでいた。父ミハイル・ドミートリエヴィチ（一八…〜一八八〇）、母マリヤ・イワーノヴナ（一八四二〜一九一四）の（一女四男の）三男。長女リーヂヤ（一八六六〜一九一八）、長男アレクサンドル（一八六八〜一九一二）、次男ニコライ（一八六九〜一九一九）、四男セルゲイ（一八七五〜一九一七）。乳母エヴドキーヤ・アンドリアーノヴナ。ついでながら、母方のイグナートフ家――イワン・イワーノヴィチ（最年長）、グリゴーリイ・イワーノヴィチ、イリヤー・イワーノヴィチ――は旧教徒《スタロヴェール》である。

「わたしは一八七三年一月二十三日に、エレーツ郡ソロヴィヨーフスカヤ郷フルシチョーヴォ村で生まれた。父は馬と花と狩猟が好きだった。わたしが数えで八歳のときに中風（アルコールが因）で亡くなった。父の死後、人手に渡った土地（父の賭博によるもの）を、母が〈銀行相手に奮闘して〉取り戻した。母はとても壮健で、いつも野良にいた。彼女のあだ名は《侯爵夫人》」

「父からは神経質（過敏）を、母からは心の健康を受け継いでいる」

プリーシヴィン Пришвин という姓から、ドイツ人はわたしをドイツ人だと、ユダヤ人はユダヤ人だと思うらしい。ロシア人もロシア人の姓とは考えないようだ。こんな会話をよく耳にする――「プリーシヴィンはユダヤ人なのだろう？」生まれ故郷であるエレーツの住人なら、わたしの先祖がプリーシヴァ пришва（織機の部品）を商っていたこと、それが呼び名に、のちに苗字になったことを知っている。エレーツのプリーシヴィン家は代々続いた商人だ。古くからのエレーツ人とはどっかで血がつながっている」

◆一八八二年――

村の小学校を終える。「中学への入学準備は〈復習教師たち〉と村の小学校の先生（パーヴェル・ワシーリエヴィチ）によってなされた」

◆一八八三年――

エレーツ市の男子中学（古典高等中学いわゆるギムナージヤ）に入学。「次兄のニコライと同じ寄宿舎で生活。教師たちがわたしに何を要求しているのか、さっぱりわからなかった。勉強も素行も1点（最低点）で、母を悲しませるのが辛かった」

「従姉のドゥーニチカ（あるいはドゥーニェチカ）[*1]は人を愛すること（ネクラーソフを通して）を教え、もう一人の従姉マーシャ（マリヤ・ワシーリエヴナ・イグナートワ）[*2]は高遠にして超俗的なるもの（レールモントフを通して）を示してくれた」

◆一八八四年――

落第、留年。〈黄金のアジア、あるいはアメリカ〉へ仲間とともにボートで逃亡を図り、失敗。理想の国「〈アメリカ〉がないという絶望」について（一九一八年の日記）。「友だちのチェルトーフ、チールマン、ゴロフェーエフとソスナー川をボートでアメリカへの逃亡を決行した。地理の教師ローザノフ（のちの作家ワシーリイ・ローザノフ）が、こんな忘れられない言葉で極力かばってくれた――『これは単なる愚行ではない。この少年の（つまりわたしの）魂のきわめて高度な生の兆候を示すものである』。しかし、わたしは、〈アメリカ〉が存在しないことに絶望していた」

◆一八八五年――

二年生に。「校長のザークスは厳しく公正な人物で、その影響力は大きかった。彼はわたしから目を離さなかった。それでわたしも勉強し、なんとか進級できた」

◆一八八六年――

三年生に。「またも怠け癖。ザークスがわたしを見放す」

◆一八八七年――

落第し原級に留められて、弟のセルゲイと同学年に。

＊1　幼少期の彼に最も強い影響を与えたといわれるドゥーニェチカ（エウドキーヤ・イグナートワ・一八五二〜一九三六）はソルボンヌ出の才媛で、熱烈な人民主義者《ナロードニキ》。農村の子どもたちの教育に生涯を捧げた。プリーシヴィンはマルクス主義者としてドゥーニェチカを超えようとしたようだ。

＊2　マーシャは一九〇八年に死去。

◆一八八八年——
　四年生。教師ローザノフへの不遜な行為のため放校処分を受ける。

「地理で僕に二点をつけたら、何をするかわからないぞ」。ローザノフはそのころ（精神的に）参っており（家庭問題）、当局に「自分を取るかこの生徒を取るか？」と詰め寄ったという。それでわたしは退学させられた。まるで死刑宣告のようだった。〈アメリカ〉への逃亡と退学処分——自分の将来の多くを決定した少年時代の二大事件だった（一九一八年の日記）。なお、批評家のワヂム・コージノフによれば、少年ミハイルが教師に放った暴言は「殺すぞ！」に近いもので、軽くみるべきではない（「プリーシヴィンの本、しかし自然についてではなく革命について」）と。

◆一八八九年——
　シベリアの伯父イワン・イワーノヴィチ・イグナートフのもとへ。

「母方の〈シベリアの伯父さん〉が引き取ってくれた。伯父さんは西シベリアで船舶会社を興し成功した。それで、わたしは大金持ちの甥っ子になった」——「チュメニの実科中学で勉強、可もなく不可もなし。上級生たちとよく付き合い、多くの著作（英国の歴史家バックルや同哲学者・社会学者のスペンサーなど）に触れた。校長のスロフツォーフは自然科学者でニヒリスト、唯物論者。賢人として名の知れた人物だった」

◆一八九二年——
　チュメニの実科中学（六年生）からクラスノウフィームスクの工業学校の農業科へ。

◆一八九三年——
　一月にエラーブガの実科学校へ編入学（七年生として）。秋、リガ（ラトヴィアの首都。当時ラトヴィアはロシア帝国領）の総合技術高校へ。専攻は化学と農学。〈賢者の石〉を求めて、学部を転々とする（九三〜九五）。

◆一八九四年——
　野外実習でカフカースのゴリ〔スターリンの故郷〕の葡萄園へ。葡萄に寄生する害虫（ブドウアブラムシ）駆除のため、化学科の学生たちが動員されたのだ（しかし、本人はこのカフカース行きを「一八九六年の夏」と誌している）。このころからマルクス主義者たちと交わる。

◆一八九五〜九六年——
　マルクス主義者のサークル〈プロレタリアの指導者の学校〉で活動。のちに、皮肉まじりに「自分は十九世紀のコムソモーレッツだった」と。ドイツの社会主義者アウグスト・ベーベルの『婦人論』を翻訳。

◆一八九七年――

革命活動で逮捕され、ミタウの監獄（リガの南西エルガヴァにあった）の独房へ。

「わたしの人生の転機は、〈アメリカ〉と〈退学〉と〈マルクシズム〉である」

◆一八九八～一九〇〇年――

故郷エレーツへ追放。警察の監視下に置かれる。

「マルクス主義者であり続けた」

ようやく警察の監視から解放されると、プリーシヴィンは出国の許可を申請した。高等中学の退学者や不穏分子の烙印を押された者は〈狼鑑札〉――好ましからざる経歴が記された身分証――の所持者となって、大学への進学も官や教職への就職も許されなかったからである。

◆一九〇〇年――

国外へ。ベルリン、イエナ、ライプツィヒ。最終的にライプツィヒ大学哲学部農学科へ。勉学に励む。

「わたしのマルクシズムは次第に融けていく……農学士になるための勉強をしている。わたしはただ祖国にとって有用な人間になりたいのだ」

◆一九〇二年――

大学を卒業。パリで、ロシアからの留学生ワルワーラ・ペトローヴナ・イズマルコーワと出会う。

「〈気狂いじみた年〉。ライプツィヒでの学業を終えた春、わたしはパリ見物に出かけた。（その人と）逢瀬を四度重ねたあと、人生についての意見の相違から、訣別。場所はリュクサンブール公園だった。この出来事が今日まで（一九一八年現在）のわたしの行動のすべてを決定づけている」

傷心の帰国。フルシチョーヴォへ、ペテルブルグへ、モスクワへ。ボゴローヂツク独立農場（トゥーラ県のボーブリンスキイ伯爵家の所領）で農業技師として働く。ペテルブルグからまたフルシチョーヴォへ。

◆一九〇三年――

モスクワ県クリン郡のゼームストヴォ（地方自治体）に就職する。ゼームストヴォは帝政時代の地方自治体。県、郡に設置され、それぞれ議会と役所を持っていた。ゼームストヴォでのプリーシヴィンの仕事は主に農業機構の整備と組織化、土地利用の進歩的方法の普及にあった。ここで若い既婚の農婦エフロシーニヤ・パーヴロヴナ・スモガリョーワ(旧姓バドゥイキナ)と出会う。彼女の連れ子(ヤーコフ、愛称ヤーシャ）ともども同棲。

◆一九〇四年――

日露戦争勃発。ペトローフ農業大学のプリャニーシニコフ教授の植物実験所で働く。エフロシーニヤが最初の子を懐妊。意を決し、独りペテルブルグへ（ワシーリエフスキイ島十四条)。高官フィリーピエフの秘書となる。叶わなかったデート(相手はカーリ)[*1]。エフロシーニヤがセリョージャ(第一子)を抱き、ヤーシャの手を引いて上京。居をレスノーイに移す。最初の短編「霧の中の小さな家」(未発表)。

◆一九〇五年――

春、ルーガ(ノーヴゴロド市の西)の実験場ザポーリエで農業技師を、また「実験農業」誌で編集の仕事をする。農業関係の最初の本『畑と菜園の馬鈴薯』を出版。続いて『ザリガニの繁殖』、『畑地と牧草地施肥』[*2]。

「『畑と菜園の馬鈴薯』をどんな気持ちで書いたか、誰にもわかるまい。バザールで女がやるみたいに、一行いくらで掛け合ったのだ」

実験場を解雇(喧嘩の末)。このころから日記を付け始める。新聞記者に転身し、「ロシア通報」「談話」「ロシアの朝」「ヂェーニ」その他に記事を書く[*3]。これが十月革命のころまで続いた。

◆一九〇六年――

ペテルブルグ(マーラヤ・オーフタ地区〈貧民街〉)。降誕祭にセリョージャ死去(生年は一九〇三年もしくは〇四年)。男児レフの誕生[*4]。民俗学者ニコライ・オンチュコーフを知る。民話と民俗学の資料を求めて、セーヴェル(北ロシア)のオローネツ県へ旅立つ。文学上の処女作は、短編「サショーク」(「ロドニーク」誌)。セーヴェル民俗紀行『ヒト怖じしない鳥たちの国[*5]』を翌年、ペテルブルグで出版。

◆一九〇七年――

オーフタ地区。カレリアとノルウェイへの旅。冬、「魔法の丸パンを追っかけて」(邦訳『巡礼ロシア』所収)を翌年、ペテルブルグで出版。作家アレクセイ・レーミゾフを知る。

◆一九〇八年――

春をフルシチョーヴォで過ごし、ケールジェネツの森(ニジェゴロド県)スヴェートロエ湖への旅。夏、スモレンスク県のシェルシェネヴォ村で、冬はペテルブルグで「見えざる城市のほとりで」(邦訳『巡礼ロシア』の「キーテジ――湖底の鐘の音」)を執筆、「ルースカヤ・ムィスリ」誌に分載する。ブローク、アレクセイ・トルストイ、ギッピウス、メレシコーフスキイ、フィロソーフォフ、イワノフ=ラズームニクらと交遊。ペテルブルグの〈宗教・哲学会〉へ入会。そこでワシーリイ・ローザノフと出会う。宗教セクト〈世紀の初め〉とその指導者レフコブィトフと知り合う。

◆一九〇九年――

鞭身派（フルィスト）との関係が深まり、彼らを〈宗教・哲学会〉の会議へ招請。春、フルシチョーヴォで、夏をペテルブルグとイルトゥイシのステップで過ごす。汽車の中で詩人のヴォローシンと邂逅。奥イルトゥイシのステップでの成果が「黒いアラブ人」（「ルースカヤ・ムィスリ」誌・一九一〇）。ルポ「アダムとイヴ」[*6]――移民のたちの運命を描く――を刊行。男児ピョートルの誕生。ローザノフから「あの退学」について説明がなされる。ローザノフとの〈ロマン〉の終焉。

◆一九一〇年――

著書『森と水と日の照る夜』により帝国地理学協会の正会員に選ばれる。春をフルシチョーヴォで、夏をブリャンスクの森で過ごす。ブルィニ（カルーガの南西）で火事に遭う。借家は燃えたが、家族は無事だった。[*7] ベリョーフ（トゥーラ県）、ペテルブルグ（ゾロトノーシスカヤ通り）。

＊1　アンナ・イワーノヴナ・カーリはライプツィヒ留学時代の友人。彼女の家で、初恋の人ワルワーラと出逢った。

＊2「交響詩ファツェーリヤ」（『森のしずく』・パピルス刊所収）の冒頭、がたくり馬車で旧ヴォロコラーム郡へ向かう二人の農業技師――うち一人は失恋男のプリーシヴィン自身だ。彼らの仕事は牧草播種の普及活動である。

＊3　二〇〇四年にペテルブルグで出た『花と十字架』は、この当時、ペテルブルグの各紙に掲載された〈一九〇六〜一二六年までの作品および評論集〉。これまで彼の著作集や全集に収録されなかったもので、詩人ブロークとの論争など、二十世紀初頭の首都の空気を知るうえでも非常に貴重な資料である。

＊4　のちにジャーナリスト。写真家でもあった。愛称リョーヴァ。ペンネームをアルパートフ＝プリーシヴィンとした。アルパートフは、のちの父の自伝的長編『カシチェーイの鎖』の主人公の名である。一九五七年に死去。「父の思い出」（未刊）を遺した。

＊5　邦題『森と水と日の照る夜』・成文社刊。邦訳副題は「セーヴェル民俗紀行」。

＊6　畜産技師。父の数多くの旅に同行――三三年、ソロフキと白海運河へ、三八年にはヴォルガへ（『裸の春』）。ザゴールスク近郊のザヴィードフ軍事狩猟者生産場で働いた。一九八七年に死去。未完の遺稿は現在、国立オリョール文学記念館に保管されている。愛称ペーチャ。

＊7　この事件については、短編「わたしのノート」（『プリーシヴィンの森の手帖』・成文社刊所収）および妻エフロシーニヤ・パーヴロヴナの「ミハイル・ミハーイロヴィチとの生活」（『森のしずく』所収）に詳しい。

親友イワノフ＝ラズームニクの論文「偉大なる牧神」はプリーシヴィンの作品論である。短編「クルトヤールの獣」、「鳥の墓場」その他を書き進める。

◆一九一一年――

長兄アレクサンドルの死。マクシム・ゴーリキイと文通、会う。ジャブィニ、スモレンスク県の各地、ヴォルガ河畔のコストロマー、ノーヴゴロド県下の村々（ラプチェヴォ、ムシャーガ、ペソチキ）では妻も一緒の生活（一五年まで）。ノーヴゴロドの森で狩りをし、たまにペテルブルグ（ロープシンスカヤ通り）へ。作品「イワン・オスリャニチェク」。

◆一九一二年――

ラプチェヴォ村。短編「ニーコン・スタロコレーンヌィ」を文芸誌「野ばら」に。ノーヴゴロドのフォルチフィカートフ神父の小屋。メイエルシャ*と知り合う。ペテルブルグのロープシンスカヤ通りへ。一九一二～一四年に三巻著作集を「ズナーニエ」社から刊行。

◆一九一三年――

メイエルシャとペソチキ村へ。文集『ザヴォローシカ』（モスクワ書籍出版社）では、革命前の最も病的な根本問題である土地と数百万の農民たちの運命について語る。それをブローク、ゴーリキイが絶賛。クリミヤ半島へ旅立つ。

◆一九一四年――

教育家のレーベヂェフとペソチキ村へ。ルポ「アストラル」。八月、第一次世界大戦が勃発。母の死。遺産（土地）の分与があった。このころから規則正しく「日記」を付け始める。「ロシア通報」紙の戦地特派員として、九月と十月を前線で過ごす。「ロシア通報」紙の共同経営者の一人、イリヤ・ニコラーエヴィチ・イグナートフはプリーシヴィンの母方の従兄。レーミゾフの回想によれば、この従兄は報道記事を送るにあたって、とにかく結論をはっきりさせるようううるさく言ったが、プリーシヴィンは「チェーホフみたいに」、つまり結論なしに書きたいとしばしば漏らしていた。

◆一九一五～一六年――

ペトログラード、エレーツ、フルシチョーヴォをたびたび行き来する。看護兵・従軍記者として前線へ。現地から首都の新聞各社に記事を送る。そのうちの一つがルポ「アウグストフの森」（株式通報）。アウグストフは白ロシアに近いポーランドの町。その近郊の広大な森林地帯が激戦地となる。短編『水色のトンボ』。帰還後、母の遺産として分与された故郷フルシチョーヴォ村に家を建てる。

◆一九一六～一七年――

ペトログラード、エレーツ、フルシチョーヴォを往還。ペトログラードで商工省の書記官に。ホテルとアパート住まい。

◆一九一七年――

春、国会（ドゥーマ）の臨時政府代表としてフルシチョーヴォへ。農民と同等の土地分与。農民たちと衝突する。個人で耕作。秋、首都に戻って、右派エスエル党の機関紙「民衆の意志」の文学部門の編集にかかわる。

◆一九一八年――

一月、「民衆の意志」紙の編集室で逮捕される。十二人の〈ソロモン〉とともに二週間の拘留（ゴローホワヤ通り二番地）。「トラックに乗せられたが、中継監獄がどこなのかわからない。護送のラット人〔ラトヴィア人〕の話だと、レーニンの暗殺の企てがあった由。『もしケーレンスキイが今も権力を握ってたら、おれたちは土の中だったろうが、奴はもういねえ。だから、同志よ、あんたらを監獄にしょっぴいてくのさ』。青二才のコミサール。憲法制定会議のこと。チェルノーフのこと。「急に時間が短くなった感じ。誰かがわたしを角砂糖みたいに茶碗に放り込んで、スプーンで掻き回してぐいと飲み干した……どうもそんな感じだ」。詩人ブロークとの烈しい書簡のやりとり。「見世物小屋のボリシェヴィク」――これはブロークの詩劇を論じたもの。「革命のロマンチズムは認めない――『十二』に関して」「スチヒーヤに音楽を聞かない」。「貴兄は本物のボリシェヴィクではない、懺悔する旦那《バーリン》の声だ」。短編『水色の旗』（「早朝」紙）。春、最終的に故郷のフルシチョーヴォへ。夏、ソフィア・コノプリャーンツェワ〔友人アレクサンドルの妻〕とのロマン。秋。暴動農民たちによって家宅を追われる。妻と下の息子はスモレンスク県へ。「レーニンの犯罪は、国民を、単純なロシアの民衆を甘言で釣り、たぶらかしたことにある」（九月八日の日記）。「責められるべきはレーニンだ、しかし、この男が悪の化身の最後の環ではないけれど……」。アヴァドン、闇の公、ゴリラ、殺人鬼たち、赤いしゃっつら〔赤衛兵〕、スモーリヌィ宮〔革命本部〕、酩酊鴉……

◆一九一九年――

コノプリャーンツェフ一家と〈共同《コムーナ》〉生活。図書館司書、考古学の専門家、地誌学の主催者として活動。エレーツ中学（退学を喰らった母校）で「地理」を教える――思えば少年プリーシヴィンはこの学校の地理学教師ローザノフに

---

* メイエルシャは、哲学者で宗教思想家のアレクサンドル・メイエル（一八七五―一九三九）の妻。「チェーホフの〈可愛い女〉にそっくりだ」と日記にある。夫は〈宗教・哲学会〉の会員。

よって退学させられたのである。夏、コンスタンチン・マーモントフの襲撃に遭う。マーモントフは陸軍中将、国内戦で白軍騎兵隊を指揮し、南部戦線でしばしば赤軍後方部隊を急襲し、九月一日にエレーツ市を占拠している。短編「わたしのノート」（『プリーシヴィンの森の手帖』所収）を参照。白軍につくことを拒否。これらのことは戯曲『悪魔の碾臼』（一九三五〜三九年の著作集に収められた）。

◆一九二〇年――

ソフィア・コノプリャーンツェワと別れる。六月十八日、スモレンスク県（スレドヴァ村）の妻のもとへ。ドロゴブーシ地区アレークシノ村の中等学校（新設された七年制の学校）で教師と校長を兼務。バルィシニコフ宮廷の〈旧屋敷《ウサーヂバ》暮らしの博物館〉を主催し、ドロゴブーシでの博物館の組織活動に参加、またエンゲリガルト実験場の仕事にもかかわった。ちなみに、エンゲリガルト（一八三二―九三）は農業技師で批評家。一八六〇年代の雑階級人たちの秘密の革命組織〈土地と自由〉の一員でペテルブルグの農業研究所の教授だった人。スモレンスクは配流の地。このころがプリーシヴィンの〈文学活動の沈黙〉時代である。

◆一九一五年――

ラズームニクとペソチキ村へ（前年にも教育家のレーベヂェフとペソチキ村（ノーヴゴロド県）に滞在している）。その後、ペソチキからエレーツへ。

◆一九一六年――

フルシチョーヴォに家を新築。

◆一九一七年――

フルシチョーヴォにおけるエセールストヴォ（社会革命党のイデオロギー）。

◆一九一八年――

鍵と錠（つまり、ソーニャ・コノプリャーンツェワ）〔この書き足しはワレーリヤ・プリーシヴィナによるもの〕。

付録三題

■レーミゾフとプリーシヴィン
■フルィスト（鞭身派）について
■二人の従軍記者

■レーミゾフとプリーシヴィン

　アレクセイ・レーミゾフ（一八七七―一九五七）に魅せられた人たち、言うところの〈レーミゾフ好き〉は大勢いた。では、いったい彼らはレーミゾフの何に魅せられたのか？　人柄に？　それともその駆使する言語に、か？　おそらくそれはスタイル、つまり彼の文体にある。文は人なり。だがしかしその〈文体〉は曲者である。一語一語の重みと響きと多義性に、彼自身の選り出す音・リズム・間が巧緻をきわめた絡み方をするとき、翻訳作業は間違いなく徒労に終わるから。一般化された個々のことばの意味は移せても、肝腎要の〈文体〉には手も足も出ない。ロシア語好きの〈レーミゾフ好き〉にはそこが堪らない。

　このネオ写実主義の中心人物は、相当な変わり者だった。「早くから象徴派の影響を受けたが、やがてそれは独自の世界に――民間伝承の伝統や言語学的研究に基づく〈民族的文体〉の探求へ、宗教的道徳的問題へと沈潜してゆく。霊感の湧き口は、民衆の話しことばに、ラテンあるいはフランスの影響に汚されなかったキーエフおよびモスクワの口碑や記字的伝統に、あった」（スローニム「象徴派とその時代」）。レーミゾフの場合、普通に用いられている話しことばをそのまま採用するのではなく、それら口語の要素を慎重に選びかつ入念に彫琢しつつ、俚諺、警句、謎々、引喩、通俗的語源解釈を重層的に駆使して、不思議なうえにもなお不思議な、グロテスクな〈文体〉を作り出すのである。

　レーミゾフは名代の出不精だった。だから、彼の〈文体〉が聴きたくなると、ペテルブルグ人士はよく打ち揃って、その住まいへ出かけていった。ペテルブルグ市ワシーリエフスキイ島十四条。だが、借家の主は至って無口。自分が醜男で繊細な神経の持ち主であることをよく知っている。かわって奥さんのセラフィーマ・パーヴロヴナ（一八七六―一九四三）がせっせと客人たちの茶の世話を焼くが、でもやはり、名だたる本の虫である主人のことばには独特の美しさと深み（含蓄）とが、さらにまたことばの源（語源）へのこだわりと執着にも、なにかしら鬼気迫るものがあるのだった。芸術家である客人たちが家路につくころには、そういうわけで、誰もがレーミゾフ好きになっていた。

モスクワの旧い商家に生まれたレーミゾフは、学生時代（モスクワ大学数学科）にちょっとばかり政治に熱中（社会民主党員）し、取っ捕まって、タガンカ監獄にぶち込まれた。それが最初の拘禁。自宅とは目と鼻の先の刑務所である。そのあとペンザへ流刑になり、そこで再逮捕、ウスチ・スィソリスク（コミ地方）を経て、一九〇一年にヴォーログダ（セーヴェル＝北ロシア）に移住した。そんな暮らしが六年も続いたが、不幸中の幸いであったのは、その暗い流刑時代に、個性豊かなさまざまな人間たちと知り合ったことだった。俳優で演出家のメイエルホーリド、哲学者のベルヂャーエフ、マルクス主義者のルナチャールスキイ、テロリストのカリャーエフ、サーヴィンコフ、のちにプーシキン研究家となるシチョーゴレフなどなどである。どうやら最初から、彼には、自分の一生の仕事が政治ではなく文学であることがわかっていたようである。

親交を結んだ政治犯たちの中に、やがて生涯の伴侶となるセラフィーマ・パーヴロヴナ・ドヴゲッロがいた。彼女は一八九九年、ベストゥージェフ女学院在学中に社会革命党（エスエル）のデモに加わって逮捕され、ソルヴィチェゴドスク（ヴォーログダ県）に流刑になった。その地で彼女に恋した若いポーランドの作家が自殺をし、居たたまれずにヴォーログダへ走った。レーミゾフと出会ったのは、そのとき彼女が身を寄せていたサーヴィンコフの家だった。あるとき、初めて訪れたレーミゾフの下宿でボードレールの詩一編を聞かされて失神。自殺した恋人への罪の意識に打ちのめされ、セラフィーマはついに自殺を図る。幸い未遂に終わったが、今度はレーミゾフが深く重くどこまでも沈んでしまった。

セラフィーマ・パーヴロヴナはのちに帝国サンクト・ペテルブルグ考古学研究所で研鑽を積み、古文字（古文書）学の優れた専門家になった。結婚前の彼女はよくこんなふうに言われていた――「オーリャ（セラフィーマ・パーヴロヴナのこと）からはついに革命家は出てこないだろう。彼女の中には不思議な虫が棲んでいて、そいつが邪魔をするんだ」と。またこれはレーミゾフ自身のことば――「わたしが好きな〈ことばの基礎知識〉を与えてくれたのは彼女だった。単語、語根、要するに〈ことば〉の歴史だ。彼女は四〇年ものあいだ、わたしの先生であり、文学と人生における検閲官であり……母親のようにわたしに注意を与え、わたしを叱ってくれた」

彼は自作のほとんどを妻に捧げている――長編『池』、中篇『時計』、童話『ポーソロニ』、幾つかの短編集、有り余るほどの小品群や水彩画、あの独特のカリグラフィーやコラージュを。彼女は流刑地でも亡命地（ロシア革命のあと、一九二一年に二人は祖国を捨て、初めベルリン、のちにパリへ。その地で一九四三年に彼女が、一九五七年に失明と困窮のうちに夫も没した）でも精一杯働いて、夫の文学生活を支え続けた。

レーミゾフより四つ年上のプリーシヴィンが彼と出会ったのは一九〇七年、やはりあのワシーリエフスキイ島十四条のアパートだった。その三年前にプリーシヴィンは天職と生活の場を求めて独り上京、初めて住んだのが同じ十四条の貸間だったが、そのときは面識もないままレスノーイへ越し、一九〇六年にはとうとう生活に行き詰って、マーラヤ・オーフタ地区の「豚小屋とキャベツ畑の間のあばら家」に移っている。レーミゾフを知るまえ、すでに彼は、民俗学者のニコライ・オンチュコーフやシャーフマトフと昵懇になり、彼らから大いに刺激を受け、結局それが彼の文学生活への最初の大きな転機――セーヴェル地方への民俗探訪の旅――となったのである。首都の知識人たちの間で評判を取ったその著作（事実上の処女作である『森と水と日の照る夜』（邦題）、成文社刊）のおかげで、じつにさまざまな人びとと顔見知りになった。〈宗教・哲学会〉での多くの出会いは言うまでもないが、しかし何と言っても刺激的だったのは、レーミゾフの、文学への姿勢とことばへの執着、すなわち〈文体〉との出会いだった。知り合ってすぐに、プリーシヴィンは、レーミゾフが主催する世にも不思議な会〈猿類大自由院〉の一員になる（というか、させられた）。略称オベズヴェルヴォルパル。奇人レーミゾフが自ら考案・創設した怪しい「秘密」結社で、自身は院の元書記官という肩書きである。レーミゾフ一流の手の込んだ遊びで、彼を敬愛する首都の作家や詩人、哲学者、画家たち（多少の変人も含めて）は、例外なく会員＝受勲者にされている。

この会には、〈森と自然界の帝王アスィカ王（レーミゾフ本人）とすべての猿は忌まわしき人類の偽善と奸策を一切許さず〉とするマニフェストと入会規則があった。会員証も勲章も彼の手書き――凝った古代ロシアの装飾文字（愛する妻は前述のとおり古文字の専門家）と得意なイラストである。その会員名簿には、ローザノフ、シェストーフ、ゴーリキイ、シシコーフ、イワノフ＝ラズームニク、ブローク、ベールィ、アフマートワ、アレクセイ・トルストイ、バクスト、ペトロフ＝ヴォートキン、エレンブールグ、シチョーゴレフ、〈セラピオン兄弟〉の面々が名を連ね、みなそれぞれ騎士、公候、主教などの位を授かっている。

プリーシヴィンはそんな帝王の親炙に浴した。奥さんのセラフィーマ・パーヴロヴナの魔力にも魅せられている（一九一四年二月の日記）。ローザノフの述懐に――「現代作家のうちでプリーシヴィンくらい、宣伝のためでも悪意からでもなくわれわれについて語ることのできる作家はいない。森や野や獣について、彼ほど感動的なことばを発した作家はいません。目、耳、鼻がじつに非凡だ。彼はね、きみ〔レーミゾフ〕の弟子ですよ」。プリーシヴィンの日記には――「わたしはレーミゾフに非常に近しいものを感じていた。今でも彼を自分の師と思っている」、また「レーミゾフを通してわたしは自分を信ずるに至った」とも。レーミゾフの芸術世界がもたらした影響は想像以上に大きく（「文体までレーミゾフじみてきた」）、弟子はそこからの必死の脱出を試みる。「レーミゾフを真似たあのナンセンスは、ああ思い出すだに恥ずかしい」

エレンブールグの回想記（『わが回想―人間・歳月・生活』、朝日新聞社刊・木村浩訳）に、貧窮のパリの穴蔵で最後に聴いたレーミゾフの話が出てくる。「レーミゾフはしばしば愛情をこめてM・M・プリーシヴィンについて語った。亡くなる直前の手紙の中で、彼は、モスクワでミハイル・ミハーイロヴィチ〔プリーシヴィン〕の追悼記念祭が盛大に行なわれたことを喜んでいた」と記す。また、あるとき、異国の地で彼がこうも言っていた、と――「プリーシヴィンはわたしにはロシアの息吹そのもの。わたしはロシアのことばによって生きています。ことばと大地はわたしにとって分かつことのできないものなのです」

アレクセイ・レーミゾフは作家であり造形芸術家でありナンでありカンであった。ともかく不思議なけったいな人生を生きた人だった。祖国を捨てたために、本国（ソヴェート）での評価は（評価どころか）まったく無視されたきりだったが、現在ではさまざまな芸術分野の目利きたちが彼の遺したものに熱いまなざしを向けている。

■フルィスト（鞭身派）について

以下、秘密のセクトについて語るのは、十九世紀の作家で、異端とされた古儀式派（旧教また分離派・ラスコール）に詳しい作家のメーリニコフ＝ペチェールスキイ（一八一八―一八八三）である。

公認教会であるロシア正教会とは文字も儀式も異にする分離派―古儀式派のほかに、古儀式派のさまざまな教派とは比較にならないほど正教会から遠くはずれた集団が少なからず存在する。ここではいわゆる〈秘密のセクト〉に属するロシア人たちについて考える。

彼らが〈秘密のセクト〉と称されるのは、その教義と同様、共同体《オープシチナ》の内的機構が内部の人間（セクタント）によって極秘にされているからである。たとえば、秘密のセクトに入会するにあたって、一定の儀式が神そのものを立会人として執り行なわれるが、そのとき目にしたことを絶対に口外しないよう誓わされる。オープシチナの全員の前で厳かに彼（彼女）は約束する――「父にも母にも秘密を語りません。神聖なるものについては、教会の僧侶、法廷の裁判官にも決して喋りません。鞭で打たれようが、火で焼かれようが、八つ裂きにされようが、いっさい口を割らず、なにごとにも耐えることを誓います」。新参者にはすべての機密・秘蹟がすぐに明かされるわけではなく、オープシチナでの地位が上がるにつれて徐々にわかってくるような仕組みになっている。その点は宗教的政治的秘密結社フリーメーソン（十分な教育を受けた社会の最上層部に属するメンバーから成る）のロッジによく似ている。

とはいえ、これから語る〈秘密のセクト〉の構成メンバーは一般庶民だけにとどまらない。彼らの歴史的背景、奇妙な教義、怪しげな儀式を手前勝手に想像していると、唖然としてしまうだろう。出くわすのが、農民、兵士のみならず、正教会の上層、将軍、閣僚、国家評議員（国会議員）、また上流社会の婦人や令嬢、文学者、ジャーナリストたちだからだ。そして昔も今も、そうした〈秘密のセクト〉に名門出身の富裕な地主たち（その所有になる農奴たちをも含めて）が属していることを知るはずである。その秘儀の場では詩人にだって――もっとも、彼らが作るのは、ロシア詩壇とは無縁の、秘密のセクトの集まりでしか歌われないものばかりだが――お目にかかるだろう。彼らの秘密の儀式についてよく知ってもらうために、われわれは読者を、大きな村のはずれにひっそりと立つ百姓小屋や僧房ばかりでなく、大地主の邸宅にも、修道院にも、いやペテルブルグの宮殿の一つにも案内しようと考えている。

〈秘密のセクト〉にかかわっているのは、いわゆるフルィスト（ないしフルィストーフシチナ）で、これにはさまざまな変形・変種・分科・支流が存在する。フルィストーフシチナということばは、フリストーフシチナ〔フリストス（キリスト）〕の歪曲された名称で、前世紀〔ここでは十八世紀〕の最初の四半期に、聖ドミートリイ・ロストーフスキイとトヴェリ大主教フェオフィラクト・ロパチーンスキイが書いたものに初めて出てくる。そう呼ばれたのは、このセクトの中に至上の天恵（恩寵）を授けられた人びと（キリストと見なされている）がたえず現われるためである。前世紀末か今世紀〔十九世紀〕の初めに、フリストーフシチナに代わってフルィストーフシチナと呼ばれるようになったのである。この呼び名がフリスタ―チすなわち「鞭打つ」に、宗教的儀式の最中に信者たちが次のような歌をうたいながら互いに鞭打つことに由来すると考える者たちもいる。

フルィシシュー・フルィシシュー（鞭打って、鞭打って）、

フリスター・イッシュー（キリスト様を探すのだ）――

だが、これは少々怪しい。鞭打ちというのは新しい儀式であり、どこの〈船〉――カラーブリとは鞭身派の用語で〈共同体〉を意味する――でも行なわれているわけではないからだ。たとえば、ピョートル一世の最後のころにあったメシチェールスキイ公爵の〈船〉を除けば、教育ある者たちの船で自らをまた他者を鞭打つというやり方はまったく存在しなかった。わたしの知るかぎりでは、〈フルィストーフシチナ〉〈フルィスト〉という言葉は今世紀〔十九世紀〕になって、セクトを呼ぶのに聖なる救い主の名を使うなどもってのほかと憤る聖職者たちによって考え出されたものである。

聖ドミートリイはフリストーフシチナの支流をなすさらに二つのセクトに言及している。

①ポドレシェートニキあるいはカピトーヌィ

②特定の名称を持たないセクト

またトヴェリの大主教フェオフィラクト・ロパチーンスキイはフリストーフシチナ以外に、ボゴミール派、メセリアーン派、アクリノーフシチナについて語っている。これらもみなフリストーフシチナである。①は、かつてのビザンチン帝国で異端とされたボゴミール派やメセリアーン派と教義が似ているところから、正教会の聖職者たち、いや、もしかするとフェオフィラクト自身がつけた名称であるかもしれない。しかし彼にはその教義についての知識がほとんどないのだ。十八世紀にフリストーフシチナの中からスコプツィ（去勢派）のセクトが形成された。これこそ教義

も儀式もまさにフルィストそのもので、肉欲を抑えるために自らを去勢した者たちである。秘密のセクトはまだまだある……（煩瑣だが、でもこの時代、ロシアに宗教上（あるいは政治上の）の異端者がいかに多かったか知ってもらうため列記しておく――編訳者）

ファリセイ派、ボゴミール派、リャドゥィ派、クピドゥーヌィ派（ロストーフスキイが言及したカピトーヌィの崩れ）、ラザレーフシチナ派、モンタン派、ミリュチーンスキエ派あるいはアラトゥイルスキエ派、アダミートゥィ派、タターリノワ・グループ、ポルズーヌィ派あるいはホルトーフシチナ、シェラプートゥィ派、ドゥホーヴヌイエ・スコプツィ派、ナポレオーノフツィ派（原注　これらのセクトは一八六二年に出た『ラスコール書簡』に列挙されている）、スースレニキ派、スヴェトノーフツィ派、ドゥロブイシェーフスキイあるいはセドヴィーチェフのセクト、マラーンスキエ派（原注　以上はザカフカージエに流刑になり、一八二五年にエルモーロフ将軍のもとでクタイスク県マラニ村に定住した去勢派。村はリオン川に注ぐツヘニス・ツハリ川の岸沿いにある。将軍は去勢派信者から成る第九六傷痍中隊を組織。これはのちにマラニ中隊あるいは去勢派中隊として知られるようになる）、スカクーンヌィ派、プルイグーヌィ派、トゥリャスーヌィ派、ボージイ派、ドゥホーヴニキ派、ドゥホーヴヌイエ・フリスチアーネ派、その他がある（原注　古文書保管所の記録からさらに以下のことが判明――フルィストたちが、カルーガ県ジズドリンスク郡、オリョール県ムツェンスク、クロムスクおよびドミートロフの各郡、クールスク県ベルゴロド、ファテジおよびシチグロフの各郡では〈スボートニキ〉、ヤクート地方では〈イコノボールツィ〉、ペルミ県オシーナ郡では〈モロカーヌィ〉、前世紀〔十八世紀〕のエリザヴェータ・ペトローヴナ帝〔ピョートル一世の娘（在位一七四一―一七六一）〕治下のモスクワおよび今世紀〔十九世紀〕のペルミ県エカチェリンブルグ郡では〈クエーカー教徒〉等々の名で勝手に呼ばれている）。

以上、すべて――いくつかのものに儀式上のわずかな違いはあるものの、やはり同じフルィストーフシチナである。わが身に手術を行なうスコプツィと、フランス皇帝ナポレオン一世を〈再臨した神の子〉とするナポレオン派（ナポレオーノフツィ、このセクトはあまり研究されていない）だけが、他と似たところのない特異なセクトである。

フルィストーフシチナとは別に――多少の接触はあったようだが、〈神秘的な〉秘密のセクト、たとえば、シオンの教会、ラブジーヌィ派、理性論者あるいは〈モロカンの〉セクト――これの起源はフルィストのセクトのそれとはまったく異なるのに、しばしば区別がつかなくなる――などがある。一七一五年ごろ（ピョートル一世時代）に起こったイコノボールツィ（イコン崇拝反対派、現在のモロカンというセクト）なるナスターシヤ・ジミヒのセクトというのがモスクワその他の都市でかなり広まったが、これらもフルィストーフシチナと近い関係にある。現在も（六、七年前だが）、タヴリーダ県（南露クリミヤ）の地方で、フルィストとモロカンとドゥホボールが合意をみて、一部ではそれら秘密のセクトの融合さえ生じた。

■二人の従軍記者

一九一四年六月十五（二十八）日、日曜午前十一時過ぎ、ボスニアの首都サライェヴォの街に数発の銃声が轟いた。人類未曾有の大戦に至るまでの助走はきわめて短く、速やかだった。まずオーストリアがセルビアに最後通牒を発し、翌月、ドイツがロシアに最後通牒を突きつけて、オーストリアの軍事行動の決意を支持、時を移さずロシアに宣戦布告した。すかさずロシアも対独宣戦を布告し、総動員令を下す。ベルギー中立宣言。独仏交戦。イギリスが参戦し、ノルウェイ、デンマーク、イタリアは中立を宣言。九月、マルヌの会戦で西部戦線が膠着状態に陥り、すでに対独・墺に宣戦していた日本軍が山東半島へ上陸。十月、トルコが連合軍（露・仏・英）に対して宣戦し、アメリカ合衆国は中立を宣言した。

セルビア民族主義者の銃弾がオーストリア皇太子夫妻の胸を撃ち貫いた時点でも、ロシア政府はそれが自らの破滅への第一歩になるとは思ってもいなかった。

ロシア軍の初攻勢は八月十七（三十）日のタンネンベルク（東プロイセン）の大敗で終わった。ロシア軍はよく戦ったが、これは仏英軍のために戦ったようなもの、自軍のためにはならなかった。タンネンベルクは、現在のポーランドのワルシャワとグダニスク（ダンツィヒ）のほぼ中間に位置する戦場である。ここでのロシア軍の死傷者数、一七万余。

作家のプリーシヴィンは一九一四年九月二十四日、従軍記者として戦地に赴き、十月十八日に引き揚げている。このときの前線はロシア軍が前進を続けていたオーストリア（ハプスブルグ帝国）領のガリツィアである。すでに自軍は八月二十一日（九月三日）に拠点のリヴォーフを占領していた。ガリツィアと呼ばれた地方は西ウクライナとポーランドにまたがる広大な地域。プリーシヴィンはキーエフの西南に位置するヴォロチースク、チェルノーポリ、リヴォーフを鉄道や馬車で移動した。その戦地ルポは「ロシア通報」「談話《レーチ》」「株式通報」各紙に掲載。最近になって、ようやくその一部が一冊にまとめられた（『花と十字架』・二〇〇四・ペテルブルグ）。

彼から二週間ほど遅れて、やはりロシア側から東部戦線を視察した日本人記者がいる。大のロシア通ジャーナリスト、大庭柯公《かこう》である。大庭柯公は一八七二年（明治五年）、山口県生まれ（プリーシヴィンより一つ年上）。早くからロシアとロシア語に興味を示し、二十代でウラヂヴォストークに渡り、帰国後、参謀本部の通訳官を経て、大阪毎日・東京朝日・読売などの記者として大活躍した。革命後の一九二四年（大正十二年）、シベリア経由でモスクワへ向かったが、以後ぷっつり消息を絶った。今もって謎のままである。

大庭柯公が他の数人の外国人記者とともにたどったのは、最終目的地こそプリーシヴィンと同じガリツィアだが、コースはもっと北のヴィリノ（リトアニアのヴィリニュス、当時はロシア帝国領）～リーダ～大本営のあるB（地名秘匿。ここで参謀総長ヤヌシケーヴィチ、ロシア軍総司令官ニコライ・ニコラーエヴィチ大公に面会）～ロヴノ～ガリツィア～ワルシャワ経由で戻る。時期は一四年の十月末から十一月上旬まで。従軍とはいいながら、二人の記者の仕事は開戦初期の占領地における戦跡視察である（プリーシヴィンは民間の新聞記者として）。プリーシヴィンは翌年二月に再度前線へ。すでに丸腰では危険すぎる従軍であった。

最初の十か月で、ロシア軍の死傷者は三八〇万人に達した。

編訳者紹介

太田　正一（おおた・しょういち）

詩人・ロシア文学者。1945 年、白石市生まれ。早稲田大学大学院修了。

著書――連作エッセイ『森のロシア 野のロシア』（群像社）、詩集『惑星監獄の夢』（埴輪）、長編詩三部作『頭痛天体交響楽』（珠真書房）、詩集はいずれも筆名キキ。

訳書――プリーシヴィン『ロシアの自然誌』、『森のしずく』（ともにパピルス）、『巡礼ロシア』（平凡社）、『森と水と日の照る夜』、『プリーシヴィンの森の手帖』（ともに成文社）、『裸の春』（群像社）。マーミン＝シビリャーク『森の物語』（リャビンカ - カリンカ）、ウラル年代記三部作「春の奔流」「森」「オホーニャの眉」（群像社）。クラスコーワ編『クレムリンの子どもたち』（成文社）。カザケーヴィチ『落日礼讃』（群像社）。ドストエーフスキイ『おかしな人間の夢』（論創社）。ヤーシン『はだしで大地を』（群像社）。オルコット『赤い流刑地』、フォックス『マンティス』。共訳書に『ゴーゴリ全集』（河出書房新社）、学研版世界文学全集『ゴーゴリ』『チェーホフ』ほか。

プリーシヴィンの日記　1914-1917

2018 年 2 月 26 日　初版第 1 刷発行

編訳者　太田正一

装幀者　山田英春

発行者　南里　功

発行所　成文社

〒 240-0003　横浜市保土ヶ谷区天王町 2-42-2

電話 045 (332) 6515

振替 00110-5-363630

http://www.seibunsha.net/

落丁・乱丁はお取替えします

組版　編集工房 dos.

印刷・製本　シナノ

Printed in Japan

ISBN978-4-86520-025-6 C0098

歴史・文学

M・プリーシヴィン著　太田正一訳

森と水と日の照る夜

セーヴェル民俗紀行

A5変上製
320頁
3107円
978-4-915730-14-6

知られざる大地セーヴェル。その魂の水辺に暮らすのは、泣き女、呪術師、隠者、分離派、世捨て人、そして多くの名もなき人びと…。実存の人、ロシアの自然の歌い手が白夜に記す「愕かざる鳥たちの国」の民俗誌。一九〇六年夏、それは北の原郷への旅から始まった。　1996

自然・文学

M・プリーシヴィン著　太田正一編訳

プリーシヴィンの森の手帖

四六判上製
208頁
2000円
978-4-915730-73-3

ロシアの自然のただ中にいた！　生きとし生けるものをひたすら観察し洞察し表現し、そのなかに自らと同根同種の血を感受する歓び、優しさ、またその厳しさ。生の個性の面白さをとことん愉しみ、また生の孤独の豊かさを味わい尽くす珠玉の掌編。　2009

歴史

V・クラスコーワ編　太田正一訳

クレムリンの子どもたち

A5判上製
446頁
5000円
978-4-915730-24-5

「子どもたちこそ輝く未来！」――だが、この国の未来はそら恐ろしいものになってしまった。秘密警察長官ジェルジーンスキイから大統領ゴルバチョフまで、歴代の赤い貴族の子どもたちを通して、その「家族の記録」すなわち「悲劇に満ちたソ連邦史」を描き尽くす。　1998

歴史・思想

イヴァーノフ＝ラズームニク著　佐野努・佐野洋子訳

ロシア社会思想史 上巻

インテリゲンツィヤによる個人主義のための闘い

A5判上製
616頁
7400円
978-4-915730-97-9

ロシア社会思想史はインテリゲンツィヤによる人格と人間の解放運動史である。ラヂーシェフ、デカブリストから、西欧主義とスラヴ主義を総合してロシア社会主義を創始するゲルツェンを経て、革命的民主主義者チェルヌイシェフスキーへとその旗は受け継がれていく。　2013

歴史・思想

イヴァーノフ＝ラズームニク著　佐野努・佐野洋子訳

ロシア社会思想史 下巻

インテリゲンツィヤによる個人主義のための闘い

A5判上製
584頁
7000円
978-4-915730-98-6

人間人格の解放をめざす個人主義のための闘い。倫理的個人主義を高唱したトルストイとドストエフスキー、社会学的個人主義を論証したミハイローフスキー。「大なる社会性」と「絶対なる個人主義」の結合というロシア社会主義の尊い遺訓は次世代の者へと託される。　2013

歴史・文学

松原広志訳

監獄と流刑

イヴァーノフ＝ラズームニク回想記

A5変上製
376頁
5000円
978-4-86520-017-1

帝政ロシアの若き日に逮捕、投獄された著者は、物理学徒からナロードニキ主義の作家・思想家の途へ転じ、その著作で頭角を現す。革命後のロシアでは反革命の嫌疑をかけ続けられ、革命と戦争の激動の時代に三度の投獄・流刑の日々を繰り返した。その壮絶な記録。　2016